La Dissociété

Jacques Généreux

La Dissociété

À LA RECHERCHE DU PROGRÈS HUMAIN - 1

Troisième édition revue

Éditions du Seuil

ISBN 978-2-7578-2289-0
(ISBN : 978-2-02-087233-1, 1re publication)

La suprême sagesse de ce temps
consiste peut-être à penser en pessimiste,
car la nature des choses est cruelle et triste,
et à agir en optimiste, car l'intervention humaine
est efficace pour le mieux-être moral et social
et nul effort de justice et de bonté,
quoiqu'il puisse nous apparaître,
n'est jamais complètement perdu.

BENOÎT MALON, 1892*.

* Benoît Malon (1841-1893) fut le fondateur de *La Revue socialiste*.

Présentation générale de l'ouvrage

Chaque auteur a son obsession. La mienne tourne autour d'une énigme : *pourquoi et comment, aussi intelligents et puissants que nous soyons, pouvons-nous, seuls ou collectivement, décider le pire plutôt que le meilleur ?*

Une telle question s'impose aujourd'hui dans les sociétés démocratiques les plus avancées où la combinaison de la puissance financière, de l'expertise technique et du pouvoir de la majorité engendre un monde pénible et anxiogène pour la majorité ! Nous vivons ce que j'appellerai le paradoxe de la « puissance impotente ».

Jamais les hommes n'ont disposé d'autant de techniques et de ressources pour maîtriser leur destin et accroître leur bien-être. Et pourtant la richesse semble incapable d'éradiquer la pauvreté, même dans les économies les plus développées. Et pourtant nous doutons désormais que la technique puisse surmonter les méfaits de la technique. Les instruments de notre prospérité ne sont-ils pas aussi ceux qui dérèglent le climat, épuisent les ressources, détruisent inéluctablement notre espace vital ? L'essor sans fin des moyens de communication ne vient pas à bout du sentiment de solitude. L'explosion des industries du divertissement accompagne celle du stress et des dépressions nerveuses. Et plus on rénove les méthodes de gestion des « ressources humaines », plus on se suicide sur les lieux de travail !

Ces constats alimentent une critique qui se concentre habituellement sur le capitalisme néolibéral et la fameuse globalisation, c'est-à-dire à la fois sur l'élargissement planétaire du terrain de jeu du capitalisme et sur l'extension progressive de ses règles du jeu à toutes les nations. Cela n'est pas nouveau. Depuis deux siècles, chaque âge du capitalisme engendre sa critique, mais aussi le processus d'adaptation nécessaire à la survie de celui-ci, processus qui enfante un nouvel âge du capitalisme, et ainsi de suite. Alors, puisque cette critique se développe à nouveau depuis au moins vingt ans, beaucoup a déjà été dit sur le sujet. Par ailleurs, quoique cela soit moins connu du grand public, l'exposé des moyens de réorienter et de contrôler l'économie globalisée est pratiquement aussi complet que celui des critiques de la mondialisation néolibérale. Il n'y a donc aucune urgence à écrire un énième inventaire des méfaits d'un capitalisme globalisé et des bienfaits des politiques alternatives.

Au lieu de cela, *je tente plutôt de renouveler la façon même d'aborder ce débat, je questionne les questions qu'il soulève habituellement pour mettre au jour des enjeux cachés ou négligés délibérément ou inconsciemment.*

Pourquoi pouvons-nous décider le pire plutôt que le meilleur? Si notre société n'est pas la bonne, pourquoi la tolérons-nous? Les critiques les plus convenues de la société de marché mondialisée ne répondent pas à cette question, parce qu'elles ne se la posent même pas. Il semble en effet entendu qu'il existe une classe dominante (les actionnaires des grandes firmes capitalistes) qui détient le pouvoir réel: cette classe met en œuvre un monde dur pour le plus grand nombre, destructeur du lien social comme de l'écosystème, mais conforme à son intérêt immédiat. Je ne dis pas qu'une telle analyse est fausse (et j'en exploiterai d'ailleurs largement sa part de vérité). Mais je dis qu'elle est insuffisante et qu'elle passe à côté de questions essentielles. Ce type de critique a certes le mérite de dénoncer le pouvoir de nuisance d'une minorité indifférente au reste du monde, mais elle oublie de questionner l'origine de ce pouvoir et de l'étrange impuissance de la majorité. Pourquoi la majorité accepterait-elle un monde atroce voulu par une minorité, dans des pays où le pouvoir politique dépend de l'opinion et du soutien de la majorité des électeurs ?

Pourquoi pouvons-*nous* décider le pire plutôt que le meilleur ? Parce que la pire des solutions pour tous peut bien être le moindre mal pour chacun pris isolément, incapable de s'entendre avec tous les autres sur un choix collectif ? Parce que la société de compétition généralisée est aussi une source de jouissance narcissique, quand elle encense la performance, le mérite et la responsabilité de l'individu ? Parce que la consommation avide d'images, de sons, de « fringues » et d'accessoires à bas prix est un anesthésiant puissant ? Ce ne sont là qu'un échantillon de réponses *a priori* plausibles à une question qu'il faut prendre au sérieux : en démocratie, pourquoi une majorité se soumet-elle au choix d'une minorité, si d'une manière ou d'une autre elle n'y trouve pas son compte ? Il nous faut décrypter les raisons de sa servitude volontaire ou celles de son impuissance politique. Il nous faut encore considérer l'objection des néolibéraux à la pertinence même de notre question. Il se pourrait en effet que la société de compétition généralisée soit tout simplement celle qui est au fond la plus conforme à notre nature d'individus en quête d'épanouissement personnel.

On comprend ainsi comment la réflexion sur le paradoxe de l'impuissance apparente du politique, dans les nations les plus puissantes, peut conduire à un questionnement sur la nature de l'être humain et des sociétés humaines. Car un tel paradoxe n'a que trois types de solution :

1°) Des tyrans absolus ont le pouvoir d'imposer une société nuisible pour le plus grand nombre; c'est *la thèse de la domination*.

2°) En dépit de ses méfaits apparents, la société de compétition généralisée est celle qui est la plus conforme aux aspirations de l'être humain; le paradoxe n'existe pas, le progrès moderne a bien accouché de la société conforme aux attentes du plus grand nombre; c'est *la thèse néolibérale*.

3°) Les humains peuvent mettre en place et tolérer une société contraire à leurs aspirations; c'est *la thèse pathologique* qui est privilégiée dans ce livre.

Ainsi, ce livre, suscité à l'origine par une réflexion sur la crise du politique, a fini par explorer l'hypothèse suivante : se pourrait-il que nous vivions dans une société inhumaine au sens le plus fort (*i.e.* destructrice de l'être humain), non pas contraints et forcés par quelques tyrans fous, mais dans une certaine mesure « librement » (si ce n'est délibérément), et donc pour des raisons qui tiennent à notre humanité même ? Autrement dit : se pourrait-il que la façon la plus spontanément humaine de se défendre contre la souffrance psychique engendrée par une société inhumaine ait pour effet de conforter celle-ci au lieu de la combattre ?

Dès la première édition du présent volume, il est apparu que la foule des interrogations soulevées par ce questionnement initial ne saurait tenir en un seul ouvrage et que celui-ci ne pourrait qu'inaugurer une série de travaux approfondissant et complétant progressivement l'analyse. Ainsi, pour le dire vite, *La Dissociété* (2006) – qui va être longuement présenté ci-dessous – met en place une méthode d'analyse et se concentre sur l'examen critique de l'idéologie néolibérale et de la société (dissociété) qu'elle promeut. *L'Autre Société* (2009) développe les fondements anthropologiques rigoureux qui permettent de comprendre le fonctionnement des êtres humains en société et d'identifier les principes constitutifs d'une « société de progrès humain ». *La Grande Régression* (2010) décrit comment et pourquoi, après douze mille ans d'évolution qui avait mené quelques pays vers la voie du progrès humain, les sociétés modernes occidentales sont engagées, depuis trois décennies, dans une inversion générale de ce mouvement progressiste. Au fil de ces travaux successifs, mon modèle d'analyse des sociétés humaines s'est développé et a évolué, mais sans remettre vraiment en cause les traits essentiels de ma grille de lecture initiale. Aussi, pour cette troisième édition de *La Dissociété*, j'ai fait certaines corrections qui me semblaient nécessaires pour éviter une incohérence avec les livres suivants. Mais je n'ai pas cherché à réintégrer dans le modèle initial l'ensemble des développements ultérieurs. Ce modèle évoluant du fait des questions nouvelles traitées dans chaque volume, il me paraît plus pertinent (et plus intéressant pour le lecteur) d'assumer les insuffisances initiales de ma grille de lecture et de donner à voir comment la poursuite de mon questionnement force à la préciser ou à la rectifier.

Je vais à présent proposer une vue d'ensemble de *La Dissociété*. Ce livre reproduit en partie le cheminement que j'ai suivi moi-même pour arriver à ce type de questionnement. L'ouvrage épargne certes au lecteur les longues digressions par où est nécessairement passée ma réflexion, mais il suit néanmoins la même progression, de question en question, et associe ainsi le lecteur à une enquête dans laquelle la solution provisoire proposée à la fin d'un chapitre soulève les nouvelles questions à résoudre au chapitre suivant. Pour donner au lecteur une vue d'ensemble de l'enquête où il s'engage, je propose ci-après une présentation synthétique des principales questions abordées et de leur enchaînement, chapitre par chapitre.

Crise du politique et crise sociale (chapitre 1)

L'enquête s'ouvre sur la fameuse «crise du politique». Et d'emblée la piste ordinaire est disqualifiée. Habituellement associée à l'impuissance nouvelle du politique, la crise en question nourrit l'opposition entre les néolibéraux qui s'en réjouissent et leurs détracteurs qui cherchent les moyens de restaurer le pouvoir du politique. Mais cette façon de poser la question postule l'impuissance du politique sans la démontrer. Or ce chapitre montre notamment que, en réalité, la «crise du politique» est associée à une montée en puissance sans précédent de l'État et du politique; il décrit le paradoxe de la puissance impotente. Dès lors, la «crise du politique» n'est pas celle que l'on dit: elle ne manifeste pas la désolation du citoyen face à l'impuissance des élus; elle reflète la consternation et le renoncement face à la puissance impotente. Est ainsi ouverte une nouvelle piste qui est jalonnée de multiples questions habituellement négligées. En effet, si le politique reste aussi puissant que par le passé, le monde comme il va reflète au moins en partie une volonté politique. Mais cette affirmation est-elle compatible avec la montée des contraintes que la mondialisation fait peser sur les marges de manœuvre des gouvernements nationaux? Et pourquoi la volonté politique aurait-elle «choisi» la crise sociale, le chômage de masse, la pauvreté dans les pays riches, etc.? Le politique peut-il opter pour une voie contraire à l'intérêt de la majorité dans une démocratie? S'il ne le peut pas, est-ce à dire que la majorité des citoyens désire tous les méfaits sociaux et environnementaux de la mondialisation dérégulée? Il est une réponse simple qui disqualifie toutes ces questions: la mutation économique et sociale de ces trente dernières années n'a été «choisie» par personne; elle résulte simplement d'une évolution technologique et économique «naturelle». Évaluer cette réponse constitue donc le préalable à la poursuite de notre questionnement.

Du pacte social à la guerre économique (chapitre 2)

Ce chapitre résout la première énigme associée au constat d'une puissance persistante du politique: comment cette affirmation est-elle compatible avec l'évidente montée des «contraintes» associées à la mondialisation? Une relecture historique rigoureuse de la «globalisation» et des mutations récentes du capitalisme établit ici des conclusions fortes:

1°) Le pouvoir politique n'a pas été débordé par l'élargissement de l'espace et du pouvoir de l'économie mondiale: il l'a lui-même organisé. Un ensemble de choix politiques discrétionnaires ont mis en place le pouvoir des détenteurs du capital et renversé les priorités anciennes des politiques publiques. Ce retournement reflète un bouleversement des rapports de forces politiques survenu à la charnière des années 1970 et des années 1980.

2°) L'impuissance collective face aux fléaux sociaux de notre temps n'est donc pas une crise *du* politique, mais la victoire *d'une* politique, une politique délibérée de l'impuissance publique, une *privatisation de l'État* toujours aussi puissant qu'autrefois, mais désormais au service d'intérêts privés. Le défi réel de la démocratie n'est donc pas de replacer l'économie sous le contrôle du politique, car elle n'a jamais cessé de l'être; il est de remettre les politiques au service du bien commun.

Ce chapitre écarte donc la prémisse des néolibéraux. L'évolution du monde n'est pas une fatalité inscrite dans des lois naturelles de l'évolution économique ou technologique; c'est l'effet d'une histoire politique contingente et réversible dans laquelle la part des choix gouvernementaux est essentielle. Mais l'engouement pour le néolibéralisme paraît alors bien paradoxal. Ce chapitre montre en effet que la mutation néolibérale du capitalisme détériore la capacité globale des sociétés à affronter les défis économiques, sociaux et écologiques du moment. Même sur le plan strictement économique, le néolibéralisme est largement inefficace et ne profite vraiment qu'à une minorité qui devrait théoriquement avoir le plus grand mal à imposer ses préférences dans des démocraties.

Ces conclusions relancent l'énigme centrale: comment un système défavorable au plus grand nombre suscite-t-il aussi peu de résistance dans des sociétés démocratiques?

De la guerre économique à la « guerre incivile » (chapitre 3)

Pour résister, le plus grand nombre doit exister en tant que force politique solidaire. Une première piste de l'enquête consiste donc à étudier dans quelle mesure le mode opératoire de la mutation néolibérale est de nature à empêcher la constitution d'une telle force de résistance collective.

La politique néolibérale n'est en effet pas qu'une politique économique et sociale. Elle constitue aussi une politique de manipulation culturelle visant à transformer son pire ennemi – le citoyen soucieux de contrôler les politiques – en individualiste guerrier avide de gains privés et hostile aux biens publics.

Par ailleurs, la logique de guerre économique n'engendre pas que les méfaits sociaux susceptibles de nourrir la résistance. Elle dégénère aussi en «guerre incivile» qui dresse les citoyens les uns contre les autres et défait ainsi la possibilité de concevoir une résistance collective.

En bref: *la résistance peine donc à se manifester parce que la guerre économique et les progrès de la culture néolibérale laminent la solidarité nécessaire à toute action collective.* Mais cette mutation se paye au prix fort de la violence et de la souffrance psychologique – largement illustrée en fin de chapitre à travers des exemples américains, européens et japonais. Mais, si l'effet des mutations en cours dans les sociétés de marché est réellement de nous entraîner vers un monde de plus en plus invivable, on ne peut se contenter de la «solution» proposée ci-dessus. Car elle soulève en réalité plus de questions qu'elle n'en résout.

Tout indique en effet que, dans la vie privée, nous savons échapper au cercle vicieux de la compétition généralisée, nous savons mobiliser la coopération et la solidarité sans renoncer pour autant à notre intérêt propre. Nous connaissons donc le moyen de nous épanouir autrement et plus sereinement que dans le stress de la lutte permanente. Alors, pourquoi et comment des millions d'individus, persuadés dans leur vie privée que la coopération solidaire est cent fois préférable à la compétition solitaire, n'exigent-ils pas un autre système économique et social?

La thèse de la domination répond que les millions d'individus en question n'ont pas le choix, parce qu'ils sont sous la coupe du pouvoir dominant des détenteurs du capital et de représentants politiques au service du capital. C'est là en effet une part de l'explication, mais une part seulement. Alors, une fois démontrée l'insuffisance de cette thèse, il reste la thèse néolibérale. Celle-ci s'est développée sous deux formes et en deux temps.

Jusqu'au milieu des années 1990, la thèse néolibérale soutenait, elle aussi, que les individus n'avaient pas le choix, non pas en raison d'un *pouvoir* quelconque de domination, mais en raison de *lois nécessaires de l'évolution économique* qui s'imposaient autant aux patrons qu'à leurs salariés, autant aux gouvernements qu'à leurs administrés (à ce stade de notre enquête, le chapitre 2 a déjà démontré l'inanité de cette thèse et la nature politique et délibérée des mutations économiques et sociales). Mais cette première mouture de la thèse, outre qu'elle est contraire aux faits, présente pour les néolibéraux eux-mêmes un inconvénient majeur : elle réduit à néant la marge de manœuvre des individus (dominés par une histoire qui s'écrit sans eux) et cela colle mal avec un discours politique et managérial qui vante en permanence le rôle déterminant de l'individu, ne jure que par l'initiative individuelle, impute tous les bienfaits sociaux au mérite personnel, et tous les méfaits à la responsabilité individuelle. Si donc les néolibéraux en viennent à considérer la société de compétition généralisée comme un choix assumé et accepté par le plus grand nombre, il leur faut démontrer que cette société est conforme à la nature profonde des êtres humains, aux valeurs qui dominent dans nos croyances comme aux principes naturels qui commandent nos comportements.

À partir de ce point du débat, notre enquête prend donc nécessairement une autre tournure. On passe du diagnostic politique, économique et sociologique sur la société de marché, à une réflexion sur les aspirations constitutives d'un être humain. Si, comme le pensent les néolibéraux, nous sommes, par nature, des êtres avides de compétition et de performance individuelle et incapables de s'épanouir ou d'être efficaces sans le stimulant du gain individuel maximal, alors l'enquête s'achève et l'affaire est entendue : nous ne sommes pas loin de vivre dans le meilleur des mondes possibles, même si les perdants de la guerre « naturelle » entre les hommes ont toujours intérêt à contester un monde qu'ils encenseraient s'ils étaient dans le camp des gagnants.

Dissociété, hypersociété et société de progrès humain (chapitre 4)

L'affaire est en réalité loin d'être entendue. Car le postulat d'un être humain naturellement passionné par la maximisation de son seul profit individuel, avide de compétition avec ses semblables, est d'emblée contredit par l'expérience intime de tout un chacun. Nous consacrons une part essentielle de notre vie et de notre énergie à l'entretien de relations sociales, amicales, filiales ou amoureuses. Nous sommes autant avides de liberté et d'épanouissement personnel que d'attachement à d'autres êtres et de réussite collective. En bref, *chacun sait que son être balance en permanence entre le désir d'être soi et pour soi, et celui d'être avec et pour les autres*. Telles sont les deux aspirations que j'appelle « ontogénétiques » parce qu'elles participent à la construction de l'être (ontogenèse). Elles sont indissociables, telles les deux faces de notre désir d'être ; l'une n'est pas plus importante que l'autre, elles vont de concert, en interaction permanente. Nous avons besoin d'autrui pour grandir et nous constituer en sujet singulier, besoin de l'estime d'autrui pour connaître l'estime de soi. Mais le sentiment d'être soi, d'être libre, nous est aussi indispensable pour être avec et pour autrui. Il s'ensuit notamment que nous sommes à la fois égoïstes et altruistes, stimulés par l'attrait du succès personnel et attirés par les plaisirs de la coopération.

Mais le point essentiel (pas toujours bien compris par certains critiques) est que chacun de ces penchants a besoin de la satisfaction simultanée de son contraire apparent. Nous sommes constitués biologiquement et psychiquement par des relations aux autres; il nous est donc impossible de jouir pleinement et sans stress de notre être singulier par des voies qui détruisent les relations sans quoi nous n'aurions même pas le sentiment d'exister. Nos aspirations ontogénétiques ne sont donc ni opposées, ni confondues, elles sont en synergie: si l'une va bien, l'autre aussi; si l'une fait mal, elle gâche le plaisir de l'autre; nous déployons donc des efforts conscients ou des stratagèmes inconscients pour tenir ces deux-là dans une synergie positive.

Ce chapitre formalise et tire toutes les conclusions de cette intuition commune: la grande affaire d'une vie humaine est de rechercher la conciliation entre ces deux aspirations ontogénétiques; comment être soi-même sans rompre ses liens à autrui, comment rester attaché aux autres sans être étouffé par eux. Partant de ce constat, je définis une «société de progrès humain» comme celle qui favorise la conciliation harmonieuse de ces deux aspirations. Par opposition, il existe donc deux types de société de «régression inhumaine». D'une part, la «dissociété», qui tend à amputer la seconde aspiration (être avec) au profit de la première (être soi), qui réprime la quête de coopération et de solidarité entre les êtres et n'autorise l'épanouissement personnel que dans la compétition contre les autres. D'autre part, l'«hypersociété», qui réprime le désir d'être soi au profit du seul désir d'être avec, qui étouffe l'individuation et la quête d'autonomie en hypertrophiant le collectif et la contrainte sociale.

Le concept de «dissociété» permet alors de relire et de donner une cohérence d'ensemble au processus à l'œuvre dans le modèle néolibéral de société de marché.

En effet, *la dissociété apparaît comme une force centrifuge qui isole et décompose en éléments toujours plus restreints ce qui constituait le tout indissociable d'une société humaine*. Les divers indices de dissolution de la société et du vivre ensemble, décrits dans les chapitres précédents, sont alors ordonnés comme un processus de dissociation à tous les étages de la société : dissociation intercommunautaire : séparation et mise en rivalité des « communautés » qui constituent (ou décomposent ?) la société ; dissociation intra-communautaire : séparation et mise en rivalité des sous-groupes composant les diverses communautés ; dissociation interpersonnelle : repli sur soi et rivalité directe entre les individus ; dissociation personnelle : dislocation intime de l'individu, rendu incapable de concilier ses aspirations ontogénétiques.

La conception de l'être humain proposée ici implique donc une condamnation aussi radicale de la dissociation des êtres dans une dissociété de compétition généralisée que de leur fusion aliénante dans un système collectiviste. Elle fonde aussi un principe méthodologique opposé à la fois au « holisme » (détermination de l'individu par la société) et à l'« individualisme méthodologique » (détermination du social par l'action des individus indépendants). Je dénomme ce principe « socialisme méthodologique » ; il ne faut pas donner ici au terme « socialisme » un sens politicien ordinaire mais son sens initial qui l'oppose à l'individualisme. En ce sens strictement méthodologique, le socialisme désigne une conception sociale de l'être humain, c'est-à-dire construit dans une nécessaire relation aux autres (ses parents, sa famille, ses éducateurs, etc.), par opposition à la conception individualiste d'un être parfaitement indépendant des autres. Je montre aussi que cette conception sociale de l'être humain est tout autant incompatible avec le holisme.

Je montrerai au chapitre 9 que ce « socialisme méthodologique » est aujourd'hui conforté par les sciences de la vie et de l'homme. Des lecteurs de la première édition ont trouvé curieux que je reporte ainsi (cinq chapitres plus loin) les éléments de preuve scientifique des hypothèses qui fondent toute mon analyse. Ce choix a deux raisons. En premier lieu, l'exposé respecte la chronologie effective de l'enquête. J'ai construit la grille de lecture théorique établie dans ce chapitre, au début de mon travail, sur la base des seules intuitions communes sur l'être humain et bien avant de recenser ce que nous apprennent les sciences sur la question. En second lieu, pour la suite de l'exposé, il est essentiel de comprendre que ma grille de lecture n'a nul besoin des connaissances contemporaines pour être pensée. Il s'ensuit qu'elle pouvait être pensée dès le XVIIe et le XVIIIe siècle où, cependant, c'est un concept d'être humain très différent qui s'est imposé dans la pensée moderne. La critique de cette pensée moderne est développée au centre de cet ouvrage (chapitres 5 à 8). Si j'avais présenté cette critique après un exposé des connaissances scientifiques du XXIe siècle, elle aurait pu sembler anachronique, ce qu'elle n'est pas. Je ne reproche pas aux penseurs de la modernité de n'avoir pas intégré les conclusions de la neurobiologie ! Je montre qu'ils ont fondé un édifice intellectuel (qui inspirera la quasi-totalité des courants politiques) sur une conception de l'être humain parfaitement abstraite et contradictoire avec des évidences accessibles aux esprits les plus simples.

Et nous touchons ici à la question qui m'a conduit à l'enquête philosophique qui constitue la partie centrale de l'ouvrage. Si la conception sociale de l'être humain et si le socialisme méthodologique qui en découle sont conformes aux intuitions les plus communes et à l'expérience intime de chacun, pourquoi ne se sont-ils pas imposés naturellement dans la pensée moderne et dans la culture contemporaine? Comment la culture néolibérale de l'individu seul maître et responsable de lui-même, comment le culte de l'épanouissement dans la compétition, peuvent-ils s'étendre alors que l'évidence de leur fausseté devrait s'imposer à tous? Pourquoi ce qui va de soi dans la vie de chacun n'irait pas de soi dans la façon de penser la vie en société, c'est-à-dire de penser la politique?

Voilà qui m'a conduit à approfondir la façon dont la pensée moderne en général et la pensée néolibérale en particulier ont conçu l'être humain et la vie en société. Il s'agissait à la fois de retrouver les fondations de l'idéologie néolibérale, de comprendre le sort réservé par les divers courants fondateurs de la pensée politique à la conception sociale de l'être humain et de voir en quoi ma grille de lecture éclairait ou non la formation de cette pensée.

Enquête sur les fondements philosophiques et anthropologiques de la pensée politique moderne (chapitres 5 à 8)

Afin de procéder à l'évaluation comparée de ma conception de la société et de celle des néolibéraux, il faut mettre au jour les fondations anthropologiques et philosophiques sur lesquelles ces derniers construisent leur discours. En effet, la comparaison ne va pas de soi, car exposer ces fondations, comme je l'ai fait pour ma propre analyse, est une démarche tombée en désuétude depuis près d'un siècle. Le développement de sciences sociales soucieuses d'acquérir le prestige des sciences mathématiques et physiques a paradoxalement marginalisé la réflexion sur la nature de l'être humain et des sociétés humaines, réflexion considérée comme philosophique et non scientifique. Le résultat de ce scientisme est que la plupart des modèles économiques et sociaux prétendument scientifiques tournent encore sur la base de postulats implicites sur la nature humaine dont les sciences de la nature ont déjà démontré la fausseté ! Les grandes théories sociales persistent à opposer les tenants de l'individualisme méthodologique et les tenants du holisme, malgré les pistes d'un tiers paradigme ouvertes, en philosophie politique par Pierre Leroux (inventeur du terme « socialisme » en 1834), en anthropologie par Marcel Mauss (*Essai sur le don*, 1923-1924), en sociologie par Norbert Elias (*La Société des individus*, 1939), en psychologie, par George H. Mead (*L'Esprit, le Soi et la Société*, 1934). Toutes ces pistes ont en commun de prendre en compte une conception de l'être humain plus réaliste et plus complexe préfigurant ce que j'ai proposé d'appeler le « socialisme méthodologique ». Mais, quasiment jusqu'à nos jours, ces pistes ont été négligées par les courants dominants des diverses sciences humaines et sociales.

Cet oubli délibéré d'une fondation anthropologique explicite et rigoureuse de tout discours sur la société a eu un effet déplorable : on ne se demande plus jamais sur quelle conception de l'humain et de la société repose un discours politique. Et par voie de conséquence, on ne conçoit même pas la question de savoir si cette conception est juste ou fausse ! Or, justement, mon enquête suggère que la culture néolibérale s'étend sans grande difficulté, notamment parce qu'elle a le soutien d'une culture de l'individu-roi, parfaitement autonome et responsable, culture moderne commune qui va de soi, quoiqu'elle soit, nous le verrons, absolument fausse.

J'entreprends donc une archéologie des fondations enfouies de la pensée politique et économique contemporaine. Cette démarche est aujourd'hui si peu commune que j'ai consacré tout le chapitre 5 à expliquer la nécessité et l'utilité de procéder à une telle archéologie. Les résultats de la fouille sont exposés dans les trois chapitres suivants. Le chapitre 6 exhume les postulats de la pensée moderne quant à la nature de l'être humain; le chapitre 7 révèle les postulats concernant la nature de la société; le chapitre 8 tire les principaux enseignements de cette partie de l'enquête. On verra que celle-ci a finalement et surtout découvert autre chose que ce qu'elle visait au départ.

L'objectif initial est néanmoins à peu près atteint. Je montre comment le discours politique et économique néolibéral s'articule autour de dix piliers fondamentaux qui découlent tous logiquement d'un premier postulat caractéristique de la modernité : l'invention d'une conception de l'être humain comme individu existant par lui-même, avant tout lien social. De là découle inéluctablement : une conception absolue de l'autonomie (2e pilier), le culte de la responsabilité individuelle et la négation du rôle des inégalités sociales (3e pilier), l'assimilation de la rationalité à l'égoïsme (4e pilier), un individu rival et prédateur (5e pilier), la conception utilitaire de la société comme contrat entre individus strictement intéressés et qui lui préexistent (6e pilier), le refus des droits sans contrepartie (7e pilier), l'État minimum et la dissociété (8e pilier), le productivisme et le consumérisme comme instruments idéaux de la paix sociale (9e pilier), l'extension de la compétition marchande à toutes les activités humaines comme chemin vers la nécessaire abondance des biens (10e pilier). L'intérêt ici n'est pas tant dans l'exposé de ces divers postulats – déjà bien connus – que dans la mise au jour de leur articulation logique et systématique autour d'une conception de l'humain qui nie l'existence même de la société et du rôle des relations sociales dans la constitution du sujet. Il s'ensuit notamment que, dès l'instant où il est scientifiquement établi que cette dernière conception est fausse, c'est l'ensemble de l'idéologie néolibérale qui se trouve infirmée, non plus au nom d'un quelconque jugement de valeur, mais seulement parce qu'elle est contraire à la raison et aux faits.

Mais, dans toute fouille archéologique, les chercheurs font d'autres découvertes que celles qui justifiaient l'ouverture du chantier. Pour remonter aux sources du discours néolibéral, j'ai dû en réalité exhumer les fondements de la plupart des grands courants de la pensée politique moderne. Ainsi, plus que la spécificité de l'idéologie néolibérale, c'est son enracinement commun aux autres courants qui apparaît ici le plus frappant. Enracinement dans la fiction de l'individu autonome, cette invention fondatrice de la modernité promue par les «Lumières» dans une volonté d'émancipation des êtres à l'égard de l'absolutisme politique et de l'obscurantisme religieux. Je pense avoir montré dans ce livre que cette conception abstraite d'un être initialement dissocié d'autrui (*i.e.* préexistant par lui-même avant d'entrer en relation) a interdit à presque tous les courants de concevoir vraiment la société comme une communauté politique possible à partir des êtres tels qu'ils sont. Des êtres dissociés par nature ne peuvent vivre dans une même communauté politique que dissociés (tenus à l'écart les uns des autres, répartis entre diverses sous-communautés de semblables), ou bien fusionnés par une autorité collective anéantissant toute autonomie individuelle. En un mot, nous découvrons que la pensée politique moderne oscille entre hypersociété et dissociété, mais a bien du mal à penser la société de progrès humain. Cette fondation commune des pensées politiques dans le culte de l'individu pourrait bien être aussi l'une des raisons pour lesquelles la culture néolibérale gagne aujourd'hui les esprits avec autant d'aisance. Que nous soyons «de gauche», «de droite», «du centre» ou de nulle part, nous baignons dans l'évidente conviction que nous sommes des individus seuls maîtres de nous-mêmes, ou qu'en tout cas nous devrions l'être. En remettant comme jamais l'accent sur le culte de l'individu responsable, du mérite personnel et de la performance individuelle, le discours néolibéral exploite à son profit un ressort puissant de la culture moderne et qui transcende désormais les clivages politiques.

La dissociété n'est donc pas seulement, comme je le supposais au début de l'enquête, une maladie néolibérale ; c'est une pathologie sociale plus profonde qui puise ses sources dans une maladie de la pensée, une malformation originelle de la pensée moderne qui a conçu l'humain dans *L'Oubli de la société* (pour reprendre le titre d'un livre de Michel Freitag). On sait aujourd'hui que cette façon de penser l'homme est non seulement contraire aux intuitions les plus triviales (cf. chap. 4), mais encore disqualifiée par nos connaissances scientifiques.

Une refondation anthropologique du discours politique (chapitre 9)

Ce chapitre s'appuie sur les résultats des diverses sciences s'intéressant à l'être humain, pour démontrer que l'intuition et ses développements proposés au chapitre 4 sont scientifiquement fondés. Sont ainsi notamment mobilisées : la biologie (à propos de la prétendue naturalité d'un principe de compétition sauvage dans le processus de sélection naturelle); la neurobiologie et la pédiatrie (sur la formation de la conscience de soi et l'accès à l'autonomie personnelle); l'éthologie et la paléontologie (pour l'enquête sur les origines et le développement de l'espèce humaine); l'anthropologie, l'ethnologie et l'archéologie (à propos de la formation et de la nature des sociétés primitives).

Je préviens le lecteur que ce chapitre reste allusif et fut écrit en dernier. Il est apparu au fil de la rédaction qu'un développement sérieux de ces fondements anthropologiques nécessiterait un ouvrage spécifique et que celui-ci n'ajoutait ici rien d'essentiel à mon propos. J'ai donc résolu de seulement évoquer ces fondements, pour rappeler au lecteur que ma conception sociale de l'être humain n'est pas une « opinion » mais une hypothèse assise sur une somme de résultats établis dans de multiples disciplines scientifiques. La « somme » en question sera plus amplement exploitée dans le prochain volume (*L'Autre Société*).

Pendant trois siècles, la pensée moderne a fondé le discours politique sur des postulats anthropologiques très particuliers dans un contexte de grande ignorance scientifique sur ce qui constitue un être humain. Depuis une trentaine d'années à peine, ce voile d'ignorance commence à se lever. Or tous les résultats des nouvelles sciences de l'homme et de la nature confirment que l'être humain est construit par la relation et la communication à autrui; ils nous apprennent notamment: que la coopération et la solidarité sont au moins aussi «naturelles» que la compétition, que les sociétés organisées se sont constituées pour l'accomplissement de rites sociaux et religieux et non pour la production de subsistance, que notre cerveau est «social», que la sélection naturelle a façonné une espèce humaine renonçant progressivement à la force et à l'indépendance de l'individu au profit de la force collective et de l'intelligence engendrées par la densité et la complexité des rapports sociaux, etc.

Bref, on sait aujourd'hui que le «grand récit» néolibéral (fondé sur l'individu qui s'épanouit dans la lutte pour son seul intérêt et ne fait société que dans le cadre d'un contrat utilitaire) est une pure fable. Une dissociété fondée sur l'individualisme exacerbé et la compétition généralisée est effectivement une société de régression inhumaine. L'idéologie néolibérale qui soutient ce modèle apparaît aussi pour ce qu'elle est vraiment : un tissu de contrevérités dont le modèle n'est pas seulement contestable au nom d'une liste de méfaits économiques, sociaux ou environnementaux, mais tout simplement et plus définitivement parce qu'il est faux.

Mais ces nouveaux résultats ne font que relancer l'énigme. Pourquoi le nouveau savoir sur la constitution d'un être humain et des sociétés humaines ne change-t-il pas la culture dominante et n'entame en rien la victoire politique apparente de l'idéologie néolibérale ? Si une fois encore on ne se satisfait pas de la thèse de la domination par la force brute des gagnants du système, il nous faut alors approfondir l'autre piste, celle de la thèse pathologique. Tel est l'objet du chapitre 10.

L'homme dissocié et la servitude volontaire (chapitre 10)

On découvre en effet dans ce chapitre un dilemme déroutant. Ce qui, dans la nature humaine, rend la dissociété inhumaine est aussi ce qui conduit les êtres humains à tolérer ou à se soumettre à la dissociété ! En effet, la dissociété – pathologie de la société – peut engendrer une réaction pathologique des individus qui s'y trouvent exposés, ou tout simplement une réaction de protection contre la souffrance psychique. Or, que notre réaction soit saine ou pathologique, plus nous sommes efficaces dans l'adaptation à une société contre nature, moins nous la combattons et plus nous empruntons la voie de la servitude volontaire.

Une dissociété impose à l'être une réelle « violence ontogénétique » (atteinte à la constitution même de l'être), en exigeant un écartèlement psychique permanent, une amputation de sa face sociale et solidaire, amputation interminable puisqu'elle est en réalité impossible. Plutôt que d'endurer indéfiniment une souffrance parfaitement inutile, il est probable que la plupart des individus exposés à la violence de la dissociété combinent divers processus de refoulement, sublimation, identification qui éliminent le stress et l'angoisse. Ce chapitre propose une typologie des réactions qui vont de la pleine adhésion et collaboration au modèle de la dissociété à la rébellion. Il démontre que la rébellion est l'option la moins probable et, de fait, la moins fréquente. Ceux qui souffrent le plus de la dissociété (les fantassins ordinaires de la guerre économique) sont aussi ceux qui disposent le moins des possibilités de rébellion. Ceux qui disposent le plus du capital social et de la liberté nécessaires à la rébellion sont aussi ceux qui souffrent le moins de la dissociété, voire en tirent avantage, et n'ont donc guère de raisons de se rebeller.

La culture néolibérale propre à la dissociété concourt aussi à étouffer la résistance. En effet, le néolibéralisme ne nous impose pas une amputation à vif de notre « moi » solidaire, de notre aspiration au vivre ensemble, de notre être social. Il s'appuie au contraire sur notre quête d'un équilibre intime entre les deux faces de notre être et s'efforce, en bonne logique marchande, de *compenser toute perte de soi par un gain de soi*. Le néolibéralisme stimule ainsi des satisfactions puissantes pour compenser les manques engendrés par le délitement des liens sociaux. L'exaltation de l'autonomie, de la responsabilité, du mérite individuel est en effet une source abondante de jouissance narcissique du désir d'être soi et pour soi.

Par ailleurs, les individus déploient des mécanismes de défense contre la dissociété. On étudiera comment ils peuvent se protéger contre une société de rivalité généralisée en se repliant sur des communautés de semblables et en accentuant ainsi la dissociété. On montrera aussi l'effet de la résilience individuelle (*i.e.* la capacité à surmonter la souffrance psychique destructrice associée à une expérience traumatisante). Or plus les individus sont efficaces dans la protection contre les souffrances infligées par le culte de la compétition et de la performance individuelle, moins ils luttent contre le système qui nourrit ces souffrances. Par ailleurs, ce chapitre réexamine aussi les travaux sur la soumission volontaire à l'autorité ou à la logique dominante d'un groupe. Contrairement à ce que pourraient suggérer spontanément ces travaux, je montre que *la soumission à une logique contraire à sa conviction intime n'est pas le fait d'un individu qui manque d'indépendance à l'égard d'autrui; elle est le fait d'un individu qui dépend de cercles trop étroits et trop peu nombreux de socialisation.* Il s'ensuit que plus la dissociété avance, plus nous nous replions sur des micro-communautés réelles (la famille, les amis, la «bande») ou symboliques (la région, la religion, etc.), plus notre moi devient fragile, et moins nous sommes capables de résistance.

Il résulte de tout cela que la dissociété est un processus autoréalisateur, une maladie dégénérative de la société dont la force tient au fait que la plupart des mécanismes de défense qu'elle suscite la renforce au lieu de la combattre. Dès lors, même si le plus grand nombre souffre de cette dissociété, on ne peut compter sur les réactions individuelles pour s'y opposer. La dissociété piège donc une communauté humaine dans *un gigantesque dilemme: l'immense majorité de ses membres aurait intérêt à une vraie société coopérative et solidaire, mais la réaction la plus rationnelle pour la plupart des individus consiste à adopter ou à tolérer le modèle dissociétal de la compétition solitaire* (type de situation usuellement dénommée «dilemme du prisonnier»).

Cette conclusion soulève une nouvelle énigme qui nous ramène à la réflexion initiale sur la crise du politique. On peut comprendre que chaque individu pris isolément cherche à survivre et à préserver son intégrité mentale dans un monde brutal, au lieu de s'exposer seul dans une lutte perdue d'avance. On ne se libère pas aisément d'un tyran en sortant du rang pour le défier. Mais s'il suffit de voter à bulletins secrets pour chasser un tyran impitoyable, qui s'en privera? En démocratie, il est un instrument simple et accessible pour surmonter le dilemme du prisonnier: la politique. La politique peut en effet imposer à tous des règles du jeu coopératives et solidaires qui réenclenchent le cercle vertueux de la société de progrès humain et permettent ainsi à l'immense majorité de réaliser son idéal social. Dans la mesure où la réaction pathologique aiguë (identification totale à la dissociété et inconscience parfaite de ses méfaits) est très minoritaire et où, en conséquence, la majorité des citoyens restent conscients que la compétition solitaire et généralisée les prive d'un mieux-être accessible par de simples choix politiques, comment se fait-il qu'ils n'imposent pas ces choix par l'instrument gratuit, anonyme et sans risque dont ils disposent: le vote? C'est l'ultime question abordée dans la conclusion nécessairement provisoire de ce premier volume.

Conclusion d'étape (chapitre 11)

J'invite ici le lecteur à sortir de l'illusion démocratique. Nous ne vivons pas vraiment dans des sociétés où le peuple gouverne par le biais de ses représentants. Les élus et leurs politiques ne reflètent pas directement la demande sociale du plus grand nombre, car *le système soi-disant démocratique implique une politique de l'offre, et non de la demande*. Les partis choisissent les candidats et les programmes soumis aux électeurs et ces derniers ne peuvent opérer leur «choix» que dans le champ des options offertes par les partis.

Tant que l'offre est réellement diversifiée (*i.e.* que les électeurs ont le choix entre une large palette de finalités sociales, de solutions aux défis du moment, de politiques économiques et sociales, etc.), tout un chacun peut compter sur son bulletin de vote pour exprimer un choix effectif; la politique constitue alors un outil collectif de résistance à une société de régression inhumaine. Or, au cours des trente dernières années, tandis que progressait le culte du marché, de l'individu, de la performance et de la compétition, tandis que s'étendaient les souffrances infligées par la dissociété, l'offre politique a convergé comme rarement dans l'histoire et, par conséquent, en moins d'une génération, le sentiment que la politique pouvait changer la société s'est évanoui. La gauche européenne, qui aurait dû logiquement être à l'origine d'une alternative claire, opposant la dissociété de marché des néolibéraux et la société de progrès humain, s'est en fait largement convertie à la dissociété de marché perçue comme une mutation historique inéluctable. Au fond, les politiques ont fait exactement comme les individus résilients: ils se sont adaptés à la violence infligée par la dissociété au lieu de la combattre.

Ainsi le politique, loin d'être l'outil qui nous sort du dilemme du prisonnier, est devenu celui qui construit la prison. Dans une pseudo-démocratie de l'offre, il est impossible de combattre la maladie de la société si les responsables politiques eux-mêmes se réjouissent ou s'accommodent de cette maladie. La voie étroite qui émerge de cette enquête passe donc par une réforme radicale du système politique pour le constituer en «démocratie effective» où le peuple a effectivement le pouvoir d'exiger un changement d'orientation, même quand celui-ci n'est pas offert. Mais cette « révolution démocratique » n'a aucune chance de se produire spontanément, sans renouvellement de la classe politique. À moins d'une révolution tout court (dont l'histoire nous enseigne qu'elle ne produit jamais la vraie démocratie), la seule façon de renouveler la classe politique consiste dans la mobilisation massive des citoyens et militants qui passent leur temps à critiquer (à juste titre) les partis au lieu d'y adhérer pour contribuer à leur transformation.

Pour qu'une telle mobilisation puisse avoir lieu, encore faut-il que la minorité progressiste encore engagée dans les partis y appelle activement, et que la plupart des citoyens ne soit pas déjà hors d'atteinte d'un tel appel. Car la maladie de la société est bien avancée, et plus la génération présente parvient à se protéger tant bien que mal contre les effets mortifères de cette maladie, moins elle a conscience qu'elle s'abandonne à elle, plus elle se laisse enivrer par les mirages du narcissisme et du consumérisme. Et cette génération, qui conserve le souvenir enfoui d'une autre société possible, pourrait bien mettre au monde et élever une nouvelle génération sans autre mémoire, ni autre avenir, que le culte du chacun pour soi. *La catastrophe anthropologique que ce livre entend combattre est très précisément ce possible point de rupture, à partir duquel la majorité d'entre nous se convertirait ou se résignerait à la culture néolibérale*, qui fait de nous des bêtes tout juste bonnes à jouir et tue en nous l'animal politique.

Pour conjurer cette éventuelle catastrophe, les progressistes ne doivent pas gaspiller leur énergie dans l'invention d'autres systèmes. Les autres façons de produire, de consommer, de vivre ensemble, d'entreprendre, d'échanger, etc., existent déjà, une « autre société » est aisément pensable (voir le vol. 2 de notre « recherche »).

Seule fait défaut une majorité politique pour l'offrir et la mettre en œuvre. Or cette majorité ne peut se constituer si les responsables politiques qui cherchent à la construire ne mènent pas le combat là où se livre aujourd'hui la bataille la plus décisive, c'est-à-dire dans la tête des millions d'individus résilients qui ne songent qu'à survivre dans un monde hostile et qui ne croient plus dans la capacité du politique à changer le monde. Voilà pourquoi ma conclusion provisoire s'achèvera par la restauration de la bataille culturelle, de la bataille des idées et aussi du discours comme acte premier du politique.

Quelques critiques et malentendus

La première édition de ce texte m'a valu beaucoup de commentaires exagérément élogieux et de critiques fondées, et aussi quelques critiques niaises de lecteurs distraits.

Compte tenu de l'ambition pluridisciplinaire de cet ouvrage (manifestement hors de proportion avec mes compétences initiales), je m'attendais à une pluie d'insultes ou aux railleries condescendantes de la part de collègues agacés par mon intrusion dans des champs de réflexion où ils sont assurément plus qualifiés que je ne le suis. J'étais préparé à une telle réaction en toute sérénité, car les insuffisances éventuelles de ce livre sont l'effet d'un choix assumé. Quand le questionnement d'un spécialiste d'une discipline quelconque le confronte à la nécessité de mobiliser les outils d'autres disciplines, il a trois options : se limiter au champ étroit de questions où il pense atteindre l'excellence de l'expert ; se contenter de la boîte à outils de sa seule discipline pour bricoler sans vergogne le champ de toutes les autres ; prendre le risque d'une démarche pluridisciplinaire. J'ai opté pour la dernière option, celle qui consiste simplement à prendre les questions que l'on se pose au sérieux, en assumant ses propres limites et en comptant précisément sur les spécialistes des autres disciplines pour les surmonter. Les spécialistes en question ne m'ont pas réservé la pluie d'insultes attendue. Nombre d'entre eux ont plutôt manifesté leur soutien à ma démarche et fait preuve d'une grande indulgence dans l'expression de leurs observations. Heureuse surprise qui manifeste une conscience partagée que l'interaction et la collaboration des diverses sciences humaines et sciences sociales sont une absolue nécessité.

Les critiques les plus fondées ont concerné le traitement du marxisme dans la première édition. On m'a à juste titre reproché une présentation qui ne distinguait pas suffisamment la pensée de Marx et celle d'un marxisme-léninisme élémentaire et caricatural qui n'aurait retenu de Marx qu'un déterminisme mécanique de l'histoire par l'évolution des conditions matérielles de production. Telle n'était pas mon intention et j'ai corrigé la présente édition pour mieux préciser mon propos. En réalité, je pense que la caricature productiviste du marxisme est, hélas, celle qui a dominé le mouvement communiste affilié à l'Union soviétique, et ce assez longtemps pour qu'elle constitue ce que la culture commune a retenu du marxisme. J'estime aussi, et je montre, que cette caricature n'est pas une pure invention de marxistes irrespectueux de leur maître à penser, mais s'explique aisément par l'ambiguïté de la pensée de Marx et sa volonté de construire une science de l'histoire. Mais, si je persiste et signe sur ces deux points, j'ai eu le tort de ne pas les expliciter suffisamment et de ne pas distinguer Marx lui-même de l'interprétation spécifique du marxisme que je conteste directement; je me suis efforcé de réparer cette lacune dès la deuxième édition (2008).

D'autres critiques reflètent une lecture distraite ou paresseuse. J'en dis un mot ici pour éviter aux nouveaux lecteurs d'être à leur tour égarés par des préjugés erronés sur le sens de ma démarche. D'aucuns n'ont lu que les quatre premiers chapitres et n'ont donc rien vu d'autre qu'une critique de la libre concurrence ! Que les choses soient claires : je n'ai rien contre la concurrence. Quoi de plus humain que de « con-courir », c'est-à-dire, littéralement, de courir avec les autres, de courir ensemble ! La concurrence est une rivalité organisée pour constituer une activité sociale. Elle suppose des règles du jeu acceptées et respectées par tous, sinon ce n'est pas de la concurrence, mais la guerre qui est une rivalité où tous les moyens sont permis. La concurrence suppose aussi un minimum d'égalité des compétiteurs, sinon c'est une farce ou un abattoir. Je n'ai donc rien contre la concurrence régulée en sorte que tous les compétiteurs respectent les mêmes normes morales, fiscales et sociales, en sorte que, comme dans la compétition sportive collective, l'effort personnel et la coopération soient simultanément sollicités dans une direction qui sert le bien commun. La première partie de cet ouvrage n'est donc pas une critique de la concurrence, c'est une critique de la logique de guerre économique que le néolibéralisme tente précisément de substituer à celle, trop sociale et trop policée, de la concurrence. Cette question sera en outre traitée avec toute la rigueur nécessaire dans *L'Autre Société* (chap. 2).

Certains ont poussé le ridicule de leur critique jusqu'à rappeler les méfaits du collectivisme pour m'inviter à tempérer mon prétendu rejet de la concurrence ! N'importe quel lecteur un tant soit peu attentif comprendra que ma critique de l'hypersociété qui étouffe l'individu est aussi radicale que ma critique de la dissociété qui mutile les liens sociaux qui nous constituent en être humain. Il se trouve simplement que nous ne sommes pas aujourd'hui menacés par l'hypersociété et le collectivisme (auquel cas j'aurais écrit *L'Hypersociété*), mais par la dissociété à laquelle je consacre de ce fait l'essentiel de mes critiques.

Mon analyse est tout sauf simpliste, on y trouve par exemple tour à tour autant de reconnaissance et de rejet pour des positions libérales ou marxistes, et néanmoins jamais l'idée que la vérité se trouve dans un illusoire «juste milieu». Alors, forcément les esprits réducteurs peuvent s'y sentir mal à l'aise. Car ceux-ci ne connaissent que le mouvement du balancier. Si vous critiquez un peu durement les excès de la concurrence dérégulée, ils vous suspectent aussitôt d'être tentés par le collectivisme et agitent le spectre du Goulag pour ramener le balancier vers l'autre côté. Si vous rejetez une société qui aliène l'aspiration à l'autonomie personnelle au nom de l'intérêt général, ils vous accusent d'être un individualiste forcené. Ce genre de reproches ne mérite pas d'être discuté; il reflète seulement l'artifice paresseux qui consiste à fabriquer une fausse divergence pour donner un semblant de consistance à une critique qui n'en a aucune.

De même, et je terminerai sur ce point, il est absurde de dire que ce livre est un plaidoyer contre les modernes ou la modernité, sous prétexte qu'on y trouve une critique radicale de la conception initiale de l'individu autonome.

Un nouveau paradigme pour une nouvelle modernité

Le projet de la modernité et des Lumières, c'est l'émancipation de tous les humains à l'égard de toute aliénation, émancipation rendue possible par le règne de la raison et le progrès que celui-ci devrait engendrer. Mon discours s'inscrit absolument dans cette perspective, mais, comme nombre d'auteurs avant moi, *je montre ici qu'il est nécessaire de dépasser les postulats originels de la modernité pour en accomplir la promesse.* Critiquer la conception moderne de l'individu autonome au nom de la vérité et de la science n'est pas rejeter la modernité; c'est au contraire en assumer vraiment l'exigence d'un jugement fondé sur la raison et la connaissance. C'est la meilleure façon de relancer le projet d'émancipation de l'humanité, car une conception révolutionnaire de l'individu, qui fut libératrice durant près de trois siècles, sert aujourd'hui la régression vers l'aliénation et la servitude volontaire.

L'invention de l'individu indépendant d'autrui fut une révolution culturelle décisive pour le progrès humain, dans un contexte de soumission absolue des esprits à l'ordre naturel, à la loi divine et à celle de la communauté traditionnelle. Il est probable que, dans ce contexte d'aliénation des esprits et de soumission des «sujets» au pouvoir de l'Église et du Souverain, il fallait au moins un discours aussi radical que celui des inventeurs de l'«individu» pour bousculer le modèle dominant. Mais si la fiction de «l'individu autonome» a ainsi rempli son office libérateur, elle n'est plus aujourd'hui nécessaire, puisque presque tout le monde se conçoit comme un individu qui doit décider de ses propres règles de vie.

Le danger ne vient plus désormais d'un monarque ou d'une Église interdisant la liberté de pensée et d'action. Il vient au contraire de ce que, tellement persuadés d'être des «individus autonomes», trop de nos contemporains ne savent plus quelle norme collective, extérieure à eux-mêmes, est encore légitime et sensée. Nous ne sommes plus au temps de la soumission des êtres à l'ordre social naturel ou à Dieu, mais au temps du «retournement anthropologique» décrit par Marcel Gauchet dans *Le Désenchantement du monde* (1985): l'homme se retrouve sans dieux, c'est-à-dire sans normes collectives qui transcendent ses désirs propres et dont la légitimité va de soi. Et dans ce monde d'individus qui se croient tous autonomes, les seules règles qui restent admissibles sont celles des contrats entre individus, c'est-à-dire celles de l'échange, celles du marché. Comme l'a souligné Jean-Pierre Lebrun (dans *La Perversion ordinaire*, paru quelques mois après *La Dissociété*), le défi majeur pour la génération qui vient est de refonder la légitimité de normes collectives, sans restaurer l'aliénation que constituait l'ordre moral et religieux de la société traditionnelle.

Relever ce défi constitue selon moi le cœur d'un projet politique *néomoderne*. « Moderne » parce qu'il s'agit toujours de fonder la conscience et l'action sur la raison et de viser l'émancipation et le progrès de l'humanité. « Néomoderne », parce qu'il s'agit de renouveler les postulats fondateurs de la pensée moderne en les remplaçant par une conception sociale et relationnelle de l'être humain (et non plus individualiste et atomistique). Peut-être aussi parce qu'il faut bien se distinguer de tous les discours néolibéraux et néoconservateurs qui se vantent d'être « modernes ». Et qui le sont sans doute un peu dans un sens ordinaire du terme, puisqu'ils sont bien « dans l'air du temps », en phase avec ce qui se pense et se dit « de nos jours ». Mais, aux sens philosophique et historique du terme, ces discours sont radicalement antimodernes. Ils n'ont aucun fondement scientifique (*exit* la « raison »). Ils veulent compenser la violence de la dissociété de marché par le retour de l'ordre moral à l'ancienne, de la pression morale des sous-communautés ou des églises (*exit* « l'émancipation »). C'est le retour de l'aliénation qui est au programme de cette pseudo-modernité. C'est au contraire l'invention d'une *socialisation émancipatrice de l'être singulier* qui doit constituer l'agenda politique des nouveaux modernes ou néomodernes.

La néomodernité est aussi un projet scientifique. Il s'agit d'intégrer pleinement, dans les sciences sociales, les connaissances sur l'humain issues des sciences de l'homme et de la nature. *L'agenda épistémologique* d'une pensée néomoderne doit ainsi comporter l'articulation et/ou la synthèse des principes méthodologiques qui récusent *et* l'individualisme *et* le holisme, à savoir notamment l'interactionnisme psychologique de Mead, l'interactionnisme social de la socioéconomie, le paradigme du don de Mauss, l'être parlant de Lacan, etc. Ce que je définis dans ce volume comme «socialisme méthodologique» est une première tentative pour poser les bases d'une telle articulation. Je ne prétends nullement y être parvenu, mais seulement avoir montré, en m'y essayant, la nécessité de refonder toutes nos sciences de la société sur une base anthropologique solide.

1

Crise du politique et crise sociale

«Crise du politique»: l'expression est désormais un lieu commun dans la bouche même des élus. La crise n'est plus à démontrer. La cause est entendue, soit, mais si mal; objet d'un gigantesque malentendu aggravé par les réactions hésitantes ou décalées des responsables politiques. C'est que leur crise n'est pas la nôtre, celle des citoyens. Même ceux qui croient encore *au* politique – art de la cité, du vivre ensemble – fuient *la* politique – art de la conquête et de l'exercice du pouvoir – et préfèrent les associations de quartier aux partis. Et pour tant d'autres qui n'y croient plus, la politique n'est pas en crise, elle est purement et simplement morte, elle n'existe plus, c'est tout! Certains élus se lancent dans une dérisoire «modernisation» de la vie politique, quand il s'agirait en fait de ressusciter une idée morte. Ne prenant pas la vraie mesure du malaise des citoyens, ils «relookent» leur discours en ronron modeste et sans passion, se font champions de la «proximité», arpenteurs du «terrain», ou replâtrent à la marge, et au coup par coup, un édifice institutionnel dont les fondations sont pourtant plus malades que la façade. Faire la risette aux citoyens et la réformette aux institutions ne va certes pas ressusciter la politique, mais pourrait bien finir de décourager ceux qui y croyaient encore un peu. On ne modernise pas un cadavre. Et, à trop replâtrer les ruines, on précipite leur effondrement.

Une idée à l'agonie

Malentendu? Le mot est sans doute faible pour évoquer l'abîme qui sépare la «crise» des politiciens de celle des citoyens. Quoi qu'il en soit, si malentendu il y a, il est tout entier contenu dans l'expression «crise» elle-même: trop plate pour désigner le séisme que constitue la destruction bien avancée de l'espace public; trop flamboyante pour exprimer un état de vague ennui qui oscille mollement entre indifférence et écœurement. Pour beaucoup, la question de la «crise du politique» n'a aucune espèce de sens, pour la simple et bonne raison que la politique, ils s'en contrefichent, cela ne les concerne pas. Le mot «politique» n'éveille plus en eux le moindre soupçon de pensée ou d'émotion, il sonne creux dans leur tête. L'idée qu'il existe une vie collective, une vie de la nation, qui conditionne leur propre existence et qui en retour dépend de la part qu'ils veulent bien y prendre, cette idée-là ne leur semble même pas saugrenue, tout juste étrangère. Pour d'autres, la pensée et l'émotion sont toujours là, mais négatives, dépitées, découragées. La politique? On est dégoûté, on n'y croit plus, et on n'y peut rien!

On ne peut certes ignorer tous ceux qui, de plus en plus nombreux, réinvestissent l'espace public dans les associations, les ONG, les clubs, les comités de quartier, les réseaux de solidarité locale, l'action humanitaire – bref, qui font en quelque sorte revivre *le* politique à côté de *la* politique, hors des partis et des campagnes électorales. Pour Ulrich Beck[1], le développement de cette «sub-

1. Ulrich Beck, *La Société du risque* (1986), Flammarion, 2003.

politique» montre que la société n'est pas en voie de dépolitisation, mais connaît une mutation profonde des formes d'engagement. Soit! Il est vrai que moins les gens votent et plus les «cafés citoyens» prospèrent. Et quand le politique se meurt dans l'esprit du plus grand nombre, on peut se réjouir de le voir ressusciter sous des formes nouvelles et multiples. Mais, pour l'heure, ces deux mouvements se conjuguent pour vider les lieux où se préparent les programmes de gouvernement. Et les électeurs qui ne croient plus au politique sont bien avancés de savoir que les seuls militants susceptibles de constituer une alternative à une classe politique décrédibilisée sont précisément ceux qui ne se présentent pas aux élections. Délitement de la citoyenneté d'un côté et nouveau militantisme de l'autre sont les deux facettes d'une même incrédulité quant à la capacité des institutions et des partis politiques à produire du bien commun.

Posez d'ailleurs la question dans la rue à tous les passants: Qu'est-ce que la politique? Comptez ensuite le nombre de fois où l'on vous a répondu quelque chose du genre: «La politique, c'est l'instrument de débat et d'action collective que se donne une communauté pour régler les conflits d'intérêts et vivre ensemble selon ses idéaux.» Même si vous faites ce sondage à la sortie d'une faculté de sciences politiques, vous attendrez longtemps avant que quelqu'un évoque sans rire une si haute idée de la politique. Procédez ensuite au test inverse. Abordez tous les passants en leur proposant la définition de la politique susmentionnée (pour simplifier, dites par exemple que la politique est «le moyen par lequel une nation règle ses problèmes collectifs et choisit son destin»); comptez le nombre de fois où l'on ne vous rit pas au nez… et préparez vos mouchoirs!

En fait, pour nombre de citoyens, la «crise du politique» est déjà terminée. Pour les plus jeunes elle n'a jamais commencé: comment concevoir la «crise» de ce qui n'a aucune consistance? Pour les autres, c'est une histoire ancienne et oubliée. Un débat sur la démocratie ou la modernisation de la vie politique les aurait peut-être intéressés vingt ans plus tôt, quand ils imaginaient encore que la politique forgeait leur destin collectif.

Mais, peu à peu, dans le dernier quart du XXe siècle, la politique nous a quittés, en quelque sorte. Elle est d'abord apparue impuissante face à la montée des inégalités, de la précarité et de la pauvreté, même dans les pays riches. Elle nous a ensuite livrés à une compétition de plus en plus âpre entre les nations comme entre les individus, en nous disant que c'était pour notre bien à tous et que, de toute façon, nous n'avions pas le choix. Vingt années durant, tous les gouvernements, qu'ils fussent de droite ou de gauche, de l'Ouest ou de l'Est, du Nord ou du Sud, démocrates ou républicains, libéraux ou socialistes, conservateurs ou travaillistes, tous ont semblé se soumettre à une même loi – la loi de la libre concurrence – et adopter une même priorité – la compétitivité.

La gauche européenne a peu à peu renoncé à imposer sa loi aux marchés et de grands esprits ont travesti ce renoncement en renouveau: la quête d'un «nouveau centre» (Bodo Hombach), d'une «troisième voie» (Anthony Giddens) entre un ultralibéralisme montant et une social-démocratie dépassée[2]. Ces derniers ont réussi l'exploit rhétorique de démontrer comment le meilleur

2. Ces deux auteurs sont les théoriciens d'une stratégie de modernisation de la gauche (le travaillisme anglais pour Giddens et la social-démocratie allemande pour Hombach). Cf. Anthony Giddens et Tony Blair, *La Troisième Voie. Le renouveau de la social-démocratie* (1998), Seuil, 2002; Bodo Hombach, *Aufbruch. Die Politik der neuen Mitte*, Econ Verlag, 1998 (on trouve une présentation de l'ouvrage par Jean-Yves Paraïso, «Le "nouveau centre". Modernisation ou reniement des valeurs fondamentales de la social-démocratie allemande?», *La Pensée*, n° 321, pp. 127-134).

moyen de rester fidèle aux valeurs de la gauche consistait à adopter non seulement les politiques économiques de la droite libérale, mais aussi des éléments clés de la culture néolibérale: culte de la compétitivité, du risque, de la responsabilité individuelle, notamment. Sans doute n'est-ce là qu'une caricature de leur propos, mais c'est la bonne, en ce sens qu'elle indique à grands traits le message adressé à l'opinion. Seuls quelques milliers de lecteurs ont goûté aux subtilités d'un Anthony Giddens ou d'un Bodo Hombach; le plus grand nombre n'a retenu que le résultat le plus médiatisé de leur démonstration: la «vieille» gauche serait incapable de résister aux méfaits sociaux de la libéralisation généralisée des marchés, et la seule voie de gauche «moderne» consisterait désormais à instaurer la rigueur budgétaire et monétaire, la flexibilité du travail, la réduction des aides sociales pour «responsabiliser» les chômeurs, la privatisation des services publics – bref, des réformes libérales habituellement inscrites à l'agenda des gouvernements de droite. Comme nous le verrons plus tard, cette «modernisation» singulière du socialisme démocratique n'est qu'une rationalisation *a posteriori* (et intellectuellement indigente) d'un simple constat: la convergence effective des politiques de gauche et de droite en Europe depuis le milieu des années 1980.

Dès lors que gauche et droite pratiquaient de fait (et parfois revendiquaient) des politiques de plus en plus similaires en Europe, changer de gouvernement ne changeait plus la politique. Nous vivions donc *l'alternance sans alternative politique*. La couleur des programmes n'était qu'un trompe-l'œil masquant à peine la soumission monochrome des grands partis aux mêmes «lois de l'économie». Alors, bien des Européens ont cessé de croire aux idéologies, voire aux idées tout simplement. Trente ans après s'être convertie à l'*American way of life*, l'Europe adoptait peu à peu la médiocrité[3] politique américaine.

La politique, c'est l'horreur!

Impuissante face à l'horreur sociale, la politique s'est aussi révélée impuissante face à l'horreur tout court. Après l'effondrement des systèmes communistes à l'Est, d'aucuns avaient annoncé la fin heureuse de l'Histoire dissoute dans la démocratie libérale et l'économie de marché[4]. Au lieu de cela, nous avons assisté à la répétition tragique de l'Histoire: viols de masse, villages rasés, enfants assassinés, femmes réduites à l'esclavage. Preuve que l'Histoire ne nous apprend rien, même quand le sang de sa dernière «leçon» n'est pas encore sec. Après la Bosnie encore en ruine, le Kosovo. Après le Kosovo, la République tchétchène. Après le Rwanda, le Zaïre. Après le Zaïre, la Sierra Leone. Après les massacres en Algérie, le calvaire des femmes afghanes. C'est à chaque fois le même scénario. La violence à l'état brut, primitif, l'anéantissement du faible par le fort, l'absence radicale du droit qui déclenche le même cinéma des États autoproclamés «de droit»: on s'indigne, mais on ne bouge pas avant quelques centaines de milliers de victimes et à condition que le méchant soit un État trop petit pour faire peur. Les femmes tchétchènes en savent quelque chose. Elles savent qu'il vaut mieux se faire violer et assassiner

---

3. Je n'emploie pas ce terme dans un sens péjoratif, mais au sens ancien désignant le *juste milieu*, la sage modération. Ainsi entendue, la médiocrité peut constituer un idéal politique fondé sur l'aversion pour l'opposition radicale des idées et des modèles, et sur la quête d'un consensus autour des valeurs et des institutions clés de la société.

4. Francis Fukuyama, *La Fin de l'Histoire et le dernier homme*, Flammarion, 1996.

à Pristina qu'à Groznyi, car le Kosovo, c'est tout près de l'Union européenne, et parce que les bombes de l'OTAN ne menaceront jamais Poutine. Et nous le savons aussi. Nous savons que pour un Poutine en pleine campagne présidentielle[5] une victoire militaire à Groznyi était juste un argument de propagande : un enfant assassiné, c'est un bulletin de vote gagné, une Tchétchène violée, deux bulletins de vote !

La Russie n'a pas le monopole de cette comptabilité macabre. On compte comme ça aussi dans la plus puissante des démocraties : durant leurs campagnes présidentielles, Bill Clinton (en 1992) et George Bush Junior (en 2000) ont laissé exécuter des handicapés mentaux et des condamnés sans preuve pour satisfaire un électorat largement favorable à la peine de mort. Et que dire de l'aveuglement ou du cynisme abyssal de l'administration américaine dans ses prétendues guerres contre le terrorisme en Afghanistan et en Irak ? Voilà un État « démocratique » qui, des années durant, a financé et armé des fanatiques religieux (Talibans) et participé ainsi à la mise en esclavage du peuple afghan, au nom de ses seuls intérêts stratégiques et pétroliers ! Voilà une « démocratie » qui a fourni à l'Irak des souches d'anthrax et les moyens de développer des armes chimiques, et fermé les yeux sur l'usage de ces armes contre les villages kurdes.

Que penser du politique quand l'État vous prélève des impôts pour payer la solde des terroristes qui viennent assassiner vos proches ? Et que déduire de l'étonnante victoire éclair des États-Unis dans leur guerre contre les Talibans ? Qu'attendaient-ils pour éliminer ce « berceau du terrorisme international », s'il suffisait de quelques

5. Durant l'hiver 1999-2000, Vladimir Poutine tente d'écraser la rébellion de la République tchétchène avant l'élection présidentielle de mars 2000.

semaines de bombardements pour faire détaler les tortionnaires du peuple afghan ? Tout simplement un prétexte assez gros pour masquer de sordides calculs géopolitico-pétroliers. Un certain 11 septembre, ce prétexte est tombé du ciel, tuant des milliers d'Américains en direct à la télévision.

En 1991, la plus puissante démocratie occidentale a su déplacer cinq cent mille hommes pour sauver les puits de pétrole du Koweït envahi par Saddam Hussein. Mais, en 1994, elle n'a pas bronché quand de simples machettes faisaient près de un million de morts au Rwanda[6]. Et même dans la première guerre contre l'Irak, une fois sauvé le pétrole, l'Amérique abandonnait au massacre les rebelles du Sud irakien et épargnait le régime tyrannique de Saddam Hussein qu'elle estimait encore utile à ses intérêts dans la région. Onze ans plus tard en revanche, en l'absence de toute agression ou menace de la part de l'Irak, l'administration américaine a su inventer la menace de prétendues « armes de destruction massive » pour justifier une nouvelle guerre quand il lui a semblé bon de « finir le travail » contre Saddam. Les conseillers « néoconservateurs » du président Bush (surnommés les « faucons ») habillent élégamment cette nouvelle politique impérialiste des États-Unis sous le manteau théorique de la guerre pour la démocratie[7]. Dans le monde de l'après-Guerre froide, nous expliquent-ils, la superpuissance victorieuse a la possibilité et le devoir d'imposer la démocratie, par la force si nécessaire. Sans blague ! À quand la croisade de la démocratie américaine pour

6. Malgré les appels répétés du général canadien Roméo Dallaire, qui commandait alors une modeste force de paix de l'ONU. Voir son récit : *J'ai serré la main du diable. La faillite de l'humanité au Rwanda*, Libre expression, 2003.

7. Voir le livre-programme de William Kristol et Lawrence F. Kaplan, *Notre route commence à Badgad*, Saint-Simon, 2003.

libérer le Tibet, le Kurdistan, la Tchétchénie, le Soudan? La tragédie est que ces noms n'évoquent probablement rien à cette majorité d'électeurs américains qui croit au mythe des GI dispensateurs de la démocratie à travers le monde, juste parce qu'elle a vu à la télévision des figurants irakiens payés par l'armée pour déboulonner une statue de Saddam! Pendant ce temps-là, la «démocratisation» de l'Irak à l'américaine installe au cœur de millions de jeunes musulmans la haine des démocraties et, dans les pays arabes où se tiennent des élections, elle défait les partis démocrates au profit des islamistes.

Tous pourris?

La politique, c'est l'horreur! Mais… c'est comme ça! Et l'on s'habitue. On ne s'étonne plus de voir succéder l'horreur à l'horreur. On s'attend toujours au pire. Nous n'espérons rien de nos «leaders» politiques: quand ils sont incapables du pire, ils sont tout autant incapables de s'y opposer. Ils n'y peuvent rien, manifestement. On a déjà vu mille fois le prochain film de la prochaine horreur. On connaît déjà les images que l'on verra à la télévision, on peut réciter à l'avance les «condamnations» solennelles qui s'ensuivront, on sait déjà la suite – le renoncement – et que, heureusement, après le journal, il y a la pub.

Alors, comme c'est trop moche ailleurs, nous regardons chez nous. Mais, chez nous, c'est aussi moche, en moins atroce et plus mesquin. La multiplication des «affaires» nous a convaincus que l'impuissance des hommes politiques ne concernait que la défense du bien commun, mais jamais leurs ambitions ou leurs intérêts personnels. Entre deux condamnations grandiloquentes des dictateurs qui bafouent le droit, nos leaders retournent à leurs fausses factures et à leurs faux électeurs. De pitoyable, la politique est devenue méprisable. Tous pourris? Non, bien sûr. Mais ce n'est pas le nombre qui compte, c'est l'exemple. Un seul traître peut bien défaire toute une armée. Alors, comme un enfant qui a des parents atroces peut s'imaginer tous les adultes atroces, le citoyen trahi par les quelques hommes publics en qui il plaçait sa confiance en vient à douter de tous les élus. Tous pourris? Qu'importe en vérité, si même les meilleurs s'avèrent pourrissables.

Cela dit, le sentiment du « tous pourris » alimenté par les « affaires » n'est probablement pas le vecteur essentiel de la crise du politique, même s'il est le plus médiatisé. Ce sentiment n'est pas nouveau. Des scandales financiers éclaboussaient déjà la classe politique dans l'enfance des démocraties parlementaires, et un mélange de bon sens et de fatalisme a toujours entretenu la conviction populaire que certains politiques en « croquent ». Pourtant, avant le dernier quart de ce siècle, cette conviction n'avait entraîné aucun rejet manifeste du politique. Les nations à culture puritaine voyaient là des exceptions individuelles qu'il suffisait de punir sans mettre en doute le système politique. Les autres considéraient une dose modérée de corruption comme un travers inéluctable et supportable tant que le système politique remplissait à peu près sa fonction sociale, et tant que l'idéologie comptait au moins autant que l'individu qui la portait. Le « pourri » qui vous tire de la mouise ou défend votre camp a des excuses : au moins, il fait son boulot. Or, précisément, au cours des deux dernières décennies du XXe siècle, la politique s'est distinguée par son incapacité à nous sortir de la mouise et par la soudaine confusion entre les camps (engendrée par la dérive centriste de la gauche). Il n'est donc en rien surprenant que la société soit devenue moins indulgente et plus sensible aux fautes morales de ses élites. La classe politique elle-même a souvent accentué ce retournement, en jouant le jeu de la chasse aux comportements déviants. C'est qu'on devient plus aisément un champion de la morale publique qu'un champion du plein-emploi ! Et la chasse aux voyous est un puissant dérivatif des rancœurs accumulées contre la classe politique : elle leur offre un exutoire et les détourne de leur véritable objet – l'impuissance subie ou délibérée des gouvernements. *L'idée que la morale sauvera le monde*[8] *politique est le meilleur rempart contre la remise en question systémique de son pouvoir.*

Toutefois, cette demande accrue de morale politique n'est sûrement pas générale. Ceux qui n'attendent plus rien de la chose publique seraient insensés d'exiger la moralisation de ce qui leur paraît en soi inaccessible à la dignité. On peut même redouter que, pour une fraction des nouvelles générations qui n'ont jamais connu l'héroïsme ou l'utilité sociale des responsables politiques, l'immoralité, l'égoïsme et le mépris du bien public constatés aux sommets de la République donnent plus l'exemple que la nausée. Les jeunes voyous qui volent des voitures ou les tagueurs qui repeignent à leur goût les banquettes du métro ne demandent pas aux élites politiques de devenir honnêtes et soucieuses de l'intérêt général ; ils revendiqueraient plutôt le droit de se comporter comme elles, le droit de « faire comme les grands », avec l'hypocrisie en moins et, pour tout supplément d'âme, la lucidité d'assumer leur comportement de prédateurs dans un monde transformé en jungle. Et, à vrai dire, quand les présidents de la République ont le droit de voler l'argent des contribuables et de truquer les élections, on ne voit vraiment pas pourquoi de jeunes artistes n'auraient pas le droit de peindre dans le métro !

---

8. Nous empruntons ici le titre de Frédéric Lordon, *Et la morale sauvera le monde*, Liber-Raisons d'agir, 2003.

La victoire de la peur et la seconde crise du XXe siècle

L'essentiel du malaise politique se joue donc ailleurs que dans les «affaires». Il est plus sûrement dans le délitement de *la fonction primitive du politique: procurer à chacun l'assurance minimale de vivre dans une société et non dans une jungle livrée sans défenses à tous les aléas et à la loi du plus fort.* La première défaite du politique, c'est la victoire de la peur. La défiance croissante à l'égard du politique coïncide en effet avec l'irrésistible montée de toutes les insécurités dans le dernier quart du XXe siècle.

Il y a d'abord eu, dans les années 1980, la soudaine insécurité économique et sociale, après trente ans de croissance régulière et de plein-emploi. Les années 1990 ont ensuite ajouté une nouvelle insécurité internationale. On a alors vite compris que la fin de la Guerre froide n'annonçait pas la paix universelle, mais semblait plutôt livrer le monde à l'explosion des violences nationalistes et à l'hégémonie déstabilisante d'une Amérique victorieuse et sans contrepoids. La menace d'une guerre atomique commençait à peine à s'écarter qu'il nous fallait déjà vivre avec la menace terroriste.

Et ce n'est pas tout. Il nous restait encore à découvrir que, même sans chômage et sans guerre, notre vie restait suspendue au bon vouloir des entrepreneurs qui pouvaient décider de nous injecter du sang contaminé ou de nous servir de la vache empoisonnée. À cela s'ajoutait pour beaucoup le sentiment d'insécurité engendré par la multiplication des agressions physiques contre les personnes. Et pour finir, coup de grâce au mythe du progrès, les catastrophes industrielles majeures (Bhopâl, Tchernobyl) et les nouvelles alarmantes sur l'évolution du climat ou les manipulations génétiques obscurcissaient l'avenir des survivants de ce monde déjà bien assez violent. Ainsi, à la charnière des années 1970 et des années 1980, nous sommes entrés dans ce qu'Ulrich Beck a appelé la « société du risque », où les risques ne sont plus imputables à des causes externes, mais « sont liés à la *modernisation* [...], sont le *produit global* de la machinerie industrielle du progrès et [...] sont *systématiquement* amplifiés par la poursuite de son développement[9] ».

Si l'instinct de conservation conduit à refouler au quotidien ces multiples sources d'angoisse, il suscite néanmoins une immense demande de protection collective. En effet, avec l'aide des compagnies d'assurances, nous pouvons nous accommoder du risque, tant que celui-ci reste probabilisable et lié à des causes externes évitables. Mais nous sommes désemparés devant les risques systémiques : les menaces globales engendrées par la société elle-même. Nous sommes aussi désarmés devant ce que John Maynard Keynes a justement dénommé l'« incertitude radicale[10] » : celle qui échappe à tout calcul de probabilité, parce qu'on ne sait tout simplement rien de ce qui peut advenir ou non. Or, justement, quelle est la probabilité de garder un emploi tout au long de sa vie, de croiser un terroriste dans le métro, d'être victime d'une pollution chimique ou empoisonné par un poulet impropre à la consommation, de passer sa retraite sur une planète vivable, de voir les compagnies d'assurances honorer leurs contrats sans rechigner, etc. ? On n'en sait rien !

Face à ce type d'incertitude radicale, *notre seule garantie est l'existence d'une autorité assez soucieuse de l'intérêt*

9. *La Société du risque*, *op. cit.*, p. 40 (italique dans le texte original).

10. John Maynard Keynes, *Théorie générale de l'emploi, l'intérêt et les prix* (1936), Payot, 1992.

général pour empêcher que la quête du profit ne prime sur la sécurité sanitaire et le droit au travail, pour toujours secourir et indemniser les victimes, pour contraindre les entreprises à respecter des normes environnementales et les compagnies d'assurances à honorer sans délai leurs contrats, etc. Nous ressentons cette intuition fondamentale : *notre unique garantie contre les violences du monde, qu'elles soient déjà bien visibles ou seulement redoutées, c'est la certitude de vivre encore dans une société humaine où chacun a des droits minimaux, à commencer par le droit premier d'en rester membre, c'est-à-dire de n'être jamais abandonné par les siens.*

Or c'est précisément cette dernière certitude qui s'est trouvée ébranlée ou carrément détruite par l'incapacité des démocraties à contenir la deuxième grande crise sociale du XXe siècle, celle qui, des années 1970 aux années 1990, s'est distinguée par la résurgence de la pauvreté et du chômage de masse dans les grands pays riches. Toutes les peurs qui ont suivi furent d'autant plus destructrices de la confiance dans le politique qu'elles saisirent des hommes et des femmes déjà habités par l'angoisse de vivre non plus dans une société, mais sur un champ de bataille où chacun devait gagner et défendre sa place à l'issue incertaine d'un combat inégal. La crise du politique s'est nourrie alors, et avant tout, de l'incapacité des démocraties à répondre aux mutations technologiques, politiques et sociales par une réaction ordonnée et solidaire qui aurait évité l'exclusion des minorités les moins armées pour affronter les chocs, qui aurait refusé un monde de compétition généralisée où chacun se trouve condamné (même les gagnants) à l'angoisse solitaire et permanente de la performance. En moins d'une génération, dans les plus grands pays industriels, la société, autrefois perçue comme un secours, est devenue la source même des nouveaux dangers.

L'Histoire nous avait pourtant prévenus de la redoutable impotence des démocraties, ou, plus précisément, de leur incapacité à surmonter une catastrophe autrement que par une autre catastrophe. Quelle fut, en effet, la réponse des démocraties à la première grande crise sociale du siècle, celle qu'engendra la Grande Dépression des années 1930 ? Le nazisme, le fascisme, la misère, la guerre commerciale… Et, pour finir, les démocraties ne surent en sortir vraiment que par la guerre mondiale et la destruction du monde ancien.

Pourquoi un tel anéantissement fut-il nécessaire pour établir les nouvelles règles du jeu nationales et internationales qui devaient contribuer à la prospérité et au progrès social des Trente Glorieuses? En quoi un génocide et des dizaines de millions de morts constituaient-ils un préalable indispensable pour mettre en œuvre des idées et des mécanismes déjà connus dans les années 1930 ? Cette preuve béante et sanglante de l'inadaptation profonde des règles qui commandaient les choix publics ne suscita pourtant ni révolution majeure des institutions politiques ni le rejet du politique qui allait accompagner plus tard la seconde crise du XXe siècle. La démocratie occidentale ressortit même renforcée du cataclysme qu'elle avait provoqué. C'est que la guerre avait engendré le bouc émissaire idéal pour détourner la colère qui aurait dû la balayer : le nazisme. La démocratie avait donc été victime des « méchants » et du mal absolu, mais pas de ses erreurs. Et il était plus confortable d'imputer cette horreur totale à Satan et à la folie de quelques hommes que de s'interroger sur ses sources les plus plausibles : entre autres, le traité de Versailles, la lâcheté des gouvernements anglais et français des années 1930, l'incapacité à contenir la progression de la misère et du chômage, la complaisance de la bourgeoisie et des Églises à l'égard de n'importe quelle forme d'anticommunisme, la méfiance d'une partie de l'élite intellectuelle envers la démocratie libérale et sa fascination pour les régimes autoritaires[11], etc. Les démocraties échappèrent à l'inventaire public qui aurait mis au jour l'engrenage par lequel des régimes prétendument destinés à incarner la volonté du peuple conduisent le peuple à l'abattoir. De plus, elles sortirent de la guerre mondiale avec un ennemi soviétique à l'extérieur et un ennemi communiste à l'intérieur – de quoi soutenir pour longtemps la pertinence des clivages idéologiques et l'ardeur du débat politique. Comme le soulignait Carl Schmitt[12], la figure de l'ennemi donne souvent sa consistance au politique. Mais c'est elle aussi qui inhibe l'autocritique. Qu'importe si les États-Unis bafouaient les droits civiques des Noirs et si la France, patrie autoproclamée des droits de l'homme, torturait en Algérie. Car, au temps de la Guerre froide, tous ceux qui combattaient les ennemis de la démocratie étaient forcément des démocrates !

Dans le même temps, la prospérité inédite des Trente Glorieuses finit par nous convaincre que, décidément, nous vivions dans le meilleur des systèmes. Nos institutions étaient excellentes, en somme, et n'avaient eu autrefois que le malheur d'être momentanément dévoyées par de mauvais garçons[13]. On ne s'inquiétait pas outre mesure de comprendre pourquoi d'excellentes institutions pouvaient conduire des voyous sanguinaires au

11. Cf. sur ce point le livre controversé de Zeev Sternhell. *Ni droite, ni gauche*, Seuil, 1983.

12. Carl Schmitt, *La Notion de politique. Théorie du partisan* (1932), Flammarion, 1992.

13. Les seuls débats d'importance sur les institutions concernaient l'instabilité gouvernementale liée à la multiplication des partis et à leur représentation proportionnelle au Parlement, ou encore (spécifiquement en France sous la Ve République) les problèmes posés par la dyarchie président-Premier ministre et l'affaiblissement du Parlement face à un pouvoir exécutif hégémonique.

pouvoir. Le débat public put dès lors se concentrer sur le partage du gâteau de la croissance, les guerres coloniales, la course à l'armement nucléaire, etc. Mais personne ne mit à l'ordre du jour la question de savoir comment des règles du jeu politiques inchangées nous éviteraient de répondre à nouveau par l'horreur à la prochaine grande crise économique et sociale.

Aussi, quand celle-ci survint, au milieu des années 1970, la réaction des grands pays démocratiques ne différa qu'en apparence de leur réaction des années 1930 : on retrouva en effet le même cocktail de lâcheté, de myopie et de misère sociale. Une fois encore, ces pays s'en sortirent par une guerre mondiale : la guerre économique étendue à la planète entière par le libre-échange et la déréglementation.

À l'exception notable des petits pays du Nord et, dans une certaine mesure, du Japon, les vieux pays industriels acceptèrent que le coût des mutations technologiques – qui rendaient obsolètes les qualifications d'une partie de leur population – soit principalement supporté par ceux qui en étaient les victimes : les ouvriers et les employés peu qualifiés. On sait les formes que prit cette résignation : pauvreté des travailleurs non qualifiés aux États-Unis; chômage de masse et exclusion en Europe. Le « rêve américain » et le « modèle social européen » viraient peu à peu au cauchemar social.

Pourtant, à bien des égards, les démocraties étaient alors mieux armées que dans les années 1930 pour réagir plus efficacement aux chocs économiques. Elles disposaient d'administrations économiques et sociales puissantes, capables de réguler l'économie et de stabiliser les fluctuations conjoncturelles; elles avaient mis en place ou réformé des organisations nationales et internationales (banques centrales et FMI) pour contenir les crises financières; elles étaient liées par des accords internationaux (GATT) ou des institutions internationales (CEE) susceptibles d'éviter des réactions désordonnées dégénérant en pure guerre commerciale. En vérité, les démocraties avaient tiré les *enseignements économiques* de la Grande Dépression, mais négligé d'en tirer toutes les *leçons politiques*. Tout avait été fait pour éviter qu'une nouvelle crise mondiale n'ait des effets catastrophiques sur l'économie. Et ce fut à cet égard un grand succès. Le spectre de la Grande Dépression fut en effet écarté. Et, hormis quelques années isolées de stagnation ou de recul de la production, les décennies qui suivirent les Trente Glorieuses constituèrent globalement une ère de croissance, de progrès technologique et d'élévation du niveau de vie moyen (si l'on consent à négliger l'effondrement économique de nombreux pays en développement qui, hélas et de toute évidence, constituait alors le cadet de nos soucis)[14].

Le grand paradoxe de cette période – que, pour cette raison justement, on s'obstina à présenter et ressentir comme une période de «crise» – *fut de voir resurgir les mêmes fléaux sociaux et la même peur que dans les années 1930, sans la dépression économique qui leur avait alors donné naissance*. C'est que, si tout avait été entrepris pour mettre l'économie à l'abri d'un effondrement brutal et destructeur, rien ou presque n'avait été pensé pour éviter un partage de plus en plus inégal de ce succès, pour empêcher que les chocs ne disloquent la société en provoquant la sécession entre les gagnants et les perdants de la compétition. Et nous comprendrons bientôt que le néolibéralisme consiste précisément à exploiter la menace de la crise économique pour imposer et justifier une société plus inégalitaire. Nous eûmes

14. Nous reviendrons ci-après sur une dimension essentielle de cette période : la divergence impressionnante entre performances américaines et européennes.

donc *la crise sociale sans la crise économique*, et là se trouve précisément le premier ferment de la crise du politique. Car un cataclysme économique et social universel eût accrédité une interprétation fataliste, limitant la responsabilité politique[15]. Mais, au lieu de cela, nous fûmes confrontés au paradoxe d'une richesse exubérante et croissante qui laissait néanmoins des nations puissantes dans l'incapacité d'éviter la misère!

Le paradoxe de la puissance impotente des «démocraties»

Qui peut croire sérieusement à cette «incapacité» des puissants? Avec le seul revenu de la taxe sur les produits pétroliers, la France pourrait financer la moitié du programme mondial des Nations unies de lutte contre la pauvreté dans les pays les moins avancés[16]. Et cette même France n'aurait pas les moyens d'offrir un travail à ses propres habitants? Depuis vingt ans les États-Unis connaissent une prospérité économique comparable à celle des Trente Glorieuses. Et ils n'auraient pas les moyens de garantir à tous les travailleurs un salaire suffisant pour payer un loyer?

---

15. Notons au passage une observation connexe: toujours et partout les taux de suicide et de dépression régressent en temps de guerre. Voir Christian Baudelot et Roger Establet, *Suicide, l'envers de notre monde*, Seuil, 2006. Les catastrophes collectives inéluctables conduisent à relativiser les angoisses privées. La certitude d'une impossibilité radicale d'éviter la catastrophe met aussi fin à la tension suscitée par le questionnement sur les «solutions». *A contrario*, le désespoir n'est peut-être effectif qu'aux heures où ce que l'on espère semble assez envisageable pour que l'incapacité à le réaliser devienne insupportable.

16. Environ 50 milliards de dollars par an. La TIPP rapporte à l'État plus de 25 milliards d'euros, soit environ 30 milliards de dollars.

Aucun esprit normalement constitué ne peut croire vraiment à l'impuissance du politique dans un pays riche. Il peut seulement chasser de sa conscience les évidences dérangeantes, faire «comme si» l'horreur sociale n'était qu'une punition du Ciel, un crime de l'Histoire sans coupables. Mais, consciemment ou inconsciemment, tout le monde sait que la persistance de la misère sociale dans un pays qui déborde de richesses, de talents, d'institutions est une incongruité bien difficile à mettre au compte de contraintes pratiques. Au fond, la crise intime du politique, ce malaise qui s'installe dans l'esprit du citoyen, reflète sans doute l'intuition complexe que l'impotence apparente des politiques va de pair avec une puissance politique bien réelle, mais dévoyée, oisive et indifférente quand elle pourrait secourir, babillante et futile quand elle pourrait produire du sens. Le fléau inévitable désespère toujours moins que l'espoir fondé et néanmoins avorté. Ce dont on ne peut rien attendre ne suscite aucun malaise, aucun ressentiment. Personne n'en veut au muet de ne pas chanter. En revanche, l'intuition d'une «puissance impotente», d'un potentiel gâché, est à la fois scandaleuse et désespérante.

Dans une démocratie, le malaise est redoublé, car ce gâchis politique renvoie les individus à leur propre «puissance impotente». En tant que citoyens, ils disposent en effet de tous les droits et pouvoirs qui leur permettent de faire et défaire les gouvernements. Mais les voilà pourtant incapables de changer les politiques et de ce fait confrontés à l'évidence d'une démocratie factice, alors qu'ils croyaient encore, il y a peu, vivre dans le meilleur des systèmes: la «démo-cratie», c'est-à-dire, littéralement: le peuple au pouvoir, le peuple gouverne! Dans la plus grande «démocratie» du monde, l'Inde, on trouve la moitié des affamés de la Terre, 300 millions de personnes disposant de moins de un euro par jour et 200 millions qui n'ont pas d'accès à l'eau potable. Et le peuple gouverne? Dans la plus puissante des «démocraties», les États-Unis, l'argent des contribuables peut servir à financer les terroristes qui assassinent les citoyens américains. Et le peuple gouverne? Dans la plus prétentieuse des «démocraties», la France – la si fière «patrie des droits de l'homme» –, on incite des salariés au suicide pour économiser les indemnités de licenciement[17], les électeurs sanctionnent en vain les politiques néolibérales à chaque élection depuis plus de vingt ans, et pourtant un président élu par 82 % des Français pour manifester leur refus de l'extrême droite xénophobe met en œuvre le programme de l'extrême droite du patronat[18]. Et le peuple gouverne?

La désillusion apparente qu'inspire le pouvoir politique masque une plus redoutable désillusion du citoyen face à la prétendue «démocratie». Jamais les nations et les gouvernements n'ont disposé d'autant d'instruments, de connaissances et de moyens financiers qu'aujourd'hui. Et jamais les citoyens n'ont disposé d'autant d'informations, d'espaces et de temps libre pour le débat public, de droits, d'instruments d'expression et de communication. Et pourtant jamais nous n'avons semblé aussi désemparés face à l'Histoire en marche, aussi incapables de choisir notre chemin, d'échapper aux impasses économiques,

---

17. Voir, par exemple, Christophe Dejours, *Souffrance en France*, Seuil, 1999. Ou encore, Marie-France Irrigoyen, *Le Harcèlement moral*, Syros, 1999.

18. En France, lors de l'élection présidentielle de 2002, l'élimination du candidat socialiste dès le premier tour, au profit du leader du Front national, a privé les citoyens, au second tour, du débat traditionnel entre programmes de gauche et de droite que l'élection a vocation à trancher. Dans ces conditions, le vainqueur, Jacques Chirac, n'a pas reçu un mandat populaire clair en faveur d'une politique économique et sociale toujours plus libérale. Une lecture démocratique du scrutin aurait dû inspirer une politique modérée conciliant les intérêts de toutes les catégories sociales et non, comme ce fut le cas, une politique libérale exacerbant les antagonismes sociaux.

écologiques et sociales où nous conduit le développement sans frein de la consommation marchande et de la guerre économique. Nous sommes des puissances impotentes ! C'est bien *l'impuissance des peuples les plus puissants du monde* à orienter leur destin qui constitue le plus sidérant paradoxe du début du XXIe siècle. Nous vivons un gigantesque contresens : il n'est pas de démo (peuple)-cratie (au pouvoir) dans les démocraties !

Beaucoup tardent à ouvrir vraiment les yeux sur cette évidence, car elle renvoie chacun à sa propre responsabilité. Le pouvoir du citoyen n'est en effet assuré qu'à la condition minimale d'être revendiqué par lui. En d'autres temps, en d'autres lieux, des peuples moins riches, moins éduqués, moins bien dotés, se sont révoltés, se révoltent encore, pour revendiquer ce pouvoir de parler, de délibérer et de choisir dont nous disposons largement mais usons si peu dans les nations riches. Comme si leur faiblesse était stimulante et notre puissance invalidante ! Comme si les citoyens exigeaient les pouvoirs interdits pour renoncer ensuite à exercer ceux dont ils sont dotés ! Comment pousser la démocratie jusqu'au bout de sa *promesse* – le pouvoir du peuple souverain – si n'est même pas assuré le *commencement* de la démocratie : la volonté de revendiquer ce pouvoir, le désir de l'exercer ?

Or les démocraties modernes sont précisément le lieu de ce paradoxe : les citoyens les plus actifs et les plus critiques des partis politiques fuient ces derniers, au lieu de les investir pour les transformer. Pourtant, celui qui dénonce l'inanité de la politique ne peut ignorer que la politique demeure atroce dans la seule mesure où tous ceux qui la trouvent atroce, à commencer par lui-même, n'en font pas et s'en désintéressent. Mais, manifestement, la lucidité ne suffit pas à fonder un réengagement politique.

Reconnaissons tout de même que le citoyen démissionnaire a de multiples circonstances atténuantes.

D'abord, nous l'avons déjà rappelé, depuis vingt ans le discours politique lui-même s'est employé à persuader le citoyen que la politique ne changerait plus le monde. C'est au contraire le monde qui change la politique, ne cesse-t-on de nous expliquer! La politique ne surmonte plus les contraintes, elle les gère; elle ne peut que s'adapter à des mutations inéluctables, si inquiétantes soient-elles. À quoi bon dès lors revendiquer un pouvoir illusoire et sans objet?

Ensuite, même s'il ne croit pas à l'impuissance du politique, vers quelles alternatives le citoyen peut-il se tourner? La «troisième voie», qui ne lui promet précisément rien d'autre que la nécessaire adaptation aux nouvelles lois de l'économie? L'altermondialisme, qui propose la construction d'un gouvernement mondial et d'une démocratie mondiale dont aucun des grands États ne veut entendre parler? L'antimondialisme et l'écologie radicale, qui expliquent l'urgente nécessité de revenir à des économies de subsistance locale et d'interdire les voyages aériens? *Rien n'est sans doute plus commun que le sentiment mixte, contradictoire et angoissant qu'une alternative est aussi nécessaire qu'inexistante.* Hormis pour une minorité relativement stable de militants, se battre *contre* la société en place sans savoir vraiment *pour* quoi ne ferait qu'ajouter à l'angoisse d'une vie déjà bien assez incertaine.

Enfin, nul ne peut changer à lui tout seul les règles d'un jeu collectif. Celui qui arrête de tricher dans un jeu où tous trichent est à la fois sûr de perdre et de ne rien changer. Même si tous auraient intérêt à un jeu sans triche, personne ne joue honnêtement sans être assuré que les autres feront de même. Il est déjà parfois difficile d'obtenir cette assurance autour d'une table de jeu où tous les joueurs sont réunis et peuvent se parler et se surveiller. Alors comment l'obtenir dans les jeux sociaux qui impliquent des millions de personnes qui ne se connaissent pas? C'est impossible. *Au niveau sociétal, l'individu ne peut être sûr de rien quant aux comportements des autres: il ne peut que faire des paris, se fonder sur des croyances*[19].

Ainsi donc, pour sortir d'un cercle vicieux qui le plonge dans la résignation et le repli solitaire, il ne suffit pas à l'individu de savoir qu'en *théorie* une mobilisation collective améliorerait le sort de tous. Il lui faut en outre croire qu'en *pratique* les autres vont se mobiliser. L'individu doit donc faire le pari que son réengagement et son attitude coopérative seront imités par le plus grand nombre. Il doit parier que son désir d'un monde commun plus coopératif est largement partagé par les autres, il lui faut croire qu'il vit encore dans une vraie société humaine où le désir de bien vivre ensemble l'emporte sur la peur de l'autre et la rivalité.

Or je le montrerai: la conséquence majeure de la logique de compétition généralisée qui s'est emparée du monde depuis une vingtaine d'années est précisément de détruire ce pari et cette croyance. En effet, la logique de guerre économique dégénère en «guerre incivile[20]» qui nous dresse les uns contre les autres: la place de chacun dans la société de compétition généralisée n'est plus un droit, mais le résultat incertain et vulnérable d'un combat permanent. Tout le monde est sommé de se comporter en guerrier, en gagnant, pour échapper à l'exclusion et à la stigmatisation réservées aux moins performants. Cette «guerre incivile» nous *dissocie* les uns des autres

19. Ce type de dilemme – où la solution la plus désirable pour tous est inaccessible sans la confiance dans la bonne volonté des autres – correspond à ce que la théorie des jeux dénomme le «dilemme du prisonnier». Nous y reviendrons plus loin.

20. J'ai forgé et défini ce terme dans «La guerre incivile», *Les Échos*, 2 octobre 2001; article repris dans mon livre *Chroniques d'un autre monde*, Seuil, 2003.

et détruit le sentiment d'appartenance à une société. Ce qu'on a curieusement appelé la «société de marché», pour désigner la colonisation de tout l'espace social par la logique marchande, nous conduit en réalité vers une non-société, ou plutôt ce que j'appelle une «dissociété» juxtaposant des individus (ou des sous-communautés d'individus) rivaux et repliés sur eux-mêmes. *Or personne ne peut devenir ou redevenir citoyen là où ne subsiste aucune cité.*

Ce livre est ainsi motivé par la conviction qu'à l'époque des risques globaux, des risques majeurs, *la plus imminente et la plus déterminante des catastrophes qui nous menacent est cette mutation anthropologique déjà bien avancée qui peut, en une ou deux générations à peine, transformer l'être humain en être dissocié, faire basculer les sociétés développées dans l'inhumanité de «dissociétés» peuplées d'individus dressés (dans tous les sens du terme) les uns contre les autres.* Éradiquer ce risque commande notre capacité à faire face à tous les autres. Car seules d'authentiques sociétés, soudées par la solidarité et le primat du bien commun sur la performance individuelle, seront en mesure d'atteindre le niveau considérable et inédit de coopération et de cohésion qui sera indispensable, tant au sein des nations qu'entre les nations, pour affronter les deux grands défis du XXIe siècle: éviter une guerre des civilisations, et assurer de façon démocratique le bouleversement des modes de vie et de production sans lequel la planète deviendrait invivable.

C'est pourquoi ici j'entends moins faire œuvre de *science* politique que de *conscience* politique. Car la dissociété qui nous menace n'est pas un dysfonctionnement technique dont la correction appellerait l'invention de politiques inédites. Il s'agit d'une *maladie sociale dégénérative* qui altère les consciences en leur inculquant une culture fausse mais autoréalisatrice.

En effet, si l'on parvient à vous convaincre que votre voisin (qui est en vérité plutôt sociable) est un cinglé qui vous veut du mal, vous avez toutes les chances de vous comporter envers lui de telle sorte qu'il finisse par se conduire à son tour comme un ennemi redoutable. Nous verrons que le processus de la dissociété est une pathologie collective de ce type. Les sociétés de marché sont contaminées par une culture «néolibérale[21]»: culture individualiste, «marchéiste» et antipolitique. Or cette culture a beau être absolument fausse (c'est-à-dire parfaitement infirmée par les sciences), elle atteint aisément un seuil critique de contamination des esprits à partir duquel elle devient autoréalisatrice: convaincus de vivre désormais et à jamais en plein champ de bataille, les individus se comportent en guerriers et non plus en citoyens; au lieu de faire société, ils engendrent dès lors un monde hostile dans lequel il est toujours plus rationnel de se comporter en guerrier. Il s'agit d'un processus cumulatif, où chaque phase de dislocation de la société et des liens de solidarité justifie et renforce le repli solitaire des individus dans la peur et la détestation des autres, repli qui, à son tour, accentue la régression collective et rend plus ardue toute action pour inverser le sens des politiques et des croyances sociales.

Voilà pourquoi j'ai la conviction que les partisans d'un autre monde, les détracteurs de la société de marché,

21. Conformément à un usage fréquent, je distingue, d'une part, la pensée «libérale», qui promeut l'autonomie et l'émancipation de la personne – matrice commune du libéralisme et du socialisme –, et, d'autre part, l'idéologie «néolibérale», qui, en prônant la régulation systématique de la société par des marchés de libre compétition, constitue à bien des égards un dévoiement des valeurs libérales. Cette distinction usuelle est employée ici par pure commodité de langage. En effet, le terme «néolibéral» me semble inconvenant sur le fond, car il associe l'idée de liberté à une idéologie profondément aliénante. Il serait plus exact et moins ambigu de dénommer cette dernière «marchéisme».

doivent passer moins de temps à l'invention de politiques alternatives et davantage à la bataille culturelle contre les idées fausses et mortifères qui fondent cette prétendue « société ». Ce livre ne fera donc pas le énième inventaire des « réformes » et des politiques alternatives. La société et les politiques ne sont pas en panne d'instruments et d'outils. Elle et eux sont acteurs et victimes d'une pathologie individuelle et collective, qui paralyse et discrédite l'usage des instruments disponibles pour reprendre le chemin d'une société plus humaine.

Ce livre entend combattre cette pathologie en la révélant et en l'analysant. Il faut, bien sûr, en outre la combattre (et je le fais aussi) par l'action politique ; mais le seul diagnostic clinique peut avoir un effet déterminant en matière de pathologie sociale. Si chacun d'entre nous, voire seulement chaque citoyen militant, prend conscience que nous sommes collectivement victimes et acteurs d'une culture erronée porteuse d'un virus social mortel, c'est là un pas quasiment suffisant vers la guérison. La politique peut faire le reste, dès lors qu'une large majorité de citoyens est persuadée que la voie vers une société humaine est non seulement préférable à celle d'une dissociété, mais en outre et surtout une simple question de volonté collective. Or telle est précisément la première conviction que la culture néolibérale parvient à détruire. En effet, qui n'est pas tenté aujourd'hui de penser que le monde, tel qu'il va, est l'effet de mutations technologiques et économiques inéluctables, dont on peut déplorer certaines conséquences, mais qui échappent à toute volonté politique ?

L'étape suivante de notre enquête consistera donc à établir que la mutation récente vers une logique de guerre économique n'est pas une fatalité, mais l'effet de choix politiques délibérés et réversibles.

2

Du pacte social à la guerre économique

Pourquoi, et comment, un monde caractérisé par le quasi-plein-emploi, un réel progrès social et la régulation politique des marchés, bascule-t-il en quelques années dans la crise sociale et le désengagement politique que nous venons d'évoquer? La plupart des discours usuels sur la «mondialisation» – ceux des «anti», des «alter» ou des «pro» mondialisation – ont popularisé l'idée que ce basculement serait la conséquence d'une inéluctable amputation des «marges de manœuvre» des gouvernements. Aucune nation n'ayant le pouvoir de réguler une guerre économique mondiale, le politique aurait été contraint de céder aux exigences des marchés. Ce quasi-lieu commun constitue désormais le point de départ non débattu de toute réflexion sur l'avenir du monde. C'est le socle commun des néolibéraux partisans d'une nouvelle autorégulation décentralisée de l'économie globale, des altermondialistes espérant l'avènement d'un gouvernement mondial, des antimondialistes appelant à la relocalisation des économies sur un espace à la mesure du pouvoir politique, de la «troisième voie» en quête d'un improbable compromis entre les valeurs du socialisme démocratique et le nouvel impératif de compétitivité internationale.

Ce socle si commun n'a pourtant aucun fondement. *L'idée d'un pouvoir politique débordé par l'élargissement de l'espace et du pouvoir de l'économie mondiale est une idée fausse.* Il s'agit aussi d'une mystification qui travestit la guerre économique en *cause* imparable de la dérégulation politique, alors qu'elle en est l'*effet* délibérément choisi. Entendons-nous bien. Je ne conteste pas le fait que certaines nations soient, *aujourd'hui*, *sur le chemin* d'un délitement fatal du pouvoir politique face à celui des marchés. Je montrerai en revanche que: 1) *ce chemin a été ouvert par la volonté politique de gouvernements nationaux* qui, même après un quart de siècle de mondialisation, tiennent encore suffisamment la barre pour pouvoir choisir une autre voie; 2) *toutes les nations ne se sont pas engagées sur ce chemin, en particulier les États-Unis* (qui ont par ailleurs tout fait pour que les autres l'empruntent).

Je soutiens aussi qu'en politique, comme à la Bourse, les croyances peuvent être autoréalisatrices parce qu'elles façonnent les comportements qui déterminent à leur tour la réalité. Semer et cultiver durant près de trois décennies l'idée fausse d'une impuissance des politiques nationales posent en effet les bases culturelles nécessaires à la destruction de toute attente politique, stimulent les réflexes et le désir d'autorégulation, nourrissent l'individualisme – bref, préparent le terrain à une impuissance effective du pouvoir national. J'expliquerai enfin comment, loin d'avoir été *soumis* à l'économie, le pouvoir politique a seulement été *détourné* au service d'intérêts particuliers, mais au nom d'un projet politique. Et c'est aussi pour masquer ce détournement que les néolibéraux ont entretenu et instrumentalisé le mythe de contraintes imposées par une guerre économique mondiale qu'ils ont eux-mêmes déclenchée.

Le déchaînement d'une compétition généralisée est en effet engendré, dès la fin des années 1970, par les choix politiques des gouvernements, qui, les uns après les autres, démantèlent les institutions et les régulations publiques qui déterminaient jusqu'alors le champ, la nature et l'intensité de la concurrence. Tandis que la crise des années 1930 avait été interprétée comme un échec du libéralisme dominant et avait débouché sur une intervention croissante de l'État, la crise sociale des années 1970 décrédibilise les politiques publiques et favorise la victoire politique du néolibéralisme dans les pays riches du Nord.

En quelques années à peine, entre 1979 et 1983, la quasi-totalité des pays riches du Nord récusent *officiellement* l'usage volontariste des multiples instruments d'action publique développés depuis les années 1940 (politiques macroéconomiques, politique industrielle, protection sociale, réglementation des marchés, entreprises publiques, redistribution). La nouvelle politique conjoncturelle est convertie aux dogmes monétaristes[22] de la rigueur monétaire et budgétaire. La stratégie structurelle vise, à des degrés divers, à limiter le «poids» de l'État (privatisation, baisses d'impôts), à étendre en revanche le rôle et la liberté des marchés (déréglementation, flexibilité du travail, libre-échange, libre circulation des capitaux).

---

22. Le monétarisme est une école initiée par Milton Friedman dans les années 1950 à l'université de Chicago. Friedman inscrit son analyse dans le cadre théorique «néoclassique», c'est-à-dire un modèle ultralibéral selon lequel des marchés de libre concurrence assurent toujours et partout un optimum économique et social. Dans ce cadre, le monétarisme affirme la nocivité des politiques budgétaires de relance et de tout déficit public; il prône une politique de contrôle strict de la masse monétaire en sorte de limiter l'inflation. Pour éviter toute manipulation discrétionnaire de la monnaie à d'autres fins que la stabilité des prix, sa gestion doit être confiée à une banque centrale indépendante du pouvoir politique.

D'une mondialisation à l'autre

Ce modèle néolibéral, que John Williamson dénommera le « consensus de Washington[23] », sera aussi appliqué aux pays en développement dans les années 1980, par le biais des « plans d'ajustement structurels » exigés par le FMI et la Banque mondiale en échange de leur concours financier. Il s'imposera aussi en Europe de l'Est, dans les années 1990, comme référence centrale inspirant la transition des pays de l'ex-bloc soviétique vers l'économie de marché. Ce sont les effets de cette extension mondiale d'une économie de marchés libres que l'on a pris l'habitude de résumer sous le vocable « globalisation » ou (surtout en France) « mondialisation ». J'ai pour ma part peu recours à ces termes trop ambigus et englobants pour désigner ce qui me semble constituer la mutation essentielle à l'œuvre depuis les années 1970[24]. En effet, l'abondante littérature[25] suscitée par le succès de ces vocables établit le fait que l'internationalisation croissante des économies, leur convergence autour d'un modèle libéral et les inquiétudes concomitantes pour l'indépendance des nations ne sont pas des phénomènes nouveaux imprimant une marque spécifique à notre époque.

---

23. Dénommé ainsi parce qu'il est promu par les institutions financières internationales qui ont leur siège à Washington.

24. J'ai précisé ma position sur l'usage et les limites du concept de mondialisation dans « De l'autre mondialisation à l'autre politique », *Revue du MAUSS*, n° 20, 2e semestre 2002, repris dans *Chroniques d'un autre monde*, *op. cit.*

25. Pour une revue de cette littérature, voir notamment : Philippe Norel, *L'Invention du marché. Une histoire économique de la mondialisation*, Seuil, 2004 ; Dominique Martin, Jean-Luc Metzger et Philippe Pierre, *Les Métamorphoses du monde. Sociologie de la mondialisation*, Seuil, 2003.

Suzanne Berger[26], notamment, a montré qu'entre 1870 et 1914 nous avons connu une «première mondialisation» tout à fait comparable à ce que nous appelons ainsi aujourd'hui. Elle entend par ce travail, nous dit-elle, «réfuter l'idée selon laquelle nous serions sur le point d'entrer dans un monde radicalement nouveau[27]». Si je suis parfaitement convaincu de la similitude mise en lumière par Suzanne Berger, je nuancerai néanmoins sa conclusion: nous sommes bien, je pense, «en train d'entrer dans un monde nouveau». Le travail de Suzanne Berger montre seulement que bien des phénomènes aujourd'hui englobés sous le terme «mondialisation» ne sont en rien spécifiques à notre époque. Mais, par contraste, la mise en veilleuse de ces invariants historiques met en lumière quelques différences essentielles entre la première et la seconde mondialisation[28]. Et la première différence se cache derrière une similitude: *les deux épisodes de mondialisation ont, l'un comme l'autre, accompagné l'entrée dans un «monde radicalement nouveau», mais pas du tout dans le même monde.*

La seconde mondialisation marque en effet une rupture avec une ère de régulation étatiste et nationale de l'économie, à l'Ouest comme à l'Est. À l'opposé, la première démarre dans la continuité d'un monde où les nations

26. Suzanne Berger, *Notre première mondialisation*, Seuil, 2003.

27. *Ibid.*, p. 5.

28. C'est par commodité pour l'exposé que je me place ici dans le cadre de réflexion de Suzanne Berger supposant seulement deux phases de mondialisation. On peut tout autant considérer que la «mondialisation» a commencé avec l'expansion initiale de l'espèce humaine à l'ensemble de la planète et s'est poursuivie en plusieurs phases entrecoupées par des périodes de relocalisation et de restriction des échanges. Un débat sur l'emploi d'un terme aussi flou me paraît d'un intérêt médiocre et, en tout cas, d'un intérêt nul pour le sujet de ce livre. C'est pourquoi, ici comme en d'autres occasions, je peux tolérer sans nécessairement l'approuver l'usage qu'en font d'autres auteurs.

sont encore en construction et dotées d'un État minimal sans réelle politique économique. Le contexte des années 1860-1870 est celui d'une consolidation et d'une affirmation des États-nations, l'époque où s'achèvent à peine l'unification allemande, l'unité italienne et la réunification de la nation américaine, l'époque où l'empereur Meiji inaugure au Japon une nouvelle ère de développement volontariste pour contrer la menace d'une domination occidentale. Dans les trois décennies qui suivent, *l'essor simultané de la sphère marchande et du libre-échange est conçu comme un instrument d'affirmation de la puissance des nations et des États, et non comme une alternative à des instruments de régulation publique de l'économie*. Et pour cause : ces instruments de régulation sont quasiment inexistants.

La première mondialisation se situe en fait dans la continuité d'un capitalisme déjà très libéral, dans lequel l'État ne dispose pas du dixième des moyens et des instruments d'intervention d'un État contemporain. C'est en effet dès le milieu du XIXe siècle que se prépare la « grande transformation[29] », justement décrite par Karl Polanyi : la logique et les mécanismes du marché, jusqu'alors cantonnés aux « marchandises » participant au commerce à longue distance, se généralisent dans les autres sphères de la vie économique et sociale : le travail, la monnaie et les économies locales, jusqu'alors à l'abri de la concurrence nationale et internationale. Mais cette évolution, loin de détruire une régulation politique qui n'existait pas, finira par la susciter. Polanyi montre aussi comment les méfaits de cette première marchéisation du monde conduisent à une remise en question du capitalisme libéral et suscitent cette grande transformation

29. Karl Polanyi, *La Grande Transformation* (1944), Gallimard, 1974.

qu'est la régulation de l'économie par l'État amorcée durant la Grande Dépression des années 1930, imposée par le fascisme, le nazisme et le communisme, et finalement institutionnalisée, dès les années 1940, dans les démocraties.

Cette première mondialisation va aussi de pair avec la montée en force du syndicalisme, l'essor du suffrage universel et l'élaboration des premières lois améliorant les conditions de travail ou posant les bases d'une protection sociale. De même, comme le rappelle Suzanne Berger: «L'introduction de la progressivité de l'impôt sur les héritages, la taxation des valeurs mobilières, la création d'un impôt sur le revenu furent les grandes innovations politiques des pays développés pendant la première mondialisation[30].» Bref, *tout indique que la première mondialisation, loin d'accompagner un recul de la régulation politique de l'économie, accompagne plutôt la prise de conscience de la nécessité d'une telle régulation et les premiers pas de sa mise en œuvre.* La rupture qu'elle constitue avec la société traditionnelle et fermée du début du XIXe siècle prépare une nouvelle rupture qui, au milieu du XXe, mènera au triomphe de l'étatisme et du compromis social-démocrate.

Il s'ensuit précisément que, à l'opposé de la première mondialisation, la seconde n'intervient pas dans la continuité d'une phase d'extension régulière du capitalisme libéral, mais au terme d'une phase d'expansion de l'État social, de la planification, des politiques keynésiennes, de la redistribution des revenus, de la régulation de la finance internationale, etc. Et, toujours à l'opposé de la première mondialisation, la seconde accompagne le recul volontaire des souverainetés nationales (douze pays

30. Suzanne Berger, *Notre première mondialisation*, *op. cit.*, p. 77.

européens ont accepté d'abandonner leur souveraineté monétaire à un directoire de banquiers indépendants!), le démantèlement du droit social, les privatisations ou encore la déréglementation de la finance.

Pendant et à la suite de la première mondialisation, les élites dirigeantes, souvent sous la pression des mouvements sociaux, ont inventé peu à peu un nouveau monde s'efforçant de concilier la liberté économique avec la cohésion sociale et la démocratie. Certes, elles y ont mis le temps et, chemin faisant, elles n'ont évité ni les catastrophes politiques ni les crises économiques et sociales. Mais, à leur décharge, on peut invoquer la relative ignorance et l'inexpérience dans lesquelles elles ont dû opérer. N'oublions pas que, dans le dernier tiers du XIXe siècle, les sciences humaines et sociales sont encore dans l'enfance. On découvre donc les effets de la première mondialisation au fur et à mesure qu'ils se manifestent, voire avec dix ou vingt ans de décalage. Hormis les effets immédiatement visibles sur les conditions de travail, il n'est pas évident d'anticiper à terme les effets systémiques d'une extension de la logique marchande. On ignore par exemple ses conséquences écologiques globales. De même, on manque alors de recul pour apprécier les limites d'une démocratie représentative qui constitue une innovation récente et concerne seulement quelques rares pays.

En revanche, on ne peut invoquer aucune ignorance ou inexpérience à la décharge des élites gouvernantes de la fin du XXe siècle. Elles savent! Elles savent que la guerre économique conduit à la guerre tout court, que la démocratie parlementaire peut engendrer le totalitarisme, que des marchés parfaitement libres provoquent déséquilibres, crises, chômage, gaspillages, éviction des biens publics, catastrophes écologiques; elles savent aussi qu'une régulation politique de l'économie de marché est possible et d'une efficacité impressionnante, si l'on en juge par la prospérité et les progrès sociaux des Trente Glorieuses.

Au risque d'être trivial, on pourrait dire que la principale spécificité de la seconde mondialisation comparée à la première, c'est précisément d'être la seconde, c'est-à-dire d'intervenir après que se sont développés tous les effets de la première, tous les outils d'analyse quantitative et théorique des phénomènes sociaux, tous les instruments et toutes les expériences de régulation politique.

Nous nous retrouvons ainsi avec un étrange paradoxe à démêler. Pourquoi les instruments politiques qui ont contribué à la prospérité des trois décennies d'après-guerre se trouvent-ils assez subitement voués aux gémonies, au moment même où la cassure nette du rythme de croissance et l'explosion du chômage sembleraient au contraire fonder une intervention accrue des gouvernements? Pourquoi l'État devient-il subitement moins protecteur, au moment même où s'accumulent de multiples sources d'insécurité?

Le mythe de l'impuissance des politiques nationales

La réponse favorite des néolibéraux est que nous n'avions alors pas d'autres choix possibles. L'internationalisation croissante des économies, la saturation des marchés traditionnels des vieux pays industriels, le développement et l'ouverture extérieure de nouveaux pays industriels (NPI) en Asie et en Amérique latine, les nouvelles technologies de l'information et de la communication, entre autres facteurs, se combinent pour intensifier la compétition, changer les méthodes de travail dans tous les secteurs, favoriser l'essor de firmes organisées en réseau flexible prêtes à relocaliser leurs activités en fonction des meilleures opportunités offertes dans le monde entier.

Cette métamorphose est présentée comme l'effet *naturel* du changement technologique et du développement de nouveaux pays industriels, totalement indépendant d'une quelconque volonté politique. Dans ce nouveau monde, nous expliquent les néolibéraux, on n'a qu'un seul choix : s'adapter comme les autres aux nouvelles technologies et à la compétition intensifiée, ou régresser. Quand la guerre est là, on la fait ou on accepte tout de suite de la perdre sans combat. Le seul rôle éventuel de l'État est alors de nous mener à la guerre. De toute façon, il ne peut rien faire d'autre et surtout pas nous protéger. Les instruments d'intervention qui conservaient quelque pertinence quand l'essentiel de l'économie se jouait sur le plan national, perdent leur efficacité dans une économie mondialisée.

Dans un monde ouvert, aux opportunités multiples et où le capital comme les talents vont où ils veulent, une économie nationale qui pratique une régulation solitaire s'autopénalise au profit des économies offrant aux entrepreneurs une plus grande liberté et des charges allégées. Les décideurs économiques jouent sur un terrain de jeu mondial, mais les politiques ne peuvent établir des règles du jeu que sur un terrain national. Si les joueurs sont libres de choisir leur terrain et peuvent se contenter d'une partie seulement de l'espace mondial, ils peuvent mettre les territoires en concurrence, opter pour le moins-disant social, fiscal et réglementaire; bref, ce sont eux et non plus les arbitres politiques qui dictent les règles.

Nous venons de résumer la « tarte à la crème » commune de bien des discours pro- et antimondialisation libérale. L'impuissance des États-nations engendrée par la « mondialisation » expliquerait l'évolution (ou la régression) du capitalisme régulé vers le capitalisme dérégulé. Face à la mutation de l'économie mondiale des années 1970-1980, les « vieux » instruments de la social-démocratie seraient donc inadaptés. La seule alternative concevable opposerait désormais d'un côté (néolibéral) une nouvelle autorégulation décentralisée des marchés, de l'autre côté (altermondialiste) la création d'un pouvoir politique mondial susceptible d'imposer des règles mondiales.

Le défaut rédhibitoire de cette « explication » est qu'elle n'explique rien. Elle prend les effets pour des causes : ce n'est pas la libre circulation des capitaux qui contraint à la déréglementation des marchés financiers, c'est l'inverse ! Elle fait en outre l'impasse sur quelques faits élémentaires. Ainsi, aucune instance mondiale n'a imposé aux grands pays industriels une quelconque dérégulation de l'économie. Celle-ci résulte intégralement de choix politiques nationaux qu'il nous faut expliquer. Certes, dans les années 1980, les institutions financières internationales (FMI, Banque mondiale) ont pu imposer leur modèle néolibéral à des pays en développement, mais ces institutions ne font qu'exécuter les instructions des grands pays industriels soucieux d'imposer des stratégies de développement conformes à leurs propres intérêts. Et, comme nous le verrons, les États-Unis ne s'appliquent pas à eux-mêmes la plupart des prescriptions néolibérales qu'ils recommandent aux autres. C'est donc bien une question de *choix* et de *force* politiques.

Néanmoins, il est vrai que les vieux pays industriels ne pouvaient échapper à l'intensification de la compétition mondiale liée à l'émergence de nouveaux pays industriels (NPI). Mais, à la suite de nombreuses études quantitatives[31], on sait parfaitement que dans les années 1970 et 1980, ce phénomène n'a pas d'incidence significative sur l'activité et l'emploi des grands pays du Nord. La

31. Voir sur ce point Pierre-Noël Giraud, *Le Commerce des promesses. Petit traité sur la finance moderne*, Seuil, 2001, et *L'Inégalité du monde*, Gallimard, 1998.

montée générale du chômage, des inégalités et de la pauvreté dans les pays riches, et, en dépit de cela, la préférence politique générale pour la rigueur et la lutte contre l'inflation n'ont donc rien à voir avec l'expansion des NPI d'Asie qui ressuscite pourtant le spectre du « péril jaune » – péril imaginaire, mais dont la fonction est de nourrir une peur réelle[32].

Il est aussi exact que la chute des coûts de transport et de communication constitue un facteur de mondialisation des activités indépendant du politique. La montée de la « contrainte extérieure » a donc bien en partie une origine technologique. Toutefois, l'essentiel du commerce sensible et des mouvements de capitaux se réalise toujours, et depuis longtemps, entre pays riches du Nord. Donc, si contrainte extérieure exacerbée il y avait, *à cette époque*, elle était avant tout liée à une intensification de la compétition entre ces derniers, pour lesquels existait une solution alternative plus coopérative. La *guerre économique* n'était pas une fatalité. Les organes de coopération internationale (GATT, OIT, notamment) ou, à défaut, les institutions de la Communauté européenne, offraient théoriquement un espace de coordination où les grands pays industriels auraient pu collectivement décider de contenir la compétition mondiale dans un cadre compatible avec le maintien de la cohésion sociale. Car les vertus de la concurrence sont compatibles avec quasiment n'importe quel niveau de régulation ou de protection sociale, pourvu qu'il reste des opportunités de profit et que tous les acteurs soient soumis aux mêmes règles. Mais *il a suffi que quelques pays*

32. La peur de la concurrence chinoise hantait déjà les Européens au début du siècle. Cf. Edmond Théry, *Le Péril jaune*, Felix Juven, 1901 (Suzanne Berger, *Notre première mondialisation*, *op. cit.*, en donne un extrait). NB : il se peut que la concurrence des NPI constitue une menace bien réelle dans les années 2000 et suivantes; mais *dans les années 1970* on peut bien parler de « péril imaginaire ».

renoncent à la régulation des marchés pour dissuader les autres de la préserver. En 1979-1980, la victoire de la droite néolibérale au Royaume-Uni et aux États-Unis se traduisit par une dérégulation massive de l'économie et des mouvements de capitaux, à laquelle les grands pays européens, faute d'une vision politique commune, ne sauront d'abord répondre autrement que par l'alignement progressif sur la logique néolibérale[33].

Cette évolution n'était en rien fatale et, même dans le cadre d'une économie plus ouverte à la concurrence, des politiques économiques et sociales alternatives restaient possibles. Ainsi, par exemple, les petits pays européens, depuis longtemps soumis à une forte contrainte de compétitivité internationale, avaient pris l'habitude de neutraliser les effets sociaux pervers d'une forte exposition à la concurrence (Pays-Bas, Autriche, Suède, Norvège, Danemark en particulier). Dans un premier temps, la combinaison du dialogue social permanent et de politiques de l'emploi très actives leur permit de contenir le chômage et la montée des inégalités. Il est frappant de constater que *les pays qui réussirent le mieux à contrer la crise sociale étaient justement les plus exposés à cette compétition mondiale* que les leaders des grands pays ne cesseraient pourtant d'invoquer pour justifier leur impuissance ! Il s'agissait par ailleurs de pays où le niveau des salaires, de la protection sociale et des taux d'imposition était parmi les plus élevés – en contradiction flagrante, donc, avec le discours néolibéral qui présentait nos « charges » fiscales et sociales comme la source essentielle de nos difficultés.

La montée de la pauvreté et de l'exclusion sociale n'était donc en rien la conséquence inéluctable et mécanique

33. Au chapitre suivant, nous reviendrons plus en détail sur le rôle joué par l'évolution de la construction européenne.

d'une «loi naturelle de l'économie», à laquelle il eût été insensé de s'opposer. Nous avions le choix entre diverses stratégies d'adaptation et de réaction.

La diversité des politiques menées dans le monde et de leurs résultats constitue d'ailleurs la meilleure preuve de la persistance des «marges de manœuvre» des politiques nationales en dépit de la mondialisation[34]. Aujourd'hui encore, même après vingt-cinq ans de «mondialisation libérale», les bonnes vieilles politiques keynésiennes de relance par la dépense publique ou la baisse des taux d'intérêt restent tout à fait efficaces quand on les emploie à bon escient. La meilleure preuve de leur efficacité est d'ailleurs fournie par l'expérience de la présumée plus libérale des nations – les États-Unis – qui n'a jamais cessé de les employer massivement.

Au pluralisme persistant des politiques économiques s'ajoute celui des systèmes économiques et sociaux. De multiples travaux ont montré que, en dépit de deux décennies d'intensification de la compétition mondiale et de libéralisation des échanges, il n'existe pas un seul et unique modèle capitaliste, mais au moins cinq ou six modèles distincts par le droit du travail, le système de protection sociale, le mode de financement des entreprises, le poids de l'État, l'étendue des inégalités salariales, les relations entre les partenaires sociaux, etc.[35]. Ces travaux montrent aussi comment

34. Suzanne Berger a passé en revue ces travaux dans «Globalization and politics», *Annual Review of Political Science*, III, 2000. En langue française, la diversité des réactions nationales à la mondialisation est notamment analysée par Robert Boyer et Pierre Souyri (dir.), *Mondialisation et Régulations. Europe et Japon face à la singularité américaine*, La Découverte, 2001.

35. La diversité persistante des capitalismes est parfaitement illustrée et théorisée par Bruno Amable, *Les Cinq Capitalismes*, Seuil, 2005. Voir aussi Robert Boyer, *Peut-on faire une théorie du capitalisme?*, Odile Jacob, 2004.

la diversité persistante des systèmes tient au rôle des cultures, des histoires, des institutions, des conventions sociales propres à chaque pays. Il apparaît ainsi qu'un système économique n'est jamais l'application pure et simple de règles issues d'un quelconque traité universel d'économie politique, mais un compromis social complexe reflétant fondamentalement un rapport de force politique entre les parties prenantes.

Tout cela permet d'affirmer que *le tournant néolibéral opéré dans le monde dans le dernier quart du siècle dernier n'est pas la conséquence naturelle d'une évolution technologique ou économique inéluctable. Il résulte d'un choix politique délibéré et adopté par des gouvernements souverains qui disposaient d'autres options.*

Dans les années 1980, la plupart des grands pays industriels et des organisations internationales placées sous leur tutelle convergèrent très rapidement autour de deux options fondamentales : rigueur monétaire et désinflation d'une part, déréglementation de l'économie et plus particulièrement des marchés financiers d'autre part. Ces choix ne firent l'objet d'aucun débat public. En débattre eût laissé entendre qu'il existait d'autres options. Or, pour ceux qui les imposèrent, ces choix devaient précisément sembler ne pas en être et refléter le cours naturel et incontournable des « lois » de l'économie. Ils reflétaient en réalité une loi de la politique selon laquelle l'orientation des politiques économiques résulte tout à la fois des rapports de force entre groupes sociaux, des attentes prioritaires des électeurs médians[36] et des préférences des décideurs eux-mêmes. En l'occurrence, pour résumer l'idée avant de l'expliciter, le quasi-

36. Électeurs médians : groupe d'électeurs qui partage le corps électoral en deux effectifs équivalents sur une échelle bipartisane (droite/gauche, républicain/démocrate, etc.) et dont le vote fait donc pencher le résultat d'un bord ou de l'autre.

consensus politique néolibéral des années 1980 s'est forgé au moment où, d'une part, les rapports de force se sont radicalement infléchis en faveur des détenteurs du capital et où, d'autre part, une fraction décisive de l'électorat et des responsables politiques pouvait y trouver son intérêt.

L'effondrement du pacte social

Un bref retour en arrière fera clairement apparaître comment s'est opéré le renversement des rapports de force en faveur du capital. Dans la phase de croissance extensive des Trente Glorieuses, le capital avait besoin d'une main-d'œuvre abondante, même peu ou pas qualifiée, au point de développer l'immigration pour pallier l'insuffisance de la population active nationale; il avait aussi besoin de la diffusion du pouvoir d'achat pour créer les vastes débouchés nécessaires à la production de masse des industries de consommation; il était donc favorable à un État-providence qui garantissait les revenus contre divers risques et les stabilisait face aux fluctuations de la conjoncture. Les charges fiscales et sociales de cet État-providence étaient aisément supportables dans un contexte de croissance forte et continue. Le capital redoutait en outre la montée du communisme et la contestation de son pouvoir de gestion par les syndicats. Nécessité économique et crainte politique se conjuguaient donc pour promouvoir un pacte social: le pouvoir de gestion des détenteurs du capital n'était pas contesté, mais, en contrepartie, le capital consentait une plus forte progression des salaires, des droits sociaux étendus et l'amélioration des conditions de travail. Selon les pays, l'État jouait un rôle variable dans l'établissement et la garantie de ce compromis par la loi, rôle inversement proportionnel à la qualité du dialogue entre les partenaires sociaux. Telles sont les caractéristiques essentielles de ce que, à la suite de l'école de la régulation, on peut appeler le modèle fordiste[37].

Après un *premier âge* «sauvage», ou pour le moins anarchique et peu encadré par le politique, le capitalisme était donc entré, au milieu du XXe siècle, dans un *deuxième âge* caractérisé par le compromis social et la régulation politique. Cela constitua dans les faits, si ce n'est toujours dans les urnes, une victoire de la social-démocratie, un succès incontestable du socialisme démocratique qui, à l'aube du XXe siècle, fit le choix de mettre en œuvre son projet de transformation sociale par le vote des citoyens.

Mais, à partir du milieu des années 1970, les fondements objectifs de ce pacte social sont un à un ébranlés. L'évolution technologique (télécommunications, informatique, robotique), la concurrence accrue de nouveaux pays industriels et la cassure nette du rythme de croissance économique se conjuguent alors pour inciter les entreprises à comprimer leurs coûts en limitant l'emploi et/ou la progression des bas salaires. Par ailleurs, dans les pays riches, les taux d'équipement des ménages approchent de la saturation. Par conséquent, la prospérité des entreprises n'est plus garantie par la production en masse de biens de consommation standardisés; elle devient plus incertaine et dépend de leur capacité à développer de nouveaux produits à plus forte valeur ajoutée, à trouver des débouchés extérieurs, à s'adapter rapidement aux variations de la demande ou aux innovations

---

37. Du nom du constructeur d'automobiles américain qui fut le premier à exploiter l'idée que la hausse du salaire de ses ouvriers engendrait les débouchés nécessaires au développement de son industrie. Sur l'école de la régulation, voir Robert Boyer, *Théorie de la régulation*, t. 1: *Les Fondamentaux*, La Découverte, 2004.

des concurrents[38]. Les patrons ont besoin d'une main-d'œuvre plus mobile, plus flexible et mieux formée; ils peuvent en revanche se passer des travailleurs à faible qualification en robotisant les tâches répétitives.

Certes, en mettant des salariés au chômage, les entreprises perdent aussi des clients; mais cette perte est compensée par la compression des coûts et par la demande renouvelée de tous ceux qui gardent leur emploi et dont le pouvoir d'achat continue à progresser. Par ailleurs, sur le marché du travail, l'apparition d'un chômage de masse renverse le rapport de force en faveur des employeurs. La menace permanente du licenciement contraindra finalement ceux qui conservent leur emploi à accepter la «modération salariale» et les nouvelles exigences de mobilité, de flexibilité et de productivité associées à l'intensification de la concurrence internationale. En une quinzaine d'années à peine, la gestion de la production et les conditions de travail subissent une complète métamorphose conçue pour garantir la rentabilité financière maximale: qualité totale, «flux tendus» et production «juste à temps», individualisation des carrières, sous-traitance, emplois précaires, temps partiel contraint, etc.[39].

La peur du chômage n'est pas instrumentalisée par le patronat seulement pour obtenir des salariés tous les sacrifices nécessaires à la rentabilité du capital, elle sert aussi à faire pression sur les gouvernements pour revendiquer, au nom de la défense de l'emploi, une baisse des «charges» fiscales et sociales. Qui pouvait

---

38. On trouve une description magistrale de cette mutation du modèle productif dans Michael J. Piore et Charles F. Sabel, *The Second Industrial Divide. Possibilities for Prosperity*, Basic Books, 1984.

39. L'ensemble de ces mutations, de leurs origines et de leurs effets est explicité par Jean-Pierre Durand, *La Chaîne invisible. Travailler aujourd'hui: flux tendu et servitude volontaire*, Seuil, 2004.

ou aurait dû s'opposer à ces nouvelles exigences? C'est la pression syndicale et la peur du communisme qui les avaient tempérées jusqu'aux années 1970. Mais, désormais, le contre-pouvoir syndical est structurellement affaibli par l'érosion de la classe ouvrière, la tertiarisation de l'emploi, la substitution massive du capital au travail dans l'industrie manufacturière et la montée du chômage. Ce contre-pouvoir sera aussi laminé par la nouvelle organisation du travail flexible qui détruit les collectifs de travail, promeut la gestion individuelle des carrières et la compétition interne entre salariés. Quant à la peur du communisme, elle achèvera de s'éteindre à la fin des années 1980 avec la destruction du mur de Berlin et l'effondrement général des régimes communistes.

Dès lors, faute de rencontrer une vraie résistance, les dirigeants des grandes firmes poussent leur avantage jusqu'au bout. Nous verrons que c'est parfois jusqu'au bout de l'horreur, quand l'impératif de rentabilité prime sur le respect de la dignité, de la santé ou de la vie. Faut-il pour autant conclure que l'horreur sociale n'est que le fruit d'un complot des firmes multinationales? Que ces dernières aient intérêt à cet éventuel complot (même tacite) est assurément probable. Mais cela n'explique en rien *comment un club de quelques centaines de dirigeants peut imposer ses choix dans un système où tout le monde vote*. Une orientation politique aussi fondamentale ne devrait pas perdurer indéfiniment si une forte majorité d'électeurs la percevait comme contraire à son intérêt. Même en l'absence de syndicats, des gouvernements élus devraient imposer au capital une logique de cohésion sociale et de plein-emploi si telle était l'aspiration largement dominante dans la société. Si donc les intérêts des firmes multinationales ont fini par dominer des choix politiques validés par des élections, n'est-ce pas qu'ils ont rejoint les aspirations d'une bonne partie de la société? Et en effet: si les patrons et leurs actionnaires peuvent se passer des travailleurs les moins qualifiés, bien d'autres membres de la société peuvent aussi «s'en passer» ou du moins croire un temps qu'ils le peuvent. De fait, pour tous ceux qui ne se sentent pas menacés par le chômage (les cadres, les techniciens qualifiés, les fonctionnaires), la «cohésion sociale» constitue d'abord un coût qu'il convient de minimiser; ils sont incapables d'évaluer et d'anticiper les coûts qu'ils devront subir un jour en raison du rejet d'une partie de la population vers la précarité et la pauvreté. Rien d'étonnant dès lors à ce que des gouvernements «représentatifs» n'aient guère opposé de résistance et «accepté» le chômage ou la pauvreté des moins qualifiés.

L'acceptation du chômage et le culte de la désinflation

Le mal politique de l'époque n'est plus le chômage, c'est l'inflation. En effet, en 1979 aux États-Unis et en Grande-Bretagne, puis au début des années 1980 en Europe continentale, on fait le deuil de l'objectif du plein-emploi qui faisait l'unanimité depuis les années 1940, pour se convertir au culte d'une nouvelle priorité: la désinflation. Le fondement officiel de cette conversion est la nécessité d'être compétitif dans un monde où la concurrence internationale est de plus en plus vive. En réalité, si tout le monde réduit son inflation, personne ne devient plus compétitif. On n'est donc contraint à la désinflation que parce que quelqu'un a initié le mouvement et que les autres sont obligés de s'aligner, non pas pour être *plus* compétitifs, mais pour éviter de l'être *moins*. Si les pays n'avaient aucun intérêt propre à la désinflation, ils tenteraient probablement de se dissuader les uns les autres de se lancer dans une guerre des prix, exactement comme ils s'entendent pour éviter des pratiques de concurrence déloyale. Ainsi, quoique la contrainte constituée par la concurrence internationale ait certainement joué un rôle, la conversion générale et rapide aux dogmes de la rigueur monétaire et de l'inflation minimale n'a pu se produire que parce qu'elle présentait un autre intérêt pour les élites dirigeantes. Mais lequel? Pourquoi cette conversion est-elle désirée par les politiques? Pourquoi est-elle somme toute acceptée par la société? Pourquoi à ce moment-là et pas avant? Si l'inflation est le mal absolu que l'on dénonce alors, pourquoi l'avoir toléré si longtemps?

C'est que jusqu'alors, précisément, hormis les rentiers, tout le monde trouvait son compte dans des politiques d'expansion monétaire modérément inflationnistes. D'abord, parce que les revenus nominaux des salariés et des entreprises progressaient plus vite que l'inflation. Ensuite et surtout, parce qu'une telle politique monétaire se traduisait par des taux d'intérêt réels faibles ou négatifs, ce qui, pour faire simple, signifie que le crédit est gratuit, voire rapporte de l'argent à celui qui s'endette! Cette politique très favorable à l'investissement et au financement bancaire des entreprises n'était pas moins avantageuse pour les ménages: ceux-ci pouvaient accéder plus vite aux biens d'équipement et devenir propriétaires de leur logement. Les seuls vrais perdants de cette politique monétaire étaient ceux qui tiraient une part essentielle de leurs revenus de placements financiers: ne pouvant trouver dans les taux d'intérêt une rémunération stimulante, ils investissaient dans les actions des grandes sociétés cotées en Bourse. Mais, là aussi, leurs exigences en matière de rendement étaient limitées par celles des managers qui privilégiaient d'autres objectifs (croissance de la firme, prestige, etc.). Les dirigeants disposant d'un accès aisé au financement bancaire étaient relativement indépendants de leurs actionnaires. D'autant que ces derniers, dans un espace financier réglementé et cloisonné à peu près partout dans le monde, n'avaient pas la liberté ni l'opportunité de chercher ailleurs des managers plus complaisants à leur égard. En un mot, les actionnaires n'étaient pas alors en position de force pour exiger les meilleurs dividendes.

Si les rentiers avaient donc, à l'évidence, intérêt au retournement des politiques monétaires en faveur de la désinflation et d'une meilleure rémunération de l'épargne, ils restèrent longtemps isolés dans une société qui tolérait l'inflation et jouissait du crédit gratuit. Mais, au tournant des années 1970-1980, leurs aspirations sont devenues celles de toute une génération de cadres économiques et politiques accédant alors au pouvoir. Ces derniers appartenaient en effet aux classes aisées et intermédiaires qui, durant les Trente Glorieuses, avaient pu constituer un patrimoine immobilier et une épargne financière, grâce à la progression des revenus et à la faiblesse des taux d'intérêt. Mais, une fois leur patrimoine constitué, les quadragénaires et quinquagénaires des années 1970-1980 n'avaient plus besoin du crédit gratuit. Ils espéraient au contraire des taux d'intérêt plus élevés qui rémunéreraient mieux leur épargne. L'inflation n'avait donc plus à leurs yeux la moindre vertu, tandis qu'elle érodait la valeur réelle de leur patrimoine. Aussi devint-elle un souci majeur dans les années 1970, où les indices de prix flambaient sous l'effet de trois chocs pétroliers[40] et du choc salarial de la fin des années 1960.

Par ailleurs, l'accélération de l'inflation consécutive à ces chocs sur les coûts de production recèle un conflit

40. On parle habituellement des *deux* chocs pétroliers de 1974 et 1979. C'est oublier celui de 1968-1969, consécutif à la nationalisation des ressources pétrolières en Libye.

pour la répartition du revenu[41]. À la fin des années 1960, dans les grands pays industrialisés, une série de mouvements sociaux débouche sur une forte revalorisation des bas salaires. Les salariés et leurs syndicats parviennent momentanément à augmenter la part des revenus du travail dans la valeur ajoutée. Mais les entreprises s'efforcent ensuite de restaurer la part du capital en compensant la hausse des salaires par la hausse des prix. La même réaction prévaut le plus souvent à la suite des chocs pétroliers. Les patrons tentent de faire payer l'essentiel de la facture aux salariés *via* la hausse des prix. Ces derniers réagissent par de nouvelles revendications salariales pour compenser l'érosion de leur pouvoir d'achat, ce qui appelle naturellement de nouvelles hausses de prix, et ainsi de suite. Cette guerre pour le partage du revenu national entre travail et capital risque donc de dégénérer en spirale inflationniste infinie, tant qu'aucun des deux partenaires n'est en mesure de mettre l'autre au pas.

Les cadres politiques et économiques, les patrons et, plus largement, tous les ménages plus ou moins aisés qui détiennent un patrimoine immobilier et/ou financier ont désormais un intérêt objectif à un durcissement des politiques monétaires qui relève les taux d'intérêt et engage la désinflation. La crise de croissance des années 1970, en discréditant les gouvernements sociaux-démocrates et les politiques keynésiennes, va offrir l'opportunité de ce retournement attendu des priorités de la politique économique. En moins de cinq ans (1979-1983), la quasi-totalité des grands pays industriels partent en guerre

41. En termes techniques, l'économiste parle plutôt d'un conflit pour le *partage primaire de la valeur ajoutée*. La valeur ajoutée est la valeur de la production de l'entreprise, nette des consommations intermédiaires. Le partage primaire est la répartition de cette valeur ajoutée entre les deux facteurs de production, travail et capital.

contre l'inflation et relèvent les taux d'intérêt réels à des sommets historiques.

Les effets immédiats de ce revirement sont bien connus : explosion du chômage dans les pays riches, et insolubles difficultés de paiement pour les pays en développement fortement endettés. Mais ces effets ne sont pas désastreux pour tout le monde ; ils viennent en fait renforcer les conséquences espérées par les promoteurs de la nouvelle politique économique, c'est-à-dire le bouleversement des rapports de force au profit des détenteurs du capital.

Dans les pays riches, répétons-le, la montée du chômage renforce à l'évidence la domination des employeurs sur le marché du travail. Qui plus est, comme l'expliquera sans fard Margaret Thatcher, les politiques monétaires restrictives sont une arme de guerre efficace pour briser la résistance des salariés et de leurs syndicats. En effet, en limitant drastiquement l'accès des entreprises à une trésorerie bon marché *via* le crédit bancaire, elles les contraignent à durcir leur position face aux revendications salariales. En résumé, *la rigueur monétaire et le chômage sont les outils politiques grâce auxquels les gouvernements mettent un terme au conflit pour la répartition de la valeur ajoutée en imposant un gagnant : le capital.*

Dans les pays en développement (PED), la hausse des taux d'intérêt et le surendettement qui s'ensuit placent les États concernés sous la tutelle financière des institutions internationales (FMI, Banque mondiale), qui pourront leur imposer les modèles de développement propices à l'extension du vaste marché mondial déréglementé auquel aspirent les grandes firmes occidentales. Par le seul revirement brutal de la politique monétaire, le capital fait donc d'une pierre deux coups : il soumet à la fois les salariés des pays riches et les gouvernements des pays en développement.

Toutefois, la victoire des détenteurs du capital n'eût pas été complète sans l'autre renversement majeur des politiques économiques : la déréglementation des marchés financiers.

La face cachée de la libéralisation financière

Amorcée à la fin des années 1970 dans le monde anglo-saxon, et dès le milieu des années 1980 dans la plupart des grands pays industriels, la libéralisation des opérations financières met en place un vaste marché financier mondial et ouvert. Les capitaux peuvent circuler librement d'un pays à un autre ; des métiers et des marchés autrefois distincts et séparés (l'assurance, la banque de dépôt, la banque d'affaires, la Bourse…) sont « décloisonnés » ; les opérateurs financiers peuvent laisser libre cours à leur imagination pour créer une multitude de nouveaux instruments adaptés aux besoins de ce marché mondial.

Là encore, il faut distinguer la rhétorique officielle et les vrais intérêts justifiant cette déréglementation. Selon le credo néolibéral, une totale liberté de gestion et de circulation des capitaux est le meilleur moyen d'assurer une « allocation » efficace des ressources. Les cloisonnements anciens pérennisaient des activités gaspillant les ressources, faute d'un libre accès à de meilleures opportunités d'investissement. Sur un vaste marché mondial où des analystes professionnels jugent en permanence la gestion et les performances des pays, des entreprises et des gouvernements, les capitaux sont constamment redistribués des activités les moins performantes vers les plus performantes. Pourtant, la théorie économique moderne et l'expérience récente montrent que cette belle croyance dans les vertus du marché est une théologie sans fondements.

La croyance dans la surveillance des « analystes professionnels » a fait long feu. Durant l'hiver 2002, les faillites d'Enron[42], géant américain de la distribution d'énergie, et de son cabinet d'audit, Andersen, auront servi de révélateur public d'une défaillance déjà bien connue des enquêteurs de l'administration américaine : les comptes de nombreuses grandes sociétés, quoique « certifiés » par les grands cabinets « indépendants » d'audit et de conseil, sont d'autant plus faux que la situation de l'entreprise est mauvaise. Pour la simple et bonne raison que la première « vertu » du marché consiste en ce qu'un fournisseur fasse toujours plaisir à son client ! Les audits ferment donc les yeux sur la falsification des comptes et font des rapports complaisants pour garder leurs clients et satisfaire leurs propres supérieurs hiérarchiques, qui, eux aussi, doivent afficher les bons résultats financiers de leur cabinet.

Par ailleurs, même en l'absence de malversation, l'emploi des capitaux n'est pas spontanément optimal. Nul besoin d'être docteur en économie pour comprendre que, si l'on a le choix, on préférera investir les capitaux dans le renouvellement du parc de téléphones cellulaires des pays riches plutôt que dans l'éradication du sida en Afrique ou dans l'accès à l'eau potable qu'attend encore un cinquième de l'humanité. L'argent va là où il peut se reproduire, pas là où on en a le plus grand besoin. Que la libre circulation de l'argent soit un excellent moyen de sélectionner les opportunités de profit immédiat ne fait guère de doute. Mais il n'est pas moins évident que le taux de rendement financier n'est pas le bon indicateur pour savoir où l'humanité juge qu'il est le plus utile, le plus urgent et le plus juste d'investir.

---

42. Cf. mon article « L'après-Enron : gouvernance ou démocratie ? », *Alternatives économiques*, avril 2002, reproduit dans *Chroniques d'un autre monde*, *op. cit.*

Enfin, la déréglementation mondiale des mouvements de capitaux et des marchés financiers a engendré des crises financières internationales à répétition, en Amérique latine, en Asie du Sud et en Russie. Tous les experts, libéraux ou non, ont bien dû reconnaître dans cette nouvelle instabilité financière l'effet d'une déréglementation anarchique des marchés financiers[43]. On a par ailleurs observé que les pays les plus aptes à surmonter ou à éviter les crises financières étaient ceux qui maintenaient ou rétablissaient un contrôle plus strict des mouvements de capitaux (Chine, Chili, Malaisie).

La déréglementation financière ne se justifie donc en rien par la prétendue recherche d'un optimum économique ou social. Sa vraie raison d'être s'éclaire, en revanche, quand on comprend qui y trouve son intérêt. Rappelons que la nouvelle politique monétaire des années 1980 renchérit brutalement le coût du crédit. Les grandes entreprises ne peuvent donc qu'approuver l'ouverture et l'élargissement d'un marché financier qui leur permet de mobiliser directement l'épargne mondiale et de limiter le coûteux recours aux banquiers. C'est également le cas des gouvernements occidentaux, car le ralentissement marqué de la croissance dans les années 1970 les a fait basculer d'un régime d'équilibre budgétaire vers une situation de déficit chronique des finances publiques. Pour combler les besoins de financement public croissants, les pays riches sont incités à stimuler et attirer l'épargne en déréglementant les transactions financières internationales et en relevant les taux d'intérêt.

Et qu'importe si cette ruée des États riches sur l'épargne mondiale fait monter les taux d'intérêt à des niveaux

---

43. Sur cette question, nous renvoyons à nouveau à Pierre-Noël Giraud, *Le Commerce des promesses* et *L'Inégalité du monde*, *op. cit.*

insupportables pour des pays en développement également très endettés ! Le surendettement de ces derniers est, en réalité, une aubaine pour la promotion du consensus de Washington puisqu'il va faciliter l'extension mondiale de ce modèle. En effet, face à la crise de la dette du tiers-monde, les institutions financières internationales et les plus grands pays industriels (le G7 à l'époque) ont d'abord tenté le rééchelonnement des dettes associé à la cure d'austérité imposée aux débiteurs. Mais il est vite apparu qu'en freinant la croissance des pays concernés on rendait impossible le remboursement futur des dettes renégociées. Il y aurait bien eu une autre solution (du point de vue des débiteurs) : l'annulation pure et simple d'une majeure partie des dettes et le renforcement de l'aide publique au développement. Mais à ce transfert de richesse des pays les plus développés vers les pays les moins développés on préféra un transfert de modèle économique qui élargirait plus encore le terrain de jeu des capitaux libérés. Ce fut la grande vague des « plans d'ajustement structurel » imposés par le FMI et la Banque mondiale aux pays qui demandaient leur soutien financier. En un mot, il s'agissait d'insérer dans l'économie mondiale des pays souvent peu ouverts à la compétition internationale et aux investisseurs étrangers. Comment cela? En leur appliquant la recette universelle de la déréglementation et des privatisations censées créer un environnement attrayant pour les capitaux étrangers.

À l'opposé de cet alignement sur un modèle économique imposé par les institutions financières internationales, les pays du Sud avaient manifesté dans les années 1970 leur volonté d'instaurer un « nouvel ordre économique international » (NOEI). Il s'agissait de promouvoir la solidarité internationale et la régulation des échanges en vue d'assurer une plus juste répartition des fruits de la croissance et du commerce mondiaux.

Les tenants du néolibéralisme voyaient là une menace sérieuse. D'autant que les pays exportateurs de pétrole, en nationalisant les installations pétrolières et en relevant très fortement le prix du baril, démontraient alors la possibilité d'inverser le rapport de force entre pays du Nord et pays du Sud. Et la succession des chocs pétroliers, de 1968 à 1979, constitua un prélèvement considérable sur les revenus du Nord au profit des pays de l'OPEP. Les libres-échangistes pouvaient donc sérieusement redouter que le succès du cartel pétrolier n'incitât l'ensemble des pays en développement (PED) à faire collusion pour exiger de nouvelles règles du jeu dans d'autres secteurs d'activité. D'ores et déjà le NOEI était revendiqué par le Mouvement des pays non alignés et par le Groupe des 77 au sein des Nations unies.

La crise de la dette, favorisée et entretenue par les politiques monétaires des pays du Nord, offrit donc opportunément à ces derniers l'occasion de remettre les PED au pas. En contrepartie de leur concours financier vital, les institutions financières internationales s'octroyèrent *un droit d'ingérence économique et politique inédit*[44]. Elles imposèrent aux PED la dérégulation et la compétition accrue, en lieu et place des régulations et de la solidarité nouvelle qu'ils espéraient.

Dix ans après cette vague d'« ajustements », la Banque mondiale elle-même devait reconnaître l'incapacité de cette stratégie libérale à sortir les PED de la pauvreté. Mais était-ce là vraiment le but poursuivi? Si l'on estime plus sûrement les objectifs d'une politique par ce qu'elle fait que par ce qu'elle promet, force est de constater que l'ajustement structurel a surtout ajusté le

44. Sur le phénomène et le concept d'ingérence économique, voir Christian Coméliau (dir.), *Ingérence économique. La mécanique de la soumission*, PUF, 1994.

monde aux revendications des détenteurs du capital. Les nations riches, non contentes d'assécher le flux des aides publiques vers les PED, ont organisé une redistribution du revenu mondial au profit de leurs épargnants. Mais ce nouveau règne de l'épargnant occidental ne réservera pas ses effets pervers aux seuls pays pauvres…

Le troisième âge du capitalisme

De vaches à lait captives qu'ils étaient dans les années 1960, les épargnants deviennent, grâce à la dérégulation des mouvements de capitaux, les clients choyés et courtisés par les grandes firmes du monde entier. Les actionnaires reconquièrent le pouvoir dans la grande entreprise. Les économistes disent que l'on passe d'un « capitalisme managérial » (commandé par des managers relativement autonomes à l'égard de leurs actionnaires) à un « capitalisme patrimonial » (commandé par les gestionnaires de fonds d'épargne)[45]. Les gros actionnaires sont désormais en mesure de faire valoir leurs exigences. Par l'intermédiaire de leurs mandants, qui gèrent les fonds de pension et autres fonds de placement (les fameux « investisseurs institutionnels »), ils exigent des stratégies de gestion qui maximisent la valeur des capitaux investis. Ainsi est née la nouvelle religion de l'entreprise : la « création de valeur pour l'actionnaire ».

À partir des années 1980, le capitalisme entre dans un troisième âge, où l'optimisation de la rentabilité du capital surdétermine le comportement des entrepreneurs.

45. Cf. André Orléan, *Le Pouvoir de la finance*, Odile Jacob, 2000, et Dominique Plihon, *Le Capitalisme*, Flammarion, coll. « Dominos », pour un exposé concis des mutations du capitalisme. Les mutations de l'entreprise capitaliste sont parfaitement décrites dans Olivier Bouba-Olga, *Les Nouvelles Géographies du capitalisme*, Seuil, 2006.

Les P-DG en compétition sur le marché mondial du management doivent séduire des conseils d'administration par leur capacité à créer plus de « valeur » que les autres. Un objectif de rentabilité financière s'impose rapidement comme norme de référence : un taux de rendement annuel du capital de 15 %, c'est-à-dire trois à quatre fois plus que le taux qui était considéré comme satisfaisant durant les Trente Glorieuses. Pourtant, il était plus aisé de dégager un profit au cours de cette dernière période que de nos jours : le club des compétiteurs industriels sérieux sur le marché mondial ne dépassait pas une vingtaine de pays qui connaissaient une croissance annuelle moyenne d'environ 5 % et dont le marché intérieur était encore relativement protégé contre la concurrence étrangère (jusqu'aux années 1960). Or, durant les vingt années suivantes, la croissance moyenne de ces derniers est réduite de moitié, les marchés sont de plus en plus ouverts à la concurrence internationale, et chaque décennie voit l'arrivée à maturité de cinq ou six nouveaux pays industriels capables d'entrer dans la compétition mondiale.

Paradoxalement donc, les détenteurs du capital veulent exploiter leur nouveau pouvoir en exigeant une hausse spectaculaire de la rentabilité à une époque où il est bien plus difficile de gagner de l'argent. Comment peut-on tripler ou quadrupler le taux de rémunération du capital quand la croissance du revenu national est divisée par deux et la compétition de plus en plus féroce ? Une seule chose est certaine : si tous veulent plus de progrès pour eux-mêmes quand il y en a moins pour tout le monde, tous ne pourront pas gagner. Si l'on renonce au jeu à somme positive dont tout le monde peut sortir gagnant (le partage coopératif), il ne reste que le jeu à somme nulle où rien n'est obtenu qui ne soit retiré à autrui ; autrement dit, il ne reste pour gagner que la prédation et la guerre.

La guerre économique se déchaîne d'autant plus que ses acteurs ont conscience d'espérer tous un niveau de rentabilité qu'ils ne pourront tous atteindre: ils ne gagneront qu'en battant les autres et les autres ne peuvent gagner qu'en les battant. À la guerre, la peur et le mimétisme font office de rationalité. Nous nous battons parce que les autres nous combattent et réciproquement. La seule chose sur quoi les combattants sont toujours d'accord, c'est l'élargissement du champ de bataille, car chacun est content de gagner des marges de manœuvre. Si féroce que soit la compétition entre capitalistes, ceux-ci sont toujours d'accord pour créer de nouvelles opportunités de profit, en ouvrant à leur guerre marchande le territoire des pays en développement et le secteur des biens publics qui échappaient autrefois au culte du profit (santé, éducation, transports, etc.), ou encore en démantelant le droit et les institutions qui protègent l'emploi et les salaires.

Mais les opportunités nouvelles de victoire des uns sont les opportunités supplémentaires de défaite des autres. À la guerre économique comme à la guerre tout court, l'extension du champ de bataille peut bien avoir pour principal effet d'augmenter le nombre de morts. Que gagne en effet une société où tout le monde se bat pour avoir plus, si ce combat émiette le gâteau au lieu de le gonfler? Quand on se bat pour un même territoire, ce n'est pas le territoire qui grandit mais seulement la violence. La rhétorique néolibérale de la «mondialisation heureuse» s'emploie à nous faire croire le contraire: la vertu de la dérégulation mondiale de l'économie et de la libre concurrence généralisée serait de développer le gâteau global; tout le monde aurait sa juste place dans cette guerre magique où la lutte pour les places élargirait le champ disponible. Mais pour seule preuve tangible de ce miracle, on nous présente les taux de croissance avantageux d'une poignée de nouveaux pays industriels et, bien sûr, celui de la plus dérégulée des économies : l'économie américaine. Or, même si, dans un moment d'égarement, on consentait à retenir la croissance économique comme un indicateur de progrès, cette « preuve » ne vaut rien.

On constate en effet qu'aucun pays en développement n'est sorti de la pauvreté grâce au libéralisme. Toutes les expériences réussies de sortie rapide du sous-développement résultent d'une forme éclairée de dirigisme économique impliquant des politiques industrielles volontaristes et des investissements publics importants dans l'éducation, la santé, les infrastructures et la recherche. En revanche, partout où l'on impose de l'extérieur la stratégie néolibérale dans un contexte d'État faible, on parvient, au mieux, à renforcer le dualisme et les inégalités en créant un pôle moderne de croissance extravertie, tout en déstabilisant ou appauvrissant les secteurs traditionnels qui nourrissent et occupent l'essentiel de la population. On vérifie toujours ce que j'ai appelé la « loi de l'avantage politique comparé[46] ». Contrairement au credo néolibéral, ce n'est pas le libre-échange qui assure le « décollage » d'un pays en développement. C'est en revanche le fait d'avoir un meilleur gouvernement et une administration efficace, habités par une culture de l'intérêt général ou tout simplement par une ambition nationale.

Si l'on regarde à présent du côté des pays riches, la croissance n'y est pas davantage garantie ou stimulée par la déréglementation, les privatisations et le libre-échange. Les pays de l'Union européenne, malgré leur

46. In *Les Vraies Lois de l'économie*, *op. cit.*, loi n° 16. Cette loi s'oppose à la célèbre loi de l'avantage comparatif de David Ricardo, selon laquelle l'insertion efficace d'un pays dans la compétition internationale dépend de ses dotations initiales en facteurs de production et suppose qu'il se spécialise dans les activités pour lesquelles il est relativement le mieux doté et le plus productif.

grand marché unique, ont deux fois moins de croissance que pendant les Trente Glorieuses. Alors, si la prospérité économique devait constituer notre unique critère d'évaluation, on devrait constater que la croissance était, selon le cas, soit aussi bonne, soit nettement plus élevée à une époque où l'économie était plus réglementée et plus protégée contre la concurrence internationale, et où les taux marginaux d'imposition atteignaient parfois 80 %. Qui plus est, à cette époque de prétendu intolérable dirigisme économique, nous avions le plein-emploi, une protection sociale croissante, des congés payés et des salaires en augmentation, et chaque génération d'ouvriers croyait sérieusement que la génération suivante disposerait d'une situation sociale plus avantageuse. Ce n'était pas le paradis, mais c'était le progrès! Or, depuis les années 1980, dans l'Union européenne, on n'a cessé de privatiser, de déréglementer les marchés, d'ouvrir le secteur public à la concurrence, d'alléger les charges sociales et l'imposition des bénéfices, de précariser les contrats de travail, de réduire l'indemnisation du chômage, de faciliter les licenciements… Et le progrès a cédé la place à la morosité et au chômage. Sauf dans les pays du Nord qui tournent le dos au dogme de l'« État minimum » et battent les records de l'impôt, de la dépense sociale, des indemnités de chômage, de l'emploi public!

Mais heureusement, pensent les néolibéraux, l'exemple américain peut sauver leur modèle. Or, en vérité, il s'agit là du contre-exemple par excellence!

L'avantage politique américain

Il est vrai qu'au cours des deux dernières décennies, les États-Unis, réputés plus flexibles et plus libéraux, s'en sont mieux tirés que l'Europe: un chômage deux fois plus faible, une croissance presque deux fois plus forte et surtout quasi continue, quatre fois plus d'emplois créés, etc.[47]. D'où le discours de tous les «déclinologues» qui nous expliquent la seule issue au déclin inéluctable de la vieille Europe et de la pitoyable «France qui tombe»: nous débarrasser de nos États interventionnistes, de nos réglementations sclérosantes, et nous convertir enfin, sur le modèle américain, à la loi du marché et de la libre concurrence.

L'ennui pour cette thèse néolibérale est que la prospérité singulière de l'économie américaine tient pour l'essentiel à l'efficacité de la politique économique et de la régulation des marchés par l'administration! L'expérience américaine confirme à l'envi ma «loi de l'avantage politique comparé». L'avantage des Américains, par rapport aux Européens, est d'avoir une classe politique et une administration obsédées par une *contrainte* et une *ambition* politiques. La contrainte: depuis le traumatisme historique de la Grande Dépression, il est entendu que tout et n'importe quoi doit être entrepris si cela permet d'éviter le retour d'une crise longue et du chômage de masse. L'ambition: en deux mots, *America first*; les États-Unis demeurent lucides quant au nationalisme de leurs rivaux (Chine, Japon, Russie) et déterminés à défendre en priorité les intérêts et la puissance de la nation américaine[48].

Voilà pourquoi, en dépit de tous les discours néolibéraux des responsables politiques américains et de leurs représentants dans les négociations ou les

47. Pour une description et une analyse complètes de ces écarts de performance, voir Alain Villemeur, *La Divergence économique États-Unis/Europe*, Economica, 2004.

48. Sur la différence entre l'Europe et l'Amérique dans leur rapport à la «puissance», voir Christian Saint-Étienne, *La Puissance ou la Mort*, Seuil, 2004.

institutions internationales, les États-Unis n'ont jamais cessé d'employer les instruments d'intervention caractéristiques du consensus keynésien sur lequel s'est construit le «modèle» européen dans les années 1940. Tandis que l'Amérique a fait un usage systématique de tous ces instruments pour maintenir un niveau élevé de demande globale au cours des vingt-cinq dernières années, l'Union européenne y a renoncé, ou bien elle les a employés pour freiner la demande au nom du dogme monétariste de la stabilité des prix.

Tant et si bien qu'aujourd'hui il est un moyen ironique et cruel de montrer en quoi les États-Unis diffèrent vraiment de l'Union européenne. Faites la liste de tous les instruments d'intervention de l'État et de politique économique interdits ou limités par les traités de l'Union, et vous obtenez ainsi la liste des techniques employées à volonté par l'administration américaine pour soutenir l'activité, l'emploi, l'innovation technologique et la puissance des entreprises américaines dans la compétition mondiale. Voici une liste partielle:

– la banque centrale n'a cessé de régler les taux d'intérêt en sorte d'éviter toute récession durable, conformément à ses statuts lui donnant pour mission de mener une politique monétaire qui assure la croissance et le plein-emploi, sous le contrôle du Congrès (le gouverneur de la *Fed* doit rendre des comptes annuellement devant le Congrès, qui peut changer les statuts de cette institution);

– les déficits publics massifs et durables pour contrer les chocs négatifs, employés durant toutes les années Reagan (1980-1988), puis à nouveau en 2000 (crise boursière et éclatement de la «bulle Internet») et depuis l'automne 2001 (attentats du 11 septembre);

– une politique industrielle et de la recherche visant explicitement à gagner une position de leader dans les nouvelles technologies, grâce à des subventions publiques massives et des commandes publiques aux secteurs concernés;

– une politique de la concurrence qui autorise la formation de champions nationaux par des fusions d'entreprises qui seraient illégales dans l'Union européenne;

– la réservation d'une partie des marchés publics aux PME;

– le recours aux protections douanières unilatérales dès l'instant où les intérêts d'une industrie nationale sont menacés;

– le droit d'interdire une OPA étrangère sur une entreprise américaine, pour protéger les intérêts stratégiques du pays.

La liste est incomplète[49], mais largement suffisante pour illustrer le gouffre qui sépare les politiques américaine et européenne. La divergence de performance des deux côtés de l'Atlantique est la conséquence logique et inéluctable de la divergence radicale des politiques. En dépit d'une rhétorique libérale officielle, dont nous allons bientôt comprendre la raison, la politique économique américaine a été keynésienne, pas néolibérale. En revanche, les seules politiques nationales vraiment néolibérales ont été menées en Europe par Margaret Thatcher, Gerhard Schröder ou Silvio Berlusconi, et, à chaque fois, avec des résultats calamiteux pour la croissance et l'emploi. Et c'est le modèle Thatcher-Berlusconi que le gouvernement français a décidé d'imiter depuis 2002, pas le modèle keynésien américain. Le seul endroit où le monétarisme est en vigueur, c'est l'Union européenne, dont la Banque centrale ne rend de comptes à personne et n'a qu'une seule priorité: la stabilité des prix. C'est aussi

49. Dans *La Croissance américaine ou la main de l'État*, Philippe Villemeur présente l'ensemble des instruments de régulation politique de l'économie par l'administration américaine, et l'historique de leur usage efficace depuis les années 1980.

seulement dans cette Union que l'on s'impose un plafond de déficit public, même en cas de ralentissement de l'activité. C'est encore uniquement là qu'on limite le droit de subvention publique aux entreprises, etc.

Et, pour finir, il faudrait ajouter un ultime instrument à la panoplie spécifique de l'interventionnisme américain. Les États-Unis font pression sur tous les autres États de la planète pour qu'eux renoncent à l'interventionnisme et appliquent à la lettre les dogmes du monétarisme et de la « concurrence pure et parfaite ». Et c'est là une raison fondamentale de la divergence entre leur discours officiel, qui baigne dans l'idéologie néolibérale, et leur pratique politique, qui baigne dans le keynésianisme. Il faut bien convaincre les autres de déposer les armes que l'Amérique se réserve d'employer à discrétion ! Les États-Unis ont d'autant plus intérêt à l'extension d'une guerre économique mondiale que leurs principaux concurrents européens acceptent de mener celle-ci à mains nues.

Nous avons donc, au cours du dernier quart de siècle, vécu une histoire vraiment extraordinaire : *d'un côté, les États-Unis ont préservé et renforcé l'usage des politiques caractéristiques de l'ancien modèle européen ; de l'autre, pour tenter d'obtenir les performances engendrées par leur modèle en Amérique, les Européens ont décidé de l'abandonner en Europe !* Non moins extraordinaire est le discours des néolibéraux européens qui, sans rire, prétendent imiter les États-Unis quand ils mènent des politiques aux antipodes de la politique américaine. Sont-ils fous, aveugles, foncièrement incompétents ? Un peu tout cela, peut-être, mais c'est là une explication *ad hoc* qui ne me convient pas. Au chapitre suivant, je mettrai en évidence ce qui me semble constituer la rationalité politique du néolibéralisme européen.

Pour l'instant, je soulignerai seulement qu'en un sens précis les néolibéraux européens n'ont pas tout à fait tort de soutenir qu'ils s'inspirent du modèle américain. Car, en dépit de la politique économique keynésienne, ce dernier modèle reste un néolibéralisme dont la philosophie a effectivement conquis les esprits de l'élite dominante en Europe. Cette philosophie repose sur le postulat fondamental de la *responsabilité individuelle*. L'individu ne doit son sort qu'à lui-même; il ne peut pas compter sur la société pour « s'en sortir », sauf (peut-être) afin seulement de survivre grâce à un filet de sécurité très mince, ou grâce à la charité des autres (qui relève elle-même de leur responsabilité individuelle). La performance globale de la société dépend donc de celle des individus, et non l'inverse. Dans ce cadre de pensée, l'intensification de la compétition entre les individus est une source de prospérité générale, car elle contraint chaque individu à rester en permanence à son meilleur niveau de performance.

En un sens, il y a donc bien une extension néolibérale de la loi du marché aux États-Unis, mais principalement *sur le marché des individus*, qui subissent la généralisation des nouvelles méthodes de management du travail flexible et individualisé, et qui, eux, ne peuvent compter sur les subventions massives que l'État réserve aux entreprises. Les individus sont donc sous pression, dans une société de plus en plus fondée sur la course à la performance et où, logiquement, les inégalités sociales explosent. Si les entreprises sont directement soutenues par l'État, dans leur guerre économique, les individus le sont de moins en moins.

Mais un système où l'État tolère l'inégalité croissante et entend abandonner les individus à leur sort serait explosif dans un contexte de chômage de masse. On comprend alors la cohérence globale du néolibéralisme américain. L'interventionnisme de la politique macroéconomique et de la politique industrielle crée un cadre de croissance du produit global et de l'emploi qui rend supportable et justifie un modèle de société où l'individu ne peut compter que sur lui. À terme, cette stratégie est favorable aux détenteurs du capital. L'État devrait en effet consacrer de moins en moins de ressources aux dépenses d'aide sociale et réinvestir celles-ci dans le soutien aux entreprises. Et c'est bien là une rupture de l'ancien pacte fordiste dans lequel le meilleur traitement social réservé aux individus était censé fonder la prospérité des entreprises. Désormais, c'est l'inverse : le soutien prioritaire de l'État à la prospérité des entreprises est censé créer un contexte qui rende supportables l'insécurité et la pression croissantes pesant sur les individus.

Dès lors, on peut soutenir que l'Europe néolibérale s'engage sur le même chemin que les États-Unis, mais sans l'intervention optimale de l'État américain qui rend ce chemin socialement soutenable ; elle nous programme donc la guerre des individus, mais avec en sus la faible croissance et le chômage de masse ! Dans les deux cas, la pilule à avaler est peut-être la même à long terme, mais (sans surprise) la pilule américaine est copieusement enrobée de sucre.

Nous pouvons à présent reprendre le fil de la démonstration qui nous occupe ici. Je viens de montrer que la performance économique américaine ne peut en aucun cas être portée à l'actif du bilan de la libre concurrence généralisée. Le passif de ce bilan, comme on va le rappeler, est en revanche colossal. Et cela ne devrait surprendre aucun économiste digne de ce nom. Car on peut torturer l'analyse économique et les faits dans tous les sens, on n'échappe pas à cette autre vraie loi de l'économie : « La mauvaise concurrence chasse la bonne[50]. » En théorie comme dans l'histoire de ce monde, le seul contexte dans lequel la concurrence ait des vertus est

50. C'est ma « loi n° 7 », in *Les Vraies Lois de l'économie*, *op. cit.*

celui d'une compétition limitée par des institutions, des conventions sociales et des normes politiques fortes. Si ces limites sont levées, la saine émulation que l'on attend de la concurrence économique cède la place à la guerre économique, compétition sans frein où tous les moyens sont bons pour maximiser le profit.

Or le prix global de la guerre est toujours incommensurable, rapporté aux misérables gains des gagnants. La guerre économique n'échappe pas à cette évidence. Le *troisième âge du capitalisme*, dominé par la maximisation de la rentabilité financière immédiate, a en effet tous les traits d'une folie collective. *Il s'avère finalement nuisible pour la plupart des acteurs concernés – salariés, clients, managers, actionnaires.*

Tous sacrifiés sur l'autel du rendement financier?

Les salariés mis sur la touche ou sous pression sont de toute évidence les premières victimes. Pour optimiser le rendement du capital, les grandes entreprises intensifient d'abord la division du travail : elles se « recentrent » sur leurs pôles d'excellence et liquident, cèdent ou sous-traitent les activités qui s'éloignent de leur « cœur de métier ». D'où l'essor des « firmes en réseaux » – noyaux articulant une myriade de sous-traitants – et l'explosion des « restructurations » et des « fusions-acquisitions », avec leur lot de fermetures d'établissements et de licenciements collectifs.

Dans ce nouveau capitalisme, une compression des effectifs salariés n'est plus le sacrifice ultime auquel, la mort dans l'âme, un entrepreneur se résout pour sauver l'entreprise. Non, c'est la stratégie préventive des entreprises rentables qui se préparent ainsi à l'être encore davantage et à faire remonter aussitôt le cours de leurs actions en Bourse. Autrefois, la montée du chômage était un *problème* – indice d'échec de la gestion et mauvais présage quant à l'évolution du niveau d'activité économique; désormais, c'est une *solution* au seul problème qui préoccupe le capitalisme patrimonial : comment créer toujours plus de valeur pour l'actionnaire? En effet, les suppressions d'emplois peuvent réjouir l'actionnaire pour au moins trois raisons. D'abord, la baisse des coûts de main-d'œuvre a un effet rapide sur la rentabilité financière. Ensuite, la stimulation de la peur du chômage limite les revendications salariales et éteint la résistance des salariés aux nouvelles méthodes de gestion. Enfin, la montée du taux de chômage peut inciter les banques centrales à réduire les taux d'intérêt pour soutenir la croissance; or, si le taux de rémunération de l'argent à court terme baisse, les épargnants sont incités à placer leur argent en Bourse, ils demandent alors davantage de titres et mécaniquement le cours boursier de ces derniers grimpe. Ces trois effets se conjuguent pour conduire épargnants et spéculateurs à anticiper une meilleure rentabilité et une hausse du cours en Bourse, à chaque fois qu'une entreprise licencie du personnel. Alors ils achètent ses actions et, tant qu'ils le font, ils engendrent eux-mêmes la hausse qu'ils espèrent[51].

Voilà pourquoi un « plan social » est devenu la meilleure chose qui puisse arriver… à un actionnaire! Et voilà pourquoi, depuis les années 1980, la réduction des effectifs est érigée en principe de bonne gestion par tant de grandes entreprises (les Américains ont baptisé cette nouvelle mode managériale le *downsizing*). On en vient ainsi à apprécier la performance d'un manager au nombre de

51. Les économistes disent dans ce cas que les anticipations sont « autoréalisatrices »: il suffit que tout le monde croie à l'évolution du marché dans un sens donné pour que tout le monde achète ou vende dans ce sens, et engendre alors, nécessairement, l'évolution attendue.

licenciements qu'il est en mesure de proposer au prochain conseil d'administration. Et cet engouement des P-DG pour la suppression d'emplois inspire ensuite toute la hiérarchie dans l'entreprise. Christophe Dejours décrit, entre autres horreurs, les concours mensuels de licenciements auxquels jouent les chefs de service de grandes entreprises en restructuration : petites réunions entre amis où l'on distribue des gages à ceux qui n'ont pas viré assez de monde[52] !

Les salariés qui gardent leur emploi n'en sont pas moins victimes de la guerre économique, car la course à la rentabilité financière a aussi bouleversé la vie dans l'entreprise et l'organisation du travail. Les anciens directeurs du personnel ne sont pas devenus des DRH (directeurs des ressources humaines) pour rien. Les salariés sont en effet de plus en plus systématiquement traités comme une « ressource » productive dont chaque minute devrait, dans l'idéal, « créer de la valeur pour l'actionnaire ». D'où un usage intensifié du temps de travail : limitation des pauses, réduction d'effectifs sans réduction des objectifs de production, organisation de la production en « flux tendu »[53]. D'où aussi la réquisition du temps de loisir des cadres, qui, grâce au téléphone mobile et à l'ordinateur portable, peuvent continuer à travailler chez eux, en vacances, en voyage, toujours et partout.

Pour s'assurer de la mobilisation effective des salariés, on remplace l'obligation de moyens (temps de présence) par une obligation de résultat toujours plus exigeante (« qualité totale », « zéro défaut »), on individualise l'évaluation des performances et les rémunérations. On ne rémunère plus comme autrefois une « qualification »

52. Christophe Dejours, *Souffrance en France*, *op. cit.*

53. C'est-à-dire sans stocks-tampons et sans pauses entre les diverses étapes; chaque composant issu d'une étape donnée est censé être livré « juste à temps » pour le démarrage de l'étape suivante. Cf. Jean-Pierre Durand, *La Chaîne invisible*, *op. cit.*

fondée sur des critères relativement objectifs (diplôme, formation professionnelle, expérience). On rémunère des « compétences » évaluées subjectivement par la hiérarchie. Autant dire que les « compétences » premières sont la servilité et l'aliénation volontaire, la capacité à démontrer sa pleine adhésion au discours, à la culture et aux objectifs de la direction. On compte enfin sur la menace permanente de mise au rebut des ressources trop peu performantes. Et chacun sait qu'être « performant » ne signifie plus « bien faire son travail », car il y a des millions de chômeurs qui ne demandent qu'à faire cela à votre place. *Être performant, c'est précisément justifier le fait qu'on n'emploie pas une autre ressource que vous, c'est donc convaincre que vous êtes meilleur, en faire toujours plus.* Ne jamais arriver à l'heure, mais en avance. Ne jamais partir à l'heure, mais après. Être disponible vingt-quatre heures sur vingt-quatre et payé huit.

Ce culte forcé de l'excellence a un coût humain terrifiant[54]. Le travailleur est mis sous pression, coincé entre des objectifs toujours plus difficiles à atteindre et des moyens constants ou réduits, sans autre récompense immédiate que garder son emploi et sans la moindre assurance de le garder encore car, à la guerre économique comme à la guerre tout court, aucun mérite personnel ne vous évite d'être abattu. La pression de l'urgence, la fatigue, le climat de compétition permanente, la peur d'être mis sur la touche et la frustration de reconnaissance associés à cette révolution du management engendrent l'explosion des « sociopathologies[55] » physiques et psychiques (stress, dépressions, suicides). Et, tout comme dans une vraie guerre, l'impératif de survie et de victoire face à l'ennemi

54. Voir Vincent de Gaulejac, *Le Coût de l'excellence*, Seuil, 1992.

55. Pathologies d'origine sociale. Voir notamment Pascal Juan, *La Société inhumaine*, L'Harmattan, 2001.

efface le sens moral des uns et favorise le cynisme exploiteur des autres, tant et si bien que l'entreprise peut devenir un lieu de torture sans que cela choque outre mesure tous ceux qui n'en sont pas victimes.

Cette «banalisation du mal» qu'Hannah Arendt décelait chez les tortionnaires nazis, Christophe Dejours[56] la retrouve aujourd'hui dans la gestion inhumaine des plans sociaux, dans la chaîne de complicités orchestrée par les chefs de service pour mettre un indésirable en quarantaine, pousser un autre à la démission, au risque parfois de le pousser plutôt au suicide. Phénomènes par nature dissimulés et maquillés, le harcèlement moral et le harcèlement sexuel ont été tardivement reconnus pour ce qu'ils sont devenus: non plus seulement la monstruosité de quelques pervers, mais aussi l'effet systémique d'un environnement guerrier qui fabrique des victimes et des bourreaux, qui banalise les atteintes à la dignité humaine[57].

Mieux vaut donc être du bon côté du manche, certes. Mais on aurait tort de croire pour autant que ce capitalisme obsédé par la rentabilité financière constitue un progrès pour la majorité des cadres dirigeants ou des patrons. Leur position privilégiée ne les met pas à l'abri des frustrations et de la culpabilité engendrées par des comportements guerriers qui leur semblent aussi inéluctables que contradictoires avec l'estime de soi, le désir d'être aimé ou encore le besoin de trouver un sens honorable à sa propre action. Alors, s'ils avaient le choix, pour quoi croyez-vous qu'ils opteraient: pour une compétition effrénée où tous les coups sont permis ou bien une concurrence tempérée qui ménage la morale

---

56. *Souffrance en France*, *op. cit.*

57. Voir *ibid.*; Marie-France Irrigoyen, *Le Harcèlement moral*, *op. cit.*

et laisse au chef d'entreprise le temps de penser un peu plus loin, et à autre chose qu'au taux de rendement trimestriel du capital? Mais la plupart des acteurs d'une guerre quelconque ont d'abord la certitude qu'ils n'ont pas le choix, si ce n'est celui de faire leur possible pour survivre. Ce sentiment de contrainte fatale n'excuse bien entendu aucun comportement particulier. Mais nous ne cherchons pas ici une justification, ni même une explication. Nous voulons seulement souligner que, *même pour ceux qui s'en sortent mieux que les autres, la participation active au nouveau système capitaliste n'exclut pas la préférence intime pour un autre système. Pas plus que l'affrontement mortel de deux soldats n'exclut leur préférence commune pour la paix.*

La participation contrainte des managers et des entrepreneurs au nouveau capitalisme patrimonial impose aussi une régression majeure à tous ceux qui ont la passion d'un métier. À l'âge du capitalisme managérial, le profit était un instrument que les dirigeants pouvaient mettre au service de leurs objectifs personnels (croissance de l'entreprise, réussite industrielle, innovation, reconnaissance, prestige, paix sociale, etc.). Désormais, le profit devient une fin en soi, supérieure à toute autre, une exigence instantanée, oppressante et souvent contradictoire avec une stratégie à long terme. L'industriel qui voit dans l'entreprise une œuvre créatrice, une aventure humaine, un projet inscrit dans la durée, n'est apprécié et jugé qu'en fonction d'un cours en Bourse et d'un pourcentage. Tous les quatre-vingt-dix jours, il doit rendre des comptes à des censeurs qui, le cas échéant, se fichent pas mal du produit, du métier... de l'entreprise en fait! Et la même déconvenue se retrouve à tous les niveaux hiérarchiques et dans tous les départements de la grande entreprise (à l'exception de la direction financière). Des responsables du marketing aux secrétaires, en passant par les chefs d'atelier, tous ceux qui aiment vraiment leur travail, tous ceux qui font et connaissent le produit, tous ceux qui croient aux envolées lyriques des chartes et des journaux internes sur la «qualité totale» et la «culture d'entreprise», tous s'exposent un jour à des directives insensées imposées par des contrôleurs de gestion pour réaliser coûte que coûte, et n'importe comment, l'«objectif» annoncé dans le budget. Tous s'exposent à voir alors leurs efforts détruits et méprisés par une circulaire qui demande le contraire de ce qui est écrit dans la «charte de qualité», ou qui supprime les moyens nécessaires pour réaliser ce que l'on continue néanmoins à exiger d'eux, à commencer par la sacro-sainte satisfaction du client.

Car, nous dit-on, le client est «roi» au royaume du marché libre. Drôle de roi en vérité, puisqu'il se trouve bien souvent floué en son propre royaume! En effet, développer la qualité, la fiabilité et l'adaptation des produits aux attentes du client est souvent incompatible avec la nécessité de maintenir une haute rentabilité sur des marchés hyperconcurrentiels où les prix ne peuvent que baisser. Aussi, en réalité, *les producteurs ont intérêt à adapter le comportement de leurs clients aux objectifs de rendement financier plutôt que l'inverse.* Et les moyens ne manquent pas. Par exemple, on organise l'obsolescence permanente des produits pour contraindre les consommateurs à renouveler leurs achats. Les équipements prétendument «durables» sont programmés pour ne survivre qu'un certain nombre d'années, les normes et techniques de connexion des équipements électroniques ou informatiques sont modifiées pour rendre obsolètes des matériels en parfait état de marche. La composition chimique des cigarettes est calculée pour maximiser l'addiction des fumeurs, et ce genre de manipulations a également cours dans l'industrie alimentaire. Ou encore, on supprime des services vraiment utiles aux clients. Ainsi les personnels auxquels le client pouvait autrefois s'adresser pour obtenir des renseignements ou présenter des réclamations sont fréquemment remplacés par des répondeurs automatiques qui grèvent sa facture de téléphone sans bien souvent lui fournir le service espéré. On peut aussi voler le client, tout simplement. Par la technique des « dates de valeur », des banques truquent quasi systématiquement les dates de crédit ou de débit sur les comptes courants pour encaisser plus d'agios sur des débits imaginaires. Des assureurs traînent systématiquement les pieds pour indemniser les sinistres qu'ils sont censés couvrir, etc.

Quand un secteur est gagné par la déréglementation et la course folle aux économies sur le dos du client, ce dernier ne peut même plus « faire jouer la concurrence », car la plupart des producteurs ont les mêmes pratiques. Ce mépris royal du client roi ne dispense pas les directions générales de proclamer leur foi dans la religion du client, car celle-ci constitue l'un des artifices nécessaires au nouveau management des « ressources humaines ». Il s'agit pour la direction de fonder ses exigences sur une finalité plus noble et plus sensée que la rentabilité, de dissimuler l'exercice de son pouvoir derrière le pouvoir du marché qui impose sa loi, d'ancrer ainsi l'idée qu'elle est elle-même au service obligé du client, quand elle est en réalité au service intéressé des actionnaires.

Alors faut-il parler de *dictature de l'actionnaire*, puisque les intérêts et les objectifs des salariés, des managers et des clients de l'entreprise semblent tous dénigrés au profit exclusif de la rentabilité du capital ? Peut-être, mais c'est du coup une bien étrange dictature, car, paradoxalement, la folie du rendement financier se retourne aussi bien souvent contre les intérêts des actionnaires. On sait par exemple que la majorité des opérations de fusion-acquisition des années 1980 et 1990 furent à terme des échecs pour l'actionnaire (valeur boursière des firmes réduite par leur fusion). On sait encore qu'aux États-Unis, sur la longue durée, les résultats moyens des entreprises familiales non cotées en Bourse sont supérieurs à ceux des entreprises cotées. Par ailleurs, l'affaire Enron[58] est, une fois de plus, emblématique de la perversité du culte de la valeur boursière. Les managers, qui se savent jugés à court terme sur le cours du titre en Bourse, sont éventuellement prêts à n'importe quelle manipulation, à tous les mensonges ou encore aux investissements les plus hasardeux pourvu que ceux-ci aient pour conséquence immédiate une hausse du cours en Bourse. Même si, à moyen et long termes, ces opérations conduisent l'entreprise à sa perte.

La généralisation de la technique des *stock-options*[59], destinée à rendre la rémunération des managers dépendante du cours boursier de leur entreprise, n'a fait que renforcer la perversité du système. Pendant dix ans, les managers d'Enron ont ainsi conduit peu à peu l'entreprise à la faillite tout en faisant monter le cours de l'action. Jusqu'au jour où, la faillite devenant inéluctable, ils ont liquidé leurs propres actions et empoché des dizaines de millions de dollars avant de livrer à la ruine les actionnaires et les salariés titulaires des fonds de pension maison. Les managers font n'importe quoi… non plus seulement de peur d'être virés, mais parce que cela leur permet de faire fortune juste avant d'être virés ! Ainsi, même les propriétaires du capital peuvent faire les frais du capitalisme patrimonial dérégulé dont ils devaient pourtant être les grands gagnants. Simple employé ou cadre dirigeant, actionnaire ou client, personne, hormis les plus malins et les voyous, n'est à l'abri des méfaits d'une course débridée à la profitabilité.

---

58. Voir « L'après-Enron : gouvernance ou démocratie ? », art. cit.
59. Actions *(stocks)* offertes aux managers et qu'ils peuvent céder en Bourse à partir d'une date donnée. Le manager est alors incité à tout faire pour maximiser le cours boursier des actions.

Une folie collective?

Au-delà des effets pervers propres à chaque catégorie, nous sommes tous affectés par les défaillances systémiques des marchés dérégulés. Les catastrophes collectives engendrées par cette folle compétition sont pour la plupart tellement reconnues que l'on peut se contenter d'en dresser l'inventaire. Je ne m'étendrai pas ici sur les catastrophes sociales et politiques, car tout le reste de ce livre y est en réalité consacré. Et quand on condamne la mondialisation du néolibéralisme au nom de la justice ou de la cohésion sociale, on n'emporte pas si aisément la conviction de tous ceux qui sont persuadés que l'inégalité et la compétition ont des vertus en elles-mêmes, et que la charité suffit pour panser les plaies des perdants. Il faut au moins un livre pour convaincre ceux-là que leur croyance est fausse et qu'elle fonde une conception inhumaine de l'homme et de la société. De même, il faudrait plus que quelques lignes pour expliquer comment l'emprise du modèle néolibéral a entraîné le naufrage idéologique et politique de la gauche et la remontée de l'extrême droite xénophobe.

En revanche, quelques lignes suffisent pour rappeler les autres catastrophes d'une logique qui détruit notre santé et s'avère tout à la fois économiquement inefficace et écologiquement insoutenable.

Catastrophes sanitaires donc, pour commencer. La course à la profitabilité interdit l'accès aux traitements susceptibles de combattre les pandémies qui ravagent les pays les plus pauvres (sida, paludisme, tuberculose, etc.). Elle conduit les grands laboratoires pharmaceutiques à exproprier les peuples indigènes de leurs connaissances médicales séculaires en brevetant et privatisant l'usage de molécules naturelles. Et faut-il rappeler le scandale de la

« vache folle[60] » ? Pour améliorer le rendement, on a voulu transformer des vaches herbivores en carnivores, en les nourrissant de farines animales. Et quand le gouvernement britannique, averti d'un danger vital pour l'homme, a jugé les farines animales impropres à la consommation dans les élevages anglais, il a néanmoins autorisé leur exportation, alors que la morale la plus élémentaire exigeait qu'on ordonnât la destruction des stocks. Mais non ! Ce qui constituait un poison pour les Anglais – néanmoins une source de bénéfices pour l'industrie anglaise – était bien assez bon pour le reste du monde !

À côté de ces événements spectaculaires et désormais reconnus comme d'authentiques calamités engendrées par l'obsession du rendement, il est un fléau sanitaire tout aussi dévastateur mais encore peu authentifié comme tel : le *stress au travail*. Tous les spécialistes de la santé au travail et de la psychologie sociale s'entendent aujourd'hui pour estimer que les nouvelles méthodes de gestion et d'organisation de la production imposent aux individus une tension permanente qui est à l'origine de multiples pathologies physiques et psychiques, et de plus de la moitié des accidents du travail et des journées de travail perdues. Jacques Sapir a présenté récemment une synthèse des travaux sur ce sujet[61]. Nous ne retenons ici qu'un résultat : il est désormais établi que le coût économique direct imputable à un stress professionnel excessif se situe dans une fourchette de 2,5 à 3,5 points de PIB ! Et les estimations disponibles sont bien en deçà de la réalité probable puisqu'elles n'intègrent ni la production perdue du fait des arrêts de travail, ni le coût des accidents induits par le stress. De surcroît, elles ne mesurent pas la perte

60. Plus précisément l'ESB (encéphalite spongiforme bovine). Elle est, au début des années 1990, suspectée d'être transmissible à l'homme sous la forme du syndrome mortel de Creutzfeldt-Jakob.

61. Jacques Sapir, *La Fin de l'eurolibéralisme*, Seuil, 2006.

de bien-être personnel des millions de victimes du stress et de leurs enfants.

Cela montre l'absurdité économique d'une course au rendement, sans frein et sans fin. Absurdité qui a eu bien d'autres manifestations spectaculaires. Ainsi la libre circulation des capitaux a nourri les crises financières à répétition, les « bulles » spéculatives dans l'immobilier ou la « nouvelle économie », suivies de leur éclatement désastreux ; elle a aussi favorisé la circulation, la dissimulation et le recyclage de l'« argent sale »[62]. Par ailleurs, la privatisation des services publics est souvent un immense gâchis. Dans l'énergie et les transports, la privatisation était censée améliorer la qualité des services et faire baisser les tarifs. Après quelques années, on constate « au mieux » que l'emploi a diminué et les tarifs augmenté[63]. Mais on n'est pas à l'abri du pire, comme le démontrent les catastrophes ferroviaires de la British Railways, la pénurie d'électricité en Californie suivie par la faillite des opérateurs privés. Dans les pays d'Europe de l'Est et en Russie, l'introduction brutale de la libre concurrence a, dans un premier temps, livré l'économie au chaos, au chômage de masse, parfois aussi aux mafias. Et nous avons déjà souligné les méfaits de cette logique néolibérale dans les pays pauvres du Sud.

Il n'est pas ici nécessaire de détailler plus avant ce réquisitoire puisque désormais, à l'exception peut-être de la Commission européenne, il n'est plus aucune institution internationale qui ne reconnaisse les excès de la libéralisation de la concurrence et la nécessité d'inventer de nouvelles régulations, une nouvelle « gouvernance » des

62. La « criminalisation de l'économie » est décrite et analysée notamment par Jean de Maillard, *Le marché fait sa loi. De l'usage du crime par la mondialisation*, Mille et Une Nuits, 2001.

63. Voir l'enquête d'Olivier Nicolas et Thierry Gadault, *Les Fossoyeurs des services publics*, Le Cherche-Midi, 2003.

entreprises et des marchés. Officiellement, et en apparence du moins, le « consensus de Washington » a cédé la place au « consensus de Monterrey »[64], reconnaissant une plus grande responsabilité des pays riches dans la lutte pour le développement et contre la pauvreté, et la nécessité de renforcer les institutions politiques et administratives pour accompagner les réformes économiques.

Catastrophes écologiques, enfin. Et là, on se rend compte à quel point on aurait tort de croire que, malgré tout, la guerre économique fera moins de victimes que la guerre tout court. En effet, poussée à son terme et sans limite, la libre compétition pour le profit maximal constitue pour l'humanité une menace plus redoutable que toutes les armes de destruction massive. Elle suscite l'extension mondiale de modes de production et de consommation qui sont physiquement insoutenables pour notre planète. Tout le monde connaît désormais la liste des fléaux en cours ou à venir qui sont la conséquence directe de la course mondiale à la production et à la consommation : déforestation, épuisement des nappes phréatiques, érosion accélérée des sols, recul de la biodiversité, trous dans la couche d'ozone, effet de serre et dérèglement du climat, etc.[65].

L'économiste hongrois Georgescu-Roegen, les Français René Passet et Louis Dumont, l'Américain Lester Brown, le Club de Rome et tant d'autres nous ont déjà avertis de ces dangers depuis au moins trente ans[66]. Il a cependant

64. Cf. mon article « Du consensus de Washington au consensus de Monterrey », reproduit dans *Chroniques d'un autre monde*, *op. cit.*

65. Lester Brown présente un inventaire complet de ces problèmes et des alternatives technologiques disponibles pour une économie écologique dans *Éco-économie*, Seuil, 2003.

66. Nicholas Georgescu-Roegen, *La Décroissance. Entropie, écologie, économie* (1979), Sang de la Terre, 1995 ; René Passet, *L'Économique et le Vivant*, Payot, 1979 ; Club de Rome, *Halte à la croissance*, Fayard, 1972. Pour une réflexion contemporaine, voir

fallu attendre les premières suites du rapport Bruntland sur le développement durable, en 1987, et la conférence de Rio, en 1992, pour que la communauté internationale reconnût officiellement l'impasse écologique de la course effrénée au profit. Mais de la connaissance politique à l'action il y a un gouffre mortel. L'ampleur des mesures adoptées pour transformer nos modes de production et de consommation est inversement proportionnelle à la place du « développement durable » dans les programmes politiques comme dans les « chartes éthiques » des grandes entreprises. Et si modestes soient, par exemple, les engagements du protocole de Kyoto sur la réduction des émissions de gaz CO_2, les États-Unis ont jusqu'à présent refusé d'y souscrire. Il est vrai qu'ils sont les plus gros pollueurs de l'atmosphère, ce qui constitue à leurs yeux une excellente raison de… ne rien faire ! Comme l'a si honnêtement déclaré le président Bush pour se justifier, il n'est pas question que le gouvernement américain entreprenne quoi que ce soit « contre l'économie ». Mais contre l'humanité… *no problem !*

On mesure ici à quel point l'efficacité supérieure du néolibéralisme spécifiquement américain est redoutable pour l'humanité. Son modèle de compétition dure entre les individus n'est soutenable qu'en raison d'une mobilisation générale de la politique au service d'une croissance maximale et continue. Autrement dit, il n'est socialement soutenable qu'à condition d'être toujours plus insoutenable pour l'écosystème. Sa réussite en termes de « niveau de vie » par habitant exerce dès lors une attraction perverse sur le reste du monde.

Christian Coméliau, *La Croissance ou le Progrès ? Croissance, décroissance, développement durable*, Seuil, 2006. Pour une alternative radicale, voir Michel Bernard, Vincent Cheynet et Bruno Clémentin (dir.), *Objectif décroissance. Vers une société harmonieuse*, Parangon, 2003.

Ainsi, *à l'aube du* XXI*e siècle, la question de savoir si le système économique néolibéral qui colonise la planète est le bon ne se pose même plus : l'immense majorité de ceux qui pensent, observent et étudient ce monde nous disent qu'il est une pure folie.* L'écologie et les sciences de la nature nous avertissent depuis trente ans que la victoire mondiale du capitalisme productiviste, c'est une Terre inhabitable par nos descendants. La théorie économique standard a énoncé des dizaines de théorèmes[67] démontrant que des marchés parfaitement libres sont parfaitement inefficaces. La sociologie du travail et la psychiatrie sociale ne cessent de démontrer que la logique de guerre économique construit une « société inhumaine », c'est-à-dire en réalité le contraire d'une société.

Alors, *la vraie question n'est pas de savoir s'il faut changer de système, mais pourquoi on n'en change pas.* Comment ne pas être impressionné par la capacité de la compétition généralisée à engendrer tant de nuisances mais si peu de résistances, à ne profiter pleinement qu'à quelques minorités sans déchaîner la révolte des autres ? Pourquoi ne change-t-on pas de chemin, y compris quand la quasi-totalité des gouvernements écrivent dans des traités et des chartes internationaux que le chemin emprunté est erroné, voire mortel ? Pourquoi une société se comporte-t-elle avec le fatalisme d'un déprimé résigné au suicide, comme si sa lucidité nouvelle sur les impasses fatales où elle s'est engagée allait de pair avec la certitude de son impuissance à s'en détourner ? Il est vrai qu'une fois lancé dans le vide, le fait de savoir qu'on va s'écraser ne ralentit pas la chute ! Alors on fait l'autruche pour ne pas voir la chute ?

---

67. J'en ai fait l'inventaire et l'analyse non technique dans *Les Vraies Lois de l'économie*, *op. cit.*

Cette situation paradoxale peut avoir plusieurs origines complémentaires qui soulèvent autant de questions à explorer :

– une minorité déterminée et dominante impose cette logique folle car elle y trouve son intérêt immédiat ;

– la majorité des victimes se soumet volontairement ;

– la majorité ne constitue pas une force collective capable d'imposer sa volonté, car elle n'est qu'une collection d'individus séparés et rivaux ;

– la politique ne compense pas cette défaillance des individus en donnant corps à la communauté des citoyens et force de droit à l'intérêt général.

Nous aurons l'occasion d'explorer ces diverses pistes de réflexion. Mais, auparavant, arrêtons-nous un instant sur la première d'entre elles, que ce chapitre vient d'illustrer.

La politique n'est pas en crise pour tout le monde

Il faut bien que la politique de l'autruche profite à quelqu'un, et c'est précisément là que réside la première leçon à tirer de notre long détour par l'histoire de la libéralisation de l'économie mondiale. *La logique dominante ne s'est pas imposée parce qu'elle était la meilleure ou tout simplement inévitable*. Elle a été choisie et imposée par la volonté politique des nations « développées » et « démocratiques ». Il s'agit d'un processus organisé et encadré par des gouvernements, même si parfois, il est vrai, les forces libérées surprennent et débordent leurs libérateurs. Ainsi, à l'opposé du message véhiculé par un contresens très répandu[68], *l'extension d'une logique de compétition généralisée ne résulte en rien d'un désengagement de*

68. Je confesse avoir moi-même participé à ce malentendu dans certains de mes écrits et enseignements antérieurs.

l'État ou d'une renonciation à la régulation politique de l'économie. Elle manifeste seulement une nouvelle modalité d'engagement de l'État et une nouvelle régulation qui accompagnent et accélèrent le bouleversement des rapports de force sur lesquels s'étaient établis les compromis sociaux et politiques de l'après-guerre. La politique ne s'est pas retirée; elle a façonné un monde favorable aux détenteurs du capital financier et des meilleures qualifications; un monde de plus en plus précaire ou invivable pour les détenteurs d'un capital humain déprécié par l'évolution technologique.

La politique n'est donc pas en crise pour tout le monde. Pour ceux qui tirent le plus grand profit d'un État et de lois au service du développement de la sphère marchande et de la rentabilité du capital, la politique est au contraire en route vers la maturité, vers l'idéal d'un système de choix publics transformé en outil flexible de la croissance qui ne met plus que de l'huile dans les rouages du marché. Mais une victoire politique aussi stupéfiante de quelques intérêts privés sur l'intérêt général ne pouvait avancer à visage découvert sans susciter une vive résistance. C'est pourquoi les gourous et les promoteurs du néolibéralisme maquillent un simple retournement des rapports de force en victoire intellectuelle et scientifique, victoire qui aurait vu les lois naturelles de l'économie l'emporter enfin sur la prétention archaïque et stérile du politique à réguler l'économie. Les néolibéraux dénigrent publiquement la politique, mais ne mènent eux-mêmes rien d'autre qu'un combat politique pour contrôler l'action publique et la mobiliser au service d'intérêts particuliers. Le pouvoir masqué est toujours plus robuste que le pouvoir exposé. Aussi les néolibéraux doivent-ils ostensiblement dénigrer l'État et le volontarisme politique, à la fois pour dissimuler que la domination exorbitante du capital ne tient qu'à la seule bienveillance des gouvernements, et pour dissuader les dominés de croire encore à l'unique outil susceptible de combattre leur domination : la politique.

En accréditant la thèse de l'impuissance des États-nations, les néolibéraux ont falsifié la crise *du* politique pour mieux dissimuler la victoire *d'une* politique et décourager toute résistance. Et face aux irréductibles, face à tous ceux qui résistent envers et contre tout, cette falsification sert aussi à dévier les coups vers une cible imaginaire. Il s'agit de détourner les attaques des contestataires en les incitant à contester des lois fictives de l'économie plutôt qu'à identifier et rejeter les vraies lois de la politique qui ont engendré la victoire néolibérale. Cette falsification de la crise du politique a, hélas, efficacement contaminé la pensée de bien des opposants au néolibéralisme : ainsi la plupart des critiques de la mondialisation libérale restent concentrées sur les règles du jeu économique et quasiment silencieuses sur les règles du jeu politique et du formatage de l'opinion publique.

Alors ne tombons pas dans le panneau. *L'horreur économique décriée par les « antimondialisation » n'est pas la crise* du *politique, mais la victoire* d'une *politique. Le défi auquel se trouve confrontée la démocratie n'est donc pas de replacer l'économie sous le contrôle des politiques : elle l'est déjà. Il est de remettre les politiques au service du bien commun.* La révolution libérale des années 1980 n'appelle pas une contre-révolution étatiste qui remettrait les commandes de l'économie aux mains du pouvoir central. Elle appelle une *révolution démocratique* qui refonderait une culture du bien commun et remettrait les commandes du pouvoir aux mains de tous les citoyens. Ce n'est donc pas l'économie que nous devons nous réapproprier, mais la politique.

Le véritable ennemi d'une logique marchande généralisée, ce n'est pas la politique (puisque c'est la politique qui l'a installée), c'est la démocratie. Son seul ennemi potentiel, en effet, c'est le citoyen, car celui-ci est susceptible de «détourner» la politique au profit du bien commun. En conséquence donc, les tenants de cette logique marchéiste doivent bien plus s'attacher à détruire le citoyen qu'à abattre des frontières. Or c'est précisément en cela que consiste l'effet le plus redoutable d'une société de compétition généralisée: l'obsession de la performance individuelle et la certitude d'être menacé par la performance des autres transforment les citoyens en rivaux qui doivent s'affronter pour sauver leur place, passer devant l'autre pour ne pas passer derrière: à l'école, dans l'entreprise, dans la file d'attente des chômeurs, comme dans celle des centaines de clients qui convoitent le même téléviseur en solde. *La compétition généralisée lamine la cohésion sociale qui conforterait le pouvoir collectif des citoyens, elle transforme une majorité politique potentielle en collection d'individus isolés et désarmés.*

Bilan de l'enquête

Ce chapitre devait répondre à une question préalable à tout débat sur la mutation des sociétés contemporaines: le pouvoir politique, qui s'exerce principalement au niveau national, joue-t-il encore un rôle dans le destin d'un monde sans frontières économiques? Comment l'hypothèse d'une puissance persistante du politique est-elle compatible avec l'évidente montée des «contraintes» associées à la mondialisation? Une relecture historique des mutations récentes du capitalisme établit ici au moins six conclusions:

1° L'idée d'un pouvoir politique débordé par l'élargissement de l'espace et du pouvoir de l'économie mondiale est une idée fausse. C'est une mystification qui travestit la guerre économique en *cause* imparable de la dérégulation politique, alors qu'elle en est l'*effet* délibérément choisi.

2° Il ne s'agit pas de nier les contraintes, mais de comprendre pourquoi et comment le politique réagit. Dans la première moitié du XXe siècle, des mutations et des contraintes, non moins conséquentes que celles associées à la seconde mondialisation, ont débouché sur une régulation efficace du capitalisme. Ce n'est pas l'ampleur des contraintes qui explique désormais la réaction inverse. C'est plutôt le bouleversement des rapports de force politiques et géopolitiques qui joue systématiquement en faveur des détenteurs du capital.

3° Les réactions durablement diversifiées à ce nouvel état du monde indiquent le rôle toujours déterminant des stratégies politiques nationales.

4° L'écart de performance entre l'Amérique et l'Europe tient pour une bonne part à ce que la première est moins libérale que la seconde. Les États-Unis conservent l'ancien modèle européen de régulation politique de l'économie, tandis que l'Europe renonce à cette régulation en prétendant imiter les Américains. Ces derniers jouent un double jeu qui leur procure un avantage décisif dans la guerre économique : ils préservent pour eux-mêmes l'usage de toutes les armes politiques, tout en pressant les autres nations d'y renoncer.

5° Le troisième âge du capitalisme engendre un système économique insoutenable à moyen terme et globalement inefficace, mais conforme à une idéologie néolibérale dominante dans les élites gouvernantes ainsi qu'à des intérêts particuliers.

6° L'horreur économique décriée par les « antimondialisation » n'est donc pas la crise *du* politique, mais la victoire *d'une* politique. Le défi réel de la démocratie n'est dès lors pas de replacer l'économie sous le contrôle du politique : elle l'est déjà. Il est de remettre les politiques au service du bien commun et donc sous le contrôle des citoyens.

Ces conclusions débouchent sur une nouvelle énigme : comment un système économiquement inefficace, écologiquement suicidaire, socialement désastreux et parfaitement évitable (!) suscite-t-il aussi peu de résistance dans des sociétés démocratiques ? La fin de ce chapitre suggérait une première piste de réponse : *l'effet le plus redoutable de la compétition généralisée est peut-être de laminer la cohésion qui constitue les membres d'une société en communauté politique capable de réagir collectivement.*

Se pourrait-il que la guerre économique dégénère en guerre « incivile » qui nous dresse les uns contre les autres, détruise dans nos esprits l'idée même de société, laisse chacun seul, stressé, menacé et dès lors condamné à se comporter en guerrier, voire, au bout du compte, au bout du rouleau, et, pour accorder son esprit à ses actes, à troquer les valeurs d'un monde perdu pour celles d'un guerrier ?

3

De la guerre économique à la guerre « incivile »

Tout comme celle des années 1930, donc, la crise économique et sociale de la fin du XXe siècle débouche sur une guerre mondiale, mais d'un genre nouveau – apparemment plus inoffensif, en réalité bien plus nocif pour la société et la démocratie : la guerre économique générale. Celle-ci n'oppose plus seulement les États, mais aussi et surtout les individus à l'intérieur même des frontières nationales ; elle ne contribue plus à sortir de la crise sociale par la mobilisation générale contre un ennemi commun ; au contraire, elle amplifie la crise sociale et s'en nourrit, car le délitement des liens sociaux constitue à la fois la conséquence et la condition nécessaire à l'extension d'une compétition généralisée. Cette guerre-là a donc des effets dévastateurs sur la capacité et la volonté d'une communauté humaine à vivre ensemble et à choisir collectivement son destin, c'est-à-dire constituer une communauté politique. C'est là une différence essentielle avec les autres guerres, notamment la Seconde Guerre mondiale dont le politique et la démocratie étaient finalement sortis renforcés. Mais cette différence n'est pas toujours perçue pour au moins deux raisons.

D'une part, la compétition généralisée diffuse un poison insidieux. Elle se déploie graduellement, sans que personne ait été informé qu'une guerre était déclarée; elle n'attaque pas la société frontalement, mais un secteur après l'autre; ses effets psychologiques restent longtemps confinés dans l'intimité des individus. Aussi nous a-t-il bien fallu vingt ans pour nous rendre compte que la société a changé, et la prolifération des symptômes de désocialisation pour comprendre que la société est malade.

D'autre part, le projet néolibéral avance masqué derrière une expansion de l'État qui, dans un premier temps, entretient l'illusion que la guerre économique renforce, elle aussi, le politique. Et dans un certain sens elle le fait, mais pas dans le sens de la démocratie.

État puissant et néolibéralisme : les dessous d'un paradoxe apparent

En effet, à partir de la fin des années 1970, l'inspiration des gouvernements a beau être de plus en plus libérale et hostile aux interventions de l'État, les dépenses publiques et les impôts ne cessent néanmoins d'augmenter. C'est un fait bien connu : la part de l'État dans la richesse nationale ne prospère jamais autant qu'à l'occasion des guerres et, une fois la paix revenue, elle ne revient jamais à son niveau d'avant-guerre[69]. À première vue, on peut croire que la guerre économique contemporaine ne fait pas exception à cette règle initialement établie pour les guerres ordinaires. Entre le milieu des années 1970 et la fin des années 1990, en pleine « mondialisation libérale », le poids des dépenses publiques (en pourcentage du PIB) a augmenté dans tous les grands pays industriels. Le poids des prélèvements obligatoires a suivi globalement

69. C'est ce que l'on appelle l'« effet de cliquet ».

le même mouvement, et, quand il ne l'a pas fait, cela s'est traduit par un gonflement des déficits publics. Les États-Unis, réputés les plus libéraux, ne font pas exception: le poids des dépenses publiques est passé de 31,6 % en 1970 à 35,8 % en 2000, et celui des prélèvements obligatoires de 30,5 à 34,2 %[70].

Voilà un premier indice de ce que le projet néolibéral n'est pas un désengagement de l'État, mais, au contraire, son réengagement au service d'intérêts particuliers et d'un autre modèle de société. C'est seulement *au terme* de ce projet que la part relative des dépenses et des ressources publiques devrait reculer sensiblement, dans les pays où elle reste aujourd'hui relativement élevée, c'est-à-dire principalement en Europe. Ce recul correspond alors au recentrage de l'État sur ses fonctions de gendarme de la société de marché: gardien de l'ordre intérieur et extérieur, protecteur des biens et de la propriété, garant de l'exécution des contrats. Quand on parvient à ce stade ultime du néolibéralisme, l'essentiel des services collectifs et des règles du jeu économique relève des contrats privés et des marchés; il s'agit bien alors d'une restriction drastique du champ ouvert à la délibération démocratique et aux choix politiques. Cependant, même après une telle régression vers l'État gendarme, il serait impropre d'évoquer un désengagement ou un recul de la puissance publique. Toutes choses étant égales par ailleurs, un État[71] «pesant» un tiers du PIB, principalement consacré à ses fonctions militaires, policières, judiciaires et de soutien à la croissance globale, est bien plus puissant qu'un État «pesant» la moitié du PIB, mais dont les trois quarts sont consacrés à d'autres services collectifs (éducation, santé)

70. Source: *Perspectives économiques de l'OCDE.*

71. Nous employons ici le terme «État» dans un sens large incluant l'ensemble des administrations publiques centrales et locales.

et à la redistribution des revenus. Les États-Unis en sont précisément à ce niveau d'« État minimum », et nous avons vu que celui-ci est largement suffisant pour une intervention maximale dans le soutien à l'économie nationale. C'est donc surtout en Europe que la mutation néolibérale de l'État reste à accomplir.

Encore une fois, *le but des néolibéraux n'est pas d'affaiblir l'État, mais de disposer à leur guise d'États assez puissants pour imposer, à l'intérieur comme à l'extérieur, un ordre conforme à leurs intérêts et à leur vision du monde*. Là où la marche vers ce nouvel ordre néolibéral est engagée, on observe donc, dans un premier temps, non pas un *recul* global des dépenses et des prélèvements, mais plutôt leur *restructuration*. La part des dépenses sociales et/ou scolaires diminue au profit des dépenses militaires, judiciaires, policières et pénitentiaires, et au profit des subventions aux industries stratégiques ou aux lobbies les plus efficaces. Et, côté prélèvements, on taxe plus les moins riches et moins les plus riches ! En effet, la concurrence entre les États pour attirer les facteurs mobiles (capital et travail hautement qualifié) les conduit à abaisser régulièrement le taux d'imposition des hauts salaires et des revenus du capital et le taux des cotisations patronales aux régimes de sécurité sociale. La charge des dépenses publiques est donc reportée sur les facteurs de production fixes, c'est-à-dire la masse des travailleurs qui n'a pas la possibilité de vendre ses services aux enchères sur le marché mondial des compétences.

On s'oriente ainsi vers une situation saugrenue pour une démocratie : moins les dépenses servent à financer des services collectifs et sociaux, plus elles sont à la charge des citoyens victimes de ce recul des biens publics ! S'applique ainsi, à l'intérieur des pays riches, la logique qui a déjà prévalu face à la crise de surendettement du tiers-monde : faire payer les pauvres pour améliorer le sort des riches. Une sorte de détournement légal des fonds publics! Comme, *dans un premier temps*, et pour limiter les risques d'agitation sociale, on n'ose pas relever les taux de prélèvement sur les facteurs fixes au niveau nécessaire pour équilibrer les comptes, les déficits publics enflent, en dépit du culte affiché des néolibéraux pour l'équilibre budgétaire. La soutenabilité politique du processus suppose en effet un usage pragmatique de la puissance publique: il ne faut pas hésiter à mener des politiques contradictoires avec l'orthodoxie néolibérale, mais nécessaires à l'accomplissement de cette même orthodoxie à long terme.

La politique macroéconomique des États-Unis illustre parfaitement cette duplicité, tout particulièrement (mais pas seulement) durant les «années Reagan». De 1980 à 1988, en effet, la politique économique du président Reagan est officiellement inspirée par le credo néolibéral de l'«État minimum» et de l'«économie de l'offre», dont nous résumons ci-après les principaux versets:

– les coûteuses politiques keynésiennes et sociales-démocrates d'antan ont inutilement grevé les comptes publics et engendré des taux d'imposition qui dissuadent trop d'Américains de travailler et d'investir davantage;

– l'avenir n'est plus à l'assistance, mais à la responsabilité individuelle;

– la politique ne doit donc plus «soutenir» la demande, mais «inciter» l'offre, c'est-à-dire inciter les individus à travailler, épargner, investir et produire plus – autrement dit, à offrir plus de facteurs de production et plus de biens.

C'est tout, et le marché fera le reste!

Conformément à ce credo, Reagan lance donc une baisse massive des taux d'imposition du revenu censée redonner aux Américains plus de goût au travail, à l'épargne et à l'investissement. Selon les théoriciens de cette politique[72], son effet stimulant sur l'offre serait à ce point phénoménal que la croissance des revenus imposables devrait plus que compenser la baisse des taux : les recettes fiscales supplémentaires engendrées par la *croissance de l'assiette* d'imposition seront plus importantes que les recettes perdues en raison de la *baisse des taux* d'imposition. Si cette prédiction était fondée, la baisse des taux d'imposition développerait les recettes fiscales et réduirait en proportion les déficits publics.

Mais les effets de cette politique sont en réalité tout autres. La baisse des impôts stimule surtout la demande de consommation et reste sans effet notable sur l'offre de travail et de capital. Les recettes fiscales s'effondrent. Or, par ailleurs, les dépenses sociales sont peu réduites (dans un premier temps) et les dépenses militaires s'envolent en raison de la course aux armements relancée par Reagan pour ruiner le régime soviétique. Moins d'impôts sur les ménages, plus de dépenses publiques et, par conséquent, des déficits record : voilà donc les ingrédients réels de cette politique économique. Rien d'autre en vérité que la bonne vieille recette keynésienne et sociale-démocrate de stimulation de la demande par réinjection d'argent public dans le circuit économique. Et ça marche ! À grand renfort de déficits publics, les États-Unis sortiront de la récession du début des années 1980 pour entrer dans une phase longue de forte croissance. Une horreur pour un néolibéral adepte de l'« économie de l'offre » !

En France, dans un contexte très différent, on a pu constater ce même écart entre un discours libéral officiel

72. Arthur Laffer et George Gilder sont les principaux initiateurs de cette « économie de l'offre » *(supply side economics)* dans les années 1970, à l'époque de la « révolte fiscale » des contribuables de l'État de Californie (dont le gouverneur était alors un certain Ronald Reagan). Voir George Gilder, *Richesse et Pauvreté* (1980), Albin Michel, 1981.

et les politiques effectivement menées. Le gouvernement Chirac (1986-1988) et le gouvernement Balladur (1993-1995) se caractérisent par l'orthodoxie néolibérale du discours sur la flexibilité, le désengagement de l'État et la rigueur financière, et l'immobilisme de leur politique réelle. Ils ne remettent pas sérieusement en cause les réformes sociales accomplies par les gouvernements socialistes et, pas plus que ces derniers (et parfois moins), ils n'enrayent la montée des déficits publics. Il faut attendre le gouvernement Juppé (1995-1997) pour constater une première tentative visant à mettre la pratique en accord avec le credo libéral, mais cela se produit paradoxalement au moment où le président Jacques Chirac vient de se faire élire en dénonçant l'orthodoxie financière et la « fracture sociale » !

Durant les années 1980 et 1990, à l'exception peut-être de Mme Thatcher[73], les leaders politiques libéraux disent donc le contraire de ce qu'ils font. Ils sont les chantres du libéralisme quand ils mènent des politiques keynésiennes, et prêchent pour la solidarité quand ils coupent les vivres aux chômeurs ! Mais ils ne sont pas fous. L'écart entre leur discours et la réalité participe à la fois d'une conviction idéologique et d'une stratégie de transformation néolibérale de la société à long terme.

73. Il semble, dans ce cas, que la franchise et la brutalité effective de réformes en phase avec un discours non moins abrupt aient constitué un élément clé de la stratégie de mise au pas des syndicats susceptibles de résister. Exception de courte durée toutefois : la politique macroéconomique redevient keynésienne et accommodante sous le gouvernement conservateur de John Major. Cf. Liêm Hoang-Ngoc, *La Facture sociale*, Arléa, 1998.

La privatisation des esprits

Revenons d'abord un instant sur l'écart entre le discours néolibéral de l'administration républicaine et sa pratique politique strictement keynésienne. Nous avons déjà expliqué au chapitre précédent comment une politique keynésienne pouvait servir un projet néolibéral. Nous avons également montré pourquoi, sur la scène internationale, les Américains avaient toutefois intérêt à afficher une idéologie strictement néolibérale, pour dissuader les autres d'employer les mêmes armes que les leurs. Mais, dans la communication politique intérieure, ne serait-il pas plus rationnel et plus rentable (en bulletins de vote) d'afficher un discours vrai? Reagan pouvait par exemple dire: «Nous allons mener une politique de relance de la croissance grâce au déficit», et les Américains auraient constaté que leur président avait vu juste et mené la bonne politique. Pourquoi se priver des bienfaits de la cohérence? Surtout quand on se dit «pragmatique» et donc disposé à puiser, dans la boîte à outils de l'action politique, toute recette qui «marche», quelle que soit son étiquette idéologique d'origine!

C'est d'abord que le «pragmatisme» revendiqué par les néolibéraux ne va pas jusqu'à reconnaître un quelconque mérite à leurs adversaires politiques. Se sachant engagé dans une bataille culturelle, un responsable politique néolibéral ne doit pas brouiller son message en accordant une part de vérité au camp d'en face. Son discours théorique lui est de surcroît préparé, ou inspiré, par des universitaires qui, eux, n'ont rien de pragmatique et se distinguent plutôt par une religieuse indifférence aux faits. En effet, l'adhésion intellectuelle au néolibéralisme ne pouvant être fondée sur le moindre argument scientifique, ni même soutenue par un sommaire examen des réalités de ce monde, elle puise souvent son énergie dans l'ardente nécessité de croire et l'absolue certitude d'avoir raison qui caractérisent le fanatisme religieux. George Stigler, «prix Nobel[74]» d'économie (et «grand prêtre» de la théorie économique néolibérale contemporaine), manifeste parfaitement la nature théologique de cette dernière en affirmant: «Quand les faits sont contraires à la théorie, ce sont eux qui ont tort et c'est la théorie qui est juste.» Par conséquent, les fidèles les plus illuminés ne se donnent pas la peine inutile de considérer les faits: ils se contentent de réciter pieusement leur credo. Les fidèles sont menés par des chefs plus cyniques – leurs «grands prêtres» en quelque sorte – qui sont, eux, parfaitement conscients du fossé béant entre leurs discours et la réalité des politiques qu'ils inspirent. Pour autant, les «grands prêtres» du néolibéralisme n'ont sincèrement pas le sentiment de mentir: leur rhétorique néolibérale affichée est «fausse dans les faits», néanmoins elle reste juste en ce sens qu'elle décrit le monde tel qu'il devrait être et tel qu'ils ont l'intention de le façonner par la force de leur action politique[75]. Car, même s'ils disent le

---

74. Nous employons ici les guillemets car il s'agit d'une expression en toute rigueur abusive: il n'existe pas de prix Nobel d'économie, l'Académie du même nom ne délivrant aucun prix pour cette discipline. C'est la Banque royale de Suède qui exploite la notoriété de ce label en décernant un prix d'économie «en l'honneur d'Alfred Nobel». Je précise dans quelles circonstances George Stigler a fait la déclaration citée dans *Les Vraies Lois de l'économie*, *op. cit.*, conclusion du t. I.

75. Par exemple, un néolibéral qui croit aux vertus de marchés parfaitement concurrentiels sait en même temps qu'aucun marché n'est parfait dans une économie réelle. Il n'empêche, pour lui, que c'est ainsi qu'ils devraient être et qu'ils devront donc être rendus d'une manière ou d'une autre. L'intervalle de temps infini qui sépare l'état actuel du monde de son état parfait disparaît dans un discours de nature théologique et atemporel. Tout comme un fanatique religieux, le néolibéral parle de ses croyances aux incroyants comme s'il s'agissait d'évidences qui ne se discutent pas.

contraire pour dissuader les citoyens de se réveiller, eux savent que la politique peut changer le monde, à condition de le vouloir vraiment. Ils savent que les Amériques n'étaient pas des continents chrétiens avant que les Blancs ne décident d'exterminer les Indiens! Ils connaissent le besoin de croire, la force des croyances et donc la nécessité stratégique de contrôler la culture. Aussi, à la différence de leurs ancêtres, et parce qu'ils ont accès à la communication de masse, *ils préfèrent l'aliénation culturelle des peuples à leur aliénation physique, ils ne cherchent plus à contrôler les corps, mais bien davantage à manipuler l'imaginaire social de leurs administrés*[76]. Il s'agit d'amener ces derniers à s'imaginer que l'État-providence d'antan est le prédateur excessivement coûteux de leur liberté, et de susciter en eux le désir d'un monde émancipé de cette tutelle inefficace. Il s'agit de *privatiser les esprits* : flatter et enfler le penchant narcissique et égocentrique de chaque individu, en sorte qu'il perde peu à peu la conscience du bien public et que, finalement, au terme du lavage de cerveau, les simples mots « impôt », « réglementation », « cotisation », « solidarité » soient douloureux à entendre et déclenchent un réflexe défensif.

Dans un premier temps, donc, la rhétorique (voire la ritournelle) de l'« État minimum » et de la « réforme de l'État » sert très peu à alléger effectivement l'État. En revanche, elle sert à installer une culture anti-

76. On pourrait dire que l'on entre ici dans un deuxième âge de la technologie du pouvoir décrite par Michel Foucault dans *Surveiller et Punir. Naissance de la prison*, Gallimard, 1975. Foucault décrit comment, à l'âge moderne, le pouvoir ne se manifeste plus par le châtiment exemplaire des déviants, mais par une technologie d'exposition permanente à une surveillance anonyme qui, déjà, dépasse la simple surveillance des corps pour manipuler les esprits. Je suggère que, grâce aux nouveaux médias, on passe peut-être de la technologie de la *surveillance* à celle du *gavage* culturel programmé qui suscite les addictions et les répulsions les plus propices à l'ordre marchand.

fonctionnaires, anti-administration et anti-impôt qui délégitime l'action politique menée au nom du bien public ou de l'intérêt général, mais la relégitime quand elle se met au service des initiatives et des intérêts privés. De même, le fait de laisser filer les déficits publics à des niveaux record durant des années contribue à diffuser le sentiment d'un « train de vie » scandaleux et insoutenable de l'administration. Commencer par vider les caisses de sécurité sociale pour renflouer celles des entreprises (*via* les dégrèvements successifs de cotisations patronales) permet ensuite de souligner l'urgente nécessité de développer des assurances privées complétant le service que l'assurance publique est manifestement incapable de soutenir. Tel est donc l'usage stratégique des baisses d'impôts et de cotisations sociales : creuser des déficits pour créer l'illusion que le pays « vit au-dessus de ses moyens », et justifier ensuite, par la pénurie planifiée des moyens, le recul des dépenses sociales et les privatisations.

Telle est aussi la rationalité de la manifeste indifférence des néolibéraux au chômage européen. La persistance du chômage ne constitue pas pour eux un problème, mais, au contraire, une partie de leur solution : elle participe au discrédit des reliquats du modèle social ancien qu'ils veulent détruire ; elle maintient la peur qui prédispose les salariés à toutes les soumissions. On comprend ici la différence de stratégie néolibérale des deux côtés de l'Atlantique. Les néolibéraux américains ont, de leur côté, besoin d'un chômage faible pour rendre supportable un système qui abandonne les individus à leur sort. Mais, dans des pays où l'administration publique pèse 50 % du PIB (comme la France ou l'Allemagne) et non un tiers comme aux États Unis, c'est la protection sociale des individus qui rend le système soutenable. Or c'est justement elle que les néolibéraux veulent démanteler pour construire un système qui abandonne les individus à leur sort et aux assurances privées, comme en Amérique. Le chômage, qui constitue une catastrophe insupportable une fois qu'un tel système est en place, est au contraire un levier de pression psychologique et politique essentiel pour aller vers un tel système.

En Europe, vingt ans plus tôt, une majorité de citoyens n'aurait même pas supporté l'idée d'une remise en question explicite de ses systèmes sociaux ou de ses services publics. Les néolibéraux le savent bien. Mais après vingt ans de chômage, de lavage de cerveau anti-biens publics et de politiques publiques qui, de fait, servent plus des intérêts privés que l'intérêt général, les néolibéraux peuvent espérer une société plus mûre pour un transfert explicite des choix publics vers les choix privés. Car, si l'on croit l'État vraiment inefficace et de toute façon au service d'intérêts particuliers, pourquoi ne pas laisser les individus régler eux-mêmes leurs affaires par les contrats et les échanges libres? Il restera toujours des résistants à cette logique, bien sûr, qui pourront même remporter quelques batailles sociales ici ou là. Mais l'essentiel est qu'ils perdent la bataille culturelle, avant même d'avoir compris qu'ils étaient engagés dans une guerre culturelle. *Les néolibéraux, quant à eux, savent qu'ils ont gagné le jour où, dans l'imaginaire collectif, les résistants à la marchéisation n'incarnent plus le progrès, mais la défense d'un monde ancien et dépassé*; le jour où ils ne suscitent plus que la compassion naturelle des âmes charitables pour les luttes désespérées, la rancœur des conformistes que toute liberté d'esprit exaspère et l'indifférence d'une majorité résignée au nouvel état du monde.

La perversité de cette manipulation est telle qu'elle conduit une partie des détracteurs du néolibéralisme à lui apporter involontairement son concours. En effet, la contestation du détournement des politiques en faveur des profits marchands peut contribuer aussi au dénigrement de l'État et de la «classe politique». Et les appels de certains alter- ou antimondialistes à la décentralisation, au rôle étendu de la «société civile», à l'«entreprise socialement responsable» viennent, bien malgré eux, s'ajouter à ceux des néolibéraux dans une même direction. Quoique fondés sur des diagnostics et des projets radicalement antinomiques, les deux mouvements ancrent dans les esprits l'idée que le salut d'une société ne réside pas ou plus dans le renforcement du pouvoir politique national.

La privatisation insidieuse de l'État

Les néolibéraux conduisent ainsi une stratégie efficace de privatisation de l'État par étapes. Dans la phase initiale, ils n'en privatisent que le discours. Le gouvernement ne parle plus la langue du contrôle des intérêts privés au nom de l'intérêt général et survalorise au contraire les premiers. «Il n'y a pas de société, il n'y a que des individus…», disait Margaret Thatcher! «Prenez soin de vous-mêmes, travaillez, épargnez, enrichissez-vous, c'est ce que vous pouvez faire de mieux pour la nation!»: tel est en substance le message du discours politique néolibéral. Vient ensuite une privatisation progressive des fonds publics. On a expliqué comment on restructure les dépenses et les recettes publiques jusqu'à faire des économies sur l'éducation publique et sur les aides sociales pour financer la baisse des impôts sur les profits et les hauts salaires. On recourt aussi très largement à la privatisation des règles du jeu dans les secteurs autrefois dominés par les entreprises publiques (énergie, transports collectifs, télécommunications). En ouvrant ces secteurs à la libre concurrence, par exemple, on condamne les entreprises publiques à se comporter comme des marchands aussi sûrement qu'en cédant leur capital à des investisseurs privés, mais plus discrètement. La privatisation des règles du jeu a ainsi l'avantage d'atteindre le même objectif en suscitant moins de résistance que la privatisation du capital.

Mais, à la fin, vient toujours un moment où la privatisation tout court est à l'ordre du jour, où la purge effective des biens et des entreprises publiques est inévitable. Ainsi la purge a-t-elle finalement commencé dans les années 2000 avec les gouvernements Schröder et Merkel en Allemagne, Aznar en Espagne, Berlusconi en Italie, Raffarin-Villepin en France.

À long terme, en effet, dans une guerre économique mondiale, ce ne sont plus seulement les produits qui sont mis en compétition, mais encore et surtout les systèmes politiques et sociaux. Les investisseurs apprécient notamment les lieux où les politiques, le droit du travail, les prélèvements fiscaux et sociaux sont les moins contraignants et les moins coûteux. Si les gouvernements mènent entre eux un jeu non coopératif, et si ce jeu perdure, le moins-disant fiscal et le moins-disant social finissent toujours par l'emporter et par convaincre la plupart des autres de s'aligner. Un pays social-démocrate qui consacre la moitié de la richesse nationale à la redistribution et aux biens collectifs pourrait-il supporter *indéfiniment* la libre concurrence avec un pays voisin où l'État se contente de faire la police intérieure et s'en remet aux États-Unis pour garantir sa sécurité extérieure? Longtemps cela est resté possible pour certains États européens, mais dans le cadre d'une Union européenne à six, neuf, douze puis quinze membres qui privilégiaient la coopération politique et appliquaient, pour la plupart, des normes sociales, fiscales et sociales comparables. Mais, depuis vingt ans, le projet européen a peu à peu pris une tout autre tournure.

La dégénérescence du projet européen

Pour l'heure, l'Europe n'est qu'au début de la transition vers le nouvel État néolibéral : elle n'est pas au bout de la purge des biens publics et de l'aide sociale. On a déjà souligné le fait que la diversité des systèmes sociaux a plutôt bien résisté à vingt-cinq ans de mondialisation néolibérale. Le fameux « modèle social européen » s'est donc maintenu, certes, mais à reculons, sans que soit réamorcé un quelconque mouvement inverse d'harmonisation sociale par le haut. Même au sein de l'Union européenne – qui constitue l'espace d'intégration politique internationale le plus abouti –, *la concurrence fiscale et le dumping social tendent à l'emporter sur la coopération*. Le taux moyen d'imposition des bénéfices des sociétés a perdu quinze points en vingt ans, les baisses d'impôts sur les hauts salaires et les allégements de cotisations sociales patronales se sont multipliés, même quand le taux global de prélèvement augmentait. On a donc bien, là aussi, amélioré le sort des plus gros détenteurs du capital (financier ou humain) grâce à des prélèvements reportés sur les autres. Certains pays, telle l'Irlande, ont joué ouvertement les prédateurs d'emplois et de capitaux, tirant le plus grand profit des aides financières de l'Union (les « fonds structurels ») et manifestant leur gratitude aux pays qui payent ces aides en y démarchant systématiquement des entreprises candidates à la délocalisation. Le projet européen, qui fut à l'origine celui de la paix et de la coopération entre les nations, laisse ainsi la place à la guerre économique entre les États de l'Union. Cette mutation n'a été imposée par personne. Elle a commencé, au milieu des années 1980, avec un alignement délibéré des gouvernements sur la stratégie néolibérale des États-Unis et du Royaume-Uni.

En 1986, le nouveau traité de l'Union européenne (« Acte unique ») pose un choix politique lourd de conséquences : il enclenche le processus de création d'un *marché unique* européen – non seulement pour les marchandises, mais aussi pour les services, le travail et le capital – sans organiser un processus parallèle d'harmonisation des règles fiscales et sociales qui devraient s'appliquer aux entreprises et à leurs salariés. Autant dire que l'on institutionnalise ainsi la concurrence déloyale et l'usage des impôts et des réglementations comme armes d'agression commerciale. L'objet de la concurrence se déplace : ce sont les systèmes fiscaux et sociaux qui entrent en compétition. Le cœur du modèle de société, qui reflète un complexe équilibre de forces politiques spécifique à chaque pays, n'est donc plus censé dépendre d'un choix démocratique souverain : il se trouve potentiellement mis aux enchères sur un marché des systèmes sociaux.

Cette mutation est exactement conforme à la lettre et à l'esprit de l'idéologie néolibérale : la compétition fiscale et sociale est une excellente chose puisqu'elle permet de sélectionner le modèle de société le plus efficace (le plus favorable au rendement du capital) et de l'imposer progressivement à tous les États qui acceptent cette nouvelle règle du jeu. Rien d'étonnant donc à ce qu'un tel tournant fût pris dans l'Union européenne à une époque où elle était largement dominée par des gouvernements de droite convertis au néolibéralisme. Mais, quoique dans l'opposition, l'essentiel de la gauche européenne avait en partie opéré la même conversion. Tant et si bien que, dans la deuxième partie des années 1990, le retour de la gauche au pouvoir dans l'immense majorité des pays de l'Union n'a en rien enrayé sa dérive vers un espace de guerre économique.

Cela n'empêche pas une certaine résistance du « modèle social », mais à reculons. Or le problème de la résistance à reculons est qu'elle n'interrompt jamais la reculade tant qu'elle renforce ceux qui l'exigent. Tout le monde sait que, en acceptant une fois le chantage, on incite le maître chanteur à persévérer. Il en va de même avec le chantage aux investissements et aux emplois dont usent à loisir les détenteurs des capitaux mobiles pour obtenir la reculade des États sur la protection sociale, sur le droit du travail, sur l'imposition des bénéfices et des plus-values. Mais à chaque fois que l'on cède, on conforte les maîtres chanteurs dans leur certitude montante que l'on est disposé à reculer jusqu'au bout. Et « au bout », le bon taux d'imposition des bénéfices n'est pas faible, il est nul ! Voire négatif, puisque les grandes entreprises exigent déjà des collectivités où elles s'installent subventions, terrains, équipements et services gratuits, naturellement payés par d'autres contribuables qui ne touchent pas en contrepartie la part des bénéfices à laquelle ils auraient droit, en justice comme en bonne économie.

Si les vieux pays industriels, notamment européens, ont pu freiner jusqu'ici la course au moins-disant social et reporter le dépeçage de leur modèle social, c'est en partie grâce à l'éloignement géographique de leurs compétiteurs et aux écarts de productivité du travail qui compensent les écarts de salaires. On ne délocalise pas une usine automobile en Corée s'il faut vendre les voitures en France. Et l'on peut bien payer des salariés cinq fois plus cher qu'ailleurs si leur productivité est également cinq fois supérieure ou davantage. Mais, sur ces deux points, l'environnement a radicalement changé au cours de ces dernières années.

En premier lieu, la productivité des ingénieurs, des informaticiens, des chercheurs chinois ou indiens, par exemple, n'a plus rien à envier à celle de leurs homologues américains ou allemands, mais leurs salaires restent trois ou quatre fois inférieurs. Aussi voit-on se multiplier les délocalisations vers ces pays, notamment des activités de services dont les produits circulent sur Internet et non par cargo (informatique, finance, etc.).

En second lieu, la libéralisation des pays d'Europe de l'Est et leur entrée progressive dans l'Union européenne installent et surtout installeront de plus en plus des compétiteurs directs aux portes des vieux pays industriels : des ingénieurs, médecins, techniciens quatre fois moins chers que leurs homologues de l'Ouest à productivité équivalente; des transporteurs routiers exonérés des limites à la durée de conduite qui avaient été progressivement renforcées à l'Ouest pour des raisons de sécurité, etc. C'est aussi quelques Irlandes de plus aux portes du vieux « modèle social européen », c'est-à-dire l'arrivée de nouveaux membres opportunistes qui ne partagent en rien l'esprit de coopération qui avait présidé à la fondation de la CEE et ne cachent pas leur intention de recourir au dumping social et fiscal.

Les pays fondateurs du Marché commun (traité de Rome de 1957) sortent de la guerre, convaincus des méfaits du capitalisme dérégulé et de la spéculation financière débridée, consternés par l'horreur où les ont entraînés la faillite sociale de la démocratie, la logique de guerre économique entre les nations et l'humiliation des perdants du précédent conflit. Aussi, quand ils négocient la création d'un espace de « libre concurrence », ils ne manifestent en rien une aspiration au règne des marchés. Il s'agit seulement d'affirmer qu'ils rejettent la collectivisation et la planification soviétiques. Et s'il n'est pas alors question d'« Europe sociale », c'est que tous considèrent que les États nationaux ont le devoir et les moyens de mettre la prospérité économique au service du plein-emploi et du progrès social, chacun selon ses modalités préférées. *En 1957, même pour la plupart des libéraux, il va de soi que la libre concurrence s'exerce sur des marchés fortement encadrés par la loi, qu'elle n'est pas une fin en soi, mais un simple instrument au service d'un projet politique de paix et de progrès économique partagé.*

À l'époque, cela allait tellement de soi qu'on ne l'a pas écrit explicitement dans le traité de Rome ! Cette omission, hélas, autorise aujourd'hui les ignares et les manipulateurs à dire que le nouveau traité constitutionnel[77] adopté en juin 2004 n'est pas plus libéral que le traité initial, qui reconnaissait déjà le principe de la libre concurrence. Mais les mots n'ont jamais de sens en soi, indépendant de la culture, des conventions et de l'histoire qui commandent leur usage. Réaffirmer aujourd'hui le principe de libre concurrence, *sans autres précisions*, n'a plus du tout la même portée qu'en 1957[78], et ce tout particulièrement pour les nouveaux adhérents d'Europe de l'Est.

Pour ces derniers, l'idée d'une économie régulée par le politique est forcément suspecte, puisque associée à un demi-siècle de dictature communiste. La société de marché américaine constitue donc pour eux une référence

---

77. Le lecteur intéressé trouvera une explication complète et une lecture critique du « traité établissant une Constitution pour l'Europe » dans mon livre *Manuel critique du parfait Européen. Les bonnes raisons de dire « non » à la Constitution*, Seuil, 2005. Ce traité, conclu au sommet de Bruxelles en juin 2004, a été signé à Rome le 29 octobre 2004. Il est définitivement rendu caduc (dans sa version actuelle) par le « non » des peuples français (29 mai 2005) et néerlandais (2 juin 2005). Pour compléter l'ouvrage cité ci-dessus et expliquer la suite du débat institutionnel européen, j'ai publié *Sens et conséquences du « non » français*, Seuil, 2005.

78. Soulignons tout de même une différence colossale entre les traités précédents et le traité constitutionnel : jusqu'ici (art. 2 du traité de l'Union européenne et art. 2 du traité de la Communauté européenne), la « concurrence » n'apparaît qu'en tant qu'instrument au service des missions et objectifs de l'Union ; dans le traité constitutionnel, la concurrence libre et non faussée est élevée au rang d'« objectif de l'Union » (art. 3-2).

plus séduisante que la vieille social-démocratie européenne. Quand on sort de prison, on ne va pas vivre dans un commissariat de police! Alors il n'y a rien d'étonnant à ce que, pour un temps, les Européens de l'Est se méfient du pouvoir des *commissaires* européens et se laissent bercer par un rêve américain édulcoré, simple antithèse d'une société collectiviste et bureaucratique.

Les nouveaux adhérents ne comptent donc pas sur l'Union pour piloter et contrôler l'économie en vue d'un projet politique commun. Ils ne perçoivent pas leur adhésion comme le point de départ d'un approfondissement de l'Europe politique, mais comme le point d'arrivée qui, couplé à leur intégration progressive dans l'OTAN, consacre définitivement leur émancipation de la tutelle de l'empire russe. Et le soutien apporté par plusieurs d'entre eux à la guerre de George Bush Junior contre l'Irak a bien montré que cette «émancipation» leur semble mieux garantie par leur vassalisation au sein de l'empire américain que par leur solidarité avec une illisible et hypothétique politique extérieure commune de l'Union européenne. À l'opposé des aspirations initiales des fondateurs de l'Union, les derniers arrivés ne conçoivent donc pas ce grand espace de libre-échange comme une étape vers une intégration politique plus poussée qui garantira la paix et redonnera aux Européens la capacité de gouverner l'économie. Leur paix est déjà assurée, pensent-ils, par l'hégémonie militaire américaine, et ils se méfient des gouvernements trop volontaristes. Ils aspirent surtout à s'adonner aux joies du *business* et de la consommation dont ils ont été frustrés pendant un demi-siècle. Aussi entrent-ils dans l'Union comme on entre dans un supermarché, bien décidés à y réaliser de «bonnes affaires». Leur modèle de référence est bien plus la compétition généralisée et le consumérisme à l'américaine que le «modèle social européen».

La plupart ne cachent pas leur intention d'exploiter au maximum l'avantage concurrentiel que leur confère le faible niveau des salaires, des impôts et de la protection sociale : ils entendent bien persuader les investisseurs de délaisser les territoires rigides et surtaxés de l'Ouest.

Voilà pourquoi il était contradictoire (et surtout malhonnête) de prétendre construire une Europe politique et sociale en procédant à l'élargissement de l'Union vers l'est avant la réforme des institutions et des règles du jeu. Si on avait cherché à éviter le dumping fiscal et social, on aurait bien évidemment mis en place, avant l'élargissement, au moins les objectifs et les procédures d'une harmonisation des normes fiscales et sociales. On aurait aussi engagé un effort historique de solidarité financière, au profit des nouveaux entrants, pour favoriser un rattrapage accéléré des normes et du niveau de vie prévalant à l'ouest et au nord de l'Union. Il était clair que les nouveaux entrants, *a priori* hostiles à l'harmonisation, n'accepteraient cette dernière que si elle faisait partie de l'acquis communautaire à respecter pour intégrer l'Union, et si son coût se trouvait en partie compensé par des fonds structurels européens. En intégrant ces pays avant l'adoption du traité censé rendre cette intégration possible (!), on a donné à chacun d'entre eux un droit de veto l'autorisant à bloquer l'adoption d'un traité qui permettrait la moindre harmonisation sociale. Pourquoi les gouvernements souverains des quinze pays membres de l'Union (avant l'élargissement) auraient-ils accepté d'accorder à chaque nouveau venu le droit exorbitant de leur imposer leur vision de la construction européenne, si cette vision n'était pas aussi la leur ?

« L'élargissement sans approfondissement » préalable n'est donc pas un hasard du calendrier. C'est un choix délibéré destiné à marginaliser définitivement les quelques originaux encore attachés à la construction d'une véritable Union démocratique faisant du marché unique européen un instrument subordonné aux orientations politiques issues des élections européennes.

C'est dans ce contexte que fut négocié à vingt-cinq le « traité établissant une Constitution pour l'Europe ». Contexte ironiquement marqué par les premiers effets sociaux de l'élargissement. Coïncidence emblématique du nouvel horizon européen, le 24 juin 2004, quelques semaines après l'élargissement de l'Union à dix nouveaux membres, Siemens annonçait un accord d'augmentation de la durée du travail à quarante heures consenti par le syndicat IG Metall contre l'abandon d'un projet de délocalisation d'une usine en Hongrie. La grande industrie allemande, qui fut naguère une pionnière de la réduction du temps de travail, inaugurait ainsi une mutation de la fameuse « économie sociale de marché » vers un nouveau « dialogue social » où l'on débattrait seulement des régressions sociales acceptables pour maintenir l'emploi. Et ce n'était là que le début d'une longue série de délocalisations ou de chantages à la délocalisation.

L'émoi suscité par ces événements n'affecta en rien le processus de négociation du nouveau traité. Celui-ci fut donc à l'image des intentions réelles de tous les gouvernements qui l'avaient négocié, à savoir : radicaliser et constitutionnaliser la mutation du projet d'intégration politique européenne en projet d'espace élargi de « laisser faire et laisser passer ».

Le « non » des Français et des Néerlandais a momentanément fait échec à cette opération. Mais il n'a bien évidemment pas remis en question la mutation du projet européen, qui se trouve déjà inscrite dans les traités en vigueur. L'harmonisation des réglementations et des législations sociales est interdite ; l'harmonisation fiscale n'est possible qu'à l'unanimité, ce qui la rend quasiment impossible. Aucun obstacle ne s'oppose donc à l'intensification de la concurrence fiscale et sociale des États. L'Union est ainsi la seule entité politique au monde qui privilégie la compétition interne entre ses territoires plutôt que la protection ou la compétitivité globale de son territoire par rapport au reste du monde. La seule au monde, également, qui s'interdit l'usage efficace (ou l'usage tout court) de l'ensemble des instruments de politique économique! Budget plafonné à 1 % du PIB, politique monétaire exclusivement consacrée à la stabilité des prix, politique budgétaire nationale entravée par le pacte de stabilité, etc.

Dès lors, l'Union européenne pousse à l'extrême le trait le plus pervers d'une mondialisation dérégulée: le libre-échange intégral entre des espaces économiques soumis à des lois, règles, conventions divergentes, sans budget fédéral à même de corriger les inégalités territoriales, sans politique industrielle et sans politique macroéconomique orientées vers la prospérité globale. L'extraordinaire dans cette orientation est qu'elle est défendue au nom de l'impératif de compétitivité, au regard d'une économie mondiale où les compétiteurs les plus puissants (États-Unis, Japon, Chine) n'hésitent pas une seconde à mobiliser tous les instruments de la puissance publique pour soutenir leur économie!

Car les autres puissances entendent justement rester des puissances. C'est tout particulièrement le cas de l'Amérique, qui, à partir des années Reagan, et sans doute pour surmonter son humiliation au Vietnam, a renoué avec la prétention au *leadership* mondial. De ce côté-ci de l'Atlantique, au contraire, l'Union européenne a d'abord visé à surmonter les horreurs du nationalisme. Ce contexte contribue sans doute à la spécificité du néolibéralisme européen, qui voit dans l'Union davantage un moyen de diluer le pouvoir des nations qu'un levier pour renforcer collectivement leur puissance.

L'Union européenne n'est donc pas sous la coupe d'une rationalité économique qui dominerait l'exigence sociale. Elle est sous la coupe d'une variante particulièrement pathologique du néolibéralisme : un aveuglement idéologique qui fait prendre l'instrument (la libre concurrence) pour la fin en soi d'une stratégie libérale. Aveuglement responsable de l'imitation schizophrénique (déjà soulignée plus haut) d'un modèle américain fantasmé : on n'importe que les éléments les plus contraires à la culture européenne et les plus nuisibles à la cohésion sociale ; on dénigre et se débarrasse des outils les plus efficaces que l'Amérique a soigneusement conservés de son héritage européen.

Le mythe de la gouvernance

Voilà donc comment le projet européen, conçu à l'origine pour assurer la paix et la coopération solidaire, pourrait au bout du compte se solder par la guerre économique et la compétition égoïste des nations.

Ce n'est là qu'un cas particulier du cercle vicieux plus général par lequel l'élargissement des marchés libres, sans approfondissement de la démocratie, conduit toujours, à terme, vers l'intensification de la guerre économique et le recul de la démocratie. À son commencement, on l'a vu, ce processus est parfaitement maîtrisé par le politique. C'est le politique qui se coupe lui-même les bras dont il disposait autrefois pour tenir l'économie. Mais cette amputation volontaire se transforme progressivement en amputation croissante et forcée, par le biais de la concurrence fiscale et du dumping social. Si l'État ne renonce pas à temps à la dérégulation des marchés, il paraît condamné à subir un jour ou l'autre la cure d'amaigrissement vers l'« État minimum ». Nous sommes désormais entrés dans cette phase ultime du projet néolibéral, même si (mais ce n'est pas une surprise) ses promoteurs voudraient nous faire croire qu'ils ont changé ou amendé leur projet.

En effet, au moment même où s'amorce un recul effectif des dépenses publiques et des impôts, le discours dominant promeut tous azimuts une nouvelle « gouvernance » nécessaire pour éviter les excès d'une compétition « sauvage ». Depuis la fin des années 1990, la Banque mondiale ne parle plus que de priorité à la lutte contre la pauvreté et semble avoir enterré le « consensus de Washington ». Les libéraux ne nous parlent plus de « l'État minimum », mais de la « réforme de l'État »; certains se risquent même à remplacer le « moins d'État » par le « mieux d'État ».

Ainsi, la part de l'État prospérait naguère, quand les discours encensaient les vertus des marchés dérégulés, et voici désormais que la part des marchés dévore effectivement celle des biens publics, quand tout le monde revendique une nouvelle régulation des marchés ! Ce chassé-croisé peu ordinaire n'a pourtant rien de paradoxal : il manifeste la parfaite complémentarité des mots et des actes dans une manipulation politique optimale. *Le discours anti-État purement symbolique préparait sa cure d'amaigrissement future; le nouveau discours sur la « gouvernance », tout aussi symbolique, masque la purge des biens publics maintenant qu'elle a vraiment commencé.*

L'État-providence a été longtemps préservé dans les faits pour limiter les résistances de la génération précédente aux réformes néolibérales; mais il a été systématiquement dénigré et critiqué pour inculquer à la génération suivante une nouvelle culture pro-marché et l'inciter à soutenir les réformes libérales que la génération précédente aurait refusées.

Néanmoins, cette mutation culturelle espérée par les néolibéraux n'a pas partout progressé assez vite pour être parfaitement accomplie le jour où la saignée dans les biens publics leur paraît inévitable. La vigueur et la relative popularité des mouvements de résistance à la mondialisation néolibérale incitent au contraire à la prudence et à la manipulation. Aussi, au moment où les réformes vraiment libérales et la marchéisation s'intensifient, il faut contenir la montée des inquiétudes et prévenir les oppositions en entonnant le nouveau credo de la « gouvernance ». « Gouvernance » ! Tout est dans le mot : *il répond au besoin fantasmatique d'être gouverné mais sans « gouvernement », d'avoir des lois mais pas celles d'un parlement, d'obtenir l'ordre mais sans autorité publique*, la carotte sans le bâton. Comme si on pouvait croquer la sucette sans se casser les dents sur le manche !

L'engouement des néolibéraux pour le thème de la « gouvernance » reflète bien ce rêve d'une privatisation aboutie de l'État. Car ce qu'ils entendent par « gouvernance », c'est un ensemble d'agences décentralisées et spécialisées de régulation des marchés, la loi des marchés définie par les acteurs du marché, l'éthique des affaires dessinée par les hommes d'affaires – bref, l'autorégulation du *business* par le *business*, sa loi partout, et la démocratie nulle part, puisque inutile. Leur « gouvernance », c'est une sorte de gouvernement privé ou plutôt une myriade de gouvernements privés et concurrents pour satisfaire au mieux leurs clients et actionnaires. Alors, qu'attend-on encore d'un État ou d'un gouvernement central dans ce modèle ? Quelque chose d'essentiel tout de même : qu'il fasse la police et la guerre.

Et il faut bien en effet qu'il se prépare à les faire. Car l'engrenage pervers de la privatisation de l'État-providence prépare et nourrit le cercle vicieux de la violence sociale et de sa répression par un « État-pénitence ». Moins la nation investit dans l'éducation, l'habitat, la stabilité de l'emploi, la réduction des inégalités, et plus se banalisent les incivilités et la délinquance juvénile. On peut certes dénoncer le simplisme d'une explication moniste de la violence par les inégalités sociales; mais il serait tout aussi simpliste de nier leur contribution. Personne ne naît malpoli ou délinquant! On le devient à la suite d'une histoire dans laquelle le cadre de vie, la famille, l'école, le milieu social, la culture dominante, etc., jouent conjointement et nécessairement un rôle déterminant. Si la société dépense de moins en moins pour garder en son sein tous ceux que la guerre économique tend à exclure, ainsi que leurs enfants, elle doit bien se préparer à dépenser plus pour réprimer l'inéluctable montée des comportements antisociaux. L'État-gendarme cesse alors d'être une simple métaphore et cède peu à peu la place à la réalité crue d'un État policier où, au nom de la sécurité, régressent toutes les libertés publiques et ne survit vraiment que le droit (mais pas forcément la capacité) de produire et de consommer[79].

Quand une société troque la sécurité sociale pour la sécurité tout court, elle prend en réalité le chemin de l'insécurité générale. Car, dans la guerre économique, ce ne sont pas seulement les blessés, les perdants de la compétition, mais tous les citoyens qui sont embarqués dans l'engrenage d'une société violente et insécure qui les contraint peu à peu à adopter la mentalité d'un guerrier.

La mutation du citoyen en guerrier

Si la guerre économique tarde à affaiblir vraiment les instruments de l'action politique, elle s'attaque dès l'origine aux fondations morales *du* politique en brisant la

79. Nous revenons sur cette mutation dans les dernières sections de ce chapitre.

cohésion nationale. Répétons-le, c'est une guerre insidieuse où l'ennemi, le plus souvent invisible, n'est pas un État étranger dont l'agression stimulerait le sentiment de solidarité nationale. Votre gouvernement ne vous demande donc pas de combattre tous ensemble pour sauver la patrie ou défendre un idéal commun. En fait, il ne vous demande plus rien, il vous abandonne purement et simplement à la guerre avec vos concurrents, avec votre patron, avec vos collègues ; vous avez l'impression qu'il a ouvert les portes de la cité aux prédateurs pour qu'ils y mènent leurs affaires à leur guise. Alors, non seulement le politique ne vous sert plus à rien, mais il devient l'allié objectif de vos ennemis. Et quand enfin l'ennemi devient perceptible, vous vous rendez compte que c'est votre voisin, celui qui ne veut pas être viré à votre place, ou qui a été viré à votre place, celui qui veut être plus compétitif que vous, qui veut gagner la course, celui qui ne peut pas courir mais veut quand même manger et boire à la table des vainqueurs, bref, l'autre qui vous perçoit comme un ennemi, parce que vous le percevez comme tel, et qui finit par sortir son couteau pour une place de parking.

Demandez-vous pourquoi cette dernière phrase vous semble crédible, même si personne ne vous a jamais menacé d'un couteau pour une place de parking. C'est que les peurs collectives se développent par la force du discours politique et médiatique bien avant d'être fondées sur des faits. Ainsi, le matraquage d'un discours prétendu « économiquement correct » insinue dans nos esprits une logique de guerre économique toujours plus redoutable qu'elle n'est en réalité. Des politiques, des patrons, des gourous, des journalistes économiques se relayent pour fustiger en permanence l'archaïsme de la protection sociale, la crispation sur les acquis sociaux, la peur de la mobilité, les charges fiscales et sociales, la réduction du temps de travail, l'indemnisation trop généreuse du chômage, etc. On nous rabâche que nos défenses passées ont déjà été enfoncées par les assauts de la compétition mondiale; la sécurité est obsolète, c'est la combativité qui est moderne, et l'attaque constituerait désormais la seule défense possible. On fait l'éloge des «risquophiles» et l'on dénigre les «risquophobes», médiocres ringards ou parasites vivant «aux crochets de la société». Nous sommes dans un monde sans filet, où l'avenir de chacun est incertain, sauf sur un point: il faudra se battre. Voilà le message!

Qu'importe si, dans la réalité, les pays champions des fameuses «rigidités» sociales caracolent en tête de la richesse mondiale[80], le patronat et ses porte-parole réussiront à nous convaincre qu'ils sont au bord de l'effondrement. Qu'importe si la plupart de nos voisins ont les mêmes problèmes que nous, on nous répète néanmoins qu'ils sont toujours plus compétitifs et mieux préparés aux futures batailles commerciales, qu'ils sont toujours plus «attractifs» et débauchent d'ailleurs nos meilleurs combattants. *Qu'importe en vérité que vous y soyez déjà pour de bon, l'important est bien que vous croyiez être en guerre pour vous persuader de vous conduire en combattant, en fantassin obéissant.*

Ainsi, avant même d'être pleinement entrée dans les faits, la logique de compétition généralisée pénètre les esprits, diffuse la peur et une culture de marché, une culture de guerrier qui rend obsolète la culture de tous ceux qui se croyaient encore membres d'une société

80. Par exemple en Europe, les meilleures performances économiques et les taux de chômage les plus bas se trouvent dans les pays qui ont aussi le taux de prélèvements obligatoires, le coût salarial, l'emploi public et l'indemnisation du chômage au plus haut niveau (Suède, Danemark, Finlande, en particulier). Toutes les données dans «La France est-elle encore dans la course?», *Alternatives économiques*, mars 2002.

humaine. Dans une société, en effet, chacun pense tenir sa place en accomplissant un ensemble de devoirs intimement liés aux droits qui lui sont reconnus. Sur un marché, en revanche, l'individu n'a pas sa place, il doit la conquérir et la délaisser aussitôt pour en convoiter une meilleure; car aucune position, aucune fortune n'est acquise ni satisfaisante sous le règne d'une compétition généralisée qui condamne chacun à l'offensive permanente, à la mobilité, au changement, au «bougisme[81]». Dans une société où il a sa place, un individu peut au minimum espérer une vie décente sans combat; sur un marché, il se sent marchandise qui devra sa survie au fait d'être plus fort que les autres ou l'esclave des plus forts. Dans une société, on vit; sur un marché, on se bat. Dans une société, la personne se définit par ses liens; sur un marché, l'individu se définit par ses talents, ses pouvoirs, son capital – bref, tout ce qui détermine sa compétitivité. Dans une société, on apprécie quelqu'un; sur un marché, on le mesure. Dans une société, l'important, c'est d'aimer; sur un marché, l'important, c'est d'être fort. La culture du marché est une culture de combattants engagés dans une drôle de guerre, sans armées constituées et solidaires, où notre ennemi se cache souvent dans la même tranchée que nous, où nous avons tous au fond le même ennemi intime: la peur de l'autre; une peur qui paradoxalement nous pousse à nous affronter au lieu de nous unir pour avoir moins peur. *Le règne du marché, c'est avant tout la victoire de la peur.*

Sous l'empire de la peur, de la défiance et de la rivalité, la crise de la citoyenneté et la montée des incivilités n'ont rien de surprenant. On ne peut à la fois traiter les gens comme des marchandises, les inciter à se traiter les uns

81. Pierre-André Taguieff, *Résister au bougisme. Démocratie forte contre mondialisation techno-marchande*, Mille et Une Nuits, 2001.

les autres comme des produits rivaux et vouloir qu'ils se comportent en citoyens. Et pourtant, beaucoup essaient encore. C'est qu'ils gardent longtemps les traces de leur culture ancienne, celle d'avant la guerre économique. C'est pourquoi, même dans une société brutale, des individus sont encore solidaires, se serrent les coudes face à l'adversité, au lieu de s'entre-déchirer. C'est pourquoi aussi tant de vieux salariés s'étonnent encore sincèrement d'être soudain considérés comme une chose jetable par leur entreprise, alors que cela se produit chaque jour, depuis un quart de siècle, dans la société où ils vivent! Tant que ça n'est pas son tour, on fait le dos rond, on feint de croire que la société n'a pas changé, que les femmes et les hommes ne sont ni des marchandises ni des salauds. On peut le concevoir, espérer le retour d'un autre monde, parce qu'on l'a connu. Mais comment les jeunes qui n'auront appris que la culture du marché et de la compétition pourraient-ils s'imaginer membres d'une communauté humaine, d'une nation, dotés de droits égaux dont l'exercice dépend de leur respect par les autres et ainsi des devoirs que chacun se reconnaît envers les autres? *Une société qui dit à ses enfants que la vie n'est pas une entreprise collective mais une compétition individuelle permanente récolte ce qu'elle a semé: des jeunes qui se battent les uns contre les autres.*

Hélas, semble-t-il, c'est seulement quand des gamins se tirent dessus à balles réelles qu'une société commence à soupçonner la guerre économique d'être aussi violente et peut-être plus nocive que la guerre tout court. Au début, parce que l'on croit que la guerre économique ne tue personne, elle paraît plus douce. On se laisserait presque séduire par la thèse libérale du «doux commerce» qui voit dans l'affrontement des intérêts sur les marchés un substitut bienvenu à la violence physique et le moyen de créer des liens entre les êtres humains. C'est pourtant là un authentique contresens. L'anthropologie et l'ethnologie nous enseignent en effet que les échanges servent à fonder et entretenir des liens, et même que c'est là leur fonction première, mais *uniquement* dans les sociétés où l'économie est régie par les conventions sociales[82].

Du « doux commerce » à la guerre incivile

Le contresens de l'idéologie du « doux commerce » consiste donc à inverser la filiation entre les liens et les biens. C'est l'existence préalable d'une société qui engendre l'échange et confère aux biens une fonction sociale et symbolique. Le contresens néolibéral est aussi d'imaginer des individus primitifs, rivaux égoïstes et prédateurs, qui, soudain, par la magie de l'échange et de la libre concurrence, se comporteraient comme des frères dans une simple partie de Monopoly ! Pourtant, tout le monde le sait, mettez des vrais billets sur la table et des étrangers vraiment rivaux autour de la table, et la partie a toutes les chances de se transformer en bataille rangée. *C'est la société qui adoucit la violence du commerce et non l'inverse.* Ce n'est pas l'échange et encore moins le libre-échange qui civilisent les relations économiques ; ce sont, en revanche, un peu les lois, beaucoup les conventions sociales et toujours la conviction intime qu'a chaque individu de n'être rien sans les autres, sans leur respect, sans leur reconnaissance, sans la possibilité de poursuivre avec eux des relations pacifiques. C'est d'ailleurs cette nécessité vitale de vivre bien avec les autres que

82. Voir Marcel Mauss, *Ethnologie et Anthropologie*, PUF, coll. « Quadrige », et plus particulièrement dans ce recueil le célèbre *Essai sur le don* (1923-1924). Pour une présentation contemporaine, voir Alain Caillé, *Don, intérêt et désintéressement. Bourdieu, Mauss, Platon et quelques autres*, La Découverte-MAUSS, 1994.

la société ritualise à l'aide d'une multitude de règles et d'institutions qui commencent par la simple politesse inculquée dès le plus jeune âge. Brisez ces règles et ces institutions, effacez des consciences cette nécessité vitale du bien-vivre ensemble, « désencastrez » la vie économique de la vie sociale, comme le dirait Karl Polanyi[83], et alors cette vie économique apparaît peu à peu pour ce qu'elle serait vraiment une fois livrée à elle-même : une pure sauvagerie.

Tout de même, est-on naturellement tenté de nuancer, la vraie guerre fait bien plus de morts que la guerre économique ! Peut-être, mais elle ne tue pas la société. Elle vise à la survie ou à l'extension d'un pouvoir, d'une nation, au mépris des vies individuelles, et, même si ce n'est ni son objectif ni le meilleur moyen de l'atteindre, elle peut ressouder les liens qui constituent une collectivité humaine en société, elle conforte l'idée d'un intérêt général dominant l'intérêt privé, la nécessité de limiter la compétition interne pour être plus fort dans l'affrontement externe. À l'opposé, la guerre économique conforte la culture du chacun pour soi et ne promeut rien d'autre que sa propre extension contre son ennemi véritable : la société, c'est-à-dire l'ensemble des liens et des conventions qui, en constituant les individus en communauté humaine, limitent la compétition.

Les généraux de cette guerre-là tentent bien, il est vrai, de mobiliser un patriotisme de boutiquiers. Patrons et gouvernements essaient en effet de réveiller le sentiment national et un réflexe de solidarité en expliquant

83. Selon Karl Polanyi, les sociétés traditionnelles se distinguent notamment des sociétés marchandes modernes par le fait que l'économie est parfaitement « encastrée » dans la société : elle ne constitue pas une sphère autonome et libérée des contraintes qui régissent et donnent leur sens à l'ensemble des relations sociales. Cf. *La Grande Transformation*, *op. cit.*

que toutes les blessures se justifient au nom de la survie de l'entreprise, au nom de la compétitivité de l'économie nationale face à l'étranger. Mais, hormis quelques simplets, aucun fantassin de la guerre économique n'est dupe d'une aussi grossière manipulation. Car chacun découvre très vite que bien des grands patrons ne défendent que leur compte en banque et que, pour cette noble cause, ils se reconnaissent tous les droits, même celui de tuer, puisque l'on pousse bel et bien des salariés au suicide pour économiser les indemnités de licenciement, puisque l'on refuse des traitements à des millions de malades pour protéger les brevets des laboratoires pharmaceutiques.

Alors, si tout le monde sait qu'il est des guerres justes, tout le monde apprend vite qu'il n'est, en revanche, pas de guerre économique juste. Le seul point commun à tous les conflits globaux est qu'on ne peut y échapper. Mais, si atroce soit-elle, la guerre a du moins une fin – en ce double sens qu'elle a un but et un terme ; la guerre économique n'en a aucune. Ou, plus précisément : *parce que la guerre économique n'a d'autre but que sa propre extension, elle n'a aucun terme*. On nous la présente d'ailleurs bien ainsi : un état du monde, un processus aussi inéluctable que l'expansion de l'univers. La question de sa justification, de sa finalité, ne se pose donc pas plus que celle de sa durée. La guerre économique doit constituer pour nous l'environnement naturel et l'horizon infini de nos vies.

Elle tend ainsi à surdéterminer les comportements plus encore que la guerre armée, parce qu'elle semble plus impérative, tout à fait et à jamais inéluctable. Impossible de se « planquer » pour le soldat d'une guerre sans fin ; le seul moyen de faire le mort, c'est de mourir vraiment ! Alors la plupart se battent comme ils peuvent, et la logique de guerre tend à coloniser tout l'espace social, privé et public, et tout le temps vital, de l'enfance à la mort.

Même l'école est gagnée par le culte de la compétition et, consciemment ou non, les parents la conçoivent désormais comme un camp d'entraînement où l'on acquiert des armes pour entrer dans la jungle des adultes. Et cela parfois, nous le verrons, au détriment de la santé physique et psychique des enfants, voire au prix de « méthodes pédagogiques » qui frisent la torture. Dans le meilleur des cas, l'école se trouve à la fois sommée de corriger à elle seule l'explosion des inégalités et de l'exclusion sociale, et privée des moyens humains et financiers qui seraient nécessaires pour seulement contenir ces fléaux. Elle tend alors à devenir le lieu de reproduction, le reflet et la caisse de résonance des sélections, des ségrégations, des frustrations et des violences nées et entretenues par la société de compétition généralisée.

Et ce n'est bien évidemment pas la dérisoire, quoique méritoire, réhabilitation de l'instruction civique qui peut combattre un système tout entier dont la culture et les pratiques valorisent et légitiment la violence et l'incivilité. L'apologie permanente de la guerre économique, en tant que finalité désirable ou nécessité incontournable, légitime en effet la violence doublement. En positif d'abord, par le culte d'une performance individuelle de moins en moins conçue comme une victoire sur soi-même et de plus en plus comme un combat contre les autres. En négatif ensuite, en tant que légitime défense contre une prétendue « société » qui punit les pauvres et amnistie les puissants, violente les individus au travail, prive des millions d'autres d'un emploi et leur interdit une participation pacifique au « commerce » avec les autres. *Dans une jungle, c'est la violence qui est légitime.*

L'héroïsme change aussi de nature. Les héros de mon enfance donnaient leur vie pour les autres. Les héros de mes enfants tuent ou dominent les autres pour survivre. Et dans la guerre économique le courage n'est plus de souffrir pour les autres, mais d'infliger la souffrance. N'entend-on pas, à longueur d'année, des patrons et des politiques évoquer le «courage» de procéder aux licenciements «nécessaires» à la rentabilité des entreprises ou le «courage» de mener les réformes impopulaires qui mettent en pièces les lois et les conventions sociales établies depuis l'après-guerre pour civiliser l'économie de marché?

Et comment nos enfants apprendraient-ils l'amour ou le respect de la société, dans un monde où l'on enseigne les vertus de l'individualisme, le culte de l'enrichissement personnel, le mépris des faibles, le parasitisme et la fainéantise des pauvres, la nocivité des impôts et le dénigrement des fonctionnaires, à l'exception des fonctionnaires de police?

Ainsi, loin du rêve d'une société pacifiée par le «doux commerce», la guerre économique nous conduit vers ce que j'ai appelé la guerre «incivile»[84]. Ce n'est pas une guerre civile qui opposerait les parties d'une même société, mais *une guerre qui oppose l'individu à la société, oppose chacun à tout ce qui n'est pas lui-même ou son clone, car toute altérité véritable est ressentie comme une menace quand a disparu le sentiment d'appartenance à une communauté plus large que les communautés naturelles de sang ou de voisinage*.

L'incivilité n'est pas l'expression directe d'un conflit objectif d'intérêts entre des classes, mais la généralisation d'une cassure intime qui installe le rejet du «vivre ensemble» au cœur de chaque individu. Rejet des nantis qui ne supportent plus la fainéantise des chômeurs payés à «ne rien faire», qui préfèrent payer plus cher pour «leur» santé ou l'éducation de «leurs» enfants, que payer un peu moins cher mais *pour tout le monde*. Rejet des jeunes

84. «La guerre incivile», art. cit.

rebelles qui commencent par jeter des pierres sur les commissariats et finissent par s'entre-tuer, par trouver l'amour ringard et la haine exaltante. Au début, ils se contentent d'« avoir la haine ». Ensuite, ils en sont fiers, car l'estime de soi est aussi nécessaire que la vie, et l'on finit presque toujours par valoriser ce qui fait son quotidien, même s'il est détestable, surtout s'il est détestable et inéluctable. C'est aussi leur façon à eux d'éviter l'exclusion totale, de rester membres *a minima* de la société, en respectant ses valeurs *effectives* plutôt que les valeurs officielles, mais fictives, imprimées dans les manuels d'instruction civique.

Et comme pour bien montrer qu'ils ont compris la leçon, ceux qui vivent en marge de cette drôle de « société » exercent principalement leur violence à l'encontre de ce qu'elle réprouve : les biens collectifs, les représentants de l'État et les pauvres. Les jeunes délinquants éméchés se défoulent rarement sur les boutiques de luxe des beaux quartiers, ils saccagent leurs propres immeubles déjà délabrés, les voitures de leurs voisins et le métro. Au pire, ils assassinent des SDF, mais jamais des banquiers ! Peut-être est-ce là un signe de leur bonne éducation à l'école de la société de marché ! Au pays de l'argent roi, c'est en effet bien la pauvreté qui ne mérite pas de vivre. En tuant un riche, peut-être auraient-ils le sentiment de commettre un vrai crime ? Mais en « éliminant » un pauvre, ils débarrassent seulement la société de ce qu'elle considère comme un parasite. Et, par la même occasion, ne se débarrassent-ils pas d'un malheureux en vérité trop proche d'eux-mêmes pour ne pas constituer, au quotidien, l'insoutenable miroir de leur propre déchéance ?

Comment la société réagit-elle à cette violence ? Très peu ou jamais en s'attaquant aux lois du marché qui la nourrissent ; de plus en plus souvent en déclarant la guerre aux victimes de la guerre économique, de l'exploitation et des inégalités : les pauvres, les chômeurs, les prostituées et les enfants livrés à la rue. *L'État entre donc à son tour dans la guerre incivile, non pas pour séparer ou réconcilier les combattants, mais pour taper sur les perdants.* Ainsi, en ajoutant seulement de la violence à la violence, la société elle-même donne l'exemple à ceux qu'elle réprime et ne leur laisse pas – dans la soumission ou dans la révolte – d'autre issue que la haine. Ce cercle vicieux et infini de la violence présente, bien sûr, aux yeux des néolibéraux, un intérêt politique qui justifie son entretien. Pousser à la violence les victimes de la violence sociale est nécessaire pour justifier leur exclusion, exonérer de toute responsabilité le « système » économique et *entretenir la peur destinée à rendre la demande d'ordre plus forte que la demande de justice.*

La limite de cette stratégie est qu'elle peut au mieux déplacer, dissimuler ou contenir certaines incivilités; elle a, en revanche, bien du mal à faire reculer la violence globale puisqu'elle n'en combat jamais les causes. Dès lors, le risque est grand de devoir indéfiniment consentir de nouvelles dépenses et rogner les libertés publiques, sans effet notable sur l'insécurité réelle comme sur le sentiment d'insécurité. Dans une dictature pure et simple, ce dilemme est surmontable, notamment par l'instauration d'un régime de terreur qui finit par faire reculer le crime privé en lui substituant le crime d'État. Mais, dans une nation qui préserve au moins l'apparence d'une démocratie, le gouvernement engagé dans ce cercle vicieux doit justifier l'injustifiable devant des électeurs: un État policier qui ne fait pas vraiment la police! La poursuite d'une telle politique dans un régime d'élections libres ne peut reposer que sur le mensonge et la stimulation d'une peur irrationnelle qui, à défaut de légitimer vraiment cette politique, peut du moins entretenir l'illusion de sa nécessité. Paradoxalement, dans ce monde de fous, toute nouvelle violence un peu spectaculaire est bonne à prendre puisqu'elle vient justifier une politique dont elle révèle pourtant la vanité!

Et si la violence des ennemis de l'intérieur ne suffit plus à légitimer l'État-gendarme, un État qui en a les moyens peut toujours s'inventer des ennemis de l'extérieur, d'autant plus effrayants et faciles à haïr qu'ils sont à la fois étrangers et imaginaires. Et c'est ainsi qu'à la fin la logique de guerre économique et de guerre incivile peut bien se solder en guerre tout court. Il n'y a en effet pas de raisons qu'un État s'inspire à l'extérieur d'une philosophie différente de celle qu'il applique à l'intérieur. Quand on coupe les vivres à ses propres citoyens au lieu de leur donner un emploi, on peut bien faire la guerre aux pays sous-développés au lieu de les aider à se développer. Par ailleurs, l'État policier restaure plus aisément sa légitimité par la guerre contre les étrangers que par la guerre contre les siens. Lorsque des décennies de guerre économique font vaciller le sentiment d'être encore un peuple ou une nation, prendre les armes contre un étranger basané, à la langue inaudible et aux croyances bizarres, peut constituer l'ultime moyen de préserver le minimum vital de cohésion communautaire, l'ultime dérivatif détournant les regards de l'horreur intérieure.

Le cauchemar américain

Exagération? Paranoïa? Tant qu'elle ne se produit pas près de chez vous, vous êtes toujours tenté de ne pas croire à l'horreur. Ceux qui ont la chance de vivre en un lieu où la guerre incivile n'est pas encore manifeste à chaque coin de rue auraient tort de la considérer comme de la mauvaise politique-fiction. Elle est en effet déjà ouverte, meurtrière et bien visible.

On sait qu'en matière d'horreur sociale, on a parfois plus de mal à voir de près que de loin. Alors, pour exercer notre vue défaillante, commençons par regarder loin de chez nous, dans le pays emblématique de la compétition généralisée entre les individus : les États-Unis. À bien des égards, le terme « guerre incivile » ne paraît pas ici exagéré : villes privées barricadées dotées de miradors, guerres des gangs sur les trottoirs, violence policière contre les pauvres et la minorité noire, parfois déguisée en guerre contre la drogue, État providence qui vire à l'État-pénitence[85]. Prévenons d'emblée que le bilan de la société américaine n'est pas aussi sombre que l'indiquent ces premiers indices. Mais, pour commencer, ne nous voilons pas la face devant le versant sinistre de ce bilan.

Dans les années 1980 et 1990, la guerre de l'administration américaine contre le crime est parfois le prétexte d'une escalade de la violence publique à l'encontre des minorités défavorisées. On réduit les aides sociales, mais on finance des commandos paramilitaires qui terrorisent les quartiers pauvres. Pour dix grammes de cocaïne comme pour cent kilos, quand ce n'est pas pour rien, un simple soupçon, des hommes en noir, cagoulés et hurlants, pointent leurs fusils mitrailleurs sous le nez d'enfants épouvantés qui se demandent pourquoi leurs parents sont jetés à terre. Avant-goût modéré de la violence qui les attend quelques années plus tard. Au milieu des années 1990, 55,4 % des hommes noirs sans qualifications âgés de 20 à 35 ans sont au chômage ou en prison[86]. L'exclusion massive et croissante de minorités

85. *Actes de la recherche en sciences sociales*, n° 124 : *De l'État-providence à l'État-pénitence*, septembre 1998.

86. Ces données comme toutes les informations qui suivent sont tirées d'une étude de trois chercheurs américains fondée sur les statistiques des ministères du Travail et de la Justice : Bruce Western, Katherine Beckett et David Harding, « Système pénal et marché du travail aux États-Unis », trad. fr. in *Actes de la recherche en sciences sociales*, n° 124.

défavorisées, qui en Europe se manifeste par un taux de chômage élevé, est masquée aux États-Unis par l'explosion du taux d'incarcération. En effet, *alors que les taux de criminalité étaient stables et comparables des deux côtés de l'Atlantique, le taux d'incarcération aux États-Unis (nombre de prisonniers pour cent mille habitants) a été multiplié par cinq entre les années 1960 et le milieu des années 1990, et se trouve ainsi de cinq à dix fois supérieur à ce qu'il est dans les autres grands pays industriels.* Sans la pénalisation systématique et accrue de délits mineurs (consommation de drogue, vols, atteintes à l'ordre public), les États-Unis auraient connu des taux de chômage comparables à ceux de l'Union européenne.

Le vrai danger que constituait l'exclusion sociale des minorités a d'abord été travesti en ennemi public fantasmatique, «le Crime», pour alimenter un délire guerrier collectif qui excuse tous les excès jusqu'à l'assassinat des innocents. Des procureurs et des shérifs élus par une population avide de coupables et de punitions en viennent à bâcler systématiquement les enquêtes criminelles et à remplir d'innocents les couloirs de la mort. L'important n'est plus de découvrir la vérité mais de faire son quota de condamnations. La révélation récente de cette horreur judiciaire par des associations d'avocats américains (grâce, notamment, au développement des tests d'ADN) n'a pas pour autant conduit la plupart des États à reconsidérer radicalement leurs méthodes policières et leur politique pénale. Pourquoi cela? Sans doute pour la raison qu'exprime cette déclaration terrifiante d'un shérif texan, qui réagissait à l'interpellation d'un reporter sur la condamnation et l'exécution des innocents: «Nous sommes en guerre contre le crime, et dans une guerre il y a toujours des victimes innocentes.» *No comment.*

C'est ainsi que d'honnêtes contribuables américains ont financé une machine infernale à emprisonner et à punir, d'une efficacité douteuse, et dont ils peuvent eux-mêmes être un jour la victime innocente. Mais cet usage inquiétant de l'argent public n'a rien de nouveau : cela fait bientôt trois décennies que le contribuable américain finance la formation, l'entraînement et l'armement de criminels qui assassinent ensuite des citoyens américains[87]. Et le voilà désormais contraint de payer cent fois plus pour combattre ces ex-« amis » : les fidèles de Saddam Hussein et l'armée secrète de Ben Laden ! En pure perte de surcroît, puisque son gouvernement a englouti le budget de la « guerre contre le terrorisme » en s'acharnant contre un pays qui n'avait rien à voir avec les attentats perpétrés contre les États-Unis.

Les Américains seraient-ils le peuple le plus fou ou le plus bête du monde ? Bien évidemment, non ! C'est un peuple de génie parmi tant d'autres. Mais l'Histoire nous a suffisamment enseigné que des peuples de génie peuvent s'engager et sombrer dans l'horreur absolue. Hitler a séduit le peuple de Goethe et de Mozart. Mussolini a conquis le peuple de Michel-Ange et de Vivaldi. Il n'est, bien sûr, pas question de comparer le cauchemar social américain à un régime totalitaire. Il s'agit seulement de souligner qu'une collection de génies individuels ne constitue pas une société géniale et n'est à l'abri d'aucun fléau, tant que ses conventions sociales et son système de choix collectifs ne sont pas organisés en vue du bien commun et de la protection des plus faibles. L'exemple américain nous enseigne qu'une société qui s'engage très loin dans le culte de la compétition des individus s'expose à la dislocation de la communauté nationale en communautés rivales, à la sécession entre les exclus et les inclus,

---

87. On se souvient par exemple, sous l'ère Reagan, des religieuses américaines assassinées au Nicaragua par des militaires formés à la torture aux États-Unis !

à la montée de la peur, de la défiance et d'un sentiment général d'insécurité qui finit par justifier l'injustifiable: une violence d'État et des atteintes aux libertés publiques inouïes pour la première et plus puissante démocratie du monde moderne.

Dans un contexte vraiment démocratique où les pauvres auraient pu peser sur les choix publics, avec des politiques moins libérales, une concurrence plus maîtrisée et des politiques volontaristes tendues vers la cohésion nationale, les États-Unis auraient pu faire la démonstration de leur génie social et négocier tout autrement le tournant des années 1970-1980. Car la capacité d'innovation sociale dans ce pays n'a rien à envier à son excellence dans les nouvelles technologies, et, d'ailleurs, elle force souvent le respect d'observateurs européens.

Déjà en 1970, Jean-Jacques Servan-Schreiber, président du Parti radical, vantait sans réserve les prouesses des éducateurs et des services sociaux américains dans certains quartiers noirs du Bronx[88]. Ces derniers avaient fait la preuve qu'avec des moyens éducatifs adaptés, la prise en charge précoce des enfants issus des milieux les plus défavorisés garantissait leur réussite scolaire et assurait leur parfaite intégration sociale. Et de nos jours, dans certaines municipalités américaines, les nouvelles politiques de la ville recréent de la vie sociale et de la sécurité dans des quartiers autrefois infréquentables (en combinant restauration de l'habitat, création d'activités, implication des associations de quartier, «tolérance zéro» concernant les incivilités, dialogue avec une police de proximité, etc.)[89]. Le génie américain pour trouver des solutions aux problèmes sociaux ne fait assurément pas défaut. Mais il a

88. Jean-Jacques Servan-Schreiber, *Le Manifeste radical*, Le Livre de poche, 1970.

89. Pour un bilan comparatif, voir Jacques Donzelot, *Faire société. La politique de la ville aux États-Unis et en France*, Seuil, 2003.

coexisté, depuis un quart de siècle, avec le génie d'une administration républicaine et néoconservatrice pour exacerber les inégalités et la violence sociale.

Si cette société est parfois indigne et inhumaine à l'égard des moins favorisés, elle n'est pas tendre pour beaucoup d'autres, relativement privilégiés, mais qui doivent supporter le stress d'une vie de compétition permanente et la peur montante de la rancœur des pauvres. Certes, le modèle américain, on l'a vu, offre à ceux qui restent dans la course de réelles compensations matérielles. Mais la surconsommation permanente à crédit ne peut ni combler un manque de lien social, ni réduire l'angoisse de la performance, ni protéger contre la violence des perdants. Elle ne peut qu'alimenter une fuite en avant de l'individu qui s'efforce de surmonter le stress d'une société violente par le gavage de biens.

Cette situation, associée à la mauvaise qualité intrinsèque du mode d'alimentation, n'est sans doute pas étrangère à la progression spectaculaire de l'obésité. Selon les statistiques officielles, un tiers de la population est obèse (les deux tiers sont en situation de surpoids)[90]. La réaction de l'administration républicaine à ce qui est officiellement reconnu comme le plus grave problème de santé publique est emblématique de la nature du néolibéralisme américain. Il est entendu que ce sont d'abord les individus qui sont responsables de cette situation, et non pas l'industrie agroalimentaire ni les chaînes de restauration. L'administration ne réagit, à partir de 2001, que dans la mesure où elle est alarmée par les rapports imputant à l'obésité un surcoût colossal pour les dépenses de santé. Et l'essentiel de la politique mise en œuvre vise à

90. Anne-Sophie Cérisola et Jacques Mistral, « L'obésité aux États-Unis. Enjeux économiques et défis politiques », document de travail de l'Agence financière de Washington, mars 2004.

responsabiliser les victimes (coupables?) de l'obésité et à éduquer le comportement alimentaire des écoliers. Dans le même temps, on ne remet pas en cause les subventions de la politique agricole qui soutiennent l'industrie du gras et du sucre. Et au moment même où le ministère de la Santé lance sa campagne de communication contre le gras et le manque d'exercice physique, la Chambre des représentants adopte le *Cheeseburger Bill* qui met les *fast foods* et leurs fournisseurs à l'abri de toute poursuite judiciaire. Quand l'industrie américaine est menacée par une crise, les suites des attentats terroristes, un krach boursier, etc., l'administration américaine réagit quasi instantanément et massivement pour la soutenir. Mais quand c'est l'industrie américaine qui menace la vie et la santé des personnes, la première réaction consiste à mettre celles-ci devant leurs responsabilités!

Une campagne de culpabilisation des «gros» viendra sans doute renforcer la propension déjà considérable des «normaux» à s'échiner dans les parcs et dans les clubs de *fitness*, pour être la plus belle, le plus musclé, le plus jeune. Dans un univers de compétition des individus, *être* ceci ou cela n'est rien en soi, la grande affaire est de l'*être plus* que les autres. Alors, quand les notes des enfants à l'école ne sont pas assez bonnes, on ne les aide pas, on les drogue à la Ritaline. Ne pas être à la hauteur se soigne comme une déficience physique. L'autre maladie du siècle, c'est le manque de compétitivité.

Dans une société où tout le monde court, le seul moyen de tenir debout au milieu des autres est de courir avec eux. La plupart s'efforcent de croire qu'ils sont heureux de courir: la servitude n'est supportable que volontaire. Certains s'épuisent et arrêtent la course. Brutalement! Car, dans ce climat, les autres et la société sont une telle source de stress, d'angoisse et d'agressivité que, le jour où un individu «craque», il est désormais banal de le voir se déchaîner contre la société : des jeunes tirent au fusil à pompe sur leurs copains de classe, des adultes mitraillent les passants dans la rue ou les mères de famille sur les parkings des supermarchés. Les moins violents ont trouvé un nouveau moyen de se suicider, le *police suicide*. La technique est simple : vous hurlez sur un toit, ou en haut d'un arbre, on envoie un commando, vous sortez un pistolet en plastique ou votre stylo à bille, vous êtes mort : c'est simple, pas cher… et sordide.

Non, nous ne sombrons pas ici dans un « anti-américanisme primaire ». Nous évoquons seulement un ensemble de faits qui dessine une réalité inquiétante. Mais nous reconnaissons volontiers que celle-ci n'est pas généralisable à tous les États américains ni à toutes les villes américaines[91]. Nous soutenons même que l'intérêt de la société libérale américaine est d'autoriser toutes les expériences : ainsi, quand elle engendre un mal absolu, elle est aussi capable d'inventer et de tester rapidement son antidote. C'est peut-être la raison pour laquelle les États-Unis sont souvent le lieu des expériences les plus réussies de réintégration sociale de grands délinquants ou de formation adaptée aux enfants des milieux les plus défavorisés. Ce constat est à la fois réconfortant et consternant. Réconfortant, car il démontre la victoire possible de l'intelligence sur la folie néolibérale. Consternant, parce qu'il manifeste la faillite d'un système de choix collectifs qui, dans une société capable du meilleur comme du pire, reste incapable de généraliser le meilleur. Pourquoi un pays qui sait faire pousser les plus belles fleurs du monde sur le purin ne transforme-t-il pas ses terres d'épandage en jardins ? Sans doute a-t-il trop peur des jardiniers

---

91. Jacques Donzelot, *Faire société*, *op. cit.*, montre bien, sans occulter les points noirs, tout ce que nous serions inspirés de méditer concernant les politiques municipales américaines.

qui voudraient fleurir la Terre entière! Il dit, et parfois même le croit, que c'est par amour de la liberté individuelle et pour éviter l'ordre monotone, appauvrissant et trop rigide d'un «jardin à la française». Mais on redoute que ce ne soit aussi parce que beaucoup préfèrent cultiver leur jardin privatif, sans se soucier des terrains vagues et insalubres où vivent et grandissent les autres.

Un fascisme libéral

Ce que les États-Unis font à l'intérieur, ils le font aussi à l'extérieur. Il n'est en effet aucune différence substantielle entre les fondements, les méthodes et les conséquences de la guerre incivile, masquée par la guerre contre le crime, et ceux de la guerre en Irak, travestie en guerre contre le terrorisme.

On retrouve dans les deux processus la même idéologie néoconservatrice: la supériorité de l'Américain blanc, protestant, et de son système économique et politique, l'autorise à imposer sa vérité et à se montrer impitoyable envers les déviants. Jusqu'ici, on tentait d'imposer la «vérité» aux pays pauvres sans intervention militaire, par la seule pression financière des plans d'ajustement structurel. Mais la guerre contre l'Irak marque une étape nouvelle et, selon ses promoteurs, le début d'un long programme[92]. Il s'agit d'imposer par les armes la «démocratie», ou du moins ce que l'administration républicaine désigne comme telle. À l'instar du comportement américain dans la guerre économique, cet engagement dans la guerre tout court foule aux pieds le droit international et la communauté

---

92. Rappelons le titre édifiant du livre des néoconservateurs William Kristol et Lawrence F. Kaplan: *Notre route commence à Bagdad*, *op. cit.*

internationale. Les principes et les règles de droit sont pour les autres, pas pour l'Amérique! Les États-Unis se servent des résolutions de l'ONU contre leurs ennemis, mais n'exigent pas leur application par leurs amis israéliens. Ils se dispensent eux-mêmes de toute résolution de l'ONU pour attaquer un pays qui ne les menace en rien et n'a commis aucune agression extérieure. C'est là un forfait unique dans l'histoire des démocraties!

Tout comme la guerre intérieure contre le crime, la guerre contre le terrorisme justifie donc l'attaque préventive, sur un simple soupçon, voire sur la base d'un ragot ou d'indices purement imaginaires. Comme l'ont en effet établi toutes les inspections de l'ONU, les enquêtes du Congrès et celles de la CIA, l'Irak ne disposait d'aucune arme de destruction massive et Saddam Hussein a refusé tout soutien à Oussama Ben Laden et à son organisation terroriste (Al-Qaïda). L'Irak a bien disposé d'armes chimiques redoutables, mais seulement à l'époque de la guerre contre l'Iran, et grâce à l'aide technologique et financière des États-Unis qui ne s'émouvaient guère à cette époque que ces armes servent à gazer le peuple kurde. Alors, pour justifier une guerre dont le principe était déjà arrêté avant les attentats du 11 septembre, le gouvernement de la « plus grande démocratie du monde » a fabriqué de faux documents et menti délibérément devant le Congrès, devant la presse et devant des dizaines de millions de téléspectateurs.

Ainsi, exactement comme on les pratique pour imposer aux travailleurs la logique de guerre économique, le mensonge et la manipulation de l'information servent à entretenir une peur irrationnelle qui transforme les citoyens en guerriers. Tout comme dans la guerre économique, la nécessité vitale qui fonde les sacrifices demandés aux citoyens cache à peine des intérêts économiques particuliers: en l'occurrence, ceux des industries pétrolières et de l'armement, qui sont aussi, conjointement avec la famille Ben Laden, les principales pourvoyeuses de fonds des présidents Bush et de leurs ministres !

Une manipulation aussi énorme et meurtrière ne peut réussir dans une « démocratie » moderne sans la complicité active des grands médias. Cela va du patriotisme racoleur, qui stigmatise comme anti-américaine toute velléité d'analyse critique, aux campagnes de presse diffamatoires contre Hans Blix, patron de la mission d'inspection de l'ONU en Irak.

La collusion criminelle entre la presse et l'État a même été bien au-delà. Ainsi, le diplomate Joe Wilson avait été chargé d'enquêter au Niger sur une éventuelle livraison d'uranium enrichi à l'Irak. Il était en effet nécessaire de prouver la réalité d'une telle livraison pour soutenir que l'Irak était en mesure de reprendre un programme d'armement nucléaire. Au terme de son enquête, Joe Wilson remit un rapport concluant qu'aucune livraison n'avait eu lieu. Mais cela n'empêcha pas George Bush de citer ce rapport, dans son discours sur l'état de l'Union, pour affirmer que l'Irak avait importé de l'uranium nigérien ! Choqué, Joe Wilson rétablit publiquement la vérité. En guise de représailles, la Maison-Blanche révéla à la presse que la femme de ce diplomate était un agent de la CIA. Le « virer » n'était pas une ignominie suffisante ; il fallait de surcroît briser la carrière de sa femme, au risque de mettre aussi sa vie en danger et de compromettre tout son réseau d'agents et d'informateurs !

État prédateur qui foule aux pieds les droits de l'homme et le droit des peuples, violence policière, médias aux ordres du pouvoir, propagande mensongère, domination du secteur militaro-industriel, *voici réunis les ingrédients usuels d'un régime fasciste, mais un « fascisme libéral », plus efficace sans doute que le fascisme autoritaire, puisqu'il se maintient avec l'assentiment des électeurs !*

Comprenons bien, une fois encore, qu'il n'y a là rien de neuf par rapport aux pratiques bien rodées de la guerre économique et de la guerre intérieure contre le crime. C'est en effet le même lavage de cerveau, le même traitement sélectif et la même mise en scène des « informations » qui ont entretenu la peur d'une criminalité pourtant relativement stable depuis 1975. C'est aussi le même mépris pour la justice et la vie des innocents. C'est encore la même servilité et le même conformisme des médias qui, avant les faillites retentissantes d'Enron et d'Andersen, n'ont jamais averti la nation américaine de la falsification systématique du bilan des sociétés, falsification pourtant dénoncée dans des rapports officiels du Congrès. D'ailleurs, même après la multiplication des scandales financiers, la grande presse se contente de stigmatiser les « voyous » des affaires, et encore uniquement quand ils commettent le seul crime vraiment immoral : ruiner des actionnaires.

Au royaume de la culture individualiste, trouver un coupable exonère la société de toute responsabilité. Le trouver vite et l'exhiber désamorcent toute tentation de dresser aussi l'acte d'accusation d'un système économique et social qui fonctionne comme un pousse-au-crime et une fabrique de voyous. On voit bien ici où est l'urgence : sûrement pas dans la quête de vérité ! Il s'agit au contraire de protéger la société contre la vérité, le doute, la critique, puisque *la seule chose qui puisse à la fois convaincre chacun qu'il est seul responsable de ce qui lui arrive et le consoler de ne pas toujours être à la hauteur, c'est la certitude intangible d'appartenir à la meilleure des sociétés possibles*.

La guerre extérieure contre le terrorisme se contente donc de suivre et de reproduire scrupuleusement la logique de la guerre intérieure contre le crime. Même idéologie, mêmes méthodes, mêmes mensonges et, pour finir donc, mêmes conséquences – à savoir : le cercle vicieux d'un État policier aussi violent qu'inefficace, la restriction des libertés publiques et l'investissement à fonds perdus dans la répression qui ne font qu'ajouter à la violence et à l'insécurité initiales. Au nom de la guerre contre le terrorisme, l'administration américaine a élaboré en catimini, sans débat public, le *Patriot Act* : une loi réduisant à une peau de chagrin la protection de la vie privée contre les investigations policières. Et, tandis que les attentats du 11 septembre pouvaient être l'occasion d'un regain de sympathie internationale pour le peuple américain, la vengeance de l'Amérique contre un pays arabe innocent en a fait la nation terroriste la plus détestée du monde. Les discours imbéciles de George Bush appelant à la «croisade» contre l'«axe du mal», citant les psaumes pour invoquer le soutien de Dieu contre ses ennemis, ont précipité l'Amérique dans le piège tendu par les terroristes : justifier une guerre des civilisations, *jihad* contre croisade, judéo-chrétienté contre islam, Occident décadent et arrogant contre Orient pur et humilié. Il n'a fallu que quelques semaines pour transformer la «libération» de l'Irak en occupation, faire de ce pays un nouveau camp d'entraînement du terrorisme et mettre la haine de l'Occident et de sa démocratie au cœur de millions de jeunes musulmans à travers le monde.

Nous voilà bien loin de l'idéal d'une société de marché censée pacifier le monde par la magie du «doux commerce» ! L'évolution de la démocratie américaine nous rappelle qu'une société fondée sur la compétition généralisée engendre la violence. L'idée d'une substitution de la guerre économique à la guerre tout court est une absurdité : l'une engendre l'autre, l'une et l'autre reposent sur la même logique et manifestent la même domination d'intérêts particuliers sur le bien commun.

Psychose japonaise

« Soit ! Mais ne généralisons pas », est-on tenté de se dire pour se rassurer. Tout le monde ne met pas ses pauvres en prison et ne part pas en croisade contre le monde arabe. Par ailleurs, le diagnostic de « guerre incivile » n'est déjà pas extensible à l'ensemble des États-Unis. Alors, ne l'est-il pas encore moins au reste du monde, notamment les nations moins réceptives à la culture libérale anglo-saxonne ? Las, même si la diversité des cultures et des systèmes sociaux résiste à l'extension de la libre compétition[93], la violence induite par la logique de guerre économique et le culte de la performance individuelle sont loin de constituer une spécificité américaine.

N'oublions pas que la nouvelle culture managériale de l'excellence et les méthodes d'intensification du travail qui lui sont associées ont, pour l'essentiel, été élaborées au Japon, à partir des années 1970. Et, depuis, les choses se sont, là aussi, plutôt aggravées. Le Japon connaît en effet depuis quelques années une épidémie de *karochi*, mort subite provoquée par l'épuisement au travail. Les jeunes encore scolarisés sont, quant à eux, touchés par une épidémie de *hikikomori* qui constitue désormais un véritable problème de santé publique. Près d'un million d'adolescents seraient totalement reclus dans une pièce, vingt-quatre heures sur vingt-quatre, des mois, des années, seulement occupés à leur console de jeux vidéo, refusant tout contact avec l'extérieur et tolérant à peine que leur mère glisse un plateau-repas sans un mot dans leur prison volontaire.

Ce nouveau trouble psychique est presque toujours la manifestation d'un rejet brutal du culte de la performance

93. Cf. *supra*, chap. 2, et aussi Jean-Pierre Warnier, *La Mondialisation de la culture*, La Découverte, 1999.

scolaire, qui atteint dans ce pays des proportions inimaginables. Il commence habituellement par le refus des adolescents de retourner à l'école. Les jeunes malades ont le plus souvent été inscrits par leurs parents dans des espèces de «boîtes à bac» qui fonctionnent le soir après la classe. Au lieu de passer leur soirée en famille, les enfants doivent trimer sur des exercices imposés qu'ils sont contraints de recommencer jusqu'à les réussir, le cas échéant jusqu'à minuit ou 1 heure du matin. Ce n'est pas là une pratique exceptionnelle: un enfant sur deux suit des cours du soir durant sa scolarité! Ajoutez à ce traitement l'absence du père – lui-même totalement absorbé par le travail –, un environnement social méprisant le loisir et valorisant ceux qui finissent par se tuer pour de bon à la tâche, une culture exacerbant le déshonneur attaché à l'erreur, et vous avez là les ingrédients de cette forme de suicide social qu'est le *hikikomori*. L'adolescent qui ne supporte plus de ne pas être à la hauteur des exigences exorbitantes de ses parents, de ses professeurs et de la société, ne trouve d'autre issue que la sortie pure et simple d'un monde où il n'a pas sa place.

Dans cette maladie, il est stupéfiant de constater à quel point le culte de la performance est intériorisé par sa victime. Celle-ci ne se révolte pas contre la société sauvage qui la violente, elle retourne la violence contre elle-même, elle met le mauvais élève «au coin», définitivement! Et, dans une parodie tragique, l'adolescent reclus et absorbé par ses jeux vidéo vingt-quatre heures sur vingt-quatre mime en fait la concentration et l'application sans faille que l'on attendait de lui. Mieux qu'à l'école! Là, dans sa chambre aux volets clos, plus de rêveries inutiles, plus de regards gaspillés à questionner un bout de ciel, et zéro bavardage puisque zéro copain. Ne fait-il pas ainsi encore mieux que papa? Bon petit soldat de la productivité, le voilà tout entier attelé à sa tâche.

Tout entier séparé des autres, il est à la fois disponible à 100 % et n'entrave plus en rien la disponibilité de papa qui pourra même oublier son existence. Décidément plus fort que papa et sa mort subite – sacrifice héroïque sur l'autel du travail dont le seul défaut est d'être unique –, notre jeune héros s'immole quant à lui chaque jour, et se relève chaque matin pour recommencer !

Pour l'heure, on constate uniquement cette spectaculaire pathologie sur ceux qui « craquent ». Mais cela n'implique en rien que les autres soient indemnes. Comment ne pas redouter l'effet systémique à moyen terme de cette maltraitance à grande échelle ? Aussi vrai que les enfants victimes de pédophilie risquent de devenir des adultes pédophiles, les enfants victimes ou seulement témoins impuissants de cette torture scolaire risquent de produire une génération ou des générations d'adultes tortionnaires.

Alors, pour cesser de se faire peur, ne peut-on pas au moins se rassurer pour de bon en regardant vers la vieille Europe ? À nous, Européens, il paraît évident que l'horreur de la société de marché américaine et les folies japonaises sont foncièrement étrangères à notre culture. Hélas, la seule évidence est peut-être que les Européens sont d'autant plus lucides sur l'horreur américaine que cela les dispense d'ouvrir plus grands les yeux sur leur propre cauchemar.

La schizophrénie européenne

Certes, en Europe, pour le moment, les « dingues » s'en prennent surtout à eux-mêmes ou à leur famille. Jusqu'ici ça va : ils ne mitraillent pas les parkings de supermarché, ils ne « flinguent » que leurs propres enfants ! Mais pour combien de temps encore ? Désormais, en Europe, on tue aussi dans les cours de récréation, les bandes armées s'affrontent en plein jour, les banlieues flambent et les relents de haine xénophobe contre nos immigrés n'ont rien à envier à la ségrégation dont souffrent les Noirs américains. Dans les «cités» réputées difficiles, les institutions qui incarnent la société (la police, l'école, les services publics) sont une cible privilégiée des jeunes rebelles. Dans nombre de banlieues, on a déjà largement dépassé le stade de la guerre contre la police: même les pompiers qui viennent éteindre un incendie s'exposent aux jets de pierres. À quand le tour des assistantes sociales?

Partout où la société s'est contentée de parquer des populations au lieu d'agencer des vrais quartiers, comme dans une vraie ville, avec des rues, des commerces, des services publics, des activités de loisir, des emplois, on constate chez certains jeunes le même risque de désintégration sociale et de régression tribale: l'individu restreint l'espace de ses liens sociaux au cercle étroit de sa bande, et tout étranger au cercle est ressenti comme un ennemi potentiel. Mais cette nouvelle tribu n'est même pas la garantie d'un espace limité de civilisation. Elle peut tout aussi bien accentuer la régression vers une animalité qu'ignorent les vraies tribus dites «primitives». Dans des bandes désœuvrées des quartiers désertés par la société, de jeunes adolescents livrent leurs petites amies au viol collectif par le reste de la bande. On appelle ça des «tournantes», façon ludique (puisqu'il s'agit d'un jeu!) de dénommer le supplice.

Ces jeunes ont-ils quitté la société, ou bien est-ce la société qui les a quittés? Qui n'a jamais pensé en voyant un criminel ou un clochard que celui-ci fut d'abord un nourrisson et qu'alors mille autres vies pouvaient lui être offertes? Quelle vie a-t-on offerte à nos enfants pour les transformer en bêtes sauvages? Mais savons-nous qu'il n'est jamais trop tard? Tenez, par exemple: des

Américains, encore eux, ont fait la preuve, dans un pénitencier du Wyoming[94], que les pires criminels deviennent doux comme des agneaux quand on les forme au dressage des chevaux sauvages ! Si même avec de vieux criminels l'éducation fait des miracles, quels prodiges devrait-elle accomplir avec de jeunes enfants !

Mais, au lieu d'éduquer nos enfants, on les a lâchés en bandes sur des terrains vagues, même pas sur des terrains de sport. On leur a construit des cages à lapins et l'on espérait qu'ils vivent comme des hommes ! Les services dits « publics » sont restés hors de ces barres de béton curieusement dénommées « cités ». On n'y a même pas construit un commissariat de police ; juste envoyé la police, quand les jeunes se passent les nerfs sur les rares choses qui traînent en dehors du goudron et des herbes folles. Et quand ils se passent les nerfs sur des gamines, qui seront détruites de n'être pas nées au bon endroit, on ne leur envoie rien. Ça se produit dans les caves, sans atteinte à l'ordre public. Toutes les horreurs ne se voient pas. À commencer par celle du racisme latent et effectif de nos choix privés et collectifs. N'ayons pas peur de le dire : si l'on n'a pas offert d'autres enfances aux jeunes des « cités », c'est peut-être au fond qu'on ne les a pas considérés comme nos enfants, parce qu'ils s'appelaient plus souvent Mohammed, Rachid, Aïcha que Pierre, Paul, Marie. Le marché avait besoin de leurs parents, il n'a plus besoin d'eux. On le leur fait savoir au quotidien en sélectionnant les *curriculum vitae* au faciès ou à la consonance des patronymes.

Et comment avons-nous jusqu'ici réagi aux violences engendrées par l'exclusion, les ghettos, l'inégalité ? Par plus d'exclusion, de ghettos et d'inégalité. Certes, la

---

94. La Wyoming Honor Farm de Riverton. Voir sur Internet : www.kbrhorse.net/wclo/whfr.html.

gauche européenne est parfois restée fidèle à la rhétorique des causes sociales de la violence : mieux vaudrait combattre les inégalités qui engendrent la violence que se contenter d'en réprimer les effets. Mais, quand elle était au pouvoir, elle n'a quasiment rien entrepris pour casser les ghettos et a laissé s'étendre la société de compétition généralisée.

Le *New Labour* anglais, quant à lui, ne s'est même pas embarrassé de la vieille rhétorique. Il a plutôt repris à son compte le culte néolibéral de la responsabilité individuelle qui exonère la société. Cela implique non seulement une logique plus répressive que préventive, mais aussi la culpabilisation, voire la pénalisation de la pauvreté. Cette prétendue « troisième » voie finit par faire recette en Europe. Des mendiants sont interdits de séjour dans les centres-villes. Les chômeurs sont privés de ressources s'ils n'acceptent pas n'importe quelle occupation. Les prostituées sont plus réprimées que les proxénètes. Dans ce mouvement général, la fameuse « exception française » ne fait plus exception. La nouvelle droite française a choisi le modèle texan de l'État-pénitence. Aux jeunes elle construit des prisons plutôt que des écoles, elle leur interdit de se réunir au lieu de leur créer des salles de réunion. Au pays des droits de l'homme, on n'a plus le droit de discuter dans les cages d'escalier ! Et des milliers de postes d'éducateurs et de surveillants sont supprimés dans les collèges, pour financer des milliers de postes de surveillants de prison. Et même des socialistes français se sont convertis à la culpabilisation des éclopés des ghettos. La suppression des allocations familiales aux parents de délinquants devient une idée de gauche. Normal puisqu'ils sont « responsables » ! Encore un petit effort de logique, et bientôt, comme dans certains États américains, on demandera aussi aux parents de payer la cantine de leurs enfants quand ils sont en prison !

Alors, pour se rassurer, on trouve toujours pire ailleurs. Certes, en Europe on a aboli la peine de mort[95] et l'on n'a pas encore rétabli l'usage du boulet au pied des prisonniers. Certes, on pourrait nuancer le diagnostic, distinguer des degrés dans l'horreur sociale. Mais qu'importent les degrés, les rythmes, quand la direction est la même et que rien ne laisse en entrevoir une autre? Et que vous importe de savoir à quel point de la pente fatale vous vous trouvez quand le frein est cassé? Il est, en effet, bien des traits essentiels qui distinguent encore la société européenne de la dissociété américaine. Mais toute la question est de savoir si nous sommes engagés sur la voie de leur consolidation ou sur celle de leur liquidation.

Ainsi, depuis 1957, l'Union européenne donne l'exemple inédit d'une construction économique instrumentalisée au service d'un projet politique. Les États-Unis font la guerre pour nourrir et exporter leur modèle de guerre économique. Au contraire, l'Europe a longtemps recherché la paix en renonçant à la guerre économique. La politique agricole commune, les fonds structurels, le système monétaire européen, puis l'euro, entre autres, constituent autant de réalisations qui ont fait triompher la logique d'union solidaire sur la compétition solitaire. Dans les relations internationales, l'Europe a jusqu'ici le plus souvent soutenu le droit, l'ONU et le multilatéralisme, s'opposant ainsi à l'unilatéralisme et à la logique de superpuissance nationaliste des États-Unis. Le consumérisme et le bipartisme n'ont pas encore détruit le débat politique en Europe : il reste, ici ou là, une vraie gauche, et donc un vrai débat sur des politiques alternatives.

95. Soulignons néanmoins que la Convention européenne des droits de l'homme précise que la peine de mort peut être rétablie en cas de guerre ou de risque de guerre, et même en cas d'émeutes !

Bref, il n'est pas difficile de trouver encore de profondes différences entre l'Europe et l'Amérique, et des raisons d'espérer que Karl Marx avait tort quand il disait, pressentant le rôle à venir des États-Unis dans l'essor du capitalisme : « Le pays le plus développé montre l'image de leur avenir aux moins développés[96]. »

Pourtant, comme ce chapitre l'a montré, on peut trouver autant de raisons de redouter que ces spécificités européennes rassurantes ne soient seulement les restes d'un héritage déclinant, héritage qu'une bonne partie de la nouvelle génération politique est bien décidée à liquider. En 2003, l'Italie, l'Espagne, la Pologne, le Royaume-Uni, entre autres États, ont tourné le dos au droit international et à l'Union européenne, et soutenu George Bush dans sa guerre illégale contre l'Irak. Au-delà des arguments de fond évoqués par les uns et les autres pour justifier cette guerre, ce choix manifeste d'abord la fragilité de l'idée européenne et l'absence de la première condition de son existence : la volonté d'exister ! Tous les Européens n'ont pas la volonté de défendre un modèle de civilisation particulier. Certains gouvernements semblent plutôt décidés à dénaturer le projet politique européen en simple espace de libre-échange, en société de marché renonçant à toute ambition politique pour elle-même ou pour le monde et s'en remettant, en la matière, à la volonté et à la puissance des États-Unis.

Mais il ne suffit pas de s'opposer au néocolonialisme américain ni d'avoir la sagesse électorale de contester l'impopulaire guerre contre l'Irak pour promouvoir un « modèle social européen ». Le prétendu « social-démocrate » Gerhard Schröder – réélu chancelier en 2003 uniquement grâce à son opposition à la guerre en

96. Cité par Seymour Martin Lipset, « L'américanisation de la gauche européenne », *Commentaire*, n° 95, automne 2001.

Irak – a mené une politique économique libérale qui a nui au modèle social européen autant que la servilité pro-américaine de l'Italien Berlusconi ou de l'Espagnol Aznar. Et le président Jacques Chirac s'est payé le luxe gratuit d'une guerre purement symbolique, mais très populaire, contre le militarisme et l'unilatéralisme américains. Cela ne l'a pas empêché d'orchestrer une offensive frontale et brutale contre le pacte social français.

La duplicité et l'incohérence de cette attitude échappent sans doute encore à beaucoup qui s'imaginent que politique intérieure et stratégie extérieure sont séparables. L'exemple américain illustre à l'envi qu'il s'agit là d'une dangereuse illusion. Encore une fois, *ce que les États-Unis font à l'extérieur n'est que la réplique de leurs politiques intérieures.* Mais tout le monde ne saisit pas instantanément que, par exemple, la guerre préventive a des liens intimes avec les licenciements préventifs. Pourtant il s'agit bien, dans les deux cas, d'une illégitime défense qui assume le risque de sacrifier des victimes innocentes pour développer les profits des commanditaires de la guerre. De même, la culture intérieure du chacun pour soi va de pair avec l'égoïsme nationaliste dans les relations internationales. Et une nation qui valide, sur son territoire, le primat de la productivité et des profits sur toute autre finalité sociale ne va pas soudainement s'engager, au niveau mondial, pour l'essor des normes environnementales ou sociales. Bref, *combattre l'impérialisme américain sans combattre l'impérialisme de l'argent ne rime à rien. Se prétendre artisan de la paix mondiale sans renoncer à l'intensification de la guerre économique ne rime à rien.* C'est une illusion délibérément entretenue par une certaine droite européenne qui instrumentalise un anti-américanisme vraiment primaire, pour le coup, en vue de détourner l'énergie contestataire et l'esprit critique vers une cible étrangère[97]. C'est là une ruse analogue à celle de l'extrême droite, qui, exploitant le sentiment national, noie dans un discours antimondialisation son programme économique souvent plus libéral que celui de certains promoteurs de la mondialisation néolibérale!

Déjouons la ruse! Il n'y a pas une bonne droite néolibérale européenne et une affreuse droite néolibérale américaine. La vraie différence entre les deux est que seule l'américaine a les moyens militaires de mener une politique extérieure cohérente avec la philosophie qu'elle met en œuvre à l'intérieur. *Le néolibéralisme américain n'est donc pas pire que celui qui se répand chez nous, il est seulement plus puissant.* Alors gardons-nous de faire jouer aux États-Unis, dans notre inconscient collectif, le rôle de l'Irak dans l'inconscient des Américains! Le rôle d'épouvantail chassant les mauvais esprits critiques qui oseraient reconnaître chez nous-mêmes, dans notre propre système, notre propre culture, la source profonde de nos maux. Et combattons la schizophrénie qui menace la conscience politique des Européens. Les Européens se laissent en effet volontiers bercer par l'illusion consolatrice d'un mimétisme schizophrène: de même qu'on pourrait adopter la philosophie intérieure des États-Unis sans les suivre dans leur politique extérieure, nous pourrions imiter leur capitalisme sans suivre leur logique sociale, avoir la compétition généralisée des individus sans la guerre incivile, une société de rivaux qui reste pourtant une communauté de citoyens. Ce génie singulier des Européens n'est qu'un fantasme niais et manipulé pour endormir la vigilance des résistants.

---

97. On aime aussi stigmatiser l'ultralibéralisme américain, alors qu'en vérité, je l'ai montré plus haut, les politiques américaines sont souvent moins libérales que celles de la Commission et de la droite européennes.

Nous pensons au contraire que *la logique de guerre économique a partout les mêmes effets.* Et si nous avons ici consenti, parfois jusqu'à la nausée, à rappeler les horreurs qui se passent près de chez nous, c'était seulement pour nous rendre enfin à cette évidence : les Européens peuvent, à la limite, croire qu'ils n'ont pas atteint le même stade de délabrement de la cohésion sociale qu'aux États-Unis. Mais ils ne peuvent ignorer qu'ils sont déjà engagés sur le chemin d'une société tout aussi violente. Or celle-ci est moins supportable en Europe continentale qu'aux États-Unis, à la fois parce qu'elle se heurte encore chez nous à une culture contraire et parce qu'elle n'est pas tempérée par la croissance et le plein-emploi. Or, en Europe, ce qui n'est pas supportable n'est finalement pas supporté ! Notre histoire au XXe siècle nous rappelle que l'insupportable a, de ce côté de l'Atlantique, un débouché politique : le fascisme et le nationalisme.

Bilan de l'enquête

Nous cherchions dans ce chapitre une première explication au « paradoxe de l'impuissance impotente » des démocraties. Pourquoi les peuples les plus puissants du monde semblent-ils incapables de dévier leur trajectoire des impasses économiques, écologiques et sociales où les conduisent leurs propres choix politiques ? Nous avons apporté ici une partie de la réponse, en approfondissant la nature et les effets de la guerre économique. Certes, *tous les maux de la Terre ne sont pas imputables à la guerre économique. Mais c'est elle et son corollaire – la guerre incivile – qui détruisent la solidarité grâce à laquelle nous pourrions, ensemble, surmonter tous les maux.* Telle est la substance de notre première réponse.

Mais cette réponse soulève plus de questions qu'elle n'en résout. Pourquoi et comment tolérons-nous de nous enliser dans l'impuissance de la rivalité, au lieu de restaurer les liens et les coopérations qui nous en libéreraient? Dans nos vies individuelles, dans nos relations quotidiennes, nous savons souvent échapper au cercle vicieux de la compétition, nous éprouvons et exploitons la supériorité de la coopération sur la compétition, de la solidarité sur la guerre. Pourquoi acceptons-nous néanmoins de monter au front de la guerre économique? *Pourquoi et comment des millions d'individus persuadés que la coopération solidaire est cent fois préférable à la compétition solitaire restent-ils impuissants à refonder sur elle leur système économique et politique?* Le chapitre 2 a écarté la réponse néolibérale consistant à dire qu'en réalité nous n'avions pas le choix. Il a montré que la généralisation d'une logique de guerre économique n'était pas une contrainte mais une option politique. Restent alors deux hypothèses: *ou bien la majorité des acteurs accepte ou se résigne à ce choix; ou bien elle est dominée par le pouvoir d'une minorité cynique.*

La seconde hypothèse est la plus simple; on la retrouve dans toutes les théories de la domination ou du complot des riches; à la fin de ce livre, j'examinerai ce qui me semble être sa seule part de vérité, à savoir: nous ne vivons pas dans le cadre de vraies démocraties où une majorité populaire serait toujours en mesure d'imposer ses préférences aux élites gouvernantes. Mais la rigueur commande de réserver cette hypothèse dans un premier temps. Car, au point où nous en sommes, rien ne nous autorise à affirmer que la société de marché et de compétition généralisée n'est pas celle que désire une large majorité d'individus.

Il nous faut prendre au sérieux le fait que nous vivons dans des sociétés qui ne peuvent normalement pas se passer du consentement du plus grand nombre. D'une part, dans les économies de marché contemporaines, la simple soumission des travailleurs ne suffit pas à optimiser le rendement du capital : leur coopération volontaire et active est nécessaire. D'autre part, dans les démocraties, aucun groupe ne devrait être en capacité d'imposer *indéfiniment* son projet politique contre la volonté d'une majorité d'électeurs.

Par conséquent, si, comme nous le soutenons, la logique néolibérale est un cercle vicieux contraire à l'intérêt du plus grand nombre, nous devons expliquer pourquoi les individus ne s'insurgent pas davantage contre elle, alors même que les détenteurs du pouvoir économique et du pouvoir politique sont dépendants de leur bonne volonté.

Des millions de révoltés peuvent changer le cours de l'Histoire s'ils sont associés dans une action commune. En revanche, des millions de révoltés dissociés les uns des autres, seuls face à leur peur, n'organiseront même pas une manifestation. *Une hypothèse centrale développée dans ce livre est précisément que les sociétés de marché contemporaines sont restructurées en « dissociétés », réseaux d'individus atomisés, où les sentiments de solitude, d'incertitude et d'urgence permanente se conjuguent pour annihiler non seulement la possibilité, mais surtout le désir de s'insurger.* Et vivre dans une dissociété est tellement contradictoire avec l'essence même de l'humanité que la plupart des individus ne le supportent qu'au prix d'une forme de *servitude volontaire* : ils finissent par trouver du sens à ce qui n'en a pas, à valoriser ce qui les dévalorise, à coopérer, voire à adhérer au modèle qui les asservit.

Cette piste de réflexion soulève de multiples questions et objections auxquelles il nous faudra répondre.

Dans ce but, nous devons à présent dépasser le stade de l'observation, pour forger une grille de lecture rigoureuse et des critères d'évaluation susceptibles de fonder un jugement sur la société. Car, pour l'instant, je pense n'avoir vraiment établi qu'une seule conclusion : *l'état du monde n'est pas le résultat d'une fatalité économique, mais celui d'un ensemble de choix humains. Mais il pourrait alors s'agir d'une fatalité humaine si, comme le pensent d'ailleurs les ultralibéraux, la marche vers une dissociété d'individus en compétition permanente était dans la nature même des êtres humains et donc des sociétés humaines.*

J'entends bien démontrer le contraire. Et la prochaine étape de cette démonstration consiste à expliciter ma conception de la nature humaine et des sociétés humaines.

4

Dissociété, hypersociété et société de progrès humain

Ainsi, le monde comme il va flatte l'égoïsme et la combativité, encense le risque et la rivalité, adore la vitesse et l'urgence, récompense le rendement et la mobilité, honore la course et la compétition… Et pourtant, cette simple énumération parfois nous donne la nausée. Et pourtant, chaque jour, au travail ou dans la rue, chez soi ou dans la ville, ce sont souvent des sentiments et des aspirations bien différents qui nous procurent la sensation et le goût d'exister.

Au bureau ou à l'atelier, notre bien-être dépend d'abord de la qualité des relations entretenues avec nos collègues. Une « bonne ambiance », comme on dit, suffit parfois à rendre le travail satisfaisant, même là où les conditions de son exercice sont dégradées; un conflit pesant avec un collègue ou un « supérieur » suffit à nous « pourrir la journée », même dans un contexte par ailleurs plutôt privilégié.

Quand nous allons au café ou au restaurant, nous prisons la fréquentation régulière des mêmes adresses, pour le seul plaisir d'être reconnus par le personnel, appelés par nos noms, traités comme des « connaissances » et non comme des clients. Rien ne nous agace plus qu'un serveur pressé de « libérer » la table et qui nous présente l'addition que nous n'avons pas demandée, comme si nous n'étions là que pour échanger de l'argent contre de la nourriture. Nous ne nous faisons, certes, aucune illusion sur le désintéressement de nos établissements favoris, qui, eux, savent nous recevoir. Nous apprécions néanmoins d'être accueillis «comme si» notre argent ne comptait pas, car ainsi est reconnu ce que nous sommes vraiment venus faire (exister et non pas boire ou manger) et chercher (des liens ou de la reconnaissance, et non de la nourriture). Il se trouve que, même là où nous nous rendons effectivement pour acheter de la nourriture, au supermarché ou au marché tout court, nous venons aussi chercher des relations, des sourires, des regards, du respect. Il arrive aussi qu'on s'y rende uniquement pour éviter la solitude. Et si on n'est pas trop pressé, on choisit même sa caisse en fonction des yeux de la caissière.

Malgré le prétendu règne de l'échange marchand, nous savons bien que nous n'échangeons pas seulement pour obtenir quelque chose, mais aussi pour entrer en relation, et parfois uniquement pour cela. *Nous échangeons pour échanger. Et, pour les mêmes raisons, nous parlons pour parler.* Chaque jour, nous échangeons avec les autres des paroles futiles, nous «causons de la pluie et du beau temps», «de tout et de rien», parfaitement conscients que les mots n'ont en l'occurrence aucune espèce d'importance. Ce qui compte alors, c'est le non-dit mais parfaitement entendu, une sorte de «métamessage[98]», un message relationnel qui enveloppe les mots et dit

98. Dans la lignée du concept de «métacommunication» introduit en 1951 par Gregory Bateson et Jurgen Ruesch dans *Communication. The Social Matrix of Psychiatry*, W.W. Norton & Company; publié en français sous le titre *Communication et Société*, Seuil, 1988. La «métacommunication» est pour ces auteurs «une communication sur la communication». Elle est constituée par l'ensemble des indices échangés entre deux interlocuteurs, le plus souvent de façon implicite, et susceptibles de les informer sur les codes de lecture de la communication et sur la nature de leur relation.

« je veux bien parler avec vous », « je suis content de te voir », « je suis bien avec toi », « vous m'ennuyez, mais je reste poli », « je n'ai pas le temps de discuter, mais je n'ai rien contre le fait en soi de parler avec vous », etc. Nos conversations les plus creuses et néanmoins les plus fréquentes parlent de nos liens, elles entretiennent ou délimitent nos relations. Il est par ailleurs établi que, même dans nos conversations les plus sérieuses, les mots ne recueillent qu'une partie résiduelle de notre attention, dont l'essentiel est absorbé par l'image et la voix de notre interlocuteur. En clair, le contenu apparent d'un échange verbal est toujours secondaire par rapport à la rencontre : *celui qui nous parle nous intéresse toujours plus que ce qu'il nous dit.*

Les biens matériels que nous échangeons sont souvent, comme les mots, chargés d'un « métamessage » qui vaut plus à nos yeux que les biens eux-mêmes. C'est le cas à chaque fois que nous offrons ou recevons des cadeaux, quand « la façon de donner vaut mieux que ce qu'on donne ». La privation d'un bien nous est toujours moins douloureuse que la rupture d'un lien, et les seuls biens dont la perte nous laisse parfois inconsolables sont précisément ceux qui évoquaient le souvenir d'êtres chers, qui nous reliaient à eux par-delà le temps, la distance ou la mort.

« Être soi » et « être avec »

Ainsi, dans ce monde gagné par le modèle néolibéral de la compétition généralisée, du chacun pour soi et de la course à l'argent, *nous savons pourtant au quotidien que c'est la qualité des liens qui fait le bonheur et non pas la quantité des biens.* Nous avons besoin d'amitié, pas de productivité ; besoin d'attention, pas de tension. Et chaque soir, après le travail, après le supermarché, quand les moins aliénés d'entre nous rentrent chez eux, ils ne s'étonnent pas une seconde de prendre un plaisir infini à cesser la lutte et le sprint, à goûter la tranquillité et la sécurité, à jouir du « zéro productivité » et de la lenteur, à donner sans exiger et à recevoir sans payer ce qui d'ailleurs n'a pas de prix : le bonheur d'être enfin soi-même avec les siens. Ceux qui ont ce bonheur-là savent que ce sentiment d'être *soi et pour soi*, tout en étant *avec et pour les autres*, constitue l'essence d'une vie humaine. Et, au regard de cette vie-là, le rôle de « battant », de fantassin de la guerre économique, qu'on nous demande parfois de jouer, ou que nous regardons jouer par d'autres, nous apparaît souvent comme une simple posture aberrante, étrangère à nos désirs, mais, hélas, inévitable, imposée par un monde qu'il n'est pas en notre pouvoir de choisir ou de rejeter.

Mais se peut-il vraiment que nous acceptions de vivre et que nous trouvions quelque agrément dans une société dont les valeurs et les finalités nous seraient radicalement étrangères ? Non, pas vraiment ! Déjà au milieu du XVIe siècle, Étienne de La Boétie estimait que la tyrannie d'un prince – pouvoir d'un seul contraire à la liberté de tous – serait inconcevable si n'existait pas chez le peuple une volonté de servir : « [...] je désirerais seulement qu'on me fît comprendre comment il se peut que tant d'hommes [...] supportent quelquefois tout d'un Tyran seul, qui n'a de puissance que celle qu'on lui donne, qui n'a de pouvoir de leur nuire, qu'autant qu'ils veulent bien l'endurer, et qui ne pourrait leur faire aucun mal, s'ils n'aimaient mieux tout souffrir de lui, que de le contredire[99]. »

---

99. Étienne de La Boétie, *Discours de la servitude volontaire* (vers 1548), transcription de Charles Teste, Payot-Rivages, coll. « Petite Bibliothèque Payot », 2002, pp. 194-195.

Alors, combien plus étonnante serait, de nos jours, la tyrannie d'une politique injuste et contraire aux désirs du plus grand nombre dans une société où les « tyrans » remettent en jeu leur pouvoir tous les quatre ou cinq ans.

Répétons-le, il nous faut prendre au sérieux une double propriété des démocraties contemporaines : d'une part, le système économique et social ne peut être imposé par la force ; d'autre part, les nouveaux modes de production flexibles et décentralisés requièrent une coopération et une implication volontaires du plus grand nombre. Ce constat n'exclut nullement des rapports de force favorables au capital et aux oligarchies en place, et donc des effets de domination (déjà évoqués et dont il sera à nouveau question). Mais l'explication de la soumission au modèle par la seule domination est plus qu'insuffisante. Car le fait est qu'aucune domination n'a jamais empêché des hommes et des femmes de combattre et de mourir pour leurs idées. Et l'Histoire nous montre combien l'énergie qu'ils dépensent dans cette lutte n'est pas proportionnée à leurs chances de réussite, mais à l'injustice qu'ils éprouvent. Le pouvoir du plus fort n'explique donc pas tout, dans la soumission ou la révolte du plus faible : les sentiments de ce dernier sont également déterminants. *Si vraiment les méfaits du capitalisme contemporain étaient radicalement insupportables pour l'immense majorité d'entre nous, eh bien, ils ne seraient tout bonnement pas supportés et la révolte l'emporterait.* Tout comme les méfaits du communisme ont finalement engendré la révolte là où pourtant tout rebelle risquait sa liberté, voire sa vie. Quand la soumission l'emporte sur la révolte, il faut bien supposer l'existence d'arrangements internes, où les satisfactions que nous tirons du présent contrebalancent les désagréments de notre servitude. Si tel n'était pas le cas, on ne voit vraiment pas pourquoi des atteintes aux droits sociaux qui auraient déclenché une grève générale à l'époque où la troupe tirait sur les grévistes seraient tolérées à l'époque où le droit de grève est inscrit dans la Constitution.

Par conséquent: *sans négliger le rôle des rapports de force, il nous faut bien considérer ce qui, dans le modèle néolibéral, suscite une soumission ou un engouement plutôt qu'une répulsion.* La société de marché et de compétition généralisée ne peut s'installer que dans la seule mesure où elle repose aussi, pour partie, sur des finalités et des valeurs partagées par le plus grand nombre et qui suscitent une adhésion suffisante pour compenser, d'une manière ou d'une autre, une tendance à la désaffection. Dès lors, si contradiction il y a entre nos valeurs de solidarité et les principes de rivalité, entre notre désir de vivre en paix et les exigences de la guerre économique, *ce n'est pas une contradiction entre nous et la société, mais une ligne de fracture intime, une tension interne entre les aspirations contradictoires qui façonnent notre être.*

Aucune fastidieuse introspection n'est nécessaire pour mettre au jour de telles contradictions: elles sont suffisamment évidentes et fréquentes pour nous en dispenser.

Ainsi, nous dénonçons volontiers le culte de l'urgence, l'obsession du rendement et de la flexibilité. Mais, dans le même temps, nous ne ferions pas l'éloge de la paresse, de l'immobilité et de l'inefficacité. Nous regrettons le délitement de la «cohésion sociale», mais nous n'aspirons pas à la fusion indistincte de notre être dans des liens sociaux qui nous enferment. Nous plébiscitons les vertus de la coopération et de la solidarité entre les hommes, mais ne détestons pas les compétitions qui nous laissent une chance de gagner, de briller, d'être plus ou de faire mieux que les autres. Et nous croyons aussi aux vertus de l'effort personnel et de la responsabilité individuelle. Nous redoutons les méfaits d'une solidarité excessive qui piège ses bénéficiaires dans une logique d'assistance.

Nos valeurs et nos aspirations sont donc ambivalentes et parfois contradictoires. Nous avons beau reconnaître, en bons citoyens, la nécessité de normes sociales et environnementales, cette nécessité nous échappe souvent quand elle met en cause notre propre mode de consommation. Nous tenons pour un « salaud » le producteur qui empoisonne la rivière ou licencie du personnel afin de maximiser son profit, mais nous nous demandons rarement combien de rivières sont empoisonnées et de salariés licenciés par les entreprises auxquelles nous achetons des biens pour maximiser notre propre satisfaction.

On a beau adhérer à l'éthique sportive (« L'important, c'est de participer » et « Que le meilleur gagne ! »), on ne signe pas pour autant des pétitions contre le chauvinisme outrancier des journalistes sportifs commentant un match de football où se trouve engagée l'équipe nationale. C'est tout simplement que ces derniers se contentent d'être à l'unisson du chauvinisme de leurs téléspectateurs. Nous avons en effet bien du mal à réprimer la bouffée d'orgueil et d'autosatisfaction qui nous emplit quand « notre » équipe marque un but, et autant de mal à éviter un sentiment de déprime ou de rancœur en cas de défaite. Pourtant, en paroles au moins, nous adhérons à des valeurs qui devraient nous inciter à partager la joie des vainqueurs, quels qu'ils soient, et à être seulement emplis de reconnaissance pour le beau spectacle coproduit par les deux équipes.

On a beau dire que « l'argent ne fait pas le bonheur », nous sommes tout de même passionnés par les jeux d'argent et fascinés par l'infinie liberté de choisir leur vie dont semblent jouir les riches.

Inutile de multiplier les exemples, puisque nous touchons là à l'expérience intime la plus évidente : nous sommes traversés et parfois tiraillés par une pluralité d'aspirations. On peut donc, tout à la fois, être un citoyen éclairé et un consommateur aveugle, avoir l'« esprit sportif » et le chauvinisme d'un *hooligan*, être solidaire et égoïste, solitaire et sociable, partageur et avare.

Dans *Quel renouveau socialiste ?* – réflexion sur les fondements du socialisme et du libéralisme –, j'ai suggéré que l'ensemble des aspirations humaines puisse se résumer en deux tendances indissociables et constitutives de l'être humain : « La nature humaine est faite de l'interaction continue entre une aspiration à l'autonomie et une aspiration à l'association, entre la pulsion d'autosatisfaction et le désir de faire société. C'est pourquoi les hommes et les femmes ne sont pas guidés par leur seul intérêt personnel, mais aussi par des valeurs, des croyances et des conventions qui les constituent en communauté solidaire [...]. L'humanité [...] est mue par deux aspirations en interaction permanente : *désir de libération et désir de socialisation, le désir d'être soi et le désir d'être avec*. [...] Et cela ne sert à rien de chercher laquelle des deux aspirations est première ou seconde, elles vont ensemble[100]. »

En écrivant cela, j'étais convaincu d'« enfoncer des portes ouvertes », d'énoncer des banalités universellement reconnues. Reconnues par le sens commun, du moins. J'insistais en revanche, dans ce précédent livre, sur l'incapacité commune des doctrines issues du libéralisme et du marxisme à fonder leur science de l'homme et de la société sur un postulat anthropologique conforme à cette réalité, banale certes, néanmoins seule juste : l'homme est un être social par essence, par naissance, et non par construction intellectuelle ou politique ; il est constitué par ses liens aux autres, et la grande affaire de sa vie, celle qui commande toutes les autres, est de concilier ses liens et sa liberté, de savoir comment *être*

100. *Quel renouveau socialiste ?*, Textuel, 2003, p. 72.

soi et *avec les autres*, *pour soi* et *pour les autres*, comment exister en eux sans se dissoudre en eux. Toutefois, un peu plus d'un an après avoir écrit ces banalités, la lecture d'un livre de François Flahault[101] me rappela à quel point elles recelaient une philosophie de l'être – une *nouvelle ontologie*[102] – moins triviale qu'il me semblait puisqu'elle se trouve en réalité très marginale dans la pensée occidentale.

Je reviendrai par la suite sur les égarements de cette pensée. Mais avant d'en venir à la discussion des discours savants, il n'est pas inutile d'aller jusqu'au bout des enseignements déjà présents dans nos banales mais précieuses intuitions communes. Nous en étions donc à l'intuition première que chacun désire «être soi et pour soi» mais aussi et en même temps «être avec et pour les autres». Pour éviter de les réénoncer indéfiniment, je désignerai par la suite ces deux aspirations fondamentales comme «aspirations ontogénétiques», marquant ainsi qu'elles sont constitutives de l'être, qu'elles participent conjointement à la genèse de l'être (ontogenèse).

---

101. François Flahault, *Le Sentiment d'exister. Ce soi qui ne va pas de soi*, Descartes & Cie, 2002. Magnifique livre de philosophie, parfaitement lisible par tous et qui nous parle de la question qui détermine toutes les autres, qui fait que nous nous posons des questions: qu'est-ce qui fait et soutient notre sentiment d'être quelqu'un plutôt que rien? Et d'où vient que, parfois, nous ne sommes pas sûrs d'être plus que du néant? Livre sur notre besoin d'exister et notre difficulté à exister, et qui, chemin faisant, offre un parcours lumineux et pédagogique de la philosophie politique.

102. L'usage du terme « ontologie » nous expose à une ambiguïté. Je l'emploie au sens générique de « théorie de l'être » (quelle qu'elle soit), tandis qu'il désigne souvent une théorie métaphysique ou une théorie de l'être en soi et pour soi. La théorie de l'être que nous défendons conçoit l'être individuel comme le résultat de relations sociales qui préexistent tant à sa naissance biologique qu'à sa conscience de soi: il s'agit donc bien d'une ontologie (au sens générique) radicalement nouvelle.

Entre ces deux rives de l'être, nous sommes en tension permanente, nous cherchons l'équilibre, le compromis nécessaire. Nécessaire, parce que nous ne sommes rien sans les autres, mais ne sommes pas davantage si les autres sont tout pour nous. Nous souhaitons préserver notre indépendance, mais pas être abandonnés. Nous n'aimons la solitude qu'aux moments où nous ne nous sentons pas seuls. Nous voulons être aimés, mais pas envahis. Il n'est pas sorcier de comprendre comment cette tension première commande notre balancement entre intérêt personnel et intérêt général, rivalité et solidarité, repli sur soi et sociabilité, etc.

Comme l'indiquent ces quelques exemples, nos aspirations ontogénétiques peuvent entrer en contradiction, engendrer en nous un conflit de valeurs ou d'objectifs. Mais elles peuvent aussi entrer en synergie positive, se compléter et se renforcer l'une l'autre. Nous en faisons notamment l'expérience dans les relations amoureuses, amicales ou filiales.

Ainsi, les contraintes et les sacrifices consentis par chaque partenaire d'une relation amoureuse réussie nourrissent un lien qui étend la liberté réelle de chacun, c'est-à-dire sa capacité à être lui-même, à « être bien dans sa peau », à surmonter les difficultés de l'existence, à vivre avec quelqu'un sans se sentir étouffé par lui et sans l'étouffer. « Je suis bien avec toi », se disent les amoureux. « Être avec » devient ainsi l'instrument qui permet d'« être soi ». En même temps, on sait qu'un amour trop « possessif » s'autodétruira, précisément parce qu'il interdit de rester soi quand on est avec l'autre. À l'opposé, un amour qui n'impose aucune pression à l'autre, qui ne lui demande rien, est aussi périssable. En effet, ne rien demander à l'autre, c'est refuser d'avoir à rendre ce qu'il pourrait donner, refuser qu'il nous demande à son tour quelque chose et, au bout du compte, renoncer à courir le risque de la relation, avoir tellement peur de cesser d'être soi en étant avec l'autre que l'on reste tout seul, avec ou sans l'autre.

Le compromis idéal, on le sait, est dans le pari gagnant sur une relation à la fois exigeante et non possessive. Le pari est gagné quand chacun sent qu'il répond à une attente vraie sans y être contraint, quand il se sent désiré mais pas vampirisé, quand son absence n'est ni indifférente ni douloureuse comme une trahison. Alors chacun, se sentant libre, se donne plus encore. Et le don libre renforce le sentiment de liberté, devient manifestation de l'autonomie. Quand chacun fait l'expérience répétée que plus il se donne, moins il se perd, les deux aspirations ontogénétiques entrent dans une synergie positive, un cercle vertueux où le fait d'être avec l'autre renforce le sentiment d'être soi, si bien que le désir d'être soi pousse vers l'autre, et ainsi de suite. Et cet engrenage positif déborde bien au-delà de la relation amoureuse. Celle-ci prodigue en effet une sécurité de l'être et une expérience de la confiance partagée qui confortent la capacité de l'individu[103] à nouer des liens épanouissants avec les autres. « L'amour donne des ailes », dit-on.

Mais ne dit-on pas aussi que « les amoureux sont seuls au monde » ? Il est en effet tentant de fuir la difficulté quotidienne d'être soi avec les autres, tous les autres, en se réfugiant dans les délices d'une relation où tout semble aller de soi. À la limite, on le sait, une passion fusionnelle peut couper les amoureux du reste du monde. Mais cette passion exclusive et obsessionnelle,

103. Le terme « individu » peut sembler contestable, tant il renvoie à une conception individualiste de l'être humain radicalement différente de celle que nous développons ici. Nous persistons néanmoins à l'employer par commodité de langage, tant que nous ne sommes pas parvenus à ce point de notre exposé où il apparaîtra clairement pourquoi ce terme est problématique.

loin de manifester une synergie positive entre les deux aspirations ontogénétiques, indique une incapacité pathologique à être soi sans l'autre, une intolérance radicale à l'existence de l'autre hors de soi. La fusion n'est pas l'aboutissement d'une relation réussie puisqu'elle consiste au contraire à détruire la relation. Car il n'est de relation qu'entre des êtres distincts, différents l'un de l'autre. Si l'un et l'autre ne font plus qu'un, la relation disparaît en même temps que ses protagonistes. Et si je disparais en m'offrant à l'autre, en vérité je ne donne rien puisque je ne suis plus rien.

La passion fusionnelle manifeste donc en réalité une peur panique de la différence, du conflit, et le refuge illusoire de l'être dans un *fantasme d'unité parfaite*. Elle révèle une impuissance à affronter le défi lancé par l'altérité, c'est-à-dire la différence irréductible de l'autre qui fonde à la fois l'intérêt et la difficulté d'« être avec ». C'est une façon de résoudre la tension entre nos deux aspirations ontogénétiques en la niant. Le sens commun reconnaît là une pathologie et admet en revanche que l'effet « normal » d'une vie amoureuse épanouie est plutôt d'élargir et de faciliter les relations avec le « reste du monde ». C'est bien pourquoi, *a contrario*, nous nous autorisons parfois à penser vulgairement d'une personne désagréable et trop peu sociable qu'elle est « mal baisée ».

De même, nous admettons que l'amour entre parents et enfants a pour vocation d'apprendre aux enfants à aimer d'autres personnes que leurs parents et d'autres qu'eux-mêmes. Nous considérons l'absence d'amour parental, ou son trop-plein, exclusif et possessif, comme deux écueils pervers limitant la capacité future de l'enfant à vivre des relations amoureuses et sociales épanouissantes. En bref, et en deux mots, pour reprendre le très joli titre de François de Singly, les relations que nous jugeons réussies et épanouissantes sont celles qui nous permettent d'être « libres ensemble [104] », les liens qui nous libèrent, les attachements qui nous délivrent…

La capacité de chacun à trouver le chemin d'une synergie positive entre ses deux aspirations au lien et à la liberté est certainement affectée par l'histoire singulière de ses relations personnelles aux autres, et tout particulièrement de ses relations originelles avec sa mère, son père, sa famille, ses instituteurs, ses premiers copains et copines – en un mot tous ceux qui constituent conjointement ses « éducateurs », ceux avec qui il a appris à vivre. Mais cette histoire singulière ne se déroule pas dans une éprouvette de laboratoire isolée du reste du monde. Elle prend place dans le contexte d'une société, avec ses institutions, ses règles, ses politiques publiques et enfin sa culture, c'est-à-dire un ensemble de conventions, d'idées, de croyances, de connaissances, d'habitudes, de modes de vie, de rites, de valeurs, etc.

Or ce contexte social et culturel affecte aussi, directement ou indirectement, l'élaboration du compromis personnel entre l'« être soi » et l'« être avec ». Directement tout d'abord, par les opportunités, incitations, gratifications et sanctions, matérielles ou symboliques, que la société offre à l'individu selon qu'il penche davantage du côté de l'égocentrisme (être soi) ou plutôt du côté de la « sociation » (être avec). Indirectement ensuite, par le biais des « éducateurs » qui baignent eux-mêmes dans la culture de la société et lui servent d'amplificateur auprès de jeunes enfants enclins à adopter les comportements qui suscitent les récompenses ou écartent les punitions.

Ainsi, selon l'orientation dominante de la culture et du système économique et social, les individus disposeront plus ou moins de possibilités concrètes, de soutien

104. *Libres ensemble. L'individualisme dans la vie commune*, Nathan, 2000.

collectif, d'incitations et de gratifications pour épanouir leur penchant à l'individuation ou leur penchant à la sociation. Ils seront plus ou moins portés vers la construction d'un équilibre entre ces inclinations, ou bien tentés, voire contraints, de rompre l'équilibre, ou, pis encore, de dissoudre leur unité, soit dans un délire fusionnel noyant l'individu dans le tout social, soit dans un délire narcissique exaltant l'autonomie et la toute-puissance du moi.

La société peut donc aider chacun à vivre en être pleinement humain, c'est-à-dire entier, comme un « moi social », libre et relié, grandissant et avançant sur les deux jambes qui autorisent la bonne marche de l'être. Elle peut aussi contrarier cette croissance équilibrée et pousser les individus à cahoter sur une seule jambe : tout social privé de lui-même, ou tout à lui-même privé des autres. Traitement inhumain qui, par différence, nous met sur la piste de ce qui constitue ou non une société « vraiment » humaine.

La société de progrès humain

Les termes « inhumain » ou « humain » sont, hélas, employés « à toutes les sauces » et souvent sans contours définis. Plus dure est la condition faite aux salariés dans la grande entreprise moderne et plus le discours managérial s'efforce de rappeler l'humanité de cette condition : on gère des « ressources humaines », on investit dans le « capital humain ». Et l'on ne compte plus les ouvrages, articles et autres rapports qui se proposent de transfigurer l'économie, la gestion, l'entreprise en leur donnant un « visage humain ».

Saturés par tant d'humanité, certains lecteurs redouteront ici que la description d'une « société vraiment humaine » ne vienne seulement s'ajouter à une déjà longue série de niaiseries et de tautologies. Et certains, plus agacés encore par toute grandiloquence superflue, pensent peut-être que la société, étant composée d'hommes et de femmes (et non de tables et de chaises!), est «humaine» par définition. Ils devront pourtant convenir que l'expression «société humaine» n'est pas un pléonasme. En effet, depuis qu'une conception *évolutionniste* de l'homme (l'humain est le résultat d'une longue évolution à partir d'autres formes de vie animale) fait consensus, on a beaucoup débattu sur ce qui constitue le propre de l'homme[105]; mais on est certain d'au moins une chose à ce propos: *le fait d'être un «animal social», de vivre en société, n'est pas une spécificité humaine.* L'éthologie a largement exposé la richesse des relations et de l'organisation sociales chez bien des espèces animales[106]. Si donc il est des sociétés non humaines, il est pertinent de distinguer celle que nous formons en la nommant «société humaine».

On peut alors rechercher des caractéristiques objectives spécifiques à la socialité humaine, telles que, par exemple, l'usage du langage à double articulation[107] ou le culte des morts. Je reviendrai sur cet aspect au chapitre suivant. Je voudrais en revanche insister ici sur une autre acception du terme «humain». Dans l'usage courant, «humain»

---

105. Voir, par exemple, Pascal Picq et Yves Coppens (dir.), *Aux origines de l'humanité*, t. 2: *Le Propre de l'homme*, Fayard, 2001. Nous reviendrons sur les spécificités de l'espèce humaine au chapitre suivant.

106. L'éthologie est la science naturelle du comportement animal. Voir notamment Didier Desor, *Le Comportement social des animaux*, Presses universitaires de Grenoble, 1999; Véronique Servais et Jean-Luc Renck, *L'Éthologie. Histoire naturelle du comportement*, Seuil, coll. «Points Sciences», 2002.

107. Contrairement à ce que l'on constate chez les autres espèces animales, les signaux sonores émis dans une langue humaine (les phonèmes) n'ont pas de signification en eux-mêmes; leur sens résulte d'une double articulation des sons en mots, puis des mots en phrases.

ne sert pas seulement à *nommer* et distinguer notre espèce; nous l'employons aussi pour *qualifier* la vie que nous menons ou nos comportements. Ainsi, un humain (membre de l'espèce) peut être jugé inhumain (défaut de comportement). De même et par conséquent, une société humaine peut être inhumaine. En ce sens, la question de savoir si une société humaine est « vraiment humaine » n'est pas triviale : elle pourrait être inhumaine, empêcher les êtres humains de mener une vie pleinement humaine, encourager des comportements (humiliation, torture, asservissement, etc.) que nous jugerions inhumains.

Ainsi, même sans y avoir longtemps réfléchi, nous pressentons que la question de savoir ce qui fait *le propre de l'homme, par rapport aux autres espèces*, ne se confond pas avec la question de savoir ce qui fait *le propre d'une vie humaine, au sein de l'espèce humaine*. Pourquoi? Parce que le fait de ne pas être un animal ordinaire fait précisément émerger en nous des aspirations extraordinaires qui, tout en constituant le propre de l'humain, nous incitent à penser qu'*il ne suffit pas d'être un humain pour mener une vie pleinement humaine (qui comble nos aspirations), tandis qu'il suffit d'être un macaque pour mener une vie de macaque*[108].

Parmi les sociétés humaines (au sens de l'espèce), nous sommes donc tentés de distinguer des sociétés « inhumaines » (qui entravent la satisfaction des aspirations spécifiquement humaines). Mais comment qualifier ces autres sociétés, celles qui ne sont pas inhumaines? Faut-il les appeler sociétés humaines « humaines »? Ce n'est pas très heureux. Ajouter qu'elles sont « vraiment » humaines reste ambigu car, en un sens (celui de l'espèce), les sociétés inhumaines sont aussi vraiment humaines. Il faut donc

108. Nous parlons, bien sûr, de macaques vivant en liberté dans leur milieu naturel.

trouver mieux. Je propose d'appeler « société de progrès humain » une société qui favorise l'épanouissement d'une vie pleinement humaine, au sens où j'ai commencé de définir celle-ci, à savoir :

Définition 1. *Une vie pleinement humaine consiste dans la réalisation d'un équilibre personnel entre les deux faces inextricables de notre désir d'être : l'aspiration à « être soi » et l'aspiration à « être avec ».*

Précisons ce que nous entendons par « équilibre ». Cela ne signifie ni juste milieu, ni compromis contraint et forcé, ni encore absence de contradictions ou de conflits internes. Il s'agit plutôt d'un *état d'intégrité et de santé mentales*, dans lequel la personne met en harmonie ses aspirations ontogénétiques, sans devoir pour cela mutiler l'une d'entre elles, sans connaître un état de conflit interne permanent et anxiogène.

Il s'agit aussi d'un *état de sécurité mentale*. Celui-ci n'évite ni les souffrances, ni les peurs, ni les doutes associés aux aléas de la vie et des relations avec les autres. Néanmoins, il donne à l'individu suffisamment de confiance dans les opportunités offertes par la vie et par les autres pour gérer les chocs, les conflits et les déceptions, sans remettre en question son intégrité et sa santé mentale. Une rupture amoureuse, un deuil ou un licenciement peuvent être particulièrement douloureux, sans plonger pour autant l'individu dans le désespoir, c'est-à-dire dans la conviction qu'il ne peut plus vivre vraiment sans ce qu'il a perdu, qu'il n'est plus en mesure de retrouver l'amour ou un emploi, etc. On pressent que la « sécurité de l'être » suppose à la fois confiance en soi et dans les autres, une vraie capacité à soutenir sa singularité face aux autres, mêlée à la conviction que la relation aux autres reste une source inépuisable d'enrichissement de l'être, quels que soient les démentis éventuels infligés par les accidents de la vie – bref, cette « sécurité » suppose une perpétuelle réconciliation entre nos deux aspirations ontogénétiques. Loin d'être une immobilité de l'être, cette sécurité apporte la stabilité indispensable à une mobilité créatrice et non destructrice, tout comme, pour prendre une image, la stabilité d'un hélicoptère est nécessaire à sa mobilité.

Ayant ainsi explicité ce que nous entendions par « vie humaine », nous pouvons à présent proposer cette autre définition :

Définition 2. *Une société de progrès humain tend vers une situation où chaque personne dispose d'une égale capacité à mener une vie pleinement humaine, c'est-à-dire à concilier librement ses deux aspirations ontogénétiques.*

Revenons un instant sur les trois expressions soulignées dans cette définition.

La société « tend vers ». Donc, elle n'y est jamais. Le progrès humain n'est pas un état ultime du monde, une fin de l'Histoire. Ce n'est pas une histoire qui *finit bien*, mais une histoire qui *continue bien*. Car la tension entre « être avec » et « être soi » ne s'éteint jamais et elle vit dans des contextes qui évoluent, où il faut affronter de nouvelles contraintes et exploiter de nouvelles opportunités. La personne comme la société ne peuvent donc jamais s'arrêter de chercher l'« équilibre ».

Néanmoins, il peut sembler curieux, voire suspect, de définir un objectif par une « tendance à », comme si, pour qualifier une société d'« humaine », on se contentait de « bonnes intentions » sans exiger des résultats objectifs. Cette méfiance est compréhensible, mais elle manifeste une méconnaissance de la nature dynamique des processus en cause. Une société n'est pas un état figé du monde, mais une interaction permanente entre les personnes qui la composent, dans un contexte historique et un environnement naturel mouvants. La question n'est donc jamais de savoir *ce qu'est* une société, mais *ce qu'elle devient*. Sur quel chemin est-elle engagée, celui du progrès humain ou celui de la régression vers une société inhumaine?

Et «être sur le chemin» ne signifie pas «couché en travers de la route», mais «en route vers»: une fois sur la route – bonne ou mauvaise –, la société tend à avancer. Les bonnes intentions, comme les mauvaises, sont souvent autoréalisatrices. Ainsi, une société de compétition généralisée encourage les individus à l'égoïsme et à la rivalité. Or, plus les individus sont égoïstes, plus la compétition est rude et gagne toutes les sphères de la société. Et plus la compétition est généralisée, plus les individus sont convaincus que tel est l'inéluctable état du monde, plus ils se comportent alors en rivaux égoïstes, et ainsi de suite. Tel est bien le cercle vicieux de la logique de guerre économique décrite dans les trois chapitres précédents. Inversement, mettez la société sur la voie du progrès humain et vous enclenchez une synergie vertueuse entre égoïsme et altruisme, entre compétition et solidarité, entre autonomie personnelle et solidarité collective, comme ce fut le cas dans la quête simultanée de liberté et de régulation collective caractéristique de l'après-guerre.

Mais si nous soutenons, par exemple, qu'à certains égards la social-démocratie et le fordisme des Trente Glorieuses participaient au progrès humain[109], nous ne signifions pas ainsi qu'il s'agissait d'un état idéal désormais perdu et auquel nous devrions revenir. Nous soutenons seulement que la *direction* empruntée par la société,

109. Il s'agit là d'une simple hypothèse de travail pour illustrer le sens que nous donnons au concept de «société de progrès humain». Nous ne traitons donc pas ici de la question de savoir si cette époque est vraiment le lieu d'une telle société.

à cette époque, était celle de la conciliation entre concurrence et coopération, entre autonomie individuelle et solidarité collective, dans l'entreprise, dans la nation et même dans les relations internationales. Si l'on avait à juger cette société par l'*état* réel de la démocratie, des inégalités, du droit des peuples à disposer d'eux-mêmes, etc., on pourrait, là aussi à bien des égards, soutenir que c'était l'horreur! Mais là n'est pas la question. Aussi loin que remonte notre connaissance historique, on ne trouvera pas une société, une époque dont on ne puisse dire qu'à certains égards elles étaient atroces. Cela n'a pas empêché un certain nombre de progrès, ou plutôt des phases de progrès, des droits de l'homme, de la paix, des phases où les humains furent plus doués pour faire société que pour se faire la guerre. (Rappelons que l'évaluation plus précise des diverses phases du développement des sociétés humaines sera traitée dans *La Grande Régression*.)

Évaluer l'état d'une société *à un moment donné* n'a donc en soi guère de sens, même si on le compare à celui d'une autre société ou de la même société à une autre époque. Car *le plus important en l'occurrence n'est pas de savoir où l'on est, mais où l'on va*. Peu nous chaut que la société d'aujourd'hui nous paraisse éventuellement plus humaine que celle d'hier si nous sommes en train de refaire à l'envers le chemin qui avait permis ce progrès humain. Peut-être alors que la société d'hier, en dépit de ses multiples défauts, était en réalité plus progressiste: elle montait l'escalier du progrès humain au lieu de le redescendre.

Mais renouer avec ce progrès-là, sortir d'une société inhumaine, ne suppose pas de revenir à l'état passé de la société, pas plus qu'un adulte sortant d'une dépression ne doit redevenir adolescent avant de se remettre en route. Aujourd'hui on ne ressuscite jamais hier, on enfante demain. Il ne s'agit donc pas de descendre encore quelques marches de l'escalier avant de recommencer à monter, mais de recommencer ici et maintenant. C'est en cela seulement que consiste la restauration d'une société de progrès humain: la restauration d'un sens de la marche. Et, une fois tournés vers l'avenir, nous n'entendons pas par «société de progrès humain» un nouvel état idéal à atteindre un jour plus ou moins lointain, une sorte de destination terminale. Tout état futur ne sera jamais qu'un simple instant d'une histoire en mouvement. Il en va pour la société comme pour l'être humain: *le seul état idéal de l'être, à chaque instant, c'est d'être en bonne voie. Le but, c'est le chemin.*

Dans le récit de Saint-Exupéry *Terre des hommes*, le pilote Guillaumet, après avoir échoué son avion dans les Andes, survit non pas parce qu'il cherche à sauver sa vie, mais parce qu'il cherche indéfiniment à faire un pas de plus: «Ce qui sauve, c'est de faire un pas, encore un pas. C'est toujours le même pas que l'on recommence[110]...» Ce n'est pas l'arrivée au refuge qui sauve Guillaumet, c'est la marche! De même, ce n'est pas l'arrivée à une quelconque *destination* qui sauve une société, c'est le changement de *direction*.

La société de progrès humain n'*est* donc pas ceci ou cela, elle «tend vers». Vers quoi? Vers une «égale capacité» à mener une vie pleinement humaine. Nous excluons donc, comme contradictoire dans les termes, l'idée qu'une telle société puisse consentir que la vie soit humaine pour certains et inhumaine pour d'autres. L'état d'intégrité et de sécurité mentales décrit plus haut reste en effet inaccessible dans une société dont tous les membres savent qu'elle peut exclure radicalement certains d'entre eux, leur interdire l'accès à une vie humaine. Une telle société

110. Antoine de Saint-Exupéry, *Terre des hommes* (1939), Gallimard, coll. «Folio», 1972, p. 46.

entretient le sentiment que la possibilité d'une vie humaine en société n'est ni un droit ni une valeur en soi, et résulte donc d'un combat permanent, soit pour éviter l'exclusion, soit pour échapper à la rancœur des exclus. Autrement dit, elle installe la certitude d'une impossibilité d'« être soi » tous ensemble, c'est-à-dire un conflit permanent et angoissant entre nos aspirations ontogénétiques – le contraire de l'« équilibre ».

Enfin, chaque personne peut concilier ses aspirations « librement ». Autrement dit, l'équilibre de la personne est personnel ! Il n'est ni imposé, ni immuable, ni indifférencié. Cela n'exclut en rien le fait que les choix de chacun sont en partie influencés et déterminés par l'environnement social. La « liberté » dont nous parlons ici n'est pas l'autonomie absolue d'un être abstrait, d'un Dieu, qui vivrait hors du monde. Personne n'a la liberté d'être un extraterrestre ou de naître dans un autre monde ou un autre temps que les siens. Nous parlons ici de la liberté d'un être humain concret, c'est-à-dire de l'autonomie nécessairement relative d'une personne née quelque part, dans un nœud de relations, de conventions, de règles, d'opportunités et de contraintes. Nous entendons donc par « librement » le fait d'*échapper à la domination* de certains qui, en raison d'un *pouvoir*, seraient en mesure d'imposer leur conception de la vie en société et pourraient ainsi, en alourdissant le fardeau de contraintes pesant sur les autres, alléger leur propre dépendance à l'environnement qui constitue la commune condition humaine.

Les sociétés de régression inhumaine

Le concept de « société de progrès humain » nous permet de définir en quoi consiste *a contrario* une « société de régression inhumaine » :

Définition 3. *Une société de régression inhumaine entrave la quête de l'équilibre personnel par un processus politique qui tend à hypertrophier l'une des aspirations ontogénétiques et à réprimer l'autre ou, pis, à réprimer les deux.*

Selon que l'une ou l'autre des deux aspirations ontogénétiques est réprimée, ou les deux à la fois, on distingue en première approximation trois types de société inhumaine : l'« hypersociété », la « dissociété » et la tendance totalitaire.

Définition 4. *L'« hypersociété » est une société qui hypertrophie l'« être avec » (la dimension sociale de l'existence et les liens collectifs), au point de réprimer ou de mutiler l'« être soi » (l'aspiration à l'épanouissement personnel et à l'autonomie).*

L'archétype de l'hypersociété est une société féodale traditionnelle, ou encore la version collectiviste et dictatoriale du communisme qui a sévi dans l'URSS.

Définition 5 (initiale et provisoire). *La « dissociété » est une société qui réprime ou mutile le désir d'« être avec » pour imposer la domination du désir d'« être soi ».*

Telle était la définition donnée dans les deux premières éditions de ce livre. L'approfondissement de mon modèle, dans *L'Autre Société*, a mis en évidence deux types de dissociété et non un seul. Il est en effet deux manières « d'être avec », deux types de liens sociaux : des liens intracommunautaires, entre semblables au sein d'une communauté homogène (ethnique, religieuse, sociale, locale, générationnelle, etc.) ; des liens intercommunautaires qui unissent des individus et des communautés hétérogènes. Le processus de dissociation peut donc prendre deux formes : 1° l'atomisation individuelle qui dissout tous les liens (inter- comme intracommunautaires); 2° la dissociation des communautés qui juxtapose des groupes humains rivaux et/ou hostiles à tout mélange, à tout métissage, et soucieux de se tenir à l'écart les uns des autres (ce qui peut aller de pair avec une réelle intensité des liens sociaux intracommunautaires). La définition 5 ne peut rendre compte que de la première forme de dissociation que j'ai depuis dénommée « dissociété individualiste ». Elle néglige la seconde, que je nomme « dissociété communautarisée », et dont on verra dans la suite du texte qu'elle était déjà intégrée (en substance) dans mon analyse initiale. Il faut donc remplacer la définition 5 par la suivante :

Définition 6. *La « dissociété » est une société qui mutile le désir d'« être avec », soit intégralement – en imposant la domination du désir d'« être soi » (dissociété individualiste) –, soit partiellement – en rétrécissant l'objet de ce désir aux seuls semblables et membres de communautés homogènes séparées des autres communautés (dissociété communautarisée).*

Nous devons enfin évoquer la troisième forme possible de société inhumaine, la forme extrême : celle d'une société qui tend vers l'anéantissement simultané des deux aspirations ontogénétiques, qui interdit autant d'être soi que d'être avec. En première approximation, on est tenté de qualifier cette dernière société de « totalitaire », au sens qu'Hannah Arendt a donné à ce terme [111]. Un régime totalitaire n'est pas une simple dictature : une dictature peut mettre en œuvre une dissociété néolibérale aussi bien qu'une hypersociété collectiviste ou communiste. Le collectivisme n'est pas davantage assimilable au totalitarisme : bien des sociétés primitives présentent des caractères du collectivisme ou du communisme, mais sans la

111. Hannah Arendt, *Le Système totalitaire*, Seuil, 1972.

domination absolue qui accompagne un régime totalitaire. On pourrait dire d'un régime collectiviste ou communiste qu'il privilégie la solidarité, les liens sociaux, les biens publics, et qu'il réprime l'autonomie personnelle. On ne peut en dire autant d'un régime totalitaire, car ce dernier ne tolère ni l'autonomie personnelle ni les liens sociaux qui constitueraient une société. *Le totalitarisme tend en réalité à abolir simultanément l'individu et la société.* La domination totale ne s'accommode ni de la survie d'une quelconque forme de solidarité collective ni de la survie d'une quelconque activité privée. « Le régime totalitaire, écrit Hannah Arendt, comme toutes les tyrannies, ne pourrait certainement pas exister sans détruire le domaine public de la vie, c'est-à-dire sans détruire, en isolant les hommes, leurs capacités politiques. Mais la domination totalitaire, comme forme de gouvernement, est nouvelle en ce qu'elle ne se contente pas de cet isolement et détruit également la vie privée[112]. »

Le totalitarisme ne dissocie donc pas les deux aspirations ontogénétiques pour les opposer l'une à l'autre; il méprise les deux à la fois, car il méprise en réalité l'idée même d'une « personne » humaine – ce que l'on prend pour tel ayant vocation à se dissoudre dans une seule et même personne « totale »: le nouveau genre humain censé accomplir la loi de la nature (pour le nazisme) ou la loi de l'Histoire (pour le stalinisme).

Dans notre typologie des sociétés inhumaines[113], il semble donc impropre de dénommer « société totalitaire »

---

112. *Ibid.*, p. 306.

113. Pour alléger la rédaction, nous emploierons par la suite plus volontiers « société inhumaine » en lieu et place de « société de régression inhumaine ». Cette commodité de langage n'enlève rien au fait qu'une « société inhumaine » reste une « société humaine » au sens de processus d'interaction entre des êtres humains (voir la définition 7 ci-dessous).

ce qui ne peut être qu'un régime ou un État totalitaires. Peut-être faudrait-il parler d'une a-société ou anti-société totalitaires. Par ailleurs, comme je l'explique mieux dans *L'Autre Société*, il ne peut s'agir que d'une « tendance » totalitaire. Aucun régime ne peut en effet accomplir vraiment la parfaite atomisation des individus et leur fusion intégrale. Mais laissons là un débat sémantique qui reste accessoire pour notre propos central[114]. Car notre principal objet de préoccupation n'est ni le collectivisme ni le totalitarisme. Même les partis communistes survivants ont abandonné tout projet collectiviste; pour le moins, ils tolèrent le cadre général d'une économie de marché, pourvu que les institutions et les lois soumettent l'économie aux exigences de l'intérêt général et de l'égalité.

Par ailleurs, l'essor de l'extrême droite et la résurgence de partis fascisants dans de nombreux pays européens ne peuvent être assimilés à une menace de type totalitaire. Les programmes des partis concernés n'ont rien de totalitaire; ils énoncent plutôt un néolibéralisme conservateur et éventuellement nationaliste, plus ou moins xénophobe, et sont assez proches des idées de la droite conservatrice américaine. Enfin, quelle que soit la nature de cette menace, elle est clairement l'effet de la crise sociale, morale et politique que nous avons décrite au début de ce livre. C'est donc en priorité à l'explicitation de sa cause que nous devons nous consacrer pour mieux comprendre et combattre cet effet.

De toute évidence, les mutations exposées dans les trois premiers chapitres sont celles d'une société qui, jusqu'au

---

114. Sur le rapprochement et la distinction entre les divers systèmes politiques et sociaux contemporains et le concept de totalitarisme, nous renvoyons au lumineux exposé de Jean-Pierre Le Goff dans *La Démocratie post-totalitaire*, La Découverte, 2002; rééd. La Découverte, coll. « Poche », 2003.

début des années 1970, semblait autoriser un progrès humain – autrement dit, qui tentait d'instaurer un équilibre entre compétition et solidarité, entre l'autonomie personnelle et le vivre ensemble –, mais qui, désormais, ressemble de plus en plus à une dissociété piégée dans le cercle vicieux de la rivalité érigée en principe d'organisation sociale et en règle de vie.

Qu'est-ce que la dissociété ?

Notre conception de la vie humaine et le concept de dissociété projettent un éclairage nouveau sur la nature et les conséquences de ce cercle vicieux. En tirant simplement les conclusions logiques dont ils sont porteurs, nous serons en mesure de formuler une série de propositions qui constituent autant de clés de lecture de la crise morale et politique des sociétés de marché.

Nous commençons naturellement par préciser ce que nous entendons par dissociation et dissociété et l'articulation entre ces deux concepts.

Proposition 1. *L'idéologie et les politiques néolibérales tendent à dissocier les deux aspirations ontogénétiques et à enfler à ce point la première (être soi et pour soi) qu'elle étouffe la seconde (être avec et pour les autres). Nous nommons ce processus « dissociation personnelle ».*

Proposition 2. *À la fois cause et conséquence, instrument et finalité de la dissociation personnelle, la « dissociété » est le processus d'organisation de l'espace, des institutions et des relations qui décompose une société humaine, d'une part, en déliant, isolant et opposant des communautés ou catégories sociales relativement* *homogènes et, d'autre part, en installant et exacerbant la rivalité entre les individus.*

La dissociété est à la fois *cause* et *conséquence* de la dissociation personnelle. On a vu comment elle en est la *cause*, dans les deux chapitres précédents : la société de compétition généralisée pousse ou contraint des individus à la rivalité, elle installe une logique de guerre au sein même des microcommunautés où pourrait s'épanouir la solidarité (les élèves d'une classe, les collègues d'un bureau ou d'un atelier), elle encourage le culte de la performance individuelle et des biens privés, elle dévalorise la solidarité et le bien commun, etc.

On a vu comment la guerre économique nous dresse les uns contre les autres et finit par convaincre des citoyens autrefois solidaires de se comporter en guerriers solitaires. Ce nouveau cadre de vie est conçu pour dissuader quiconque de chercher encore à concilier son désir d'être soi avec son désir d'être avec. La vie humaine tend à se dissoudre dans une interminable *lutte des places*[115]. La dissociété maximise les chances de survie et de succès pour ceux qui acceptent de mutiler leur être social et ne se préoccupent plus que d'être eux-mêmes, s'il le faut contre les autres. Et il le faut de plus en plus, au fur et à mesure que la compétition se durcit et s'introduit dans tous les espaces autrefois régis par d'autres logiques. Le héros de cette société-là, son produit modèle, est l'homme parfaitement dissocié qui parvient à faire dans la joie et la bonne humeur le deuil de son désir d'« être avec » et se complaît dans le seul (et donc à jamais insatiable) désir d'« être soi ».

Mais la dissociété n'est pas seulement une *cause*, elle est aussi une *conséquence* de la dissociation personnelle.

115. Voir Vincent de Gaulejac et Isabel Taboada-Léonetti, *La Lutte des places*, Desclée de Brouwer, 1994.

En effet, plus les êtres humains adhèrent à la culture individualiste qui dissocie l'« être soi » de l'« être avec », plus ils soutiennent politiquement et mettent en application les principes d'une dissociété de marché.

Quand le désir d'être avec est mutilé, étouffé par l'obsession de soi, l'individu a bien du mal à vivre au milieu d'une grande société métissée et solidaire : pour lui, la promiscuité des différences est source d'angoisse, chacun est seul responsable de soi et personne ne doit rien à personne, personne n'a d'autre droit que celui de se protéger et de se battre contre les autres. Aussi les êtres dissociés ne supportent-ils vraiment la vie en société – le « vivre ensemble » – qu'avec des personnes semblables à eux-mêmes. Ils sont, on l'a vu, tentés de faire sécession avec la « grande » société et de lui préférer une mini-société de leur choix, constituée par affinités et par intérêts. En effet, une sous-communauté spontanée d'intérêts, de préoccupations, de croyances et de mode de vie évite les conflits inhérents à la différence. Le regroupement et la coalition des semblables leur assurent une meilleure protection contre les dissemblables. Si nous ne pouvons pas vivre « avec eux » – les autres, les vraiment autres –, restons « entre nous » – entre vieux, entre riches, entre ouvriers, entre artistes, entre Blancs, entre Noirs, entre chrétiens, etc. Ce n'est là, bien sûr, qu'une image grossière ; ces grandes divisions sociales sont très insuffisantes pour assurer la protection contre la dissemblance. Il y a des Noirs riches ou pauvres, chrétiens ou musulmans ; il y a des chrétiens intégristes ou progressistes, homosexuels ou hétérosexuels, etc. En réalité, pour approcher l'idéal d'une tribu de clones où chacun vivrait, penserait, agirait, se distrairait de la même manière, il faudrait que le regroupement par affinités électives restreigne l'espace des relations sociales bien en deçà des grandes catégories sociales, ethniques ou religieuses.

Dans l'idéal de l'individualiste dissocié, en effet, vivre seulement avec d'autres soi-même préserve à la fois des autres et de la solitude, permet de ne vivre en réalité qu'avec soi-même, mais entouré de sosies qui, dans une mutuelle contemplation, se confirment les uns aux autres la réalité et la justesse de leur existence. Vivons donc entre nous pour mieux rester entre soi! Et pour éviter la guerre avec les communautés rivales, évitons le contact! Demandons au juge et à la police de faire respecter les frontières qui protègent chaque groupe des impuretés colportées par les «différents». Et puisque la division moderne du travail interdit à chaque groupe de vivre en parfaite autarcie, en totale indépendance à l'égard des autres, limitons du moins l'interaction à des échanges de biens. L'idéal serait, bien sûr, de procéder aux échanges sans contact physique avec des «différents», et ne voir que les marchandises produites, acheminées et distribuées par eux – idéal d'ores et déjà accessible à ceux qui disposent des moyens modernes de télécommunication.

La sécession – ou restriction des relations et de la solidarité à l'espace restreint d'une sous-communauté homogène – peut aussi favoriser un repli encore plus restrictif. En effet, dans ce qui n'est qu'un regroupement intéressé d'individus égocentriques, les manifestations de sociabilité sont inévitablement ressenties comme hypocrites ou impersonnelles. Chacun tend à suivre les codes de sa communauté et non ses pulsions ou ses désirs immédiats, et chacun sait que les autres fonctionnent ainsi. Dès lors, si j'apprécie que quelqu'un se comporte à mon égard selon ces codes, je sais qu'il le fait par respect des codes et de la communauté, par intérêt bien compris, et non pour moi. Comment savoir, si quelqu'un est vraiment gentil avec moi, si c'est la société ou son intérêt égoïste qui le lui ordonne? *Les relations convenues ne peuvent pas combler notre désir d'être aimés pour nous-mêmes.*

Souffrance paradoxale de l'individualiste qui supporte mal l'individualisme des autres! C'est que le besoin d'être aimé pour soi-même ne disparaît pas, même chez l'individualiste forcené. L'individu dissocié est comme un amputé qui ressent encore des démangeaisons dans le membre disparu. Son désir d'« être avec » le démange toujours car, même mutilé et refoulé, il est, nous le verrons [116], indestructible.

Alors, pour apaiser ce manque d'autre que l'entre-nous rend inévitable, l'être dissocié surinvestira dans les micro-communautés intimes où subsiste un reste d'amour vrai: le couple, la famille, quelques amis, la bande du quartier. Mais la promiscuité des individualistes n'est pas toujours plus gratifiante que leur simple voisinage. Hélas, comme l'a montré notre description de la « guerre incivile », une société fondée sur la rivalité et l'hyperindividualisme finit parfois par dissoudre les liens jusque dans les derniers refuges intimes de la sociabilité. La famille n'est parfois plus qu'une dissociété en miniature, avec repas et télévision privés, chacun dans sa pièce. La « bande » peut devenir l'école de la haine autant que l'ultime refuge de l'amour. Alors, éventuellement, la rivalité ou l'indifférence sont partout, et la fraternité nulle part: la seule personne susceptible de m'aimer pour moi-même, c'est moi! Après le repli sur sa communauté, puis sur sa famille ou sa tribu, vient ainsi le repli sur soi.

L'individu dissocié pousse donc à la dissociété, car il appelle de ses vœux une société éclatée évitant les mélanges, un aménagement du territoire réservant à chaque communauté ou catégorie sociale sa zone, son espace protégé. Et, au sein même de cet espace social, il cherche encore à se retrancher dans sa famille, sa bande de « potes », où il finira peut-être par s'isoler encore

116. Cf. chap. 9 et 10.

davantage. Sa société idéale est plutôt une fédération de communautés séparées, elles-mêmes constituées en fédérations de familles ou de microcommunautés limitant leurs relations au strict nécessaire.

La dissociété apparaît ainsi comme une force centrifuge qui isole et décompose en éléments toujours plus restreints ce qui constituait le tout indissociable d'une société humaine. Avec cette grille de lecture en tête, les différents indices de dislocation de la société et du vivre ensemble, décrits dans la première partie, peuvent être résumés et ordonnés comme un processus de dissociation en cascade, à tous les étages de la société :

– *dissociation intercommunautaire* : séparation et mise en rivalité des « communautés » qui constituent (ou décomposent ?) la société (exclusion des minorités, zonage social de l'espace urbain, ghettoïsation, villes privées, opposition entre fonctionnaires et employés du privé, rancœur des travailleurs contre les chômeurs assistés, régionalisation et délitement de la solidarité nationale, intolérance entre communautés religieuses et/ou ethniques, etc.) ;

– *dissociation intracommunautaire* : séparation et mise en rivalité des sous-groupes composant les diverses communautés (repli sur le « cocon » familial, isolement des familles et déclin des relations de voisinage, dislocation des grandes entreprises transformées en réseaux de services et d'ateliers rivaux, guerre des bandes pour le contrôle des quartiers, etc.) ;

– *dissociation interpersonnelle* : repli sur soi et rivalité directe entre les individus (rivalité à l'école, concurrence dans le bureau, délitement de la sociabilité au sein de la famille, etc.) ;

– *dissociation personnelle* (ou, si l'on préfère, *intrapersonnelle*) : dislocation intime de l'individu, rendu incapable de concilier ses aspirations ontogénétiques.

Le socialisme méthodologique

L'image d'une « dissociation en cascade » pourrait prêter à confusion, en laissant supposer que je viens de décrire une suite chronologique d'événements dans laquelle une dislocation initiale de la société serait finalement responsable de la dissociation de l'individu. Ce n'est pas ce que j'entends démontrer. Mais je ne crois pas davantage à une chronologie inverse qui rendrait une montée initiale de l'individualisme finalement responsable de la dislocation de la société. Ces deux lectures possibles impliquent une méthode d'analyse *holiste* pour la première, *individualiste* pour la seconde; or, je vais le montrer, ces deux principes méthodologiques sont incompatibles avec la conception de l'être humain évoquée ci-dessus.

Je rejette donc à la fois l'« individualisme méthodologique », qui nie tout rôle déterminant de la société (conçue comme une simple juxtaposition d'individus autonomes), et l'« holisme », qui suppose au contraire un individu parfaitement déterminé par son environnement social[117]. Je pratique plutôt ce que certains sont tentés d'appeler un « individuholisme[118] » ou, plus simplement, un « interactionnisme » qui prend acte de l'interaction complexe entre l'individu et son milieu, chacun étant en réalité tour à tour et simultanément *déterminant de* et *déterminé par* l'autre. Cette position méthodologique découle inéluctablement de ma définition de la vie humaine. En effet,

---

117. Je n'adhère pas davantage au « singularisme », qui reconnaît une existence, voire une personnalité propres aux sociétés, indépendamment des individus qui les composent.

118. Expression maladroite et trompeuse, car elle laisse entendre qu'il s'agit d'un compromis entre ces deux méthodes ou de leur combinaison, alors qu'il s'agit d'une contestation radicale des deux.

dire que l'être humain n'est lui-même qu'en étant avec les autres revient à affirmer que l'individu est *déterminé par* les autres et donc *déterminant pour* les autres. Il est par conséquent tout à la fois actant et acté, libre et contraint, auteur du monde et œuvre du monde, acteur et spectateur de l'Histoire, etc. Je propose d'appeler cette position épistémologique le « socialisme méthodologique » puisqu'il s'agit d'affirmer l'essence sociale de l'être humain[119].

Précisons un peu cette position, pour éviter d'emblée tout malentendu :

1° *Le socialisme méthodologique ne remet pas en question l'existence de personnes singulières distinctes de la société et aspirant à l'autonomie par rapport à celle-ci.* Il interdit seulement de penser ces personnes en dehors de leurs relations à autrui, et donc en dehors d'une société quelconque. *Aucun individu n'a jamais existé avant la société dans laquelle il est né et a grandi. La société ne peut donc être conçue comme le résultat d'une association* a posteriori *d'individus qui existaient avant elle.* L'individu naît nécessairement dans une société, mais cela n'implique en rien son indistinction avec, ou sa stricte dépendance à l'égard de la société. Pas plus que la nécessité où nous sommes de naître d'un accouplement entre deux personnes n'implique notre confusion avec elles ou notre dépendance indéfinie à leur égard. Le socialisme méthodologique n'est pas un collectivisme ou un holisme individualisé ; il exige seulement que nous prenions au sérieux le *fait* que nous accédons à la vie,

119. On m'objectera sans doute qu'il est ambigu de qualifier une position épistémologique par un terme qui évoque aussi une philosophie particulière. Mais c'est également le cas de l'individualisme. Si l'on veut bien admettre que le fait de qualifier l'individualisme de « méthodologique » suffit à éviter la confusion avec une philosophie particulière, on doit aussi l'admettre pour le « socialisme méthodologique ».

à la conscience de nous-mêmes, à l'autonomie ou à la dépendance dans le cadre d'une histoire faite de relations avec une société humaine qui nous préexiste. Il ne préjuge en rien de la capacité de cette société préexistante à influencer l'individu, ni de la capacité de ce dernier à influencer la société; il énonce seulement que cette capacité est elle-même le résultat d'une histoire d'interaction dynamique entre tous les individus, histoire contingente que l'on peut chercher à comprendre et à interpréter, mais qui n'a, par définition, pas de sens préétabli. Le socialisme méthodologique exclut donc toute téléologie : il n'y a ni « fin » ni « sens » de l'Histoire, si l'on entend par là une destination et une direction prédéterminées, ce qui n'exclut pas de lui trouver une signification.

2° *Le socialisme méthodologique n'est pas un « individualisme social ».* Ce dernier est la solution alternative proposée par le socialiste Eugène Fournière[120] pour combattre à la fois l'individualisme égoïste des libéraux et le collectivisme du socialisme marxiste. On use parfois de cette même expression pour désigner la même quête d'une « troisième voie » chez certains pionniers du socialisme français comme Fourier ou Proudhon. Or l'individualisme social de ces auteurs est davantage une philosophie morale qu'un principe méthodologique, comme entend l'être, seulement et uniquement, le socialisme méthodologique (cf. le point 3, p. 163).

De plus et surtout, les deux approches se distinguent par leur postulat anthropologique fondateur. Fournière postule que l'individu ne s'épanouit pas dans l'égocentrisme, mais seulement dans la coopération volontaire avec autrui. À partir de là, il fantasme sur une société idéale fondée sur le foisonnement spontané de la libre

120. « L'individualisme social », *La Revue socialiste*, n° 194, février 1901.

association des individus, qui trouvent dans l'association leur bonheur suprême. Le point commun avec le socialisme méthodologique est ici l'idée que l'être s'épanouit dans et par la société. Mais il masque une divergence radicale. Fournière établit une hiérarchie entre les aspirations humaines : le désir d'association l'emporte sur les aspirations égocentriques ; il espère dès lors l'éradication progressive des secondes par la première. *L'individualisme social repose sur une anthropologie téléologique : le sens de l'Histoire serait la fusion de toutes les aspirations contradictoires de l'homme en une seule* : être soi par l'association aux autres.

À l'opposé de cette démarche, le socialisme méthodologique postule deux aspirations ontogénétiques (« être soi, par et pour soi », « être avec, par et pour autrui ») qui sont *indissociables*. L'une étant nécessaire à l'autre, et réciproquement, aucune d'elles n'est fongible dans l'autre. Leur interaction harmonieuse dans une société de progrès humain ne se traduit pas par la suprématie de l'« être avec » sur l'« être soi », mais par le fait que ces deux faces de notre désir d'être se renforcent mutuellement.

Pour l'essentiel, cette divergence avec l'individualisme social tient à ce que ce dernier se préoccupe plus de morale sociale que de l'ontogenèse de l'individu. Les premiers socialistes restent dans le cadre du raisonnement éthique qui domine la philosophie politique. Les aspirations humaines y sont donc définies en termes d'égoïsme et d'altruisme, deux penchants indépendants et antinomiques : le progrès de l'un se fait, par définition, au détriment de l'autre. Or, comme je vais le préciser dans le troisième point qui suit, telle n'est pas du tout ma démarche.

3° *Le socialisme méthodologique est bien une méthode d'analyse et non une éthique.* Y recourir ne suppose aucun présupposé éthique sur ce qui est *bien* ou *mal*, souhaitable ou détestable. C'est une méthode d'étude des sociétés humaines qui vise à distinguer le *vrai* du *faux*, et qui, précisément en raison de cet objectif, part de ce que je prétends être un simple *constat* (et non une hypothèse): personne n'existe ni ne devient ce qu'il est en dehors de relations aux autres et hors de la société constituée par l'interaction de tous. Observons à ce propos que la façon dont j'ai défini les deux aspirations constitutives de notre être se distingue précisément de celle habituellement retenue par la philosophie morale ou politique qui oppose ou combine l'égoïsme et l'altruisme[121]. Sans trop engager une discussion sur laquelle nous aurons l'occasion de revenir, il est tout de même nécessaire d'évoquer sommairement le rapport entre ces deux façons de discuter des aspirations humaines, entre ces deux approches de la motivation.

Une théorie psychologique ou éthique de l'*égoïsme* énonce que tous les comportements *sont* ou *doivent être* motivés par le seul intérêt personnel. Symétriquement, une théorie de l'*altruisme* énonce que tous les comportements sont motivés par ou doivent tendre au bien d'autrui. Mon propos n'est pas ici de discuter de ces théories, et je prendrai les deux termes en débat au sens commun où ils désignent un comportement particulier, et non une théorie générale des comportements. En ce sens, l'égoïsme consiste à rechercher son propre bien sans se soucier du bien d'autrui, et l'altruisme consiste à rechercher le bien d'autrui: tout individu est donc alternativement égoïste et altruiste selon la finalité qu'il poursuit.

Ces deux dispositions ne sont pas assimilables à, respectivement, l'aspiration à «être soi» et l'aspiration à

121. Pour une discussion approfondie de ces concepts, nous renvoyons à Michel Terestchenko, *Un si fragile vernis d'humanité. Banalité du mal, banalité du bien*, La Découverte-MAUSS, 2005.

«être avec». L'absence de correspondance simple entre les deux approches est assez évidente. Ainsi, il serait fallacieux d'assimiler à l'altruisme toute manifestation du désir d'«être avec». Je peux éventuellement rechercher la compagnie des autres et être bienveillant à leur égard *dans le seul but* d'un avantage pour moi-même. Inversement, il serait tout aussi erroné de voir dans toute manifestation du désir d'«être soi» une preuve d'égoïsme. Non seulement le fait d'aspirer à sa propre liberté, à son autonomie, à l'estime de soi, n'implique en rien l'égoïsme, mais c'est en outre indispensable à l'altruisme authentique. Car l'altruisme ne saurait consister dans l'aliénation ou le mépris de soi. Si je dois cesser d'être moi pour être avec – je l'ai déjà dit à propos de la passion fusionnelle –, je ne donne plus rien à l'autre puisque je ne suis plus rien.

L'absence de correspondance directe entre les deux approches de la motivation apparaît donc aisément à l'aide de quelques exemples; mais il importe surtout d'en saisir la raison générale et fondamentale: tandis qu'égoïsme et altruisme désignent deux finalités exclusives l'une de l'autre, mes deux «aspirations ontogénétiques» sont co-constitutives d'un seul et même désir d'être. Nul ne peut pleinement «être soi» sans «être avec», et inversement. Il s'ensuit que nul ne peut être pleinement «pour soi» sans jamais agir «pour autrui», et inversement. Si l'interaction permanente entre ces aspirations est constitutive de notre être, celles-ci interviennent *en même temps* lorsque nous agissons d'une façon que le sens moral jugera pourtant *soit* égoïste, *soit* altruiste. Ma méthode d'analyse suppose que la plupart de nos actes en relation avec les autres sont réalisés *simultanément pour soi et pour autrui*, en raison d'un réel *souci conjoint* pour nous-mêmes et pour autrui. On serait tenté de dire, dans une approximation maladroite, que nos actes sont souvent *à la fois égoïstes et altruistes* ! Mais ni notre sens moral ni une théorie éthique n'acceptent cette espèce de jugement de « non-lieu » : ils exigent une sentence exclusive (bien ou mal) qui apprécie un comportement comme s'il était accompli uniquement en vue du bien d'autrui ou uniquement en vue du bien personnel, même si, en réalité, il est la résultante d'une tension entre ces deux motivations. L'inconvénient majeur de l'approche éthique des motivations est précisément d'imputer à une disposition d'esprit unique des actes qui interviennent dans le cadre d'une double interaction : entre les aspirations d'un individu d'une part, entre l'individu et la société d'autre part. L'éthique assume cette difficulté parce que son propos est de *juger* et non d'*expliquer*.

Mais juger les actes « égoïstes » ou « altruistes » sans les expliquer revient à attribuer le choix de l'individu à une prédisposition spécifique, sans rien nous apprendre sur les raisons qui font balancer le choix du côté du souci de soi ou du souci d'autrui. Mon propos est exactement inverse. Énoncer une sentence unique et probablement indécidable sur la motivation ultime d'un acte ne m'intéresse pas. Le socialisme méthodologique, en posant que tout acte est le résultat d'une interaction complexe de diverses aspirations intra- et interindividuelles, nous fait gagner en compréhension sans nuire au souci éthique. Il ouvre la voie à une explication des circonstances dans lesquelles le comportement penche plus du côté du souci de soi que du souci d'autrui. Il autorise ainsi à identifier des interventions susceptibles de faire pencher la balance dans un sens plutôt que dans l'autre. Et cela est sans doute plus utile à l'éthique que de fondre, dans une unique et incertaine sentence, des motivations en vérité plus complexes.

Certes, les concepts d'égoïsme et d'altruisme sont aussi employés en psychologie, indépendamment de tout jugement moral, comme de simples *explications* du comportement. Mais l'approche psychologique partage au fond le même inconvénient que l'approche morale: le plus souvent, elle voit dans l'égoïsme et l'altruisme des motivations exclusives l'une de l'autre; un acte et un individu sont soit l'un, soit l'autre, mais jamais les deux en même temps. La sentence de la psychologie n'a dès lors pas d'autre avantage sur celle de l'éthique que d'être psychologique et non morale! Elle reste une sentence unique appliquée à des interactions complexes de motivations. L'erreur de cette psychologie, me semble-t-il, est d'être restée prisonnière de la façon antérieure d'aborder la question dans la philosophie morale. Elle s'est contentée de remplacer le jugement de valeur par un jugement de fait, mais sans se soucier du fait que cette mutation impliquait sans doute de repenser aussi la façon de poser le problème. Or, si l'éthique a de toute évidence besoin d'un principe premier unique pour trancher tout conflit de valeurs, une science de l'humain n'a pas nécessairement besoin d'un principe premier et unique d'explication de tous les comportements. C'est pourtant la démarche adoptée par la théorie psychologique dominante, qui postule le plus souvent que la quête égoïste du bien propre est à l'origine de tous nos actes (il n'y a pas à ma connaissance de théories psychologiques qui fassent de l'altruisme la fin ultime de tous nos actes).

Du point de vue du socialisme méthodologique, cette démarche repose sur un présupposé erroné, à savoir que l'on pourrait trouver une cause unique et première à tout acte; présupposé qui réduit la psychologie humaine à la mécanique strictement rationnelle d'un calculateur. Au lieu de rechercher une cause première et unique à nos actes, le socialisme méthodologique pose au contraire qu'il n'y en a pas, parce que le mode de constitution de notre être implique que tout acte manifeste une interaction complexe de causes, et une interaction complexe avec les autres : il n'explique pas le comportement par une *cause* mais par un *processus* dynamique.

Cela dit, le socialisme méthodologique n'ôte rien à la pertinence des concepts d'égoïsme et d'altruisme dans le discours éthique, il implique seulement la nécessité de les considérer comme des dispositions qui peuvent exister simultanément chez un même individu, voire dans un même acte.

Au stade de la logique intuitive où se situe pour l'instant notre enquête, je dirai que, très probablement, c'est l'état de « sécurité mentale » engendré par un équilibre harmonieux entre nos deux aspirations qui nous offre et la capacité et l'envie de nous aventurer dans le don de soi constitutif de l'altruisme. Et cet altruisme authentique peut alors coexister avec l'égoïsme. Autrement dit, le fait de savoir aussi s'occuper de soi et se faire plaisir, parce que l'on s'estime également digne d'intérêt et de sollicitude, renforce plutôt la capacité à se préoccuper du bien d'autrui… parce qu'on considère autrui également digne d'intérêt et de sollicitude.

En revanche, l'insécurité mentale et le déséquilibre de l'être engendrés par une société inhumaine (dissociété ou hypersociété) ont toutes les chances de susciter des formes extrêmes, et incompatibles, de l'égoïsme et de l'altruisme. La dissociété tend à amputer l'aspiration à être avec : elle est donc compatible avec une théorie de l'homme supposant qu'il ne s'intéresse qu'à lui-même et niant toute possibilité d'un altruisme authentique. Mais cet égoïsme absolu est un drôle d'amour de soi, tragique en vérité, puisqu'il implique une amputation de soi et de tout le bonheur que procurent la coopération, l'empathie, la solidarité et le fait de ne pas avoir peur des autres.

L'hypersociété, quant à elle, tend à amputer le désir d'être soi et entretient l'illusion d'une nécessaire négation de soi pour vivre fondu dans un tout social. On peut donc considérer que l'éthique qui soutient ou justifie l'hypersociété est un altruisme extrême où le sacrifice entier de soi est exigé au nom de la collectivité. Mais, dans une société où plus personne n'est rien, il n'y a pas d'altruisme véritable, puisqu'on ne peut plus rechercher le bien de quiconque, mais seulement mépriser son propre bien comme celui de tous les autres.

Je serais donc tenté de conclure que : 1) l'égoïsme véritable (comme recherche de son propre bien) et l'altruisme véritable (comme quête du bien d'autrui) ne sont vraiment possibles que dans une société de progrès humain qui tend à préserver et soutenir la compatibilité entre nos deux aspirations ontogénétiques ; 2) la coexistence pacifique de comportements égoïstes et altruistes est l'une des manifestations de la société de progrès humain ; 3) toute théorie moniste de l'égoïsme ou de l'altruisme (fondée sur l'existence ou la promotion exclusive d'une seule de ces dispositions) est incompatible avec notre conception de la vie humaine, et participe d'un processus de dissociation de l'être.

Ces premières précisions étant données pour éviter des malentendus sur la méthode d'analyse développée dans ce livre, nous pouvons revenir à notre question centrale. Comment le socialisme méthodologique nous invite-t-il à lire le processus de « dissociation en cascade » que nous évoquions plus haut ?

La spirale vertueuse ou vicieuse des interactions sociales

On pourrait tout d'abord faire de la dissociété deux lectures opposées : soit individualiste, soit holiste. Dans le premier cas, on estimerait que la quête d'autonomie et l'égocentrisme de l'individu (sa dissociation personnelle) engendrent l'éclatement de la société en dissociété. Dans le second, au contraire, on rendrait l'évolution du système vers la dissociété responsable des progrès de l'individualisme.

En affirmant dans la proposition 2 que la dissociété est «*à la fois* cause et conséquence» de la dissociation personnelle, nous rejetons catégoriquement ces deux lectures. Nous récusons toute interprétation déterministe linéaire dans le sens société → individu ou dans le sens individu → société. On l'a vu, la dissociété est un processus d'interaction dynamique entre le système social ou culturel dominant et les individus. Une société individualiste favorise le penchant narcissique et autonomiste des individus, mais elle ne l'invente pas. De même, ce penchant préexistant en nous facilite et renforce l'essor d'un système fondé sur la rivalité et la performance individuelle; mais s'il est une condition nécessaire à la dissociété, il ne suffit pas à l'engendrer. On a montré que notre aspiration à l'autonomie personnelle pouvait tout aussi bien entrer en synergie positive avec notre désir de faire société, et qu'alors elle nous poussait à soutenir une société valorisant la coopération et la solidarité.

Ainsi, la dissociété, tout comme la société de progrès humain, n'est pas un *état* figé du monde, mais un *processus* dynamique; c'est une synergie perverse entre les acteurs individuels et le système social. Face à ce processus, la question pertinente n'est pas de savoir qui a commencé, des individus ou de la société, puisqu'ils ont forcément commencé ensemble. Un mouvement social quelconque n'est que l'action d'un ensemble de personnes, mais chaque action personnelle est indissociable du contexte social dans lequel elle s'exerce. On peut être déçu de n'avoir rien de mieux à répondre à la question «À cause de qui?» ou «Grâce à qui?». Mais la déception s'évanouit si l'on se rend compte que répondre à cette question est aussi impossible, et surtout aussi dénué d'intérêt, que de savoir si c'est la poule qui fait l'œuf ou l'inverse.

Il faut nous délivrer de cette tournure prégnante dans la pensée occidentale qui nous incite à chercher dans tout phénomène une chaîne linéaire de causes et d'effets. Dans une chaîne causale, il faut un commencement et une fin, un départ et une arrivée : le coq féconde la poule et la poule pond l'œuf. L'ennui est que le dernier « effet » de cette chaîne (l'œuf) est aussi la « cause » de la première cause (le coq) et de la seconde (la poule). En l'occurrence, nous ne sommes donc pas confrontés à une *chaîne causale* reliant le début à la fin, mais à un *cercle causal* où chaque élément est à la fois la cause et l'effet de tous les autres. Or, dans un cercle, il est parfaitement vain de se demander où se situent le point de départ et le point d'arrivée.

Penser les interactions sociales en termes circulaires, et non linéaires, nous permet d'échapper à des questions sans réponses et sans intérêt, et de mieux poser les questions pertinentes. Quand, sur une piste de danse, les danseurs font la ronde, chacun d'entre eux est, à la fois, entraîné par les autres et entraîneur des autres. Et, dans ce mouvement collectif, il serait idiot de chercher à distinguer les entraîneurs des entraînés ! On peut en revanche se demander qui a pris l'initiative de la ronde, pourquoi la ronde est habituelle dans certaines assemblées festives mais rarissime ou inexistante dans d'autres, pourquoi certains y participent et d'autres pas, dans quelles conditions la ronde peut changer de sens, etc.

Ces images nous servent simplement à souligner que nous n'imputons à aucune cause première, et encore moins unique, ce que nous avons présenté comme le cercle vertueux de la société de progrès humain et le cercle vicieux de la dissociété, ou encore le cercle vicieux de l'hypersociété. Nous décrivons des processus dynamiques d'interaction sociale où tout est à la fois cause et effet, où le rôle déterminant des acteurs est compatible avec le rôle déterminant du contexte social de leur action. Il s'agit donc de processus de codétermination des acteurs et du système.

Tant qu'à employer des images, autant employer les bonnes. Il serait plus judicieux d'évoquer une *spirale* vertueuse ou vicieuse plutôt qu'un cercle. Car, pour être vertueux ou vicieux, un cercle doit nécessairement se muer en spirale, c'est-à-dire monter ou descendre, se déplacer vers quelque part, sinon il n'est qu'une répétition infinie et statique : tout état social effacé par le suivant revient toujours à son tour. Tout bouge mais rien ne change. Le coq, la poule et l'œuf forment un cercle de ce type, un monde circulaire qui se reproduit indéfiniment. Mais les cercles vertueux ou vicieux dont nous traitons ici ne sont pas de ce type.

Nous avons en effet signalé le caractère autoréalisateur et auto-amplificateur des mouvements sociaux en cause, dans la dissociété comme dans la société de progrès humain. Une société n'est donc pas humaine ou inhumaine, elle est de plus en plus inhumaine ou de plus en plus humaine. On pense ici à la belle image d'Alain Caillé décrivant l'engrenage positif des échanges de dons dans les sociétés primitives : « [...] à force de tourner de plus en plus vite sur lui-même, le cercle du don finissait par prendre son envol[122]. » Une société de progrès humain est ce lieu mouvant où le cercle de la solidarité s'envole

122. Alain Caillé, « Tout le monde gagne. Comment un état d'endettement mutuel positif est-il possible ? Brefs commentaires sur l'article de Jacques Godbout », *Revue du MAUSS*, n° 4, pp. 222-223, cité par Mark Rogin Anspach, *À charge de revanche. Figures élémentaires de la réciprocité*, Seuil, 2002, p. 104.

pour engendrer des êtres toujours mieux capables d'être eux-mêmes avec les autres, pour soi et pour l'autre, et qui, à leur tour, façonnent une organisation sociale qui étendra la capacité des générations suivantes à concilier leurs aspirations ontogénétiques. Spirale vertueuse qui renforce la solidarité des parties avec le tout et garantit simultanément l'épanouissement des parties.

À l'opposé, la dissociété et l'hypersociété constituent deux spirales destructrices qui régressent vers l'inhumanité au lieu de s'envoler vers le progrès humain. La première actionne une force centrifuge qui déconstruit la société, l'atomise en particules toujours plus élémentaires et plus rivales les unes des autres. La seconde actionne une force centripète qui compacte et étouffe les individus dans un tout collectif. Et, pour finir, le totalitarisme se distingue en enchaînant, l'une après l'autre, la spirale de la dissociété et celle de l'hypersociété, pour ne plus rien laisser en vie : ni société ni individu[123].

Répétons que, dans ces processus d'interaction dynamique, la question de savoir qui de l'individu ou de la société est responsable de ce qui advient est non seulement insoluble, mais surtout dénuée de sens. *Les individus changent la société autant qu'elle les change, et réciproquement. Non seulement les deux agissent l'un sur l'autre en même temps, mais en outre les deux sont indissociables.* En effet, il résulte de notre définition de l'être humain et de la vie humaine que l'individu n'existe pas

123. Hannah Arendt a précisément décrit cet enchaînement. Le régime totalitaire commence toujours par « créer une société atomisée et individualisée comme on n'en avait jamais vu auparavant » (*Le Système totalitaire*, *op. cit.*, p. 65). Mais, après avoir aboli les lois et les liens qui unissaient les individus, la terreur totale leur « substitue un cercle de fer qui les maintient si étroitement ensemble que leur pluralité s'est comme évanouie en un Homme unique aux dimensions gigantesques » (*ibid.*, p. 290).

hors d'une interaction avec les autres. L'être humain est sociétal dans sa constitution même. L'interaction entre les individus produit des institutions, des règles, des modes de vie, de production, de pensée et d'expression, une culture, en un mot: elle constitue un «système social» que l'on peut sans doute ensuite considérer et étudier comme une entité qui ne se confond pas avec l'individu. Néanmoins, ce que nous entendons par «société» n'est pas ce système. Le système social est le résultat visible, l'ensemble des manifestations qui nous permettent de caractériser une société. Par «société», en revanche, le sens commun désigne un ensemble d'êtres humains qui vivent ensemble dans le cadre d'un même système social. Le terme «société» ne désigne donc pas une entité qui serait à côté ou séparée des individus; il désigne le processus même de vie commune par lequel les individus à la fois engendrent le système et sont conditionnés par lui.

Définition 7. *Ce que nous dénommons «société» est donc le processus vivant d'interaction entre les individus et le système qu'ils constituent tous ensemble.*

La société n'est pas séparable des individus et réciproquement. Par conséquent, je le répète, la question de savoir qui joue le rôle déterminant de la société ou de l'individu n'a aucun sens. La seule réflexion pertinente consiste à identifier les circonstances qui engendrent une «bifurcation», c'est-à-dire une réorientation décisive de la synergie complexe individus/société dans le sens d'une société inhumaine ou dans celui d'une société de progrès humain. Mais, quoique les acteurs et le système social agissent en même temps l'un sur l'autre, nous sommes contraints d'en parler l'un après l'autre, de décrire ce que la société «fait à» l'individu, puis ce que l'individu «fait à» la société, et ainsi de suite, jusqu'au moment où ce va-et-vient incessant nous fait ressentir à quel point ces deux temps du discours ne font qu'un dans la vie réelle.

Le lecteur peut avoir l'impression qu'ainsi nous « tournons en rond ». Il n'a pas tort, sauf que ce n'est pas nous qui tournons en rond, mais la réalité que nous tentons d'appréhender. Parce que la société et l'individu interagissent en permanence, le discours qui décrit ce processus doit aussi passer de l'un à l'autre en boucle. Chaque progrès dans la compréhension du processus social permet de mieux comprendre ce qui arrive aux individus dans cette société. Et mieux cerner ce qui arrive aux individus et la façon dont ils réagissent permet de mieux expliquer comment évolue la société.

Nous poursuivrons donc cette démarche plus tard dans notre enquête (chapitre 10). Après avoir approfondi les effets de la dissociété sur l'équilibre personnel, puis la réaction des individus et leur rétroaction sur la société, nous pourrons cerner mieux encore en quoi consiste le processus de la dissociété. Plus précisément, nous en découvrirons la double nature, politique et psychopathologique.

Bilan de l'enquête

La contradiction entre ce qu'on tient pour vrai dans ses relations intimes (le primat de la solidarité sur la compétition) et ce qu'on tolère ou valorise dans la vie sociale (la compétition généralisée) nous a conduit à nous interroger plus avant sur la nature de nos aspirations et sur leur compatibilité ou incompatibilité avec la société de marché.

Nous avons donc, dans ce chapitre, formalisé et tiré toutes les conclusions d'une intuition commune, à savoir que notre être balance en permanence entre le désir d'*être soi et pour soi* et celui d'*être avec et pour les autres*.

L'exposé se fonde d'abord sur l'expérience intime de tout un chacun, pour établir que la conciliation de ces *deux aspirations ontogénétiques* est le propre d'une vie humaine.

Partant de ce constat, il est possible de définir une « société de progrès humain » comme celle qui favorise la conciliation harmonieuse de ces deux aspirations, et d'identifier comme sociétés inhumaines, d'une part, la « dissociété », qui tend à amputer la seconde aspiration (être avec) au profit de la première (être soi), d'autre part l'« hypersociété », qui procède à l'amputation symétrique de l'individuation au profit de la socialisation.

Cette grille de lecture nous a permis de décrire le processus en partie engagé dans les sociétés gagnées par la culture néolibérale comme un processus de dissociation en cascade, à tous les étages de la société (dissociation entre communautés, dissociation intracommunautaire entre individus, dissociation de l'individu lui-même) – spirale d'interaction sociale perverse (mais réversible) qui nous entraîne vers une société inhumaine. Et pour préciser l'interprétation de cette dynamique, il a fallu aussi définir une méthode d'analyse : le « socialisme méthodologique ». Il s'agit d'une alternative à la conception individualiste de la société (caractéristique, notamment, du néolibéralisme) comme à la conception holiste de la société (dominante dans les doctrines antilibérales).

Le défi que je dois relever à présent est le suivant : *expliquer pourquoi la conception de la nature humaine et de la société, que je prétends tirer d'une intuition communément partagée, n'est pas celle qui domine la pensée occidentale moderne.* Si elle l'était, ni l'hypersociété collectiviste au siècle dernier ni la dissociété néolibérale aujourd'hui n'auraient pu s'imposer. Inversement, si ces dernières se sont imposées, n'est-ce pas la preuve qu'elles reposent sur une anthropologie et une philosophie plus justes que les miennes? Et puisque, en outre, l'Histoire récente rejette le modèle de l'hypersociété au profit de la dissociété marchande, n'est-ce pas la preuve que les néolibéraux sont dans le vrai?

Certes, non! Restons rigoureux. Ce n'est pas parce que les partisans d'une doctrine remportent la bataille politique que leur doctrine est vraie. Sinon, toutes les doctrines sont vraies, chacune à son heure! Dans la quête de la vérité, il ne faut pas confondre l'épreuve des faits et l'épreuve de l'Histoire. L'épreuve des faits commande de rejeter une hypothèse théorique si elle est manifestement infirmée par la réalité. Mais, dans l'histoire d'une société humaine, une théorie parfaitement fausse peut inspirer durablement les politiques et l'organisation sociale. C'est ainsi: une théorie qui ne supporte pas l'épreuve des faits peut passer haut la main celle de l'Histoire. Car les humains peuvent demeurer dans l'*erreur*, tant qu'ils ne savent pas qu'ils y sont, et parfois même au-delà. Mon ambition est précisément d'éviter qu'ils n'y demeurent.

Qu'importe donc la culture et la philosophie politique qui dominent en cet instant particulier de l'Histoire. Leur domination ne nous renseigne en rien sur leur véracité. Nous ne pouvons donc éluder une confrontation des diverses conceptions de l'être humain et de la société qui fondent les divers discours politiques, notamment le discours néolibéral.

Dans le chapitre 5, j'explique pourquoi cette confrontation n'est pas simple à organiser. Car aucun programme politique et presque aucun ouvrage contemporain de doctrine politique ne commencent par une déclaration sur la nature de l'être humain et d'une société humaine. Il nous faut donc procéder à une archéologie du discours politique, pour reconstituer d'où viennent et en quoi consistent ses fondations anthropologiques et philosophiques. Le discours néolibéral et la dissociété ne tombent pas du ciel dans les années 1980 ! Ils ont des racines culturelles qui plongent au moins jusqu'aux origines de la pensée moderne. Nous enquêterons donc sur la façon dont s'est forgée la conception néolibérale de la nature humaine (chapitre 6) et des sociétés humaines (chapitre 7). Et au terme de cette enquête, seulement, nous pourrons confronter notre propre conception et celle des néolibéraux à ce que les sciences nous apprennent aujourd'hui sur l'homme et la société.

La route est encore longue… Mais l'enjeu de ce débat interdit les thèses paresseuses.

5

À la recherche des piliers fondateurs de l'édifice néolibéral

Dans le précédent chapitre, je me suis contenté de déduire les propositions dérivant de quelques intuitions banales sur la nature humaine. Ce que j'ai écrit au sujet de notre quête d'un équilibre harmonieux entre l'« être soi » et l'« être avec » va tellement de soi que nous le ressentons tous sans l'exprimer, sans imaginer qu'il faille y réfléchir. Cela appartient au vaste ensemble des choses que nous savons sans même y penser, comme le fait de marcher ou de respirer. Nous n'avons donc pas besoin d'un livre pour les découvrir. Certes ! Elles méritent néanmoins réflexion.

« Tout a déjà été pensé, disait Goethe, l'important c'est d'y penser à nouveau. » Nous avons précisément besoin de livres pour « penser à nouveau » à ce que nous savons déjà, y prêter vraiment attention et nous demander si cela peut et doit avoir une incidence sur notre conception du monde, notre comportement, nos choix politiques. Nous avons aussi besoin de livres pour découvrir que ce que nous comprenons sur nous-mêmes n'est pas toujours un savoir médiocre et moins pertinent que celui des « experts » qui soutiennent le contraire de ce que nous ressentons. Ce livre a ainsi pour but d'être l'un de ceux qui mobilisent à nouveau votre attention sur ce que vous connaissez intimement de la nature humaine, démêlent et précisent vos intuitions à la lumière du savoir scientifique et, enfin, vous révèlent (ou vous rappellent) à quel point le modèle néolibéral (entre autres) est incompatible avec ce que vous savez être l'essence de l'humain.

De l'intuition au débat scientifique

À défaut d'un effort de réflexion, nous ne concevons spontanément aucun lien logique entre notre conception à demi inconsciente de la vie bonne et un quelconque modèle d'organisation sociale. Prendre conscience de ce lien recèle pourtant un enjeu majeur. *Tout système social et tout discours politique reposent, au moins de façon implicite, sur une anthropologie*, c'est-à-dire, au sens le plus large, sur une théorie de l'être humain. Ignorer ce fondement anthropologique, c'est s'exposer à supporter comme une fatalité la mise en œuvre d'une société inhumaine, alors qu'il s'agit seulement de l'application d'une théorie erronée.

Or, précisément, comme je pense l'avoir montré dans les chapitres précédents, notre peu d'attention pour ce que nous savons sur la nature humaine a une conséquence funeste : le monde présent est de moins en moins régi par les principes qui guident nos vies ou par notre conception usuelle des relations souhaitables avec les autres. Mais pourquoi diable les principes gouvernant le monde, l'économie, la politique, les relations entre les nations, devraient-ils être si différents de ceux qui gouvernent notre vie personnelle ? Si la solidarité vaut mieux que la compétition dans nos relations intimes, pourquoi l'extension de la compétition devrait-elle constituer la pierre d'angle de notre société ?

À cette question les néolibéraux vous répondront souvent, avec la condescendance apitoyée des experts pour le sens commun: «Il ne faut pas rêver, ce qui "marche" pour vous ne "marche" pas pour la société dans son ensemble. Votre expérience des relations personnelles est trop simple et trop partielle: elle ne peut donc vous éclairer sur les lois bien plus complexes qui régissent des sociétés composées de millions d'individus qui ne se connaissent pas.» Méfiez-vous! Quand un «expert», *au lieu de s'expliquer*, invoque ces «choses bien plus compliquées que vous le croyez», c'est soit qu'il n'y comprend rien lui-même, soit qu'il veut dissimuler des choses en réalité bien plus simples que vous le croyez!

Ainsi, selon nos experts néolibéraux, dans une grande société «complexe», nous serions, chacun d'entre nous, une curiosité locale, une exception fonctionnant selon des principes a-normaux (puisqu'ils ne peuvent constituer la norme). Pourtant, de toute évidence, notre idéal serait d'étendre à l'ensemble de nos relations le compromis harmonieux entre autonomie et solidarité que nous nous efforçons de construire dans les relations amicales, familiales et amoureuses. Mais les experts de la dissociété nous répondent: «Impossible! Faites l'amour dans la famille et la guerre en dehors de la famille, faites la paix dans l'atelier et la guerre entre les ateliers.» *Dans la dissociété, l'union ne fait la force d'un groupe que pour la compétition avec d'autres groupes.* L'union ne réalise jamais l'harmonie et la cohésion des uns et des autres – entre «nous» et «eux» –, elle autorise seulement la coalition des semblables pour combattre les dissemblables («nous» contre «eux»), la fusion des «uns» en vue d'un affrontement aux «autres». Pourtant (encore ce fichu «sens commun»!), dans nos relations quotidiennes, nous savons que c'est avec les étrangers, les dissemblables, les vraiment «autres» que la coopération, la politesse et la quête de compromis solidaires sont les plus utiles, voire les plus nécessaires.

« Eh bien, non, vous répéteront nos experts, ce n'est pas parce que vous pouvez vous entendre avec les étrangers de votre quartier que la société peut échapper à la loi de la compétition généralisée ! » Au prétexte plausible que toute micro-expérience humaine n'est pas généralisable, nous sommes donc sommés de nous mêler de nos seules affaires privées et non plus de celles du monde. Mais comment ne pas voir ici l'évidente et grossière manipulation ? La solidarité, la coopération et la préférence pour des relations pacifiées ne sont pas des pratiques exceptionnelles et réservées à quelques originaux ; elles constituent plutôt la réalité quotidienne de tous les êtres humains. Aussi, *quiconque vous dit « ce que vous ressentez (comme tous les autres humains) n'est pas généralisable » s'appuie insidieusement sur votre intuition raisonnable qu'une pratique singulière n'est pas universelle pour vous convaincre qu'une pratique universelle est singulière !* Ainsi, quoique la plupart des habitants de la planète vivent selon les mêmes principes fondamentaux, on veut nous faire croire que ces principes sont exceptionnels, extraordinaires, non généralisables, alors qu'ils constituent la généralité même ! Comble de l'absurde, les tenants de ce discours soutiennent que d'autres traits ordinaires de nos pratiques quotidiennes – l'égoïsme, l'appât du gain, l'esprit de compétition – constituent quant à eux les fondements naturels de toute société ! Mais pourquoi seules ces dispositions individualistes seraient-elles généralisables, et non l'empathie, la sympathie, la compassion et la solidarité qui chaque jour en nous les tempèrent ?

On voit ici comment le néolibéralisme risque de s'embourber dans une incohérence absolue. Il ne peut en effet, d'un côté, glorifier l'individu et, de l'autre, compter pour rien les comportements et les règles de vie de la quasi-totalité des individus ! Il ne peut stigmatiser les

« idéologies » coupables d'entraver le libre arbitre individuel au nom de vérités générales et, dans le même temps, proclamer la supériorité de son projet sur l'idéal de tant d'individus ! C'est pourquoi le discours néolibéral ne peut se contenter d'invoquer la complexité d'une grande société pour disqualifier le modèle de compétition tempérée et de solidarité collective qui fait merveille dans une microsociété. Il s'efforce aussi d'effacer toute opposition entre son idéal social et l'idéal des individus. Dans ce but, il se présente comme un discours scientifique sur les lois « naturelles » qui règlent la vie des êtres humains.

La « science » néolibérale de l'homme rejette les conceptions de la vie humaine et de la société de progrès proposées au chapitre précédent. Pour les néolibéraux, ce que j'ai présenté comme une intuition du sens commun – notre volonté de concilier le désir d'être soi et celui d'être avec – serait une vision angélique de l'être humain, à mille lieues de la réalité. En fait, l'être humain serait plutôt une bête qui a « la compétition dans le sang », un individu qui ne se préoccuperait d'autrui que par intérêt personnel et ne s'associerait à d'autres individus dans une société qu'en vue de satisfaire plus efficacement ses besoins. Il n'y aurait donc aucune opposition entre un prétendu désir de coopération solidaire et une société fondée sur la compétition maximale : c'est la même passion égoïste pour notre « intérêt bien compris » qui nous conduirait parfois à privilégier la coopération avec certains pour mieux mener la bataille contre tous les autres.

J'ai soutenu que la compétition généralisée nous entraînait vers une dissociété incompatible avec nos aspirations naturelles. Les néolibéraux soutiennent au contraire qu'une société fondée sur la libre compétition et sur la loi du plus fort est parfaitement conforme à la nature humaine, aux lois de l'évolution des espèces et aux lois « naturelles » de l'économie. Cette nature humaine guerrière et prédatrice résulterait du processus impitoyable de sélection naturelle qui, au fil de la longue histoire des espèces, a éliminé les plus faibles et laissé prospérer les individus les plus aptes à défendre leurs intérêts. Un processus de sélection naturelle des systèmes économiques et sociaux procéderait de même, éliminant progressivement les moins performants, et généralisant à l'ensemble de la planète le principe d'organisation sociale le plus efficace : la libre compétition marchande.

À ce stade du débat, nous ne pouvons plus nous contenter de simples intuitions sur la nature humaine. La question est de savoir si la théorie de l'homme (l'« anthropologie ») qui sous-tend le modèle néolibéral est exacte ou fausse – autrement dit, si elle est conforme ou non à l'état des connaissances scientifiques. Je donnerai la réponse définitive au chapitre 9. En résumant l'essentiel de ce que la paléo-anthropologie, l'éthologie, l'ethnologie, la neurobiologie, la psychologie et l'archéologie nous apprennent sur la constitution de l'homme et sur son rapport à la société, nous découvrirons que l'anthropologie néolibérale est tout simplement fausse. Nous verrons aussi que l'état effectif des connaissances conforte notre « socialisme méthodologique » et notre conception d'une « société de progrès humain ».

Mais, pour mener à bien cette confrontation du néolibéralisme et du socialisme méthodologique aux sciences, encore faut-il préciser les positions qu'il s'agit de confronter. Il nous faut expliciter les fondements anthropologiques du néolibéralisme, ce qui, par opposition, permettra aussi de préciser plus encore en quoi consiste le socialisme méthodologique.

Et, pour commencer, je vais m'adresser à ceux qui ne voient pas d'emblée en quoi cette enquête sur les fondements anthropologiques est indispensable.

Pourquoi on ne peut éluder le débat anthropologique

L'orientation de tout discours politique (y compris un discours antipolitique) dépend *in fine* des réponses à quelques questions élémentaires: Quel est le moteur de l'action humaine? Qu'est-ce qui motive les choix? Les pensées, les désirs et les choix de l'individu sont-ils dépendants ou indépendants de ce que pensent, ressentent et font les autres? Pourquoi les humains constituent-ils des sociétés? Quelle est la finalité de la société? Quel est le rapport entre société et individu: indépendance, dépendance, interaction? Les réponses à des questions de ce type posent les fondations anthropologiques de toute analyse des sociétés humaines et, partant, de toute théorie politique, économique ou sociale. Ces questions concernent ce qui constitue la nature même de l'être humain et d'une société; elles sont «basiques» au sens strict: elles sont la base sur laquelle repose la façon d'aborder tous les autres débats de société. Et pourtant, le débat public les ignore presque toujours.

Les constructions intellectuelles ont, hélas, un point commun avec les constructions matérielles: une fois le bâtiment achevé et en service, on revisite rarement les fondations enfouies et peu accessibles, sauf le jour où l'édifice menace de s'effondrer. Ainsi, dans les rares occasions où subsiste un vrai débat d'idées, il arrive encore que des conceptions concurrentes s'affrontent: égalitarisme ou égalité des chances, services publics ou privatisation, solidarité collective ou responsabilité individuelle, libre concurrence ou régulation politique, etc. Mais on ne remonte guère au-delà. Quand on admet encore l'existence de vrais clivages idéologiques entre socialisme et libéralisme, entre droite et gauche, on situe leur point de départ dans la hiérarchie de «valeurs» telles que la liberté, l'égalité, la fraternité, la responsabilité, l'honneur, etc. Les véritables penseurs savent bien que le point de départ est en réalité plus profond encore, que nos préférences en termes de valeurs reflètent une conception de l'homme et de la vie. En 1927, Carl Schmitt rappelait déjà: «On peut analyser toutes les théories de l'État et toutes les doctrines politiques en fonction de leur anthropologie sous-jacente et les classer selon que, *consciemment ou non*, elles posent en hypothèse un homme corrompu de nature ou un homme bon de nature[124].» On peut aussi rappeler cette évidence pour tout historien des idées: la naissance même de la philosophie politique moderne se distingue par la volonté explicite de refonder l'analyse sur une théorie positive de la nature humaine et de la condition humaine avant la constitution de communautés politiques[125].

Aucun de ceux qui prétendent aujourd'hui forger les doctrines politiques, économiques et sociales ne peut ignorer que celles-ci sont indissociables d'une anthropologie fondamentale. Pourtant le débat public ne creuse pas aussi profond dans les fondations, il n'explicite jamais les réponses aux questions basiques qui fondent néanmoins les «valeurs» sur lesquelles reposent à leur tour les prescriptions politiques.

---

124. Carl Schmitt, *La Notion de politique*, *op. cit.*, p. 101. *La Notion de politique*, initialement publiée dans une revue en 1927, a connu sa première édition sous forme de livre en 1932 (Leipzig-Munich, Duncker & Humblot).

125. Thomas Hobbes écrivait en 1640: «[...] pour se faire une idée claire des éléments du Droit naturel et de la Politique, il est important de connaître la nature de l'Homme» (cité par Simone Goyard-Fabre dans son introduction à Hobbes, *Le Citoyen*, Flammarion, 1982). Citons encore John Locke, en 1690: «Pour bien comprendre en quoi consiste le pouvoir politique, connaître sa véritable origine, il faut considérer dans quel état tous les hommes sont naturellement» (*Traité du gouvernement civil*, Flammarion, 1984).

Mais faut-il vraiment remonter aussi loin vers les origines de notre culture politique? Le lecteur se demande sans doute si la fouille archéologique des fondations anthropologiques d'un discours politique a une utilité réelle (au-delà du plaisir de la spéculation intellectuelle). Je lui répondrai d'abord que, sans la mise au jour de ces fondations, il ne sait même pas à quoi il adhère et à quelle conception de l'homme il apporte son soutien à travers le vote, les opinions qu'il défend et la culture qu'il transmet à ses enfants. Il vaut toujours mieux savoir exactement à quoi l'on adhère et qui l'on suit.

Néanmoins, un lecteur néolibéral (éventuellement sans le savoir) peut très bien m'objecter: «Je sais très bien à quoi j'adhère en soutenant une société de libre concurrence; je sais qu'elle est bien plus efficace qu'une société administrée et planifiée; j'y adhère parce que "ça marche", et la question de savoir si, ce faisant, je soutiens une conception platonicienne ou cartésienne de l'homme est vraiment superflue.» En somme, cher lecteur, on peut adhérer à un modèle de société comme on achète une voiture: pas besoin de connaître la mécanique, l'électronique et la chimie; on l'achète parce que «ça roule»! N'est-ce pas là le pur bon sens? Ni le bon, ni le mauvais, en réalité. C'est tout simplement le refus paresseux et dangereux de rechercher un sens quelconque.

Un effort intellectuel minime permet déjà de se débarrasser des comparaisons non pertinentes. Soutenir la société de compétition généralisée au motif que c'est toujours mieux que la collectivisation bolchevique, cela revient juste à dire: «C'est mieux que si c'était pire!» Certes. Mais convenez alors que ce n'est pas mieux que si c'était mieux! Pour évaluer la société dans laquelle vous vivez, vous devez la comparer à un idéal plutôt qu'à un antimodèle. Tant que vous ne définissez pas ce qu'est la «vie bonne», ce qui constitue un vrai «progrès», vous ne savez pas si la société de marché vous ouvre ou vous ferme la route vers une autre société accessible et bien plus désirable. Et comment déciderez-vous ce qui est bon pour les êtres humains sans une conception particulière de la nature humaine?

Vous dites que vous adhérez à la société de marché parce que «ça marche». Ah bon! Mais à l'aune de quels critères portez-vous ce jugement? À quoi reconnaissez-vous que «ça marche»? Au taux de croissance du PIB ou au taux de suicide? Au taux de rendement du capital ou au taux de stress au travail? Au nombre d'entreprises créées ou au nombre de langues humaines et d'espèces vivantes qui disparaissent chaque année? Que vous le vouliez ou non, dire «ça marche» à propos d'une société, constitue une prise de position philosophique sur la hiérarchie des finalités sociales, hiérarchie qui suppose à son tour une idée de ce qui constitue une bonne vie humaine et donc, avant cela même, une idée de ce en quoi consiste le fait d'être humain. C'est pourquoi, avant de dire «ça marche», il vaut mieux savoir d'où «ça» vient et où «ça» va, et vérifier ensuite si vous vous sentez parfaitement à l'aise concernant cette origine comme cette destination.

Alors, puisque vous croyez à l'efficacité supérieure d'une société qui étend toujours plus la libre compétition et le rôle des marchés, recherchons ensemble quelques-uns des présupposés nécessaires pour valider votre croyance.

Pour commencer, par «efficacité supérieure» vous entendez le fait que, selon vous, le modèle néolibéral maximise la «production de richesses», et par «richesses» vous entendez les biens et services marchands issus d'une mobilisation rationnelle du travail et du capital par les entrepreneurs.

Cette conception de l'efficacité n'est pas universelle. Il est des paysans pauvres qui refusent une vache gratuite – susceptible d'améliorer sensiblement leur pouvoir d'achat – au motif qu'avec une vache supplémentaire ils n'auraient plus le temps de contempler tranquillement le coucher du soleil[126]. Des sociétés primitives ont perduré jusqu'à nos jours sans jamais ressentir le besoin de développer la production matérielle au-delà de ce qui est nécessaire à la vie biologique. Votre conception d'une société efficace ne va donc pas de soi : loin d'être universelle, elle caractérise au contraire une culture récente dans l'histoire de l'Occident et toujours minoritaire dans l'humanité d'aujourd'hui.

Cela dit, c'est votre conception et nous devons ici l'admettre comme point de départ, juste pour voir où cela nous mène. Admettons donc qu'une société efficace soit celle qui exploite au mieux toutes les ressources de la planète pour maximiser la consommation de biens et services. Vous devez tout de même reconnaître que la libre concurrence réserve ce gavage à une minorité sur la planète et que, même dans les pays riches, elle exclut du festin une part non négligeable de la population. Certes, direz-vous, mais, dans un système de libre concurrence, tout le monde peut tenter sa chance et s'en tirer par ses efforts ; chacun est donc responsable de son sort et la concurrence oblige précisément chacun à se prendre en charge. Vous êtes donc un adepte de la « responsabilité individuelle » : la société n'est pour rien dans le sort des humains. Mais cela suppose (notamment, mais pas seulement) d'accepter quelques hypothèses très précises quant à la nature humaine. Un individu est seul responsable de ce qu'il fait s'il est libre de toute détermination extérieure par l'éducation, la culture, les conventions, les liens affectifs, sa position sociale, etc. – bref, s'il constitue un centre de décision parfaitement autonome.

---

126. Christian Coméliau raconte cette histoire vraie dans *La Croissance ou le Progrès ?*, *op. cit.*

Cela étant posé, vous devez répondre à une autre question : Pourquoi des individus autonomes et responsables souhaitant maximiser leur consommation doivent-ils dépenser leur énergie et leurs ressources dans la compétition les uns contre les autres ? Ne devraient-ils pas concentrer leurs efforts sur la seule production, en limitant la compétition et en développant une coopération solidaire en vue de leur bien commun ? L'union ne fait-elle pas la force ?

À ce stade, vous êtes logiquement contraint de poser une nouvelle hypothèse sur la nature humaine : la coopération solidaire est problématique et nécessairement limitée parce que les individus sont égoïstes et naturellement portés à la compétition pour obtenir plus que les autres. Vous voyez sans doute dans la compétition marchande un moindre mal et un progrès par rapport à la « loi de la jungle » : la guerre économique vaut mieux que la guerre tout court, le marché nous permet de vivre ensemble en canalisant la violence potentielle de tout rapport humain.

Vous admettrez donc la proposition suivante : *si les néolibéraux croient à la supériorité du marché de libre concurrence*[127]*, c'est parce qu'ils supposent que chaque individu est motivé par son seul intérêt.* C'est la motivation égoïste qui rend le travailleur et l'entrepreneur particulièrement productifs, dans un système où chacun peut s'approprier un avantage lié à sa performance. Si les individus s'intéressaient plus au résultat collectif ou au bien-être d'autrui qu'à eux-mêmes, la libre concurrence serait en revanche inutile et nuisible. Inutile, parce que l'on

127. Nous prenons ici « libre concurrence » au sens strict et conforme à l'idéal néolibéral : compétition ouverte à tous et sans aucune entrave à la liberté qu'ont les individus de poursuivre leurs fins par tous les moyens, à l'exception de l'atteinte aux biens et au corps d'autrui.

obtiendrait la productivité optimale des individus sans les mettre en compétition maximale: un système de coopération collective bien organisé serait dès lors efficace[128]. Nui-sible, car la mise en œuvre de la compétition a un coût (dépenses de publicité, temps, stress, investissements multiples et redondants des compétiteurs qui tentent tous de conquérir le même marché, etc.); en conséquence, la concurrence réduit inutilement le bien-être collectif, dès l'instant où une performance productive équivalente ou supérieure est accessible par l'adoption d'un système coopératif qui limite la concurrence. Un système de coopération organisé, quand il est possible, est presque toujours plus performant qu'un marché de libre concurrence[129].

Vous admettez donc que la supériorité de la libre concurrence est liée au postulat d'égoïsme et s'évanouit si ce postulat ne tient plus[130]. Or, précisément, vous ne pouvez pas nier l'existence évidente de comportements altruistes, ne serait-ce qu'en vous fondant sur votre expérience quotidienne: tous les jours, vous agissez aussi dans l'intérêt d'autrui et faites alors passer vos propres désirs au second plan. Problème: si les individus sont capables d'altruisme et s'ils savent que la coopération des altruistes est souvent plus efficace que la rivalité des égoïstes, ils devraient décider d'être altruistes autant que nécessaire et fonder un système social combinant compétition modérée et coopération organisée. Admettre l'altruisme

128. Un système de coopération organisée n'exclut ni le marché ni la concurrence. Il exclut seulement la libre concurrence au sens strict. Il s'agit d'un système conçu en vue de l'avantage collectif, dans lequel le marché et la concurrence sont de simples instruments subordonnés à cette fin.

129. Notons au passage que la théorie économique la plus orthodoxe établit formellement ce résultat. Nous y reviendrons plus tard.

130. Que les lecteurs bien informés se rassurent: je sais et je montrerai plus loin que la libre concurrence est aussi inefficace même si tous les individus sont strictement égoïstes.

conduit logiquement à recommander l'abandon ou, du moins, un recul substantiel du principe néolibéral de libre concurrence.

Vous êtes peut-être tenté de défendre ce principe en soulignant la difficulté qu'auraient des millions d'individus (quoique altruistes) à délibérer et à s'entendre sur un nouveau système d'organisation sociale. Cette ligne de défense est on ne peut plus fragile: elle fait du marché libre un «moindre mal» rapporté à l'idéal coopératif qui serait empêché par une défaillance des procédures de décision collective; cela nous engage seulement à réformer le processus de décision publique pour conduire vers une «démocratie effective[131]» où la volonté réelle du plus grand nombre gouverne les choix collectifs.

Les néolibéraux préfèrent une autre ligne de défense, qui consiste à nier l'existence d'un altruisme authentique. Selon eux, ce que nous dénommons «altruisme» est en réalité l'effet de la rationalité des individus égoïstes: notre *intérêt bien compris* nous incite à la coopération solidaire plutôt qu'à la rivalité solitaire, à chaque fois que la première nous procure un avantage personnel supérieur à celui que nous pouvons attendre de la seconde. *L'«altruiste intéressé» est un égoïste*: il peut se soucier du bien d'autrui en tant qu'*instrument* de son propre bien, mais jamais en tant qu'*objectif*. Il opte donc pour la solidarité collective uniquement dans les situations où il est aisé de conclure un accord de coopération mutuellement avantageux et de contrôler son application par les autres. Cela restreint le champ de la coopération aux relations sociales de petit nombre, où chacun peut surveiller l'autre (famille, village, rapports de voisinage, etc.). Hors de ce champ, les comportements sont dominés par la rivalité

131. J'ai défini la «démocratie effective» dans *Quel renouveau socialiste?*, *op. cit.* J'y reviens à la fin du présent ouvrage.

naturelle et il est alors rationnel pour chacun de se comporter en compétiteur impitoyable. Les néolibéraux ne peuvent donc soutenir leur modèle de compétition généralisée qu'en niant l'existence de comportements réellement altruistes (motivés par le véritable souci de faire du bien à autrui).

Mais cette thèse de l'« altruisme intéressé » (ou de l'égoïsme déguisé) soulève notamment deux difficultés logiques (je passe sur le débat éthique et philosophique).

Tout d'abord, postuler un égoïsme irréductible ne suffit pas à justifier l'extension maximale de la libre concurrence. En effet, si les individus sont rationnels, ils savent que la coopération solidaire est souvent plus efficace que la compétition solitaire. Leur intérêt bien compris les incite donc à étendre les possibilités de recours à la coopération au détriment de la compétition. Quand la coopération ne peut être garantie par la pression sociale d'un petit groupe où chacun surveille son voisin, elle peut l'être par des institutions et par la loi.

Pour sauver le modèle néolibéral, des hypothèses supplémentaires s'avèrent donc nécessaires. Il faut supposer, par exemple, que la coopération n'est jamais, ou presque jamais, vertueuse parce que les individus ont une aversion naturelle pour l'association pacifique avec d'autres individus. Ou encore, on doit poser l'hypothèse que la coopération instaurée par la loi n'est pas soutenable : les individus ne respectent les lois que sous le joug d'un État tellement répressif et terrifiant qu'il faut payer les vertus de la coopération au prix de la disparition des libertés. Ces hypothèses supposent une conception de l'être humain des plus sombres : tout individu est non seulement strictement égoïste, mais aussi violent et prédateur, prêt à tout pour accroître son plaisir au détriment d'autrui.

Par ailleurs, si vous acceptez la thèse de l'altruisme intéressé, vous admettez que les individus décident d'être solidaires ou rivaux en fonction du contexte social. Mais alors, vous n'échappez pas à une autre question : *le marché libre s'impose-t-il comme le meilleur système parce que les individus sont égoïstes, ou n'est-ce pas plutôt parce qu'ils sont plongés dans un contexte de libre compétition que les individus rationnels doivent se comporter en égoïstes ?* Où est la cause, où est l'effet ?

Si le contexte social (libre compétition ou coopération collective) détermine l'option de l'individu pour la rivalité ou pour la solidarité, une société qui étend délibérément les contextes de coopération au détriment des contextes de libre compétition conduit les individus à se comporter de plus en plus en altruistes intéressés. Cette mutation des comportements rend alors la coopération solidaire de plus en plus efficace, et donc de plus en plus désirée et soutenue politiquement par des citoyens rationnels. Par conséquent, la préférence pour la compétition généralisée n'est pas concevable, à moins de poser encore une hypothèse supplémentaire : *le comportement des individus n'est en rien déterminé par le contexte social dans lequel ils vivent*; *les individus sont égoïstes par nature, et ni l'éducation ni la transformation de la société ne peuvent affecter cette nature*. Cette hypothèse nécessite à son tour le postulat préalable qui était déjà nécessaire pour établir la responsabilité individuelle : *la personnalité définitive de chaque individu lui est donnée dès sa conception biologique* (par la nature ou par Dieu, comme vous voulez), elle est exempte de toute détermination extérieure; elle reste immuable, logée quelque part en un lieu qui la préserve de l'histoire singulière du corps, qui, quant à lui, subit le changement biologique et évolue dans un espace de relations sociales. Eh bien, une fois encore, pour soutenir le discours néolibéral, vous voilà à philosopher, à spéculer sur la séparation du corps et de l'esprit, en compagnie de Platon et Descartes, cette compagnie que vous estimiez tout à fait superflue au début de notre discussion.

Arrêtons-nous à ce stade pour une conclusion d'étape. Notre dialogue avec un hypothétique lecteur est délibérément très incomplet, simpliste même, car il prétend seulement constituer une invitation à un débat plus rigoureux. Il s'agissait ici de convaincre le lecteur qu'on ne peut éluder la question de savoir quelles hypothèses anthropologiques fondent un système social et le discours politique qui promeut ce système. Ainsi, notamment, la pertinence du système néolibéral dépend de quelques postulats élémentaires sur la nature de l'être humain et de son rapport à la société. Contrairement à ce que prétendent ses gourous patentés et à ce que croient ses adeptes paresseux, le néolibéralisme n'est pas la mise en œuvre de ce qui « marche », sans préjugés idéologiques; c'est la mise en œuvre d'une théorie très particulière de l'homme et de son rapport aux autres. Si vous ne partagez pas cette conception de l'homme, ou si elle est fausse, vous devez rejeter le système social qui va avec. Si, par exemple, vous admettez que: 1) nous nous soucions vraiment des autres, 2) notre personnalité est affectée par le contexte de notre existence, 3) nous acceptons volontiers des lois qui nous permettent de mieux vivre ensemble, alors le modèle de la libre concurrence s'effondre et vous devez en bonne logique reconnaître la nécessité de modérer la compétition et d'étendre la logique de la coopération solidaire autant qu'il est possible.

Mon lecteur néolibéral est peut-être tenté à présent de sauver la face en usant encore de la comparaison avec l'épouvantail communiste. « Soit, dira-t-il, les fondements anthropologiques de la société de libre concurrence sont sans doute un peu irréalistes, mais, quels qu'ils soient, si l'on en juge par le sort final réservé aux droits de l'homme, ils sont assurément plus pertinents que ceux du modèle collectiviste et de l'économie administrée.» Désolé, cher lecteur, mais cela est tout à fait impossible, pour une simple et bonne raison: les fondements anthropologiques de ces deux modèles apparemment antinomiques sont identiques! La section suivante réserve ainsi à un lecteur néolibéral et anticommuniste une découverte singulière: dans la genèse des idées modernes, le néolibéralisme partage avec le marxisme 90 % de son patrimoine génétique; c'est une erreur anthropologique commune à ces deux idéologies qui conduit la première vers la dissociété individualiste, et la seconde vers l'hypersociété collectiviste.

Voilà, je l'espère, une raison supplémentaire de consentir un nouvel effort pour mettre au jour, en toute rigueur cette fois-ci, la liste des dix piliers théoriques qui soutiennent l'édifice néolibéral.

Pour une archéologie du discours politique

Dresser une telle liste n'a rien de trivial. En effet, le néolibéralisme n'est pas à proprement parler une école constituée, avec des leaders proclamés et une Bible dont il suffirait d'extraire les dix premiers commandements. Certes, on peut distinguer des auteurs (Milton Friedman ou George Stigler), des institutions (FMI, Banque mondiale) et des leaders politiques (Margaret Thatcher, Ronald Reagan), entre autres, qui ont pu être considérés comme les promoteurs ou les théoriciens du modèle néolibéral. Mais leur force première est précisément de ne pas vraiment s'afficher comme une école structurée que ses détracteurs pourraient alors plus aisément prendre pour cible. Ils procèdent plus par diffusion d'une «culture» politique et économique sans label idéologique, sans étendard visible sur le champ de bataille des idées. Il s'ensuit que bien des leaders de la gauche, des syndicalistes et des journalistes reprennent à leur compte des pans entiers de cette culture sans avoir le moindre sentiment d'adhérer à une idéologie néolibérale. Les promoteurs lucides et délibérés du néolibéralisme ont, quant à eux, une raison supplémentaire de ne pas étaler au grand jour leurs présupposés anthropologiques : ceux-ci ne résistent pas plus de quelques secondes à un examen rigoureux.

On ne peut donc guère compter sur le discours néolibéral lui-même pour nous livrer la liste de ses hypothèses fondatrices, en ordre logique, de la première à la dernière, jusqu'à la conclusion finale établissant la nécessaire extension de la libre concurrence marchande à la quasi-totalité des activités humaines. Nous devons donc reconstituer cette chaîne logique qui conduit d'une conception de l'être humain à un modèle d'organisation sociale, en passant par une certaine idée du rapport entre individu et société.

Toutefois, le fait que les néolibéraux eux-mêmes n'exposent pas la plupart des postulats que je présente ci-dessous ne me contraint pas à les imaginer *ex nihilo*. Je n'« invente » ces postulats qu'au sens archéologique du terme : je dé-couvre des hypothèses enfouies et déjà posées par d'autres durant l'histoire de la pensée moderne, histoire dans laquelle le néolibéralisme puise ses sources, même s'il n'avoue pas toujours ou ignore parfois ces dernières.

Le néolibéralisme est en effet (principalement) une variante contemporaine de l'ultralibéralisme, lequel est l'un des courants issus du libéralisme classique du siècle des Lumières (XVIIIe), Lumières qui, à leur tour, plongent leurs racines et trouvent leurs étincelles fondatrices au XVIIe siècle, quand émerge une pensée « moderne » fondée sur la raison et émancipée de la «croyance». N'en déplaise à ses promoteurs comme à ses détracteurs, le néolibéralisme a donc des racines intellectuelles communes avec le marxisme, le socialisme et l'anarchisme, qui, au XIXe siècle, s'opposent, certes, au courant libéral, mais puisent leur source première dans la philosophie libérale classique du XVIIIe et, à travers elle, dans une nouvelle conception de la nature humaine qui s'affirme au XVIIe, notamment chez Descartes, Hobbes ou Locke[132]. Or cette nouvelle conception préfigure les fondations anthropologiques caractéristiques de la modernité: l'individu rationnel, libre et autonome dans l'«état de nature», qui aurait ensuite constitué des sociétés utilitaires et accepté des lois communes pour contenir la rivalité et la violence inhérentes au règne de la liberté naturelle.

Avant ce bond en avant vers la modernité, la pensée reste enfermée dans une «vérité révélée» sévèrement contrôlée par l'Église. Il est alors inutile de comprendre ce que les choses sont concrètement, puisque l'on sait ce qu'elles doivent être: l'univers et les hommes s'inscrivent dans un ordre naturel voulu par Dieu, du commencement à la fin de l'Histoire. Quelques auteurs ont sans doute ouvert la voie vers la modernité en secouant les chaînes de cet ordre cosmologique et théologique, sans les briser toutefois. Ainsi Montaigne ou Francis Bacon[133], entre autres, ont revendiqué la capacité d'approcher la vérité par la réflexion propre, l'observation et l'expérience. Et avant ceux-là, dès 1513, Machiavel émancipe la théorie politique de la morale et de la religion en lui donnant pour objet de comprendre les comportements

---

132. René Descartes (1596-1650), Thomas Hobbes (1588-1679), John Locke (1632-1704).

133. Montaigne (1533-1592), Francis Bacon (1561-1626).

tels qu'ils sont, en sorte de fonder l'action publique sur une connaissance objective[134].

Mais aucun de ces auteurs ne se préoccupe directement d'élaborer une théorie rationnelle de l'être humain. Il faut attendre le milieu du XVIIe pour qu'émergent les bases d'une conception de l'« individu » caractéristique de la modernité. C'est, notamment, la métaphysique de René Descartes qui s'articule autour du « je » pensant et autonome. C'est surtout ce que l'on peut appeler la « physique politique » de Thomas Hobbes : la conception de la société comme un « corps » politique auquel on doit appliquer une méthode d'analyse conforme à la nouvelle physique inaugurée par Galilée en 1638[135]. C'est l'époque où s'impose l'idée que le droit et la politique doivent être fondés non plus sur l'ordre inscrit par Dieu dans l'univers,

134. *Le Prince* ne sera publié qu'en 1542, après la mort de Machiavel (1469-1527), et connaîtra une diffusion et un succès tels que, dès la fin du XVIe siècle, beaucoup considéreront son auteur comme le fondateur de la science politique. Citons notamment la phrase célèbre et emblématique de cette fondation : « Mais mon intention étant d'écrire chose utile à qui l'entend, il m'a paru plus pertinent de me conformer à la vérité effective de la chose qu'aux imaginations qu'on s'en fait » (*Le Prince*, Flammarion, 1992, p. 131). Cette déclaration, banale pour le lecteur du XXIe siècle, est une révolution méthodologique pour celui du XVIe.

135. Hobbes, comme Descartes, est le contemporain de la naissance de la physique et de la biologie humaine modernes. Dans son introduction au *Léviathan*, Gérard Maret nous rappelle : « C'est à son époque que Galilée ouvre définitivement les portes de la physique scientifique entendue comme science des corps et des mouvements de ces corps. La fondation de la physique peut être datée : 1638, publication par Galilée de ses *Discours et démonstrations mathématiques concernant les nouvelles sciences*. L'avènement de la science des corps physiques [...] se double de l'avènement de la science du corps humain par William Harvey » (Thomas Hobbes, *Léviathan, ou Matière, forme et puissance de l'État chrétien et civil* [1651], Gallimard, 2000, pp. 31-32). Dans la dédicace de son essai *De corpore*, Hobbes revendique explicitement l'ambition de fonder une science du corps politique dans la lignée de ces nouvelles sciences.

mais sur une reconstitution rationnelle de ce qu'est l'« état naturel » des humains avant l'avènement d'une société politique et des raisons qui les conduisent à constituer une telle société.

Ce faisant, la philosophie du XVIIᵉ pose les premières bases anthropologiques de la pensée politique moderne. Mais c'est là une « pré-anthropologie »: avant l'émergence d'une vraie science de l'humain, trois siècles avant la découverte des premiers australopithèques, la paléoanthropologie, la génétique, la psychologie, la neurobiologie, la sociologie, etc., n'existent tout simplement pas. C'est donc une anthropologie spéculative – supposée déductible par le simple raisonnement –, ce qui n'est en rien étonnant à une époque où Descartes croit démontrer l'existence de Dieu par la seule logique. La plupart des auteurs qui écrivent sur l'« état de nature » ne dissimulent d'ailleurs pas qu'il s'agit là d'une construction de l'esprit, d'un modèle théorique, et non d'une description historique de ce que fut la vie réelle des premiers humains.

Ainsi, de Hobbes (1640) à Rousseau (1761)[136], une succession de philosophes va fonder notre conception moderne de la nature humaine sur des croyances raisonnables compte tenu de ce qu'ils sont en mesure de *savoir* sur la question, c'est-à-dire, en réalité, quasiment rien! Tant et si bien que, au moment où les sciences humaines et sociales prennent leur véritable essor, à partir du milieu du XIXᵉ, une conception purement spéculative de l'être humain constitue déjà la culture inconsciente et donc indiscutée du plus grand nombre, y compris parmi les chercheurs des nouvelles sciences de l'homme. Ces derniers, en effet, soucieux de

136. Nous prenons comme références *Le Citoyen* de Hobbes (1640) et *Du contrat social* de Rousseau (1761).

« faire science » et de se démarquer de toute philosophie comme de toute métaphysique, reproduisent en fait la démarche de leurs illustres prédécesseurs philosophes : appliquer à l'étude des actions et des sociétés humaines le cadre de raisonnement et les méthodes prévalant dans les seules sciences alors dignes de ce nom : la physique et les mathématiques.

C'est ainsi, en particulier, que la nouvelle « science » économique et la sociologie naissante à la fin du XIXe renoncèrent à s'interroger sur la nature de leur matériau animal (l'être humain) et sur les différences entre ce dernier et le matériau inanimé de la physique. Au lieu de cela, elles postulèrent sans hésiter qu'une société humaine devait être étudiée comme un ensemble d'« atomes » indépendants (les individus) régis par des « forces » mécaniques, s'entrechoquant ou s'associant pour produire un état d'« équilibre », ou non, selon des lois stables que les sciences sociales auraient précisément pour objet de découvrir. Ce n'est là rien d'autre que la conception transmise par Hobbes, deux siècles plus tôt.

Mais les nouvelles sciences sociales n'ont pas seulement reproduit les postulats anthropologiques du XVIIe ; elles les ont aussi transmis au XXe et immunisés contre la critique en mettant un terme au débat de la façon la plus radicale : en raisonnant désormais comme si la question anthropologique ne se posait pas. Ainsi, en acceptant sans débat une certaine conception de l'être humain, la méthodologie dominante dans les sciences sociales a enfoui cette conception dans un inconscient collectif[137]. Contrairement à ce qui caractérisait tous les traités politiques et philosophiques du XVIIe et du XVIIIe siècle, la

137. Cette méthode a certes été contestée dans toutes les disciplines par des esprits plus rigoureux que nous évoquerons plus loin. Mais ces derniers ont été trop longtemps considérés comme des « hétérodoxes », en marge du courant dominant dans leur discipline.

discussion sur la « nature humaine » disparaît quasiment de la littérature sur les sociétés humaines ! L'affaire est désormais entendue, ou plutôt sous-entendue.

Le problème est qu'elle était aussi forcément mal entendue puisque, redisons-le, la fondation anthropologique de la pensée politique et sociale a été construite dans un contexte d'ignorance totale sur l'origine de l'espèce humaine, sur les conditions de vie des sociétés primitives ou encore sur le fonctionnement du cerveau. C'est donc la façon dont la question fut traitée dans l'ignorance voici trois siècles qui a fini par façonner inconsciemment la façon de penser l'être humain et les sociétés jusqu'à la fin du XXe siècle, à une époque où pourtant l'accumulation des découvertes scientifiques commençait à nous dévoiler la véritable histoire de notre espèce, de notre cerveau, de notre enfantement, de nos ancêtres, etc.

C'est là un paradoxal chassé-croisé dans l'histoire parallèle du *savoir* et du *discours* sur l'humain : quand on n'en savait rien (au XVIIe), on disait tout ; quand, en revanche, on commençait vraiment à savoir (au XXe), on n'en parlait plus. Mais le fait de ne plus en parler ne signifie pas que cela n'a plus d'importance réelle. Cela signifie seulement que nos raisonnements sont inconsciemment orientés par une conception de l'humain élaborée par d'antiques philosophes qui ne pouvaient tout simplement pas *savoir* de quoi ils parlaient. Ce n'est pas mépriser ces grands anciens que de souligner qu'ils firent juste ce qu'ils pouvaient en un temps où n'existait aucune véritable « science » de l'homme. Selon le mot célèbre, chaque génération de penseurs voit plus loin parce qu'elle grimpe sur les épaules des géants qui l'ont précédée. Et les erreurs passées nourrissent la réflexion qui permet de les corriger. À la condition, toutefois, de toujours mener la réflexion sur les prémisses qui fondent toute nouvelle analyse. Or, à la différence des précurseurs de la pensée moderne, nombre de leurs successeurs plus proches de nous n'ont pas fait de leur mieux pour exploiter l'état contemporain du savoir sur l'être humain. Ils ont négligé de revisiter leur ontologie implicite à la lumière des découvertes récentes.

La spécialisation et la professionnalisation des sciences ont contribué à cette négligence. Le cloisonnement entre les disciplines a limité la capacité des économistes à intégrer les développements de l'anthropologie, comme celle des sociologues à tenir compte des progrès de la neurobiologie. La compétition entre les chercheurs d'une même discipline les a incités à l'hyperspécialisation, source d'excellence dans un domaine, plutôt qu'à l'entretien de leur culture générale. La compétition entre les sciences humaines et sociales a favorisé la prétention stérile de chacune à s'imposer comme *la* science de l'homme fondamentale, plutôt que l'essor d'une coopération interdisciplinaire susceptible de constituer une science de l'homme intégrant des savoirs épars. Tout cela a favorisé l'enfouissement des origines de toute réflexion sur l'humain, et même un désintérêt pour la question de la « nature humaine », jugée trop « philosophique » et pas assez scientifique. Il s'ensuit que trop de chercheurs développent avec un raffinement extrême des modèles qui reposent implicitement sur une conception non scientifique de la nature humaine, conception qui se trouve *a fortiori* partagée par le sens commun, puisque plus personne ou presque n'en débat.

J'espère en avoir assez dit pour convaincre de la nécessité d'un travail d'archéologie du discours contemporain sur la société humaine. Je ne prétends pas reconstituer ici une histoire qui dépasse l'objet de cet ouvrage et à laquelle des auteurs plus compétents ont déjà consacré tous les travaux nécessaires[138]. Je me contente de rechercher dans cette histoire la série des propositions qu'il est logiquement nécessaire d'enchaîner pour aboutir à la prescription fondamentale du néolibéralisme : l'extension maximale de la libre concurrence. Cette enquête établira notamment que le néolibéralisme contemporain s'appuie sur des idées, des jugements, des suppositions qui ont imprégné toute la culture occidentale depuis plus de trois siècles. Cette découverte sera précieuse pour la suite. Dans notre procès contre la dissociété, elle nous évitera de transformer le néolibéralisme en bouc émissaire trop simple d'une tragédie complexe où les détracteurs et les victimes de la dissociété « pensent » souvent comme ses

---

138. Dans ce travail de reconstitution, je suis particulièrement redevable à l'égard de quelques auteurs. Le philosophe français François Flahault a entrepris de discuter les fondements anthropologiques de la philosophie moderne, notamment dans un livre déjà cité : *Le Sentiment d'exister.* Vingt ans plus tôt, le politologue américain Benjamin Barber a établi le lien entre diverses conceptions de la démocratie et un ensemble de présupposés anthropologiques, dans *Strong Democracy. Participatory Politics for a New Age*, 1984 ; trad. fr. : *Démocratie forte*, Desclée de Brouwer, 1997. Une entreprise analogue de refondation anthropologique de la sociologie est due au Suisse Michel Freitag ; malheureusement, je n'ai eu connaissance de ses travaux qu'au moment où je corrigeais la dernière version de ce livre ; cette lacune regrettable tient en partie au fait que cet auteur est trop peu lu et trop peu cité par ses homologues français ; c'est Jean-Claude Guillebaud qui a attiré mon attention sur l'unique recueil d'articles de Michel Freitag diffusé en France : *L'Oubli de la société. Pour une théorie critique de la postmodernité*, avec la collaboration d'Yves Bonny, Presses universitaires de Rennes, 2002. Jean-Claude Guillebaud évoque la démarche de Michel Freitag dans *Le Goût de l'avenir*, Seuil, 2005. En ce qui concerne l'histoire des différents courants issus du libéralisme, on doit se référer au livre lumineux de Francisco Vergara : *Introduction aux fondements philosophiques du libéralisme*, La Découverte, 1992. Enfin, dans *Sources of the Self* (1989), Charles Taylor propose un retour aux sources philosophiques de la conception moderne de l'individu (trad. fr. : *Les Sources du moi. La formation de l'identité moderne*, Seuil, 1998).

promoteurs! Voilà qui nous aidera à comprendre pourquoi les individus d'une démocratie peuvent s'accommoder de la dissociété.

Les dix piliers fondamentaux de l'édifice néolibéral

Ce travail de reconstitution nous conduira à décrire le néolibéralisme comme un édifice qui repose sur dix piliers fondateurs, dont voici le plan général.

Plan général de l'édifice néolibéral

Question 1: Qu'est-ce qu'un être humain? (Du premier au troisième pilier.)
Réponse: l'être humain est un «individu» qui existe avant toute relation à autrui; il est ainsi parfaitement autodéterminé, indépendant des autres, seul maître de ses actes; il est aussi, par conséquent, seul responsable de ses actes et de la situation qui en résulte.

Question 2: Quelle est la relation naturelle d'un être humain à autrui? (Quatrième et cinquième piliers.)
Réponse: l'individu strictement égoïste ne recherche que son propre bien; il est donc en position de rivalité irréductible avec tous les autres pour l'usage ou la possession des biens et, sauf s'il en est empêché par la force ou par la menace, il recourt à l'agression et à la prédation.

Question 3: Pourquoi et comment les individus égoïstes et prédateurs constituent-ils une société? (Du sixième au huitième pilier.)
Réponse: la société est une association volontaire et utilitaire des individus, en vue de maximiser la production; elle ne confère aux individus aucun droit sans contrepartie; la vie commune d'individus égoïstes et

prédateurs nécessite une loi restreignant suffisamment leur marge de manœuvre pour éviter le conflit permanent; la loi est un mal en ce qu'elle réprime la liberté, un mal éventuellement nécessaire pour la production, mais qu'il convient de limiter autant qu'il est possible.

Question 4: En quoi consiste le progrès d'une société humaine? (Neuvième et dixième piliers.)
Réponse: le progrès, c'est la marche vers l'abondance matérielle qui dissout les conflits entre les individus et autorise ainsi ces derniers à vivre sans lois et sans pouvoir politique; la libre concurrence, parce qu'elle est le principe d'organisation qui assure le mieux l'avènement de cette abondance, doit être étendue à toutes les sphères de l'activité humaine.

6

Les fondements de la culture néolibérale et de la dissociété

I. La nature humaine

Le grand mouvement d'émancipation des esprits qui caractérise la naissance de la pensée occidentale moderne au XVIIe siècle a engendré une conception nouvelle de l'être humain[139] : l'« individu autonome ». Cette idée neuve est assurément l'un des socles fondateurs de toutes les promesses de la modernité, de la démocratie au progrès en passant par les droits de l'homme. Mais c'est aussi à cette source fondatrice que s'est nourrie la conception néolibérale et racornie de l'être humain : un automate égoïste et prédateur en compétition permanente avec autrui pour consommer et accumuler les objets de son désir.

Je montrerai notamment que cette vision néolibérale est l'aboutissement le plus logique de l'autonomie individuelle, telle qu'elle fut conçue par les modernes. L'erreur des modernes fut de concevoir l'autonomie

139. Par commodité de langage, et pour le lecteur francophone qui est coutumier de cette convention, nous emploierons parfois le terme « homme » au sens d'« être humain », sans distinction de genre. Que les féministes nous pardonnent cette maigre concession à un usage encore bien accepté dans notre langue mais, il est vrai, de moins en moins toléré dans d'autres (notamment en anglais). Nous autorisons les traducteurs à employer « l'homme et la femme » ou « l'être humain » quand cela leur semble plus approprié.

comme si la liberté de l'individu se construisait hors de tout lien, voire contre ses liens avec autrui. Ainsi que je l'ai déjà annoncé, nous disposons aujourd'hui d'assez de connaissances sur l'histoire et le fonctionnement réels de l'être humain et des sociétés humaines, pour montrer que cette dernière conception est purement fantaisiste. Aussi le lecteur pourrait-il s'étonner que je ne fasse pas l'inventaire de ces connaissances *avant* de reconstituer les fondements historiques et logiques de la culture néolibérale. Ne serait-il pas en effet pertinent de comparer aussitôt ceux-ci avec le savoir contemporain? Cette évaluation immédiate nous éviterait une longue fouille dans le passé qui est peut-être inutile. À quoi bon refaire l'histoire d'une erreur si l'on sait aujourd'hui qu'il s'agit bien d'une erreur?

Eh bien, justement, si la façon de penser la société aujourd'hui persiste dans l'erreur en dépit de nos connaissances, c'est l'indice qu'elle ne repose pas sur un *savoir* ancien qu'il suffirait de remplacer par un *savoir* plus récent et plus étendu. C'est encore la preuve que notre conception du monde repose sur de simples *croyances* anciennes et désormais tellement ancrées et communément admises que non seulement on ne songe plus à les confronter à l'état nouveau des connaissances mais, en outre, on les a souvent tout simplement oubliées. Il est donc urgent de se lancer à leur recherche et de comprendre comment elles se sont formées et imposées. Et, dans cette enquête, il serait parfaitement anachronique d'évaluer les discours des siècles passés à l'aune des connaissances biologiques et anthropologiques disponibles au début du XXIe siècle. On ne va pas reprocher à Descartes de ne pas avoir intégré les résultats de la neurobiologie!

D'autant qu'aucune des connaissances contemporaines n'est indispensable pour se faire de l'humain une idée plus proche de la réalité. Par exemple, j'ai élaboré mes hypothèses sur l'être humain (exposées au chapitre 4) bien longtemps avant d'avoir ouvert un seul livre de neurobiologie, de paléo-anthropologie, d'archéologie, etc. Les connaissances scientifiques sur l'humain sont donc nécessaires pour infirmer ou confirmer des hypothèses, mais manifestement pas pour forger celles-ci. Notre enquête dans ce chapitre montrera d'ailleurs que d'autres auteurs ont émis des hypothèses comparables aux miennes à des époques où l'ignorance sur l'homme était encore plus profonde. Par conséquent, si Descartes, Hobbes, Smith, Rousseau, Marx, etc., ont produit des croyances fausses sur l'homme, ce n'est pas en raison de leur ignorance : c'est en raison d'une façon de penser qui les écartait des hypothèses plus justes et accessibles à d'autres esprits tout aussi ignorants. C'est la découverte de cette « façon de penser » que doit permettre notre enquête. Car elle seule peut expliquer qu'aujourd'hui encore, l'essor rapide des connaissances sur l'humain n'affecte en rien la force des croyances que ces connaissances infirment.

Notre enquête se déroulera en deux temps. Ce chapitre traite des cinq premiers piliers de l'édifice néolibéral, piliers relatifs à la nature de l'être humain. Les cinq derniers piliers, relatifs à la nature d'une société humaine, seront traités au chapitre suivant.

Au préalable, je mets en garde le lecteur contre trois éventuels malentendus.

En premier lieu, l'ensemble des piliers présentés ci-dessous forme la suite logique des postulats qui sont nécessaires pour aboutir au modèle de société néolibéral. Mais seuls les septième et dixième piliers sont spécifiques au néolibéralisme. Tous les autres sont, à divers degrés, communs à bien des courants de la philosophie politique moderne.

En deuxième lieu, les divers auteurs cités ne constituent en aucun cas un continuum de courants cohérents que l'on pourrait considérer comme les précurseurs du néolibéralisme. Je ne propose pas une histoire chronologique du néolibéralisme, mais une reconstitution logique de ses fondations théoriques.

Enfin, un lecteur non averti sur mes intentions réelles pourrait pressentir entre les lignes une critique radicale, voire un rejet de la modernité. Certes, il apparaîtra que le néolibéralisme, la dissociété et l'hypersociété me semblent être des méfaits engendrés par l'approfondissement de certaines erreurs initiales de la pensée moderne. Je considère néanmoins cette dernière comme un progrès pour l'humanité, car elle recèle la promesse d'une émancipation et d'une connaissance de l'être humain qui sont indispensables à ce que j'ai appelé la «société de progrès humain». Je ne m'associe donc pas à un «procès des modernes». Les méfaits que je dénonce viennent de ce que nos contemporains sont tentés d'approfondir les seules erreurs de la modernité, au lieu d'en accomplir la promesse. C'est cette dégénérescence de la pensée qui est ici en accusation, car elle entrave l'essor d'une «néomodernité» prometteuse. En ce sens, je crois comme Charles Taylor qu'«il faut de toute urgence prémunir la modernité contre ses partisans inconditionnels [140] ».

Ci-après, la présentation de chaque pilier du discours néolibéral suit la même structure. Une première section («Présentation initiale des hypothèses néolibérales») résume la logique constituant le pilier; on évoque ensuite les racines philosophiques de cette logique, avant de revenir sur sa traduction contemporaine dans le modèle néolibéral.

140. *Les Sources du moi*, *op. cit.*, p. 11.

Premier pilier : l'être humain est un « individu » qui existe avant et hors de toute relation à autrui

Présentation initiale des hypothèses néolibérales

Le postulat énoncé dans ce premier pilier est le plus profondément enfoui, la première strate où doit remonter notre fouille. C'est aussi le seul qui ne soit quasiment jamais présenté tel quel dans la pensée moderne, sauf précisément par les critiques de la modernité. Il est vrai que son énoncé est assez saugrenu. Qui peut prétendre exister avant et hors de toute relation à tous ceux qui l'ont précédé, notamment ceux qui l'ont enfanté ?

Ce premier postulat étrange est néanmoins absolument nécessaire pour imaginer une parfaite autonomie de décision (deuxième postulat ci-après) : celle-ci implique en effet un être soustrait à toute détermination externe, de la naissance à la mort. Une telle immunité présuppose un être dont toutes les capacités à déterminer ses pensées, ses choix et ses actes préexistent et restent à jamais inaltérables par ses relations avec le monde extérieur. Cet être, seul maître de lui-même, doit donc exister avant et hors du monde dans lequel il vit !

Une conception métaphysique de l'être

C'est la conception que nous validons sans le savoir quand nous disons d'un nouveau-né qu'il « vient *au* monde ». C'est donc qu'il ne vient pas *du* monde ! Si « je » vient au monde, c'est que ce « je » existe déjà avant et hors du monde : il peut alors faire son entrée. C'est également la conception que recèle la principale dénomination de l'être humain dans le discours moderne : « individu ». Au sens le plus élémentaire et étymologique, ce terme désigne en effet l'« indivis » : ce qui ne peut plus être divisé – autrement dit, la plus petite unité indépendante concevable dans un ensemble donné. L'indivis est l'unité élémentaire qui constitue un tout en elle-même, parfaitement isolable des autres unités, et qui disparaît si l'on porte atteinte à son intégrité. L'individu humain est censé constituer cette unité élémentaire qui « entre en relation » avec les autres individus, dans la famille, à l'école – bref, dans la société. Notez bien que, si nous prétendons « entrer en relation », il nous faut préexister à tout lien social, être déjà nous-mêmes avant et hors de toute relation : des particules élémentaires et indivises qui se rencontrent dans un espace extérieur à elles-mêmes, dénommé « relation ».

Cette conception soulève une difficulté triviale : biologiquement, l'individu au sens strict – la plus petite unité humaine concevable – n'est pas *un* être humain, mais *trois*. Personne n'existe sans un père et une mère pour le concevoir, et, même après la disparition de ses parents, chaque être poursuit en lui la vie de cellules issues de ceux-ci. C'est donc, au minimum, le trio mère-père-enfant qui constitue l'unité élémentaire de l'humanité, l'indivis, ou, si vous préférez, la trinité indivise. Ce n'est même pas aussi simple que cela, puisque le père comme la mère sont eux-mêmes nés d'un père et d'une mère, et ainsi de suite dans une histoire qui remonte jusqu'à la naissance de l'univers, en passant par l'émergence des premières cellules vivantes. Supprimez le premier chaînon, dans cette histoire nécessaire à la vie, et personne n'existe. Peut-on dès lors concevoir un autre indivis que l'univers tout entier ?

Cette indivision manifeste de la matière fait qu'on ne peut pas penser les êtres physiques comme des individus au sens strict. On peut éventuellement employer le terme « individu » par commodité de langage pour distinguer un corps d'un autre corps dans l'espace. Pris en ce sens, l'individu est seulement la plus petite composante physique *observable* dans une communauté humaine[141]. Mais le fait d'observer un corps distinct d'un autre n'enlève rien au fait que ce corps est physiquement constitué grâce à des chromosomes qui lui préexistaient et qui viennent pour moitié du corps d'une femme et pour moitié de celui d'un homme. Après avoir grandi « dans le ventre » de sa mère, l'enfant continue à faire prospérer dans sa chair les cellules de ses deux parents. Mon enfant est la « chair de ma chair » ! Quand l'un est ainsi dans l'autre et réciproquement, où finit l'intérieur et où commence l'extérieur qui m'autoriseraient à concevoir l'être humain comme une unité isolable des êtres sans lesquels il ne serait pas ?

En réalité, un corps ne vient pas *au* monde, il vient nécessairement *du* monde qui existe avant lui. Un corps vient d'autres corps qui lui transmettent des caractéristiques spécifiques. Le corps est par ailleurs manifestement la proie d'instincts, de sensations, d'émotions qui ne résultent pas d'une délibération consciente de l'« individu ». Le corps a donc, de tout temps, posé un problème à toute conception de l'être humain cherchant à isoler une volonté indépendante, autodéterminée.

D'où la nécessité de concevoir un « je » métaphysique (l'âme) distinct du corps physique. Seul le corps vient *du*

141. L'emploi même du terme « individu » est contesté par certains détracteurs de l'individualisme, allant parfois jusqu'à lui refuser une consistance autre qu'idéologique (cf. Miguel Benasayag, *Le Mythe de l'individu* [1998], La Découverte, coll. « Poche », 2004). Comme eux, je rejette l'individualisme méthodologique et je sais que le concept d'individu est historiquement indissociable d'une ontologie erronée qui sépare artificiellement l'être de son environnement social. Mais je ne vois pas d'inconvénient majeur à employer le terme « individu » par simple commodité de langage, au sens élémentaire précisé ci-dessus.

monde et subit les déterminations auxquelles est soumis tout être indissociable d'un environnement matériel et social. En revanche, le « je » vient au monde comme « sujet » qui possède un corps, un *objet* premier qu'il a vocation à utiliser et à contrôler. Ce « sujet » – contrairement au corps, qui est l'enfant de ses parents, enfant *du* monde – est nécessairement fils d'un Dieu, c'est-à-dire de quelqu'un qui a le pouvoir d'être avant et hors du monde, et peut adjoindre à chaque corps qui naît *du* monde une âme qui vient *au* monde.

Que l'on partage ou non cette conception métaphysique de l'être, on doit reconnaître qu'elle est nécessaire pour soutenir qu'une femme ou un homme est un individu qui vient au monde avec une capacité de pensée et de décision qui n'est en rien déterminée par les autres. L'essentiel de cette conception a longtemps dominé la pensée occidentale, tout en subissant, avec la modernité, une mutation radicale que Charles Taylor a longuement analysée dans *Les Sources du moi* et dont nous suivrons ci-après l'argument principal.

Platon inaugure une longue succession de courants fondés sur l'idée que l'essence de l'être et la vérité se trouvent dans la vie de l'âme immortelle libérée des contingences et des passions du corps. Platon et ses héritiers préconisent donc la maîtrise du corps par l'esprit, le contrôle de soi par la raison. Mais, pour Platon, la source véritable de l'être ne se situe pas en lui. La maîtrise de soi par la raison conduit l'âme à se tourner vers l'extérieur, vers le monde des idées, vers la contemplation de l'ordre instauré dans la nature par la Providence divine. Pour être soi, il faut d'abord sortir du soi matériel afin de mettre le soi spirituel en harmonie avec l'ordre cosmique. L'humain n'est donc pas encore l'« individu » qu'inventeront les modernes. Il lui faut au contraire s'abstraire au mieux de ce qui constitue son individualité (le corps) pour retrouver sa place véritable par la communion à l'ordre cosmique.

La naissance de l'individu « moderne[142] »

Durant les premiers siècles de notre ère, la conception chrétienne de l'homme et de l'univers s'impose peu à peu en Occident. Elle se situe, pour une large part, dans la droite ligne de la vision platonicienne, et ancre encore davantage dans la culture occidentale la conception métaphysique d'un homme venu d'ailleurs: Adam est créé par Dieu, et le miracle de la Création se répète pour chaque nouveau-né qui, quoique né de l'accouplement d'un homme et d'une femme, tient son être véritable et immortel directement de Dieu. Avec les *Confessions* de saint Augustin, toutefois, la théologie chrétienne fait un premier pas vers la conception moderne de l'individu. Contrairement à Platon, qui invite l'humain à tourner son regard hors de lui pour découvrir la vérité dans l'ordre de la Création, Augustin l'invite à se tourner vers lui-même, « parce qu'il faut nous guérir du péché afin d'aimer cet ordre comme il convient; et cette guérison vient de l'intérieur[143] ». L'accès à la vérité passe ainsi par une recherche intérieure: « La lumière divine n'est donc pas seulement ce qui "est à l'extérieur", éclairant l'ordre de l'être, comme chez Platon; elle est aussi une lumière "intérieure"[144]. »

142. Il va sans dire que nous employons le terme « moderne » au sens qu'il prend dans l'histoire de la pensée et des sociétés, et non selon l'usage courant où il désigne seulement le fait d'être de son temps. Cela va toutefois mieux en le disant, car le discours politique contemporain ne cesse de revendiquer sa « modernité », sans préciser (et souvent sans le savoir) que cela veut dire penser l'homme et le monde comme des philosophes des XVIIe et XVIIIe siècles.

143. Charles Taylor, *Les Sources du moi*, *op. cit.*, p. 194.

144. *Ibid.*, p. 176.

Il faut néanmoins attendre Descartes pour la rupture essentielle qui conduira vers la conception moderne de l'individu. Alors que, tant chez Platon que chez Augustin, le règne de la raison consiste à reconnaître et adhérer à l'ordre des choses inscrit dans le cosmos, pour Descartes cet ordre n'existe pas, c'est la raison de l'individu qui le construit : « Être rationnel doit signifier désormais autre chose qu'être en accord avec cet ordre. La voie cartésienne consiste à faire de la rationalité, ou du pouvoir de la pensée, la faculté que nous avons de *construire* des ordres qui répondent à des normes imposées par la connaissance, l'entendement ou la certitude[145]. » Pour reprendre la formule de Max Weber, le monde est *désenchanté* : il ne dessine plus un ordre préexistant qu'il suffirait de re-connaître pour y puiser la source du bien, il n'a plus de sens, il n'est plus qu'un mécanisme, conformément à sa description par Galilée au début du XVIIe.

Pour Descartes, l'être commence par être *en soi*, par la pensée : « Je pense, donc je suis. » Nous verrons à la section suivante comment cette conception conduit à affirmer l'autonomie de l'individu. Mais, pour l'instant, insistons sur l'émergence du premier pilier dont il est ici question. La rupture opérée par Descartes n'induit pas seulement un *désenchantement* du monde, mais aussi un *détachement* du monde. En effet, la vision idéaliste de Platon recelait un jugement de bon sens et, paradoxalement, très « terre à terre » : il n'existe rien de tel qu'un individu existant par lui-même, seul au monde et hors du monde ; tout humain est ontologiquement lié à l'univers, partie prenante d'un tout hors duquel il n'est rien. Une fois libérée du théisme et de la croyance en l'immortalité de l'âme, cette vision d'un être lié au monde ouvrait la voie à la conception d'Aristote considérant l'homme

145. *Ibid.*, p. 197.

comme un *animal social*, un *animal politique* par nature, et dont la grande affaire est de mener une « vie bonne », ici et maintenant, en trouvant les moyens de bien vivre avec les autres. C'est là précisément la voie fermée par Descartes.

Avec la dénégation cartésienne de toute vérité hors du « je » pensant, ce n'est pas seulement le sens antique de la vie qui est perdu, c'est aussi le lieu concret de la vie, son territoire, son habitat : le monde dans lequel nous vivons avec et grâce aux autres. Chez Descartes, la poursuite du mouvement d'intériorisation inauguré par Augustin opère aussi une extériorisation extrême de l'individu : celui-ci devient extérieur au monde et à son propre corps, qu'il peut, l'un et l'autre, considérer comme de simples objets, de simples instruments dont il détermine le sens et l'usage. L'individu est *dissocié* de son corps, *dissocié* du monde, son être hors monde ne doit rien aux autres, pas plus à ceux de son temps qu'à l'humanité qui le précède. En déliant à ce point l'individu du monde dans lequel il vit, le rationalisme cartésien ne laisse aucun espace pour l'animal social d'Aristote. Seuls les corps humains sont liés entre eux, mais les corps ne sont que des objets instrumentalisés par des esprits parfaitement déliés ou plutôt « inliés ».

Ainsi naît l'individu au sens strict, c'est-à-dire l'*atome humain*. L'indivis n'est plus l'univers, dont tout être et toute matière ne sont qu'une partie prenante et indissociable ; l'indivis, c'est désormais l'être humain strictement indépendant de tout ce qui lui est extérieur. Cette *conception atomistique de l'être* domine les prémisses de la pensée moderne, au point qu'on la retrouve chez des auteurs matérialistes qui ne partagent en rien la métaphysique et le théisme de Descartes, qui partagent en revanche son rationalisme et sa vision mécaniciste de l'univers.

C'est notamment le cas de Thomas Hobbes, parmi les théoriciens du contrat social qui installeront l'idée nouvelle que l'individu préexiste à toute communauté humaine et doit décider (ou non) de s'associer à d'autres individus pour constituer une société. Hobbes adopte un point de vue strictement matérialiste. L'idée d'un « sujet » autonome qui use de son corps comme d'un objet et exerce son libre arbitre est pour lui absurde : il n'y a ici-bas que des objets inanimés et des corps animaux. L'humain est un corps principalement animé par l'instinct de survie. Si l'humain se distingue des autres animaux par la capacité de raisonnement que lui confère le langage, cette raison n'est rien d'autre que le mouvement physique d'une partie du corps, une sorte de calculateur intégré qui permet de sélectionner les actions susceptibles de procurer au corps plus de bien que de mal.

Mais si, à l'opposé de Descartes, Hobbes ne voit en l'humain qu'un corps, il ne reconnaît, pas plus que Descartes, aucun rôle à l'interaction des corps dans la constitution d'un être singulier. Il ne nous parle jamais que d'un individu déjà constitué et doué de raison, entrant en relation avec d'autres individus ; il ne s'interroge pas une seconde sur la façon dont on devient un corps (à partir d'autres corps), puis un corps doué de raison. La prétendue physique sociale de Hobbes reste donc une métaphysique déguisée. L'homme de Hobbes est une version laïcisée de l'Adam, livré sur Terre préfabriqué, et donc constitué sans les autres et avant toute relation à autrui. La condition naturelle du genre humain – avant que les individus rationnels décident de vivre ensemble sous l'autorité d'une puissance commune – est la juxtaposition d'individus solitaires, déliés, rivaux et en guerre permanente les uns contre les autres. Aucune empathie, sympathie ou affection naturelle n'existe entre les hommes. L'individu est naturellement dissocié de tous les autres. C'est seulement la capacité de calcul rationnel qui conduira les humains à sortir de l'état de guerre naturelle pour créer des liens contractuels autorisant une vie commune. *L'individu doué de raison est donc un préalable logique et temporel à la possibilité d'une quelconque communauté humaine.*

Sur ce point, la physique de Hobbes soutient la même conception que la métaphysique de Descartes : *la dénégation de tout rôle au lien social dans la constitution de l'être.* Que l'être tienne sa vérité et sa consistance directement de Dieu, de sa propre raison ou encore de sa pulsion animale de survie, il ne doit rien aux autres, il ne vient pas des autres. Cet effacement radical du lien social, du lien ontogénétique entre les êtres, est ainsi le pont logique qui, dès leurs origines, unit paradoxalement la métaphysique et le matérialisme modernes. C'est aussi le premier pilier bien fragile sur lequel repose tout l'édifice du néolibéralisme et, comme on va le voir, pas seulement de celui-ci.

Deuxième pilier : l'action et la pensée de l'individu sont autodéterminées

Présentation initiale des hypothèses néolibérales

Le présupposé d'un individu défini hors du monde et des autres permet d'envisager son *autodétermination* (ou encore *indépendance*) sous deux formes. Une conception métaphysique de l'être humain conduit à postuler un individu *autonome* (qui choisit ses règles) ; une conception matérialiste mène à l'hypothèse d'un individu *automoteur* (qui décide de ses actions).

Commençons par l'autonomie. Je n'emploie pas ce terme au sens extensif que l'usage commun installe de nos jours au risque de le vider de toute signification. On tend en effet à parler d'autonomie pour désigner n'importe quelle liberté : liberté de mouvement, liberté d'action, liberté de pensée, liberté de jugement, liberté de décision. Or, au sens strict, l'autonomie ne désigne pourtant qu'une seule liberté : celle de fixer soi-même sa propre *nomia*, ou « règle » de conduite, de pensée et de vie. *L'autonomie ne concerne pas l'action, mais les normes* qui guident la pensée et la décision. Elle pose donc un problème singulier d'identification, car aucune de ses manifestations visibles n'autorise à l'inférer. Le fait que quelqu'un exprime ou accomplit ce qu'il veut sans subir la moindre contrainte *extérieure* ne suffit pas à établir qu'il agit au nom d'une norme intérieure strictement indépendante des normes fixées hors de lui par la société, ses parents, la tradition, etc. Inversement, quelqu'un qui est physiquement empêché d'exercer sa liberté peut néanmoins être parfaitement autonome, au sens strict du terme.

L'individu autonome, au sens strict, constitue donc *un centre de pensée indépendant de tout ce qui n'est pas lui*, qui ne suit aucune loi autre que celle qu'il détermine lui-même. Il ne doit rien à personne et réciproquement. L'interaction entre cet individu et l'extérieur existe uniquement dans des échanges (de matière, d'énergie, de sons, etc.), mais pas dans la conception des jugements et des choix qui commandent ces échanges. Ainsi donc les préférences, les idées, les croyances, d'un individu ne sont en rien déterminées par celles des autres. L'individu peut certes puiser dans son environnement des éléments qu'il reprend à son compte, mais il s'agit alors d'une décision calculée manifestant son libre arbitre, et non d'une quelconque *influence* extérieure. Le choix de l'individu n'est en rien *contraint* par l'éducation, l'enseignement ou, plus largement, la pression sociale.

Libre arbitre ou liberté du corps ?

On peut associer l'essor de l'idée d'autonomie individuelle à la métaphysique cartésienne. L'affirmation de l'autonomie de l'individu comme libre arbitre est en effet parfaitement claire chez Descartes. Contrairement à la raison platonicienne ou augustinienne, qui commandait à l'individu de seulement reconnaître la vérité préexistante dans l'univers, la raison cartésienne invite l'individu à créer sa vérité. Certes, pour Descartes, la raison reste un don de Dieu. Mais elle offre à l'individu la *capacité* de reconnaître Dieu, et non l'*obligation*. Le don de Dieu est donc en tout premier lieu le don du *libre arbitre* et de la *dignité* qui impliquent la liberté de nier Dieu. Ce ne sont donc pas seulement le corps et le monde que le « je » pensant peut utiliser à volonté comme des matériaux extérieurs à lui : ce sont aussi les idées. Les Lumières[146], à la suite de John Locke, achèveront de construire la figure du moi autonome qui non seulement est « en soi », mais aussi « par soi », c'est-à-dire capable de décider qui il veut être et d'agir sur lui-même, sur ses pensées, ses aspirations – bref, de se créer lui-même.

Comme je l'ai montré à la section précédente, cette conception de l'autonomie est impossible sans un présupposé métaphysique qui non seulement isole l'esprit du corps, mais donne à cet esprit une origine extra-utérine et extraterrestre, une source divine. Pour autant, les matérialistes ont également nourri le culte moderne de l'autonomie individuelle, mais par le biais d'une conception spécifique de la liberté que l'on ne peut confondre avec l'autonomie au sens strict. On doit notamment à Hobbes une théorie matérialiste de l'autodétermination.

---

146. Locke, Hume, Montesquieu, Voltaire, Diderot, etc.

Pour Hobbes, l'être humain n'est qu'un corps et, par conséquent, le mot «liberté» ne peut s'appliquer à autre chose qu'au corps. Contrairement à ce qu'implique l'idée d'autonomie, on ne peut donc concevoir aucune liberté de la volonté, du désir ou de l'inclination. En quoi peut dès lors consister la seule liberté concevable, celle du corps? En tant que corps, l'être humain est gouverné par une loi de nature «selon laquelle chacun a l'interdiction de faire ce qui détruit sa vie, ou qui le prive des moyens de la préserver[147]...». Hobbes décrit un individu commandé par l'instinct de survie et la peur d'être tué par les autres. Dans ce contexte déterministe, *la liberté consiste seulement en ce que l'individu n'est pas matériellement empêché de faire ce que la raison lui commande de faire*. Toutes les actions humaines sont en fait nécessaires. Mais «*liberté et nécessité sont compatibles*. C'est ainsi que l'eau n'a pas seulement la *liberté*, mais est aussi dans la *nécessité* de suivre le canal. Il en est de même des actions que les humains font, qui, parce qu'elles procèdent de leur volonté, procèdent de leur *liberté*. Et pourtant, puisque tout acte de la volonté, tout désir, toute inclination procèdent d'une cause, [...] tout cela procède de la *nécessité*[148]».

La liberté dont parle Hobbes n'a donc rien à voir avec le libre arbitre cartésien. L'individu n'est pas libre de fixer sa propre règle de vie: il fait ce qui est nécessaire à sa vie conformément à la loi de nature. La liberté de l'homme est une liberté de circulation sans entraves, analogue à la liberté de l'eau qui coule dans un canal, une *liberté de mouvement*. Dans l'état de nature (en l'absence de loi), l'individu n'est donc pas auto-*nome*, mais simplement auto-*moteur*: c'est lui seul qui met son corps en mouvement pour l'action.

---

147. Thomas Hobbes, *Léviathan*, *op. cit.*, p. 230.
148. *Ibid.*, p. 338.

Toutefois, quoique différentes, *ces deux conceptions de la liberté situent le déclencheur de toute action dans une délibération individuelle, solitaire et indépendante*. C'est là le point essentiel pour notre propos qui vise à identifier les piliers logiques de l'édifice néolibéral. En effet, si l'hypothèse d'indépendance de l'action individuelle est compatible aussi bien avec la branche métaphysique qu'avec la branche matérialiste de la pensée moderne, les néolibéraux contemporains peuvent y souscrire, qu'ils soient athées ou croyants. Ce n'est pas sans importance. Les économistes néolibéraux sont souvent athées et matérialistes. Les politiciens néolibéraux sont souvent des chrétiens conservateurs. Ces deux options philosophiques antinomiques ne font pourtant pas obstacle à une profonde communauté de vues politiques et économiques car, pour fonder le modèle néolibéral, seule importe l'autodétermination de l'individu. Que ce dernier ait une âme immortelle ou non ne change rien d'essentiel au fait que *le moteur de ses actes est en lui seul et surtout indépendant des autres individus*. Cette indépendance est la seule chose qui compte pour l'édifice néolibéral, car elle est nécessaire pour fonder la responsabilité individuelle et la conception de la société comme une association utilitaire d'individus (troisième et sixième piliers). Elle est aussi indispensable pour mettre les comportements humains en équation et démontrer mathématiquement l'efficacité d'un système de marchés parfaitement concurrentiels (dixième pilier). Ce dernier point est donc essentiel et mérite d'être illustré de façon moins abstraite.

L'équilibre automatique des marchés suppose des individus indifférents aux autres

Considérons, par exemple, la mise en équation du comportement d'achat de voitures. Si les désirs et les choix des individus ne sont en rien déterminés par ceux des autres individus, on peut construire une «équation de demande» simple: la quantité de voitures demandée par les consommateurs est «fonction» d'un ensemble de variables déterminantes, telles que le prix, le revenu, la richesse, le coût du crédit, etc. Si la demande ne dépend vraiment que de variables objectives, on peut énoncer des «lois» de comportement du type: la demande de voitures est fonction décroissante de leur prix, *toutes choses étant égales par ailleurs* (pour un niveau donné de toutes les autres variables déterminantes). Comme les variables en question sont mesurables, on peut en outre procéder à des tests statistiques pour vérifier «scientifiquement» si la prédiction théorique du comportement est confirmée ou non par les faits.

Reconsidérons à présent la question, dans le cas où les choix et les préférences des individus ne sont pas indépendants les uns des autres. On peut penser, par exemple, que l'achat d'une voiture dépend du jugement que porteront les autres sur cet achat et de l'effet qu'il produira sur eux. Certains achètent plus volontiers certains modèles quand leurs prix montent (et non quand ils baissent) par snobisme, pour manifester leur réussite sociale. Certains n'achètent plus de voitures même quand leurs prix baissent, parce que la pression des idées écologiques les incite à privilégier des moyens de transport collectifs. D'autres encore achètent un énorme 4 × 4, que son prix monte ou descende, simplement parce que c'est à la mode ou que leur voisin vient d'en acheter un. Tous ces phénomènes d'interaction *subjective* entre les préférences des individus n'empêchent certes pas d'affirmer que, *toutes choses étant égales par ailleurs* (notamment les préférences et le degré de snobisme), la demande de voitures est fonction décroissante du prix. Mais ce n'est plus là qu'une tautologie sans la moindre valeur prédictive. Car, dès l'instant où se produisent des interactions subjectives que l'on ne sait pas mesurer ni introduire dans les équations de demande, on est également incapable d'isoler leur effet propre. Dès lors, on ne sait pas si l'effet attribué au prix dans l'équation de demande est un effet réel ou s'il résulte de toutes les variables subjectives absentes de l'équation.

Il est par ailleurs difficile ou impossible d'atteindre un équilibre de marché, par la libre discussion d'un prix ou par le libre-échange des biens, quand les préférences des individus sont interdépendantes et que chacun se préoccupe du bien-être des autres. Chacun d'entre nous fait fréquemment l'expérience de cette difficulté. Par exemple, ma femme et moi avons souvent bien du mal à nous entendre sur un programme de télévision, parce que chacun d'entre nous, au lieu de simplement revendiquer son programme préféré, se préoccupe de savoir ce qui conviendrait le plus à l'autre. Entre deux individus indifférents l'un à l'autre, un processus de marchandage « donnant, donnant » serait très facile à mettre en œuvre. Mais, dans notre cas, c'est souvent très compliqué, d'autant que chacun, sachant que l'autre se préoccupe de lui, tend à dissimuler ses vraies préférences pour éviter d'influencer l'autre et découvrir ce que celui-ci souhaite vraiment. Tant et si bien que nous parvenons juste à empêcher l'autre de savoir à quoi s'en tenir et que choisir. Bref, si l'on veut qu'un marché fonctionne bien, mieux vaut n'y réunir que des individus indifférents les uns aux autres !

Le souci de développer une science des marchés, mathématique et expérimentale comme la physique, a donc conduit les théori-ciens néoclassiques à éliminer du raisonnement tout ce qui ne pouvait pas entrer aisément dans leurs équations, à commencer par l'interdépendance subjective des choix individuels. Le *modèle néo-classique*[149] se développe, rappelons-le, dans le dernier tiers du XIXe siècle. Pour les raisons que je viens d'exposer, ce modèle intègre et précise le postulat de stricte autodétermination du comportement individuel à travers les hypothèses suivantes:

1° *Les «préférences» des individus sont des données exogènes* (déterminées hors du modèle), propres à l'individu et déterminées par lui seul.

2° *Les préférences sont constantes.* Corollaire de l'hypothèse précédente: puisque rien, hormis l'individu lui-même, ne peut altérer ses préférences, on ne peut trouver aucune explication à une quelconque variation de ces dernières. À moins d'admettre une «explication» *ad hoc* et irréfutable du genre «l'individu a des goûts différents parce qu'il a changé», le discours scientifique doit postuler la *stabilité des préférences.*

3° *Les préférences d'un individu sont indépendantes de celles des autres.* En termes techniques, on dira que les préférences d'un individu n'ont pas d'«effet externe» sur celles des autres (exclusion des effets d'imitation, de snobisme, de conformisme moral ou social, de manipulation, de jalousie, etc.).

Le lien entre cette conception néoclassique des comportements et le néolibéralisme contemporain est immédiat.

149. Dénommé «néoclassique» car il est à la fois l'approfondissement de l'économie politique des économistes classiques (Smith, Ricardo, Say, Mill) et un nouveau paradigme qui se distingue notamment par l'individualisme méthodologique. L'école «néoclassique» a trois origines à peu près simultanées: anglaise avec Stanley Jevons (1835-1882), autrichienne avec Carl Menger (1840-1921) et française avec Léon Walras (1834-1910). Il s'ensuit respectivement une «école de Cambridge» (Alfred Marshall, Arthur C. Pigou), une «école de Vienne» (Ludwig von Mises, Friedrich von Hayek) et une «école de Lausanne» (Vilfredo Pareto). L'école de Vienne se distingue par son refus d'importer en économie les méthodes et les mathématiques employées dans les sciences physiques; avec Hayek, elle donne naissance à une branche majeure de l'ultralibéralisme.

Les trois premiers piliers ci-dessus permettent de répondre à la question « Qu'est-ce qu'un être humain ? » dans la conception néolibérale. Et voici la réponse : *l'être humain est un « individu » qui existe avant toute relation à autrui ; il est donc parfaitement autodéterminé, indépendant des autres, seul maître de ses actes ; il est aussi, par conséquent, seul responsable de ses actes et de la situation qui en résulte.* On aurait pu, déjà à ce stade, montrer l'écart entre cette conception et celles de certains libéraux au siècle des Lumières, tout spécialement celle d'Adam Smith. Toutefois, pour ne pas trop éparpiller l'exposé de la vision smithienne de l'homme, je préfère en différer la présentation à la discussion qui suit, à savoir celle qui concerne les motivations de l'être humain et la nature de ses relations à autrui.

Quatrième pilier : l'individu est strictement égoïste et rationnel

Présentation initiale des hypothèses néolibérales

L'individu est strictement égoïste[153] : il agit toujours et uniquement en vue de son propre bien-être, y compris quand cela a pour effet (mais pas pour finalité) de procurer du bien à autrui. C'est en outre un égoïste « rationnel », c'est-à-dire qu'il use de sa raison pour exploiter au mieux tous les moyens disponibles afin d'améliorer son bien-être.

Le postulat d'autodétermination (ou encore d'indépendance) individuelle implique que le bien-être d'un individu

153. *Nota bene :* la théorie de l'égoïsme ne doit pas être confondue avec l'*hédonisme*, doctrine selon laquelle toute action vise à procurer un plaisir ou à éviter une peine.

n'est en rien affecté par le bien-être ou le mal-être des autres individus. Cela implique notamment l'absence de toute interdépendance des préférences associées à des sentiments tels que la jalousie, l'envie, l'empathie, la compassion, l'amour, la haine, etc. Une personne qui éprouve vraiment tous ces sentiments ne peut plus être considérée comme un centre de décision séparé et indépendant des autres. Ce qu'elle pense et désire dépend de sa relation à autrui, de ce que décident les autres et de la façon dont les autres réagiront à ses propres décisions : elle n'est donc qu'une partie prenante à un complexe processus d'interaction, de codécision, de codétermination (comme les danseurs de la ronde), où ses préférences sont à la fois *déterminées par* et *déterminantes pour* celles des autres. Impossible alors d'énoncer la moindre « loi » stable de comportement dans cet enchevêtrement où tout est à la fois cause et effet. En revanche, l'individu strictement indépendant ne pose pas ce problème : par définition, il ne s'intéresse qu'à lui-même et aux choses qu'il peut échanger avec les autres quand celles-ci sont susceptibles de lui procurer du bien-être.

La rationalité[154] seule n'implique pas l'égoïsme. Un altruiste peut agir rationnellement, c'est-à-dire rechercher les moyens les plus efficaces pour atteindre son objectif : le bien-être d'autrui. C'est donc seulement l'association de la rationalité et de l'indépendance qui implique l'égoïsme. Un individu strictement indépendant n'est en

154. Au sens le plus large, la rationalité est seulement « procédurale » : l'individu recherche les moyens d'agir qu'il peut raisonnablement considérer comme les plus adaptés aux fins qu'il poursuit. Cette rationalité ne préjuge en rien du résultat, elle est compatible avec l'erreur dans un univers d'information limitée. Dans un sens plus étroit, la rationalité peut être « substantielle » : l'individu réussit effectivement à tirer le meilleur parti des moyens disponibles (on parle aussi dans ce dernier cas de « rationalité forte »). Ces deux conceptions sont compatibles avec l'altruisme.

rien affecté par autrui ; s'il est rationnel, il n'agit que par lui et pour lui : il est égoïste. S'il n'a pas un comportement égoïste, c'est soit qu'il a perdu la raison, soit que son comportement a seulement l'apparence de l'altruisme et reflète en vérité son « intérêt bien compris ».

La négation de l'altruisme authentique

L'idée que l'intérêt personnel est le moteur exclusif de l'action humaine est vieille comme la philosophie (et sa contestation aussi). Mais elle progresse plus spécialement à partir du XVIe siècle, notamment avec le mercantilisme[155] et l'émergence d'une pensée économique indépendante de la théologie et de la morale ; on la retrouve aussi dans la théorie politique de Machiavel. Elle s'affirme plus clairement encore dans la philosophie politique du XVIIe siècle. Hobbes écrit : « Il faut donc en venir là, que *nous ne cherchons pas de compagnons par quelque instinct de la nature* ; mais bien l'honneur et l'utilité qu'ils nous apportent ; nous ne désirons des personnes avec qui nous conversons qu'à cause de ces deux avantages qui nous en reviennent. On peut remarquer pour quel dessein les hommes s'assemblent en ce qu'ils font étant assemblés. Si c'est pour le commerce, l'intérêt propre est le fondement de cette société ; et *ce n'est pas pour le plaisir de la compagnie qu'on s'assemble*, mais pour l'avancement de ses affaires particulières[156]. »

Bien évidemment, une telle conception heurtait, hier comme aujourd'hui, le sens commun, qui reconnaît

155. Le mercantilisme ne constitue pas à proprement parler une « école » de pensée. C'est le nom créé par Adam Smith (1776) pour désigner un ensemble d'auteurs qui ont contribué à la naissance de l'économie politique, entre le milieu du XVIe et le milieu du XVIIIe.

156. *Le Citoyen*, *op. cit.*, pp. 90-91. Dans toutes les citations, sauf mention contraire, c'est moi qui souligne en italique.

comme une évidence l'existence de motivations altruistes, ne serait-ce que dans les relations amoureuses et amicales. Mais les moralistes français du XVIIe comme La Rochefoucauld, et, plus tard, le Hollandais Bernard Mandeville, se sont attachés à récuser cette objection. Dans ses *Maximes et Sentences*, publiées en 1664, La Rochefoucauld entend démontrer que tout ce que nous qualifions de sentiments ou de comportements altruistes n'est jamais motivé par autre chose que le souci de notre propre bien : « Ce que les hommes ont nommé amitié n'est qu'une société, qu'un ménagement réciproque d'intérêts, et qu'un échange de bons offices ; ce n'est enfin qu'un commerce où l'amour-propre se propose toujours quelque chose à gagner » (maxime 83) [157]. En bref, nous pouvons éventuellement être extrêmement bienveillants envers autrui, mais seulement dans le but d'en tirer quelque avantage pour nous-mêmes : il n'y a pas d'altruisme authentique.

Mais alors, pourquoi diable toute culture humaine développe-t-elle une morale qui réprouve les comportements strictement égoïstes et vante la grandeur de l'altruisme ? Mandeville répond à cette embarrassante question, en 1714, dans sa célèbre *Fable des abeilles* [158]. L'intérêt bien compris qui nous mène vers des comportements apparemment altruistes inclut le plaisir que nous éprouvons à nous admirer nous-mêmes et à susciter l'admiration d'autrui. L'orgueil étant pour Mandeville l'une des manifestations les plus vives de notre amour-propre, il peut justifier un don de soi sans contrepartie matérielle, mais qui nous procure une récompense plus grande encore : la contemplation narcissique de soi dans

157. Nous renvoyons ici à nouveau à Michel Terestchenko, qui développe l'argumentation de La Rochefoucauld et de Mandeville dans *Un si fragile vernis d'humanité*, *op. cit.*

158. Bernard de Mandeville, *La Fable des abeilles. Vices privés et prospérité publique*, Vrin, 1990.

le regard des autres. Bref, nous faisons semblant d'être « bons » pour être admirables et admirés. La morale est donc une invention géniale et cynique des législateurs pour obtenir à moindres frais la docilité des individus ordinaires : en échange de leurs efforts pour tempérer leurs appétits et se préoccuper du bien commun, ceux-ci ne reçoivent que la flatterie sociale, la reconnaissance purement conventionnelle qu'ils sont des « gens bien ». Et les inventeurs de la morale n'avaient, bien sûr, que faire du bien public. Il était dans leur intérêt, explique Mandeville, de « prôner le dévouement au bien public, qui leur permettrait de recueillir ce fruit du travail et de l'abnégation des autres, et en même temps d'être plus tranquilles pour laisser libre cours à leurs appétits ». « Aussi, conclut Michel Terestchenko, l'invention des notions morales est-elle d'abord et avant tout un instrument au service de la domination cynique exercée par les plus méchants d'entre les hommes[159]. »

Ce qui frappe donc, dans la théorie de l'égoïsme, c'est son caractère absolu. Il ne peut exister chez l'individu d'autre sentiment que l'amour-propre, ni d'autre finalité que la recherche de son bien propre. Sur ce point, l'ultralibéralisme et le néolibéralisme sont en parfait accord avec Hobbes, La Rochefoucauld ou Mandeville ; mais ils sont aussi en parfait désaccord avec les libéraux.

Une théorie longtemps minoritaire

Il importe de rejeter ici un amalgame fréquent chez certains détracteurs du néolibéralisme, qui consiste à attribuer en bloc aux courants libéraux l'exaltation de la quête égoïste du bien privé et le mépris du bien commun. C'est là un contresens justement dénoncé par Francisco

159. *Un si fragile vernis d'humanité*, *op. cit.*, p. 47.

Vergara dans *Introduction aux fondements philosophiques du libéralisme*. Le libéralisme recouvre, à partir de la seconde moitié du XVIIIe siècle, deux grands courants : l'*utilitarisme* (Hume, Smith, Bentham, Mill) et un courant des *droits de l'homme* issu de la philosophie du droit naturel (Kant, Turgot, Paine, Condorcet)[160]. Le premier de ces courants voit dans le *bonheur* le bien suprême, et recommande à l'individu comme à l'État d'agir en vue du *plus grand bonheur pour le plus grand nombre* ; le second situe le bien suprême dans la *justice*, c'est-à-dire la conformité aux droits et devoirs naturels que l'homme découvre par divers moyens selon les auteurs (la raison, le sens moral inné, la révélation divine).

Certes, chez Bentham, aux origines de l'utilitarisme, il faut distinguer l'*éthique*, qui ordonne la recherche de l'utilité générale (ou sociale), et la *psychologie*, qui repose sur le postulat d'égoïsme : l'individu ne cherche qu'une utilité privée ; le bien et le mal sont assimilés à la jouissance et à la peine individuelles, et l'utilité générale n'est qu'une *somme nette des plaisirs* individuels (après déduction des peines)[161]. Cela dit, la plupart des auteurs libéraux ont explicitement rejeté l'idée que l'égoïsme constitue une bonne explication ou, du moins, une explication suffisante du comportement individuel. Loin d'être les héritiers de La Rochefoucauld ou de Mandeville, qui niaient la possibilité d'un altruisme authentique, ils suivent

---

160. David Hume (1711-1776), Adam Smith (1723-1790), Jeremy Bentham (1748-1832), John Stuart Mill (1806-1873), Emmanuel Kant (1724-1804), Anne Robert Jacques Turgot (1727-1781), Thomas Paine (1737-1809), Marie Jean Antoine de Condorcet (1743-1794).

161. Dans *A Fragment on Government* (1776), Jeremy Bentham explique qu'il emprunte le « principe d'utilité » à David Hume (1751) et que ce principe consiste à prendre le plus grand bonheur comme critère du bien et du mal. Son ouvrage le plus connu, *Introduction aux principes de morale et de législation* (1789), propose de fonder le droit sur une science mathématique des plaisirs et des peines.

plutôt la piste ouverte par le philosophe écossais Francis Hutcheson[162], qui, le premier, contesta *La Fable des abeilles*. Pour ce dernier, la bonté naturelle et authentique existe ; l'humain dispose d'un « sens moral » inné, antérieur à toute connaissance, à tout raisonnement, à toute croyance, un instinct du bien qui lui permet de discerner automatiquement une bonne action (celle qui procure du bien à autrui) d'une mauvaise. Il y aura débat sur la question de savoir si l'on accède à la connaissance morale par l'instinct, par la grâce de Dieu ou par le raisonnement. Mais tout le courant libéral admet l'idée que l'homme est capable de bienveillance authentique envers autrui. C'est donc, semble-t-il, seulement en raison de leur aveuglement ou de leur malhonnêteté que des auteurs ultralibéraux prétendent s'inscrire dans l'héritage intellectuel des libéraux, notamment d'Adam Smith.

Ce dernier, qui fut l'élève de Hutcheson, mérite une attention particulière en raison de son influence déterminante dans la fondation de l'économie politique libérale « classique ». Si des néolibéraux prétendent être les héritiers d'Adam Smith, c'est qu'ils n'ont lu de cet auteur, ou font comme s'ils n'avaient lu, que sa célèbre *Enquête sur la nature et les causes de la richesse des nations* (1776). Ils oublient sa *Théorie des sentiments moraux* (1759), qui pose les fondations anthropologiques et philosophiques sans lesquelles la lecture de la *Richesse des nations* peut conduire aux pires contresens.

Or, dans sa *Théorie*, Smith identifie deux traits fondamentaux de la relation à autrui, qui sont tout sauf de l'égoïsme : la *sympathie* et le *désir d'approbation*.

162. Francis Hutcheson, *Recherches sur nos idées de la beauté et de la vertu*, Vrin, 1991. Signalons que Hutcheson, né en 1694, fut le professeur de philosophie d'Adam Smith, qui lui succéda à l'université de Glasgow. Son traité majeur est le *System of Moral Philosophy*, publié en 1755.

L'humain a une propension innée à s'identifier à l'autre, à imaginer ce que lui-même éprouverait s'il se trouvait à la place de l'autre et, ainsi donc, à ressentir ce que l'autre ressent. C'est ce qui nous conduit, selon Smith, si égoïstes que nous soyons, à être instinctivement préoccupés par le malheur ou le bonheur d'autrui. Cette sympathie naturelle engendre le deuxième trait fondamental de la relation à autrui : le désir d'approbation. Pour fonder l'estime de soi, l'évaluation de ce que nous sommes ou faisons, explique Smith, nous ne pouvons pas sortir de nous pour nous juger nous-mêmes. Nous ne pouvons que nous imaginer à la place des autres qui nous regardent. Nous ne nous trouvons donc aimables que si nous imaginons que les autres nous trouvent tels. Ainsi fonctionne le désir d'approbation. L'amour de soi apparaît ainsi indissociable de l'amour des autres. L'être humain est façonné par le besoin d'aimer et d'être aimé.

La conception smithienne de l'être humain se rapproche ainsi de celle que j'ai proposée dans la définition du socialisme méthodologique : elle n'exclut ni l'égoïsme ni l'altruisme; elle admet la pluralité des motivations humaines et interdit de penser l'individu hors d'une interaction sociale[163].

On retrouve cette conception plurielle de la nature humaine chez tous les précurseurs et fondateurs du socialisme non marxiste[164]. On peut dire qu'au XIXe, de Saint-Simon à Proudhon en passant par Fourier et Leroux[165],

163. Mais nous verrons aussi plus loin en quoi Smith s'écarte radicalement du socialisme méthodologique.

164. On trouvera la présentation de ces différents courants dans la *Revue du MAUSS*, n° 16 : *L'Autre Socialisme. Entre utilitarisme et totalitarisme*, 2e semestre 2000.

165. Claude Henri de Saint-Simon (1760-1825), Joseph Proudhon (1809-1865), Charles Fourier (1772-1837), Pierre Leroux (1797-1871).

le socialisme français est fondé sur la reconnaissance simultanée de la quête du bonheur privé et de l'essence sociale de l'homme, qui pousse ce dernier à l'altruisme, la coopération et la solidarité. À partir de cette conception plurielle des aspirations humaines, les prescriptions morales et politiques seront, certes, très diverses. L'hédoniste Fourier tient toutes les passions humaines pour bonnes et pense, en conséquence, que l'harmonie sociale se réalisera par la pleine satisfaction de toutes ces passions. Saint-Simon et ses disciples estiment qu'il s'agit de faire triompher le penchant altruiste de l'homme, car l'harmonie ne peut venir ni de la libre compétition des intérêts privés, ni de la contrainte politique. Auguste Comte poussera cette tendance saint-simonienne à l'extrême[166], en prônant l'éradication de toute aspiration individualiste au profit d'un altruisme sacrificiel. En réaction aux tendances anti-individualistes des saint-simoniens, Pierre Leroux dénonce à la fois le *socialisme absolu*, qui anéantit l'autonomie individuelle, et l'*individualisme absolu*, qui provoque la «désassociation» des hommes[167]. Le défi politique du socialisme consiste dès lors à imaginer les actions et les institutions qui permettent de restaurer et de promouvoir l'association des hommes en préservant une légitime aspiration à la liberté et au bien-être individuel. Ce même esprit combinant les motivations égoïstes et altruistes prévaudra, à la charnière du XIXe et du XXe siècle, dans le *socialisme associationniste* de Fournière et le *socialisme démocratique* de Jaurès[168].

Enfin, le rejet du postulat d'égoïsme a suscité encore une autre hypothèse: l'homme serait naturellement bon,

166. Auguste Comte (1798-1857) fut le secrétaire de Saint-Simon.

167. «De l'individualisme et du socialisme», 1834, remanié en 1850; repris dans la *Revue du MAUSS*, n° 9, 1er semestre 1997.

168. Eugène Fournière (1857-1914), Jean Jaurès (1859-1914).

mais il peut être corrompu et perverti par une société fondée sur de mauvais principes; une « science » juste de la société et de son histoire peut découvrir les mécanismes de la corruption de l'humanité et les lois d'une bonne société restaurant les bienfaits de la bonté naturelle. Cette approche est incarnée par Jean-Jacques Rousseau, et nous verrons à la section suivante combien elle est problématique. On pourrait, bien sûr, allonger la liste des optimistes qui reconnaissent de la bonté en l'homme, en citant notamment des anarchistes. Ce qui importe, à ce stade, est de mesurer à quel point l'idée d'un individu strictement égoïste est une position marginale, y compris chez les économistes libéraux, jusqu'à la fin du XIXe.

Longtemps donc, la conception hobbesienne et benthamienne d'un être humain motivé par le seul amour de soi n'a été intégrée que par un courant ultralibéral ultraminoritaire. Mais elle s'est trouvée confortée chez les libéraux, à la fin du XIXe siècle, par la diffusion de la nouvelle théorie de l'évolution de Darwin[169]. L'idée nouvelle que l'humain résulte d'une longue évolution des espèces renforçait intuitivement la conviction que, dans l'« état de nature », l'homme se comporte comme une bête et ne connaît donc d'autre loi que la satisfaction égoïste de ses pulsions. « Chacun pour soi », telle semblait être la loi éternelle de la nature. Les ultralibéraux s'employèrent avec un réel succès à promouvoir cette lecture incomplète de Darwin[170].

Mais, plus encore que la théorie de l'évolution, c'est la volonté nouvelle de développer une science mathématique

169. En 1842, Charles Darwin achève le premier manuscrit de son ouvrage majeur, *De l'origine des espèces au moyen de la sélection naturelle*. La première édition est publiée en 1859.

170. Lecture incomplète car, comme nous le verrons par la suite, Darwin reconnaissait que la solidarité et la coopération jouaient aussi un rôle dans l'évolution des espèces.

de l'économie qui entraîne le retour en force du postulat de l'égoïsme rationnel. À la fin du XIXe, l'économie politique *néoclassique*, emmenée par Léon Walras, entreprend de mettre les comportements en équations [171]. Toutes les subtilités de l'utilitarisme et du libéralisme des *classiques* sont passées à la lessiveuse du scientisme. Après le retraitement nécessaire des hypothèses pour construire des équations d'offre et de demande indépendantes et débouchant sur un équilibre général des marchés, il ne reste de l'individu subtil des libéraux qu'un atome mû par une pulsion mécanique de jouissance, totalement indifférent à la jouissance ou à la souffrance des autres atomes. La sympathie, l'empathie, le besoin de reconnaissance, etc., toutes les interactions sociales passent à la trappe. L'agent économique, ou *homo œconomicus*, est une machine à jouir insatiable, en mouvement permanent pour saisir toute opportunité de jouir un peu plus. Formellement, cela implique une mutation de l'hypothèse de rationalité ; le terme désigne désormais : 1) la capacité de l'individu à *identifier et trier toutes les possibilités* selon son ordre de préférence personnel ; 2) la capacité à *employer tous les moyens disponibles pour choisir dans l'univers des possibles la solution qui maximise l'« utilité » (satisfaction) de l'individu* (hypothèse de « rationalité forte »).

Quoique spécifique à un courant longtemps marginal, le postulat d'égoïsme a pu progresser sans grande résistance, dans la mesure où presque personne ne contestait à l'égoïsme une place importante dans les motivations de l'action humaine. Le point de vue dominant chez les libéraux était celui d'une pluralité de motivations éventuellement contradictoires. Cela justifiait leur recherche d'un principe suprême (le bonheur de la société ou la justice

171. C'est là le courant dominant l'école néoclassique, mais pas le seul. Cf. note 149.

naturelle) pour hiérarchiser les préférences individuelles et fonder des lois autorisant la vie en société. Et, sur ce point, la démarche des socialistes était similaire. Pour la plupart des auteurs, donc, la question n'était pas de savoir si l'individu est égoïste ou pas, mais de savoir comment son égoïsme est compensé par sa sociabilité et ses penchants altruistes, et à quelles conditions il est compatible avec la vie pacifique en société. En un mot, *l'individu, quoique égoïste (entre autres dispositions), n'est pas forcément agressif et menaçant pour les autres*, contrairement à ce qu'implique le cinquième pilier du discours néolibéral.

Cinquième pilier: l'individu prédateur et la loi du plus fort dans l'« état de nature »

Présentation initiale des hypothèses néolibérales

Si l'individu est strictement égoïste et indifférent au bien ou à la souffrance d'autrui, il est par nature agressif et prédateur. En effet, quand plusieurs individus autonomes et égoïstes partagent un même environnement, ils entrent inéluctablement en compétition pour l'usage des ressources; *tant qu'un individu n'atteint pas l'état de satiété, il préfère priver l'autre d'une ressource que d'en être privé lui-même*. La coopération et la solidarité ne peuvent pas constituer la réaction spontanée et privilégiée d'individus confrontés à un problème de partage des ressources. Conscient que tous les autres sont aussi égoïstes que lui et naturellement portés à privilégier leur plaisir propre, chacun a intérêt à se défier d'autrui et à saisir toute opportunité de prendre un avantage quelconque (force, pouvoir, ressource). Corollaire de ce postulat: une société primitive (sans État et sans lois) est nécessairement le lieu d'une compétition féroce qui cesse uniquement et temporairement par la victoire du plus fort. *L'égoïsme intégral des individus implique la prédation et la loi du plus fort.* L'individu ne peut donc se contenter d'être égoïste. Dès qu'il y a compétition pour les biens, il est contraint d'être aussi « méchant », ne serait-ce que pour éviter d'être victime de l'appétit des autres.

Le postulat de la méchanceté naturelle

On trouve déjà ce postulat chez Machiavel : « Quiconque veut fonder un État et lui donner des lois doit supposer d'avance les hommes méchants [...]. Les hommes ne font le bien que forcément. Mais dès qu'ils ont le choix et la liberté de commettre le mal avec impunité, ils ne manquent jamais de porter partout la confusion et le désordre[172]. » Mais Hobbes reste, bien sûr, le penseur emblématique de cette conception selon laquelle « l'homme est un loup pour l'homme ». Pour lui, dans l'« état de nature », avant la constitution d'une société politique, la rivalité entre les humains est on ne peut plus radicale : « [...] si deux humains désirent la même chose, dont ils ne peuvent cependant jouir l'un et l'autre, ils deviennent ennemis et, pour parvenir à leur fin [...], ils s'efforcent de s'éliminer ou de s'assujettir l'un l'autre[173]. » Il s'ensuit logiquement que « les humains n'éprouvent aucun plaisir (mais plutôt un grand déplaisir) à demeurer en présence les uns des autres s'il n'y a pas de puissance capable de les tenir tous en respect[174] ». En effet, sans un État puissant qui inspire aux humains « un respect mêlé d'*effroi*, leur condition est ce qu'on appelle la guerre ; et celle-ci est telle qu'elle est

172. *Discours sur la première décade de Tite-Live* (1519), Flammarion, 1985, p. 43.
173. *Léviathan*, *op. cit.*, p. 222.
174. *Ibid.*, p. 223.

une guerre de chacun contre chacun[175] ». Dans les termes que j'ai développés au chapitre 4, on peut dire que, pour Hobbes, *la dissociation extrême est la condition naturelle des humains*, avant la constitution d'une société politique: «la nature *dissocie* ainsi les humains en les rendant capables de s'attaquer et de s'entre-tuer les uns les autres[176] ». Pour Hobbes, la peur que s'inspirent mutuellement les humains à l'«état de nature» est telle que la seule société imaginable est une hypersociété étatiste qui dissout l'autonomie individuelle dans un État souverain et qui impose par l'«effroi» le respect d'une loi commune. Solution apparemment inéluctable dès l'instant où l'on considère qu'il n'existe en l'homme rien qui ressemble à ce que j'appelle l'aspiration à «être avec».

Il peut alors sembler paradoxal de considérer comme un pilier du néolibéralisme une conception de l'être humain qui mènerait à un État tout-puissant! Mais c'est là un faux paradoxe. En premier lieu, le néolibéralisme n'a rien contre un État puissant, tant que celui-ci sert *à punir ou à retirer de la société les déviants* qui ne respectent pas la propriété et l'ordre moral nécessaires à une société de libre compétition. En second lieu, en dehors de ce pouvoir de police et de justice, les néolibéraux considèrent que la régulation politique de la société est parfaitement inutile. Ils pensent en effet avoir démontré qu'une société fondée sur la libre concurrence maximise la production et le bien-être collectif (cf. le dixième pilier). Par conséquent, pour les néolibéraux, le fait que les individus sont naturellement «méchants» n'implique pas la domination *générale* du Léviathan[177] effrayant de Hobbes. Il engage

175. *Ibid.*, p. 224.

176. *Ibid.*, p. 225.

177. Hobbes compare la puissance du gouvernement à celle de Léviathan (titre de son œuvre majeure), un monstre marin biblique inspirant la terreur dont il est question au chapitre 41 du livre de

plutôt à trouver un moyen de satisfaire l'appétit insatiable des « loups humains », en sorte qu'ils n'aient plus motif à s'entre-dévorer. Et ce moyen, c'est l'institution de marchés de libre concurrence dans toutes les activités humaines. La méchanceté naturelle des humains ne fait donc pas obstacle au programme ultralibéral. C'est en revanche une hypothèse indispensable pour disqualifier tout système social fondé sur le don, la coopération et la solidarité.

Cela dit, on vient de le rappeler dans la section précédente, la théorie de l'égoïsme est longtemps restée minoritaire ; il en va de même pour la thèse de la méchanceté naturelle. Au siècle des Lumières, c'est plutôt la thèse opposée qui progresse : l'être humain répugne naturellement à faire du mal à autrui. Mais cette opposition radicale des deux thèses dissimule parfois une grande similitude dans la façon de concevoir l'individu et la vie en société. Si bien que, paradoxalement, les opposants au cinquième pilier du néolibéralisme ont pu contribuer à le consolider.

Le sens moral et l'impossibilité d'une bienveillance générale

On l'a montré, Hutcheson a opposé à la méchanceté naturelle le sens moral inné qui nous pousse spontanément à la bienveillance envers notre prochain. L'ennui, comme le reconnaît Hutcheson, est que la bienveillance naturelle n'est pas un acte de raison, c'est une émotion, un sentiment engendré par le contact avec autrui. Et comme l'intensité des sentiments décroît avec la distance qui nous sépare des autres, le sens moral n'engendre pas une *bienveillance générale* capable de s'étendre bien au-delà

Job. L'étymologie donne un nom composé, *levia-than*, qui signifie le « grand tout ».

du cercle de la famille, des amis, des relations quotidiennes de travail ou de voisinage. Le problème du lien social susceptible de fonder et souder une société reste donc entier. Comme l'établira notamment Kant dans sa critique de Hutcheson, si les individus ne sont spontanément portés au bien que dans un cercle limité de relations, seule une loi impérative peut installer la morale civique nécessaire à la société. Mais, au fond, c'est aussi ce que disait Hobbes et ce que disent aujourd'hui les néolibéraux !

À y regarder de plus près, les néolibéraux contemporains sont largement d'accord avec Hutcheson : les seuls lieux de paix civile et de solidarité sont la famille et éventuellement les microcommunautés de semblables. Leur seul désaccord tient en ce qu'ils ne reconnaissent aucune « bonté naturelle » dans la bienveillance de proximité : selon eux, c'est précisément parce que nous sommes des égoïstes invétérés que nous ne savons être bienveillants qu'avec des proches qui peuvent nous *rendre* tout ce que nous leur donnons. Mais ce débat sur la fin ultime de nos actes est sans incidence aucune sur le fait que la philosophie de Hutcheson peut bien servir de fondement à la dissociété néolibérale. Il reste en effet que, quelle que soit la cause première du phénomène, les individus ne peuvent être bons entre eux qu'au sein de petites communautés, tandis qu'au-delà c'est la rivalité qui régit les relations humaines.

L'homme sympathique de Smith

La *Théorie des sentiments moraux* d'Adam Smith semble dépasser les limites du « sens moral » de Hutcheson, en faisant de la sympathie un mécanisme de portée beaucoup plus générale. Comme Hutcheson, Smith reconnaît que la compassion sympathique fonctionne d'autant moins que les autres sont distants et anonymes. Mais le mécanisme sympathique met aussi au cœur de l'homme un désir obsessionnel d'approbation, de reconnaissance sociale, qui l'amène à faire d'autant plus d'efforts pour obtenir la sympathie des autres que ceux-ci ne sont pas des proches. En effet, on peut compter aisément sur la sympathie de ses parents et de ses amis. Mais pour obtenir la sympathie des autres membres de la société, l'individu doit consentir plus d'efforts afin d'accorder son comportement en sorte de susciter l'approbation la plus large. Smith pense ainsi avoir mis au jour un mécanisme qui garantit une sociabilité générale, et non plus seulement de proximité.

Et la quête de reconnaissance sociale ne garantit pas seulement l'harmonie d'une société humaine, elle en explique aussi le développement. C'est elle, en effet, qui conduit les hommes, contrairement aux autres animaux, à ne point se contenter de la satisfaction de leurs besoins vitaux. Quand ces derniers sont satisfaits, l'être humain se préoccupe du regard et de l'estime d'autrui. Il s'inquiète donc de son rang, cherche à se distinguer, à se faire remarquer, etc. De là découlent l'essor des arts et des techniques et l'accumulation de biens parfaitement inutiles à la survie, mais désirés pour la reconnaissance sociale qu'ils procurent. L'homme de Smith est ainsi un vaniteux, dont les trois quarts de l'énergie sont consacrés à produire et à consommer des biens futiles. En cela il est certes victime d'une illusion qui l'amène à prendre son *désir* insatiable de biens inutiles pour un authentique *besoin*. Mais, nous explique Smith dans la *Théorie des sentiments moraux*, c'est là une ruse de la nature pour forcer les hommes à accomplir le projet de la Création : la « main invisible » de la Providence conduit les hommes, malgré eux, vers une finalité qu'ils ignorent et qui dépasse les satisfactions futiles qui motivent leurs actions. En effet, la vanité des hommes, leur désir insatiable de reconnaissance sociale, est le moteur du progrès continu de leur activité, de leur technique, de leur production et de leur population. Dieu aurait donc mis au cœur des hommes la propension à la sympathie en sorte que, contrairement au reste du règne animal, ils soient animés par un désir perpétuel de reconnaissance sociale qui engendre spontanément les comportements les plus propices à la sociabilité et à la prospérité du genre humain.

Cela n'implique pas pour autant que l'être humain naisse naturellement bon et altruiste, depuis l'aube de l'humanité. Smith pense, au contraire, que les sauvages des premiers temps vivaient dans un tel état de dénuement et de vulnérabilité que leur énergie entière ne pouvait être consacrée à autre chose que survivre : « Et tous les sauvages sont bien trop occupés par leurs besoins et leurs nécessités pour prêter beaucoup d'attention à ceux d'une autre personne. Ainsi, quelle que soit la nature de sa détresse, *un sauvage n'attend pas de sympathie de ceux qui l'entourent*[178]... »

Le souci d'autrui suppose un minimum d'assurance pour sa propre vie. Si la sympathie est une disposition universelle, c'est donc en tant que potentialité inscrite dans la nature de l'homme, mais dont l'épanouissement véritable dépend de l'évolution des conditions matérielles d'existence. Ainsi, la pensée de Smith n'est pas seulement fondée sur une *philosophie de la nature* humaine, elle repose aussi sur une *anthropologie*. Celle-ci, en s'appuyant sur les travaux ethnologiques suscités par la colonisation du Nouveau Monde, s'efforce de décrire les

178. *Théorie des sentiments moraux*, cité par Christian Marouby, *L'Économie de la nature. Essai sur Adam Smith et l'anthropologie de la croissance*, Seuil, 2004, p. 277.

stades de développement successifs, par lesquels l'humanité *doit* passer pour franchir le pont qui sépare les premiers « sauvages » de la civilisation marchande[179].

Selon Smith, l'humanité passe nécessairement par quatre stades de développement : la chasse, l'élevage, l'agriculture et le commerce. À chacun de ces stades, le manque de ressources pour faire face aux besoins d'une population croissante contraint l'homme à inventer un nouveau mode de production étendant momentanément les subsistances. Mais, en autorisant un nouvel essor de la population, le progrès propre à un mode de production rétablit le manque de ressources qui force le passage au stade suivant, et ainsi de suite, jusqu'à l'âge de la « société commerciale », que nous appelons de nos jours « économie de marché ». Tant que l'humanité est condamnée au manque chronique de ressources, la précarité de la condition humaine est telle qu'elle laisse peu de place au souci d'autrui. Si bien qu'à certains égards, en ce qui concerne les stades antérieurs à l'économie de marché, Smith valide la vision pessimiste de Hobbes sur l'état de nature : un état gouverné par la peur de mourir, où l'on ne peut guère compter sur la sympathie d'autrui.

Pour autant, l'homme des sociétés prémodernes n'est pas « méchant ». Il a seulement un système de valeurs adapté à sa situation et susceptible de garantir la pérennité et le progrès du genre humain. Ainsi, bien avant Marx, Smith développe *une théorie matérialiste de l'évolution sociale*, dans laquelle les modes de pensée et les valeurs sont déterminés par les conditions matérielles d'existence.

---

179. Cette anthropologie, sous-jacente à la pensée de Smith comme à celle de bien des auteurs au siècle des Lumières, a été analysée par l'historien Ronald Meek, *Social Science and the Ignoble Savage*, Cambridge University Press, 1976. Mais c'est surtout à Christian Marouby et à son *Économie de la nature* que nous devons ici la confrontation entre cette anthropologie et la théorie de la sympathie.

En revanche, il rejoint l'idéalisme de Hegel[180], en reconnaissant dans la marche aveugle des hommes vers un progrès matériel constant *la main invisible d'une Providence divine* qui conduit ceux-ci vers le stade de l'économie de marché où la propension à la sympathie pourra donner sa pleine mesure. Car, une fois atteint ce stade, où les ressources croissent plus vite que la population, le manque de subsistances s'efface; le grand souci de l'homme est alors de s'attirer la sympathie et la reconnaissance d'autrui. Une autre forme de *manque* prend alors le relais pour maintenir les hommes dans la quête perpétuelle du progrès. L'être humain quitte en effet l'âge du *besoin* pour entrer dans celui du *désir*, qui est en vérité encore plus insatiable que le besoin.

Conclusion provisoire: l'homme ne naît pas naturellement bon au sens moral du terme (qui se préoccupe du bien d'autrui). Mais il naît programmé pour la production croissante en société. Le souci du bien d'autrui, le désir d'approbation et le désir de reconnaissance sociale sont les sous-produits naturels d'une histoire providentielle: ils finissent par apparaître inéluctablement, à un stade avancé du développement, et ne cessent ensuite de soutenir le progrès du genre humain. En quelque sorte, il n'y a qu'à attendre et laisser s'accomplir le projet divin.

On comprend dès lors pourquoi des ultralibéraux ont pu trouver le discours de Smith sympathique, sans adhérer à sa théorie de la sympathie! D'abord, *Smith reconnaît que la rivalité et le souci prioritaire de soi ont dû dominer les sociétés humaines durant la quasi-totalité de leur histoire*, jusqu'au développement d'une économie de marché. Il admet ensuite que, sauf exceptions (que les néolibéraux peuvent feindre d'oublier), dans une économie de marché la libre concurrence marchande est le moyen privilégié du

180. Voir la note 186.

progrès de l'humanité et de l'association sympathique des individus. La société marchande apparaît donc comme celle du « doux commerce » qui suit l'âge archaïque de la « compétition sauvage » ; elle reçoit ainsi l'onction d'une vertu morale qui aide à « faire passer » sa nature de toute façon inéluctable. Enfin et surtout, la conclusion politique de Smith importe plus aux néolibéraux que ses prémisses philosophiques et anthropologiques. Cette conclusion énonce en effet un principe clé du néolibéralisme : *l'harmonie sociale n'est pas l'objet de l'action politique, c'est l'effet d'une loi de la nature qui s'accomplit nécessairement.* Les ultralibéraux du XIXe siècle et les néolibéraux d'aujourd'hui ne disent pas autre chose. Dès lors, décider si l'harmonie se fait par la vanité sympathique ou par la rivalité égoïste est sans importance puisque, dans les deux cas, il n'y a qu'à *laisser faire*. Les croyants décideront que l'Histoire est écrite par la main invisible de la Providence, et les athées qu'elle est commandée par la loi de la nature. Chacun peut choisir librement son aliénation ! Pourvu qu'il l'admette !

L'optimisme de Smith sur la nature humaine nourrit ainsi son optimisme sur le devenir des sociétés humaines. On va voir à présent, chez Rousseau et Marx, comment l'optimisme sur la nature de l'être humain engendre au contraire le plus sombre pessimisme sur ses capacités naturelles à vivre en société.

Le bon sauvage de Rousseau

Un autre partisan célèbre de la bonté naturelle, Jean-Jacques Rousseau, contribue paradoxalement, comme Hutcheson, à conforter la conception néolibérale de l'homme et de la société.

Rousseau s'en prend directement au postulat hobbesien de méchanceté naturelle. Il énonce « le principe que Hobbes n'a point aperçu et qui, ayant été donné à l'homme pour adoucir [...] la férocité de son amour-propre, [...] tempère l'ardeur qu'il a pour son bien-être par *une répugnance innée à voir souffrir son semblable*[181] ». De cette « force de la pitié naturelle » découleraient, selon Rousseau, « toutes les vertus sociales » (on retrouve ici le mécanisme de la sympathie développé par Smith). Néanmoins, on peut aisément montrer que l'homme de Rousseau est à peine « meilleur » que celui de Hobbes. La vraie différence entre les deux auteurs porte sur leur définition de l'« état de nature ». Chez Hobbes, il s'agit d'une situation de guerre permanente parce que les hommes sont rivaux sur un même territoire; chez Rousseau, il s'agit d'un état où les hommes ne se rencontrent pas! L'*homme sauvage* de Rousseau est seul, et il ne faut pas « commettre la faute de ceux qui, raisonnant sur l'état de nature, y transposent les idées prises dans la société, voient toujours la famille rassemblée dans une même habitation, et ses membres gardant entre eux une union aussi intime et aussi prenante que parmi nous [...]; au lieu que, dans cet état primitif, n'ayant ni maison, ni cabanes [...], chacun se logeait au hasard [...]; *les mâles et les femelles s'unissaient fortuitement* [...]; *ils se quittaient avec la même facilité;* la mère allaitait d'abord ses enfants pour son propre besoin; puis [...] elle les nourrissait ensuite pour le leur; sitôt qu'ils avaient la force de chercher leur pâture, ils ne tardaient pas à quitter la mère elle-même; et comme il n'y avait presque point d'autre moyen de se retrouver que de ne pas se perdre de vue, *ils en étaient bientôt au point de ne même pas se reconnaître les uns les autres*[182] ».

---

181. *Discours sur l'origine et les fondements de l'inégalité parmi les hommes* (1755), Le Livre de poche, 1996, p. 91.
182. *Ibid.*, p. 92.

Pour Rousseau, dans l'état de nature il n'existe même pas une communauté humaine minimale telle que la famille. L'être humain vit seul, il est oisif et passe son temps à manger et dormir. Rousseau a d'abord la sagesse de dire que « les hommes dans cet état n'ayant entre eux aucune sorte de relation morale [...] ne pouvaient être ni bons ni méchants » ; mais c'est pour se contredire aussitôt après en postulant « une répugnance innée à voir souffrir son semblable »[183]. La contradiction s'approfondit ensuite dans la suite du discours de Rousseau sur nos origines.

En effet, dès l'instant où le développement de l'humanité contraint les hommes à vivre en communauté, la compassion naturelle s'estompe au profit des passions mauvaises qui les mettent en rivalité. La société invente le travail, la propriété, les rapports de force, la guerre. L'homme n'est donc pas méchant quand il est seul, mais le devient dès qu'il vit en société ! Mais peut-on en déduire que c'est la société qui pervertit la nature de l'homme et non l'inverse ? On en doute d'autant plus que, selon Rousseau lui-même, le déclin de l'identification compassionnelle à la souffrance d'autrui est imputable à la raison. Il est évident, dit-il, que « cette identification a dû être infiniment plus étroite dans l'état de nature que dans l'état de raisonnement. *C'est la raison qui engendre l'amour-propre et c'est la réflexion qui le fortifie ; c'est elle qui replie l'homme sur lui-même* [...] ; c'est la philosophie qui l'isole ; c'est par elle qu'il dit en secret, à l'aspect d'un homme souffrant : "Péris si tu veux, je suis en sûreté"[184] ».

On ne peut être plus clair. L'homme sauvage vit seul comme au jardin d'Éden, sans passions, sans nul besoin ni de ses semblables, ni de connaissance, ni de travail ; il n'est pas « bon », il est tranquille ! Le paradis, c'est la

183. *Ibid.*, p. 98.
184. *Ibid.*, p. 99.

solitude chère à l'auteur des *Rêveries du promeneur solitaire*, c'est la solitude d'Adam au jardin d'Éden. L'enfer, c'est les autres, au contact desquels le bon sauvage est finalement condamné, tout comme Adam fut chassé du paradis. Quand l'Histoire met fin à l'état de nature, quand elle livre l'homme à la compagnie des autres et à la nécessité de réfléchir pour vivre, l'homme n'est guère plus aimable que le «loup» imaginé par Hobbes; il est même singulièrement plus insociable, parce qu'il vient d'un état de nature encore plus dissocié. Chez Hobbes, la nature dissocie les hommes, mais ces derniers sont au moins liés par la guerre de chacun contre chacun, par la même peur de mourir et par la raison qui fait naître l'idée d'une société mettant fin à l'état de guerre. Pour Rousseau, l'homme des origines vit absolument seul, sans le moindre lien, et cette impréparation totale à la sociabilité fait de la première société le commencement et non la fin de la guerre entre les hommes: «La société naissante fit place au plus horrible état de guerre[185]...»

On peut souligner ici la divergence d'analyse avec Adam Smith. Pour ce dernier, l'état de nature de Rousseau n'existe pas. Dès le premier stade (l'âge des chasseurs), les hommes vivent en société parce qu'ils sont ainsi constitués qu'ils ne peuvent survivre autrement qu'en groupe. C'est pourquoi l'être humain est dès l'origine fait pour et constitué par des liens sociaux. Au contraire, pour Rousseau, c'est précisément quand l'homme entre en société qu'il devient méchant et insociable. En cela, Rousseau rejoint Hobbes sur une conclusion essentielle: l'entrée en relation des êtres humains est toujours problématique, dominée par la rivalité et la loi du plus fort, tant que ne sont pas posées les bases d'une société où un pouvoir souverain peut s'exercer

185. *Ibid.*, p. 118.

avec le consentement de tous (cf. *infra*, sixième et huitième piliers). La convergence étonnante de ces auteurs, que politiquement tout oppose, reflète leur prémisse commune : un individu autonome qui préexiste à toute communauté humaine et n'est en rien constitué par des liens aux autres. Plus étonnant encore, au XIXe siècle Karl Marx, qui ne croit assurément pas à la théorie du contrat social, va néanmoins, tout comme Rousseau, apporter un soutien involontaire au cinquième pilier du néolibéralisme.

L'homme paradoxal de Marx

Marx rejette la conception atomistique de l'homme. Pour lui, l'essence humaine est constituée par les rapports sociaux. Mais, comme chez Rousseau, les forces naturelles qui dépassent l'individu ont imposé la division du travail, la propriété, le pouvoir et l'état de conflit permanent. Marx fait l'économie d'une discussion sur l'« état de nature », avant la société, état qu'il tient pour une « robinsonnade » sans intérêt. Pour lui, de tout temps l'homme a vécu en société. Mais depuis toujours, comme chez Hobbes ou Rousseau, c'est la guerre. « L'histoire de toute société jusqu'à nos jours n'a été que l'histoire de la lutte des classes », écrit-il dans le *Manifeste du Parti communiste* (1848). Ce n'est plus la « guerre de chacun contre chacun » (Hobbes), mais la guerre des classes opprimées contre les classes dominantes. À chaque étape de l'Histoire, une classe dominante remplace la précédente classe dominante, une forme d'oppression et d'aliénation en chasse une autre. Mais, à la fin de l'Histoire, la révolution prolétarienne clôt ce cycle infernal, en abolissant la propriété des moyens de production et les classes sociales. Après une phase de domination étatique (dictature du prolétariat) adviendra la société communiste, où les hommes pourront enfin vivre en paix sans le secours d'une loi oppressive.

Comme chez Rousseau, on se retrouve ici devant un paradoxe. Si l'homme est naturellement apte à s'épanouir dans la vie sociale, s'il n'est pas foncièrement méchant, pourquoi a-t-il mis en place des «modes de production» qui autorisent «l'exploitation de l'homme par l'homme»? La solution de Marx revient à dire que ce n'est pas lui qui a fait cela, c'est l'Histoire. En effet, reprenant la méthode de Hegel, Marx voit dans l'Histoire le lieu d'un affrontement dialectique de forces *(thèses/antithèses)* auxquelles l'individu ne peut s'opposer. De cet affrontement surgit une succession de *synthèses*, sous la forme de modes de production, d'institutions politiques et de conventions morales qui caractérisent une société. On sait que Marx ne se contente pas de reprendre la dialectique de Hegel, qui développait une vision idéaliste de l'Histoire[186]. Au contraire, il entend inverser cette vision, la «remettre à

---

186. Pour Hegel (1770-1831), la Raison gouverne le monde conformément à la volonté de Dieu. Tout ce qui se produit dans le monde participe à la réalisation de ce projet transcendant. Mais la Raison gouverne de façon dialectique, c'est-à-dire en s'appuyant sur l'opposition des contraires pour progresser (thèse + antithèse = synthèse). La Raison (thèse), en se heurtant à toutes les manifestations humaines de la Déraison (antithèse), engendre une succession historique de systèmes humains (synthèse). Telle est la «ruse de la Raison»: elle laisse les hommes et leurs passions agir dans le monde, mais, par ce biais, c'est toujours son projet idéal qui se réalise. «On peut dire dans ce sens, écrit Hegel, que *la Providence divine, vis-à-vis du monde et de son processus, se comporte comme la ruse absolue*. Dieu laisse faire les hommes avec leurs passions et leurs intérêts particuliers, et ce qui se produit par là, c'est la réalisation de *ses* intentions, qui sont quelque chose d'autre que ce pour quoi s'employaient tout d'abord ceux dont il se sert en la circonstance» (cité par Jean-Michel Besnier, *Histoire de la philosophie moderne et contemporaine*, Grasset, 1993, p. 288). En ce sens, l'action des hommes reste utile, mais c'est malgré eux et totalement indépendant de leur volonté. Toute volonté libre de changer l'Histoire est absurde.

l'endroit » grâce au *matérialisme historique* : *ce n'est pas le progrès des idées et des consciences qui détermine l'Histoire, mais uniquement l'évolution des conditions matérielles d'existence et de production.* C'est ce matérialisme qui, selon Marx, distingue son socialisme *scientifique* du socialisme *utopique* qui entend, quant à lui, sauver l'humanité en engageant un combat au nom de la *justice.* Marx présente les idées et les institutions politiques comme des « superstructures » déterminées par l'« infrastructure » matérielle (l'état de la population, des ressources, des techniques et des possibilités de production). L'être humain ne semble donc pas directement responsable de ce qui arrive à l'humanité, et même ce qu'il en pense échappe à son libre arbitre puisque, nous dit Marx dans *L'Idéologie allemande* (1846), « ce n'est pas la conscience qui détermine la vie, c'est la vie qui détermine la conscience[187] ». Ainsi donc, l'homme n'est ni coupable ni victime de la méchanceté de l'homme, il est victime de l'Histoire. C'est donc elle qu'il faut arrêter !

Alors surgit un nouveau paradoxe. Si la conscience de l'homme et sa volonté ne font pas l'Histoire, pourquoi la classe ouvrière et le Parti communiste auraient-ils l'idée et la capacité de mettre fin au cycle infernal de la lutte des classes ? Comme si, tout d'un coup, la conscience des hommes pouvait reprendre la main et décider de faire l'Histoire ! Le matérialisme historique ne vire-t-il pas ici à l'idéalisme ? Pourquoi la révolution prolétarienne ne serait-elle pas seulement le début d'une nouvelle phase de domination d'une nouvelle classe dominante, comme cela est d'ailleurs effectivement advenu dans tous les pays communistes ?

---

187. Karl Marx, *L'Idéologie allemande* (1846), in *Œuvres*, t. III : *Philosophie*, Gallimard, coll. « Bibliothèque de la Pléiade », 1982, p. 1057.

On voit bien le dilemme insoluble de Marx. Si on laisse l'Histoire se faire, il se produit ce qui est arrivé dans l'Histoire vraie et qui est, somme toute, conforme à la théorie de Marx : la révolution communiste ne met en place qu'une nouvelle classe dominante[188]. Pour sortir du cercle infernal, il faut bien que des penseurs (comme Marx lui-même) aient la connaissance d'une meilleure société, la transmettent à des acteurs politiques décidés à la mettre en œuvre, et ce non pas à leur profit, mais pour le bien commun. Mais intégrer pleinement ce rôle historique des hommes bons et éclairés, c'est remettre en cause le matérialisme historique ; c'est admettre que, si la bonne société n'est pas advenue jusqu'alors, la méchanceté et la déraison des hommes y sont pour quelque chose.

Marx ne résout pas vraiment ce dilemme et semble osciller entre deux solutions contradictoires.

D'un côté, Marx le philosophe suit strictement le déterminisme historique de Hegel, en le laïcisant : il remplace la main invisible de Dieu par la main invisible d'une nécessité matérielle qui dépasse et se passe de la volonté des hommes. Le passage de Hegel (ou Smith) à Marx libère l'individu d'une aliénation religieuse pour le livrer à une aliénation matérielle : dans l'un et l'autre cas, l'homme n'est pour rien dans son propre destin. Mais, alors, il devient parfaitement absurde de rédiger un programme du Parti communiste pour changer la société. Car personne ne change l'Histoire !

188. On pourrait sans doute ajouter ici les autres conséquences du libre cours de l'Histoire que Marx n'avait pas envisagées : 1) dans les pays capitalistes avancés, il n'y a aucune révolution prolétarienne et le capitalisme s'adapte pour être toléré par la société ; 2) après quelques décennies de dictature du prolétariat, les régimes communistes s'effondrent et donnent naissance à un nouveau capitalisme : la dictature du prolétariat est donc bien une phase de transition, mais vers le capitalisme ! Nous n'intégrons pas ce genre d'arguments, car nous ne nous intéressons ici qu'à la logique propre de Marx.

D'un autre côté, pourtant, Marx le militant rompt avec le déterminisme hégélien : il soutient que l'Histoire ne peut pas se faire sans l'intervention politique d'une classe révolutionnaire, puis d'un parti révolutionnaire et d'un État socialiste; il décrit les politiques que cet État doit mettre en œuvre. Mais c'est alors sa philosophie de l'Histoire qui devient absurde. Si la société dépend de ce que l'on inscrit ou pas dans les programmes des partis politiques et de la victoire ou de la défaite des communistes, l'Histoire devient un mouvement contingent au sens indéfini.

En réalité, Marx ne voit pas de contradiction entre ces deux approches parce que sa méthode de raisonnement reste toujours dialectique : le développement matériel des forces productives détermine les idées et l'action des acteurs, mais celles-ci, à leur tour, rétroagissent sur l'évolution des conditions matérielles, et ainsi de suite. Et quoiqu'il affirme que ce n'est pas la conscience qui détermine la vie des humains mais l'inverse, Marx reconnaît la rétroaction de la pensée sur la réalité matérielle; le concept de *praxis* désigne justement cette forme de théorie agissante parce qu'incarnée par la pratique des acteurs politiques.

Cette interprétation dialectique de Marx est à la fois celle qui fut recommandée par son ami Friedrich Engels et celle qui prévaut chez les auteurs marxistes contemporains. Il n'y aurait donc pas en réalité chez Marx un déterminisme économique mécanique et univoque mais une interaction entre les acteurs et le système, entre infrastructure et superstructure, entre idéologie et pratique. La présentation initiale que j'ai proposée ci-dessus ne serait donc qu'une caricature, certes longtemps diffusée par des partis communistes, mais non conforme à la pensée plus subtile de Marx, qui déclarait d'ailleurs à la fin de sa vie : « Je ne suis pas marxiste. »

Mais, si Marx a pu ainsi, de son vivant, constater l'expansion d'une pensée se réclamant de lui et dans laquelle il ne se reconnaissait pas, c'est bien qu'il existe dans sa théorie une ambiguïté ouverte à l'interprétation. Or la contribution véritable de Marx à notre culture moderne s'est naturellement davantage opérée par le discours marxiste-léniniste (diffusé pendant soixante-dix ans par les partis communistes) que par la lecture attentive de ses œuvres complètes. Il y a donc bien eu un marxisme, que nous qualifierons ci-après d'« économiciste » ou de « productiviste », qui a diffusé la vision d'une histoire mécanique entièrement façonnée par le seul progrès des conditions matérielles de production. S'il ne s'agit pas là du marxisme de Marx, ce dernier a néanmoins permis sa diffusion en ne rompant pas explicitement avec la téléologie. Comme chez Hegel, en effet, la dialectique de Marx est orientée, elle donne à l'histoire un sens déterminé, au lieu de l'ouvrir à la contingence pure de l'interaction humaine. Or il ne sert pas à grand-chose de reconnaître la rétroaction des idées, des actions et des superstructures politiques sur la vie matérielle, si « en dernière instance », comme disait Engels, ce sont toujours les conditions matérielles qui impriment le même sens à l'histoire.

Ou bien on prend au sérieux le poids de la vie symbolique (idées, croyances, etc.) et de l'interaction subjective entre des êtres sociaux, et alors l'histoire humaine devient parfaitement contingente, et il est impossible d'énoncer une quelconque « loi » d'évolution du système économique et politique comme le fait Marx. Ou bien les superstructures symboliques et l'action humaine ne sont que des épiphénomènes imprimant tout juste leur marque à l'histoire, comme l'écume orne la vague sans en affecter le sens. Marx oscille entre ces deux discours; il a une conception de l'être social et de l'acteur politique qui est incompatible avec le déterminisme économique qui caractérise néanmoins sa théorie scientifique de l'histoire. En ne levant pas lui-même cette ambiguïté, il a ouvert la voie à un marxisme économiciste qui, pour être caricatural, n'en reste pas moins celui qui s'est trouvé être le plus diffusé dans l'esprit de nos contemporains.

Ce qui manque à ce marxisme, c'est une conception plus réaliste de l'être humain, à la fois égoïste et altruiste, à la fois acteur de et acté par l'Histoire ; c'est aussi un vrai matérialisme considérant les idées, les croyances et la vie de l'esprit pour ce qu'elles sont : pas de simples notions métaphysiques séparées du corps (à la façon cartésienne), mais des composantes de notre existence, tout aussi matérielles que les conditions de production[189]. *C'est donc le socialisme méthodologique qui a manqué au marxisme économiciste pour en faire un socialisme scientifique.*

Au final, l'homme de Marx en société reste au fond aussi peu sociable que celui de Rousseau et de Hobbes, avant qu'une solution politique finale ne crée l'harmonie. Au point où nous en sommes, donc, les tentatives pour contester le cinquième pilier du néolibéralisme sont peu concluantes. Que l'homme soit supposé bon ou méchant ne change rien à la conclusion commune qu'il est moins fait pour vivre en société que pour la lutte, au corps-à-

---

189. Je n'entends pas nier ici la pertinence d'une démarche métaphysique pour répondre à des questions métaphysiques (l'origine et le sens de la vie, l'essence de l'homme, etc.). Néanmoins, le matérialisme s'impose quand il s'agit d'énoncer un savoir accessible par la science et qui exige la possibilité d'une réfutation ou d'une confirmation matérielle. Je dénonce ici le faux matérialisme, la métaphysique déguisée en discours scientifique, qui consiste à déclarer immatérielle une bonne part du fonctionnement de notre cerveau (celle qui intervient dans la pensée), pour en faire un simple sous-produit social déterminé par les conditions matérielles d'existence. Pour le neurobiologiste, penser n'est pas une activité moins matérielle que manger ou boire. Cela ne lui interdit pas, éventuellement, de croire en l'essence divine de l'âme. Cela lui interdit seulement de dire que la chimie n'intervient pas dans la vie des idées.

corps ou classe contre classe. On devine alors que, derrière leur antinomie apparente, ces deux conceptions ont aussi une unité plus profonde, que nous mettrons en évidence peu à peu. On pressent déjà que celle-ci tient notamment à leur vision moniste de la nature humaine: elle est soit bienveillante, soit malveillante, mais jamais les deux à la fois.

Tout le monde n'a pas suivi cette approche moniste. La plupart des libéraux classiques et des socialistes, on l'a vu (quatrième pilier), envisagent une nature humaine plurielle et plus complexe. On peut donc ici constater, à la fois, la distance entre libéralisme et néolibéralisme, et la possibilité qu'a ce dernier de rallier deux conceptions opposées de la nature humaine autour d'un même postulat supposé réaliste: que la nature humaine soit bonne (Rousseau) ou mauvaise (Hobbes), *la compétition et l'agressivité tendent spontanément à dominer les relations entre humains* dès lors qu'ils doivent vivre ensemble.

Bilan de l'enquête

Il s'agira ici plutôt d'un résumé, sans doute pas inutile, avant d'aborder la deuxième phase concernant la nature de la société.

L'essentiel de la conception néolibérale de la nature humaine se résume en cinq postulats qui s'enchaînent logiquement:

1° *L'être humain est un « individu » qui préexiste à toute communauté humaine.* Cela est impossible pour l'être matériel (le corps) qui provient d'autres êtres. Ce postulat suppose donc une conception métaphysique de l'homme: il existe un être immatériel (une âme) dont la substance ne doit rien aux autres. Pourtant ce postulat fonde aussi une partie de la philosophie politique athée et matérialiste, dans la lignée de Hobbes, signe que celle-ci reste une métaphysique déguisée. En fait, ce postulat n'a jamais été explicité et débattu. La pensée politique moderne a commencé par postuler l'autodétermination de l'individu sans entrevoir que cela supposait un individu constitué par lui-même ou par Dieu. Comme le néolibéralisme s'appuie sur une alliance entre matérialistes athées et conservateurs croyants, il est essentiel de constater que, dès les origines de la modernité, la métaphysique et le matérialisme se rejoignent pour nier tout rôle au lien social dans la constitution de l'être. L'individu ne vient pas des autres et ne doit rien aux autres.

2° *L'action et la pensée de l'individu sont strictement autodéterminées.* Ce deuxième postulat connaît deux variantes. La première, métaphysique, postule l'autonomie au sens strict : l'individu fixe seul ses règles de vie. La seconde, matérialiste, postule un individu automoteur : il décide seul de ses actes. L'essentiel, une fois encore, est qu'un accord entre croyants et athées est ici possible sur l'idée que les choix d'un individu sont strictement indépendants de ceux d'autrui, sauf quand ces derniers entravent physiquement son action. Ce postulat a une importance stratégique pour le néolibéralisme. C'est, en effet, l'une des conditions mathématiques nécessaires à la théorie économique néolibérale pour démontrer l'efficacité d'un système de marchés parfaitement concurrentiels. C'est aussi une condition *sine qua non* pour fonder le troisième postulat.

3° *La responsabilité individuelle et l'inégalité naturelle.* L'autodétermination entraîne que l'individu est seul responsable de ses actes et de sa situation. Il s'ensuit que les inégalités « sociales » n'existent pas. La société n'est en effet en rien responsable de la situation d'un individu. Les différences de situation résultent soit des choix individuels, soit d'inégalités naturelles (inégalités de capacités physiques ou mentales). Ce postulat induit une conception tautologique de la liberté : tout acte (ou renonciation à un acte) qui n'est pas entravé physiquement est libre, puisqu'il ne peut manifester autre chose que la volonté de l'individu. Le chômage est toujours un acte volontaire, même quand il n'y a pas d'emplois disponibles (le chômeur peut toujours faire autre chose ; par exemple, cesser de chercher un emploi ou se suicider !). Il ne faut pas aider les individus en difficulté, il faut les inciter à s'en sortir.

4° *L'individu est strictement égoïste et rationnel.* Un individu autodéterminé n'est en rien affecté par la situation et le bien-être d'autrui. Il prend ses décisions dans le seul but d'atteindre son propre bien-être. L'hypothèse de rationalité forte retenue par les néolibéraux implique en outre que l'individu sélectionne, parmi tous les choix possibles, celui qui maximise sa satisfaction. L'altruisme authentique n'existe pas. L'individu peut certes avoir des comportements bienveillants envers autrui, mais c'est toujours dans le but de son propre bien-être, dans son intérêt bien compris. Jusqu'au XIXe siècle, l'idée d'un égoïsme aussi absolu est restée minoritaire. Les libéraux, à la suite notamment de la « théorie du sens moral » (Hutcheson) et de la « théorie de la sympathie » (Smith), croient à la combinaison harmonieuse de l'amour-propre et du souci d'autrui. Cette conception plurielle des motivations humaines domine aussi dans les divers courants socialistes. Néanmoins, à la fin du XIXe, l'économie politique libérale bifurque vers la conception néolibérale d'un *homo œconomicus* exclusivement préoccupé par la maximisation de son propre bien-être.

5° *L'individu prédateur et la loi du plus fort.* Si l'on maintient le postulat d'autodétermination des comportements et son corollaire, l'égoïsme absolu, il s'ensuit que l'individu est aussi agressif et prédateur, dès l'instant où il se trouve en concurrence avec les autres pour l'usage de ressources rares. Sans une puissance qui tient les hommes à distance, l'état naturel de l'humanité est donc un état de guerre permanent. Cette conception est bien entendu rejetée par tous ceux qui contestent le postulat de l'égoïsme absolu. Pourtant, l'idée essentielle de ce cinquième postulat est en réalité bien plus largement partagée que ne l'est le postulat d'égoïsme. En effet, la théorie libérale du « sens moral » limite le champ de la bienveillance naturelle aux relations fréquentes et directes entre proches (parents, amis, collègues). La bienveillance générale de chacun envers tous reste problématique. Cette analyse est donc compatible avec la conception néolibérale de la dissociété : on favorise le regroupement en sous-communautés homogènes, dans lesquelles les individus sont tenus ensemble par l'attachement spontané qu'engendre la communauté de vues, de croyances, d'intérêts, etc. Par ailleurs, les thèses rousseauiste ou marxiste aboutissent sur cette question à la même conclusion que la thèse de l'égoïsme absolu : les rapports sociaux sont des rapports de force, de lutte des classes et de domination des plus forts. Que l'homme soit supposé méchant ou bon, atome isolé ou être social, ne change donc rien à cette conclusion commune : il est moins fait pour vivre en société que pour la lutte et la compétition avec ses semblables.

Cette étonnante convergence de discours politiques par ailleurs divergents reflète le postulat initial qui ne reconnaît aucun rôle au lien social *dans la constitution de l'être*. Dès lors, la conception de la société s'avère d'emblée problématique. Comment faire vivre ensemble des individus déliés, dont le comportement est finalement dominé par l'égoïsme et la rivalité, même quand ils sont aussi capables de bienveillance ? Pourquoi, d'ailleurs, des individus naturellement si peu disposés à vivre en harmonie vivent-ils en société? Comment des individus peu sociables définiront-ils des institutions et des lois communes? Quelle finalité assigneront-ils à la société ainsi constituée? Telles sont les questions relatives à la nature de la société qui vont nous occuper à présent.

7

Les fondements de la culture néolibérale et de la dissociété

II. La nature de la société

Une société ultralibérale n'ayant *a priori* pas grand-chose à voir avec une société communiste, une monarchie absolue ou une démocratie directe, on s'attend désormais à voir le néolibéralisme se détacher plus radicalement des principaux courants de la pensée politique. Il finira bien par affirmer sa spécificité, mais seulement au faîte d'un édifice dont les trois quarts baignent dans la culture commune de la modernité. En chemin vers le dixième et ultime pilier du néolibéralisme, nous croiserons donc ce dernier, encore souvent, sur les mêmes sentiers que des courants pas du tout libéraux.

La grande question de ce chapitre est de savoir si l'on peut tirer les hommes de leur dissociation naturelle (Hobbes) ou de leur « désassociation » moderne (Leroux) pour faire société. Si les humains sont aussi dissociés que le suppose la vision atomistique de l'individu (autonome et animé par le seul amour de soi), alors il n'existe *a priori* que deux façons d'éviter entre eux la guerre perpétuelle : les séparer (dissociété) ou bien les fusionner dans un tout social anéantissant leur autonomie (hypersociété). Selon qu'ils adoptent une méthodologie individualiste ou holiste, les penseurs optent respectivement pour la première ou la seconde solution. Mais ils se rejoignent dans leur incapacité à penser une société conciliant progrès de la liberté individuelle et progrès de la sociabilité. Ils partagent aussi une même façon d'échapper à cette contradiction entre liberté et sociation : la promesse magique et eschatologique d'une abondance dissipant tous les conflits dans une orgie consumériste. Nous verrons que seul le socialisme méthodologique permet de concevoir la conciliation de l'individualité et du vivre ensemble, ici et maintenant, car l'abondance des liens consentis est la seule qui soit à la fois nécessaire et accessible à l'être humain. Mais telle ne sera pas la voie *finalement* retenue par les socialistes…

Pour répondre à la question centrale de ce chapitre, reprenons donc notre enquête où nous l'avons laissée. La discussion du cinquième pilier du néolibéralisme débouchait sur une énigme. Si l'homme est naturellement agressif et prédateur, s'il est un loup pour l'homme, *pourquoi* et *comment* l'homme vit-il en société en acceptant des lois qui interdisent l'agression et la prédation ?

Sixième pilier : la société est un contrat d'association volontaire et utilitaire

Présentation initiale des hypothèses néolibérales

La nature égoïste (quatrième pilier) et prédatrice (cinquième pilier) de l'être humain implique une conception strictement utilitaire et économique de la société. Un tel être n'a en effet qu'une seule raison de s'associer aux autres et de renoncer au meurtre, au vol et au viol : la certitude qu'il développera ainsi la satisfaction de ses besoins, au-delà de ce qu'il peut espérer par la prédation en l'absence de société. *L'individu rationnel découvre ainsi que la vie pacifique en société est plus conforme à son intérêt personnel que la vie en loup solitaire.*

« Les passions qui poussent les humains à la paix sont *la peur de la mort, le désir des choses nécessaires à une existence confortable*, et l'espoir de les obtenir par leur activité[190] », écrit Hobbes. La motivation de l'individu est donc vitale et économique. La paix optimise les chances de rester en vie et les possibilités de production. Le regroupement en communautés humaines de plus en plus larges (tribu nomade, village sédentaire, ville, province, royaume, nation, etc.) autorise en effet une division rationnelle du travail qui engendre des gains de productivité. La société est donc *un contrat d'association utilitaire conclu par des individus rationnels qui préexistent à la société; il s'agit d'un outil destiné à produire et à protéger plus efficacement le bien-être des individus.*

Tant que les individus peuvent satisfaire par eux-mêmes ou en famille l'essentiel de leurs besoins sans entrer en rivalité avec d'autres individus ou familles, les êtres humains n'ont aucune raison de constituer une société. C'est la rareté des ressources, face à la progression de la population humaine, qui engendre la rivalité et les conflits, et, du coup, l'intérêt d'une association pour contenir les conflits. *La finalité ultime de la société est donc de combattre le conflit à sa source en surmontant la rareté* par une organisation sociale rationnelle de la production (cf. le neuvième pilier).

« État de nature » et « état civil »

Dans l'histoire de la pensée, la conception de la société comme un contrat utilitaire passé entre des individus rationnels s'impose au XVIIe siècle, avec les *théories du contrat social* de Grotius, Hobbes, Pufendorf, Locke, etc. Ces dernières accompagnent l'invention de l'individu

190. *Léviathan*, *op. cit.*, p. 228.

autonome à la même époque. En effet, des individus supposés *indépendants* les uns des autres, et *seuls responsables* de la définition d'un ordre quelconque, ne peuvent être associés sans leur *consentement préalable*. Avant cette époque, comme l'explique Charles Taylor, la question du consentement ne s'était posée qu'à propos d'un peuple qui doit décider des formes de son gouvernement, mais pas à propos de l'appartenance à ce peuple: « Auparavant, il allait de soi que les gens étaient membres d'une communauté. Il n'était pas nécessaire de le justifier par rapport à une situation plus fondamentale. Mais désormais la théorie prend sa source dans l'individu même. L'adhésion à une communauté comportant un pouvoir commun de décision doit dorénavant s'expliquer par le consentement préalable de l'individu[191]. » En clair, *avant l'invention de l'individu, on imaginait éventuellement que les humains doivent décider comment ils doivent vivre ensemble, mais on ne concevait même pas l'idée saugrenue qu'ils aient eu un jour à décider de vivre ensemble!*

C'est en premier lieu cette évidence que la société préexiste aux individus qui s'est trouvée effacée par l'invention moderne de l'individu autonome. Dans les théories du contrat social, la société n'est plus qu'un artifice, une œuvre commune des individus. Pour poser les fondements rationnels de ce contrat, les philosophes se sont donc demandé dans quelle situation se trouvent les hommes avant la conclusion d'une quelconque convention politique: c'est ce qu'ils appellent l'« état de nature ». Lisons Samuel Pufendorf (1672): « L'état de nature, dans le dernier sens, est celui où l'on conçoit les hommes en tant qu'ils n'ont ensemble d'autre relation morale que celle qui est fondée sur cette liaison simple et universelle qui résulte de la ressemblance de leur nature,

191. *Les Sources du moi*, *op. cit.*, p. 251.

indépendamment de toute convention et de tout acte humain, qui en aurait assujetti quelques-uns à d'autres[192]. » Pour éviter tout contresens, il faut donc bien noter que, en décrivant l'état de nature, les auteurs ne prétendent pas faire le récit vrai des origines de l'homme et de la société. Leur récit est une *fable théorique*, une reconstitution purement logique de ce que *serait* une situation sans lois, en vue de comprendre quelles raisons il peut exister d'instaurer ou non des lois. Certains commentateurs en déduisent à tort qu'on ne peut critiquer l'irréalisme de la description de l'état de nature, puisqu'il ne s'agit justement pas d'une description. On ne voit vraiment pas en quoi le fait qu'il s'agit d'une théorie et non d'une chronique historique interdirait qu'on lui reprochât son irréalisme. Car, toute théorique qu'elle soit, cette fable sur l'état de nature révèle une conception particulière de l'être humain, et il n'est pas inintéressant de savoir si celle-ci est juste ou fausse. Nous verrons au chapitre 9 qu'elle est totalement fausse. Raison de plus pour examiner ici en quoi elle consiste précisément.

Pufendorf, à nouveau, nous éclaire sur le rapport qui existe entre l'état de nature fictif et l'état de nature réel : « Pour se former une idée juste de l'état de nature [...], il faut le concevoir, ou par fiction, ou tel qu'il existe véritablement. Le premier aurait lieu si l'on supposait qu'*au commencement du monde une multitude d'hommes eût paru tout à coup sur la Terre, sans que l'un naquît ou dépendît en aucune manière de l'autre* [...]. Mais l'état de nature, qui existe réellement, a lieu entre ceux qui, quoique unis avec quelques autres par une société particulière, *n'ont rien de commun ensemble* que la qualité de créatures humaines, et *ne se doivent rien les uns*

192. Cité par John Locke dans le *Traité du gouvernement civil*, *op. cit.*, p. 183.

les autres, que ce qu'on peut exiger précisément en tant qu'homme. C'est ainsi que vivaient autrefois respectivement les membres de différentes familles séparées et indépendantes[193]… »

Comprenons bien qu'ici Pufendorf n'oppose pas deux définitions de l'état de nature; il expose au contraire les deux méthodes possibles pour approcher un seul et même concept; il nous précise ainsi en quoi les deux façons de concevoir l'état de nature sont équivalentes. À savoir: si l'on considère cet état de façon réaliste – en imaginant des humains qui vivent au minimum dans une communauté familiale –, cela n'induit entre eux pas plus de liens réels et de dépendance mutuelle que s'ils étaient extraterrestres, venus de nulle part, étrangers les uns aux autres, nés de personne et fraîchement débarqués sur la planète! Tel est donc le message transmis par la métaphore de l'état de nature: *avant l'association civile délibérée des individus, il n'y a pas de réelle interdépendance entre eux.*

Là se situent précisément l'essentiel et le point commun de toutes les théories du contrat social: le présupposé atomiste d'un individu totalement autodéterminé et indépendant d'autrui entraîne que, par définition, *seule l'association artificielle des humains peut constituer des liens entre eux*. La fable de l'« état de nature » aide seulement à faire passer ce message; on peut, selon son goût et son public, la présenter en termes très abstraits ou la tourner en « robinsonnade » mimant une histoire vraie; mais il importe vraiment peu de savoir si des hommes ont réellement vécu dans des conditions semblables à celles de la fable. L'objet de celle-ci n'est pas en effet de raconter une histoire, mais de poser *une définition de la société, une définition qui oppose l'idée de société à l'idée de nature: la société n'est pas naturelle, en ce sens que c'est une*

193. *Ibid.*

construction politique; avant la société, c'est donc l'«état de nature», tandis qu'après, c'est l'«état civil».

Cette opposition est paradoxale car, *dans un autre sens, le pacte social qui est censé unir les hommes en société résulte d'une loi de la nature.* La théorie du pacte social s'inscrit dans une philosophie du droit naturel: ce qui est bien ou juste est ce qui est conforme à la nature. Par conséquent, la société se justifie par le fait qu'il est conforme à la nature humaine de constituer une société. Et c'est bien ce qu'explique Hobbes. L'état de nature est un état de guerre permanente, où chacun a un «droit sur toute chose, y compris sur le corps des autres», en vue de maintenir sa propre vie. Mais ce droit naturel entraîne que personne n'est en sécurité. Si chacun exerce séparément son droit naturel à la vie, personne n'en dispose pleinement. «Par conséquent, poursuit Hobbes, c'est un précepte et une règle générale de la raison que chacun doit s'efforcer à la paix[194]...» Le pacte social par lequel tous renoncent à leur liberté naturelle de défendre leur propre vie, pour remettre le pouvoir dans les mains d'un souverain qui défend la vie de tous, est donc la conséquence d'une loi fondamentale de la nature.

L'homme vit nécessairement en société

Nous voici devant un paradoxe: si une loi fondamentale de la nature commande aux hommes de «s'efforcer à la paix» et de s'unir en société, tous les êtres humains ont dû de tout temps vivre en société; un «état de nature» sans société et caractérisé par l'état de guerre est dès lors logiquement inconcevable. On peut éviter le paradoxe à la seule condition de prendre l'état de nature non pas comme

194. *Léviathan*, *op. cit.*, p. 231. La recherche de la paix est présentée par Hobbes comme la première «loi de nature fondamentale».

un état du monde historique qui a pu précéder l'état de société, mais comme une simple induction dans un raisonnement de ce type : *si les hommes ne vivaient pas en société sous l'autorité d'un pouvoir commun, qu'adviendrait-il ? L'état de guerre ! Donc, s'ils vivent en société, c'est pour éviter l'état de guerre*. Cette conclusion est compatible avec le fait que les humains ont toujours vécu en société et donc qu'aucun état de nature réel n'a jamais précédé un état de société. Interprétée ainsi, mais seulement ainsi, la théorie du pacte social reste cohérente. Elle n'a rien à nous dire sur l'histoire des hommes et ne prend nullement appui sur l'Histoire. Elle reste bien une *philosophie de la nature*, anhistorique ; la théorie du contrat social est donc une théorie sur la nature humaine et non une explication de la formation des sociétés humaines. C'est par ailleurs une *philosophie morale* : elle entend déduire par la raison les lois qui *doivent gouverner* la société et non expliquer *ce que sont* réellement les sociétés humaines. Et c'est ainsi qu'elle semble avoir été interprétée par la plupart des auteurs, même si beaucoup ont brouillé leur discours par de longues considérations pseudo-historiques qui étaient censées renforcer un propos en vérité purement abstrait.

Prise en ce sens abstrait et anhistorique, la théorie du pacte social « mettant fin » à l'état de nature ne signifie pas nécessairement que des hommes réels ont *d'abord* vécu seuls, *avant* de s'associer ; elle est compatible avec l'idée que l'homme est un animal social (il vit depuis toujours en société). Le pacte social ne met donc pas fin à un état historique qui le précède, il évite aux humains de sombrer dans l'état de guerre irrationnel qui surgirait s'ils renonçaient aux lois de raison qui les tiennent ensemble. Tel est en tout cas ce qu'une partie du courant libéral a retenu de la philosophie du droit naturel. Selon Francisco Vergara, les « libéraux de la tendance droits de l'homme » (distincte de la tendance utilitariste) posent comme axiome fondamental de leur raisonnement que «l'homme est un animal social». Cette façon de présenter les libéraux, tout en étant exacte, risque néanmoins de susciter un contresens: on pourrait en déduire que tous les libéraux rejettent le sixième pilier du néolibéralisme et seraient ainsi assez proches du socialisme méthodologique, qui affirme, lui aussi, l'essence sociale de l'être humain. Or tel n'est pas vraiment le cas.

Certes, selon les libéraux, la société est une nécessité vitale: la constitution physique des humains les rend plus vulnérables que les bêtes sauvages et ils ne peuvent pourvoir seuls à tous leurs besoins; ils ne survivent donc qu'en société organisée; et encore parviennent-ils à peine à survivre, tant qu'ils n'ont pas atteint le stade de l'économie de marché (cf. l'anthropologie d'Adam Smith dans le cinquième pilier). C'est dire si, à part se laisser mourir ou dévorer par les bêtes sauvages, ils n'ont pas d'autre choix que vivre en société. L'association des hommes n'est donc pas un effet de leur volonté autonome; c'est un simple fait de nature qui s'est imposé de tout temps. Contrairement à ce qu'affirmaient Hobbes et Pufendorf, les hommes n'ont pas besoin d'un pacte pour vivre ensemble: ils ne peuvent que vivre ensemble! Le libéralisme classique s'écarte ainsi de la théorie initiale du pacte social dans la philosophie morale du XVIIe: il reconnaît la nécessité d'un contrat politique (comment vivre ensemble?), mais pas celle d'un contrat d'association (pourquoi vivre ensemble?). Mais, pour autant, il ne fait pas forcément le «grand écart» qui le rapprocherait vraiment du socialisme méthodologique.

Qu'entend-on par «animal social»?

Rappelons que *le socialisme méthodologique postule une interdépendance entre les êtres, une interaction ontogénétique, c'est-à-dire qui participe à la constitution même de l'être*. Personne n'est soi-même sans les autres et hors d'eux : la vie en société construit le soi qui permet d'être soi. La société préexiste aux individus et ne peut donc consister en un contrat utilitaire entre les individus. Il s'agit là d'une expérience universelle qui tient seulement au fait que l'individu naît d'un père et d'une mère, dans un contexte social donné, et que sa façon même de sentir, de penser, de prendre conscience de lui-même, de se sentir exister, est inextricablement liée aux relations qu'il entretient avec les autres.

Certes, Adam Smith reconnaît explicitement l'interaction subjective des êtres dans sa théorie de la sympathie, mais seulement à partir d'un stade très avancé de l'histoire humaine, où l'abondance relative des biens efface la préoccupation exclusive des individus pour leur propre survie. *La seule chose qui soit vraiment et universellement constitutive de l'individu smithien est le manque : son besoin insatiable d'avoir plus que ne lui procure spontanément la nature*. Durant cent mille ans ou plus (avant l'économie de marché), la tension et la lutte entretenues par ce manque ont permis à l'humanité de survivre dans la précarité, non seulement sans attacher autant de prix aux liens sociaux qu'aux biens matériels, mais aussi précisément parce que l'indifférence aux difficultés d'autrui laissait chacun parfaitement concentré sur sa propre survie. L'apparition des effets de la sympathie, une fois surmonté le problème de la subsistance, n'est que le sous-produit et le prolongement d'un appétit de progrès matériel qui reste la seule prédisposition naturelle de l'homme. Dans la théorie smithienne de l'évolution, l'être humain, avant l'ère marchande, n'a eu que les biens matériels comme objet et comme instrument d'interaction avec les autres. Et ce, dans un climat de rivalité de fait, mais rivalité tempérée, ou refoulée, par une morale et des conventions adaptées à la survie qui exigeait le travail en commun. Après cent mille ans d'un tel régime, que peuvent bien faire les hommes quand, enfin, l'âge commercial repousse le spectre de la rareté des subsistances? Une seule chose plausible: laisser libre cours à la rivalité pour la possession des biens, rivalité qui devient morale, puisqu'elle ne menace plus la survie du groupe, voire contribue à son développement, comme le prédit Smith. Dès lors, la reconnaissance sociale est en effet attachée à la possession des biens. Chez Smith, non seulement la sympathie n'apparaît qu'avec le marché, mais encore ne peut-elle s'exprimer pleinement que par des marchandises, parce que l'homme smithien a été constitué dans et pour la quête de toujours plus de biens. Smith inverse ainsi de toute évidence la chronologie et le sens véritable de la sympathie humaine. Un enfant apprend à stimuler l'amour de sa mère et à lui manifester le sien, bien avant de savoir qu'on peut lui acheter un bouquet pour la fête des Mères. Dans l'histoire vraie de tous les êtres humains, ceux-ci commencent par se faire des câlins avant de se faire des cadeaux. La sympathie se développe toujours avant le marché… qui parfois la détruit.

La thèse de Smith se situe donc en réalité à des années-lumière du socialisme méthodologique. Pour s'en approcher vraiment, Smith aurait dû appliquer sa théorie de la sympathie dès l'aube de l'humanité. L'eût-il fait, il aurait compris pourquoi les Indiens du Nouveau Monde, plus attachés aux liens qu'aux biens, connaissaient l'harmonie et ignoraient le manque, alors qu'ils (ou parce qu'ils?) n'étaient toujours pas en route vers l'économie de marché. Il aurait perçu que la nouvelle société industrielle, en détruisant la société traditionnelle, intensifiait l'antipathie et l'affrontement entre les hommes plus que leur union sympathique. Il aurait découvert à quel point est perverse une société de marché qui nous force à combler, par l'abondance de biens, un déficit de liens.

J'expliquerai plus tard pourquoi Smith a renoncé à appliquer sa théorie de la sympathie dès les origines de l'humanité (cf. le neuvième pilier). Nous cherchons pour l'instant à savoir ce qu'entendent vraiment les libéraux quand ils affirment que l'homme est un animal social. Grâce à la lecture d'Adam Smith, nous commençons de comprendre que le libéralisme reste en réalité beaucoup plus fidèle à la conception contractuelle et utilitaire de la société qu'il ne se rapproche du socialisme méthodologique.

Les libéraux estiment que les individus vivent *nécessairement* en société depuis toujours; ces derniers sont donc liés par un pacte social (au moins implicite) qui règle leur vie commune. Mais le fait que ce pacte constitue une nécessité vitale, et non un choix autonome, n'enlève rien à la nature strictement contractuelle et utilitaire de la société: celle-ci reste *une convention entre des êtres indépendants* les uns des autres. Certes, la nature crée entre les hommes une interdépendance matérielle, une solidarité naturelle pour la satisfaction de leurs besoins. Le contrat social y ajoute une interdépendance politique constituée d'un ensemble de droits et devoirs réciproques. Mais ni la nature ni le pacte politique n'engendrent la moindre interdépendance entre les êtres, au sens où l'entend le socialisme méthodologique, en tout cas pas avant que l'humanité n'ait atteint le stade de l'économie de marché!

Si donc les libéraux n'affirment pas que l'individu «précède» la société, au sens chronologique, ils supposent néanmoins qu'il «préexiste» à la société, au sens logique: la société reste une association d'atomes humains strictement indépendants les uns des autres. Les libéraux maintiennent qu'il n'y a pas de société sans individus *préalables*, tandis que le socialisme méthodologique dit exactement le contraire. C'est pourquoi la fiction théorique de l'« état de nature » reste utilisable pour un libéral : même s'il est historiquement et matériellement impossible que des hommes vivent seuls, cela fait sens de se demander, *en théorie*, ce qu'il adviendrait *si* les hommes ne vivaient pas ensemble, parce que, chaque homme étant une entité strictement indépendante des autres, une telle séparation est pensable.

C'est là que se creuse le gouffre qui sépare le libéralisme (comme le néolibéralisme) et le socialisme méthodologique. Pour ce dernier, *la séparation individu/société n'est même pas pensable en théorie* : il est aussi insensé de se demander ce que serait un individu hors de la société que de s'interroger sur le fonctionnement d'un corps dont on aurait extrait le cerveau. Donc, quand je dis que « l'homme est un animal social » par nature, j'entends que *son être est constitué par des liens* aux autres et ne peut jamais être pensé comme un indivis, une unité homogène et hermétique qui existe indépendamment d'autrui. Les liens ne sont pas des objets établis *entre* les individus, ils participent de la substance même de l'être. Quand, de leur côté, les libéraux disent que « l'homme est un animal social », ils énoncent simplement une nécessité matérielle et économique : *l'homme a besoin des autres pour vivre, mais pas pour être ; il en a besoin pour manger, mais pas pour exister.* C'est là une divergence radicale avec le socialisme méthodologique, qui est lourde d'au moins trois conséquences.

Première conséquence : il n'y a pas de société, il n'y a que des individus

Du point de vue du socialisme méthodologique, la société désigne le processus même d'interaction générale entre les individus (cf. la définition 6 au chapitre 4). Ce processus est à la fois constitutif des êtres qui y participent et constitué par la participation de ceux-ci. Il s'ensuit que la société « existe » vraiment[195], comme processus vivant, historique, situé, et qui engendre autre chose que la simple juxtaposition d'une multitude d'individus.

En guise d'analogie approximative, pour mieux comprendre cela, songez à la différence entre un contrat de mariage purement utilitaire – sans amour ni affection entre les deux contractants – et un mariage d'amour. Dans le premier cas, il n'y a pas de *liens* à proprement parler, juste une *connexion* réglée par un contrat. On peut penser le résultat de cette connexion comme une *somme* de ce que chacun apporte au départ et des biens nouveaux que cette association permet de produire. Dans le cas du mariage d'amour, le contrat est l'élément le moins important de la relation ; les mariés ne sont pas *connectés* par des droits et obligations, ils sont à proprement parler *liés* dans une interdépendance des émotions, des pensées, des désirs, en un mot : des êtres. Dès lors, ce qu'ils constituent ensemble n'est pas l'addition de l'un plus l'autre, plus une production commune, ce n'est pas une somme abstraite et sans vie ; ensemble, ils donnent vie à quelque chose de nouveau qui est leur relation justement.

De même, une société d'individus effectivement liés les uns aux autres (c'est-à-dire en interaction ontogénétique) est une relation complexe, vivante et mouvante, dont l'existence est à la fois indissociable de celle des individus et inassimilable à la simple juxtaposition ou somme des individus. Penser la société comme relation vivante autorise à envisager comment cette relation affecte les individus et inversement. Tel n'est plus le cas quand on

195. Rappelons que cette position est différente de la thèse « singulariste », qui voit dans la société une entité à l'existence propre, *indépendante* des individus.

la pense comme un simple contrat entre individus strictement indépendants.

Si le lien entre les individus n'est qu'un contrat, la société «n'existe» pas vraiment. Il n'y a pas à proprement parler de «lien social»: les individus constituent un réseau connecté par des droits, des obligations, des échanges de biens et services; tout ce qui se passe entre eux reste «entre» eux, précisément, et n'altère donc en rien le noyau de l'atome constitué par chacun. Puisque les atomes ne sont pas affectés par la relation sociale, celle-ci n'est qu'une connexion morte et neutre qui n'engendre rien: c'est un simple outil de transmission par lequel les individus inaltérables échangent des informations, des services et des biens.

C'est dans la lignée de cette conception contractuelle de la société que l'«individualisme méthodologique» s'est imposé dans les sciences sociales à la fin du XIXe: les principes en sont posés par Carl Menger en économie et, à sa suite, par Max Weber en sociologie[196]. Il s'agit alors de considérer que tous les phénomènes ou concepts sociaux (société, État, classe, etc.) doivent être réduits à l'action et aux intentions des individus isolés. Carl Menger explique ainsi que la «société» en elle-même n'existe pas; ce n'est qu'un concept, une commodité de langage pour désigner la multitude des «atomes» (les individus), dont les choix indépendants sont la cause de tout et le seul objet dont on puisse faire la théorie. Tel est toujours, un siècle plus tard, l'un des slogans du néolibéralisme contemporain, comme le rappelle notamment un discours de Margaret Thatcher: «Il n'y a pas de société. Il y a des individus, hommes et femmes, et il y a des

196. Carl Menger (1840-1921), Max Weber (1864-1920). Cf. notre discussion sur l'individualisme méthodologique, l'holisme et le socialisme méthodologique dans le chap. 4.

familles. Et aucun gouvernement ne peut faire quoi que ce soit autrement que grâce aux gens[197]. »

Deuxième conséquence : la nécessité d'une société n'est pas absolue

Rappelons ce que nous avons établi plus haut. *Quand les libéraux disent que l'homme est un animal social, ils énoncent simplement la nécessité où il se trouve de s'associer aux autres pour bien vivre : l'homme a besoin des autres pour vivre, mais pas pour être.*

Cela conduit à relativiser l'idée que, pour les libéraux, la vie en société est *nécessaire*. En effet, il s'agit là d'une nécessité extérieure à l'être et seulement matérielle : elle est plus attachée à la nature de la nature qu'à la nature de l'être humain. Si la nature était assez généreuse pour que l'homme puisse vivre en autarcie (subvenir à tous ses besoins par lui-même ou avec sa seule famille), alors la vie en société cesserait d'être une nécessité. Puisque les hommes n'ont pas besoin des autres pour être, quand ils peuvent également s'en passer pour satisfaire leurs besoins, toute société devient superflue. C'est d'ailleurs là un cas limite envisagé par l'un des courants ultralibéraux : l'anarchisme libertaire. Ce courant, aussi appelé « libertarien », et dont il sera davantage question plus loin (huitième pilier), repose en effet implicitement sur

---

197. Extrait d'un discours cité par Bruno Amable, *Les Cinq Capitalismes*, *op. cit.* Soulignons au passage que le slogan inverse (« Il n'y a pas d'individus, il y a la société ») n'est pas celui du socialisme méthodologique, mais celui de l'holisme radical revendiqué notamment par Auguste Comte. Le slogan du socialisme méthodologique serait peut-être : « Il n'y a pas *un* individu. Il n'y a que *des* individus interdépendants, dont l'interaction constitue un système social distinct des actions individuelles et irréductible à ces seules actions. »

un idéal d'autarcie individuelle ou familiale laissant à chacun une liberté quasi intégrale.

Par comparaison avec l'utopie libertarienne, les libéraux sont donc des réalistes pessimistes quant à la générosité de la nature. Pour eux, l'espace est fini et les ressources existent en quantité limitée; par conséquent, le développement de la population contraint les individus à partager des espaces communs et des ressources rares. La société est nécessaire pour affronter la rareté; mais c'est donc seulement un *outil* de production, pas une *fin* idéale; elle n'est pas désirable en elle-même, et, à la limite, une société vraiment efficace, celle qui parviendrait à supprimer la contrainte de la rareté – qui offrirait à chaque individu la capacité autonome de satisfaire ses besoins –, cette société-là parviendrait en même temps à se rendre elle-même superflue. *Une société utile aux hommes est celle qui se fixe pour finalité sa propre disparition.*

On voit donc le contresens absolu à éviter! Quand les libéraux disent que l'homme est un animal social, ils n'engagent pas celui-ci à cultiver une interdépendance source d'un *plus d'être*; ils reconnaissent seulement qu'il est condamné à vivre avec les autres pour préserver son *bien-être*; ils lui tracent implicitement un chemin pour détendre au mieux la contrainte de la vie commune: produire toujours plus.

Voilà comment *un courant de pensée qui posait en axiome que l'homme est un animal social peut servir de support à l'idée que la société idéale est celle qui libère l'individu de la nécessité de vivre avec les autres*[198].

198. Nous verrons toutefois qu'avec Adam Smith le courant utilitariste a aussi élaboré une conception de l'animal social qui interdit l'impasse sur la société.

Troisième conséquence : on ne sort de la dissociété naturelle que par l'hypersociété ou le totalitarisme

Le fait que les hommes ne recherchent pas les liens pour eux-mêmes, mais seulement comme moyen de produire ce dont ils ont besoin, rend la vie en société problématique. Selon la conception contractuelle et utilitaire de la société, la vie obligatoirement sociale de l'être humain ne change pas la nature de ce dernier. Dès lors, si l'égoïsme et l'agressivité sont des dispositions humaines naturelles, la loi et les institutions qui assurent la paix et la production commune ne font pas disparaître l'incitation de chaque individu à violer la loi, pour profiter doublement d'une société qui lui procure plus de biens et désarme tous ses rivaux qui respectent la loi.

Voilà pourquoi Hobbes a besoin d'un Léviathan qui inspire la terreur; mais, même pour Hobbes, cela ne suffit pas, car il existe toujours des individus qui se croient capables d'échapper à la police ou sont prêts à braver tous les dangers par appât du gain. La société, pour être tenable, suppose donc aussi une certaine bonne volonté de tous ses membres, une certaine disposition qu'on appelle la *sociabilité*. Hobbes, conscient de cette nécessité, énonce une « loi de nature » (la cinquième) dont le respect est nécessaire à la vie dans l'état de société. Cette loi est la *bienveillance*, qu'il a par ailleurs définie comme le fait de « désirer le bien pour autrui », loi assez extraordinaire pour quelqu'un qui suppose l'homme naturellement méchant ! Hobbes appelle « sociables » ceux qui respectent cette loi, et « insociables » ceux qui la violent. Or, poursuit-il, tout le monde n'est pas forcément sociable, « la capacité des humains à former une société est de diverse nature ». Et il compare les humains et la société aux pierres qu'utilise le maçon pour construire une maison : le maçon ne conserve que les pierres que l'on peut conformer au besoin de la construction et rejette les pierres inadaptées et trop dures pour être rectifiées. « De même aussi, conclut Hobbes, un homme [...], que l'obstination de ses passions ne permet pas de corriger, doit être laissé de côté ou rejeté hors de la société à laquelle il fait obstruction[199]. » En bref, il faut trier parmi les « loups » ceux qui sont aptes à vivre en meute ; on ne constitue la cité qu'avec des *citoyens choisis* pour leur aptitude à se conformer à la volonté générale incarnée par l'autorité souveraine.

Ainsi se profile l'idée, ou plutôt le fantasme, d'une *société indivise*. Pour sortir de l'état de nature qui « dissocie » les humains et les maintient dans l'état de guerre, la société doit éradiquer toute possibilité de conflit et d'atteinte à la loi commune, en ne conservant en son sein que les individus qu'il est possible de refaçonner ou de terroriser, en sorte qu'ils ne violent jamais la loi. *On ne sort de la dissociété naturelle qu'en instaurant une hypersociété qui annihile toute autonomie individuelle.* En discutant du huitième pilier, nous verrons que, selon des modalités certes différentes, on retrouve le même fantasme d'une société indivise dans l'étatisme de Hobbes, l'utopie unanimiste de Rousseau et l'utopie communiste de Marx. On découvre toujours une même obsession : une bonne société est une société consensuelle, sans conflits ; et l'éradication du conflit suppose l'absence (ou l'élimination) des divergences irréductibles, des « classes », des intérêts opposés, l'absence, dans les pierres humaines, de toute aspérité que la loi ne saurait aplanir !

Cet idéal d'indivision de tous dans un seul « corps politique » constitue l'un des ressorts idéologiques du totalitarisme. Comme l'a montré Hannah Arendt, quand

199. *Léviathan*, *op. cit.*, p. 259.

cette utopie est fécondée par l'idée que « tout est possible », le totalitarisme se met en branle pour appliquer l'utopie au forceps, retailler toutes les pierres humaines, éliminer sans délai celles qui gênent la construction et fondre toutes celles qui restent en un seul édifice éternel et pur[200].

N'y a-t-il pas une autre issue? Peut-on échapper à la dissociété autrement que par une hypersociété qui porte en elle le germe du totalitarisme? Telle est précisément la question en débat dans le huitième pilier. Mais, avant cela, nous ferons un bref détour par un corollaire direct du sixième pilier.

Septième pilier: il n'y a pas de droits sans obligations

Présentation initiale des hypothèses néolibérales

Le sixième pilier établit que la société n'*existe* ni avant les individus, ni quand ils vivent en société. Cette dernière est l'œuvre inerte des individus et n'a pas d'autre consistance que d'être un nœud de contrats entre eux. Elle n'est donc pas responsable de ce qui advient aux hommes. Ce sont au contraire les associés du contrat social qui sont responsables et d'eux-mêmes et de ce qui advient à la société (troisième pilier). La société est un contrat qui définit les obligations à l'égard de la communauté que des

200. Notons au passage que Hegel, en analysant la Révolution française, avait déjà prévenu que la volonté d'éliminer tout ce qui divise, d'abolir les différences, conduit nécessairement à la terreur. Soulignons aussi qu'il ne s'agit pas ici de suggérer que Hobbes, Rousseau ou Marx ont théorisé le totalitarisme, mais seulement que leur pensée est parfaitement assimilable par l'idéologie totalitaire qui vise à fondre humanité et société en un « grand tout » *(levia-than)*, avec la conviction de mettre ainsi en œuvre la loi de la Raison (nazisme) ou la loi de l'Histoire (stalinisme).

individus autonomes et égoïstes acceptent de s'imposer à eux-mêmes, dans leur intérêt bien compris. Le seul droit «social» dont dispose un individu est d'exiger que les autres respectent leurs obligations, et ce droit n'est exigible qu'à la condition que l'individu respecte lui-même les obligations qu'il a contractées. Une société d'individus autonomes et égoïstes ne *donne* rien, elle ne garantit aucun droit sans contrepartie: les individus n'acceptent que l'*échange* des droits.

Une position minoritaire?

Là encore, il en irait tout autrement si l'on postulait une société qui préexiste aux individus et qui façonne en partie tout être humain par l'éducation, la culture, la langue et l'histoire singulière des interactions entre un individu et tous les autres. Dans ce cas-là, avant même que l'individu soit en mesure de rendre quoi que ce soit à la société, celle-ci est responsable de l'accueil qu'elle lui réserve, des opportunités qu'elle lui offre pour grandir et apprendre, des conventions sociales qu'elle lui transmet, etc. Dans ce cas, donc, seuls les *droits préalables* offerts au nouveau venu, *sans contrepartie*, permettent de constituer celui-ci en membre de la société susceptible de satisfaire *ensuite* à des obligations. C'est là d'ailleurs le point de vue dominant dans la pensée moderne, et c'est pourquoi l'exposé peut être ici extrêmement rapide. Ce septième pilier est en effet assez spécifique au néolibéralisme. La quasi-totalité des philosophies et des courants politiques reconnaissent qu'il existe des droits inaliénables de l'individu, droits attachés au seul fait d'être humain, et donc absolument sans contreparties préalables. Tels sont les «droits de l'homme». Un débat existe sur l'étendue de ces droits, et notamment sur la question des droits «sociaux» revendiqués, à gauche, comme autant de moyens d'assurer une liberté et une égalité réelles et pas seulement formelles. Mais la pensée moderne admet un socle minimal de droits fondamentaux de la personne humaine qui échoient à chacun, à sa naissance, et lui restent dus même s'il ne satisfait pas à ses obligations envers la société, et même quand il nuit violemment à autrui et à la société. Le pire des criminels a ainsi droit à un défenseur devant les tribunaux, à un traitement digne en prison, ou encore à la vie (en Europe).

Aussi, on s'attend à ce que seuls des néolibéraux s'autorisent à affirmer: «Il n'y a pas de droits sans contreparties, sans obligations.» Pour illustrer cette position, citons à nouveau Margaret Thatcher. Dans le discours déjà évoqué à la section précédente, juste après avoir expliqué qu'il n'y a pas de société, mais seulement des individus, Mme Thatcher poursuit ainsi: «Et les gens doivent d'abord s'occuper d'eux-mêmes. C'est notre tâche que de prendre soin de nous et ensuite, aussi, de s'occuper de notre entourage. Les gens sont parfaitement convaincus d'avoir des droits aujourd'hui, mais ils oublient les obligations. Or, *il n'y a aucun droit sans que quelqu'un ait d'abord satisfait à une obligation.*»

Cette position minoritaire n'est pas une provocation. Elle est parfaitement cohérente et nécessaire dans l'édifice néolibéral. Elle est la conséquence logique d'une conception strictement contractuelle et utilitaire de la société. Dans une société qui n'est qu'un contrat entre des individus et qui ne concourt en rien à la constitution de l'être, personne n'a droit à quoi que ce soit s'il ne donne rien en échange, car personne n'appartient à la société s'il ne souscrit pas ou ne respecte pas le contrat social. Chacun doit justifier son appartenance et son maintien dans la société. En quelque sorte, chaque nouveau-né doit, à la majorité, signer son adhésion à la société et mériter ensuite son droit à en rester membre, en satisfaisant aux exigences de la société. Cette vision est d'autant moins une provocation que, dans une société anglo-saxonne, elle n'est pas vraiment minoritaire. Au Royaume-Uni, elle a inspiré les gouvernements travaillistes de Tony Blair qui ont suivi l'ère conservatrice Thatcher-Major (1979-1996). Elle a même été théorisée par le sociologue Anthony Giddens, principal théoricien de la fameuse « troisième voie » entre l'ultralibéralisme thatchérien et le socialisme étatiste. Quand Giddens s'interroge sur la façon de résumer au mieux la philosophie de cette nouvelle gauche, il suggère ce slogan : « Il n'y a pas de droits sans responsabilité[201]. » Ce qui est à peu près la reproduction du discours de Mme Thatcher ! Cela n'a pas empêché le succès de la formule au sein de la gauche européenne des années 1990 et 2000.

Même chez les socialistes français, pourtant les plus prompts à marquer leur distance à l'égard de la « troisième voie », rares sont ceux qui contesteraient le slogan de Giddens. Un socialiste peut admettre que les droits garantis à l'individu lui créent des devoirs, mais pas que les droits soient conditionnés par l'accomplissement d'un devoir. Si l'on prend au sérieux l'essence sociale de l'être humain, *il est impossible d'affirmer qu'un individu n'assumant pas ses responsabilités n'a plus de droits aux yeux de la société*. Car, encore une fois, cela n'a de sens que si l'individu autonome préexiste à la société et si, en conséquence, la société peut être pensée comme un contrat volontaire entre des individus indépendants. Cela n'a en revanche aucun sens si l'on prend au sérieux le fait que personne ne choisit de naître et de grandir dans la société de son choix. Chacun naît dans un état de totale dépendance à l'égard d'un environnement et d'une histoire qui s'imposent à lui, et qui sont susceptibles (ou non)

201. Anthony Giddens et Tony Blair, *La Troisième Voie*, *op. cit.*

de développer chez lui l'autonomie et les liens nécessaires au sens et à l'exercice d'une quelconque responsabilité. L'individu naît créancier de la société : il a alors tous les droits sans contrepartie, et c'est bien cela qu'expriment toutes les déclarations de droits de l'homme. Ensuite seulement, quand l'individu a été constitué en citoyen par la société, il devient son débiteur. Mais la société demeure à jamais en partie responsable de l'incapacité éventuelle de certains individus à honorer leur dette. Elle ne peut s'en exonérer d'un trait de plume en reportant sur le seul déviant la responsabilité de la déviance. Or tel est précisément l'objet du septième pilier du néolibéralisme : soutenir que la société n'est responsable de rien, ne doit rien à personne et ne fait que rendre à chacun la contrepartie de ce qu'il offre.

Inutile d'insister sur le fait que cette conception marchande de la société sert de base éthique au culte néolibéral de la performance et du mérite, comme à l'acceptation de la peine de mort, notamment dans l'Amérique libérale. Elle complète le culte de la responsabilité individuelle (troisième pilier) pour fonder les politiques et les déclarations qui visent à réduire les prestations sociales sans contrepartie, à culpabiliser les individus en situation d'échec (chômage, pauvreté, échec scolaire), à réprimer les parents de jeunes délinquants, les prostituées et les mendiants.

Toutefois, il peut sembler paradoxal que des ultralibéraux plaçant la liberté au-dessus de tout déclarent : « Il n'y a pas de droits sans obligations. » Pas même, donc, le droit à la liberté ? Le paradoxe se dénoue si l'on comprend que, dans son discours, Margaret Thatcher vise les droits sociaux. Or, dans son esprit, le droit à la liberté n'est pas un droit social, car les individus ne le tiennent pas de la société mais de la nature. Et quand elle dit « il n'y a pas de société », elle ne nie pas l'existence de lois et d'institutions qui ordonnent la vie commune. Elle veut simplement dire que ce que l'on dénomme « société » n'est justement rien d'autre qu'un ensemble d'obligations contractées entre les individus : conformément à la vision de Hobbes, la société n'est pas constituée en vue de fournir des droits, mais seulement pour faire la police entre les loups humains. Vivre ensemble n'engendre rien de plus entre les individus que des gendarmes postés pour prohiber certaines formes de lutte et laisser libre cours à toutes les autres. La société crée donc essentiellement des devoirs et des interdits. Sur ce point, l'individualisme néolibéral rejoint la perspective holiste radicale d'une hypersociété. Ainsi, Auguste Comte – pour qui toute quête de l'intérêt individuel doit disparaître et l'individualité se fondre dans le « Grand Être » collectif – écrit en 1848 : « Chacun a des devoirs, et envers tous ; mais personne n'a de droit proprement dit[202]... » La proximité avec les propos de Mme Thatcher est frappante. Mais elle n'a en fait rien de paradoxal.

En effet, tenants de la dissociété comme de l'hypersociété s'entendent sur le fait que *la société se fait par définition contre l'autonomie individuelle*, ce qui justifie de la réduire au strict minimum ou de l'étendre à l'infini, selon que l'on veut protéger l'individu ou s'en débarrasser. Nous voilà, en fait, déjà en train de discuter du huitième pilier.

---

202. Cité par Philippe Chanial dans la *Revue du MAUSS*, n° 16 : *L'Autre Socialisme. Entre utilitarisme et totalitarisme*, 2e semestre 2000, p. 32.

Huitième pilier : l'État minimum, la société minimale et la dissociété optimale

Présentation initiale des hypothèses néolibérales

Il est entendu que des individus autonomes, égoïstes et agressifs ont intérêt à convenir entre eux d'un pacte social assurant à chacun la possibilité d'exercer en sécurité et au mieux sa quête du bien-être (sixième pilier). Cela implique un système de gouvernement qui produit des lois et des services collectifs (défense, police, justice, etc.). Mais il va de soi que *ces productions publiques n'ont pas de valeur en elles-mêmes.*

En effet, la société n'est qu'un contrat conclu entre des individus qui n'ont aucun besoin des autres pour être : *ils ne s'associent qu'en vue des biens privés que l'association leur procure.* Il s'ensuit que toute « production » publique (loi, règlement, institution, service public) ne crée en soi aucune valeur et constitue seulement un moyen mobilisé en vue des seules vraies valeurs que sont les biens privés. Ce moyen réalise une double atteinte à la liberté, en termes de droits *(liberty of)* et en termes de capacité à agir *(liberty to)* : 1) il restreint le libre arbitre individuel en instaurant des règles contraignantes ; 2) il détourne des ressources (*via* les prélèvements obligatoires) que les individus ne peuvent plus employer en vue des biens privés.

La production publique est donc un coût, une désutilité – bref, un « mal » qu'il convient de limiter au strict nécessaire. Corollaire : *le domaine d'intervention de l'action publique est un domaine d'exception dont le champ est défini par la défaillance de l'action privée* ; il comprend uniquement ce qu'il est techniquement impossible ou économiquement irrationnel de laisser aux contrats, aux échanges et aux produits privés. Ce minimum incompressible délimite un *État gendarme minimum* qui assure la sécurité des biens et des corps, le respect des contrats, l'exclusion et la punition de ceux qui violent les lois. Tout ce qui ne relève pas de ces fonctions spécifiques du pouvoir est régi par la libre concurrence et le libre-échange.

En outre, pour ramener la fonction de gendarme au strict nécessaire, il faut promouvoir les techniques et les règles qui réduisent les rencontres potentiellement conflictuelles et qui favorisent la surveillance privée des individus (la famille, le regroupement en sous-communautés homogènes, l'échange impersonnel, etc.). Il s'agit, en un mot, d'organiser une *dissociété optimale* qui : 1) ne contraint à vivre vraiment en société que des individus assez semblables pour être naturellement à l'abri d'un conflit ; 2) soutient le conformisme moral par la pression sociale interne aux sous-communautés.

Le dilemme de l'égale liberté

Ce huitième pilier du néolibéralisme est la réponse de ce dernier au dilemme commun et fondateur de la pensée politique moderne : le dilemme de l'égale liberté[203] dans une société contractuelle réunissant des individus égoïstes.

Dans l'état de nature, chacun dispose d'une égale liberté de faire ce qui est bon pour lui. Cela ne pose aucun problème si les individus vivent seuls. Ils peuvent aussi vivre ensemble sans difficultés s'ils sont tous, et d'instinct, exclusivement portés à la convivialité, la sociabilité, la solidarité et la coopération. En revanche, l'égale liberté

203. J'ai proposé de le dénommer ainsi dans *Quel renouveau socialiste ?*, *op. cit.*

d'individus déliés et égoïstes est difficilement compatible avec la vie commune, dès l'instant où des atomes humains, aux forces égales et opposées, entrent en relation : c'est la déflagration générale. Si, une fois assemblés, les humains conservent chacun une égale liberté de faire ce que bon leur semble, on ne sort jamais de l'état de guerre. La paix civile nécessaire à la préservation de leur vie et de leurs biens implique donc nécessairement une restriction de la liberté naturelle et l'institution de pouvoirs pour élaborer et imposer le respect des lois. *Pour garantir le bien qu'est la liberté, il faut imposer un mal : la loi qui limite la liberté.*

La solution la plus simple et la plus plausible est que le ou les plus forts de la communauté concernée imposent leur loi. Mais c'est précisément la solution que récusent à juste titre les modernes. En affirmant l'individu comme centre de décision autonome et libre, y compris face à Dieu (pour ceux qui y croient), la modernité pose que tout individu a un droit égal à la liberté et qu'aucune loi n'est fondée si elle ne résulte d'un processus auquel chaque individu a consenti. *Trouver un système de restriction de la liberté individuelle qui autorise la plus grande et égale liberté possible pour tous : telle est l'ambition paradoxale de la philosophie politique des modernes.* Mais, compte tenu de leur conception de l'être humain, c'est là, pour certains, une mission impossible. En effet, quelle étendue de liberté égale peut-on imaginer pour faire vivre ensemble des fauves prêts à s'entre-dévorer dès que le gardien a le dos tourné ? Il faut mettre un gardien derrière chacun d'entre eux, direz-vous. Mais qui surveille les gardiens qui sont eux-mêmes des fauves ? La seule égale liberté compatible avec la paix civile n'est-elle pas alors la liberté de se mouvoir dans une cage qui isole chacun des autres, ou encore la liberté de vivre sous le joug d'une police omniprésente et terrifiante ?

Pour nous détendre, illustrons le dilemme par une parabole domestique. Vous êtes le parent adoptif de quatre enfants orphelins qui partagent la même chambre et la même télévision. Ces enfants, réunis depuis peu, n'ont aucune histoire commune et aucun lien affectif. Rien d'étonnant, dès lors, à ce qu'ils se battent tous les soirs à coups de poing pour imposer leur programme préféré. Ce sont de jeunes enfants, leur raison n'est pas encore affirmée et ils ne sortiront pas d'eux-mêmes de cet état de guerre. Vous êtes la seule personne susceptible de les y aider. « L'acte qui spécifie les parents est le don de la loi[204]… », écrit le psychanalyste Denis Vasse. Alors quelle loi allez-vous offrir à vos sauvageons ?

Vous n'êtes pas d'humeur dictatoriale. Vous êtes donc tenté par des solutions qui respectent la libre détermination des enfants. Vous leur proposez de voter ? Bonne chance ! Comment celui dont le choix sera rejeté par le vote (éventuellement plus souvent qu'à son tour) estimera-t-il légitime de se soumettre à la volonté générale d'individus qu'il n'aime pas et dont il souhaiterait la disparition pour être enfin seul maître de la télécommande ? Vous leur proposez alors de choisir le programme chacun à son tour, ce qui préserve apparemment leur égale liberté de choix. Apparemment ! C'est là le problème : le jour où un enfant est souverain ne coïncide pas forcément avec le jour où passe son programme préféré, voire un programme qu'il juge acceptable. L'égale liberté est purement formelle mais pas réelle, et la bataille générale reprendra à chaque fois que les frustrations seront les plus vives.

Vous aurez vite fait le tour des « solutions » libérales. Alors vous rêverez chaque nuit de sortir du cadre,

204. Denis Vasse, *Né de l'homme et de la femme, l'enfant. Chronique d'une structure Dolto*, Seuil, 2006, p. 43.

d'échapper au dilemme. Une nuit, vous achèterez un appartement avec quatre chambres et quatre télévisions. Tiens, vous rêvez de la dissociété! Le lendemain, vous verrez vos enfants devenus adultes et raisonnables en train de signer un contrat social dans lequel ils se soumettent pour toujours à la volonté générale. Auriez-vous lu Rousseau avant de dormir? Une autre nuit encore, vous reprogrammerez le cortex de vos enfants pour les muter en agneaux fusionnels. Fantasme (ou cauchemar?) de l'homme nouveau! Et pour finir, assez vite, vous vous réveillerez avec l'âme d'un dictateur: c'est vous qui déciderez chaque soir du programme, un point c'est tout. Pour déculpabiliser le (la) démocrate qui sommeille en vous, vous vous direz souvent que l'égale liberté de vos enfants est préservée: aucun n'a davantage de liberté qu'un autre. Bien sûr, puisque plus personne n'est libre!

Peut-on garantir une égale liberté à tous autrement qu'en ôtant la liberté à chacun? Autrement dit, comme je l'ai annoncé à la section précédente, la question est: Peut-on sortir de la dissociété naturelle autrement que par une hypersociété atrophiant la liberté individuelle? La réponse à cette question constitue un premier carrefour essentiel à partir duquel se définissent la plupart des courants de la pensée politique moderne.

La sortie par l'hypersociété étatique

«Non, on ne peut pas éviter l'hypersociété!» Telle me semble être la réponse des penseurs modernes du contrat social. Je le montrerai en réexaminant cette approche à ses deux extrêmes: Hobbes et Rousseau. L'un et l'autre sont à la recherche d'un pacte social qui sorte les hommes de l'état de guerre et leur garantisse une liberté effective au moins aussi grande que celle dont ils disposent dans l'état de nature. Il s'agit, dit Rousseau, de «trouver une forme d'association […] par laquelle chacun s'unissant à tous n'obéisse pourtant qu'à lui-même et reste aussi libre qu'auparavant[205] ». Mais tout ce qu'ont trouvé Hobbes et Rousseau n'est qu'un pacte monstrueux fusionnant tous les individus en une volonté unique.

Pour Hobbes, le bien premier, c'est la préservation de la vie. De là découle que la finalité première du contrat social, c'est la paix civile. Tout gouvernement, même le pire, est préférable à l'état de guerre. Le plus grand des désagréments que pourrait subir un peuple du fait d'un gouvernement, nous dit Hobbes, « est peu de chose en comparaison des misères et des calamités horribles qui sont le lot d'une guerre civile, ou de la condition dissolue qui est celle des humains sans maître[206] ». Bref, rien n'est pire que de ne pas être gouverné !

Tous les hommes doués de raison pourront donc convenir à l'unanimité qu'ils doivent s'unir pour assurer la paix. Ils reconnaîtront également les « lois de nature » : toutes les règles de comportement qui sont logiquement nécessaires à l'état de paix sociale (la bienveillance, la gratitude, la miséricorde, etc.) et que Hobbes résume en une seule : « faire aux autres ce que nous voudrions qui nous fût fait ».

À ce stade du raisonnement, la conception strictement égoïste et dissociée de l'être humain est essentielle. Chaque individu sait que les passions naturelles incitent à violer les lois de nature qui permettent la paix civile. Chacun sait donc : 1) qu'il n'a intérêt à respecter ces lois que s'il a la certitude que tous les autres les respecteront ; 2) que chacun aura intérêt à les violer s'il ne risque rien à le faire.

205. Jean-Jacques Rousseau, *Du contrat social*, Flammarion, 1992, p. 39.

206. *Léviathan*, *op. cit.*, p. 303. N'oublions pas, pour situer ces propos, que l'ouvrage est écrit juste après dix années de crise politique et de guerre civile en Angleterre (1640-1650).

Par conséquent, « sans la terreur d'une puissance quelconque, qui est cause qu'elles sont observées, les lois de nature [...] sont, par elles-mêmes, contraires aux passions naturelles, lesquelles nous portent à la partialité, à la vanité, à la vengeance, et ainsi de suite. *Les conventions, sans l'épée, ne sont que des mots*, et sont sans force aucune pour mettre qui que ce soit en sécurité[207] ». Dès lors, le seul pacte d'association rationnel et soutenable est celui par lequel tous les individus abandonnent définitivement leur droit de se gouverner eux-mêmes au profit d'une seule et même entité : l'État. Celui-ci dispose alors « de tant de puissance et de force assemblées en lui que, par la *terreur* qu'elles inspirent, il peut *conformer la volonté de tous* en vue de la paix à l'intérieur et de l'entraide face aux ennemis de l'étranger[208] ». Le pacte social unit la multitude en une seule personne. Le dépositaire de cette personne, le « souverain », peut être un individu (monarchie), l'assemblée du peuple tout entier (démocratie) ou encore seulement une partie du peuple (aristocratie ou oligarchie).

Pour toute une série de raisons, qui sont ici sans importance, Hobbes estime que le système le plus apte à assumer la finalité du pacte social (la paix et la sécurité de tous) est la monarchie. L'essentiel est que, une fois désigné et quel qu'il soit, le souverain décide seul des droits et obligations des individus qui sont devenus ses « sujets » ; il est réputé infaillible et demeure incontestable. En effet, si un individu quelconque pouvait contester la puissance souveraine, le pacte social serait dissous, puisque la condition même de la renonciation volontaire à la liberté naturelle est que *tous* y renoncent.

207. *Ibid.*, p. 282.
208. *Ibid.*, p. 288.

Pour mieux souligner en quoi ce pacte social constitue ce que j'appelle une hypersociété (qui annihile l'autonomie individuelle au profit de la sociation), on peut encore noter à quel point Hobbes insiste sur le fait que ce pacte institue «plus que le consentement ou la concorde; il s'agit d'une *unité réelle de tous en une seule et même personne*». Par conséquent, précise-t-il, «parce que chaque sujet est, en vertu de cette institution, l'auteur de toutes les actions et de tous les jugements du souverain institué, il s'ensuit que, *quoi qu'il fasse*, cela ne peut constituer une injustice pour ses sujets...»[209].

Alors surgit forcément une question: En quoi l'individu soumis au pouvoir absolu du souverain – et n'appliquant sa loi qu'en raison de la terreur qu'elle lui inspire – reste-t-il au moins aussi libre qu'il l'était dans l'état de nature? Selon Hobbes, le sujet conserve le droit de résister au souverain si celui-ci lui ordonne de mettre en péril sa vie, puisque cela est contraire à la finalité pour laquelle l'individu a consenti à instituer le souverain. Mais il n'empêche que, par le pacte social, le sujet a tout de même autorisé le souverain à le tuer s'il le juge nécessaire: le sujet a juste le droit de résister et de ne pas se tuer lui-même! L'autonomie de l'individu se résume à cela. Pour le reste, on l'a déjà expliqué (cf. le troisième pilier), une définition tautologique de la liberté autorise Hobbes à considérer que tout acte qui n'est pas contraint physiquement, et même s'il est accompli sous l'emprise de la terreur étatique, est un acte libre. Exemple: si on me menace de mort pour m'obliger à courir, je reste libre de courir ou non, c'est moi qui pèse les avantages et les inconvénients de chaque option, c'est moi qui décide d'être tué ou non. La belle liberté! Pour Hobbes, tout acte est libre par définition, puisque, s'il ne l'était pas, il n'aurait pas eu lieu; et

209. *Ibid*., p. 295.

toute renonciation à un acte est un acte (donc libre), sauf en cas d'entrave physique au mouvement du corps. Mais si tout acte matériellement possible est libre par définition, le concept de liberté est sans contenu ; ce concept ne fait sens que s'il implique la capacité d'un individu de rester *souverain* sur au moins un choix (c'est-à-dire indépendant de toute volonté extérieure). Hobbes n'a donc pas résolu le dilemme de l'égale liberté : il s'en sort par un simple jeu de mots qui confond liberté et mobilité.

La sortie par l'hypersociété démocratique

Par comparaison, le *Contrat social* de Rousseau a le grand mérite de mettre les « sujets » à l'abri de l'arbitraire d'un monarque absolu. Il resitue en effet la souveraineté dans la seule assemblée du peuple tout entier. Mais, on va le montrer, il ne règle pas davantage le dilemme de l'égale liberté et ne substitue à l'hypersociété monarchique de Hobbes qu'une hypersociété démocratique.

Locke avait déjà contesté Hobbes sur la question du souverain. Le pacte social ne peut confier la souveraineté à un seul homme. En effet, un monarque disposant seul de sa liberté naturelle peut menacer la sécurité et les biens de tous les autres, qui renoncent pourtant à leur liberté dans le seul but de se mettre en sécurité. Il serait irrationnel de sortir de l'état de guerre pour s'exposer volontairement à la violence d'un roi. « Ce serait assurément s'imaginer que les hommes sont assez fous pour prendre grand soin de remédier aux maux que pourraient leur faire les fouines et les renards [...], et croire même qu'il serait fort doux pour eux d'être dévorés par des lions[210]. » Aussi, conclura Locke, les individus ne peuvent se soumettre qu'aux lois déterminées par le plus grand

210. John Locke, *Traité du gouvernement civil*, *op. cit.*, p. 248.

nombre et la puissance législative doit être confiée à une assemblée collective.

On doit à Rousseau d'avoir parachevé et clarifié la réflexion sur le contrat social. Poussant à son terme logique l'idée que toute légitimité repose sur le consentement de l'individu, il démontre que la souveraineté réside uniquement dans la multitude qui décide de se constituer en *peuple*. Seule l'assemblée du peuple manifeste par ses votes la *volonté générale* à laquelle chaque individu a accepté de se soumettre par le contrat social. La souveraineté du peuple est inaliénable : si le peuple passe un pacte de gouvernement avec un autre souverain que lui-même, il se dissout lui-même. Et « la souveraineté ne peut être représentée, par la même raison qu'elle ne peut être aliénée [...]. Les députés du peuple ne sont donc ni ne peuvent être ses représentants, ils ne sont que ses commissaires [...]. Toute loi que le peuple n'a pas ratifiée est nulle[211] ».

La question qui nous intéresse ici est de savoir en quoi cette approche différente de la souveraineté règle mieux le dilemme de l'égale liberté que ne le faisait le pacte monarchique de Hobbes. Et la réponse est : en rien !

En effet, si la souveraineté du peuple ne s'aliène pas, l'aliénation de la liberté individuelle dans le contrat social est, quant à elle, absolue. Les clauses de ce contrat, écrit Rousseau, « se réduisent toutes à une seule, savoir *l'aliénation totale de chaque associé avec tous ses droits à toute la communauté* [...]. De plus, l'aliénation se faisant sans réserve, l'union est aussi parfaite qu'elle peut l'être et *nul associé n'a plus rien à réclamer*[212]... ».

Mieux encore que chez Hobbes, la fiction d'une liberté individuelle est ici préservée par l'idée que, tout *sujet* soumis à la loi étant aussi un *citoyen* qui fait la loi, il ne

211. *Du contrat social*, *op. cit.*, p. 123.
212. *Ibid.*, p. 39.

fait qu'obéir à ce qu'il a lui-même voté. Rousseau admet, bien sûr, qu'un individu puisse avoir une volonté particulière contraire à la volonté générale, un conflit d'intérêts entre le sujet qui pense à lui et le citoyen qui se prononce sur l'intérêt général; mais le pacte social inclut l'acceptation libre du primat de la volonté générale. Il s'ensuit que «quiconque refusera d'obéir à la volonté générale y sera contraint par tout le corps: ce qui signifie autre chose sinon qu'*on le forcera d'être libre*[213] ».

Peut-on forcer quelqu'un d'être libre? On peut dire qu'on force un drogué à être libre en le plaçant en cure de désintoxication, car on le libère d'une dépendance où il demeure contre son gré (puisque sa volonté est aliénée par la drogue), dépendance où il pourra d'ailleurs, du fait même qu'on l'en a libéré, se replonger de son plein gré. Mais quel sens cela a-t-il de dire que je force un homosexuel à être libre en lui refusant le droit de se marier? Et en quoi je force un patron à être libre en limitant son droit de licencier du personnel? L'oxymore «liberté forcée» ne fait sens qu'à deux conditions: 1) chaque individu a signé le pacte social où il accepte de soumettre sa volonté particulière à la volonté générale; 2) la loi votée par le peuple exprime bien la volonté *générale* (l'opinion du plus grand nombre sur ce qui constitue l'intérêt général) et non la volonté conforme aux intérêts particuliers de la majorité des votants.

Admettons que le pacte social ait été conclu (première condition). Ce pacte est la seule loi adoptée à l'unanimité, nous dit Rousseau. Toutes les autres lois sont décidées à la majorité, le pourcentage de votes exigé pour adopter la loi croissant avec l'importance ou la gravité du sujet en débat. La question est donc de savoir *en quoi consiste la liberté des citoyens mis en minorité* et qui

213. *Ibid.*, pp. 42-43.

supportent les lois adoptées par la majorité. Ne sont-ils pas de fait soumis à la dictature de la majorité? «Je réponds que la question est mal posée, dit Rousseau. Le citoyen consent à toutes les lois, même à celles qu'on passe malgré lui [...]. Quand on propose une loi dans l'assemblée du peuple, *ce qu'on leur demande n'est pas précisément s'ils approuvent la proposition ou s'ils la rejettent, mais si elle est conforme ou non à la volonté générale* qui est la leur; chacun en donnant son suffrage dit son avis là-dessus, et du calcul des voix se tire la déclaration de la volonté générale. Quand donc l'avis contraire au mien l'emporte, cela me prouve autre chose sinon que je m'étais trompé, et que ce que j'estimais être la volonté générale ne l'était pas[214].»

Autrement dit, les citoyens sont censés voter en faisant abstraction totale de leur intérêt privé, de leur volonté particulière, et en se prononçant uniquement sur ce qu'ils pensent être l'intérêt général. S'ils votaient selon leur volonté particulière, le scrutin ferait des perdants soumis à la volonté des gagnants, il serait la victoire d'intérêts particuliers et, en cela même, contraire au pacte social. En revanche, si tous les citoyens répondent bien à ce qu'on leur demande, la liberté des minoritaires est respectée; le vote produit ce qu'ils attendaient du pacte social: que la volonté générale l'emporte.

Rousseau pose ici remarquablement le problème. Mais il n'en trouve pas la solution. En effet, pourquoi diable les citoyens assemblés pour voter répondraient-ils sagement à la question qu'*on leur* pose plutôt qu'à la question qu'*ils se* posent? Une fois admis que l'individu a une volonté particulière éventuellement contradictoire avec la volonté générale, il est évident que la rationalité lui commande de suivre la première. Même quand ma raison me dit qu'il

---

214. *Ibid.*, p. 137.

vaudrait mieux que tout le monde (et moi avec) vote vraiment selon l'intérêt général, elle me dit aussi que je n'ai aucune raison de supposer que les autres décideront de faire abstraction de leur intérêt particulier; elle me dit encore que, les autres n'ayant aucune raison de placer en moi plus de confiance que je n'en mets en eux, ils parieront que je voterai en fonction de mon intérêt personnel et voteront donc en fonction du leur... À la fin, tout le monde vote selon ce qui lui paraît à son avantage. Et, de ce fait, chaque vote confirme à chacun que c'est bien ainsi qu'il est raisonnable de se comporter.

Conclusion: le peuple ne pourrait vraiment exprimer la volonté générale que dans deux cas de figure:

1° il n'existe jamais d'intérêts contradictoires, mais dans ce cas la liberté naturelle suffit à la vie pacifique et l'on n'a nul besoin du contrat social;

2° tous les individus sont des saints qui font passer leur intérêt particulier après l'intérêt général, mais, là encore, on ne voit plus la nécessité d'une renonciation contractuelle à la liberté naturelle.

C'est précisément parce que les humains ne sont pas des saints et parce que leurs intérêts peuvent diverger que le contrat social est nécessaire. Mais ce qui rend la constitution du peuple nécessaire est aussi ce qui empêche celui-ci de déterminer, par ses votes, autre chose qu'une coalition majoritaire de volontés particulières dominant d'autres volontés particulières. La démocratie constituée par des êtres humains réels et différents ne peut effacer d'un trait de plume les divergences et les conflits; elle ne sait pas (dans un premier temps du moins) réaliser mieux que le règlement pacifié des conflits et la confrontation des intérêts dans la conversation politique, en lieu et place du corps-à-corps.

Rousseau reconnaît lui-même qu'« un gouvernement aussi parfait [que sa démocratie idéale] ne convient pas à des hommes[215] », et que seul un peuple de dieux se gouvernerait démocratiquement. Mais le réalisme du modèle lui importe peu. Son propos est normatif : il vise à définir la démocratie idéale d'un peuple idéal. Et cet idéal est bien celui d'une hypersociété où la coexistence *des* libertés individuelles est impossible, où la liberté de l'être ne se conçoit qu'en tant que liberté de l'être total constitué par le peuple. Le « peuple » de Rousseau est aussi un *leviathan* (« grand tout »).

La marche vers l'idéal démocratique passe donc par une mutation de l'être humain autorisant la fusion de tous les êtres en un seul. « Celui qui ose entreprendre d'instituer un peuple doit se sentir en état de changer, pour ainsi dire, la nature humaine; de *transformer chaque individu, qui par lui-même est un tout parfait et solitaire, en partie d'un plus grand tout dont cet individu reçoive en quelque sorte sa vie et son être* [...]. Il faut, en un mot, qu'il ôte à l'homme ses forces propres pour lui en donner qui lui soient étrangères et dont il ne puisse faire usage sans le secours d'autrui[216]. » Telle est précisément la définition de l'hypersociété : l'amputation de l'aspiration à être soi et par soi au profit d'une aspiration à n'être qu'avec et par les autres.

Après Hobbes, Rousseau nous propose donc au fond (au détail près de la définition du souverain) la même non-solution au dilemme de l'égale liberté. On l'a vu, Hobbes escamote la question de la liberté par un jeu de mots. Rousseau la dépasse par un tour de magie sociale : une mutation de la nature humaine qui, par le miracle du contrat social, conduirait chacun à considérer la liberté du tout social comme sa propre liberté. Mais, en vérité, ni l'un ni l'autre n'ont voulu prendre ce dilemme

---

215. *Ibid.*, p. 97.
216. *Ibid.*, p. 65.

en considération. J'ai pour ma part défini ce dernier en expliquant qu'il s'agissait de *trouver un système de restriction de la liberté individuelle qui autorise la plus grande et égale liberté possible pour tous.* Ce faisant, j'admets implicitement que chacun est amené à faire des concessions qui limitent ses marges de manœuvre personnelles en échange des biens que lui procure l'association avec les autres. Il s'agit bien de *limiter la liberté individuelle au profit d'autre chose* (l'égalité, la solidarité, la paix, etc.). Or, dans la théorie du contrat social de Hobbes et de Rousseau, les individus n'acceptent aucune restriction de liberté en échange d'autre chose : ils n'envisagent que *la cession d'une liberté naturelle contre une liberté civile* égale ou plus grande.

Il s'agit, dans le passage déjà cité du *Contrat social*, de « trouver une forme d'association […] par laquelle chacun […] reste *aussi libre qu'auparavant* ». Or c'est là le projet d'association d'êtres déliés et qui entendent le rester. Deux personnes qui s'aiment sincèrement savent très bien qu'en s'unissant elles ne seront pas « aussi libres qu'auparavant ». C'est que, précisément, elles ne s'unissent pas pour restaurer l'état où elles se trouvaient avant de s'unir ! Elles cherchent à jouir d'un autre bien que la liberté d'être soi, par soi et pour soi, à jouir du bonheur d'être avec, par et pour un autre. Pour deux amants, une union qui viserait à rester aussi désunis qu'auparavant serait absurde[217]. Mais

217. J'ai déjà dit au chapitre 4 qu'une union qui tend à la fusion passionnelle des deux amants en une seule personne est tout aussi absurde, puisque, en détruisant l'altérité, la fusion détruit la relation. Cela n'empêche pas tous les amants du monde de connaître quelque temps un tel fantasme d'unité parfaite. De même, cela n'empêche pas tous les parents du monde d'exprimer un fantasme analogue quand ils disent à leur enfant : « J'ai envie de te manger. » Mais, sauf en cas de délire pathologique, ce qui nourrit le fantasme fusionnel, c'est précisément la certitude que toute fusion est heureusement impossible. Le maintien d'une altérité inaltérable entre les êtres qui s'aiment

elle ne l'est pas pour les êtres dissociés de la théorie du contrat social. Pour Hobbes comme pour Rousseau, ce contrat vise à restaurer la liberté naturelle qui se trouve en pratique détruite par l'état de guerre, cette liberté dont le bon sauvage de Rousseau disposait avant d'être contraint à la compagnie des autres. Les individus cherchent seulement à se retrouver aussi indépendants des autres qu'auparavant. Il ne s'agit donc pas de mettre en balance ce qu'on gagne en étant soi et par soi avec ce qu'on gagne à être avec et par les autres. Il s'agit de savoir comment on peut persister à n'être que soi et par soi malgré la présence inévitable des autres (comment on peut « n'obéir qu'à soi-même »).

Comme on le verra bientôt, Hobbes et Rousseau annoncent ici étonnamment l'un des postulats de l'ultralibéralisme : le seul bien de l'homme consiste dans la liberté, la maîtrise et la propriété de soi. En effet, ils n'ont jamais conçu que l'être puisse désirer, à la fois et autant, être lié à autrui et indépendant d'autrui. Définitivement prisonniers de la vision moderne de l'individu autonome, ils sont parfaitement incapables de penser le lien véritable : l'interaction qui unit sans fusionner, rend l'un et l'autre indissociables et par là même non fongibles, les fait vivre dans la relation qui suppose la persistance de l'altérité, et non dans la négation de l'altérité qui détruit toute relation.

Cette incapacité à penser un être susceptible de jouir d'autre chose que lui-même interdit de penser le rapprochement des êtres autrement que dans une fusion monstrueuse, où chacun se moque de n'être plus rien car il se prend pour le tout. Quand on présuppose des humains

---

entretient leur tension l'un vers l'autre ; ils peuvent alors jouir de leur désir fou d'autant plus intensément qu'ils le savent irréalisable et, par cela même, durable.

dissociés, intéressés par leur seul moi et par leur seule liberté, on ne peut les associer dans un quelconque ensemble solidaire et vivable autrement qu'en les persuadant que cet ensemble constitue désormais leur nouveau moi, plus grand, plus fort et donc encore plus aimable qu'avant ! L'homme nouveau du contrat social est un nouveau Narcisse qui, au lieu de contempler son reflet dans l'eau, se contemple dans le miroir grossissant de l'*État* ou du *peuple*. Dans le *Discours sur l'origine des inégalités*, Rousseau avait vanté l'*amour de soi*, dans l'état de nature, et stigmatisé son dévoiement en *amour-propre* qui oppose aux autres, dès l'instant où l'homme vit en société. Eh bien, le contrat social ne vise pas à remplacer l'amour-propre par l'amour d'autrui ; il entend restaurer l'amour de soi du bon sauvage, malgré la compagnie obligatoire des autres. La figure du « peuple » remplit cette mission : elle opère la fusion de tous les autres en soi, et de soi dans tous les autres, de sorte qu'en s'aimant soi, on aime tous les autres, mais qu'en aimant le peuple, on n'aime que soi-même. La mort du moi propre est le prix à payer pour l'éradication de l'amour-propre. Mais, avec ce dernier, c'est aussi l'amour d'autrui qui est anéanti puisqu'il n'y a plus d'autrui.

Si le théoricien du despotisme absolu (Hobbes) et celui de la démocratie absolue (Rousseau) se rejoignent pour anéantir l'individu dans l'hypersociété, c'est qu'ils postulent au départ la même dissociété naturelle. Or, et c'est là un effet de la pure logique, ce qui est dissocié et animé par des forces contraires ne peut être maintenu dans une libre association. Des atomes ne s'associent pas : on les sépare ou on les fusionne. On comprend que, en réaction au spectre de la fusion atomique des êtres, les ultralibéraux du XIXᵉ et les néolibéraux du XXᵉ siècle aient voulu sauver la liberté humaine en la mettant à l'abri des faiseurs de société. Mais, parce qu'ils partagent avec ces derniers la même prémisse quant à la dissociation naturelle des êtres, ils ne pourront pas opposer à l'hypersociété mieux que le maintien et la consolidation de la dissociété naturelle. Il y avait pourtant une autre voie, explorée par les libéraux et, plus encore, par les socialistes.

La démocratie libérale et la justice libérale

Les libéraux peuvent échapper à l'alternative dissociété/hypersociété parce qu'ils ont une vision pluraliste de la nature humaine. L'individu est à la fois égoïste et altruiste, individualiste et sociable. Il peut donc vivre en société sans être soumis à la terreur ou fondu dans un tout social, mais pas sans lois qui imposent des limites à sa liberté. La société libérale repose donc sur un équilibre harmonieux entre la loi et la liberté. La loi peut aussi être l'instrument qui libère, dans la mesure où elle garantit à chacun la sécurité et la libre détermination de son mode de vie tant qu'il ne nuit pas à la liberté d'autrui. Dans le même temps, les libéraux se méfient du pouvoir pourtant nécessaire à l'instauration d'un État de droit. Si le pouvoir ne reste pas sous le contrôle des citoyens, il tend vers l'abus et le despotisme. Mais si toutes les lois sont soumises à l'approbation des citoyens, alors la société vit sous la dictature de la majorité.

Pour surmonter ce double écueil, la démocratie libérale construit le système de séparation et d'équilibre des pouvoirs qui a inspiré la rédaction de la Constitution américaine. Chaque pouvoir ayant son contre-pouvoir, il ne peut agir qu'en négociant des compromis, ce qui évite les abus, mais interdit aussi tout changement radical de politique. Cette démocratie, qui doit, bien sûr, plus à Montesquieu qu'à Rousseau, ne cherche pas à constituer un peuple souverain gouverné par le vote des citoyens. Il s'agit, au contraire, d'une « démocratie faible » (Benjamin

Barber) qui vise davantage à limiter la capacité de gouverner qu'à donner au peuple la maîtrise de son destin.

Mais cette médiocrité du politique est précisément conforme à la fonction qui lui est dévolue par les libéraux : il ne s'agit pas de changer l'Histoire, la vie ou la société ; il s'agit seulement de tenir les individus ensemble en équilibre, de tempérer l'affrontement des intérêts et d'éviter les conflits destructeurs. Que le libéral soit optimiste ou pessimiste quant à la nature humaine, il n'attend pas grand-chose d'autre du politique. L'optimiste, dans la lignée d'Adam Smith, croit l'homme et l'Histoire naturellement entraînés vers le progrès, par des forces (divines ou biologiques) qu'il faut avoir l'humilité de ne pas contrarier. Le pessimiste n'a aucune raison de croire davantage aux vertus des élites politiques qu'à celles du reste de l'humanité. L'un et l'autre s'entendent donc sur la nécessité d'une politique modeste, qui aide juste les hommes à tolérer leurs divergences et à résoudre pacifiquement leurs différends.

Les libéraux considèrent par ailleurs que certains domaines doivent rester en dehors du champ d'intervention du pouvoir. C'est bien entendu le cas des droits fondamentaux de la personne (liberté d'expression, liberté d'association, droit de propriété, etc.). Mais c'est aussi largement le cas de l'activité économique. Hormis quelques exceptions limitatives (cf., *supra*, la théorie du domaine réservé), les libéraux estiment que l'économie est, *en règle générale*, plus efficace si elle relève de la libre confrontation des intérêts privés. La politique ne peut donc avoir pour objet de changer le système économique. Elle peut en revanche, toujours dans un souci d'équilibre et d'évitement des conflits, se préoccuper de corriger certains effets sociaux du libéralisme économique.

Cela nous conduit à la conception libérale de la *justice*. Celle-ci est, de nos jours, conforme aux deux principes de justice énoncés par John Rawls[218]. Le «principe de liberté» exige que *tout individu ait droit au système de liberté le plus étendu possible compatible avec une liberté aussi étendue pour tous les autres.* Le «principe de différence» exige que les inégalités sociales soient telles que: 1) *toutes les positions sociales soient accessibles à tous selon un principe d'égalité des chances;* 2) *elles procurent la situation la meilleure possible pour les plus pauvres.*

Le premier principe n'est pas spécifique aux libéraux, il est universel et correspond au principe d'égale valeur entre les humains qui implique celui de leur droit égal à la liberté. Le second principe est en revanche caractéristique d'une certaine pensée libérale, que l'on peut résumer comme suit. Le réalisme économique commande de reconnaître que l'inégalité est nécessaire à la motivation égoïste qui domine dans les affaires économiques. Les plus performants, les plus doués, les plus travailleurs, etc., donneront le meilleur d'eux-mêmes uniquement s'ils peuvent s'approprier, au moins en partie, le surplus engendré par leur efficacité supérieure. Par ailleurs, le supplément de prospérité générale engendré par un système inégalitaire permet d'améliorer le niveau de vie des pauvres, bien au-delà de ce qu'autoriserait un système égalitaire, où les plus performants ne produiraient pas plus que les autres. Par conséquent, l'inégalité n'est pas injuste si: 1) dans la course à la performance et aux avantages, tout le monde a une chance égale sur la ligne de départ; 2) la situation des plus pauvres est meilleure que si les inégalités étaient plus faibles.

Cette conception de la justice entend dépasser et synthétiser les deux courants libéraux classiques qui semblaient ne s'intéresser qu'aux droits fondamentaux

218. John Rawls, *Théorie de la justice* (1971), Seuil, 1987.

(courant des droits de l'homme) ou au bien-être (courant utilitariste). Mais elle les dépasse au point de dévier vers le néolibéralisme et de rejeter la conception plurielle de la nature humaine qui caractérisait le libéralisme. En effet, Rawls établit ses principes de justice en montrant qu'ils sont ceux que choisiraient, à l'unanimité, des individus rationnels et *strictement égoïstes* placés sous un « voile d'ignorance » pour garantir leur impartialité (ils ne savent rien de la position qu'ils occuperont dans la société)[219]. Cette entorse à la conception libérale de l'être humain (qui reconnaît l'altruisme authentique) est encore plus flagrante si l'on considère le « principe de différence ». Celui-ci présuppose en effet l'adhésion à quelques postulats caractéristiques du discours néolibéral.

Tout d'abord, Rawls postule que les inégalités sont source d'une plus grande productivité parce que les individus ne travaillent que par appât du gain et parce que la libre compétition des égoïstes crée une émulation efficace. Cela exclut tout attrait des individus pour la vie sociale et la coopération, tout sentiment de sympathie envers autrui ou désir d'être aimé par autrui, toutes caractéristiques tenues pour essentielles par bien des philosophes libéraux, à commencer par le présumé père de l'économie politique libérale, Adam Smith. Cette exclusion n'est pas anodine. En effet, si l'on tient compte du goût humain pour les liens sociaux, on découvre que, dans bien des cas, l'égalité et la coopération autorisent une performance productive supérieure à l'inégalité et la compétition. Le présupposé économique de Rawls est alors erroné.

De plus, le principe de différence repose aussi sur le principe d'égalité des chances qui valide implicitement la

219. Dans le doute sur sa position future, chacun a intérêt à un système un peu inégalitaire pour maximiser le produit global, mais à condition de s'assurer la situation la moins pénible au cas où il se retrouverait en bas de l'échelle sociale.

conception néolibérale de la vie humaine : *la vie est une course, une lutte perpétuelle entre les hommes pour avoir et être plus que les autres, et donc le combat est juste si les combattants ont des chances égales au départ.* Or, bien évidemment, cette conception de la justice devient insensée si le bien premier pour les individus consiste davantage à bien vivre avec les autres plutôt qu'à se battre indéfiniment contre eux.

Ainsi donc, même si la théorie de Rawls se rattache à un certain libéralisme humaniste (par son souci d'améliorer le sort des plus démunis), on voit bien comment elle valide aussi le culte de la compétition généralisée propre au néolibéralisme.

Par ailleurs, l'authentique préoccupation sociale des libéraux et leur conception de la démocratie ne peuvent faire obstacle à la progression de la dissociété néolibérale, comme l'atteste l'histoire de ces trente dernières années.

En effet, les libéraux confient au politique le soin de corriger les éventuels dégâts sociaux de la libre concurrence, mais ils ne lui donnent ni la mission ni les moyens institutionnels de changer radicalement les principes de fonctionnement de l'économie de marché. Or les mutations décrites aux chapitres 2 et 3 entraînent une intensification croissante de la compétition et la montée des coûts sociaux du capitalisme. La logique de simple compensation des dégâts sociaux, sans remise en cause du principe de compétition qui les engendre, conduit alors rapidement à une impasse. Le coût des politiques sociales est en effet condamné à une progression exponentielle qui devient économiquement insoutenable et politiquement insupportable. La compétition mondiale impose une limite à la montée des coûts et donne un avantage aux nations qui optent pour des stratégies de dumping fiscal et social. Les classes supérieures et moyennes, qui payent les politiques sociales, résistent à la montée des prélèvements obligatoires; elles adhèrent aussi de plus en plus à la culture néolibérale qui impute aux perdants de la compétition la responsabilité de leur échec et estime que le meilleur moyen d'aider les pauvres est de cesser de les assister.

Une alternative non ambiguë au modèle de la dissociété néolibérale suppose donc un rôle du politique nettement plus étendu que celui qui lui est concédé par la conception libérale de la justice et de la démocratie. C'est précisément le rôle que divers courants socialistes tenteront de définir à partir du XIXe siècle.

La recherche d'une alternative socialiste[220]

Les pionniers du socialisme avant Marx poussent plus loin que les libéraux les conséquences d'une conception plurielle de la nature humaine (cf. le quatrième pilier). Saint-Simon, Fourier, Proudhon et Leroux rejettent explicitement à la fois la thèse ultralibérale d'une *harmonie naturelle* des intérêts par le jeu de la libre concurrence et la thèse d'une *harmonie artificielle* imposée par la loi. Sur le plan de la méthode, ils récusent ce que l'on appellera plus tard l'holisme et l'individualisme méthodologique, et relèvent plutôt de ce que Fournière dénommera l'« individualisme social »[221]. Enfin, contrairement aux libéraux,

---

220. Rappelons que mon propos dans ce livre n'est pas d'explorer les alternatives à la dissociété néolibérale, mais de comprendre la genèse et la vigueur contemporaine de cette dernière. Je ne m'intéresse donc ici à l'histoire du socialisme que dans la mesure où elle apporte des éléments pour mon enquête principale. Pour une première approche du socialisme non marxiste, je recommande le numéro que lui consacre la *Revue du MAUSS*, n° 16: *L'Autre Socialisme. Entre utilitarisme et totalitarisme*, 2e semestre 2000.

221. Cf. chap. 4.

ils adoptent une démarche volontariste visant à adapter la réalité économique et politique à leur conception de l'homme et de la société.

Il s'agit donc de concevoir le cadre social où pourrait s'épanouir la pluralité des aspirations humaines, où l'amour de soi ne serait pas contradictoire avec l'amour d'autrui, où la légitime quête du bonheur privé participerait à la construction d'un bien commun. Cela ne peut ni se décréter d'en haut par la volonté d'un État (hypersociété), ni émerger d'en bas par la libre compétition (dissociété). Mais une autre voie existe nécessairement, en raison de l'intuition commune aux premiers socialistes, à savoir l'essence sociale de l'être humain. Puisque l'être humain trouve son bonheur *aussi* dans ses liens à autrui, la libre association des individus dans une action commune constitue le cadre social type au sein duquel l'individu peut chercher son bonheur dans la solidarité et en œuvrant à l'intérêt général. Concrètement, cela conduit à privilégier l'organisation de la production en coopératives ou en mutuelles, le développement d'associations civiques impliquées dans la vie de la cité, voire la création de communautés de vie et de travail. Une autre intuition achève ici de faire des premiers socialistes des précurseurs du socialisme méthodologique: le cadre social change le rapport de l'individu à autrui, il affecte sa propension à l'égoïsme et à l'altruisme. Les premiers socialistes croient à une spirale vertueuse des interactions sociales qui ressemble à celle que j'ai décrite au chapitre 4: en vivant dans un cadre fondé sur la solidarité, les individus seront confortés dans leur désir de s'épanouir dans la solidarité plutôt que dans la rivalité; leur penchant altruiste pourra dès lors l'emporter sur leur penchant égoïste.

Toutefois, cet «individualisme social» s'écarte ici du socialisme méthodologique en ce qu'il reste une philosophie morale visant à éradiquer l'égoïsme[222]. Pour être plus précis, cette morale socialiste ne prône pas un altruisme sacrificiel, une abnégation de soi au profit du seul souci d'autrui. Elle se propose de «faire disparaître aussi bien l'abnégation que l'égoïsme[223]». La libre association est censée offrir cette possibilité parce qu'elle place l'individu dans une situation où il trouve son bonheur dans la solidarité et le service du bien commun. Le «devoir» de solidarité cesse alors d'être ressenti comme une obligation extérieure, aliénante, il se confond avec le désir profond de l'individu, il est accompli dans l'allégresse. L'individu associé vit en fait pour autrui, mais sans rien sacrifier de soi, puisqu'il satisfait ainsi une aspiration profonde de l'être. Ce qui est décrit là est tout simplement le miracle de l'amour chrétien. Les saint-simoniens, comme bien des mouvements ouvriers anglais, revendiquent d'ailleurs explicitement cet héritage chrétien. Or, c'est bien là le problème[224]!

Le commandement du Christ («Aimez-vous les uns les autres comme je vous ai aimés») et la prescription de saint Paul («Aime ton prochain comme toi-même») définissent une règle de vie individuelle, et non une science de la société ou un programme politique. Les premiers projets socialistes ne constituent pas une alternative crédible, précisément parce qu'ils nous disent seulement comment pourrait fonctionner une société idéale, où tout le monde, y compris les incroyants, pratiquerait le même

---

222. À l'exception notable de Charles Fourier, qui prône l'épanouissement de *toutes* les passions, car il les croit compatibles avec la vie en société si les individus s'associent librement en fonction de leurs affinités et complémentarités.

223. Selon Bazard, un saint-simonien, cité par Philippe Chanial dans la *Revue du MAUSS*, n° 16: *L'Autre Socialisme. Entre utilitarisme et totalitarisme*, 2e semestre 2000, p. 24.

224. Pour éviter tout procès d'intention déplacé, je dois préciser ici que je partage pleinement l'idéal chrétien.

christianisme laïque. Mais ils ne proposent pas une science de la société réelle, ni une stratégie de combat politique pour guider la transition, ou la révolution, qui mènerait de la situation présente vers l'idéal.

Leur idéal, en lui-même, est déjà problématique. Ils imaginent un cadre où le souci d'autrui et du bien commun deviendrait la seule voie d'épanouissement de l'individu. Mais c'est là une façon d'anéantir le souci authentique de soi, pour soi et par amour de soi, en dissimulant cette mutilation par le tour de passe-passe qui consiste à nier toute « abnégation », au prétexte que l'individu est heureux de se mettre au service des autres. Mais « heureux » ne signifie pas « libre ». Ce qui rend précisément la finalité utilitariste du « bonheur » problématique est qu'elle est compatible avec la liberté comme avec la pire des aliénations. Dans les sectes les plus redoutables, les victimes des gourous peuvent être « heureuses » tout en étant parfaitement aliénées. Les fanatiques religieux qui se font sauter au milieu d'une foule sont aussi « heureux » de mourir et de tuer pour aller au Ciel dans la gloire éternelle des martyrs. Une société où les individus sont heureux de ne plus vivre que pour autrui et le bien commun ne peut constituer un idéal politique, car cela reviendrait à fonder moralement n'importe quelle aliénation mentale susceptible d'engendrer ce résultat. Cet idéal dangereux reflète le fantasme de société indivise que nous avons déjà souvent croisé dans notre enquête. Et c'est d'ailleurs en s'inspirant de son maître, Saint-Simon, qu'Auguste Comte développera une conception parfaitement holistique de la société, où l'individu ne doit vivre *que* pour autrui et se fondre dans le « Grand Être » collectif.

Ainsi, à ses débuts, le socialisme a bien du mal à sortir de l'alternative dissociété/hypersociété, bien qu'il en ait l'intention manifeste. Il ne nous propose pas un cadre dans lequel le souci de soi et le souci d'autrui coexistent, mais un cadre dans lequel l'un ne peut s'épanouir que dans l'autre. Il tend donc vers une hypersociété mutilant l'aspiration à « être soi, par soi et pour soi », parce que celle-ci est assimilée à l'égoïsme qu'une bonne société devrait éradiquer. Et cela vient, paradoxalement, de ce que *l'individualisme social ne se départit pas d'un certain individualisme absolu en refusant tout renoncement à soi, tout sacrifice* : il faut à tout prix que ce que l'individu fait pour autrui, il le fasse dans la joie d'un accomplissement personnel. Mais, loin d'éviter l'aliénation, cette conception peut l'engendrer en exigeant la dissimulation, le refoulement du sacrifice. Il nous arrive à tous de faire par amour, compassion ou solidarité des choses qui nous contrarient foncièrement sans que nous éprouvions néanmoins le moindre sentiment d'aliénation. Si l'individualisme social a raison de rejeter une conception *uniquement* sacrificielle de l'altruisme, il me semble qu'il a tort de tomber dans l'excès inverse, en excluant l'idée même de sacrifice qui, pourtant, peut aussi constituer une expression de la liberté, manifester un arbitrage entre nos deux aspirations ontogénétiques. De même, s'il a raison de voir dans un système social coopératif un moyen de faire reculer l'égoïsme, il a tort de vouloir éradiquer tout amour de soi, pour soi.

Car, encore une fois, on ne sort de l'alternative dissociété/hypersociété qu'en reconnaissant l'indissociabilité de nos aspirations ontogénétiques à « être soi, pour soi » et à « être avec et pour autrui », qu'en acceptant la permanence de la tension entre ces aspirations. Il est probable que le projet coopératif, mutualiste ou associationniste des premiers socialistes puisse contribuer à la construction d'un cadre social favorable à la conciliation de nos aspirations ambivalentes, à la seule condition d'abandonner le dangereux fantasme fusionnel que recèle le rejet de tout égoïsme. Mais encore faudrait-il inscrire ce projet dans une stratégie politique de transformation sociale. Or, dans la première partie du XIXe siècle, l'essentiel des projets socialistes se contente de définir, et parfois d'expérimenter, des modalités idéales d'organisation de la production ou d'une collectivité. Ils ne relèvent pas le défi qu'impose le constat suivant : le système d'association volontaire censé être conforme à l'idéal social ne se développe pas spontanément ; le monde réel est plus dominé par l'individualisme tout court que par l'individualisme social, plutôt par la confrontation des égoïsmes que par le jaillissement des coopératives solidaires. Il manque au socialisme naissant une science des sociétés expliquant pourquoi la réalité sociale est contraire à l'idéal que semble impliquer la nature humaine. Quelles forces, quels intérêts, quelles classes sociales s'opposent à l'idéal ? Et comment les combattre ? L'ingénierie sociale ou économique ne suffit pas ; sa mise en œuvre suppose aussi un programme de combat politique.

Toutes ces lacunes du socialisme originel justifieront et conforteront sa qualification d'« utopique » par Marx, à qui il revient assurément d'avoir refondé le socialisme sur une science de l'Histoire et du combat politique. Certes, avant Marx, Pierre Leroux fait exception dans le paysage socialiste, dans la mesure où il inscrit l'idéal d'association dans le cadre d'une véritable politique républicaine et démocratique. L'héritage de Leroux sera repris par le socialisme associationniste de Malon et de Fournière et par le socialisme démocratique de Jaurès, mais seulement à la fin du XIXe siècle, c'est-à-dire après qu'un marxisme économiciste aura imprimé sa marque puissante à la conception du socialisme.

Or, en ce qui concerne le sujet de notre enquête, l'influence de ce marxisme est essentielle : elle détourne le socialisme des pistes ouvertes à ses origines, en le refondant sur un économisme et un déterminisme historique qui rendent superflue toute réflexion sur la nature humaine. L'introduction de Jaurès à une nouvelle édition du dernier livre de Benoît Malon *(La Morale sociale)* est emblématique de cette inflexion du socialisme[225].

Jaurès, qui fut l'artisan de l'unification des courants socialistes, cherche à faire la synthèse entre la tendance associationniste, qui insiste sur la nature sociable de l'être humain, et la tendance marxiste (Guesde, Lafargue), qui ne jure que par la lutte des classes et le matérialisme historique. Voici ce qu'il propose : « [...] l'homme de Marx est soumis à d'incalculables poussées historiques qui entraînent et dépassent le moi individuel. Et d'autre part, le milieu économique agit sur les individus pour déterminer, selon la catégorie économique où ils vivent, la direction générale de leur pensée et de leur vie; mais dans cette catégorie générale de pensée et de mouvement, chaque individu développe sa nature propre, ici égoïste et sensuelle, là affectueuse et aimante; en sorte que l'égoïsme économique de classe, qui est, selon Marx, le fond même de l'Histoire, laisse subsister les désintéressements et les dévouements individuels. Il laisse aussi, par conséquent, subsister le problème qu'a abordé Malon : quelle est la source profonde de ces dévouements individuels[226] ? »

En clair, la liberté de l'individu n'intervient en rien dans l'Histoire, et, par conséquent, une réflexion sur la nature complexe de l'être humain n'est d'aucune utilité politique. Mais, sur la vague inéluctable de l'Histoire, l'individu reste libre de faire de l'écume et de la colorer à son goût ! Il « développe sa nature propre », mais celle-ci n'affecte rien d'autre que sa vie privée et ses relations de

225. Édition de 1894. De larges extraits du texte de Malon et de l'introduction de Jaurès sont reproduits dans la *Revue du MAUSS*, n° 16 : *L'Autre Socialisme. Entre utilitarisme et totalitarisme*, 2e semestre 2000.

226. Cité *ibid.*, p. 138.

proximité; elle n'a aucune incidence sur la vie publique. Voilà, selon Jaurès, tout ce qu'il « subsiste » du « problème abordé par Malon ». Mais c'est là une falsification grossière de tout un courant socialiste qui a pensé exactement le contraire, à savoir que la reconnaissance des dispositions humaines naturelles à l'association et à la solidarité conduisait à une conception nouvelle de l'Histoire, du système économique et des institutions politiques. Jaurès répudie ici purement et simplement ce courant au profit de la seule conception marxiste. Et cette solution s'imposera au XXe siècle. Et ce, malgré la contribution fondamentale de l'ethnologue socialiste Marcel Mauss. Dans son célèbre *Essai sur le don* (1923-1924), il pose les bases d'un paradigme dépassant l'alternative stérile individualisme *vs* holisme en découvrant un invariant anthropologique dans les relations humaines : la triple obligation de donner, de rendre et de recevoir. Mais la portée de cette découverte passera presque inaperçue, avant d'être mise en évidence, un demi-siècle plus tard, notamment par Alain Caillé (cf. *Anthropologie du don*), en France, et Jean-Jacques Godbout, au Canada. Voilà qui aurait pu relancer la piste ouverte par le socialisme associationniste. Mais l'adhésion au matérialisme historique entraînera un désintérêt durable pour les fondements anthropologiques du socialisme.

Le paradoxe de cette inflexion du socialisme vers le marxisme est que, en s'éloignant un peu plus du libéralisme, il se rapproche du néolibéralisme !

L'étrange synthèse marxiste : l'hypersociété comme chemin vers l'anarchie

Comment Marx résout-il le dilemme de l'égale liberté ? Il commence par rejeter la solution libérale qui repose sur un équilibre entre l'initiative individuelle et la loi.

Marx conteste la vertu libératrice de l'État et de la loi dans la société libérale. Les institutions politiques sont des « superstructures » déterminées par l'« infrastructure » économique, elle-même déterminée par le développement des forces productives. À chaque mode de production correspond donc le système de commande politique le mieux adapté. Quand l'exploitation de la terre domine les conditions matérielles de production, c'est l'aristocratie propriétaire des terres qui commande (mode de production féodal). Quand l'industrie et les manufactures dominent le développement économique, c'est la bourgeoisie propriétaire du capital qui commande (mode de production capitaliste). Les institutions s'adaptent, éventuellement à l'issue de révolutions politiques, en sorte que le pouvoir est nécessairement accaparé et instrumentalisé par la classe dominante en vue de servir ses propres intérêts.

À ce stade du raisonnement, Marx est en phase avec Mandeville, Rousseau et les ultralibéraux, pour reconnaître dans l'Histoire le simple jeu des rapports de force, et dans l'État un outil d'oppression. La loi est faite par les méchants pour assurer leur domination. Les libéraux et les socialistes partagent en partie ce diagnostic; mais ils pensent que la politique peut arranger les choses; ils cherchent alors une voie intermédiaire entre l'anarchie, qui préserve l'autonomie individuelle, et le despotisme, qui garantit l'ordre et l'égalité au prix de l'aliénation des individus. Marx ne croit pas au compromis politique, il ne croit pas au politique tout court: matérialisme historique oblige, tout compromis ne sera jamais que celui qui arrange les plus forts. Il ne peut donc sortir du dilemme de l'égale liberté que par l'irruption d'un événement aux propriétés magiques: la révolution prolétarienne.

Chez Marx, le dilemme de l'égale liberté se pose au départ dans des termes assez proches de la problématique du bon sauvage chez Rousseau. L'homme est potentiellement capable de vivre en société sans le recours à la loi coercitive, mais seulement dans une bonne société. Les conflits, les inégalités, les lois et le pouvoir n'existaient pas aux origines, quand les hommes vivaient en familles isolées. Mais, comme Rousseau, Marx explique dans *L'Idéologie allemande* (1846) comment l'essor de la population et des groupes humains a engendré la division du travail et, à sa suite, les inégalités, le pouvoir et la division des hommes en classes antagonistes. Cette division transmute les instruments d'épanouissement de l'homme (le travail et la production) en instruments d'aliénation.

L'histoire humaine n'est dès lors que la lutte des classes aliénées pour leur émancipation. Mais tant que les aliénés d'une époque s'émancipent en assurant leur domination sur les aliénés de l'époque suivante, la société reste piégée dans le cercle infernal de la lutte des classes. On ne sort de ce dernier qu'en instaurant un mode de production sans classes. Une fois libérée de l'antagonisme engendré par tous les modes de production antérieurs, la nature sociale des hommes peut donner sa pleine mesure et, dès lors, aucun pouvoir politique n'est plus nécessaire pour les tenir ensemble. C'est donc une révolution du mode de production (et non un contrat démocratique) qui est nécessaire, et tel est l'objet de la révolution prolétarienne. Celle-ci, en instaurant la dictature du prolétariat et en abolissant le capitalisme, est censée abolir du même coup la lutte des classes. Toutes les classes sont dissoutes puisqu'il n'y a plus que des prolétaires égaux et collectivement propriétaires des moyens de production. Alors seulement l'État socialiste peut être au service de l'intérêt général. Mais ce n'est là qu'une phase de transition vers le communisme, société idéale et sans politique.

Lisons Marx : « Lorsque, dans le cours du développement, les antagonismes de classes auront disparu et que toute la production sera concentrée entre les mains des individus associés, le pouvoir public perdra son caractère politique. Le pouvoir politique, au sens strict du terme, est le pouvoir organisé d'une classe pour l'oppression d'une autre. Si, dans sa lutte contre la bourgeoisie, le prolétariat est forcé de s'unir en une classe; si, par une révolution, il se constitue en classe dominante et, comme telle, abolit violemment les anciens rapports de production – c'est alors qu'il abolit en même temps [...] les conditions d'existence de l'antagonisme des classes; c'est alors qu'il abolit les classes en général et, par là même, sa propre domination en tant que classe. L'ancienne société [...] fait place à une association où le libre épanouissement de chacun est la condition du libre épanouissement de tous[227]. »

Il s'agit bien ici d'un tour de magie sociale analogue à celui opéré par le *Contrat social* de Rousseau. La dictature du prolétariat est censée façonner un homme nouveau et un peuple idéal comme Rousseau le rêvait : indivis, uni par le même intérêt, unanime au point de se passer de la politique. Seule la technique de transition est différente. L'œuvre de la raison fait place à l'œuvre rédemptrice de la violence. La violence dominatrice des prolétaires abolira la violence. L'État tout-puissant ouvrira la voie à une société sans État. Ultime avatar de l'Histoire dialectique, le passage de la dissociété capitaliste (thèse) à l'hypersociété collectiviste (antithèse) conduit vers l'anarchie communiste (synthèse). Étrange synthèse qui emprunte à tous les courants pour valider *in fine* l'idéal de ses pires adversaires ! Comme Rousseau, Marx croit à la perversité du pouvoir et se méfie de l'État. Mais, comme Hobbes, il recourt au Léviathan pour abolir la dissociété naturelle.

---

227. Karl Marx, *Manifeste du Parti communiste* (1848), in *Œuvres*, t. I : *Économie*, Gallimard, coll. « Bibliothèque de la Pléiade », 1965, p. 183.

Et pour finir, comme les anarchistes libertaires, il vise la mort du politique.

On l'a déjà souligné (cinquième pilier), la cohérence de ce discours repose sur une conception paradoxale de l'être humain. Social par nature, celui-ci n'attend que d'être libéré d'un système de production pervers pour vivre en société sans le secours d'une loi coercitive. Mais cela n'empêche que, depuis toujours, les forts exploitent les faibles jusqu'à l'indignité ! Nous verrons que le paradoxe ne se résout tout à fait qu'en intégrant le nécessaire développement des moyens de production jusqu'à l'abondance. Mais c'est l'objet de la discussion suivante (neuvième pilier). Ce qui nous intéresse ici, c'est la contribution de Marx à la conception moderne de l'État et de la loi, et à la question de savoir comment l'on sort de la dissociété naturelle. La réponse est claire et dialectique. La loi et l'État sont des maux dont il vaut mieux se passer. Mais ce sont des maux temporairement nécessaires et qu'il convient même d'étendre jusqu'au stade extrême d'une hypersociété collectiviste, pour, finalement, s'en débarrasser tout à fait.

Ainsi, le marxisme apporte involontairement sa contribution au progrès de la culture ultralibérale. D'une part, il valide le même idéal politique que les ultralibéraux (émancipation à l'égard de tout pouvoir). D'autre part, son chemin dialectique vers l'idéal – une émancipation qui passe par l'État total ! – est un vrai repoussoir pour toute population déjà attachée aux libertés dont elle jouit. Si le but ultime, c'est la liberté maximale et le « dépérissement de l'État », pourquoi ne pas commencer par là ? C'est précisément la voie empruntée par l'ultralibéralisme et le néolibéralisme, qui entendent garantir la liberté par l'État minimum.

État minimum et liberté maximale

Plusieurs mutations de l'économie politique libérale ont préparé le terrain à la culture néolibérale de l'État minimum.

C'est, pour commencer, la récupération tronquée de l'utilitarisme par les néoclassiques à la fin du XIXe siècle. Pour la philosophie utilitariste, la valeur d'une chose se définit par son utilité sociale, c'est-à-dire sa capacité à assurer « le plus grand bonheur du plus grand nombre », pour reprendre la formule de Bentham. Avec le modèle néoclassique des années 1860-1870, l'économie devient une science du calcul économique rationnel des individus et de la coordination des choix individuels par les marchés. La volonté de construire une science économique aussi objective que la physique implique l'évacuation de tout ce qui risque d'engluer l'analyse dans un débat éthique sur les « valeurs ». La dimension éthique de l'utilitarisme est donc amputée, mais on conserve la théorie psychologique de Bentham. Un « bien » est tout ce qui est « utile » à l'individu, c'est-à-dire qui satisfait l'un de ses « besoins ». Inversement, une chose qui réduit la satisfaction est une « désutilité » ou encore un « mal ». Pour produire une chose utile, il faut consentir des coûts, des sacrifices (en temps, en ressources) – bref, des « désutilités ». Un « mal » peut donc être nécessaire pour produire un « bien », mais il reste un « mal », un coût de production qu'il convient de réduire au minimum. Telle est précisément la conception néolibérale de toute action publique : c'est un coût, donc un « mal », que l'on supportera uniquement s'il est indispensable à la production du vrai « bien », qui est nécessairement privé.

Par la suite, au XXe siècle, les économistes néoclassiques vont établir toutes les situations où la production et les marchés privés ne conduisent pas à la maximisation du bien-être des individus. Si cela a pour effet de justifier scientifiquement l'existence d'une action publique, c'est en l'enfermant dans un domaine réservé et clos dont elle ne doit pas sortir, et qui a vocation à s'amenuiser, à chaque fois qu'il devient à nouveau possible d'assurer la fourniture d'un bien public par des entreprises privées. Cette justification de l'action publique par la « défaillance des marchés » *(market failure)* a durablement ancré dans les esprits l'idée que le mode ordinaire, normal et idéal de régulation des activités humaines, c'est le marché. C'est là une révolution de la hiérarchie des institutions par rapport au mode de pensée du siècle précédent.

L'ultralibéralisme, quant à lui, et dès le XIXe, opère la révolution dans la hiérarchie des valeurs libérales, en faisant parfois de la liberté individuelle maximale le « bien premier », le critère ultime du jugement éthique. Certes, les libéraux classiques (Smith, Hume, etc.) se distinguent déjà de la pensée prélibérale par l'étendue nouvelle qu'ils entendent donner à la liberté individuelle. Mais, pour eux, cette dernière reste un *bien subordonné*. Ils recommandent l'extension de la liberté seulement dans les cas où ils constatent qu'elle est le meilleur *moyen* de poursuivre la finalité qu'ils assignent à l'individu et à la société, à savoir le bonheur général ou la justice, mais certainement pas la libre concurrence[228].

À l'opposé de cette démarche, les ultralibéraux font souvent de la liberté maximale le critère éthique ultime. Empruntons encore à Francisco Vergara trois citations emblématiques de cette démarche. Milton Friedman

228. Autant dire que jamais les libéraux classiques n'auraient inscrit la libre concurrence dans la liste des objectifs d'une communauté politique, comme on le fit, en 2004, dans le « traité établissant une Constitution pour l'Europe ». Cf. *Manuel critique du parfait Européen*, *op. cit.*

écrit: «[...] en tant que libéraux, nous prenons la liberté de l'individu, et peut-être de la famille, comme but ultime permettant de juger les institutions sociales.» Selon Fritz Machlup, «un libéral est quelqu'un qui met la liberté au-dessus de tout autre but social». Hayek, enfin, déclare à propos de la liberté: «On ne peut jamais permettre qu'elle soit limitée pour des raisons d'utilité»[229].

Cela dit, Francisco Vergara montre également que certains ultralibéraux (dont Hayek) se distinguent souvent par un éclectisme éthique: selon les sujets en débat, ils ont aussi recours à des arguments en termes de justice, d'utilité, d'égalité devant la loi, etc. Néanmoins, la plupart des conclusions qu'ils tirent visent le plus souvent à étendre le champ de l'initiative privée ou à cantonner l'action publique dans le domaine restrictif des «défaillances du marché».

La quête néolibérale: comment restaurer la dissociété?

Cet éclectisme orienté caractérise parfois le discours politique néolibéral. Il peut faire feu de tout bois, pourvu que cela conduise à l'extension des marchés libres, manifestant en cela qu'il est souvent une simple religion du marché, un «marchéisme», plutôt qu'un nouveau libéralisme fondé sur une philosophie et une science cohérentes. Néanmoins, il s'inspire principalement des auteurs qui, tel Friedman, voient dans la promotion de l'autonomie individuelle le premier, si ce n'est le seul bien.

Par ailleurs, je rappelle que mon propos ici n'est pas de montrer la cohérence ou l'incohérence du discours *affiché* par les néolibéraux. Je m'efforce de mettre au

229. Cité par Francisco Vergara, *Introduction aux fondements philosophiques du libéralisme*, *op. cit.*, p. 175.

jour quelle est la chaîne des conceptions de l'homme et de la société qui est effectivement cohérente avec la prescription finale du néolibéralisme (la marchéisation maximale des activités humaines). L'éclectisme et le pragmatisme souvent revendiqués par les néolibéraux, quand ils ne reflètent pas seulement leur ignorance, servent précisément à enfouir cette longue chaîne de fondations philosophiques et anthropologiques pour la soustraire à toute critique rigoureuse. On devine l'embarras des néolibéraux s'ils devaient expliquer pourquoi leur conception de l'homme et de la société n'est pas toujours différente de celle d'un marxiste et à peu près identique à celles des partisans d'une hypersociété étatique à la Hobbes ou démocratique à la Rousseau ! Or tel est justement le cas.

Certes, au premier abord, le néolibéralisme – favorable à la dissociété – semble se situer aux antipodes des doctrines qui recommandent la fusion des individus dans l'État ou dans le peuple. Néanmoins, c'est parce qu'ils partagent le diagnostic des tenants de l'hypersociété étatique ou démocratique qu'ils en viennent à recommander la dissociété.

J'ai montré que la conception atomistique de l'individu et la conception contractuelle de la société impliquent l'impossibilité de sortir de la dissociation naturelle autrement que par une forme quelconque d'hypersociété annihilant l'autonomie individuelle. Les ultralibéraux et, à leur suite, les néolibéraux partagent entièrement ce diagnostic. Sur ce point, rien ne les distingue vraiment de Hobbes ou de Rousseau. Ils se distinguent non par le diagnostic, mais par le remède. À juste titre, ils considèrent le remède de l'hypersociété comme une horreur. Ils ne partagent pas une seconde l'illusion selon laquelle chacun, en ne faisant plus qu'un avec les autres, s'en trouverait aussi libre ou plus libre qu'auparavant. Par conséquent, *puisqu'on ne peut sortir de la dissociété naturelle sans détruire l'individu, il est urgent de ne pas en sortir.* Leur programme de recherche n'est donc pas: Comment restaurer la liberté naturelle en faisant société? Leur questionnement est: Comment restaurer la dissociété détruite par l'extension de l'État?

Concernant cette question, on peut distinguer *deux réponses* sous-tendues par *un même idéal* implicite: l'état de nature décrit par Rousseau; une situation où l'individu, n'ayant aucun besoin des autres ni aucune relation avec les autres, peut vivre à la fois en sécurité et selon son bon vouloir. La première réponse, celle de l'anarchisme libertaire, raisonne *comme si* une *dissociété intégrale* était possible, chacun restant maître de lui en vivant sur son territoire en quasi-autarcie. La réponse du néolibéralisme se veut plus réaliste: le retour à l'état de nature et à la liberté naturelle est une utopie; il faut donc se contenter d'une *dissociété optimale.*

De l'utopie libertaire à la dissociété optimale

Le courant libertarien s'est constitué au début des années 1970, à partir d'une série de travaux de philosophes et d'économistes américains (David Friedman, John Hospers, Israel Kirzner, Robert Nozick, Murray Rothbard)[230]. Il repose sur trois principes.

Le premier principe du libertarisme est la pleine propriété de soi. La dignité et l'intégrité de chaque individu sont inviolables par quiconque. Chacun étant seul et plein propriétaire de lui-même fait ce qu'il veut de son corps et de sa vie; il ne peut donc être contraint de faire quoi que ce soit. Ce principe n'admet, selon les libertariens, que

230. Seul le livre majeur de Robert Nozick est disponible en français: *Anarchie, État et utopie* (1974), PUF, 1988.

trois exceptions, pour l'éducation des enfants, la répression des criminels et la prohibition de l'esclavage.

Le deuxième principe concerne la juste propriété des choses. Chacun a un droit de propriété légitime sur ce qu'il crée lui-même et sur ce qu'il reçoit d'autrui ou qu'il acquiert par une transaction volontaire auprès de son propriétaire légitime. Cela soulève naturellement une difficulté : comment fonder la légitime propriété initiale des terres et des ressources naturelles qui ne sont créées par personne (sauf par Dieu ou la nature) ? Quand j'acquiers un terrain aujourd'hui, j'en ai la propriété légitime si le vendeur l'a lui-même acquis par une transaction avec un propriétaire légitime, et ainsi de suite, jusqu'au premier occupant.

Le troisième principe reconnaît au premier occupant un droit de propriété légitime. Un débat existe ici sur les limites éventuelles au droit d'exploitation des ressources naturelles par les premiers occupants. Certains libertariens de gauche, notamment, considèrent que tous les humains ont un droit égal aux richesses de la Terre et qu'en conséquence le légitime propriétaire d'une ressource doit acquitter une taxe également redistribuée à tous les autres et compensant l'exacte valeur des ressources dont il les prive. Nous n'irons pas plus loin dans ce débat qui dépasse le cadre de ce livre[231].

Ce qui nous intéresse ici, et nous semble constituer l'apport majeur des libertariens à la pensée moderne, est que ces derniers démontrent l'impossibilité de fonder une société sur les principes qu'ils proposent ! En effet, ils sont bien obligés de reconnaître eux-mêmes qu'il est impossible d'établir la légitimité des propriétés dans les

231. On trouvera un exposé simplifié des débats internes au courant libertarien dans Christian Arnsperger et Philippe Van Parijs, *Éthique économique et sociale*, La Découverte, 2000.

sociétés actuelles. D'une part, on ne peut, pour chaque propriété, remonter le fil de l'histoire jusqu'au premier occupant; d'autre part, on sait que cette histoire est truffée d'une série de spoliations illégitimes. Nos auteurs américains sont bien placés pour savoir que les propriétés des descendants des colons blancs sur le continent américain résultent en partie du génocide des peuples indigènes. Pour commencer à fonder une société juste appliquant leur critère de justice, les libertariens doivent alors concéder qu'il faudrait, au préalable, redistribuer également toutes les richesses entre les hommes! Certains arrêteraient ici la discussion en criant à l'utopie. À tort! Une révolution politique expropriant tous les membres d'une société pour opérer une redistribution égalitaire n'a rien d'impossible. Cela dit, il y a bien une utopie libertaire, mais elle est d'une autre nature.

Une fois réalisée la redistribution initiale, le fonctionnement juste d'une société libertaire n'admet que deux modes de relations entre les individus: le don libre et la transaction volontaire entre propriétaires légitimes. Or la plupart des opérations économiques dans une société moderne ne passent ni par le don ni par un contrat d'échange. Elles sont réalisées non pas entre des sujets isolés et indépendants, mais à l'intérieur d'entreprises, c'est-à-dire dans des organisations hiérarchiques où l'on ne met pas en œuvre des *contrats*, mais des *ordres* ou des procédures *impératives* définies par la direction. Or le libertarisme exclut la relation hiérarchique au sens strict. Certes, dans une société libertaire, un individu a le droit de louer son temps de travail à une organisation. Mais le contrat de travail ne peut échanger que du temps et de l'effort contre de l'argent. Aucun individu ne peut, par contrat, se soumettre à l'autorité d'un autre, fût-ce pour un temps et dans un contexte donnés. L'esclavage même temporaire reste l'esclavage. L'individu a le droit de vendre son temps et ses biens, et même des parties de son corps si bon lui semble, mais pas sa dignité.

Or aucune organisation complexe ne peut fonctionner si l'employeur ou le supérieur hiérarchique n'a jamais le droit d'imposer sa volonté à ses subordonnés, y compris quand ceux-ci s'en trouvent de fait humiliés. La société libertaire idéale est celle où personne n'est en position d'être humilié par un autre. Elle suppose que *chaque* action impliquant au moins deux individus fasse l'objet d'un contrat. Cela exclut les organisations hiérarchiques et donc l'entreprise moderne et les administrations. Cela suppose un monde où les individus n'ont pas besoin de s'assembler pour produire, où chacun peut vivre en évitant le plus souvent le contact avec les autres et le travail en équipe, sauf avec ceux pour qui il éprouve un attachement naturel. Ainsi se dessine l'utopie (ou le fantasme) véritable du libertarisme : un état du monde où la quasi-autarcie des familles serait possible. Chacun disposerait de suffisamment d'espace appropriable à exploiter pour lui-même et les siens, sans limiter les capacités des autres. Alors chacun pourrait jouir du droit du premier occupant, exercer pleinement sa liberté, sans entraver la liberté d'autrui, et obtenir ce qu'il ne crée pas lui-même par des contrats d'échange volontaire.

Tel est d'ailleurs le contexte de développement supposé des premiers homininés qui se sont progressivement dispersés depuis leur berceau africain pour occuper toute la Terre. C'est aussi la perception fantasmatique qu'eurent les colons européens découvrant le Nouveau Monde : un espace infini offrant suffisamment de place pour tous, à condition toutefois de considérer que ceux qui l'occupaient avant eux n'étaient pas des hommes.

C'est très probablement ce fantasme de retour aux origines, à l'autarcie et à l'abondance originelles, qui sous-tend l'utopie libertaire. C'est, en tout cas, le seul contexte dans lequel le principe de pleine propriété de soi et la liberté maximale sont possibles. La seule société libertaire envisageable est une *dissociété intégrale* où les familles n'ont quasiment rien à faire avec les autres familles, si ce n'est échanger ce qu'elles produisent toutes seules. Chacun vit dans son ranch familial et y fait ce que bon lui semble. Dans cet univers, la seule fonction de l'État est d'être un gardien de frontières: il garantit que personne n'empiète sur le terrain d'autrui, en dehors d'un contrat librement consenti. Il assure donc uniquement des fonctions de police et de répression des criminels. À la limite, une simple milice coopérative constituée par les différents propriétaires de ranch peut se charger de poursuivre et juger les criminels. Le mythe libertarien a des allures de western!

Quoique parfaitement utopique, le discours des libertariens est précieux. Car l'utopie révèle la conception que l'on se fait d'un monde parfait. Et même si nous savons que ce dernier est hors d'atteinte, l'idée que nous nous en faisons conditionne notre façon de penser et d'agir dans le monde réel. Or le néolibéralisme est précisément la façon de penser et d'agir dans le monde réel, quand on est habité par un fantasme libertarien, tout en souffrant l'impossibilité de l'assouvir vraiment. *La dissociété optimale des néolibéraux peut donc être pensée comme un ensemble d'arrangements pour tendre vers la dissociété intégrale des libertariens tout en sachant celle-ci inaccessible.*

Ainsi, comment peut-on s'arranger avec l'impossibilité matérielle d'organiser la dissociété en juxtaposant des familles vivant en quasi-autarcie? On s'efforce de l'organiser comme une fédération de sous-communautés dont le fonctionnement interne ressemble à celui d'une famille: on y partage les mêmes codes de conduite, conventions, rites, croyances et modes de vie; on y subit la pression conformiste du groupe qui remplit l'office de l'autorité paternelle; on y éprouve le sentiment d'un intérêt commun et la peur commune des communautés étrangères. Si chaque sous-communauté parvient ainsi à éviter ou surmonter les tensions internes, l'ordre y règne sans l'intervention de l'État. Celui-ci peut alors n'être que le gardien des frontières entre les communautés.

Comment s'arranger avec l'indignité inhérente à la relation hiérarchique à l'intérieur des entreprises? Par les nouvelles méthodes de *management* qui prétendent transformer les relations hiérarchiques en relations contractuelles. La nouvelle entreprise idéale n'est désormais plus une *organisation* mais un *réseau*: elle met en relation des services liés par des contrats; et le service idéal est lui-même composé de salariés-entrepreneurs indépendants engagés dans un contrat individualisé d'objectif. L'entreprise réticulaire parfaite est celle qui s'approche au mieux de l'idéal libertarien: la hiérarchie disparaît au profit d'un réseau d'entrepreneurs individuels; de la secrétaire au contrôleur de gestion, du manœuvre au P-DG, chacun est un entrepreneur indépendant qui passe des contrats de prestations de services avec les autres. Cet idéal suppose la disparition même du concept de contrat de travail, qui est indissociable d'une relation hiérarchique. Bien sûr, en réalité la transformation symbolique du subordonné en entrepreneur partenaire n'est, sauf exception, qu'une façon de lui imposer une soumission de fait plus totale, et sans les droits qui constituaient la contrepartie de sa soumission par un contrat de travail.

On perçoit ici le danger inhérent à toute démarche qui tend à mettre en œuvre une utopie. En forçant la réalité à ressembler à un modèle impossible, on finit par violer les finalités du modèle. On le constate à nouveau si l'on considère le rôle de l'État dans la dissociété optimale des néolibéraux. Dans une dissociété intégrale libertaire, on peut presque se passer de l'État. Au pire, c'est un modeste gendarme qui fait sa ronde entre les domaines familiaux, associé à un modeste greffier qui enregistre les contrats conclus entre les familles. Mais, dans la dissociété concrète des néolibéraux, l'État risque fort de ressembler au monstre de Hobbes.

En effet, la séparation physique des individus est le plus souvent impossible. On s'y efforce, certes, par la dissociation des anciennes cités en zones aux fonctions ou aux populations homogènes. Mais le zonage social n'est jamais parfait. On ne peut empêcher des êtres différents, hétérogènes, de travailler ensemble et de côtoyer des espaces communs. Or, dans ces espaces communs, la frontière que doit surveiller l'État ne passe plus seulement entre de grandes sous-communautés indépendantes, mais entre tous les individus. Comme, par ailleurs, la dissociété néolibérale étend les inégalités et la compétition entre les individus, la rencontre des différents et des inégaux est potentiellement explosive. Or il est impossible de mettre un policier derrière chaque citoyen. Le gardien de la frontière infinie qui s'étire entre tous les individus doit donc se faire vraiment terrifiant pour être dissuasif. Les peines infligées aux délinquants et aux criminels ne doivent pas être proportionnées au préjudice qu'ils ont causé, mais à la terreur nécessaire pour en dissuader d'autres de suivre leur exemple.

Toutefois, pour limiter l'extension coûteuse du Léviathan, une dissociété optimale doit aussi exploiter des formes non étatiques de régulation sociale. Tout ce qui est susceptible de conduire l'individu à internaliser l'exigence de conformité au comportement souhaité par le groupe auquel il appartient apporte une contribution gratuite à l'ordre social. Dans les sociétés primitives et traditionnelles, deux mécanismes principaux de conformation sociale coexistent: la pression communautaire (tout le monde surveille tout le monde) et la religion (Dieu voit tout et me surveille tout le temps). On sait que le mouvement philosophique de la modernité fut un élan d'émancipation contre cette double pression de la société et de la religion pour promouvoir un individu autonome. L'ordre social des modernes ne devait plus reposer sur l'internalisation inconsciente d'une norme extérieure à l'individu, mais sur la décision consciente et rationnelle d'adhérer et de participer à une communauté politique.

Eh bien, *la dissociété néolibérale opère un mouvement inverse de celui de la modernité. Son but n'est pas le progrès, mais le déclin de la société politique*. Son défi est de maintenir l'ordre social en limitant autant qu'il est possible la coûteuse régulation publique. Sa solution n'est pas *post*-moderne, elle est «*ante*-moderne»: il s'agit de restaurer la soumission de l'individu aux normes de sa sous-communauté et de la religion. On ne s'étonne pas, dès lors, de voir le fondamentalisme religieux s'épanouir dans la société américaine, qui est aussi la plus avancée sur la voie de la dissociété[232]. Et ce avec une vigueur d'autant plus marquée que, dissociété et compétition généralisée obligent, on peut de moins en moins compter sur la vigueur de la solidarité intracommunautaire.

L'individu idéal de la dissociété néolibérale ne doit surtout pas être autonome. Il doit être strictement conformiste, cesser de penser par lui-même et n'être plus qu'un agent économique persuadé que l'ordre social établi est aussi inviolable qu'une loi divine. *Le néolibéralisme*

232. Et, réciproquement, l'essor de la dissociété est soutenu par le fondamentalisme religieux qui favorise le repli sur des communautés d'élus, le repli de l'individu sur lui-même et son désengagement politique sous diverses formes: l'obsession de Dieu et du salut, le fantasme de perfection, la fraternité illusoire de la communauté rituelle qui compense la violence de la société réelle, le fatalisme, etc.

s'accommode de toutes les aliénations mentales et de tous les obscurantismes, à la seule condition qu'ils transforment l'individu en automate entièrement occupé à produire et à consommer[233]. Cette tolérance à l'aliénation est l'ultime paradoxe d'une idéologie qui se réclame de penseurs ultralibéraux en quête de la liberté maximale !

Ce paradoxe reflète, une fois encore, la contradiction interne au néolibéralisme. Si l'on veut à tout prix faire vivre ensemble des humains dissociés et rivaux sur la base de la libre compétition, il faut, pour éviter le massacre, soit un État policier coûteux et menaçant pour les libertés individuelles, soit un conditionnement social des esprits aussi efficace qu'un lavage de cerveau. La dialectique néolibérale, qui promet l'avènement d'un nouvel ordre social grâce à la libre concurrence, n'est finalement pas moins risquée que la dialectique marxiste, qui imaginait l'enfantement de la liberté par la dictature et le collectivisme. Ces deux promesses d'émancipation se soldent également par l'aliénation des individus. Ce qui leur manque pour sortir d'une si redoutable contradiction interne, c'est une source d'harmonie sociale autre que la police et la manipulation psychologique. Et là encore (on y vient dans le neuvième pilier), marxisme et néolibéralisme iront puiser à la même source : celle du productivisme et de l'abondance matérielle. Mais ils sont loin d'être les seuls autour du puits !

---

233. Je ne sous-entends pas ici que toute religion est nécessairement une aliénation et un obscurantisme, mais seulement que ce sont là les fonctions que le néolibéralisme assigne de fait à la religion.

Neuvième pilier: l'abondance de biens, finalité nécessaire de la société

Présentation initiale des hypothèses néolibérales

La vie en société ne sera compatible avec une liberté individuelle égale et maximale qu'à condition d'engendrer *l'abondance qui procure la satiété à tout individu, et fait ainsi disparaître toute rivalité* pour la possession des biens et l'usage des ressources.

Le contrat social utilitaire passé entre des individus indépendants et rationnels n'annule pas la nature égoïste et prédatrice de ces individus. Car tout individu qui n'atteint pas la satiété reste en permanence incité à la prédation pour combler le manque. C'est bien pourquoi le contrat social n'est pas viable sans une loi commune et un pouvoir qui use de la violence légitime pour imposer le respect de la loi. Or, pour les néolibéraux, la loi est un mal dont on use seulement quand il est indispensable à la préservation de la libre compétition et de la propriété (huitième pilier). Ils redoutent donc, on vient de le voir, les solutions du type hypersociété. Ils peuvent tolérer un temps une société démocratique, mais celle-ci reste pour eux, comme pour Churchill, «le plus haïssable des systèmes à l'exception de tous les autres». La démocratie est le moins mauvais des moyens pour éviter une extension perverse de la loi et du domaine public; c'est un «moindre mal», pas un idéal.

L'idéal, l'utopie mobilisatrice, consisterait à maintenir la société dans la paix civile sans le secours de la loi. Dans ce but, il faut amener les individus à respecter les biens et la sécurité d'autrui, ni par la peur de la police, ni par leur fusion pathologique dans la volonté générale d'un peuple, mais par le simple fait qu'ils sont assurés de pouvoir contenter tous leurs désirs. L'individu doit être convaincu que sa participation pacifique à la société lui assure le *maximum* de satisfaction possible. La société ne vise donc pas la simple *satisfaction* des besoins et des désirs, mais la *maximisation de la production*. Mais le maximum ne suffit pas, tant qu'il laisse des individus partiellement satisfaits et donc toujours incités à la prédation (en l'absence de loi et de police). C'est donc bien, *in fine*, la satiété pour tous qu'il faut viser : *l'état d'abondance*. Abondance de quoi ? Étant entendu que l'individu ne retire aucun plaisir en soi de la compagnie des autres, il ne peut s'agir que d'une abondance de biens et services consommables. Voilà comment on passe d'une vision utilitaire de la société (sixième pilier) à une vision productiviste et consumériste.

Dans la seconde moitié du XIXe siècle, le culte de la production maximale s'installe dans les deux paradigmes qui domineront ensuite le débat au XXe : la théorie néoclassique de l'économie de marché et le marxisme. Mais, non sans ambiguïtés parfois, il est déjà présent dans le libéralisme classique et chez les pionniers du socialisme.

Les libéraux et la religion de la production

À la suite de Francisco Vergara, on serait tenté, une fois encore, de distinguer ici l'obsession productiviste des néolibéraux d'un libéralisme classique plus subtil. En effet, les néoclassiques ont emprunté au courant utilitariste le terme « utilité » pour désigner le bien-être de l'individu. Cela a suffi pour que des commentateurs peu informés en viennent à assimiler l'utilitarisme des économistes classiques au modèle productiviste issu du modèle néoclassique et remis à l'honneur par le modèle néolibéral contemporain. Or, explique à juste titre Vergara, ce dernier modèle n'a rien à voir avec le courant utilitariste : « Rappelons que pour les auteurs utilitaristes, ainsi que pour les écoles épicuriennes de l'Antiquité, le bonheur n'est jamais identifié à l'accroissement de la consommation de biens matériels. L'idéal de perfection de ces philosophes était celui d'une vie dédiée aux activités scientifiques, philosophiques et artistiques, ainsi qu'à l'amitié, aux activités sociales et à l'engagement politique[234]. »

Les grands auteurs que cite Vergara sont parfaitement clairs sur ce point. Adam Smith assimile les richesses matérielles à des « bibelots d'une utilité insignifiante » et qui « sont aussi peu propices à procurer le bien-être du corps et la tranquillité de l'esprit que les petites trousses de toilette des amateurs de babioles ». Pour David Hume, « les biens et jouissances matériels, c'est bien connu que le bonheur humain ne dépend pas tellement de leur abondance ». Et, à propos des progrès qui permettent le « simple accroissement de la production », John Stuart Mill estime que « ces choses ont peu d'importance »[235]. L'affaire paraît entendue : pour les libéraux, le bonheur est ailleurs que dans la *consommation* toujours croissante de biens et services.

Toutefois, la lecture de Vergara néglige au moins trois dimensions de la pensée libérale qui la conduiront en réalité vers un productivisme comparable à celui des néolibéraux : 1) les libéraux méprisent souvent la *consommation*, mais jamais la *production* ; 2) même si la maximisation de la production n'est pas la finalité d'une bonne société libérale, elle peut en constituer le moyen privilégié ; 3) chez Adam Smith, la croissance est la seule vraie finalité.

Certes, l'éthique personnelle des libéraux n'est pas *consumériste* ; cela n'empêche pas leur philosophie et

234. *Introduction aux fondements philosophiques du libéralisme*, *op. cit.*, p. 47.
235. Citations *ibid.*, p. 66.

leur économie d'être productivistes. Le dénigrement de la consommation est souvent le levier d'une apologie de l'épargne et de l'investissement, qui engendrent la croissance plutôt que la dilapidation des richesses. Toute l'économie politique libérale est tendue vers la quête de la *richesse des nations*. Et, à de rares exceptions près, jusqu'au milieu du XIXe, par « richesse » les économistes entendent l'accumulation de produits matériels. Bien avant de devenir une science des comportements et des marchés, l'économie libérale est une science de la croissance et du développement économiques conçus comme l'amélioration continue des conditions de vie matérielles.

On peut voir là, avec Max Weber[236], un *esprit du capitalisme* anglo-saxon, façonné par le protestantisme qui valorise l'accomplissement dans le travail et la production, la frugalité dans la consommation et la charité des plus productifs envers les démunis. On peut aussi – et selon moi davantage – suivre la démarche de Boltanski et Chiapello[237] dans leur *Nouvel Esprit du capitalisme* : les valeurs morales d'une époque s'adaptent aux mutations du mode de production, autant qu'elles contraignent les producteurs à rendre leur système moralement acceptable. Le socialisme méthodologique m'engage, en effet, à considérer le rapport entre valeurs et système social comme une interaction dynamique, et non comme un lien de causalité linéaire, dans un sens ou dans l'autre. Poursuivre ce débat nous entraînerait trop loin de notre sujet. Mais je l'évoque ici tout à fait à propos. Je pense, en effet, qu'à partir de la révolution industrielle le libéralisme constitua aussi une façon de justifier le nouveau

236. Max Weber, *L'Éthique protestante et l'esprit du capitalisme*, 1905.

237. Luc Boltanski et Eva Chiapello, *Le Nouvel Esprit du capitalisme*, Gallimard, 1999.

matérialisme de la société marchande face à l'anti-matérialisme de l'éthique chrétienne.

Cette démarche est on ne peut plus manifeste chez Adam Smith. On se souvient comment ce dernier explique le développement économique (cf. les cinquième et sixième piliers). Dieu a constitué l'être humain de telle sorte qu'il soit contraint de s'associer aux autres, pour lutter perpétuellement contre la rareté des ressources et inventer des techniques et des systèmes sociaux toujours plus productifs. Tel est le propre de l'homme. Les bêtes sauvages naissent tout équipées pour supporter les intempéries et se nourrir sans le secours d'une quelconque technique. Voilà pourquoi elles ne progressent pas. Pour survivre, l'humanité est en revanche condamnée au « progrès », c'est-à-dire, selon Smith, à la multiplication des biens qui, en favorisant la multiplication des bouches à nourrir, engendre un processus infini de croissance. Ainsi, l'être humain, tout en ne se préoccupant que d'améliorer sa propre condition matérielle, participe malgré lui à une fin qui le dépasse: le progrès du genre humain. Il arrive toutefois une époque (la société commerciale) où les techniques autorisent une croissance des biens suffisante pour mettre l'humanité à l'abri du besoin matériel. À ce stade, la théorie smithienne de la sympathie prend le relais, pour établir la persistance d'un manque qui entretient la croissance de la production et de la population. Les hommes ne cherchent plus les biens pour survivre, mais pour susciter la reconnaissance sociale.

Nous arrivons ici au cœur du paradoxe de l'anthropologie et de la théologie d'Adam Smith. Si Dieu a mis la sympathie au cœur de l'être humain, on pourrait s'attendre à ce que, une fois libérés d'une lutte incessante pour la survie – qui laisse peu de place au souci d'autrui –, les hommes recherchent enfin à intensifier leurs liens plutôt que leur production. La sécurité du corps ne devrait-elle pas conduire des humains « sympathiques » à désirer les bienfaits de l'amour, de l'amitié et de la convivialité, plus que l'accumulation de biens inutiles à leur survie, et ajoutant toujours moins à leur confort matériel au fur et à mesure que celui-ci s'étend? Eh bien, non, nous dit Smith; *la sympathie ne sert pas à faire passer l'amour du prochain avant le désir des biens; elle sert à exploiter le désir de reconnaissance sociale pour maintenir la quête perpétuelle de toujours plus de biens.* Alors, certes, comme Vergara le rappelait plus haut, Smith tient ces biens pour des « bibelots » inutiles, et le désir qu'ils inspirent pour une illusion. Mais Vergara oublie de dire que Smith s'empresse de préciser: « Et il est heureux que la nature nous abuse de cette manière. [Car] c'est cette illusion qui suscite et entretient le mouvement perpétuel de l'industrie du genre humain[238]. » C'est on ne peut plus clair. La ruse de Dieu ne consiste pas à s'appuyer sur notre désir égoïste des biens pour rapprocher les hommes dans un doux commerce qui les mettra sur le chemin de la fraternité. Elle consiste à s'appuyer sur la sympathie entre les hommes pour soutenir l'« industrie du genre humain »!

Quiconque, athée ou croyant, connaît les Évangiles ou les épîtres de saint Paul reste pantois devant une telle interprétation du projet divin. En effet, le Christ résume explicitement ce projet dans un commandement: « Aimez-vous les uns les autres comme je vous ai aimés. » La fraternité universelle est la *finalité* chrétienne par excellence. Dieu n'a besoin d'aucune ruse, ni du recours à une main invisible, pour guider malgré eux les hommes vers une finalité qui ne serait pas la leur. Le Christ vient au contraire sur terre pour révéler à l'homme sa vraie

238. Cité par Christian Marouby, *L'Économie de la nature*, *op. cit.*, p. 205.

nature qui, à l'image de Dieu, est d'*être amour*. Et sa seule méthode pour convaincre est de donner l'exemple. Et sa seule chance (et non garantie) de réussite est que chaque être humain découvre, par lui-même, cette aspiration à la fraternité, qui le constitue et peut donc seule donner un sens à sa vie. Le Dieu chrétien est tout sauf le planificateur industriel infaillible qu'imagine Smith. C'est un Dieu humble[239] qui accepte de remettre son projet entre les mains de la liberté humaine, parce que, comme pour tout père véritablement aimant, c'est cette liberté même de ses enfants qui constitue son projet.

Revenons un instant à Smith, pour prendre toute la mesure de l'abîme qui sépare la main invisible de son Dieu et la parole publique du Dieu chrétien. Il reste en effet à souligner un trait extraordinaire de la Providence divine selon Smith : elle accomplit son œuvre en catimini ; elle ruse avec les hommes pour les mener là où elle veut et y parvient nécessairement, que les hommes aient la foi ou non ! Le projet chrétien de Smith est un projet qui s'accomplit sans chrétiens, tandis que celui du Christ ne s'accomplit que si chaque individu se convertit à la fraternité (et non pas forcément à la religion chrétienne, car Dieu, lui, n'a pas besoin de reconnaissance sociale !).

Dans l'histoire providentielle du développement décrite par Smith, le genre humain apparaît comme le jouet inconscient d'une histoire déjà écrite. Le logiciel inscrit par Dieu dans la nature va nécessairement dérouler toute l'Histoire par stades successifs, selon un processus de progrès linéaire auquel il est totalement indifférent que les hommes veuillent ou non participer, aient ou non conscience de participer. On est ici bien loin du Dieu de Descartes qui donne à sa créature la dignité et le libre

239. Voir François Varillon, *L'Humilité de Dieu* (1978), Bayard, 2005.

arbitre. Et encore plus loin du Père décrit par Jésus. *Le Dieu de Smith est un Dieu égoïste et narcissique, dont le seul projet est de contempler l'expansion de sa création*, de son jouet. Il ne brise pas l'ennui de son éternelle solitude en se risquant à l'amour, en offrant à d'autres que lui la possibilité et la liberté d'être qui ouvriraient une Histoire contingente. Non, il brise son ennui en fabriquant un Meccano programmé pour enfler indéfiniment, et dans lequel l'homme n'est qu'un robot. Smith n'essaie même pas de justifier cette obsession de la croissance du genre humain par l'appétit de gloire d'un Dieu qui se gaverait de l'adoration d'une foule toujours plus immense. C'est que l'adoration de robots programmés pour adorer n'a évidemment aucune saveur. Mais au lieu de se risquer à l'aventure d'une créature libre, dont le destin serait d'autant plus captivant qu'il serait imprévisible, le Dieu frileux de Smith n'a créé que des choses. Il ne peut donc se distraire qu'en se promenant dans son supermarché de bibelots inutiles.

Au fond, le Dieu de Smith est conçu à l'image smithienne de l'homme! Il vit dans le manque éternel. Manque de quelque chose de nouveau qui viendra combler l'ennui des choses déjà là. Ce Dieu, qui n'a pas compris qu'il ne manquait pas de *quelque chose*, mais de *quelqu'un*, s'ennuie à mourir. Logiquement, puisque lui sait que c'est sans issue, il devrait finir par se suicider!

Le Père dont parle l'homme Jésus dans les Évangiles est l'antithèse du Dieu dépressif que je viens de décrire: c'est un Dieu animé par le désir d'autrui et non par le manque de choses, un Père aimant qui ne saurait être sans l'existence d'autres êtres à aimer et aussi libres que lui. Si l'homme était à l'image d'un tel Dieu, alors il serait constitué par un besoin de liens préalable à tout désir de biens; les biens seraient les outils du lien ou les compensations anesthésiant un manque de liens. Telle est l'interprétation qu'aurait développée Smith s'il avait appliqué une vision authentiquement chrétienne à l'histoire de l'humanité. Au lieu de cela, il prête à Dieu une vision authentiquement capitaliste du progrès.

On a déjà vu Smith renoncer à une conception alternative de l'homme, quand il refuse d'appliquer sa théorie de la sympathie à l'humanité naissante (sixième pilier). On comprend mieux pourquoi à présent, car c'est pour une raison identique à celle qui lui interdit de reconnaître la vraie nature du message évangélique. Si l'homme est dès les origines fait pour l'amour et la sympathie, le progrès consiste nécessairement à privilégier la croissance des liens plutôt que la croissance des biens. Dès lors, la société indienne primitive constituerait un progrès par rapport à la « société commerciale », et l'histoire qui a conduit de l'une à l'autre ne serait qu'une monumentale régression ! Mais comment admettre que la société bourgeoise protestante était pire qu'une société de tribus païennes ? Comment Adam, l'économiste, pouvait-il concevoir que l'Adam chassé du paradis s'en éloignait toujours davantage au lieu d'y retourner peu à peu ? L'Histoire ne pouvait être qu'un progrès. Et le plus simple, pour s'en convaincre, était de *redéfinir la finalité de la société par son point d'arrivée* (la société marchande), plutôt que de s'interroger en toute rigueur sur la nature humaine, pour imaginer vers quoi devrait tendre une société humaine. Aussi, contrairement à ce qui fut sans doute son intention consciente, Smith n'a pas déduit sa théorie du progrès à partir d'une conception religieuse de la nature humaine ; il a fabriqué et combiné une anthropologie, une psychologie et une théologie en sorte de valider son préjugé sur la nature du progrès.

Voilà comment il a, inconsciemment mais grossièrement, transmué en projet divin la conception matérialiste et capitaliste du progrès. Il participe en cela d'une déviation plus générale des Églises chrétiennes, qui, jusqu'à une époque très récente et encore aujourd'hui pour certaines, ont plus contribué à justifier l'ordre social de la société marchande qu'à soutenir l'idéal alternatif d'une société fraternelle. Smith est sans doute autant, voire davantage, la victime du faux christianisme qu'on lui a appris que son auteur; mais le partage des torts est ici sans intérêt. Ce qui importe, en revanche, est que cette falsification permet, une fois de plus, l'alliance parfaite des croyants et des athées pour soutenir un idéal d'abondance matérielle.

La théorie de Smith est en effet une théorie matérialiste du développement dans laquelle la liberté de l'homme n'intervient en rien. Le fait de soutenir qu'il s'agit là d'un projet divin ne change rien au contenu de la théorie; cela endort seulement la critique dans les esprits aliénés. Il suffira donc aux athées de faire l'impasse sur Dieu pour récupérer la structure fondamentale d'un récit smithien qui naturalise la quête de toujours plus de biens comme l'inéluctable finalité de l'humanité. Et telle est en effet la quête qui dominera plus tard aussi bien le néolibéralisme que le marxisme. Avant cela, les pionniers du socialisme apporteront aussi leur contribution au culte de la production.

Le productivisme des socialistes

Les premiers mouvements ouvriers anglais du XIXe siècle s'élèvent contre le productivisme capitaliste. Ils déplorent avant tout la montée d'une culture individualiste et matérialiste détruisant les liens de solidarité qui prévalaient dans la société traditionnelle. D'où l'idée que l'homme ne peut que s'aliéner dans un système dominé par l'essor des échanges marchands, alors qu'il peut et doit s'épanouir dans les autres formes de relations sociales que sont le don, la solidarité, la coopération et l'association volontaire.

En revanche, la plupart des pionniers du socialisme français ne contestent qu'un dévoiement capitaliste des bienfaits inhérents au développement technologique et à la croissance industrielle; ils alimentent, plus qu'ils ne combattent, la montée d'une culture productiviste. Selon Saint-Simon, le travail est la seule activité utile, et la société idéale doit être conçue comme une grande entreprise industrielle administrée scientifiquement, en sorte que l'énergie déployée par les individus dans leur intérêt personnel se fasse dans l'intérêt général. Ici, la différence avec l'utilitarisme libéral réside dans l'instrument du progrès (l'administration scientifique plutôt que le marché libre), mais pas dans sa finalité.

Avec Fourier, on passe du productivisme à la promesse de l'abondance par la libération de toutes les passions humaines. L'harmonie des intérêts ne passe ni par l'État, ni par le marché, ni par la morale altruiste des saint-simoniens. Elle exige seulement que les hommes s'associent par affinités dans des microcommunautés (les «phalanges») où ils pourront s'entraider à assouvir *toutes* leurs passions. L'énergie productive libérée par ce système d'association est supposée engendrer l'abondance. Le développement infini de la production n'est pas la finalité de la société, certes, mais il est l'instrument indispensable de l'harmonie des intérêts. Une variante de cette harmonie par l'abondance est proposée par Proudhon et son système mutualiste, vaste système d'échanges réciproques de biens ou de services entre les individus.

Au total, dans la première moitié du XIXe siècle, les pionniers du socialisme français ancrent plutôt l'idée qu'on ne sort pas du dilemme de l'harmonie des intérêts sans l'essor de la production. Ils écrivent, il est vrai, à une époque (la révolution industrielle) où, pour la première fois dans l'histoire alors connue de l'humanité, la production croît suffisamment plus vite que la population pour rendre plausible l'idée nouvelle qu'un jour l'abondance des richesses dissipera tout conflit entre les hommes. C'est précisément là l'utopie que Marx héritera, sans l'admettre, d'un socialisme dont il raillera la nature « utopique » !

C'est dans ce terreau culturel – une pensée quasi unanime louant la vertu sociale de l'abondance des plaisirs et des biens – que l'économie politique libérale va construire une nouvelle science économique autour d'un programme mathématique de maximisation du bien-être.

L'optimum néoclassique : toujours plus !

À partir des années 1860-1870, le productivisme s'installe dans le modèle néoclassique construit autour de l'*homo œconomicus* rationnel : un individu calculateur qui, dans toutes ses activités (travail, consommation, production), arbitre entre les choix possibles en sélectionnant l'option qui maximise son bien-être. L'agent rationnel réagit instantanément à tout changement de l'environnement (prix, revenus, nouveaux biens, etc.); il saisit toute opportunité d'améliorer encore son bien-être. Si la finalité de l'individu est le maximum de satisfaction tirée de l'usage rationnel des biens, des services et des facteurs de production, la finalité de la société ne peut être que la maximisation de la somme des satisfactions individuelles (le « bien-être collectif », encore dénommé « bien-être social »).

Vilfredo Pareto[240] donnera à cette finalité le *critère* d'identification qui porte son nom : *une situation est dite optimale, au sens de Pareto, quand on ne peut plus*

240. Vilfredo Pareto (1848-1923), successeur de Léon Walras à l'université de Lausanne.

améliorer le bien-être d'un individu sans détériorer celui d'au moins un autre.

S'il reste une possibilité d'améliorer le bien-être d'un individu quelconque sans affecter celui des autres, cela indique un « gaspillage » des ressources disponibles : on n'en tire pas le « meilleur » parti. Le critère de Pareto implique la chasse permanente au sous-emploi des ressources. La finalité de la société est donc de se situer toujours au niveau de production maximal qu'il est possible d'atteindre, en utilisant au mieux tous les moyens disponibles.

Cela dit, ce virage productiviste de l'économie libérale n'implique pas nécessairement le culte néolibéral de l'expansion infinie du secteur marchand. D'une part, dans ses développements ultérieurs, l'économie néoclassique reconnaît les atteintes à l'environnement et l'épuisement prématuré des ressources naturelles comme des « effets externes » non désirables des choix privés (« défaillances du marché » qui justifient une intervention régulatrice). D'autre part, le critère de Pareto n'implique pas la maximisation de la production marchande, mais seulement la maximisation de l'utilité (la satisfaction des individus). Or les néoclassiques ont une conception subjective de l'utilité. Seuls les individus savent et décident ce qui est utile pour eux. Si une majorité d'individus préfère le développement des services publics et sociaux à celui des consommations privées, alors la maximisation du bien-être collectif implique un recul de la part relative des biens marchands. De même, le critère de Pareto ne justifie pas forcément l'expansion prioritaire des productions matérielles. Les individus peuvent, par exemple, donner la priorité aux services relationnels (formation, aide à domicile, compagnie, sport, etc.), aux services culturels, aux services de santé, etc. Bref, la quête néoclassique du maximum de bien-être ne préjuge en rien de ce qu'il convient de maximiser.

Ainsi, *quand le discours néolibéral contemporain assimile progrès et croissance infinie des marchandises, il ne peut en toute rigueur se fonder sur la «science» économique orthodoxe dont il se réclame*. En revanche, il est nettement plus en phase avec l'utopie marxiste de l'abondance dans une société communiste.

Une utopie commune au néolibéralisme et au marxisme

Certes, le marxisme n'a pas le culte de la marchandise. Mais il a celui de la production. Dans la discussion du huitième pilier, nous étions restés sur la conclusion marxiste selon laquelle l'abolition du capitalisme unifiait la société en abolissant la lutte des classes. Néanmoins, contrairement à ce que laisse entendre Marx dans le texte précité, l'abolition des classes ne suffit pas à abolir les antagonismes. Si tel était le cas, et si l'homme était naturellement bon et sociable – une fois libéré des rapports de domination liés à la propriété du capital –, alors la libre coopération et la libre association des hommes suffiraient à l'harmonie sociale. Or il n'en est rien. Même après l'abolition du capitalisme, la société sans classes a encore besoin d'un État autoritaire et du «droit bourgeois». C'est que, pour ouvrir la voie à la société communiste émancipée du politique, la phase de dictature du prolétariat doit assurer l'abondance matérielle. «Dans une phase supérieure de la société communiste, quand aura disparu l'asservissante subordination des individus à la division du travail [...]; *quand le travail sera devenu non seulement le seul moyen de vivre, mais encore le premier besoin de la vie*; *quand, avec l'épanouissement universel des individus, les forces productives se seront accrues, et que toutes les sources de la richesse coopérative jailliront avec abondance – alors seulement on pourra s'évader une bonne fois de l'étroit horizon du droit bourgeois*, et la société pourra écrire sur ses bannières : "De chacun selon ses capacités, à chacun selon ses besoins"[241]. »

Ici se trouve la solution du marxisme économiciste au dilemme de l'égale liberté. Ce n'est pas la disparition des classes qui assure l'harmonie sociale, c'est l'abondance de la production. La disparition des classes est tellement peu source d'union durable entre les hommes qu'elle doit être imposée et maintenue par un État autoritaire. La vraie fonction de l'abolition du capitalisme est ailleurs : en libérant le travail de l'exploitation par le capitaliste, elle est censée libérer l'énergie productive de chacun qui par hypothèse n'aspire qu'à travailler et à produire. Le travail redevient le « premier besoin de la vie », tous s'épanouissent dans la production, et alors, un jour ou l'autre, la profusion des biens sera telle que chacun jouira de tout ce qu'il veut à satiété. Si cela suffit à éteindre toute source de conflit entre les hommes, l'égalité parfaite dans la satiété autorise une liberté parfaite sans lois et sans pouvoir politique. Cela suppose, bien entendu, qu'une fois libérés du contremaître et du patron capitaliste les ex-prolétaires ne se mettent pas à penser au pouvoir, au loisir, à leur statut social, à la contemplation – bref, à autre chose que la production.

Cette solution marxiste repose ainsi entièrement sur un postulat fondateur quant à la nature humaine : l'homme s'épanouit dans la production matérielle. L'homme de Marx, décrit dans *L'Idéologie allemande*, est en effet d'abord *un animal producteur*[242]. Les

241. Karl Marx, *Critique du programme du parti ouvrier allemand* (1875), in *Œuvres*, t. I : *Économie*, *op. cit.*, p. 1420.

242. Bien sûr, Marx considère aussi l'homme sous toutes ses dimensions (politique, sociale et spirituelle), mais celles-ci sont souvent présentées comme des résultantes déterminées par les conditions matérielles de production.

hommes, dit Marx, « commencent à se distinguer des animaux dès qu'ils se mettent à produire leurs moyens d'existence [...]. Ce mode de production n'est pas à envisager sous le seul aspect de la reproduction de l'existence physique des individus. Disons plutôt qu'*il s'agit déjà, chez ces individus* [...], *d'une manière déterminée de manifester leur vie* [...]. *Ce qu'ils sont coïncide avec leur production*[243]... ».

Mais si l'humain ne « coïncide » pas avec sa production, la solution marxiste ne tient plus. L'édifice s'effondre si les humains sont fortement motivés par quoi que ce soit d'autre que la production. Car alors la mobilisation générale du travail en vue de l'abondance doit être imposée – comme elle le fut dans les pays communistes – au détriment de toutes les autres aspirations. La société se trouve alors piégée dans la phase de dictature du prolétariat, qui n'est plus que la domination d'une classe : la classe des communistes qui impose le productivisme à tous les autres. Et, comme on sait, c'est la pénurie qui est au rendez-vous et non l'abondance, car la terreur déprime plus qu'elle ne stimule l'énergie productive. Et même si une relative abondance surgissait de la terreur productiviste, elle ne rassasierait pas des humains avides d'autre chose que des biens et d'autres relations que des relations de travail.

Le parallèle avec le capitalisme néolibéral est ici tentant et vertigineux. Ne sommes-nous pas aujourd'hui dans un monde où la classe des capitalistes financiers impose le productivisme à tous les autres ? Et la relative abondance de biens matériels dans la dissociété de marché ne va-t-elle pas de pair avec une insatisfaction croissante ? Si l'on fait totalement abstraction des techniques et des institutions préconisées par l'un et l'autre

243. *L'Idéologie allemande*, *op. cit.*, p. 1055.

modèle, le néolibéralisme et le marxisme productiviste se ressemblent ici comme deux gouttes d'eau. Ils partagent :

1° un même économisme : l'évolution des conditions matérielles de production est la source de lois qui déterminent le destin de l'humanité ;

2° le même rapport dialectique à la politique et à l'État : il s'agit là de maux dont l'usage et le développement sont néanmoins nécessaires à leur propre éradication ;

3° les mêmes anarchisme et productivisme : ils rêvent d'une société où l'harmonie sociale est possible sans politique et voient dans un essor prodigieux de la production le moyen d'y parvenir.

Ce marxisme et le néolibéralisme ne divergent radicalement que par l'instrument de leur utopie commune : le marché libre pour l'un, le collectivisme pour l'autre (cf. le dixième pilier). Du coup, tous ceux qui entendent « moderniser » la gauche en cherchant une « troisième voie » entre ces deux modèles ne proposent qu'un compromis entre leurs instruments, mais ne jettent rien de leur philosophie commune. *L'économisme et le productivisme demeurent ainsi, aujourd'hui encore, le patrimoine culturel commun du néolibéralisme, du communisme, du socialisme et de tous les centrismes et autres « troisième voie ».*

Quelques rares socialistes ont l'intuition que la véritable et nécessaire alternative au néolibéralisme *et* au marxisme productiviste ne consiste pas à trouver de nouveaux moyens de produire toujours plus, mais à explorer la voie d'un socialisme écologique. Mais, jusqu'à une époque récente, l'écologie ne s'est vraiment développée qu'en dehors (et parfois contre) les principaux courants politiques issus de la modernité.

Nous avons décidément bien du mal à identifier les fondations strictement spécifiques au néolibéralisme. Jusqu'ici, en effet, elles baignent dans un ensemble de postulats et de conceptions communs à bien d'autres branches du discours politique. On y parvient, enfin et seulement, à présent qu'il s'agit de choisir le système économique censé garantir la marche vers l'abondance : cette fois, les néolibéraux sont bien les seuls à promouvoir l'extension générale des marchés de libre concurrence. Cela achèvera de justifier l'abandon du terme « néolibéralisme » au profit de « marchéisme ».

Dixième pilier : la généralisation de la libre concurrence maximise le bien-être

Présentation initiale des hypothèses néolibérales

Hormis les rares domaines constituant le champ d'action de l'État minimum, toutes les activités doivent être organisées sur le principe de la libre concurrence. En effet, la science économique établit qu'un ensemble de marchés parfaitement concurrentiels conduit spontanément l'économie vers un équilibre général stable, capable de se rétablir automatiquement à la suite de chocs perturbateurs. Elle démontre, en outre, qu'un tel système garantit l'utilisation la plus efficace des ressources et maximise le bien-être collectif.

Des marchés libres assurent ainsi la conciliation entre la poursuite de l'intérêt privé et la réalisation de l'intérêt général. Toute intervention politique qui entrave la libre entreprise et le libre fonctionnement des marchés concurrentiels est donc contraire à l'intérêt général ; elle limite la capacité spontanée de la libre concurrence à conduire vers le maximum de bien-être collectif. La parfaite flexibilité des prix, des produits, des investissements et du travail est la condition d'une adaptation permanente et efficace des marchés et des entreprises.

L'incapacité apparente des marchés à régler spontanément certains problèmes économiques ou sociaux provient des *rigidités* institutionnelles et des *charges* fiscales ou sociales qui entravent les processus d'ajustement. Dans ce contexte, toute liberté d'action supplémentaire pour les acteurs privés et tout transfert d'une activité non marchande vers le secteur marchand contribuent à la maximisation du bien-être collectif.

L'harmonie spontanée des intérêts privés et la « main invisible »

L'idée que *la compétition brute des intérêts égoïstes réalise un ordre naturel conforme à l'intérêt général* n'est pas nouvelle. En 1723, dans *La Fable des abeilles*, Mandeville entend démontrer qu'en donnant libre cours aux « vices privés » on conduit la société vers la prospérité générale. En 1767, Mercier de La Rivière estime que tout individu, par le seul fait qu'il s'efforce en toute chose d'améliorer son propre bien-être, contribue au bien-être général[244]. Mais il y a loin entre l'idée que le souci égoïste de soi participe à la prospérité de l'économie et l'idée que le laisser-faire engendre l'harmonie sociale. Le passage de l'une à l'autre de ces idées ne sera vraiment opéré qu'à la fin du XIXe siècle.

Les économistes classiques, d'Adam Smith (1776) à John Stuart Mill (1848)[245], sont certes partisans de l'économie de marché et du libre-échange, mais ils ne croient pas que

---

244. Pierre Paul Mercier de La Rivière, *L'Ordre naturel et essentiel des sociétés politiques*, 1767.

245. Les dates correspondent, respectivement, à la publication de *Recherches sur la nature et les causes de la richesse des nations* de Smith et des *Principes d'économie politique* de Mill, deux œuvres qui encadrent l'époque dite « classique » dans l'histoire de la pensée économique.

la libre compétition assure *automatiquement* le règlement de tous les problèmes économiques, ils dénoncent les effets sociaux désastreux du capitalisme et estiment profitables bien des interventions de l'État. On oublie souvent qu'Adam Smith, le philosophe, place le respect de la loi au-dessus de tout, y compris quand elle semble contraire aux prescriptions de l'analyse économique.

Toutefois les néolibéraux se réclament souvent d'Adam Smith, soulignant qu'il serait l'auteur d'une théorie de l'harmonie naturelle des intérêts privés par la libre concurrence : la *théorie de la main invisible*. Mais il s'agit là d'un contresens[246].

Dans la *Richesse des nations*, Smith fait en effet la distinction entre la motivation individuelle d'une action et la fonction sociale qu'elle remplit. Il explique comment l'action économique de l'individu en vue de son profit propre participe au bien-être général : « À la vérité, son intention en général n'est pas en cela de servir l'intérêt public [...]; et en dirigeant [son] industrie de manière que son produit ait le plus de valeur possible, il ne pense qu'à son propre gain ; en cela, comme dans beaucoup d'autres cas, *il est conduit par une main invisible* à remplir une fin qui n'entre nullement dans ses intentions. *Tout en ne cherchant que son intérêt personnel, il travaille souvent d'une manière bien plus efficace pour l'intérêt de la société* que s'il avait réellement pour but d'y travailler[247]. » Pas plus ici qu'ailleurs Smith ne dit que *toute* action motivée par le profit personnel contribue *automatiquement* à l'intérêt général. Il ne dit pas davantage que le marché est toujours le meilleur moyen de coordonner le jeu des intérêts privés.

---

246. Je suis ici redevable à la recherche de Jan Horst-Kepler dans *Les Noms du père d'Adam*, document de travail, 2005.

247. Adam Smith, *Recherches sur la nature et les causes de la richesse des nations* (1776), Gallimard, 1976, p. 256.

Pourtant, à cette lecture, certains reconnaissent chez Smith l'apologie du marché comme instrument d'une harmonie automatique des intérêts. Les néolibéraux font ainsi un contresens (ou une manipulation) en interprétant la main invisible de Smith comme la « vertu du marché », qui exploite à une fin plus noble la violence prédatrice des individus. Qui a lu la *Théorie des sentiments moraux* sait bien qu'en réalité, pour Smith, la vertu est dans l'être humain et non dans le marché. La vertu est dans la nature de l'homme, qui le pousse à la sympathie, à la sociabilité. Ce n'est pas le marché qui rend l'homme aimable. C'est le besoin d'être aimé qui donne à l'homme la passion des échanges et tempère ses mauvaises passions.

Smith hésite entre deux façons de faire triompher les bonnes passions (celles qui poussent à la sociabilité) sur les mauvaises. Une première méthode, qu'on pourrait dire « cartésienne », est le travail individuel de la raison, l'introspection qui conduit l'être vers une vérité venue d'en haut (*i.e.* de Dieu). Par le mécanisme smithien de la sympathie, l'individu se met à la place d'un « spectateur impartial » et parfait qui le regarderait et le jugerait. Cette méthode « verticale » est la plus directe. L'homme interroge sa conscience, rencontre la vérité transcendante inscrite dans l'univers et peut ensuite la mettre en application. Le problème est que tout le monde n'est pas forcément en mesure de mener à bien cette introspection, ou encore que les avis divergeront sur ce qu'il convient de mettre en œuvre. Et l'on voit bien le danger qu'il y aurait à admettre qu'une élite, croyant détenir la vérité transcendante, impose celle-ci à la multitude qui végète dans l'ignorance. Bref, l'ascenseur direct vers « la » vérité peut éventuellement marcher pour tel ou tel individu, mais il est trop hasardeux d'en faire une méthode de conception du système social.

Smith envisage donc, et finit par préférer, une seconde méthode, qu'on pourrait dire « pragmatique » ou « horizontale». Elle consiste à faire confiance aux tâtonnements de l'histoire humaine qui feront triompher peu à peu le bien du mal. Puisque la nature a mis au cœur de l'homme la passion insatiable des échanges avec les autres, il faut laisser s'accomplir l'œuvre naturelle. Au lieu de tirer la vérité d'un dialogue vertical avec le Ciel, l'humanité la réalise par l'échange horizontal entre ses membres. C'est un moyen lent et très imparfait, car le «dialogue» se fait aussi parfois avec des armes! Mais il serait vain et dangereux de croire que l'on puisse imposer la sympathie et l'amour entre les hommes par la loi.

Dans la *Théorie des sentiments moraux*, Adam Smith tranche finalement en faveur de la méthode pragmatique et horizontale. Il n'y revient donc plus ensuite et peut, dans son essai sur la richesse des nations, se concentrer sur le développement des échanges entre les hommes. Mais les deux œuvres ne sont pas indépendantes, la seconde n'est que la poursuite du programme philosophique entamé dans la première. C'est en ignorant ou en oubliant délibérément cette évidence que certains ont commis le plus complet contresens sur la main invisible. En réalité, la confiance de Smith dans les bienfaits du libre commerce relève clairement de la foi en l'homme, ou plutôt en la Providence divine qui le dirige. L'humain, animé par une juste passion, dont il n'a pas toujours ni souvent une pleine connaissance, *finit bien, le plus souvent*, par emprunter le bon chemin. La main invisible de Smith n'est pas celle du marché: c'est la main de Dieu.

Certes, Smith conclut que l'harmonie sociale est programmée par la Providence et se réalise par le libre essor des échanges entre les hommes. On l'a vu (neuvième pilier), Smith valide la conception néolibérale du progrès: le culte de la croissance. Mais à aucun moment il ne dit que le marché est, toujours et partout, le seul et le meilleur instrument adapté à cette finalité. À aucun moment il n'attribue au marché la propriété magique d'assurer automatiquement la résolution de tout problème économique ou social.

Le darwinisme social et l'équilibre général

Smith et ses héritiers directs ne sont donc pas des ultralibéraux. C'est seulement à la fin du XIXe que l'idée de l'harmonie naturelle prend la tournure « scientifique » qui caractérise aujourd'hui encore l'ultralibéralisme et le néolibéralisme. C'est là principalement l'effet de deux « découvertes »: la théorie évolutionniste et la théorie de l'équilibre général.

La première théorie prétend tirer pour l'analyse sociologique toutes les conséquences de la théorie darwinienne de la sélection naturelle. La loi du plus fort (*i.e.* l'élimination des faibles et des inadaptés) serait le moyen par lequel la vie progresse de formes inférieures vers des formes supérieures. Il en irait de même pour l'humanité et pour les sociétés. Laisser faire la compétition sauvage entre les hommes serait le meilleur moyen de les faire progresser vers les solutions les plus efficaces, à la condition que la loi prohibe et punisse seulement la violence physique, la violation des contrats et l'atteinte à la propriété privée. Limiter la compétition ou aider les pauvres, les faibles et les perdants de la compétition seraient en revanche contre-productifs. Telle est la substance du « darwinisme social » initié par Herbert Spencer et prolongé récemment par la sociobiologie[248]. Friedrich

248. La sociobiologie est une discipline fondée à la fin des années 1970 par Edward O. Wilson. Elle étudie la base biologique des comportements sociaux et entend expliquer ceux-ci comme le résultat d'un processus de sélection naturelle qui privilégie les comportements conférant aux individus ou à leurs gènes un avantage reproductif. Voir Edward O. Wilson, *Sociobiologie. La nouvelle synthèse*, Le Rocher, 1987.

von Hayek s'inscrit aussi dans cette perspective évolutionniste. Contrairement au courant dominant chez les autres néoclassiques, Hayek ne croit pas à la possibilité de construire le modèle mathématique d'un système économique idéal. C'est l'expérimentation des méthodes et des organisations économiques par les hommes qui, au fil de l'Histoire, permet une sélection naturelle des systèmes sociaux. Les sociétés fondées sur des systèmes inefficients déclinent au profit (ou sont détruites par) des sociétés établies sur de meilleurs principes. Cela conduit Hayek à une recommandation principale : la liberté d'initiative maximale pour les individus, en sorte de multiplier les expériences et les tâtonnements, seule façon d'accélérer le processus de sélection des meilleures solutions.

La nature agressive et prédatrice de l'être humain n'est donc pas un problème pour les néolibéraux. Outre le fait que « c'est comme ça », et qu'il ne sert à rien de récriminer contre les lois de la nature, « c'est bien ainsi » puisque, dès l'instant où l'on interdit aux compétiteurs de s'entretuer, la lutte permanente les contraint à produire leur meilleure performance et les met ainsi malgré eux au service du bien commun. Jusqu'au XIXe siècle, il manquait à cette idée la rigueur d'une démonstration mathématique : telle sera l'œuvre accomplie par la théorie de l'équilibre général à la suite des travaux de Walras et Pareto[249].

En 1874, Léon Walras croit démontrer mathématiquement qu'un ensemble de marchés de libre concurrence conduit à un équilibre général stable et efficace ; mais, faute de disposer encore des outils mathématiques

---

249. On trouve un exposé rigoureux des développements de cette théorie chez Bernard Guerrien, *L'Économie néoclassique*, La Découverte, 1989. Je propose une présentation simplifiée de ses résultats dans *Les Vraies Lois de l'économie*, *op. cit.* Pour un bilan critique, voir Jacques Sapir, *Les Trous noirs de la science économique*, Seuil, 2005, et B. Maris, *Antimanuel d'économie*, Bréal, 2003.

adaptés, il propose une démonstration très incomplète. En 1921, Franck Knight précise les conditions nécessaires au fonctionnement d'un marché de « concurrence pure et parfaite »[250]. Au début des années 1950, deux futurs Nobel, Arrow et Debreu, achèvent le travail amorcé par Walras : ils établissent en toute rigueur la liste des conditions nécessaires à l'existence d'un équilibre général, au nombre desquelles figure la « concurrence pure et parfaite »[251]. Enfin, dans les années 1940 et 1950, une série de contributions établit ce qu'il est convenu d'appeler *les deux théorèmes de l'économie du bien-être*. Le premier démontre qu'un ensemble de marchés parfaitement concurrentiels conduit à un usage des ressources optimal au sens de Pareto. Le second démontre que, quelle que soit la répartition souhaitée du bien-être entre les individus, il est possible de l'atteindre avec un ensemble de marchés parfaitement concurrentiels. En clair, *le premier théorème dit que la libre concurrence généralisée est le système le plus productif; le second établit que l'on peut séparer la question de la justice sociale et celle de l'efficacité* : quel que soit le degré d'égalité ou d'inégalité considéré comme juste, une économie de marchés parfaitement concurrentiels la rend possible, et ce dans les meilleures conditions (mieux vaut partager l'abondance d'un système performant que la pénurie d'un système inefficient).

250. Les cinq conditions de la « concurrence pure et parfaite » : *atomicité* (grand nombre d'acteurs); *transparence* (information parfaite); *homogénéité* des biens et services; *libre accès* au marché; *mobilité* parfaite des facteurs de production.

251. Les principales conditions d'Arrow et Debreu, outre la « concurrence pure et parfaite », sont : l'existence d'un marché pour tous les biens présents et futurs, la dotation minimale de survie pour tous, des rendements d'échelle constants ou décroissants (la productivité n'augmente pas quand on accroît la capacité de production), l'absence de coûts fixes, une rationalité forte (cf. définition *supra*, note 154).

Voilà donc, en raccourci, la «science économique» sur laquelle est censée reposer la prescription néolibérale d'une extension maximale de la libre concurrence. C'est une science à deux branches. La branche de Walras («école de Lausanne») définit mathématiquement les conditions préalables nécessaires au fonctionnement efficient de marchés concurrentiels. La branche de Hayek («école de Vienne») juge insensée l'idée de conformer le monde concret aux conditions mathématiques d'un modèle irrémédiablement abstrait; elle recommande la libre initiative la plus étendue possible pour permettre aux acteurs et à l'Histoire de sélectionner les bonnes solutions. Le discours néolibéral emprunte à ces deux branches sans le moindre souci de cohérence: il est tantôt walrassien, tantôt hayekien, pourvu que cela conduise à étendre le rôle et la liberté des marchés. C'est là un indice supplémentaire de son inconsistance scientifique. Car ce discours repose sur une théorie archaïque. Il fait l'impasse sur tous les résultats de la science économique contemporaine, qui ont anéanti le «modèle» de la libre concurrence. Ce modèle ne fut qu'un moment du développement de l'analyse économique (à la charnière du XIXe et du XXe siècles). Peu à peu, et surtout depuis les années 1970, des dizaines de théorèmes ont notamment établi que: l'équilibre général de marchés parfaitement concurrentiels est impossible; la libre concurrence aggrave les déséquilibres au lieu de les résorber; la libre concurrence est inefficace en présence de biens publics, de rendements d'échelle croissants, d'interdépendances entre les fonctions d'utilité (externalités) et d'asymétrie d'information entre les agents; la rivalité entre les agents est le plus souvent moins efficace que leur coopération; etc. (cf références de la note 249). Sur ce point, donc, le fondement du discours néolibéral ne relève plus de la science économique mais de la parabole métaphysique.

Nous voici enfin parvenus au terme d'une longue enquête sur les fondations de la culture néolibérale et de la dissociété. Il est évident qu'au fil de cette recherche nous avons trouvé bien autre chose ou plutôt bien plus que ce que nous cherchions. Nous cherchions l'enchaînement cohérent d'hypothèses anthropologiques et sociologiques susceptible de fonder la prescription de la compétition marchande généralisée et de la dissociété. Chemin faisant, nous avons découvert un néolibéralisme pas vraiment libéral, qui pense l'homme et la société à la façon des partisans d'une hypersociété étatiste et qui partage l'économisme et l'idéal politique de Marx; un néolibéralisme paradoxal qui semble être le rejeton hybride de tous les « modernes » et qui trahit néanmoins l'ambition moderne d'une société politique. À ce stade, un bilan conséquent de l'enquête s'impose, notamment pour recenser et ordonner ces nouvelles révélations. Celles-ci recèlent, en partie, la raison de la force contemporaine du discours néolibéral et de la réponse à notre question centrale: Si la dissociété n'est pas une société de progrès humain, pourquoi exerce-t-elle aujourd'hui une indiscutable attraction sur les sociétés modernes?

8

Nouvelles révélations sur le néolibéralisme et le socialisme « moderne »

Dans ce livre, nous cherchons notamment à savoir pourquoi la culture néolibérale et le type de société qui lui correspond – la dissociété – tendent à dominer le monde occidental. Nous avons écarté la réponse néolibérale (chapitre 2) : il ne s'agit pas d'une nécessité naturelle, mais de la victoire politique réversible de certaines idées et de certains intérêts. Nous avons ensuite montré que le mode opératoire du néolibéralisme semblait de nature à annihiler les résistances (chapitre 3) : l'exacerbation de la compétition nous fait basculer de la guerre économique vers la « guerre incivile » ; l'isolement, le stress, la peur et la conviction qu'« on n'y peut rien » laminent la faculté de résistance politique au néolibéralisme. Le contraste entre cette société guerrière et notre intuition intime sur la nature d'une vie humaine digne de ce nom nous a alors conduit à requalifier la société néolibérale comme processus de dissociété : *force centrifuge qui décompose et isole les éléments autrefois solidaires qui composaient une société* ; processus inhumain qui tend à une mutilation psychique de l'être en réprimant son aspiration à « être avec et pour autrui » (chapitre 4).

La gravité d'un tel diagnostic rend la domination de la culture néolibérale encore plus énigmatique. Comment des sociétés « modernes » – c'est-à-dire théoriquement fondées depuis trois siècles sur le progrès de la raison, l'émancipation, les droits de l'homme et le culte du bonheur individuel – peuvent-elles s'engager sur la voie d'une société inhumaine? C'est pourquoi, dans les trois chapitres suivants (5 à 7), en revisitant la genèse et l'essor de la pensée moderne, nous sommes partis à la recherche des fondements du néolibéralisme. Et cette recherche – dont nous allons tirer à présent les principaux enseignements – projette un éclairage nouveau sur l'extension du néolibéralisme et les raisons d'un tel succès.

1° La fragilité théorique du modèle néolibéral

Le succès du néolibéralisme, de toute évidence, ne peut pas être imputé à la solidité de ses fondations théoriques. Tel est le premier enseignement qui ressort de notre enquête.

Tout l'édifice néolibéral repose sur une conception de l'être humain dont le simple énoncé devrait suffire à la disqualifier, tant elle défie le sens commun. Le premier pilier de l'édifice postule en effet que *les individus préexistent à la société*. Or, pour que cela ait un sens, il faut imaginer des individus vivant seuls depuis leur naissance, séparés et indépendants les uns des autres et qui, finissant par se rencontrer, décident alors de vivre en communauté par souci égoïste d'une plus grande efficacité. Ce n'est pas tout. Car, une fois cette première société constituée, les nouveau-nés ne sont plus des individus isolés qui pourraient un jour décider rationnellement de faire société; ils grandissent et sont éduqués dans une société qui leur préexiste; leurs choix et leurs comportements futurs d'adultes seront nécessairement influencés par cette société, ils perdent donc leur indépendance. L'indépendance de l'individu suppose donc que les nouveau-nés soient retirés de la société pour grandir seuls en individus isolés de toute influence sociale, jusqu'à un âge où ils seraient en capacité de décider (ou non?) de rejoindre la société!

Le simple énoncé de cette hypothèse suffit à manifester à quel point elle est stupide et donc insoutenable. Et, bien sûr, aucun des adeptes du néolibéralisme n'admettra qu'il soutient une hypothèse aussi saugrenue. Il n'en demeure pas moins que, si saugrenue soit-elle, elle est indispensable à tout l'édifice. Si les individus ne préexistent pas à la société, mais naissent et grandissent tous en société, ils ne sont plus indépendants les uns des autres, leur être est façonné par une succession de liens, d'attachements, d'apprentissages, d'enseignements, etc. Or un individu construit par ses liens et par son éducation, des années durant, dans une société qu'il n'a pas choisie, ne peut plus être jugé seul responsable de ce qui lui advient; il a des droits inaliénables préalables et indépendants de toute obligation sociale (les troisième et septième piliers s'effondrent). Un individu dont l'être est, dès sa conception, façonné par des liens et des relations aux autres n'est pas nécessairement et seulement égoïste; sa propension à l'égoïsme est elle-même le produit d'une interaction sociale. Et si l'individu n'est pas systématiquement égoïste, il n'est pas davantage foncièrement prédateur: la quête de liens, d'estime et de sympathie peut être à ses yeux aussi importante que la conquête de biens (les quatrième et cinquième piliers s'effondrent). Il peut dès lors vivre en société pour le plaisir de vivre en société. La société n'est plus le produit d'un contrat utilitaire entre des individus qui lui préexistent; elle est le milieu naturel qui construit et soutient l'existence psychique des individus (le sixième pilier est à terre). Cette société peut dès lors s'appuyer sur la sociabilité naturelle pour créer les conditions d'un vivre ensemble qui assure la paix civile, sans le secours d'un État despotique et sans la chasse aux différences (huitième pilier). Par ailleurs, des modes de production et de répartition fondés sur la coopération, le don et la solidarité, plutôt que sur la libre compétition des individus, peuvent s'avérer tout aussi, voire sensiblement plus efficaces que cette dernière (dixième pilier). Dans une société en quête de liens harmonieux entre les êtres, la maximisation de la production n'est de toute façon plus nécessaire à l'apaisement des conflits (neuvième pilier). La densité et la qualité des liens – qui assurent à la fois l'épanouissement de la liberté individuelle et les bienfaits de la vie en société – procurent à chacun l'essentiel de ce dont il a besoin pour être.

Bref, faites sauter la première pierre et tout l'édifice s'écroule. Il n'est même pas nécessaire de la faire sauter : il suffit de la regarder en face pour qu'elle se décompose toute seule sous le poids de sa triviale inconsistance. Par ailleurs, même en admettant tous les postulats fondateurs du néolibéralisme jusqu'au neuvième pilier, tout l'édifice s'écroule, au dixième pilier, si l'on regarde en face les conditions nécessaires pour établir qu'un équilibre général de marchés concurrentiels est le système le plus efficace. Le théorème d'Arrow-Debreu a tellement bien démontré à quelles conditions un tel système pourrait fonctionner que l'on est absolument certain que celui-ci n'a aucune chance d'exister. En effet, l'information parfaite, l'absence de coûts fixes, l'existence de marchés futurs pour tous les biens, l'absence d'incertitude, entre autres « conditions », sont manifestement impossibles à satisfaire. La critique plus complète évoquée au chapitre précédent n'est donc même pas nécessaire pour disqualifier la « science économique » qui soutient le modèle néolibéral.

Enfin, nous avons constaté à plusieurs reprises des incohérences logiques dans l'édifice néolibéral. Celui-ci est souvent plus proche de la pensée antilibérale que de celle des libéraux classiques. *Le néolibéralisme n'est pas un libéralisme! Il oscille entre un «marxisme de marché» et un «fascisme démocratique».* En particulier, la nécessité de maintenir l'ordre social dans une dissociété fondée sur l'exacerbation de la rivalité contraint les néolibéraux à favoriser le conformisme et la soumission aveugle à des normes extérieures à l'individu. Comble du paradoxe pour un édifice entièrement fondé sur, et justifié par, le culte de l'autonomie individuelle et de la liberté maximale! Voilà une théorie matérialiste d'une société matérialiste qui a besoin de la religion – et trouve aisément son soutien politique!

Ces premiers constats nous obligent à conclure que la force de la culture néolibérale ne peut en aucun cas reposer sur la solidité et la cohérence de ses fondations anthropologiques, sociologiques, économiques ou philosophiques. Elle vient donc d'ailleurs, et, pour commencer, de la dissimulation même de ces fondations. Tel sera notre deuxième enseignement.

2° *La culture néolibérale tire sa force de l'ignorance et de la dissimulation de ses fondations*

On comprend désormais pourquoi il m'était impossible de renvoyer le lecteur à une bible du néolibéralisme qui en expliciterait la genèse et les dogmes premiers. Un tel exposé standard n'existe pas, principalement parce que la force du néolibéralisme est de ne pas s'afficher comme une doctrine particulière. En dévoilant ses fondations, le néolibéralisme s'exposerait à un débat auquel il ne pourrait survivre. Aussi, quoiqu'elles soient absolument nécessaires, ces fondations sont occultées par les mentors du néolibéralisme et dès lors ignorées par une masse d'adeptes qui sont néolibéraux comme ils respirent, c'est-à-dire sans y penser!

La plupart des promoteurs du néolibéralisme ne sont pas des penseurs, mais des grands patrons, journalistes, hauts fonctionnaires ou responsables politiques dont le propos est tourné vers l'action et non vers la réflexion. Cela vaut *a fortiori* pour la population encore plus large des simples adeptes: ils ont la foi néolibérale, mais n'en sont pas les théologiens; ils ignorent la plupart des postulats auxquels ils adhèrent de fait en acceptant les conclusions d'une doctrine sans en connaître les prémisses.

Ces postulats, nous l'avons montré, constituent une suite logique indissociable. Pourtant, si nous pouvions les soumettre à tous les adeptes du néolibéralisme, ces derniers dissocieraient sans doute nos postulats indissociables: ils valideraient tous le point d'arrivée de notre suite logique (le « marchéisme »), mais protesteraient largement contre l'irréalisme de son point de départ (hypothèses sur la nature de l'être humain). Pour les plus érudits d'entre eux, cette protestation serait hypocrite et seulement destinée à dissimuler des postulats saugrenus, sans lesquels tout leur modèle s'effondrerait; mais, pour la plupart d'entre eux, la protestation, quoique parfaitement incohérente, serait tout à fait sincère.

Les tenants d'une société fondée sur la compétition se demandent rarement à quelle nature humaine une telle société est adaptée, et jamais si cette « nature » supposée est vraie ou fausse. Leur adhésion au néolibéralisme relève de la croyance dans une évidence fondatrice et non questionnable: la libre concurrence est à la fois inévitable et plus efficace que toute autre forme de régulation des rapports sociaux. Pour eux, les questions naissent seulement à partir de cette croyance; ils ignorent donc qu'elle résulte elle-même de spéculations antérieures et hautement discutables; ils ignorent même qu'il s'agit d'une simple *croyance* et en parlent donc naturellement comme d'une *évidence*.

Ainsi, l'hypocrisie manipulatrice des intellectuels néolibéraux et l'ignorance massive de leurs adeptes se combinent pour soutenir des politiques issues d'une conception bien particulière de l'homme et de la société, mais sans dire un seul mot de cette conception. *Le discours néolibéral ne s'annonce jamais comme le résultat d'une « théorie », d'une « doctrine »; il stigmatise plutôt les discours « théoriques » comme des manipulations idéologiques et se présente comme la description de la simple réalité.* Il est soutenu en cela par la victoire politique et l'extension effective du néolibéralisme (analysée dans les premiers chapitres de ce livre). Parce qu'ils soutiennent le monde tel qu'il semble être désormais, les néolibéraux font comme s'ils pouvaient se dispenser de justifier l'état du monde.

Le stratagème par lequel la culture néolibérale tend ainsi à dominer les esprits consiste à ne pas se présenter comme le fruit d'un système de pensée susceptible d'être débattu, mais comme un ensemble d'évidences naturelles allant tellement de soi qu'il est inutile d'en discuter. Tout le monde est donc censé savoir que « l'intérêt personnel est le moteur de l'action humaine », que « la rivalité et la guerre sont inscrites dans la nature », que « le marché libre est plus efficace que la planification », etc. Et plus la culture néolibérale étend son emprise, plus il est aisé pour ses promoteurs de faire comme si ces affirmations constituaient le sens commun.

C'est pourquoi, dans le débat public, *les néolibéraux cherchent moins à démontrer qu'ils ont raison qu'à expliquer qu'ils acceptent seulement la réalité*. Ils rétorquent rarement à leurs détracteurs altermondialistes : « Ce que vous dites est faux. » Ils répondent plus souvent : « Ce que vous dites est irréaliste. » Manière habile de maîtriser l'adversaire en lui concédant sa place (celle du « doux rêveur ») et en esquivant l'affrontement direct sur la question de la vérité. À force de faire comme si cette question ne se posait pas, face à des adversaires qui songent trop rarement à la poser, les néolibéraux finissent par inculquer l'idée que la société de marché et l'hyperindividualisme sont des phénomènes naturels qui peuvent, certes, susciter des souffrances et des lamentations – comme tant d'autres événements –, mais certainement pas conduire à se demander si leur existence est fondée, ni sur quoi elle l'est.

Cette stratégie prend appui sur la sensation universelle d'un gouffre béant entre nos aspirations et la réalité. Presque tout le monde rêve d'un monde où règnent l'amour, la paix et la fraternité, mais tout le monde sait que ce monde n'existe pas. Le néolibéralisme exploite ainsi notre disposition naturelle à distinguer le *rêve* et la *réalité* en la dénaturant insidieusement. Il surimpose à cette distinction une opposition entre *idéal* et *vérité* : ce qui existe – la réalité – constituerait la vérité ; ce qui n'est pas – l'idéal – serait un rêve. Ainsi la société de marché néolibérale serait de plus en plus vraie puisqu'elle correspond de plus en plus à la réalité, tandis que les idéaux alternatifs, de plus en plus éloignés du monde réel, appartiendraient au monde des rêves, précisément celui qui nous console de la « triste réalité ». Cette confusion entre réalisme et recherche de la vérité dispense le modèle néolibéral de la justification scientifique qu'il serait, nous le verrons, bien incapable de fournir. Nous sommes invités à considérer la pertinence du modèle à proportion de son extension évidente. La domination[252] du modèle n'est-elle

252. Je n'insiste plus ici sur un fait établi au chapitre 3 : cet argument fondé sur la domination effective du modèle néolibéral est aussi contestable parce qu'il suppose cette fameuse « domination » plus qu'il ne la constate. Le modèle néolibéral est en voie d'extension, certes,

pas la preuve de sa supériorité? Si tout le monde fait comme moi, n'est-ce pas la preuve que j'ai raison?

Eh bien, non, justement! En nous incitant à confondre l'opposition rêve/réalité avec une opposition idéal/vérité, le stratagème néolibéral annihile la pensée critique. En effet, si la première de ces distinctions a un sens, la seconde n'en a aucun. Je peux rêver que je suis un oiseau, *même si* c'est impossible. Je ne peux pas me fixer comme idéal de devenir un oiseau, *parce que* c'est impossible. Je peux donc m'abstraire de la réalité pour rêver, mais certainement pas pour fonder un idéal. L'idéal n'est pas un rêve, il met en opposition et en relation une réalité existante et une réalité potentielle jugée préférable. Ce jugement normatif repose, à son tour, sur un modèle d'analyse des sociétés humaines, et nous ne pouvons esquiver la question de savoir si ce modèle est vrai ou faux. L'idéal doit donc supporter un double test de réalisme et de vérité: il lui faut à la fois être possible (réalisme) et résulter d'une conception juste de l'être humain et de la société (vérité).

Par conséquent, l'éventuelle victoire pratique et culturelle du néolibéralisme nous renseigne assurément sur l'état des rapports de force politiques dans le monde, mais elle ne nous livre aucune information sur la pertinence de ce modèle. Son extension ne le justifie pas davantage que le développement des attentats meurtriers ne justifie le terrorisme. Mais, inversement, sa dureté pour tant d'êtres humains ne suffit pas à le rejeter. On ne condamne pas un cyclone pourtant dévastateur: il est en effet insensé de contester les lois de la physique. Si les fondements anthropologiques du modèle néolibéral sont vrais, si, en

---

mais il est loin d'être effectivement dominant sur la planète, et bien des performances économiques, constatées dans les pays supposés mettre en œuvre ce modèle, sont en réalité imputables à la persistance de formes anciennes de régulation économique et sociale.

conséquence, le néolibéralisme constitue l'avenir nécessaire des sociétés humaines, on peut éventuellement déplorer ses effets malheureux (comme on peut déplorer l'inéluctable disparition de notre planète dans cinq milliards d'années), mais on ne peut rejeter un modèle qui est vrai; on doit seulement chercher à s'y adapter, tout comme l'humanité s'emploie depuis toujours à s'adapter aux lois de la nature.

C'est pourquoi *mon problème n'est pas ici de savoir si le modèle néolibéral est bon ou mauvais, mais de savoir s'il est vrai ou faux*. Dénoncer le modèle néolibéral pour ses méfaits sociaux et environnementaux, et non pour l'ineptie de ses fondements, contribue en fait à l'extension de la culture néolibérale, c'est-à-dire: une façon erronée de penser l'humain et la société, mais pourtant jamais débattue, ou presque. À force de se concentrer sur la contestation des effets du néolibéralisme, certains de ses détracteurs ne se rendent même plus compte que, parfois, ils valident et partagent eux-mêmes les prémisses du néolibéralisme sur la façon de penser le rapport soi/autrui, le rapport individu/société ou encore le progrès.

Il semble même que la propension à admettre une conception du monde tout en condamnant moralement ses manifestations se généralise dans les sociétés avancées. Ainsi, nous stigmatisons les attitudes individualistes (ceux qui «jouent perso») à longueur de journée, tout en étant convaincus que l'individualisme croissant est le penchant naturel et incontournable de l'humanité. Nous condamnons l'égoïsme, en restant persuadés que c'est le comportement le plus naturel et le plus inéluctable qui soit. La manipulation fonctionne donc à plein régime, en s'appuyant sans doute un peu sur notre penchant narcissique: *nous voilà convaincus d'être les seuls au monde à disposer de qualités dont seraient curieusement dépourvus tous les autres!* Pourtant, le seul fait que la plupart d'entre nous persistent à condamner l'égoïsme indique que nous ne sommes pas, par nature, nécessairement égoïstes. Mais, pour prendre conscience de cela et en tirer les conséquences, il nous faudrait retrouver l'habitude de réfléchir avant de juger, de discuter avant de protester, de nous poser les questions avant d'y répondre – bref, de « penser » vraiment ce que nous pensons.

Peu de voix s'élèvent, hélas, dans le débat public pour nous inciter à penser l'impensé sur quoi reposent néanmoins tous les modèles sociaux. Même les opposants politiques au néolibéralisme ne sont guère enclins à mener le débat sur les fondations de leur discours. On comprend mieux pourquoi maintenant que nous avons mis en évidence la proximité troublante entre les fondements de bien des doctrines politiques modernes, qu'elles soient libérales ou antilibérales. Et c'est là notre troisième enseignement.

3° Le néolibéralisme est l'enfant naturel de la pensée moderne

Dans les trois chapitres précédents, notre projet initial était la reconstitution des fondements logiques et philosophiques du néolibéralisme, et ce pour une raison essentielle : *le néolibéralisme était censé constituer la doctrine spécifique accompagnant et promouvant la dissociété* fondée sur la compétition généralisée des individus. Or nous avons montré que la logique néolibérale est fondée sur des conceptions de l'être humain et de la société largement partagées par d'autres courants (et parfois par presque tous les courants) de la pensée moderne. Alors *ne faisons pas du « néolibéralisme » un bouc émissaire commode d'une société inhumaine, pour exonérer à bon compte le libéralisme, le socialisme et le marxisme de leur responsabilité dans la diffusion d'une culture inhumaine.* Le néolibéralisme est un enfant naturel de la pensée moderne et, par quelques traits majeurs, il ressemble trop à ses parents pour que ceux-ci puissent le renier sans renier aussi une part d'eux-mêmes.

Il nous faut prendre le recul nécessaire pour mieux distinguer cette ressemblance. Regardez une foule d'assez loin, et tous les individus vous semblent identiques. De même, considérez toutes les doctrines étudiées jusqu'ici avec suffisamment de recul, et vous serez étonné par leurs similitudes. La méthode serait simpliste et dangereuse si l'on perdait la commande qui permet de faire un zoom avant pour découvrir les détails. Mais, à cette réserve près, c'est aussi une méthode riche d'enseignements. Car les grands traits communs et caricaturaux qui s'imposent, une fois effacés les détails de chaque doctrine, ont toutes les chances d'être justement ceux qui restent inscrits dans les esprits et contribuent le plus à façonner une culture.

Or que voyons-nous en observant de loin le mouvement des idées modernes? On voit tout d'abord qu'à de rares exceptions près, ce mouvement oriente la société dans un sens unique: la quête du progrès matériel. *Le libéralisme, le socialisme, le marxisme, le néolibéralisme dessinent pour l'essentiel une vision commune du progrès et de la société idéale: une société d'abondance où sont abolies les sources de conflit entre les hommes.* Seuls quelques courants socialistes ont imaginé un être humain s'épanouissant dans l'association à autrui et non dans la production maximale. Leur originalité vient de ce qu'ils ont sérieusement tenté de prendre en considération la complexité des motivations humaines, complexité résultant de l'inéluctable interdépendance des êtres humains. Mais, on l'a vu, cette démarche a été marginalisée à la fin du XIXe siècle. L'homme pluriel des premiers libéraux s'est noyé dans l'*homo œconomicus* de l'économie politique néoclassique. Les réflexions socialistes sur l'*individualisme social* et les vertus de l'*association* ont été balayées par la conversion des socialistes à la méthodologie marxiste.

À partir de là, vus de loin, la plupart des courants modernes reposent sur une structure sous-jacente commune où se greffent, en surface, les détails qui les opposent. Le nouveau libéralisme, le nouveau socialisme démocratique et le communisme convergent tout d'abord autour d'une même conception *implicite* de l'être humain : atome indépendant des autres, autodéterminé et dominé par une pulsion économique (travailler, produire, consommer). Conception implicite, dis-je, car en réalité elle n'est quasiment jamais débattue en tant que telle. Cette pensée commune est en réalité assez indifférente à la quête de la « vraie » nature humaine. Elle la tient pour superflue, parce que cette nature compte pour rien dans l'Histoire. L'individu peut bien être bon ou mauvais, sociable ou solitaire : de toute façon, il n'influence en rien le destin de l'humanité. Ce dernier est déterminé par une loi de l'espèce qui pousse au progrès continu de la production en sélectionnant au fil des millénaires les modèles sociaux les plus adaptés à la nécessité de croître. Tel est le grand récit identiquement raconté par le libéral Adam Smith, l'ultralibéral Herbert Spencer, le communiste Karl Marx, et validé par le socialiste démocrate Jean Jaurès, au détriment du courant associationniste.

Aux « détails » près, toutes ces théories narrent la même histoire de l'homme. Isolés aux origines, les humains ont été contraints, pour survivre et satisfaire leurs besoins, de constituer des sociétés. Celles-ci restent dominées par la compétition pour les biens – source d'affrontement permanent qu'elles cherchent à contenir par la loi. Mais la loi est faite par les plus forts ou les groupes dominants. D'où le dilemme fondateur de la pensée politique moderne : Comment établir l'harmonie sociale sans opprimer les libertés, ou comment restaurer une égale liberté qui ne dégénère pas en conflit perpétuel ? Mais c'est là un programme de recherche mort-né : on ne fait pas société avec des individus dissociés par nature.

J'ai ainsi montré l'incapacité de la pensée moderne à sortir vraiment de ce dilemme. La conception atomistique de l'être humain rend en effet impensable une société humaine. Si les individus sont des particules élémentaires mues par des forces strictement indépendantes, il n'y a que deux façons d'éviter la guerre nucléaire permanente (le choc des atomes) : soit l'isolement des atomes (dissociété), soit leur fusion (hypersociété). La seule issue politique à cette alternative fut inventée au XXe siècle par les nazis et les staliniens. Le totalitarisme opère en effet la synthèse monstrueuse de la dissociété et de l'hypersociété, l'atomisation préalable de la société, puis le broyage des atomes dans une pâte à modeler uniforme censée accomplir le sens de l'Histoire. Avertissement tragique de ce qu'il en coûte à l'humanité de se placer face à une alternative insoutenable !

Certes, les tentatives n'ont pas manqué pour chercher une autre issue au dilemme de l'harmonie sociale des individus dissociés. Certains envisagent une solution politique : un contrat social qui fond tous les individus dans un grand tout social (Hobbes, Rousseau), ou bien la démocratie libérale, ou encore le socialisme démocratique. D'autres exposent une solution économique : l'abondance matérielle qui éteint les conflits et qui résulte soit de l'expansion des marchés (néolibéralisme), soit de la planification scientifique d'une société sans classes (marxisme).

Mais ces *solutions* apparemment dissemblables sont les avatars d'un modèle unique si l'on considère la façon de poser la question sociale et la finalité de la société.

La question sociale est de savoir comment on lie et tient ensemble des individus *naturellement* dissociés et opposés. La finalité sociale est la dissolution des tensions et des conflits associés à l'altérité. Toutes les doctrines dont il est ici question véhiculent en effet *le même fantasme d'une société indivise* où la multitude hétérogène se trouve fondue dans l'État (Hobbes), dans la volonté générale du peuple (Rousseau), dans la communion communiste (Marx) ou encore dans la sympathie providentielle (Smith).

Ce modèle commun reflète *une incapacité commune à intégrer la complexité radicale d'un être humain* animé par des aspirations diverses et des passions contraires. L'individu réel ne vit pas seulement une tension externe dans sa relation à l'autre. Il vit la tension d'une altérité interne: il est souvent un autre pour lui-même, il est le lieu d'une confrontation intime entre les visages divers et parfois opposés de son désir d'être. C'est d'ailleurs l'expérience intime et l'acceptation de sa propre altérité qui autorisent l'individu à vivre l'altérité de ses contemporains comme une chose naturelle avec laquelle il faut composer. Et, inversement, l'individu qui ne supporte pas ses propres contradictions et s'enferme dans un fantasme de pureté interne est souvent intolérant à la différence des autres, où il reconnaît une impureté à fuir ou à combattre. C'est là une réaction pathologique qui rend les différences, les tensions, les conflits avec les autres particulièrement anxiogènes et les fait passer pour des anomalies menaçantes, alors qu'elles constituent la normalité même.

La pensée politique moderne est largement affectée par une pathologie similaire. En refusant de considérer l'altérité interne à l'individu, elle se rend incapable de penser l'altérité dans la société autrement qu'en tant qu'obstacle à la sociabilité. Puisqu'elle nie d'emblée la complexité de l'être humain, elle conçoit nécessairement une société où cette complexité n'a pas sa place: un ensemble lisse et homogène, sans frictions, sans conflits, sans passions, une humanité expurgée du bouillonnement des interactions entre des êtres différents – bref, une humanité morte.

Il n'est que deux voies pour aller vers cette harmonie parfaite; elles constituent les deux termes de l'alternative face à laquelle la pensée moderne place la politique: soit l'harmonie sociale par l'hypersociété, qui dissout l'individu dans un grand tout social; soit la marche forcée vers l'abondance, qui dissout les conflits et unit les humains dans une seule et même passion: jouir des biens indéfiniment. La première option a d'abord été rejetée par le libéralisme et le socialisme, à la fin du XIXe siècle; elle s'est trouvée ensuite disqualifiée par l'expérience du totalitarisme. Si bien que *le XXe siècle s'est ouvert par une convergence des modernes et s'est achevé par un consensus des modernes sur la finalité de l'aventure humaine: la jouissance maximale des biens*. L'harmonie dans la sieste postprandiale d'une humanité repue: voilà la seule utopie que nous laisse en héritage ce qui subsiste de la pensée politique moderne!

Dès lors, le débat entre gauche et droite a fini par perdre de sa vigueur, peu à peu transformé en discussion d'ingénieurs sur les outils pratiques mis au service d'un but commun. Et, désormais, il n'y a plus de projet alternatif au sein de la modernité. Le seul modèle de civilisation alternatif vient de la pensée antimoderne, plus particulièrement de l'écologie radicale qui prône la décroissance. Certes, la préoccupation écologique a été récemment intégrée par les courants modernes, mais, là encore, sous une forme consensuelle dont la fonction principale reste à ce jour de préserver leur conception commune de l'humanité et du progrès. Ce nouveau consensus a justement pris le nom de «développement durable», puisqu'il s'agit en effet de perpétuer l'idéal de développement économique qui fait office de projet de civilisation pour les modernes.

Pour ces derniers, néolibéraux ou sociaux-démocrates, travaillistes ou conservateurs, républicains ou démocrates, la finalité de la société reste la croissance maximale *soutenable*, c'est-à-dire un modèle de croissance qui préserve suffisamment les ressources et l'écosystème pour que les générations futures puissent le reproduire. La finalité reste inchangée, seuls les moyens sont plus contraints et doivent être renouvelés : nouvelles énergies, nouveaux emballages, nouveaux transports. L'utopie de l'abondance, revisitée par l'écologie, a mué le productivisme aveugle en productivisme *high tech* sous-tendu par une utopie technologique : le génie scientifique des humains trouvera toujours une solution pour surmonter les contraintes naturelles.

Ainsi, l'intrusion de l'écologie dans les grands courants de la pensée moderne n'a pas altéré leur profonde communauté de vues sur l'humanité et le progrès. Il faut sauver la planète ! Tout le monde est d'accord là-dessus, et le débat entre les néolibéraux et les autres se concentre à nouveau sur les moyens : les uns croient à des solutions de marché (marché du « droit de polluer »), les autres prônent une intervention plus autoritaire des États. Mais aucun leader socialiste ou social-démocrate n'a opéré la révolution intellectuelle qui le conduirait à déclarer que « la quête des liens vaut mieux que celle des biens », car tous restent convaincus qu'aucun progrès de l'harmonie sociale n'est possible sans croissance de la production et de la consommation. Autrement dit, *aucun parti socialiste ou social-démocrate ne s'est converti à l'idéal d'une société de progrès humain tel qu'il résulte du socialisme méthodologique et tel qu'il fut un temps ébauché par les pionniers du socialisme*. Leur utopie actualisée est la *croissance* soutenable, pas la *société* soutenable.

À ce jour, donc, le consensus moderne demeure inchangé sur l'essentiel. Dès lors, *la force de conviction des opposants modernes au néolibéralisme est singulièrement amortie: ils ne peuvent pas contester les conceptions néolibérales de l'humain, de l'Histoire et du progrès, puisque ce sont aussi les leurs!* Ajoutons que la critique écologiste, telle qu'elle intervient dans le débat politique, contribue assez peu à ébranler ces conceptions dominantes. En s'appuyant essentiellement sur la menace d'autodestruction de notre écosystème, elle maintient le débat au niveau technique déjà intégré par les partis traditionnels. Si le défi de l'humanité est seulement de survivre et de prospérer, le fonds culturel commun des modernes s'en accommode aisément. Seule une critique socialiste (au sens méthodologique) peut ébranler le consensus moderne, parce qu'elle ne se préoccupe pas de la survie de la planète ou de l'humanité: elle conteste le projet productiviste des modernes, car il contredit l'essence sociale de l'être humain et promet à celui-ci une vie de moins en moins humaine, même s'il parvient (voire surtout s'il parvient) à sauver l'écosystème. Rien n'est en effet plus contraire au progrès humain que le développement soutenable d'une société inhumaine! Telle est précisément la critique qui serait, selon moi, authentiquement socialiste, mais que les partis socialistes ont évacuée du débat politique contemporain.

Alors, quelles que soient leurs failles, les fondements du néolibéralisme demeurent à l'abri d'un vrai débat public, parce qu'ils sont assez largement partagés. Les néolibéraux poussent à leur terme la passion de l'autonomie individuelle et le culte du progrès matériel, qui sont des traits ordinaires de la culture politique moderne. Ils se contentent de reproduire la conception déterministe de l'Histoire héritée de Marx, qui l'avait lui-même héritée de Smith. Ils proposent à l'humanité la même fin ultime que le « socialisme scientifique »: la liberté maximale par la production et la jouissance infinies des biens.

Au fond, *si la culture néolibérale «passe» si bien dans l'opinion occidentale, c'est que, «grâce» à l'évolution antérieure de la pensée libérale, socialiste et marxiste, ses prémisses constituaient déjà le cœur de notre culture commune bien avant la vague politique néolibérale des années 1980.*

4° *La dérive néolibérale de la gauche européenne est plus ancienne et plus profonde que l'on ne le croit*

Alors, bien sûr, il reste des différences dans les techniques proposées au service de cette utopie commune. Le libéralisme républicain, le socialisme démocratique ou encore le néolibéralisme restent distincts si l'on considère les programmes politiques. Mais l'affrontement ne porte, encore une fois, que sur l'efficacité comparée des moyens mobilisés. Désormais en Europe, on n'invite pas les électeurs à voter socialiste pour soutenir une autre vision de ce qui constitue une société humaine et donc une autre vision de ce qu'est une vie humaine. Et pour cause! Le socialisme européen ne se fait plus de l'humain une idée vraiment différente de celle du néolibéralisme[253]; il ne croit d'ailleurs même pas utile de s'en faire une idée quelconque. Aussi invite-t-on à voter pour les socialistes, au motif que ceux-ci seraient plus efficaces que les néolibéraux pour assurer la croissance, la hausse des salaires et de la consommation, la sécurité, etc. Il ne s'agit donc plus de comparer des projets de société, mais de savoir qui est le plus capable de servir la

253. Ce propos généralisateur ne fait pas justice à la réflexion de courants minoritaires (à laquelle je participe) qui, par définition, peinent à se faire entendre dans le débat public.

même promesse de consommation croissante, tranquille et à l'abri des autres.

Il fut un temps où un homme de gauche jugeait naturel de rejeter certains moyens – qu'ils soient « efficaces » ou non en termes de croissance ou d'emploi – pour la seule raison qu'ils portaient atteinte à l'égalité, à la solidarité, à la dignité, c'est-à-dire à une certaine idée de l'humanité. Exemple: la seule bonne raison socialiste de refuser un contrat de travail qui laisse à l'employeur le loisir de licencier un salarié sans motif n'est pas son effet éventuellement nocif sur l'emploi: c'est qu'il constitue une atteinte à la dignité humaine inacceptable en soi, même s'il permet de créer des centaines de milliers d'emplois[254]. C'est là précisément l'attitude que la gauche dite « moderne » dénonce comme un archaïsme dangereux. Renoncer au progrès matériel que représentent des centaines de milliers d'emplois au nom d'un principe moral, fût-ce celui de la dignité humaine, serait donc insensé?

La question est de savoir où est la *fin*, où est le *moyen*. Si l'on retient ma définition de la vie humaine et du progrès humain, la dignité de l'être réside dans une relation équilibrée à autrui; la socialisation par le travail peut en ce domaine jouer un rôle essentiel: l'emploi est donc éventuellement un *moyen* au service de la dignité; il est alors insensé de chercher à développer l'emploi d'une façon qui porte atteinte à la dignité. Si, en

254. Il faut bien comprendre ici que je prends cette hypothèse comme un pur cas d'école utile à mon propos, à savoir: l'efficacité économique n'est pas le critère d'évaluation adapté à un instrument condamnable en soi pour son inhumanité. Mais, en tant qu'économiste, je considère cette hypothèse comme parfaitement farfelue. Faciliter les licenciements peut assurément améliorer le confort, le pouvoir et les marges des employeurs, mais n'engendre pas un besoin de main-d'œuvre supplémentaire.

revanche, au nom du matérialisme historique marxiste et néolibéral, on situe la dignité de l'être non dans la nature de sa relation à autrui, mais dans sa production et sa consommation maximales, tous les moyens sont bons, tant qu'ils étendent la mobilisation au service de la production. On regarde alors les socialistes qui crient à l'indignité comme de dangereux *idéalistes* ou *utopistes* qui ne comprennent rien à cette *réalité matérielle* de l'Histoire en marche: «dignité» et «indignité» sont juste des mots superflus, plaqués sur des phénomènes que personne n'a le pouvoir de combattre. Puisque de toute façon l'Histoire broiera des êtres humains, jusqu'à sa fin et sans qu'on n'y puisse rien, mieux vaut ne pas entraver la marche de cette Histoire, mieux vaut l'accompagner pour en atteindre la fin au plus vite.

Et c'est ainsi que, depuis vingt ans et au nom de la «modernité», la gauche européenne a importé dans ses programmes la panoplie presque complète des politiques économiques et sociales de la droite. Le nouvel impératif de cette gauche, dans une économie mondialisée, n'est donc plus de limiter l'extension d'une logique de guerre économique au nom de principes surannés: il est d'assurer la compétitivité, c'est-à-dire de remporter la guerre économique. *Il ne s'agit plus d'humaniser la société en lui évitant la guerre; il s'agit d'humaniser la guerre inévitable. Le néolibéralisme n'a plus besoin de faire sa promotion doctrinale, la gauche moderne s'en charge.*

Cette dérive néolibérale de la gauche est souvent interprétée à tort comme un déclin de la culture marxiste dans les rangs des socialistes et des sociaux-démocrates. Or il s'agit seulement d'une désaffection pour la régulation étatique et keynésienne de l'économie, désaffection qui n'altère en rien un marxisme fondamental partagé avec les néolibéraux, à savoir notamment: l'adhésion au déterminisme économique dans l'Histoire, le productivisme et la quête de l'abondance.

Dans un premier temps, les critiques de cette dérive néolibérale de la gauche (dont moi-même[255]) l'ont décrite comme un renoncement devant l'offensive politique des néolibéraux dans le monde, à partir des années 1980. Mais notre enquête met en évidence son origine plus profonde et plus lointaine. Le consensus moderne sur une vision de l'humain, de l'Histoire et de la finalité des sociétés humaines s'est en effet élaboré à la fin du XIXe siècle.

Avant cela, on l'a vu, le libéralisme classique avait commencé de développer une conception plurielle de la nature humaine et voyait dans le bien commun et/ou la justice les finalités de la société. Dans le sillage de cette inspiration, quelques pionniers du socialisme concevaient le progrès social comme un compromis entre l'aspiration à l'autonomie individuelle et la nécessaire association des hommes. Or, à la fin du XIXe siècle, cette piste de réflexion a régressé au profit du modèle néoclassique chez les libéraux et du modèle marxiste chez les socialistes. J'ai montré, à la fin du chapitre 7, que ces deux mouvements se soldaient par le même économisme, le même productivisme et le même déterminisme historique.

C'est donc à ce moment précis qu'a réellement commencé la dérive néolibérale de la gauche européenne. *En se ralliant à la conception marxiste de l'Histoire et de la société, le socialisme a renoncé à proposer un modèle de civilisation vraiment différent de celui de l'ultralibéralisme et du néolibéralisme.* Cette convergence essentielle des *fins* fut longtemps masquée par la divergence radicale des *moyens :* la libre concurrence des intérêts privés d'un côté, la nationalisation et la planification centrale de

255. Voir notamment *Quel renouveau socialiste?*, *op. cit.*, ou *Chroniques d'un autre monde*, *op. cit.*

l'autre[256]. On pouvait ainsi croire l'humanité du XXe siècle lancée sur deux routes opposées, même si ces deux routes visaient en réalité la même destination. Libéraux et socialistes étaient désormais comme deux équipes rivales d'ingénieurs en compétition sur le même programme de recherche: Comment surfer idéalement sur la vague du progrès matériel de l'humanité? Par le plan ou par le marché? Par la dictature ou par la démocratie?

En se ralliant à la science marxiste de l'Histoire, le socialisme a alors, et pour longtemps, enterré le programme de recherche alternatif ébauché par ses pionniers, à savoir: Comment refonder la société sur une conception plus juste de ce qu'est l'être humain, c'est-à-dire qui intègre pleinement son essence sociale? Jean Jaurès est on ne peut plus clair sur ce point. J'ai déjà montré (chapitre 7, huitième pilier) comment, tout en espérant proposer une synthèse politique entre l'idéalisme de Benoît Malon et le matérialisme de Marx, il se contente d'anéantir le premier en l'absorbant dans le second. À la suite du texte déjà cité, Jaurès donne le coup de grâce au programme de recherche alternatif de la morale sociale et du socialisme associationniste. Il explique, en effet, que les questions relatives à la nature humaine soulevées par Malon sont pertinentes et compatibles avec le matérialisme historique de Marx, mais seulement à la fin de l'Histoire, après l'avènement de la société communiste unie dans l'abondance perpétuelle. Il faut le lire pour le croire:

---

256. La science économique établira plus tard que ces deux modèles théoriques sont en fait également identiques au niveau des moyens. En effet, si les conditions d'Arrow et Debreu sont satisfaites et permettent un équilibre général concurrentiel, alors le même équilibre général est réalisable à moindre coût par un bureau de planification qui centralise toutes les informations (les fonctions d'offre et de demande) et calcule les prix et les quantités d'équilibre de tous les biens et de tous les facteurs de production. Cf. Jacques Sapir, *Les Trous noirs de la science économique*, *op. cit.*

« Et comme, selon Marx, l'Histoire, imitant en cela le mouvement de l'Idée hégélienne, arrivera à se nier elle-même, c'est-à-dire à abolir, par la victoire du prolétariat, l'antagonisme de classe qui a été l'Histoire même, comme, par conséquent, l'humanité réconciliée avec elle-même en un monde harmonique de production éclatera enfin dans son unité et sa beauté, le mouvement économique lui-même nous amène à cette inévitable question : qu'est-ce que l'humanité ? [...] C'est le mouvement économique même, tel que Marx le conçoit, qui, à son dernier procès, amènera l'humanité affranchie de la lutte, de l'antagonisme, de l'inconscience épaisse, à se poser dans des conditions nouvelles le vieux problème : que suis-je dans le Tout[257] ? »

Jaurès nous dit ici, tranquillement, que la question de savoir ce qu'est l'humanité et ce qu'est un être singulier dans cette humanité n'est d'aucune utilité pour définir le projet politique des socialistes. Car le « projet » politique se résume à l'accomplissement de la loi matérielle du développement des modes de production qui conduit l'humanité à son unique et inéluctable destination : la société « harmonique de production », indivise, indifférente, sans combats, sans défis. Alors les humains repus, n'ayant plus le moindre problème à résoudre, seront disponibles pour se poser une question parfaitement inutile : Qui sommes-nous ? L'humanité peut ainsi se demander ce qu'elle est quand son histoire est finie ! Cette question, nous explique donc Jaurès, relève de la pure spéculation métaphysique, susceptible d'intéresser les humains seulement quand la physique a achevé son procès de développement, quand le « mouvement » économique a amené l'humain jusqu'à ce point où tout est accompli, où plus

257. Introduction à *La Morale sociale* de Benoît Malon (1895), cité dans *L'Autre Socialisme*, *op. cit.*, pp. 138-139.

rien n'est à venir, sauf peut-être et enfin un doute soudain : tout ça pour quoi ?

Quand on sait par ailleurs l'humanisme de Jaurès, on reste médusé par une telle désinvolture envers le questionnement sur la nature de l'humain et d'une société humaine. Le légitime souci de ramener sur terre l'idéal socialiste – tenté, il est vrai, de s'évaporer dans un rêve de fraternité universelle déconnecté de l'histoire concrète des hommes – a, hélas, propulsé le socialisme « scientifique » sur une orbite bien loin de la Terre des hommes. Car rien n'est plus éloigné de l'histoire concrète des Terriens que cette idée saugrenue selon laquelle la question de savoir en quoi consistent l'être humain et une société humaine n'est posée qu'à la fin du développement de l'humanité, c'est-à-dire au moment où elle ne se pose plus ! Rien n'est plus *métaphysique* que ce *matérialisme* historique, selon lequel les choix des humains et le sens qu'ils donnent à leurs actions ne changent strictement rien à leur histoire.

Ainsi, à la fin du XIXe siècle, socialistes et libéraux ont gâché plus d'un siècle de tâtonnements de la pensée moderne vers une refondation anthropologique de la philosophie politique. La nouvelle économie mathématique des néoclassiques et la science marxiste de l'Histoire ont ramené cette pensée au simplisme et au scientisme naïf de ses débuts. Pour « faire science », la question de l'humanité a été évacuée. L'individu est redevenu l'atome dissocié et le simple jouet de forces physiques qui le dépassent. Singulière rechute dans l'erreur anthropologique originelle de la pensée politique moderne !

5° *L'erreur anthropologique des modernes reflète plus un compromis psychopathologique qu'un défaut du raisonnement*

L'erreur anthropologique fondatrice de la pensée moderne consiste, rappelons-le, à oublier le *fait* que l'individu ne se construit ni avant ni sans les autres, et se trouve donc constitué par une interaction sociale complexe dont le résultat est imprévisible. L'idée cartésienne d'une vérité accessible par la seule raison individuelle néglige le *fait* que personne ne peut penser uniquement par lui-même. Personne ne naît avec un cerveau et une capacité de raisonnement d'adulte; cette capacité est acquise et façonnée par l'interaction sensorielle, affective, objective et subjective avec les autres. L'histoire de la constitution de chaque individu, et *a fortiori* de chaque communauté d'individus, est ainsi spécifique, unique, datée, située et non reproductible.

L'erreur moderne consiste à nier cette interdépendance contingente entre les êtres, en adoptant une conception atomistique de l'homme et l'individualisme méthodologique : l'individu parfaitement autonome ne doit rien aux autres. On a vu qu'il s'agissait là d'une condition *sine qua non* pour mettre les comportements en équations et les rendre prévisibles. L'erreur des modernes se trouve en outre renforcée par le principe opposé à l'individualisme : l'holisme. Celui-ci, en effet, nie tout autant l'interaction des individus : l'individu totalement déterminé par son milieu social ne rétroagit pas sur les autres, il est seulement agi par un système dont la loi d'évolution est indépendante des êtres singuliers qui le constituent. C'est ainsi que l'holisme intégral du marxisme rejoint l'individualisme absolu des néolibéraux ; ces deux méthodes de raisonnement ont l'effet commun qu'elles recherchent : la prévisibilité parfaite des comportements individuels et de leur résultante collective.

En effet, *si un atome social est strictement dissocié et indépendant de tous les autres en particulier, il est totalement dépendant du système constitué par l'ensemble des atomes.* Imaginez une foule d'inconnus ne parlant pas la même langue et surprise par un incendie dans une salle de spectacle : chaque individu parfaitement autonome voit alors son destin entièrement écrit par le mouvement panique de la foule vers l'issue de secours. Si la même situation concerne les habitants d'un même village, les individus ont toutes les chances d'interagir pour limiter la panique et le nombre des victimes. Si elle concerne les membres d'une même famille, l'issue du drame sera encore différente. Bref, l'interdépendance subjective entre les individus crée des liens, des sous-systèmes interactifs, qui donnent à chacun, et à tous, une marge de manœuvre pour orienter leur histoire. *La liberté créatrice des individus vient ainsi de ce qu'ils dépendent les uns des autres ; au contraire, une stricte indépendance des êtres ôte à chacun toute liberté réelle face à la loi du système que, malgré eux, ils constituent tous ensemble.* Voilà pourquoi l'approche individualiste est identique à l'approche holiste sur un point essentiel : le système social est gouverné par des lois mécaniques et prévisibles totalement indépendantes de la volonté particulière des individus. À l'opposé, si l'on reconnaît que l'individu dépend d'autres individus particuliers pour penser, sentir, agir, décider, et qu'à son tour il participe à la détermination d'autres individus, alors tout peut arriver, mais rien n'est certain : l'Histoire devient parfaitement contingente.

On tient ici une première explication plausible de l'erreur d'aiguillage de la pensée politique moderne. Les modernes ont « oublié » l'interaction sociale constitutive des êtres humains, parce que celle-ci rend l'histoire des hommes contingente et imprévisible. En effet, ils voulaient construire une physique sociale qui explique et prédise les comportements des corps humains avec la même précision mécanique que la physique des corps célestes de Galilée. Cette vanité scientiste du XVIIe siècle a été assurément réactivée dans la seconde moitié du XIXe siècle. Léon Walras et Karl Marx affichaient clairement leur objectif de constituer une science physique de la mécanique sociale. La tentation était donc forte de mettre de côté toute réalité et toute complication théorique qui auraient empêché l'élaboration de cette nouvelle science.

Mais cette explication par la vanité paresseuse des auteurs me paraît douteuse, ou pour le moins insuffisante, car l'« oubli » qu'elle est censée expliquer est vraiment énorme; on peine donc à imaginer qu'il soit tout à fait conscient et délibéré chez des auteurs qui voulaient manifester la puissance de leur esprit.

En effet, *même un simple d'esprit ne peut ignorer le fait le plus évident dans la constitution de l'être humain: il ne tombe pas du ciel préfabriqué, « prêt à l'usage ». Il naît de l'union d'un homme et d'une femme, et il dépend de ses parents et des autres des années durant, à un degré inégalé dans le monde animal.* Or, aux origines de la pensée moderne comme à son point d'arrivée dans les grands courants politiques du XXe siècle, personne ne s'est sérieusement posé la question de savoir si ce fait évident avait une incidence quelconque sur la pensée, le comportement et la sociabilité de l'être humain, et, partant, sur les sociétés humaines et leur histoire.

Et pourtant Hobbes, Descartes, Rousseau, Marx, Walras, etc., font *comme si* l'individu tombait du ciel! Ce n'est bien entendu pas qu'ils ignorent comment naissent et grandissent les êtres humains. Ils le savent, mais ce savoir est sans incidence aucune sur leur façon de concevoir l'histoire et la société des humains. Ils ne voient pas que cela interdit de raisonner comme si les individus préexistaient à la société, comme si la société n'était qu'un regroupement utilitaire – bref, ils ne réalisent pas ce que j'ai amplement démontré dans les chapitres précédents, à savoir : prendre au sérieux le rôle des liens et des interactions subjectives dans la constitution des êtres humains bouleverse la façon de penser la société, la politique et l'Histoire.

Au lieu de cela, les fondateurs de la pensée politique moderne et leurs héritiers de la fin du XIXe ont opté pour la façon la plus simpliste et la plus mécanique de concevoir l'individu et la société. Était-ce faute de disposer alors de connaissances scientifiques suffisantes sur la nature et l'histoire des êtres humains ? Certainement pas. Les hypothèses les plus diverses sur les moteurs de la pensée et de l'action humaines existent depuis la philosophie antique. Si l'on s'en tient à l'époque moderne, on a déjà souligné la vision plurielle de l'être humain qui dominait la pensée libérale et socialiste de la fin du XVIIIe à la fin du XIXe siècle. Dans les années 1930, une conception de l'individu fondée sur son interaction avec les autres est proposée comme fondement de la psychologie par George Mead, ou encore comme fondement de la sociologie par Norbert Elias[258]. Bref, personne n'a jamais eu besoin des découvertes récentes de la neurobiologie ou de la paléo-anthropologie pour concevoir un être humain aux motivations complexes et construit par ses relations aux autres. Cette conception a de tout temps représenté une autre hypothèse disponible, plausible – à dire vrai, la première qui vient à tout esprit normalement constitué.

---

258. George H. Mead, *L'Esprit, le soi et la société*, 1934 ; Norbert Elias, *La Société des individus*, 1939.

Alors, l'esprit des modernes inventeurs de l'individu-atome serait-il anormalement constitué? Leur esprit, non; mais leur pensée, peut-être! En effet, à bien des égards, la conformation de cette pensée évoque plus un processus psychopathologique[259] que le déroulement d'un discours strictement rationnel. Je me contenterai d'évoquer cette hypothèse, ne disposant ici ni du temps ni de la compétence nécessaires pour l'explorer en toute rigueur.

On s'accorde habituellement à souligner que le propre de la pensée moderne est la volonté d'émancipation de la réflexion et de l'action humaines à l'égard d'un ordre immuable et imposé de l'extérieur par la tradition, le pouvoir et la religion. Or la méthode d'analyse développée dans ce but, à partir du XVIIe siècle, est tout à fait étrange et ne suit en rien ce qu'imposerait la seule logique. Dans le contexte d'une hypersociété traditionnelle entravant la libre pensée et la libre détermination des individus, une réflexion rationnelle sur l'émancipation humaine aurait dû poser la question ainsi: Les hommes sont trop liés, trop fondus dans la société; comment introduire en eux et entre eux la distance nécessaire pour qu'ils pensent par eux-mêmes et fondent leurs liens sur l'attachement libre et non plus sur la soumission? Or telle n'est pas l'interrogation initiale de la philosophie politique moderne, qui, en fait, se pose la question inverse: Comment relier des individus déliés, comment faire société avec des individus naturellement dissociés?

C'est que *la pensée moderne ne part pas de l'état du monde réel*. Elle part d'un nouveau monde imaginaire, elle procède comme si son invention théorique

---

259. Je précise que je prends ici ce terme au sens de Freud dans *Psychopathologie de la vie quotidienne* (Payot, 1989): des mécanismes inconscients qui reproduisent ceux des pathologies psychiques interviennent en permanence dans nos façons de penser et d'agir, sans constituer à proprement parler une pathologie.

– l'individu parfaitement autonome – était déjà une réalité universelle; comme le songe d'un adolescent qui efface la loi imposée par les parents, le songe de la pensée moderne efface la société; elle opère un *big bang* social imaginaire et fondateur: la réalité sociale a explosé et l'humanité s'est dispersée en une infinité d'atomes isolés. Postulant ainsi une humanité atomisée, la philosophie politique se demande alors comment l'humanité peut faire le chemin inverse: Comment relier des atomes déliés et strictement indépendants les uns des autres? Question insoluble autrement que par le retour à la case départ: on ne peut pas relier ce qui est par essence délié, on n'associe pas des atomes mus par des forces indépendantes et souvent contraires; on ne peut que les fusionner.

Mais c'est là un dilemme que la pensée s'est fabriqué elle-même en raisonnant dans un monde virtuel d'individus atomisés. Ce dilemme n'a jamais existé dans la réalité. Le vrai dilemme du progrès humain général, comme celui de la croissance d'un individu singulier, a toujours été exactement inverse: Comment se délier des autres sans se détacher et partir à la dérive dans un espace vide? Chaque être naît dans une fusion parfaite avec sa mère; le défi vital de tout être est dès lors de constituer le cordon social qui remplacera le cordon ombilical, en sorte qu'il se nourrisse encore d'autrui sans être fondu dans le corps d'autrui. L'histoire d'une vie humaine est celle de ce long détachement qui nous conduit au détachement ultime. Est-ce parce que l'homme sait qu'il meurt qu'il s'attache aux autres comme on s'accroche à la vie? Est-ce parce qu'il comprend que la mort est le prix à payer pour jouir de la vie qu'il veut aussi se détacher pour jouir pleinement de ce qu'il paie si cher? Toujours est-il que *notre défi existentiel n'est pas celui de la liaison, car nous naissons liés et sommes constitués par nos liens, notre défi est bien d'inventer une relative déliaison qui nous maintienne en vie, c'est-à-dire liés aux autres !*

Ainsi correctement posé, le défi de l'émancipation humaine est déjà bien assez complexe. Alors pourquoi les modernes l'ont-ils rendu encore plus compliqué, et en réalité insoluble, en le situant dans la fable du *big bang* social? Sans doute avaient-ils des raisons que la raison ignore. On peut supposer que le contexte psychique et social dans lequel les fondateurs de la pensée politique moderne, et leurs héritiers, ont élaboré leur discours a imposé à ce dernier une transformation analogue à celle que la névrose impose à la manifestation des pulsions interdites ou, plus encore, à celle que le rêve fait subir à l'expression de nos désirs. Cette lecture psychanalytique me semble confortée par bien des éléments concordants.

En premier lieu, les auteurs qui nous intéressent vivent bien une situation de conflit intérieur nourri par un environnement social, culturel et religieux très répressif à l'égard d'un quelconque projet d'émancipation individuelle. D'un côté, leur manifeste volonté de toute-puissance du moi : ils sont les inventeurs d'une nouvelle science de l'homme, capables par leur seul génie d'embrasser, de comprendre et de prédire toute l'histoire du monde. De l'autre, une culture religieuse qui blâme leur prétention blasphématoire et leur transgression des dogmes éternels : la peur refoulée d'être excommunié. D'un côté, leur désir de trouver en eux seuls la source de la vérité, qui explique au passage leur oubli de certaines réalités élémentaires mais extérieures. De l'autre, l'angoisse de l'être qui se retrouve seul avec lui-même, gonflé d'orgueil pour avoir osé rejeter toute la tradition, mais secrètement effrayé d'être ainsi entré dans un monde vide et sans repères.

Ce type de conflit intérieur devrait engendrer un compromis, un travestissement inconscient du discours qui laisse au penseur rebelle l'illusion d'avoir aboli les dogmes du passé, tout en préservant la structure de pensée dans laquelle il a grandi. Je laisse aux psychanalystes le soin de nous éclairer ici sur la nature précise de ce processus. Mais je peux, pour ma part, souligner que les indices d'un tel compromis et d'un tel travestissement ne manquent pas dans la pensée politique moderne. À commencer par l'inversion de la problématique de l'émancipation décrite plus haut.

Tandis que le problème réel de leur temps, comme leur propre ambition, est de délier des individus trop entravés par leurs liens sociaux, les penseurs modernes se demandent comment rassembler une humanité éparpillée en atomes indépendants. Comment ne pas voir que cette inversion de l'Histoire permet de reproduire fidèlement la structure du récit judéo-chrétien, de la Genèse au Nouveau Testament? L'homme seul, à l'image de Dieu, vivait dans l'harmonie et l'abondance au jardin d'Éden. Par le péché, il a détruit cette harmonie. L'humanité dispersée sur la Terre est alors condamnée à un long purgatoire, marquée par la lutte contre la rareté, et l'espérance de la rédemption et du retour vers l'abondance et l'unité parfaite de l'Éden. Si la technique de la rédemption diffère d'un auteur à l'autre, on retrouve de Hobbes à Marx, en passant par Smith et Rousseau, ce même schéma: humanité éparpillée et en guerre, longue phase d'adversité dans une nature ingrate, rédemption finale qui rétablit l'harmonie (grâce au contrat social, à la révolution prolétarienne, à l'abondance, etc.). C'est l'histoire qu'ils ont apprise à l'église ou à la synagogue, maquillée en récit laïque et matérialiste.

Le narcissisme de l'auteur trouve son compte dans l'opération. En inversant la problématique de l'émancipation et, dès lors, en inventant un individu parfaitement délié, le penseur s'assure que sa pensée et donc son génie ne viennent bien que de lui-même et non des autres (grâce auxquels son être, sa conscience et sa pensée se sont en réalité constitués). Dans le même temps, le vide effrayant et l'errance qui menacent un individu qui se prend lui-même pour seul repère sont aussitôt écartés par une conception déterministe de l'Histoire. Voilà qui explique une façon bien étrange de penser l'émancipation humaine chez les modernes : l'individu a été enlevé de la main de Dieu, apparemment pour être rendu à lui-même, mais en réalité pour le redéposer aussitôt dans la main encore plus inflexible de la Nature, de l'Histoire ou de la Raison. *En inventant l'individu autonome, les modernes n'inventent pas la liberté de l'être humain, mais sa solitude ; ils l'émancipent de l'Autre, mais pas d'une loi sans laquelle sa vie ne serait plus qu'une errance insensée.* L'individu autonome n'est en effet pas plus maître du destin de l'humanité que ne l'est l'individu fondu dans un grand tout social. Il est le jouet inconscient et impotent d'une histoire déjà écrite et dont la finalité est d'ailleurs de le conduire vers l'état de fusion indivise avec tous les autres. Les seuls humains qui se distinguent de cette masse informe ne sont-ils pas alors ces penseurs dont l'esprit tout-puissant, tel celui d'un dieu, peut sortir de ce monde et le surplomber pour voir et narrer l'histoire qui reste invisible aux yeux de l'humanité ? Et n'y a-t-il pas un soupçon de paranoïa chez un Smith qui *voit la main invisible* de la Providence ?

Une histoire racontée à l'envers, un récit athée du monde qui reproduit le récit judéo-chrétien, une physique sociale fondée sur une conception métaphysique de l'être humain, une émancipation qui retire à l'humanité toute liberté… La pensée politique moderne se déploie bien comme dans un rêve qui exprime tout de façon déguisée, inversée, détournée. Et cette transformation, qui est nécessaire à l'équilibre psychique de l'auteur, est aussi celle qui favorise la tolérance de ses lecteurs à *un discours manifestement révolutionnaire pour son temps, mais secrètement familier pour ses contemporains.*

La pensée matérialiste moderne ne pouvait pas s'installer en anéantissant la pensée spiritualiste traditionnelle, car rien ne peut grandir si l'on en détruit les racines, et personne ne s'expose délibérément à l'incompatibilité frontale entre sa pensée et l'ensemble des croyances qui l'ont constitué en être pensant. La culture moderne s'est donc installée en douceur, en rusant avec les interdits, les tabous et les mythes hérités du passé, en conservant une structure de pensée familière, et de ce fait rassurante, sur laquelle pourraient grandir les idées nouvelles de l'individu, de la liberté, de l'autonomie, du changement, du progrès.

6° L'erreur des modernes a pu contribuer au « progrès humain », mais il est temps de la corriger

Il se peut ainsi que l'erreur des modernes ait exercé une fonction psychosociale d'accoutumance progressive à des idées neuves. Et, ce faisant, la pensée moderne a contribué à ce que j'appelle le « progrès humain ». Elle a en effet rompu un équilibre social qui réprimait l'aspiration à être soi, par soi et pour soi, au profit d'une fixation définitive de l'être dans un statut et une pensée prédéterminés. Elle a ouvert la voie à la quête nouvelle d'un « être soi » qui ne serait pas incompatible, mais au contraire en harmonie, avec l'« être avec ». Par ailleurs, l'erreur consistant à mêler une conception absolue de la liberté individuelle avec un déterminisme historique anéantissant la liberté est un compromis qui a réintroduit du sens, là où la seule affirmation de l'autonomie individuelle risquait d'abandonner l'être humain à l'angoisse d'une vie sans direction.

Ajoutons à cela le fait que les idées simples avancent plus vite que les idées complexes. Le simplisme de la pensée moderne a peut-être facilité la progression de l'idée de liberté individuelle, qui reste néanmoins très lente. La culture d'une société, ses conventions et ses institutions évoluent en effet bien plus lentement que la pensée des philosophes. Si, en moins d'un siècle (à cheval sur le XVIIe et le siècle des Lumières), quelques auteurs ont installé une idée neuve de la personne humaine et de la société, trois siècles après leur lancement, ces idées n'avaient pas fini leur intégration dans la culture des populations rurales en Europe. Et même au XXIe siècle, on trouve, dans les grandes métropoles anglo-saxonnes, des ingénieurs et des hommes d'affaires qui ne croient pas à la théorie de l'évolution parce qu'elle contredit le récit de la Genèse ! Heureusement que les modernes ont construit un grand récit de l'humanité qui est fidèle à l'esprit, si ce n'est à la lettre, du récit judéo-chrétien, est-on alors tenté de penser. Sinon, jusqu'où l'obscurantisme coloniserait-il encore les esprits ?

Autrement dit, il se peut que la lutte contre une idée fausse nécessite, dans un premier temps, une présentation simpliste (et donc erronée) d'une idée différente, pour en faciliter l'assimilation. Aucun chemin réussi vers la connaissance ne fait l'économie d'un entraînement de l'esprit sur des objets trop simples pour être tout à fait « vrais ». En ce sens, je perçois la pensée politique des modernes comme un « entraînement » préalable et nécessaire des esprits à des idées plus complexes. La modernité est un long processus d'apprentissage de la liberté individuelle. Cet apprentissage a sans doute nécessité le simplisme d'une opposition frontale – individualisme contre holisme, dissociété contre hypersociété. C'est pourquoi *mon propos n'est pas ici de contester la contribution de la pensée moderne au progrès humain. Il est de contester notre blocage contemporain au stade de l'entraînement sur des objets trop simples pour être vrais.*

Aujourd'hui, les idées d'individu, de liberté, d'émancipation, etc., sont bien assez inscrites dans la culture occidentale pour nous autoriser à sortir de la phase d'apprentissage. Les esprits sont assez libérés de la peur du blasphème pour entendre une anthropologie non religieuse. Le problème contemporain n'est plus de convaincre les gens qu'ils sont des individus. Il devient au contraire urgent de leur expliquer qu'ils ne sont pas tout à fait des « individus », mais bien plus que cela. L'urgence n'est plus d'émanciper les individus contre un surmoi social (moral ou religieux) aliénant. Comme le montre Alain Ehrenberg, l'individu contemporain est parfois tellement émancipé de tout sens imposé de l'extérieur qu'il souffre du non-sens, de la nécessité d'être tout à lui tout seul – bref, de « la fatigue d'être soi » qui le plonge dans la dépression[260]. L'urgence est de grandir : quitter l'enfance de la pensée moderne pour accéder à une pensée adulte et consciente ; cesser de refouler et de maquiller tous les faits qui dessinent une humanité plus complexe que le schéma d'écolier sur lequel on s'entraîne depuis trois siècles.

Une erreur formatrice et psychiquement rassurante, c'est bien… un certain temps. Mais elle reste une erreur ; et le jour où elle nous livre à une société inhumaine, le jour où elle nous rend malades au lieu de nous prémunir contre le déséquilibre mental, il est grand temps de la corriger.

Tel est désormais le programme de recherche que je suggère de qualifier de « néomoderne », puisqu'il s'agit bien d'une nouvelle étape de la modernité. En deux mots, ce programme consiste en une *refondation anthropologique*

---

260. Alain Ehrenberg, *La Fatigue d'être soi. Dépression et société*, Odile Jacob, 1998.

du discours moderne. Il s'agit d'assumer la promesse de la modernité (l'émancipation de l'être humain et le progrès humain), mais en la sauvant du désastre où la conduisent ses partisans immatures et dont la culture reste marquée par des schémas simplistes, autrefois utiles mais désormais nocifs. Accomplir la promesse de la modernité, c'est proposer une « vraie » science sociale et non pas la métaphysique de Hobbes déguisée en science physique; c'est pratiquer un matérialisme scientifique qui inclut les croyances, les symboles et les idées dans la vie physique de l'être, ou, autrement dit, qui n'exclut pas le métaphysique de la vie matérielle; c'est faire passer toute la pensée moderne par une « cure de désidéalisation » (François Flahault[261]), pour la refonder sur des faits avérés quant à la constitution de l'être humain et à l'histoire des sociétés humaines.

Au XIXe siècle, des libéraux et des socialistes eurent déjà cette intention de remettre la pensée moderne sur une autre voie, en lui intégrant une conception non atomistique de l'être humain, une vision hybride des motivations individuelles, une troisième voie entre holisme et individualisme. Ils ont manifestement manqué de persuasion face aux grands récits marxiste et néoclassique. Ce qui a peut-être manqué à ces libéraux et à ces socialistes, c'est une science de l'homme complexe dont ils avaient l'intuition. Une science qui aurait tenu la route face aux lois naturelles de l'économie des néoclassiques et face à la science de l'Histoire des marxistes. À défaut d'une telle base rigoureuse, au sein d'une élite intellectuelle fascinée par les prouesses des sciences de la nature, leur propos n'avait que la force des intuitions et des idées généreuses.

Mais, aujourd'hui, on commence à disposer d'une telle science de l'homme, celle qui autorise une refondation

261. Voir *Le Sentiment d'exister*, *op. cit.*

anthropologique rigoureuse du discours politique, à laquelle nous allons à présent nous intéresser de plus près.

Bilan de l'enquête

Le succès du néolibéralisme ne peut manifestement pas être imputé à la rigueur scientifique de ses fondations. Nous sommes en présence d'un modèle aux fondations théoriques extrêmement fragiles, pour ne pas dire inexistantes (premier enseignement).

Donc l'édifice néolibéral tient debout d'abord parce que ses fondations restent invisibles; l'aveuglement et la paresse des élites contemporaines, combinés à d'habiles stratégies de communication, assurent cet enfouissement salutaire (deuxième enseignement).

On se demande alors pourquoi les autres grands discours politiques ne s'empressent pas de démolir leur concurrent néolibéral en soulevant le voile qui masque des fondations si fragiles qu'elles ne s'en remettraient pas. C'est que, en ouvrant ce débat, ils révéleraient leurs propres fondations tout aussi fragiles que celle du néolibéralisme puisque, bien souvent… ce sont les mêmes (troisième enseignement)! Le néolibéralisme est l'enfant naturel de tous les discours politiques jumeaux dont a accouché la modernité; il n'a donc pas le monopole de l'inhumanité et de la dissociété; il «passe» aisément parce qu'il est construit sur une structure de pensée familière dans la culture occidentale.

Cette consanguinité originelle des discours politiques a favorisé la dérive néolibérale de la gauche européenne à partir des années 1980. Mais notre enquête révèle que cette dérive était déjà inscrite dans le ralliement du socialisme à la conception marxiste de l'Histoire et de la société (quatrième enseignement).

Ce n'est donc pas l'émergence et la victoire politique soudaine d'une idéologie néolibérale qui expliquent seules la mutation en cours vers une société inhumaine. C'est la façon commune et ordinaire de penser l'humain en Occident – ou plutôt de le concevoir sans y penser vraiment – qui est inhumaine. Celle-ci repose en effet sur l'erreur anthropologique grossière fondatrice de la pensée moderne : l'oubli des liens, l'oubli de l'autre, dans la construction de l'être humain. Mais un tel oubli est trop énorme pour ne pas évoquer un processus psychopathologique. Plutôt qu'une « erreur » de la pensée moderne, il s'agit peut-être là davantage d'un compromis inconscient entre une aspiration à l'autonomie qui contestait l'ordre ancien et la nécessité de préserver la sécurité psychique et le sens que cet ordre garantissait (cinquième enseignement).

Ce que j'appelle l'« erreur » des modernes a donc sans doute apporté sa contribution au « progrès humain », en favorisant une accoutumance progressive aux idées nouvelles d'individu, de liberté, d'émancipation, etc. Mais, après plus de trois siècles d'apprentissage de l'individualité et de compromis inconscients avec la théologie et la métaphysique, il est grand temps de passer dans la classe supérieure. Le simplisme de la pensée moderne, qui a pu être utile et même nécessaire au progrès d'idées nouvelles, a désormais des effets dramatiques sur la conception de la société et sur l'équilibre psychique des individus (sixième enseignement).

Il est donc grand temps de corriger l'erreur des modernes ; grand temps de développer une pensée « néomoderne » qui assume la promesse de la modernité (l'émancipation de l'être humain), mais la refonde sur une anthropologie rigoureuse.

9

Une refondation anthropologique du discours politique et économique

La culture néolibérale n'aurait pu séduire tant d'Occidentaux, et aussi vite, si elle n'avait reposé sur un socle déjà familier édifié par la pensée moderne, socle lui-même construit en réaménageant la conception judéo-chrétienne de l'homme. J'ai en effet montré que le néolibéralisme ne constitue pas une vraie « révolution » culturelle, mais plutôt une « involution » de l'économisme, du déterminisme, du productivisme et de l'individualisme dominant la plupart des courants « modernes ». De ce bouillon de culture est née *une histoire naturelle de l'humanité* qui fonde en secret l'adhésion au néolibéralisme, mais que les néolibéraux ont rarement besoin de nous conter, tant nous en sommes déjà imprégnés. Après une longue enquête sur ses fondements, il est aussi nécessaire de résumer cette histoire exactement comme elle s'imprègne en nous, c'est-à-dire non pas comme un savoir élaboré, mais un peu avec la simplicité et l'évidence d'un conte d'enfant. Voici donc l'histoire en question…

Il était une fois…

Aux origines, l'humain est une bête sauvage, issue d'un processus de sélection impitoyable dans un univers où prévaut la seule « loi de la jungle ». Dans la jungle, chaque être vivant se bat contre la rareté et contre les autres pour assurer sa survie : « C'est chacun pour soi. » Si l'espèce humaine s'est imposée pour finalement peupler et dominer la planète entière, c'est donc qu'elle a été la plus apte à la compétition et à la prédation. Cette aptitude supérieure présente l'inconvénient majeur de pouvoir s'exercer entre les humains eux-mêmes. La sélection a façonné des êtres tendus vers la défense et l'extension de leur territoire et de leur propriété. L'agressivité et l'instinct de compétition ancrés par l'évolution sont tels, qu'une fois à l'abri des prédateurs d'autres espèces, « l'homme est un loup pour l'homme ». Le seul « bon sauvage » est celui qui vit seul ou en famille nucléaire. Mais la pression de la rareté des ressources contraint les humains à se regrouper en communautés de plus en plus larges pour organiser une division du travail efficace. Les humains ont donc longtemps vécu dans le cadre de tribus primitives, jusqu'au moment où (voici 10 000 ans) l'invention de l'agriculture entraîne la constitution de sociétés sédentaires et l'amorce d'un développement urbain.

La nécessité économique de vivre en société force les individus à tempérer leur agressivité à l'intérieur de leur communauté, mais elle renforce aussi l'agressivité et la guerre perpétuelle entre communautés. La sélection poursuit désormais son œuvre par l'élimination ou la soumission des sociétés les moins efficaces, et ainsi de suite, indéfiniment, des premières guerres tribales aux guerres mondiales du XXe siècle.

Mais, fort heureusement, l'être humain doté d'une intelligence supérieure a aussi compris l'intérêt personnel qu'il pouvait retirer des échanges avec les autres. Dès l'instant où les humains ont dû vivre en bande, ils ont appris à substituer le « doux commerce » à la prédation, dans leurs relations internes, avant de découvrir que l'échange entre bandes autorisait parfois un plus grand profit que la guerre. Ainsi, deux histoires se déroulent en parallèle : celle de la guerre dominée par l'instinct bestial de prédation, celle des marchés dominée par l'instinct raisonnable de l'échange. Il est tout à fait impossible de réprimer l'instinct égoïste fondamental de l'être humain. Mais la sélection naturelle a fait de l'humain un être à part : en lui, la « bête » avide de satisfaire les besoins instinctifs du corps recule au profit de l'« esprit » rationnel, capable de maîtriser les pulsions et d'élaborer des stratégies conformes à son intérêt bien compris.

Dès lors, grâce aux progrès de la raison, des connaissances et des moyens de communication, l'intérêt égoïste des individus les conduit à préférer la compétition économique à la guerre. Mais la guerre ne cesse entre les hommes que si l'échange est économiquement plus rationnel. Cela suppose donc un certain degré préalable de développement matériel qui atténue la pression immédiate de la rareté et offre la perspective d'un jeu d'échange à somme largement positive. Tels sont les conditions et le sens du progrès de l'humanité. Et telle est l'histoire qui s'est finalement accomplie récemment entre les pays occidentaux. Le développement de marchés libres en Occident a créé l'abondance relative nécessaire pour que les individus et les États tirent plus de profit de la compétition économique que de la guerre. La mondialisation de ce même système de marchés libres ouvre donc assurément la voie qui mène vers la paix universelle et l'harmonie sociale dans l'abondance.

Voilà une belle fable qui finit bien, contre toute espérance. C'est une histoire forte par sa portée universelle et adaptable à diverses croyances ou philosophies. Aujourd'hui, seul le *happy end* de la mondialisation bienheureuse fait l'objet d'un débat public. Mais, pour le reste, un Occidental contemporain pense à peu près ce que raconte cette fable en l'arrangeant « à sa sauce » rationaliste, judéo-chrétienne, idéaliste, matérialiste, etc. Et pourtant, de bout en bout, cette histoire naturelle de l'humanité est tissée de contrevérités ! La seule histoire et le seul être humain plausibles que les sciences nous autorisent aujourd'hui à penser sont d'une tout autre « nature ».

La « loi de la jungle » n'est pas celle que l'on croit

Le biologiste Jean-Marie Pelt a eu la judicieuse idée de faire la synthèse de tout ce que l'on sait sur la loi de la vraie jungle[262], celle où végétaux et animaux sont censés survivre dans une guerre impitoyable pour la lumière, le territoire ou la nourriture. Il s'avère que la loi de la jungle n'est pas celle que l'on croit : la coopération et la solidarité y jouent un rôle aussi essentiel que la compétition et l'agressivité. Et ce pour une raison évolutive fondamentale, et au fond assez triviale : si, dans un espace donné, la sélection naturelle ne laissait en vie que les organismes et les animaux les plus avides et les plus aptes à exploiter toutes les ressources pour eux seuls, il s'ensuivrait un épuisement accéléré desdites ressources, une destruction radicale de l'écosystème anéantissant pour finir jusqu'aux rares espèces provisoirement victorieuses. Disons, pour rire un peu, qu'un tel mode de sélection ne laisserait en vie, dans un habitat donné, qu'une seule plante venimeuse et inconsommable et qu'un seul animal exclusivement carnivore. Les derniers animaux de la dernière espèce ne survivraient pas longtemps en s'entre-dévorant !

---

262. *La Loi de la jungle ? L'agressivité chez les plantes, les animaux, les humains*, Fayard, 2003 ; rééd. Le Livre de poche, 2006. Voir aussi, du même auteur, *La Solidarité chez les plantes, les animaux, les humains*, Fayard, 2004.

Par chance, la sélection naturelle suit un tout autre chemin : elle sélectionne les systèmes d'interaction entre espèces qui sont les plus adaptés au milieu. Ainsi, explique Jean-Marie Pelt, dans la vraie jungle, il n'y a aucune compétition entre les plantes dans les espaces où la lumière, les sels minéraux et l'eau sont rares (les sous-bois des forêts tropicales), et une compétition féroce là où ils sont abondants (au bord des rivières). Partout où l'environnement les rend nécessaires, on constate la complémentarité et la coopération entre les plantes qui se développent en contournant leurs voisines pour ne pas leur faire trop d'ombre. Le plus souvent, les plantes ne sont pas des gloutonnes avides de consommer le maximum de ressources disponibles pour croître le plus possible. Au contraire, écrit Pelt : « Tout se passe comme si elles réglaient leur production selon leurs besoins internes, et non en fonction de la ressource disponible dans le milieu[263]. »

Cette dernière observation s'applique en réalité à l'immense majorité des espèces vivantes, y compris l'homme avant la révolution agricole du néolithique. En règle générale, la sélection naturelle n'a pas promu les individus qui maximisent leur consommation au détriment des autres et de l'habitat, mais ceux dont le développement optimal est compatible avec la préservation de leur espèce et de leur écosystème. Une conséquence essentielle de ce processus est la régulation systématique de l'agressivité au sein des espèces animales.

L'agressivité n'est pas un instinct d'attaque et de prédation : le prédateur ne manifeste aucune agressivité contre la proie qu'il tue avant de la dévorer. L'agressivité est une réaction de défense face à une menace et en situation de

263. *La Solidarité chez les plantes, les animaux, les humains*, *op. cit.*, p. 68.

compétition. L'éthologie nous enseigne que l'agressivité est principalement liée à la rivalité pour l'usage d'un territoire ou d'un partenaire sexuel. Des espèces différentes peuvent donc coexister et même coopérer sur un même territoire quand leurs besoins sont complémentaires. En revanche, la cohabitation d'individus d'une même espèce est par nature source de compétition et d'agressivité. La survie d'une espèce vivant en groupe dépend donc de sa capacité à limiter la compétition et l'agression au profit de la coopération pacifique. Dans la *Loi de la jungle*, Jean-Marie Pelt fait l'analyse et l'inventaire des mécanismes de détournement et de ritualisation de l'agressivité mobilisés par de nombreuses espèces, des oiseaux aux hommes, en passant par les singes.

Les publications du célèbre primatologue Frans De Waal[264], entre autres, élargissent encore notre compréhension de la « nature » animale, dans le cas particulier des grands singes (chimpanzés, bonobos et gorilles). Leur cas nous intéresse au plus haut point puisque ces primates sont nos plus proches cousins (plus de 98 % de gènes communs avec l'espèce humaine), héritiers d'un ancêtre commun dont une partie de la descendance a engendré la branche des homininés. Ces grands singes ont des relations sociales étendues et font même de la politique; ils pratiquent le partage, la réconciliation, le pardon; ils éprouvent pour leurs congénères attachement, compassion et gratitude; s'ils n'évitent pas la violence, ils font la preuve d'une extrême compétence pour faire la paix. Les bonobos vont même bien au-delà de la répression et de la réparation de la violence, ils pratiquent sa prévention systématique: ils désamorcent toute situation de conflit potentiel (partage de nourriture, rassemblement

264. Son ouvrage le plus récent est *Le Singe en nous*, Fayard, 2006; trad. d'*Our Inner Ape*, Riverhead Books, 2005.

de bandes différentes, etc.) en faisant l'amour (toutes les quatre-vingt-dix minutes en moyenne). Quand on confine une colonie de rats dans un espace trop restreint, ceux-ci finissent par s'entre-tuer. Mais quand des chimpanzés en captivité sont logés à l'étroit, « ils réduisent alors leur agressivité. Un peu à la façon des gens qui, dans un ascenseur ou un autobus, atténuent les causes de frictions en gesticulant moins, en limitant les contacts et en baissant la voix[265] ».

Bref, la biologie végétale et l'éthologie n'autorisent qu'une seule conclusion sur la question qui nous intéresse : il n'existe, dans les lois naturelles de la vie, rien qui ressemble au règne de la libre concurrence, de l'agression et de la prédation. C'est en fait une lecture biaisée de Darwin qui, à la fin du XIXe, a installé l'idée que la sélection est d'abord un processus de compétition et d'élimination des faibles. Dès cette époque, le célèbre anarchiste Kropotkine dénonçait cette falsification de la théorie de l'évolution par ses principaux promoteurs (en particulier Herbert Spencer et Thomas Henry Huxley) : « Ce qu'ils ont fait de Darwin est abominable [...]. Ils ont réduit le concept de lutte pour l'existence à sa signification la plus étroite[266]... » Ce faisant ils ont oublié un autre facteur d'évolution envisagé par Darwin : l'entraide entre les membres d'une même espèce et parfois entre les espèces. Kropotkine ne savait pas encore à quel point il avait raison de conclure que, « dans la grande lutte pour la vie, pour la plénitude maximale et l'intensité de la vie avec la plus petite perte d'énergie possible, la sélection naturelle cherche toujours le moyen d'éviter autant qu'elle

---

265. *Ibid.*, p. 211.

266. Piotr Alekseïevitch Kropotkine, *L'Entraide, un facteur d'évolution*, Hachette, 1904 ; trad. de *Mutual Aid : A Factor of Evolution*, Heinemann, 1902. Cité par Jean-Marie Pelt dans *La Solidarité chez les plantes, les animaux, les humains*, *op. cit.*, p. 156.

le peut la compétition[267] ». Depuis, toutes les sciences de la nature et de l'homme ont confirmé son intuition.

Certes, les sociobiologistes ont développé la *théorie du gène égoïste*: les comportements altruistes et d'entraide seraient l'expression d'un gène égoïste qui maximise ses chances de reproduction; les individus seraient d'instinct poussés à sacrifier leur intérêt au profit du groupe, quand cela favorise la reproduction de leurs gènes[268]. Mais, si une telle hypothèse était confirmée, cela renforcerait l'évidence que la coopération est une propension aussi «naturelle» que la compétition. Et tous les éthologues savent que l'altruisme existe aussi entre des espèces différentes qui n'en retirent donc aucun bénéfice en termes de reproduction des gènes (par exemple quand un oiseau sert d'auxiliaire des parents naturels pour couver les œufs sur le nid d'une autre espèce).

Hélas, bien des sociobiologistes contemporains, comme Spencer et Huxley à la fin du XIXe, ont procédé à l'inverse d'une démarche scientifique: ils ont postulé une vision néolibérale de la société et cherché ensuite comment rendre les découvertes des naturalistes, des biologistes et des neurologues compatibles avec leur postulat. Nous raisonnons ici à l'endroit, en prenant les résultats des travaux scientifiques pour ce qu'ils sont et non ce que nous souhaiterions qu'ils fussent. Ces travaux ne dissipent encore qu'une infime partie des énigmes à résoudre, mais ils nous obligent d'ores et déjà à rejeter la fable cruelle et guerrière qui fonde notre conception des origines et du développement de l'humanité.

---

267. *Ibid*.
268. Voir Richard Dawkins, *Le Gène égoïste*, Armand Colin, 1990.

Les origines du genre humain

Voici 16 millions d'années environ, les singes hominoïdes se dispersent depuis leur berceau africain vers l'Europe et l'Asie. Quelque part, entre 14 millions d'années (dernier fossile d'hominoïde connu) et 4 millions d'années, la lignée restée en Afrique est à l'origine de la *famille* des hominidés qui comprend deux *sous-familles :* les *paninés* (gorille, chimpanzé, bonobo) et les *homininés*[269]. Parmi ces derniers, le *genre australopithèque*[270] se développe à partir de 4 millions d'années avant de disparaître entre 3 et 2,5 millions d'années. En parallèle se développent quelques ébauches de préhumains partiellement bipèdes et utilisant des outils (*homo habilis*, *homo rudolfensis*). Enfin, vers 2 millions d'années, apparaît le genre humain *: homo ergaster*, avec une lignée émigrée en Asie vers 1,5 million d'années *(homo erectus)*, et une lignée africaine, qui émigrera plus tard vers l'Europe et dont est issu l'*homo sapiens* archaïque (vers 300 000 ans), et, enfin, l'homme moderne (*homo sapiens sapiens* vers 70 000 à 50 000 ans)[271].

Dans une histoire aussi vaste, la paléoanthropologie reste muette face à des zones d'ombre qui couvrent des millions d'années ! Mais le peu qu'elle a découvert, complété par les résultats de la génétique et de la neurobiologie, nous livre déjà des clés essentielles pour appréhender le propre de l'espèce humaine et les raisons de son succès évolutif.

---

269. Voir Pascal Picq, *Les Origines de l'homme. L'odyssée de l'espèce* (1999), Seuil, 2005.

270. Auquel appartient la fameuse Lucy découverte par l'équipe d'Yves Coppens.

271. Cet homme moderne, ou homme de Cro-Magnon, cohabitera quelques dizaines de milliers d'années avec l'homme de Neandertal, arrivé plus tôt en Europe et dont l'espèce s'éteindra vers 30 000 ans.

L'homme nouveau qui émerge voici 2 millions d'années est déjà le résultat d'une longue évolution. Tandis que les autres hominidés restent confinés dans ou aux abords de la forêt africaine, *homo ergaster* est un bipède marcheur et coureur de fond qui s'aventure loin dans la savane. La mobilité de cette espèce semble jouer le rôle déterminant pour la suite. Une espèce confinée dans un écosystème particulier développe des aptitudes spécialisées et adaptées à cet environnement spécifique. Mais, par définition, quand l'espèce est parfaitement adaptée à son milieu (hyperadaptée), elle n'évolue plus et se trouve à la merci d'une mutation radicale de son milieu (à la suite notamment des fluctuations très accusées du climat). Avec le genre *homo*, la sélection naturelle a « bricolé » une lignée singulière privée des avantages immédiats de l'hyperadaptation à une niche écologique, mais préservant ainsi une chance de survie dans un environnement changeant. Toutefois, cette chance est mince ! Car, en devenant marcheur, l'humain perd les pieds préhensiles qui permettent de grimper aux arbres et d'y trouver protection et nourriture, et il court moins vite ; en cessant de grimper aux arbres, il perd la force musculaire des singes (aucun lutteur professionnel ne peut rivaliser avec la force d'un jeune chimpanzé !). De plus, quand *homo* se déplace, il doit aussi porter ses petits dans les bras, puisque ceux-ci, contrairement aux singes, ne peuvent s'agripper au dos de leur mère. Voici donc un être physiquement affaibli pour la lutte contre ses prédateurs et contraint de se déplacer et de s'exposer en permanence pour trouver sa nourriture.

Bref, cette espèce n'est pas spécialement adaptée à aucun des environnements spécifiques disponibles et où dominent des espèces en revanche hyperadaptées. La bipédie à l'écart des forêts protectrices est donc une aventure risquée, un pari qui ne réussit pas à tous les coups. L'émergence du genre humain est tout, sauf la progression linéaire d'une espèce de singes; la paléontologie a découvert un foisonnement de préhumains bipèdes ou partiellement bipèdes au cours des deux millions d'années précédant *homo*, et qui ont finalement été éradiqués. La sélection naturelle a donc fait son œuvre. La survie d'une espèce renonçant à tous les avantages de l'hyperadaptation à un milieu spécifique supposait qu'elle développât avec succès une aptitude singulière qui compense tous ces avantages réunis. Cette aptitude singulière du genre *homo*, c'est une hyperadaptation aux relations sociales. En effet, les transformations somatiques propres au genre humain ont pour conséquence de rendre les individus plus dépendants des autres, les relations sociales plus intenses et la cohésion du groupe plus nécessaire.

Ainsi, en se redressant et en s'aventurant dans la savane, l'homme s'expose davantage à la chaleur. Il s'adapte par la nudité qui autorise un système de refroidissement efficace par la transpiration, mais le pubis de la femme (déjà moins exposé par la position debout) devient invisible sous sa toison. Tandis que, chez les singes, l'exposition permanente de l'œstrus de la femelle indique aux mâles quand elles sont fécondables, les humains doivent développer des relations sexuelles permanentes et indépendantes de l'ovulation pour maximiser les chances de reproduction. Il leur faut aussi imaginer de nouvelles stratégies de séduction sexuelle. La reproduction cesse d'être un simple réflexe, une simple réponse automatique du mâle aux « chaleurs » de la femelle, elle crée des liens nouveaux et sollicite des efforts de communication plus poussés.

Par ailleurs, « la modification du pelvis entraînée par l'adaptation anatomique à la bipédie met les mères, dans notre espèce, devant une difficulté unique en son genre, qui impose le recours à la coopération sociale. [...] Le nouveau-né [chez les singes] se retourne durant son passage par le canal vaginal pour faire face à la mère qui peut l'aider ainsi à se dégager. Dans l'espèce humaine, le mouvement de rotation imposé au bébé l'amène à regarder dans la direction opposée à la mère, laquelle ne peut alors lui venir en aide pour le dégager de peur de lui casser la colonne vertébrale[272] ».

De plus et surtout, le bassin de la femme est trop étroit pour supporter la croissance *in utero* du cerveau de l'enfant. « Chez tous les singes et les grands singes, explique Pascal Picq, la durée de gestation est étroitement liée à la taille du cerveau. En effet, celui-ci se développe essentiellement *in utero*, puis sa croissance se ralentit considérablement après la naissance. L'homme actuel est la seule espèce d'hominidé et même de singe chez qui la croissance cérébrale se poursuive chez le nouveau-né au même rythme que le fœtus[273]... » La durée de gestation *in utero* des chimpanzés est de huit mois et demi pour un cerveau trois fois plus petit que celui de l'homme. « On estime que, si la grossesse devait se dérouler selon la norme empirique dégagée chez les singes et les grands singes, elle devrait durer vingt et un mois pour notre espèce[274] ! »

Résultat : les bébés humains sont en quelque sorte gravement prématurés, même quand ils naissent à terme ! Ils restent donc longtemps dans un état de dépendance extrême à l'égard de leur mère qui ne peut plus subvenir elle-même à ses propres besoins. Les mâles doivent alors s'investir pour assurer la nourriture et la sécurité de leur descendance. Cette évolution favorise le développement de relations plus permanentes et plus sélectives entre

272. Ian Tattersall, *L'Émergence de l'homme*, Gallimard, 2003, p. 207 ; trad. de *Becoming Man. Evolution and Human Uniqueness*, Harcourt Brace & Company, 1998.

273. Pascal Picq, *Les Origines de l'homme*, *op. cit.*, p. 164.

274. Id., *Nouvelle Histoire de l'homme*, Perrin, 2005, p. 209.

hommes et femmes, un attachement et une attention plus marqués des hommes pour leurs enfants.

Une autre transformation somatique propre à l'humain accompagne cette intensification des liens d'attachement et de la communication et y contribue. L'œil humain se distingue de celui des singes par le blanc qui entoure et détache l'iris. C'est là une « fioriture » parfaitement contre-productive dans un affrontement face à face contre un adversaire ou un prédateur, car la direction et l'expression du regard humain aident son adversaire à anticiper ses mouvements. Mais ce regard est en revanche un atout supplémentaire pour une espèce qui a plus besoin de communiquer et de se lier aux autres que de se battre.

Et telle semble être la logique d'ensemble de l'évolution qui a conduit vers l'espèce humaine. Le fait est que la sélection naturelle a engendré une espèce qui, de plus en plus, a pu se passer de l'usage de la force brute, et même tolérer une vulnérabilité physique singulière des individus et de leur progéniture, parce qu'elle était toujours davantage à même de prospérer grâce à l'action collective, la coopération, les soins mutuels, la communication et, enfin, l'intelligence supérieure qui s'ensuivait. Bref, une espèce où chacun ne peut être soi qu'en étant avec les autres !

Cette évolution a créé les conditions nécessaires au développement du langage qui achève de distinguer la nature humaine de celle de toute autre espèce. Pour apparaître, cette aptitude nécessitait la forme particulière du larynx façonnée par la bipédie (l'outil vocal), un développement important du cerveau (l'outil cognitif) et, enfin, une nécessité impérieuse d'élaborer une communication complexe avec les autres. Sans une intensification et une complexification considérables des relations interpersonnelles, le langage ne serait pas apparu. La communication nécessaire à la survie matérielle d'une espèce se limite probablement aux quelques dizaines de signaux et cris élémentaires qu'utilisent les chimpanzés. L'espèce humaine se distingue ainsi, bien avant de disposer du langage moderne, par le fait qu'elle a développé les liens et l'interdépendance avec les autres au point de rendre finalement le langage absolument nécessaire. Et, bien sûr, le développement du langage entraîne à son tour une explosion des facultés relationnelles et des possibilités d'action collective, ce qui, associé à l'alimentation très variée des humains (omnivores par nécessité), favorise l'augmentation de la taille du cerveau et des capacités cognitives.

Le «cerveau social»

Une conséquence majeure de l'évolution, on l'a vu, est la naissance d'un petit d'homme dont le cerveau n'a disposé que du tiers du temps nécessaire à son développement *in utero.* Voilà pourquoi les animaux ordinaires se mettent sur leurs pattes dans les minutes qui suivent leur naissance, tandis que nos bébés attendent environ un an pour s'y risquer. Et encore ne s'y risquent-ils qu'à la condition d'être entourés par des adultes aimants: les enfants «placards» durablement privés de relations avec les adultes marchent à quatre pattes.

Tandis que le cerveau d'un animal ordinaire est à peu près en état de marche normale à la naissance, celui de l'humain ne dispose que du matériel neuronal; l'essentiel des connexions nécessaires reste à établir et elles le sont d'autant plus que (et parfois uniquement si) elles sont stimulées par les relations entre le bébé et les personnes qui l'entourent. «Un nouveau-né vient au monde avec tous les neurones [...], mais son réseau de dendrites et d'axones, encore clairsemé, comporte très peu de connexions et est juste assez dense pour assurer les fonctions essentielles de survie [...], les neurones ont presque tout à faire pour établir les connexions. [...] Cette extrême plasticité du cerveau signifie qu'il est essentiel de parler aux enfants et de leur fredonner des chansons dès la naissance pour stimuler leur ouïe, de les caresser et de les embrasser pour développer leur sens du toucher[275]... »

Le cerveau humain est ainsi un cerveau social. Hormis quelques fonctions vitales élémentaires, toutes nos facultés de sentir, d'agir et de penser sont dépendantes de l'intensité et de la nature des relations développées avec notre entourage. « Être avec et par autrui » est ainsi la voie première et principale qui nous conduit à « être soi ». Les tenants de l'individu cartésien parfaitement autonome et n'existant que par sa propre pensée seront tentés de se rabattre sur l'hypothèse que les relations aux autres ne déterminent que nos facultés sensitives et émotionnelles, mais pas la « raison » abstraite susceptible de contrôler les « passions ». Peine perdue, puisqu'il est désormais établi que le néocortex (siège de la parole, de la pensée, de la mémoire...) est interdépendant avec le cerveau limbique (siège des émotions, de l'affection, des pulsions sexuelles...) et le cerveau reptilien (instincts animaux, agressivité, respiration, rythme cardiaque...). Ainsi, comme l'a démontré Antonio Damasio[276], la vision cartésienne de la raison humaine est erronée. La mobilisation des sensations les plus primaires et des émotions fait partie des éléments qui non seulement concourent, mais sont aussi indispensables au raisonnement. Le capital de sensations et d'émotions accumulées dans notre mémoire

275. Trinh Xuan Thuan, *Origines. La nostalgie des commencements*, Fayard, 2003; rééd. Gallimard, coll. « Folio », 2006, pp. 373-374.

276. Antonio R. Damasio, *L'Erreur de Descartes. La raison des émotions*, Odile Jacob, 1995; trad. de *Descartes's Error. Emotion, Reason, and the Human Brain*, 1994.

fait notamment partie des ressources mobilisées par la pensée pour résoudre une question nouvelle, ou pour guider notre comportement face à un choix incertain. Or, ce capital est essentiellement un capital social, façonné par l'histoire singulière de nos relations aux autres depuis notre naissance.

Si la neurobiologie nous incite donc à postuler l'essence relationnelle et sociale de notre être, l'*éthologie humaine* nous contraint définitivement à le faire. En particulier, l'étude comportementale des nouveau-nés et des très jeunes enfants démontre à quel point la relation à l'autre est constitutive de l'être humain. On observe en effet que :

– le fœtus identifie déjà la voix de sa mère et, dans les deux derniers mois de la grossesse, il reconnaît la présence de son père quand celui-ci pose ses mains sur le ventre de la mère ;

– un enfant privé d'entourage est incapable de marcher et d'accéder normalement à la parole ;

– dès leur quatrième jour, les nouveau-nés émettent des cris différents selon qu'ils sont entre eux ou en présence d'adultes ;

– la qualité de la communication entre la mère et le nouveau-né agit sur la croissance de ce dernier ;

– l'aptitude à l'intelligence (c'est-à-dire à exploiter les capacités cognitives du cerveau) est directement liée à la sécurité affective de l'enfant, etc.[277].

L'un des plus éminents spécialistes de l'éthologie humaine, Boris Cyrulnik, montre comment tous ces résultats permettent de dépasser le débat sans fin sur la part de l'inné et celle de l'acquis dans la nature humaine.

277. Toutes ces observations sont exposées par Boris Cyrulnik dans *La Naissance du sens*, Hachette, 1995 ; rééd. coll. « Pluriel », 2004.

Tout est inné et acquis, car tout comportement repose sur une base biologique et *aucune aptitude innée ne peut s'épanouir en dehors d'une communication avec autrui*. Voilà pourquoi la parole est bien le propre de l'humain car, chez lui seul, les mots qu'il échange avec les autres sont indispensables à, et capables d'affecter sa vie biologique.

Quand la relation tourne mal, les capacités de l'être sont gravement affectées, voire totalement inhibées. Cependant, l'éthologie humaine comme la neurobiologie établissent aussi l'incroyable plasticité du cerveau humain. Le cerveau est déjà capable de reconstruire les connexions détruites par certains accidents vasculaires. Il est encore plus rapidement capable de restaurer des aptitudes détruites par de mauvaises relations : il suffit pour cela de les remplacer par de meilleures relations !

La véritable histoire de la société

À ce stade, on peut considérer que l'hypothèse d'un individu parfaitement indépendant des autres, égoïste et prédateur par nature, insociable sans la menace d'une autorité ou la promesse d'un profit personnel, est totalement et définitivement infirmée par les sciences de l'homme et de la nature. Rien d'étonnant, dès lors, à ce que la conception des sociétés humaines fondée sur cette hypothèse erronée soit également démentie par la paléoanthropologie, l'ethnologie et l'archéologie.

La fable néolibérale, après avoir « naturalisé » la violence des rapports humains, s'efforce de « naturaliser » l'aspiration productiviste et marchande qui serait à l'origine de la formation des sociétés humaines, et seule susceptible de faire reculer la violence de nos pulsions animales. Les humains, nous dit-on, auraient constitué les premiers villages agricoles en vue de lutter contre la rareté, conséquence naturelle de l'instinct qui nous pousse à maximiser la production de tout ce qui peut améliorer la satisfaction de nos besoins. La société serait donc fondée pour la production et l'échange, sous la pression de contraintes écologiques et démographiques, forçant à l'association des individus dissociés et rivaux. La paléoanthropologie, l'ethnologie et l'archéologie nous disent aujourd'hui que la véritable histoire est exactement l'inverse : *la production et l'échange sont d'abord développés pour faire société, plus précisément pour satisfaire à des obligations strictement rituelles et culturelles.*

Pour commencer, il importe de rappeler que les humains et leurs précurseurs immédiats ont vécu durant au moins trois millions d'années en groupes nomades de chasseurs-cueilleurs, rendus extrêmement solidaires par l'organisation collective de la chasse, la constitution de camps de base rassemblant femmes et enfants, et le partage systématique de la viande dans des repas pris en commun. La grande chasse collective organisée et régulière serait pratiquée depuis deux millions d'années. C'est donc « dans ce modèle social, soulignent Richard Leakey et Roger Lewin, plus que dans tout autre comportement, qu'il faut chercher des indices de caractères humains fondamentaux. Le genre humain chassa intensément pendant 1 million d'années, puis se livra à l'agriculture pendant 10 000 ans [...]. Au cours des 10 000 ans qui suivirent l'abandon quasi total de la vie de chasseur, il n'y eut pas de changements biologiques significatifs, ce laps de temps étant trop bref[278] ». S'il est donc des instincts sociaux susceptibles d'être ancrés dans nos gènes par l'évolution, il s'agit de l'action en équipe et du partage

278. Richard Leakey et Roger Lewin, *Les Origines de l'homme*, Flammarion, 1985, p. 150.

de la nourriture. En revanche, dans les comportements solitaires, égoïstes et marchands caractéristiques des sociétés urbaines ultérieures, et qui n'apparurent qu'après la fin de notre évolution biologique, rien n'est « naturel », tout est culturel.

Il s'agit donc de savoir pourquoi, voici environ douze mille ans (10 000 ans avant Jésus-Christ), des groupes disséminés de chasseurs-cueilleurs ont opéré une mutation culturelle radicale en constituant des sociétés agricoles sédentaires (« révolution néolithique »). L'explication proposée par le matérialisme historique moderne ne tient pas. Aucune lutte rationnelle contre la rareté et aucune transformation des conditions matérielles n'ont rendu nécessaire une telle mutation culturelle.

Dans une impressionnante synthèse des études sur la vie et l'économie à l'âge de pierre (paléolithique)[279], Marshall Sahlins a établi que les sociétés primitives de chasseurs-cueilleurs vivent en réalité dans l'abondance : elles sous-utilisent systématiquement les ressources disponibles et leur force de travail, et la plus grande part du temps disponible est consacrée aux loisirs, au sommeil, aux repas en commun, etc. On observe aussi que la révolution agricole au néolithique (nouvel âge de pierre) n'a entraîné aucun bond en avant de la productivité dans la production de subsistance. Les humains ne se sont donc pas regroupés en communautés sédentaires pour produire davantage. Alors pourquoi ?

Quelques auteurs ont très tôt suggéré une autre explication. Dans les années 1930, Arthur Hocart s'efforce de montrer l'origine rituelle de la plupart des institutions et techniques propres à l'espèce humaine, suivant ainsi

279. Marshall Sahlins, *Âge de pierre, âge d'abondance. L'économie des sociétés primitives*, Gallimard, 1976 ; trad. de *Stone Age Economics*, 1972.

une piste déjà ouverte à la fin du XIXe par E. Durkheim en France et E. Hahn en Allemagne[280]. Depuis lors, les fouilles archéologiques se sont considérablement développées sur les strates néolithiques et semblent confirmer pour le moins l'origine culturelle, si ce n'est toujours rituelle, de la sédentarisation et de l'agriculture. Je suivrai ici l'analyse de l'archéologue Jacques Cauvin[281].

On constate tout d'abord que des villages sédentaires se sont développés en Europe centrale, au moins depuis vingt-cinq mille à trente mille ans, sans le moindre développement de l'agriculture. La sédentarisation manifeste ainsi d'abord un instinct grégaire qui conduit les groupes humains à se rassembler, dans les zones où des ressources stables et suffisantes sont disponibles pour la chasse et la cueillette. Quand une véritable agriculture se développe au Proche-Orient, il ne s'agit en rien d'une révolution technologique: c'est l'application de techniques déjà assimilées, avec des outils simplement adaptés de ceux employés précédemment pour la fabrication de meubles ou d'habitations. Le fait est que les hommes disposaient déjà, depuis longtemps, des moyens nécessaires à l'agriculture, mais n'en avaient ni le besoin ni l'idée. Les faits commandent de conclure que la fondation des premières sociétés sédentaires ne s'explique ni par la nécessité biologique ni par une pulsion soudaine de production qui aurait fait défaut pendant des millions d'années.

Il faut donc qu'une raison strictement culturelle ait poussé les hommes à s'assembler dans des communautés

---

280. Voir la préface très documentée de Lucien Scubla au livre d'Arthur Maurice Hocart, *Au commencement était le rite. De l'origine des sociétés humaines*, La Découverte-MAUSS, 2005; trad. de *Social Origins*, Watts & Co, 1954.

281. Jacques Cauvin, *Naissance des divinités, naissance de l'agriculture. La révolution des symboles au néolithique*, Flammarion, 1998.

plus larges pour étendre le champ de leur coopération. «Ce n'est pas un hasard, explique Cauvin, si l'extension de Jéricho à deux hectares s'est accompagnée d'activités architecturales d'un type nouveau, communautaire, impliquant une coopération dans des tâches à finalité collective[282].» La question est: Quelle mutation s'est opérée dans la culture humaine pour engendrer ce besoin nouveau d'activités communautaires? La réponse de Cauvin rejoint celle de Hocart, soixante ans plus tôt. La seule mutation culturelle d'importance à l'époque néolithique est ce que Cauvin appelle la «révolution des symboles»: une humanisation spectaculaire de l'art, autrefois zoomorphe et désormais dominé par la représentation de la femme, symbole de fertilité, qui évolue très vite vers la mise en scène d'une femme déesse dominant les fauves. Pour Cauvin, cette poussée du sentiment religieux indique une mutation mentale de l'être humain, une prise de conscience de sa finitude, mais aussi, à travers l'image d'un dieu humanisé, la conscience d'une place nouvelle des hommes dans le monde, qui a pu autoriser ces derniers à «intervenir en tant que producteurs actifs» et non plus comme simples spectateurs.

L'explosion du symbolisme et du sentiment religieux n'est peut-être pas le seul motif du rassemblement de communautés productrices. Mais ce qui importe ici, pour notre propre enquête, c'est la certitude absolue que les humains ont éprouvé le besoin de développer de nouvelles activités sociales, et nullement celui de surmonter la rareté, de s'enrichir ou de produire toujours plus.

282. *Ibid.*, pp. 93-94.

L'invention de la rareté et du marché

Si le désir d'enrichissement et le combat contre la rareté n'ont pu être la source des grandes cités humaines, ils en furent, en revanche, la conséquence. En effet, la sédentarisation définitive dans des villages, puis des villes, amène le stockage des biens, l'attachement de chacun à un habitat fixe, l'exploitation permanente d'un même territoire et la possibilité de conserver des objets. Ainsi apparaîtront dans les sociétés d'agriculteurs le sens de la propriété, le désir de posséder de nouveaux biens, la surexploitation de leur milieu naturel, les inégalités et la pauvreté. Cette mutation culturelle a peu à peu détruit l'état d'abondance et d'égale satisfaction des besoins des sociétés de chasseurs. Comme l'écrit Sahlins, «ce ne fut qu'au moment où elle eut presque atteint le sommet de son développement matériel que la culture érigea un autel à l'Inaccessible: des *Besoins infinis*». Ce que les modernes appellent le «progrès», la prétendue «maîtrise de la nature» par les humains, a en fait livré ceux-ci au manque, au règne d'abord culturel de la rareté, avant que la surexploitation de la planète ne les confronte à la rareté physique absolue.

Néanmoins, durant quelques millénaires encore, cette quête de l'«Inaccessible» fut essentiellement communautaire et détournée vers le Ciel. Contrairement à la fable néolibérale, la société de production ne remplace pas la prédation naturelle par l'échange marchand. Elle ne fait que prolonger, en l'adaptant, le mode de relation universel des premières sociétés humaines, ce mode oublié par tous les néolibéraux, marxistes et «modernes» réunis: *le don*. Depuis le célèbre *Essai sur le don* de Marcel Mauss, on sait que la structure la plus naturelle des relations sociales est celle du don, qui implique la triple obligation sociale de donner, de recevoir et de rendre. Le génie de Mauss ne s'est pas limité à analyser le fonctionnement de l'économie du don dans les sociétés primitives. Il nous a aussi appris comment les principes d'engagement réciproque, qui régissent les relations économiques et sociales primitives, ont continué d'inspirer les conventions sociales et le droit dans toutes les sociétés ultérieures avant l'invention de l'économie de marché[283].

Car *le marché n'est en rien le mode naturel de relation économique entre les hommes, même dans une économie de production.* Durant des millénaires d'économie agricole, l'échange marchand fut très limité et surtout réservé au commerce lointain avec des étrangers. Et dès l'instant où le commerce marchand commence à gagner les relations internes à la société, les conventions sociales persistent longtemps à réprimer la recherche du gain pour lui-même. L'argent et le commerce ne sont tolérés qu'en tant qu'instruments intermédiaires de l'économie domestique ou des échanges valorisés en tant que relations sociales. On doit particulièrement à Karl Polanyi d'avoir démontré et souligné la révolution sociale extrêmement récente qu'a constituée l'invention d'une économie de marché et des mobiles marchands : « En dépit du chœur d'incantations universitaires, si opiniâtre tout au long du XIXe siècle, le gain et le profit tirés des échanges n'avaient jamais joué auparavant un rôle important dans l'économie humaine. Quoique l'institution du marché ait été tout à fait courante depuis la fin de l'âge de pierre, son rôle n'avait jamais été que secondaire dans la vie économique[284]. »

---

283. Grâce au réseau de chercheurs fédéré autour de la *Revue du MAUSS* et animé par Alain Caillé, l'inspiration initiale de Marcel Mauss continue à entretenir un foisonnement de travaux pluridisciplinaires.

284. *La Grande Transformation*, *op. cit.*, p. 71.

En un sens donc, le marché et l'appât du profit personnel sont des épiphénomènes culturels, contraires à une nature humaine sociale forgée par des millions d'années d'évolution. Mais le propre de l'évolution humaine est précisément d'avoir engendré la seule espèce capable de s'émanciper d'une évolution strictement biologique en déployant sa propre évolution culturelle. *Ce qui constitue la liberté de l'humain est précisément sa faculté de choisir une culture contre nature, y compris contre sa propre nature.* Mais nous n'avons pas la liberté de changer notre nature (quelques centaines de milliers d'années seront nécessaires pour une mutation génétique de l'espèce humaine).

Par conséquent, l'adaptation des humains aux tensions, au stress et autres pathologies provoqués par une société de compétition généralisée ne se fera pas grâce à l'apparition d'un gène de la libre concurrence. Les humains ne trouveront jamais la sérénité psychique dans un contexte qui leur interdit d'être paisiblement ce qu'ils sont, c'est-à-dire des êtres conscients de leur singularité, mais irrémédiablement constitués par leurs liens et leur conversation avec les autres, des êtres qui ont autant besoin d'attachement que de liberté. Une culture et un système économique qui enjoignent aux êtres de se dissocier les uns des autres sont nécessairement une source de souffrance psychique. Notre évolution, désormais exclusivement culturelle, devrait donc accoucher d'une nouvelle culture qui nous libère de la maladie néolibérale.

Mais il se pourrait aussi que notre prédisposition naturelle à respecter les conventions du groupe limite notre capacité à nous libérer d'une culture contre nature, une fois qu'elle s'est installée. Et si la souffrance psychique engendrée par une dissociété qui détruit nos liens est trop intense, il se pourrait aussi que nous la refoulions et préférions ainsi le refuge d'une vraie pathologie au stress du combat. Notre nature sociale est-elle le point d'appui d'un combat contre la dissociété humaine? Risque-t-elle au contraire de déclencher des réflexes défensifs inconscients qui nous enlisent dans une servitude volontaire? C'est ce dont nous allons débattre à présent.

10

L'homme dissocié et la servitude volontaire

La première partie de cet ouvrage a établi que certains acteurs ont intérêt au développement d'une dissociété de marché et que l'évolution des rapports de force les a placés en position de promouvoir leur modèle. La deuxième partie a par ailleurs montré comment l'évolution de la pensée moderne avait engendré une culture susceptible de soutenir et de justifier ce modèle. Mais il est apparu aussi que cette culture repose sur une conception erronée de la nature humaine et des sociétés humaines: les connaissances dont nous disposons aujourd'hui nous autorisent à affirmer, sans la moindre hésitation, que ce modèle est faux et son application mortifère, puisqu'elle tend à imposer un mode de relation entre les hommes contraire à celui qui autorise un développement psychique normal de l'être humain. Il résulte de ce dernier constat que la dissociété n'est pas la conséquence d'une nature humaine dissociée; elle est au contraire un processus qui contrarie et se heurte à l'essence sociale de l'être humain. Dès lors, ceux qui trouvent leur intérêt à la dissociété doivent entreprendre de transformer un «animal social» en individu dissocié adoptant les comportements les plus adaptés à l'essor des marchés, mais les plus inadaptés à son équilibre mental.

La dissociété est donc un processus culturel et politique qui repose sur la délicate transformation psychique de chaque personne en individu atomisé, en guerrier actif ou résigné, avide de biens pour lui-même et peu soucieux d'autrui. L'enjeu de cette manipulation psychologique générale est à la fois politique et économique.

L'homme dissocié ou la « violence ontogénétique »

L'*enjeu politique* de la dissociation néolibérale est évident. Il s'agit de neutraliser l'émergence d'une résistance citoyenne à la logique de compétition généralisée et, mieux encore, de remplacer la résistance par une addiction à la compétition et à la consommation. En plaçant l'individu en situation objective de guerre contre les autres, où son avenir et son bien-être dépendent de sa performance relative, les politiques néolibérales entendent *faire de la compétition la seule voie possible de réalisation de soi.* En inculquant une culture individualiste, l'idéologie néolibérale entend aussi ériger la compétition en seule voie *souhaitable* de réalisation de soi, en sorte que les individus ne s'y adonnent pas seulement par contrainte, mais plus pleinement encore par amour du combat.

L'*enjeu économique* de la dissociation néolibérale n'est pas moins clair. Rien ne serait plus fatal à la profitabilité du capital qu'une population apaisée et rassasiée de bien-être grâce à la qualité et l'intensité des liens sociaux. Les amoureux vivent d'amour et d'eau fraîche : ce n'est pas bon pour les affaires ! Et les sociétés primitives, qui jouissent d'une abondance frugale et consacrent plus de temps à bien vivre ensemble qu'à produire, ne connaissent pas la croissance. L'extension des échanges marchands et des profits suppose au contraire une population frustrée, stressée et angoissée, jamais satisfaite, tiraillée par le manque, une population « consommane » en quête perpétuelle d'une nouvelle « dose » de biens, une population habitée par la peur d'un vide intérieur insondable et, dès lors, tout entière occupée à faire le plein : remplir les estomacs, les yeux, les oreilles, les frigos, les Caddie, les étagères, les bacs à fleurs, les temps « morts », ces temps présumés atroces car l'on n'y fait rien – comme si vivre tout simplement n'était « rien » quand le temps cesse d'être encombré par des choses !

Engendrer cette population idéale pour une société de marché est précisément la fonction économique du délitement des liens sociaux : en nous privant toujours plus d'une dimension constitutive de l'être – le plaisir des liens –, il nourrit un manque existentiel croissant qu'il faut bien compenser par d'autres plaisirs consentis au moi. *Le néolibéralisme stimule ainsi un besoin de biens insatiable par nature, puisqu'il résulte en réalité d'un manque de liens qu'aucun bien ne saurait combler.* Quelle meilleure garantie de renouvellement de la demande et des profits que de vendre de nouveaux téléphones portables pour compenser un manque de convivialité et de solidarité ?

Toutefois, que l'entreprise néolibérale de dissociation présente un intérêt évident pour certains n'enlève rien au fait qu'elle entre en contradiction avec les aspirations naturelles des êtres humains. Une contradiction majeure entre un système social et la nature humaine est toujours possible, car, depuis plus de dix mille ans, le propre de l'évolution humaine est de n'être plus d'ordre biologique mais culturel. Cet affranchissement à l'égard de la sélection naturelle est ce qui constitue la liberté de notre espèce. Mais c'est aussi ce qui autorise le développement d'une *culture contre nature* ! La question est donc ici de savoir comment la culture néolibérale parvient à gérer, à contourner ou à exploiter la réaction ou le rejet que devrait logiquement provoquer une tentative de dissociation contre nature.

En particulier, l'entreprise de *dissociation personnelle*[285] doit surmonter une difficulté majeure : elle exige la séparation de nos deux aspirations ontogénétiques, alors qu'elles sont indissociables ! En effet, notre problème existentiel n'est pas de choisir *entre* « être soi » et « être avec », car cela n'aurait tout simplement aucun sens. Pour être nous-mêmes, nous avons besoin des autres, de leur regard, de leur reconnaissance, de leur parole, de leur écoute, de leur différence… Nous sommes biologiquement et psychiquement constitués par des relations aux autres. *Nous ne sommes pas des êtres préexistants qui entrent en relation, mais des êtres nés d'une relation et dont le développement est façonné par un ensemble d'interactions avec les autres : nous sommes de la relation incarnée. Exister, c'est être par et avec d'autres.* Ce n'est pas là une *hypothèse*, c'est un simple *fait*, que je pense avoir à ce stade suffisamment établi.

Aussi, en un sens, il est impropre de dire que nous sommes habités par *deux* aspirations ontogénétiques, puisque ces deux-là n'en font qu'une. Mais comment dire aussi que cette « une » n'abolit pas la tension entre les « deux » ? Notre pensée occidentale est façonnée par le dualisme, cette propension à tout découper en deux parties distinctes et opposées (le corps et l'âme, le matériel et le spirituel, le bien et le mal, l'intérieur et l'extérieur, l'individu et la société, etc.). Nous pouvons concevoir aisément le rapprochement, la confrontation, voire la collaboration *a posteriori* d'éléments distincts les uns des autres *a priori*, tant qu'ils restent séparables, susceptibles de recouvrer leur autonomie. En revanche, nous avons du

285. Ou encore *dissociation intrapersonnelle;* désigne la division psychique interne de l'individu (cf. chap. 4).

mal à penser des éléments *a priori* assemblés et inséparables, néanmoins non confondus. Nous concevons difficilement l'unité plurielle, l'inextricable. Aussi, même pour exprimer l'indissociabilité de nos aspirations ontogénétiques, nous sommes tentés de recourir à une image dualiste. Nous pourrions dire qu'elles sont *les deux faces d'une même aspiration : le désir d'être.*

Mais l'essentiel n'est pas de trouver les mots idéaux pour dire le peut-être indicible. L'essentiel est de retenir que, même si elles peuvent être contradictoires, *nos aspirations ontogénétiques ne sont ni substituables l'une à l'autre ni séparables l'une de l'autre.* C'est pourquoi on peut supposer que, guidés par un instinct de conservation de soi, notre penchant naturel consiste à rechercher un compromis, un équilibre harmonieux, une conciliation, voire, dans l'idéal, une synergie entre ces deux aspirations, en sorte d'éviter un conflit suicidaire entre deux ennemis que l'on sait inséparables à jamais. Dès lors, presser l'individu de dissocier ses aspirations au lieu de les concilier, c'est exiger un déchirement psychique mortel.

Sous cet éclairage, on comprend mieux en quoi l'on peut affirmer que la dissociété de marché « violente » les individus. Derrière les violences visibles (stress, chômage, exclusion, dépression, harcèlement, etc.) se profile une violence plus profonde, une *violence « ontogénétique » en ce sens qu'elle menace l'unité même de l'être, ébranle l'équilibre que l'individu a construit depuis sa naissance pour tenter d'être lui-même sans renier ses liens, de rester lié sans se renier lui-même.* En effet, dans le processus de dissociation, la société se met en travers de la route de l'individu vers ce fragile équilibre. Elle somme le travailleur solidaire de se muer en compétiteur solitaire ; elle ordonne au père de famille de devenir pour ses enfants un préparateur de combat, avant leur entrée sur le ring des marchés ; elle demande au cadre supérieur *le courage de faire souffrir les autres*. Elle offre reconnaissance et plaisirs à celui qui renonce à la solidarité, fait miroiter une pleine réalisation de soi par la guerre contre les autres, dévalorise et entrave ceux qui s'entêtent à privilégier la coopération sur la compétition. Elle interdit de considérer les autres comme un secours, comme un support du soi, puisque chacun est censé être seul responsable de lui-même et que, dès lors, compter sur autrui, c'est renoncer à sa propre dignité. Bref, entre son désir d'être soi et celui d'être avec, la dissociété somme l'individu de choisir, l'exhorte à la mutilation d'une part vitale de son être, énonçant ainsi *un ordre aussi impératif qu'impossible à satisfaire*.

Rappelons au passage que l'hypersociété collectiviste induit aussi un processus de dissociation de l'être (elle vise l'amputation du désir d'être soi, par et pour soi-même). Mon insistance sur la violence de la dissociété ne doit pas occulter ou minimiser la violence d'un régime collectiviste qui hypertrophie les liens collectifs et anéantit l'individu. La dissociété et le néolibéralisme restent néanmoins les cibles principales de ce livre, pour la seule raison qu'ils sont la menace du temps présent. Nous ne sommes pas aujourd'hui menacés par le collectivisme. Nous sommes en revanche confrontés à un système et à une culture qui tendent à hypertrophier le culte et le contentement du « moi » et à détruire la vie et le goût du « nous ».

Barbarie douce et résilience

La dissociation, qu'elle résulte d'un régime néolibéral ou d'un régime collectiviste, est *un écartèlement de la personne*, un écartèlement psychique. Elle installe un cadre de vie et une culture qui interdisent à l'individu de trouver sa place dans la vie sociale autrement qu'en réprimant l'une de ses deux aspirations ontogénétiques, c'est-à-dire en renonçant à une vie pleinement humaine. Le collectivisme dissout l'individu dans la masse, le néolibéralisme l'isole de la masse; le collectivisme force l'individu à vivre avec et comme des gens qu'il n'aime pas, le néolibéralisme lui enjoint de se battre contre tous, y compris ses amis; l'un interdit d'être vraiment soi, tandis que l'autre empêche d'être vraiment avec.

Une différence notable entre ces deux formes de barbarie est que la forme néolibérale est plus douce[286], plus insidieuse et donc plus efficace. En effet, le néolibéralisme ne nous impose pas l'amputation à vif de notre moi solidaire, de notre aspiration au vivre ensemble, de notre être social. Il s'appuie au contraire sur notre quête d'un équilibre intime entre les «deux faces» de notre être et s'efforce, en bonne logique marchande, de *compenser toute perte de soi par un gain de soi*. Le néolibéralisme peut en effet stimuler des satisfactions puissantes pour compenser les manques engendrés par le délitement des liens sociaux. L'exaltation de l'autonomie, de la responsabilité et du mérite individuel est en effet une source abondante de jouissance narcissique et d'estime de soi. *Le néolibéralisme s'appuie ainsi sur notre désir de penser à nous-mêmes pour nous déshabituer de penser aux autres.*

Par ailleurs, l'efficacité croissante de la production permet *la compensation du déficit de liens par un gavage de biens*, de jeux, d'images et de sons, qui maintient les esprits dans un état quasi permanent de sieste postprandiale. Pour résister un tant soit peu à l'aliénation d'une part de nous-mêmes, il faudrait d'abord avoir le temps de la concevoir, réserver quelques minutes quotidiennes à la

286. D'où la justesse du nom de «barbarie douce» donné par Jean-Pierre Le Goff au discours néolibéral dans son livre *La Barbarie douce. La modernisation aveugle des entreprises et de l'école*, La Découverte, 1999.

réflexion sur nos vies et nos aspirations. Or, c'est à l'occupation effrénée de ces quelques minutes que s'emploient et l'intensification du temps de travail, et l'encombrement de nos temps « libres » par la fatigue, la consommation, la télévision et autres « loisirs ». Comme l'écrit Miguel Benasayag : « Les mécanismes d'aliénation [...] sont nombreux et divers, mais tous fonctionnent selon le même principe : nous prendre au piège de ce qui, dans chaque situation, que ce soit par urgence, par plaisir ou par paresse, tend à saturer notre quotidien[287]. »

Ainsi, sauf exception, *le néolibéralisme n'a pas recours à la force brute, à la contrainte des corps, il obtient la soumission sous anesthésie (à la consommation), par l'abrutissement et par la manipulation psychologique*.

Cela dit, même sous anesthésie, l'amputation d'une part de nous-mêmes n'est jamais tout à fait possible. Si l'empathie et le souci d'autrui sont, entre autres, des dispositions naturelles, ils ne peuvent être éliminés. Un désir constitutif de notre être depuis notre conception – et peut-être inscrit dans nos gènes après quelques millions d'années d'évolution vers l'espèce humaine – ne disparaît jamais. Le désir d'être vraiment, pleinement, peut être mutilé, étouffé, mais peut resurgir tant que l'être survit. On l'a vu, la grande plasticité du cerveau autorise presque toujours une reconstruction de l'être, notamment et surtout grâce à la création de nouveaux liens. Le processus de dissociation n'est donc jamais réussi une fois pour toutes. La dissociété n'est jamais un *état permanent*. Elle reste un *processus continu de répression* de l'« être avec », répression sans laquelle l'aspiration mutilée serait inéluctablement réactivée.

Or, la meilleure façon de réprimer une aspiration récurrente – la plus économique – est évidemment d'enrôler

---

287. Miguel Benasayag, *Le Mythe de l'individu*, *op. cit.*, p. 36.

l'individu lui-même dans les forces de répression, de le constituer en gardien de sa propre prison – ce lieu intime et refoulé où il tiendra recluse la part de lui-même qui n'a plus droit de cité. C'est pourquoi *le néolibéralisme espère mieux que la servitude des êtres qu'il dissocie : il espère la servitude volontaire, la coopération passive ou active de l'individu à sa propre aliénation.*

Mais comment la soumission volontaire à l'inacceptable est-elle possible ? Si la dissociété constitue réellement la violence ontogénétique que nous décrivons (une atteinte à l'intégrité de l'être humain, une entrave à la capacité de mener une vie pleinement humaine), ne devrait-elle pas susciter d'abord et surtout la révolte, la résistance, l'opposition – bref, une réaction quelconque mais hostile ? Cela paraît évident ? Pourtant, nous verrons que la rébellion contre l'inacceptable n'est pas la réaction la plus probable des individus ordinaires.

Tout d'abord, on ne peut pas exclure l'éventualité d'une absence de réaction à proprement parler et d'un effondrement de l'individu. Parfois l'inacceptable anéantit. Pour certains, vivre dans une dissociété dominée par la rivalité et la compétition permanentes peut être insupportable au point d'anéantir toute capacité et toute envie de résister. L'attaque n'est plus la meilleure défense quand on est sûr de perdre. Certains ne parviennent jamais à faire le deuil imposé d'une partie d'eux-mêmes, le deuil d'une société humaine à laquelle ils ont autrefois goûté, le deuil d'un sens à la vie (d'une signification et d'une direction) jadis offert à l'individu et désormais absent d'un monde désenchanté. Alors, ne percevant plus la possibilité d'être eux-mêmes avec les autres, ni l'espoir de retrouver une place dans une vraie société, ils s'enfoncent dans une longue dépression, avant parfois de renoncer à la vie.

Ainsi, le culte collectif de l'individu peut détruire l'individu singulier et solitaire. Toutefois, la plus élémentaire observation impose ce constat : la dépression et le suicide restent des issues extrêmement minoritaires à la difficulté de vivre, quelle que soit l'ampleur de celle-ci. À trop insister sur les pathologies d'origine sociale, on risque d'occulter ce fait social majeur : *l'effet le plus spectaculaire d'une société inhumaine est sans doute que l'immense majorité des individus ne tombent pas malades, signe que, d'une manière ou d'une autre, ils s'adaptent pour préserver leur intégrité psychique.*

Cette capacité d'adaptation fait l'objet d'une attention particulière des psychologues et des psychothérapeutes, surtout depuis les années 1980. En effet, la majorité des enfants qui grandissent dans des conditions difficiles – cumulant des facteurs à risque pour le développement psychique – ont un développement normal. De même, la majorité des individus soumis à une situation traumatisante ne tombent pas malades. Les spécialistes dénomment « résilience » cette compétence dont semble ainsi doté le psychisme des êtres humains pour surmonter les situations difficiles ou les traumatismes[288]. Les travaux sur la résilience rééquilibrent l'étude des pathologies, qui tendait auparavant à s'intéresser essentiellement à leurs causes et aux facteurs de vulnérabilité psychique des individus. On considère désormais qu'il est tout aussi essentiel de mettre au jour les mécanismes de défense et les facteurs de protection grâce auxquels des situations et des épreuves pathogènes non seulement ne débouchent pas sur une pathologie, mais ont aussi parfois un effet positif sur le développement psychique de l'individu.

Cette démarche des psychothérapeutes doit inspirer le « sociothérapeute ». L'essor d'une dissociété inhumaine

288. On trouve un exposé très accessible des travaux sur ce sujet dans Marie Anaut, *La Résilience. Surmonter les traumatismes*, Armand Colin, 2005.

est en effet incompréhensible et non traitable si l'on ne décrypte pas les mécanismes grâce auxquels ses membres évitent ou transfigurent une souffrance psychique qui pourrait, à défaut, anéantir leur participation ou déclencher leur révolte. La résilience protège l'individu contre la maladie psychique (et c'est heureux), mais, ce faisant, elle nous enlise collectivement dans la maladie sociale, puisqu'elle rend soutenable la vie dans une société inhumaine. L'instinct de survie, la volonté d'être, envers et contre tout, font qu'il n'est pas toujours surhumain de survivre dans une société inhumaine: *la plupart des individus réagissent donc à la dissociation. Mais cela n'implique en rien qu'ils la combattent:* pour la sécurité mentale d'un être, il peut être tout aussi efficace d'adhérer pleinement à l'idéologie et au système qui l'oppressent, ou encore de «faire avec» sans conviction.

Face à la dissociété, les êtres humains oscillent ainsi de l'identification à la rébellion, en passant par l'accommodation pragmatique et la résistance passive; ils s'efforcent aussi de préserver ou reconstruire de nouveaux espaces de sociabilité protégés, des microsociétés isolées et abritées de la violence qui sévit sur le champ de bataille qu'est devenue la grande société. Or nous allons voir à présent comment *chacune de ces réactions participe à l'approfondissement de la dissociété contre laquelle elle est censée offrir une protection. Car telle est la force singulière de ce processus: il se nourrit des réactions de défense qu'il engendre!* Et c'est en cela qu'il constitue à terme une impasse mortelle pour toute société qui s'y engage.

Les « collabos » de la dissociété : lutte des classes ou lutte pour être ?

La plus paradoxale mais aussi la plus confortable des « réactions » est celle des « collabos » qui se convertissent pleinement à la nouvelle culture et prêtent volontiers leur concours à sa diffusion comme à sa mise en œuvre. Où est le paradoxe, direz-vous, quand on considère que ces collabos se recrutent surtout chez les gagnants de la dissociété de marché : les détenteurs du capital, les cadres dirigeants, les jeunes créateurs d'entreprises issus de milieux favorisés et qui n'ont jamais vraiment connu d'autre culture – bref, tous ceux qui sont du bon côté du manche ?

Les choses seraient plus simples en effet si la « lutte de la classe ouvrière » contre le patronat expliquait tous les ralliements et tous les antagonismes. Las pour la simplicité, il n'en est rien. Il est des cadres dirigeants à qui la dissociété de marché fait horreur et qui revendiquent la hausse des impôts pour financer une société plus solidaire. Il est aussi des ouvriers scandalisés par le revenu minimum et l'indemnisation du chômage, tant ils adhèrent au culte néolibéral de la responsabilité individuelle qui fait de tous les « assistés » des fainéants et des parasites. Certes, il est sans doute plus facile et donc plus fréquent pour quiconque de s'identifier et d'adhérer à une culture et à un système qui favorisent manifestement ses intérêts matériels. Mais il n'est pas moins évident que le statut social et la « classe » sociale n'expliquent pas tout.

Qui plus est, même quand l'adhésion à un système semble justifiable par l'intérêt économique évident des acteurs concernés, il faut se défier d'une explication superficielle qui prend le résultat observé pour la cause. La défense de l'intérêt économique n'est que l'une des stratégies mobilisables par le désir d'être soi. D'autres motivations – associées à la quête de relations harmonieuses et gratifiantes avec les autres – peuvent entrer en contradiction radicale avec la quête de l'intérêt économique. Par conséquent, si un comportement *semble* privilégier la défense triviale d'un profit, cette apparence ne vaut pas explication. Une explication pertinente doit mettre en lumière le *conflit psychique* interne entre cette motivation particulière et toutes les autres, et découvrir le processus qui en détermine l'issue.

Ainsi, par exemple, les cadres dirigeants chargés de mettre en œuvre un plan social – et qui doivent décider lesquels de leurs collaborateurs seront mis sur la touche – ne le font pas de gaieté de cœur, même s'ils sont du bon côté du manche, dans un système préservant leurs intérêts. Le fait qu'il soit financièrement plus confortable d'être le licencieur que le licencié n'implique pas qu'il soit psychiquement plus facile de licencier que d'être licencié. Tel serait le cas si, conformément à la vision du matérialisme vulgaire[289], notre bonheur ou notre malheur

---

289. Je veux attirer l'attention sur le fait que je ne propose pas ici une vision idéaliste (tenant compte d'aspirations humaines immatérielles) qui s'opposerait au matérialisme historique marxiste, qui voit dans les conditions matérielles de production et l'affrontement des intérêts économiques les seuls facteurs déterminants. Je m'appuie, au contraire, sur un matérialisme réaliste et scientifique pour lequel les idées, les croyances, les aspirations morales sont tout aussi matérielles que les intérêts économiques. La vie psychique des individus est un phénomène physique et donc aussi matériel que l'argent. Opposer des intérêts économiques, qui seraient, eux, « matériels », aux autres aspirations humaines, présumées immatérielles, reflète une posture idéaliste ou spiritualiste qui sépare le corps de l'âme. Par conséquent, l'idée marxiste selon laquelle les intérêts économiques constitueraient une « infrastructure » matérielle déterminant la « superstructure » intellectuelle et spirituelle (les idées, les croyances, etc.) constitue ce que j'appelle un « matérialisme vulgaire », fondé paradoxalement sur une conception métaphysique de l'être humain – conception erronée par ce seul fait qu'elle sépare et hiérarchise ce qui est biologiquement

ne dépendait que de notre part dans la valeur ajoutée ou de notre compte en banque. Mais tel n'est pas le cas. Notre seule grande affaire est d'être. Si notre désir d'être en harmonie avec les autres est indissociable de notre désir d'être soi, alors toute situation où nous infligeons à autrui une illégitime violence met en danger l'équilibre de notre être, nourrit un sentiment oppressant de culpabilité et détruit l'estime de soi. Cette situation n'est donc pas durablement soutenable sans un processus efficace d'autojustification qui rétablit au moins un simulacre de conciliation entre les deux faces de notre désir d'être.

Par conséquent, soutenir qu'un individu exerce sur un autre une pression ou une violence quelconques, parce que tel est son intérêt économique, ne constitue jamais une explication suffisante. C'est, au mieux, le constat d'une *coïncidence* dont la grande fréquence pousse les esprits simples vers une idéologie économiciste sommaire et masque le processus d'autojustification de l'être qui la rend possible. La question de savoir pourquoi des humains deviennent les « collabos » zélés d'une dissociété inhumaine reste donc tout aussi pertinente pour ceux dont elle sert les intérêts que pour ceux qui en subissent les méfaits.

Les ressorts de la soumission à l'autorité

Nous pouvons trouver certains éléments de réponse dans les nombreux travaux de psychologie sociale suscités par ce que Hannah Arendt appelait la « banalité du mal » : la facilité déconcertante avec laquelle des individus ordinaires ont prêté leur concours actif à la barbarie dans les systèmes totalitaires. Je m'appuierai ici sur

---

indissociable et en interaction permanente (sensations, émotions, pensées et actions).

la présentation de ces travaux récemment proposée par Michel Terestchenko[290].

Au préalable, il va sans dire que je n'entends pas comparer la barbarie totalitaire à la souffrance infligée par la dissociété de marché. Mon seul propos est de mettre en évidence les conditions dans lesquelles des individus sont capables de faire le contraire de ce qu'ils considèrent eux-mêmes comme souhaitable et juste *a priori*, en théorie, avant d'être confrontés à une situation concrète où leurs principes sont mis à l'épreuve des faits. Tous les individus sains d'esprit estiment *a priori* qu'« il faut » porter secours à une personne en danger de mort, ou encore qu'« il faut » refuser d'infliger une souffrance physique à un être sans défense et qui ne menace personne. Pourtant, de multiples faits divers et de nombreuses expériences de psychologie sociale démontrent que la majorité des individus sains d'esprit et élevés dans le respect des droits de l'homme peuvent laisser mourir leur voisin sans broncher ou exercer des sévices sur des victimes innocentes !

L'expérience du psychologue américain Stanley Milgram, en 1960-1961, est sans doute la plus célèbre[291]. Un sujet croyant participer à une expérience sur la mémoire doit questionner un élève (un acteur complice de l'expérience) et sanctionner chaque mauvaise réponse par un choc électrique d'intensité croissante. Milgram constate avec effroi qu'une large majorité des sujets acceptent d'aller jusqu'au choc d'intensité maximale tant que le scientifique menant l'expérience leur enjoint de mener celle-ci jusqu'au bout. Et ce, non seulement

290. Dans *Un si fragile vernis d'humanité*, *op. cit.*, chap. 3-7. Le lecteur pourra trouver dans cet ouvrage un exposé et un commentaire détaillés des diverses expériences auxquelles je ferai allusion dans les trois sections qui suivent.

291. Stanley Milgram, *La Soumission à l'autorité*, Calmann-Lévy, 1974.

en dépit des protestations et de la souffrance parfaitement feinte par le faux élève, mais aussi malgré la pénibilité croissante de l'expérience pour le sujet lui-même. Toutefois, le taux d'obéissance des sujets chute fortement (à moins de 20 %) quand l'expérimentateur est absent (en fait, ils trichent en n'administrant pas vraiment les chocs, mais ils ne quittent pas l'expérience); il recule davantage encore (à 10 %) quand le sujet est encadré par deux autres sujets (complices) qui, eux, refusent de continuer; inversement, si les deux sujets complices vont jusqu'au bout, 92,5 % des sujets « naïfs » font de même! L'analyse de cette expérience suggère quelques éléments clés dans le processus de soumission à un ordre dicté de l'extérieur et contraire au mouvement spontané de l'individu.

En premier lieu, *les individus se soumettent uniquement en présence d'une autorité jugée légitime* et qui assume la responsabilité de l'expérience. La légitimité de l'autorité ne tient pas qu'à la personnalité du donneur d'ordres, mais aussi à son discours, c'est-à-dire à l'idéologie justificatrice démontrant la nécessité et les bienfaits attendus de l'action exigée.

En second lieu, *le sujet vit un conflit psychique anxiogène* entre l'obéissance à ses propres principes et l'obéissance à l'autorité. Le sujet minoritaire qui refuse de poursuivre l'expérience ne cherche pas à éviter le conflit; il fait face à la difficulté de rompre ses engagements et de contester l'autorité légitime, il accepte d'endurer la réprobation suscitée par son choix, il se considère comme responsable ce qu'il fait tant qu'il en a la liberté. Milgram dit qu'il est « autonome ». J'insiste ici sur le fait que l'autonomie postulée par la conception moderne de l'être humain reste donc une disposition minoritaire, au XXe siècle, chez des sujets américains qui baignent depuis l'enfance dans une culture fondée sur l'autonomie et la responsabilité individuelles. Le comportement vraiment autonome ne concerne que 7,5 % des sujets, puisque 92,5 % d'entre eux acceptent d'obéir s'ils sont mêlés à d'autres sujets obéissants.

Le sujet obéissant, quant à lui, ne supporte pas d'affronter le conflit entre sa loi propre et celle de l'autorité et des autres membres de la société. Il cherche, avant tout, le moyen d'évacuer son angoisse en mettant un terme rapide au conflit. Il ne tente pas à proprement parler de justifier ses actes. Il en vient plus exactement à *penser que ce n'est pas lui qui décide et qui agit*, et qu'en conséquence la question de sa responsabilité ne se pose pas. Il est donc au fond reconnaissant à l'autorité qui accepte d'endosser la responsabilité des événements et à toute idéologie qui décrit ces derniers comme nécessaires et/ou finalement profitables au bien commun. L'une et l'autre lui évitent de se poser une question anxiogène.

Ces constats sont d'un intérêt particulier pour la question qui nous intéresse dans ce chapitre : Comment un individu réagit-il à l'entreprise néolibérale de dissociation de l'être, source d'un conflit intérieur entre nos deux aspirations ontogénétiques ? Les constatations de Milgram nous incitent à prédire que la plupart d'entre nous chercheront en priorité à éteindre ce conflit douloureux plutôt qu'à faire face.

Ce processus d'évitement du conflit psychique est confirmé par d'autres expériences, où les sujets ne sont plus soumis à une autorité légitime, mais placés dans une institution qui leur confère l'autorité. Terestchenko commente notamment l'expérience de la prison de Stanford menée en 1971 par Philip Zimbardo. Douze étudiants recrutés et rémunérés pour participer à une étude sur les effets de la vie en prison, sans autres précisions, sont incarcérés à la suite d'une vraie-fausse arrestation surprise par la police. Ils sont, en réalité, installés dans une fausse prison aménagée dans l'université de Stanford et épiés en permanence par les expérimentateurs. Douze autres étudiants, recrutés dans les mêmes conditions, exercent la fonction de gardiens de prison. En quelques jours à peine, cette situation fictive dégénère en un déchaînement de brimades, de mauvais traitements et d'humiliations infligés aux prisonniers, contraignant Zimbardo à interrompre prématurément l'expérience. Un tiers des gardiens a un comportement sadique, un autre tiers se contente d'être rigoureux et le dernier tiers refuse d'infliger des punitions. Mais personne ne s'oppose aux brutalités subies par les prisonniers, ni ne demande à partir !

L'analyse de cette sinistre expérience fait ressortir à nouveau le processus de déresponsabilisation évoqué plus haut. Ici, ce n'est pas l'autorité qui exige un résultat et endosse la responsabilité, c'est la situation ! Les gardiens, qui ne sont en rien obligés de poursuivre l'expérience, ne font à aucun moment face au débat intérieur : cette situation et la souffrance des détenus sont-elles acceptables ? Pas même les deux tiers qui ne manifestent aucune prédisposition hostile à l'encontre des détenus ! *C'est la situation qui veut ça*, semblent-ils penser. Ils sont dans leur rôle, qui est de réprimer les velléités de rébellion des détenus. Ce qui est déconcertant, c'est la facilité avec laquelle ce rôle en vient à se substituer à eux-mêmes. Nous sommes confrontés là à *une inconsistance de l'individu face à une situation inhumaine* qui soumet des victimes au bon vouloir d'autres êtres. Comme le souligne Terestchenko, l'usage que ces étudiants ont fait de leur liberté est révélateur « non pas d'une pulsion humaine sadique et destructrice, mais de *la vulnérabilité, de la fragilité de leur moi*, de leur peu de capacité à trouver en eux-mêmes la force de résister, pas seulement à une autorité, mais à une institution aliénante[292] ».

292. *Un si fragile vernis d'humanité*, *op. cit.*, p. 157.

Les ressorts de la passivité et de la soumission au groupe

Alors, en l'absence de toute pression exercée par une autorité ou une institution aliénante, la compassion naturelle devrait inciter les individus à porter secours à tout être humain en souffrance ou en danger. Cette hypothèse banale a fait l'objet d'un intérêt particulier des chercheurs américains après un fait divers tragique qui la mettait sérieusement en doute : l'assassinat de Kitty Genovese. Cette jeune femme est attaquée et poignardée au pied de son immeuble, à New York, durant la nuit du 17 mars 1964. De 3 h 15 à 3 h 50 du matin, plus de trente-huit personnes entendent les cris ou assistent aux agressions répétées du meurtrier. Car ce dernier prend la fuite à deux reprises, avant de revenir quelques minutes plus tard pour achever sa victime après l'avoir violée lors de sa troisième attaque. Au bout de trente-cinq minutes seulement, un homme appelle la police, qui arrive en trois minutes pour constater la mort de la jeune femme. Celle-ci aurait pu être sauvée par un seul coup de fil donné un quart d'heure plus tôt par l'un des trente-huit témoins de la scène !

Une série d'études et d'expériences a alors été menée pour comprendre les ressorts de la passivité humaine en de telles circonstances. Il s'en dégage un résultat essentiel. Dans la plupart des cas, *un individu seul confronté à une situation d'urgence où d'autres personnes sont en danger fera ce qui est en son pouvoir pour leur venir en aide. En revanche, la présence d'autres témoins de cette situation inhibe les réactions de l'individu, et sa passivité augmente avec le nombre de témoins qu'il estime présents.* Ici se manifeste à nouveau le réflexe d'évacuation de l'angoisse, de refoulement du conflit intérieur. Si l'individu est le seul témoin, et psychiquement « normal », il peut rarement assumer la culpabilité immense et incontournable qu'impliquerait le fait de se dérober en abandonnant une victime innocente à son sort; il est obligé de faire face, parce que, à l'évidence, il est le seul responsable. En revanche, plus il y a d'autres témoins, plus il est aisé de se dire que les autres vont agir comme il convient, ou même ont forcément déjà fait ce qu'il fallait (prévenir la police ou les pompiers par exemple). On pourrait croire que la présence des autres incite chacun à agir pour éviter la désapprobation d'autrui, mais c'est le contraire qui se produit le plus souvent: leur présence inhibe l'action, et chacun semble attendre de savoir ce que vont faire les autres pour arrêter sa propre conduite.

Pour Terestchenko, commentant les études qui établissent ce résultat, l'inhibition de l'individu reflète principalement une « incapacité à se poser comme sujet indépendant, libre et responsable ». Car, pour ne pas se laisser influencer par l'inertie du groupe, il faut avoir « la capacité à se poser en son sein comme un individu autonome, comme un soi à part entière, à être autre chose qu'un individu atomisé, membre neutre et anonyme du groupe »[293]. Je partage pour partie ce diagnostic, qui me semble néanmoins ambigu. Il peut en effet signifier que la capacité de réaction adéquate de l'individu est d'autant plus forte qu'il est indépendant des autres, autonome au sens strict (auteur de ses propres règles de conduite). Or cette interprétation nous éloigne de la vérité de l'être.

Mon hypothèse est en effet que la force de l'être repose sur la qualité et l'étendue de ses liens aux autres. Le moi est solide, et donc capable d'assumer une certaine distance à l'égard d'un groupe, dans la seule mesure où il s'est construit sur des liens sécurisants et fortifiants avec autrui. Ce type de liens s'établit dans des relations où

293. *Ibid.*, p. 178.

l'individu peut jouir à la fois de la liberté et de l'attachement aux (et des) autres, et découvrir ainsi que l'attachement ne suppose pas la fusion indistincte et peut résister à la différence, au débat, aux divergences, au temps et à la distance. Par ailleurs, un individu qui a expérimenté et noué ce type de liens équilibrés dans des cercles variés de relations sociales peut endurer la réprobation dans l'un d'entre eux, si son estime de soi et sa confiance en soi sont réconfortées par la conscience qu'il a d'être en accord avec ce que l'on attend de lui dans les autres cercles constituant son espace social. *Ce n'est donc pas l'indépendance à l'égard d'autrui qui donne à l'individu la force d'être lui-même, éventuellement contre l'avis des autres; il puise cette force dans une interdépendance équilibrée et réussie* en termes de progrès humain, c'est-à-dire qui l'a fait grandir dans sa capacité à harmoniser l'« être soi » et l'« être avec ».

Je soutiens donc que Kitty Genovese n'est pas morte en raison du manque d'indépendance de ses voisins, mais, bien au contraire, à cause du manque de liens et d'interdépendance qui auraient constitué ses voisins en communauté humaine solidaire. Si Kitty Genovese avait été agressée au pied d'une résidence hébergeant des équipes de sportifs, non seulement la police aurait été prévenue instantanément, mais une vingtaine d'hommes seraient descendus en bas de l'immeuble pour secourir la jeune femme et maîtriser le meurtrier. Des hommes non pas indépendants les uns des autres, mais, au contraire, formés à construire leur accomplissement individuel dans l'interdépendance avec les autres et dans la subordination de l'intérêt personnel au bien commun.

Le ressort du courage des résistants

Mon hypothèse est confortée par l'une des expériences sur lesquelles Terestchenko appuie son interprétation. Il s'agit de tester la réaction d'un sujet dans une salle d'attente contiguë à une autre pièce où une bande préenregistrée simule le bruit et les appels au secours d'une femme victime d'une chute brutale. On constate que 71 % des sujets proposent spontanément leur aide quand ils sont seuls. Ils ne sont plus que 7 % en présence d'un complice qui se lève pour jeter un œil dans la pièce voisine, avant de se rasseoir en haussant les épaules ! Mais le taux d'intervention des sujets remonte à 70 % quand ils sont en présence d'un ami. Or, curieusement, Terestchenko insiste ici sur le fait que 30 % des sujets restent inhibés en présence de leur ami, alors qu'à l'évidence le fait majeur est ailleurs : dans ce cas, en effet, ils se comportent avec le même degré de responsabilité que s'ils étaient seuls, ce qui indique que *l'inhibition engendrée par la présence des autres disparaît quand les individus sont liés les uns aux autres*.

Il semble aussi que mon interprétation soit confortée par les multiples études sur le comportement des soldats ou des policiers allemands sous le régime nazi, en particulier ceux qui n'étaient ni des nazis ni des professionnels, mais des hommes ordinaires enrôlés malgré eux dans la guerre[294]. Ces études mettent d'abord en évidence la participation *volontaire* et majoritaire d'individus ordinaires sollicités pour prendre part à des exécutions massives de juifs. Participation « volontaire », dans la mesure où, dans la plupart des cas, ceux qui se désolidarisaient du groupe

---

294. Voir Daniel J. Goldhagen, *Les Bourreaux volontaires de Hitler. Les Allemands ordinaires et l'Holocauste*, Seuil, 1997.

et refusaient de s'impliquer dans des exécutions ne risquaient rien d'autre que la réprobation de leurs camarades. Comme dans l'expérience de Milgram, on retrouve la soumission à une autorité légitime qui endosse la responsabilité et justifie les ordres par une idéologie (en l'occurrence la déshumanisation des juifs). On retrouve la même propension à éviter d'exécuter des ordres quand on peut le faire à l'insu du donneur d'ordres, et la même incapacité à se dérober dès l'instant où l'autorité légitime est présente. Mais, en outre, ces situations font ressortir un autre facteur essentiel de soumission : l'incapacité à se désolidariser du groupe et à affronter la réprobation des camarades.

Puisque, disais-je plus haut, les individus concernés ne risquaient rien d'autre que la réprobation de leurs camarades, force est de constater qu'en obéissant aux ordres (dans 80 % des cas) ils cherchaient d'abord à éviter ce risque. « Ceux qui ne tiraient pas risquaient l'isolement, le rejet, l'ostracisme, une perspective très inconfortable dans le cadre d'une unité étroitement solidaire, stationnée à l'étranger au sein d'une population hostile[295]. » Nous retrouvons ici l'inconsistance de la personnalité individuelle, l'absence d'une confiance en soi et d'une estime de soi suffisantes pour supporter le mépris des autres, qui reconnaîtront dans le refus de tuer des innocents non pas le courage remarquable d'une personnalité autonome, mais la lâcheté d'une « femmelette ». Au fond, ce que redoute l'individu en cas de désobéissance, c'est que, en affirmant sa volonté d'être soi contre la volonté des autres, il se dissocie d'eux et perde ainsi ce qui donne du sens à son désir d'être. Être grand, noble, courageux, etc.,

295. Christopher Browning, *Des hommes ordinaires. Le 101e bataillon de réserve de la police allemande et la Solution finale en Pologne*, UGE, coll. « 10/18 », 1996, p. 243, cité par Michel Terestchenko, *Un si fragile vernis d'humanité*, *op. cit.*

n'a pour lui d'intérêt que s'il est effectivement reconnu comme tel par ses camarades. Celui qui choisit néanmoins de désobéir redoute aussi le mépris de ses camarades et en souffre, mais, en son for intérieur, il redoute plus encore la sentence d'autres juges : sa conscience, Dieu, ses enfants, ses amis, ses parents, etc. *Il puise la source de l'estime de soi dans un espace social réel et symbolique plus étendu et plus diversifié qui l'autorise à prendre ses distances à l'égard d'un groupe spécifique.*

Selon moi, ce qui distingue le sujet obéissant à l'ordre inhumain du sujet capable de refuser cet ordre, ce n'est pas la dépendance de l'un et l'indépendance de l'autre, mais deux formes opposées d'interdépendance avec autrui. Le sujet obéissant est dans un rapport de dépendance étroite, déséquilibrée et perverse : la construction de sa personnalité s'est probablement réalisée dans un contexte de relations sociales limitées à un espace restreint, où la préservation nécessaire des liens d'attachement supposait la fusion avec les autres, dans un contexte de méfiance ou de peur du monde extérieur au cercle étroit de construction du moi. Il s'ensuit un moi déséquilibré, où la nécessité impérieuse d'« être avec » s'installe au détriment de l'aspiration à « être soi » (et non pas en synergie). Un moi incapable d'endurer l'opposition au cercle étroit d'humanité qui le sécurise dans un monde peuplé d'étrangers menaçants. À l'opposé, le sujet désobéissant n'est pas moins dépendant des autres. Mais il est avec eux dans un rapport de dépendance élargie et équilibrée, qui autorise une synergie positive entre ses deux aspirations ontogénétiques. Son moi s'est construit dans un espace social plus étendu, où l'attachement à un groupe donné sert non pas à se protéger contre un monde extérieur hostile, mais offre la sécurité qui autorise à s'aventurer vers d'autres groupes et à ressentir l'altérité et les différences non plus comme une menace, mais comme un espace élargi d'épanouissement du moi dans la relation à autrui.

Ainsi, l'individu courageux qui s'oppose à l'ordre inhumain n'est pas l'individu roi, autonome et maître du monde inventé par les modernes, par opposition au lâche conformiste qui n'est rien par lui-même et sans les autres. L'un et l'autre sujet ne sont rien sans les autres. *Mais le lâche a trop peu d'autres sur qui étayer son être pour prendre le risque de détruire le peu de liens qui le constituent. Le courageux, en revanche, est intimement lié à trop d'êtres humains pour commettre un crime contre l'humanité.* Son courage est celui d'un moi fort construit sur un réseau dense et diversifié de liens réels et symboliques qui, à la limite, nourrit le sentiment intime d'être lié à l'humanité tout entière. Il peut alors sacrifier la sécurité que lui procure l'attitude conformiste dans un cercle étroit et particulier de relations, parce qu'il lui reste une foule immense d'autres êtres humains pour soutenir son être.

Il est temps de conclure cette discussion avant de revenir au cas spécifique de soumission qui nous intéresse: la soumission au processus de dissociation néolibéral. Cinq types d'enseignements et de réflexions me semblent mériter une attention particulière:

1° Toutes les études que nous venons d'évoquer établissent assez nettement que *la participation des individus à des actions inhumaines ne s'explique pas par la prévalence d'instincts égoïstes et prédateurs.* Elle coexiste, au contraire, avec la prédominance du stress, du mal-être et des tentatives d'évitement chez les individus engagés dans ces actions. Sauf dans les cas minoritaires d'individus foncièrement pervers et sadiques, la compassion, l'empathie, la culpabilité sont donc présentes en permanence chez les individus ordinaires, mais elles sont refoulées et ne manifestent plus leur pression qu'au travers des symptômes de malaise. Cette forme de résilience évite aux individus le degré de désordre psychique caractérisant sans doute certains de leurs chefs qui peuvent jouir de la souffrance d'autrui ; mais *cette résilience transforme aussi des individus ordinaires en bourreaux.*

2° La facilité et la rapidité redoutables avec lesquelles une majorité d'individus optent pour la passivité ou la collaboration indiquent *le déclenchement d'un réflexe de protection, plutôt qu'un choix raisonné à l'issue d'une véritable délibération consciente.* La grande variété des situations, des lieux, des époques et des individus concernés par les études et expériences qui mettent en évidence ce « réflexe » permet d'affirmer que ce comportement spontané est indépendant de la nationalité, du statut social, de la culture spécifique à un lieu ou une époque. C'est la structure générale de la situation qui semble déterminante (autorité, légitimité, idéologie justificatrice, présence des autres, individus liés ou déliés, etc.). *Nous sommes donc plus probablement en présence d'une prédisposition universelle du genre humain.*

3° La prédisposition évoquée ci-dessus *pourrait être un résultat du contexte dans lequel s'est déroulée l'évolution qui a conduit à la naissance de l'espèce humaine* : des petits groupes de chasseurs-cueilleurs offrant un cercle étroit de relations sociales, excluant la formation d'un moi autonome et où le fait de se conformer quasi automatiquement au comportement du groupe a pu constituer une condition de la survie. Le réflexe conditionné par cette évolution se résume peut-être dans une règle de conduite du type : dans le doute, face à une situation anxiogène, toujours faire comme les autres.

4° Peut-être faut-il explorer l'hypothèse que l'évolution n'a pas préparé les humains à affronter psychiquement la situation de déliaison absolue entre deux êtres où l'un n'est plus considéré qu'en tant que chose à la merci de l'autre. Les premiers humains et les sociétés primitives ont pu pratiquer le cannibalisme et les sacrifices humains, mais toujours à des fins rituelles et sociales qui ne laissaient aucune place à la déshumanisation des victimes. Notre évolution biologique, et donc notamment neurobiologique, s'est arrêtée bien avant que l'individuation et la déliaison des êtres, le développement du pouvoir politique et des grandes cités aient créé les conditions de la vraie barbarie humaine.

On pourrait alors supposer qu'une situation où un être humain est traité comme une chose par un autre être humain est, pour le cerveau d'un *homo sapiens*, tellement inconcevable, monstrueuse et angoissante qu'il faut avoir atteint une solidité et une sécurité psychiques hors du commun pour oser la regarder en face. Pour un moi fragile ou simplement ordinaire, il se peut que le seul fait de prendre conscience d'une telle situation constitue un violent traumatisme, c'est-à-dire un état de choc où la conscience est littéralement débordée par l'ampleur des émotions à gérer et risque un chaos psychique dévastateur. Un réflexe inconscient de sauvegarde conduit alors l'individu à se déconnecter instantanément de la réalité, à s'absenter en quelque sorte.

5° Ainsi donc, *notre nature humaine primitive nous a probablement équipés de mécanismes automatiques de protection qui limitent notre capacité à développer un comportement autonome* face à certaines situations potentiellement traumatisantes. Cette résilience naturelle est donc aussi ce qui nous rend capables de comportements inhumains. En conséquence, *le développement d'une relative autonomie décisionnelle de l'individu – assise sur un moi solide capable de défendre les principes qu'il a choisis – est un facteur de progrès humain* qui justifie l'idéal moderne d'émancipation des individus. Il importe toutefois d'éviter *deux contresens* caractéristiques de l'héritage des modernes dans la pensée contemporaine.

Premier contresens à éviter: poser l'autonomie en *objectif* d'un progrès humain n'autorise pas à construire un modèle politique et social en postulant que les individus *sont* autonomes; j'ai montré comment le modèle néolibéral, fondé sur un postulat d'autonomie absolue des individus, débouche sur un système de dissociété qui ne peut fonctionner qu'au prix d'une profonde aliénation de l'individu.

Deuxième contresens à éviter: la pensée moderne tend à fonder l'autonomie sur *l'exclusion de toute détermination extérieure des règles de conduite de l'individu*, sur la quête d'une indépendance à l'égard d'autrui, ce qui n'a rigoureusement aucun sens. C'est en réalité l'étendue et la qualité des interdépendances avec les autres qui constituent le moi solide capable de prendre ses distances et de poser des choix autonomes. L'autonomie dont nous parlons est une liberté de décision et non une auto*nomie* au sens strict, c'est-à-dire l'autodétermination des normes. En ce sens strict, l'autonomie est une abstraction vide de sens. Un individu seul au monde n'a besoin d'aucune norme. La norme est *sociale dans son objet* même, qui est de régler le comportement avec et face à autrui; elle est *sociale dans sa construction*: la définition d'une norme vient toujours de l'interaction entre les individus, et personne ne définit ses propres règles en dehors de toute détermination extérieure (peut-être faut-il parler de «co-autonomie», d'«interautonomie» ou d'«aut(r)onomie» comme le suggère le psychanaliste Jean-Pierre Lebrun). Ce n'est pas une *norme individuelle* qui donne à un individu la force de s'opposer à une *norme sociale* qu'il juge inhumaine (l'ordre de tuer par exemple); il puise cette force dans *une autre norme sociale* plus solidement ancrée dans sa conscience, par l'histoire singulière de son interaction avec les autres depuis sa naissance.

La quête «néomoderne» de l'émancipation n'est donc pas celle d'une indépendance croissante des individus; c'est la recherche d'une interdépendance riche, équilibrée et constructrice d'une personnalité solide, prenant part à la codétermination des normes sociales, consciente de sa liberté et de sa responsabilité.

Du jeu social à l'identification pathologique

Nous quittons à présent l'étude de situations passées ou expérimentales pour nous concentrer à nouveau sur la situation qui fait l'objet de notre enquête: la soumission passive ou l'adhésion active d'une majorité d'individus au processus de dissociation prôné par les néolibéraux.

J'ai soutenu que la dissociété est un processus qui exige de chacun un écartèlement de l'être en le poussant toujours plus à faire abstraction de son désir de liens sociaux. J'ai par ailleurs indiqué qu'un tel processus ne serait pas soutenable sans la collaboration volontaire, et si possible heureuse, du plus grand nombre. La question est donc de savoir pourquoi et comment tant de gens se soumettraient à l'automutilation, à l'amputation d'une partie de leur être.

A priori, on a du mal à concevoir une telle «réaction» comme une stratégie consciente, délibérée; on conçoit en revanche plus aisément un processus inconscient d'évitement, un refoulement qui écarte la souffrance en masquant la mutilation. Pourtant, il nous arrive bien souvent de faire sciemment *comme si* nous étions d'accord avec ce qui en vérité nous révolte; nous réagissons ainsi par amour-propre, pour ne pas perdre la face. Qui n'a jamais observé le comportement de bravade d'un enfant blessé qui dit: «J'ai même pas mal!», d'un enfant privé de dessert qui prétend: «De toute façon, j'en voulais pas!», etc.?

Nous sommes, depuis l'enfance, surentraînés à laisser entendre, et à nous convaincre nous-mêmes, que nous restons maîtres des situations qui nous échappent. Dans ce type de situations, l'enfant n'est pas dupe, il ne refoule pas: il réagit. Il cherche seulement à compenser une contrariété par l'excitation délibérée du plaisir d'être soi, à atténuer le désagrément de sa soumission par une manifestation d'autonomie. Et chaque adulte sait bien que ce savoir-faire ancien lui reste fort utile dans ses relations professionnelles ou personnelles. Comme les enfants, nous pouvons donc *en toute conscience* adopter une stratégie de coopération avec la personne ou le phénomène qui nous contrarie ou nous agresse; mais, dans ce cas, *nous faisons seulement semblant* de nous conformer aux injonctions qui nous paraissent incontournables.

Toutefois, cette même stratégie et ce même conformisme peuvent prendre une tournure pathologique: la réalité douloureuse (punition, soumission, vexation...) est alors refoulée, et c'est un processus inconscient qui la neutralise et transfigure la soumission en adhésion, l'aliénation en libre-arbitre, l'humiliation en fierté. Chaque être peut ainsi apprivoiser le monstre qui le dévore en s'identifiant à lui.

Dans ce cas, l'individu *ne fait plus semblant* d'adhérer à l'ordre qu'on lui impose, *il croit sincèrement* y adhérer. Il s'agit là d'une stratégie de protection extrême et d'une redoutable efficacité, puisque, en effaçant la lucidité et le calcul conscient des compensations, elle efface la souffrance; elle ne laisse que le plaisir (et l'illusion) d'être maître de soi et refoule la douleur que ce plaisir devait compenser. Quand ce processus d'identification est réussi, l'individu oublie tout à fait qu'un ordre lui est imposé. Si vous lui suggérez alors qu'il est en fait conditionné pour croire ce qui arrange ses maîtres, il nie farouchement toute forme d'influence extérieure – parfois avec une énergie étonnante et des signes de stress qui trahissent la pression d'une vérité insoutenable et pour cela profondément refoulée.

Pourquoi l'individu bascule-t-il de la réaction ordinaire et consciente d'amour-propre vers l'identification pathologique et inconsciente avec son ennemi? Nécessairement parce que, dans certaines circonstances, il y trouve son compte. Pour illustrer ces circonstances, revenons un instant sur la situation où l'enfant défie ses parents et fait semblant de nier la souffrance infligée par une punition: cette réaction est efficace, on l'a montré, mais seulement dans le cadre d'une relation aimante avec ses parents. Dans ce cadre en effet, l'enfant puni ne doute pas de l'affection de ses parents: la manifestation de leur autorité ne suscite donc pas chez lui une peur telle qu'il se sente vraiment en danger. Il n'encourt en réalité qu'une simple vexation. L'enfant peut alors maîtriser la situation et, en toute lucidité, élaborer une réaction qui lui procure un regain de fierté à la hauteur de la vexation encourue. Il est même encouragé en ce sens, quand il sent que ses parents sont, au fond, assez fiers que leur petit garçon ou leur petite fille soit capable d'une réaction d'amour-propre. En effet, des parents aimants sont toujours attendris de voir naître et grandir ce désir d'être soi chez ce qui n'était encore, voici peu, qu'une toute petite chose parfaitement dépendante. Cela conforte leur propre sentiment d'exister en manifestant leur capacité à créer un autre être, leur faculté de donner la vie. Alors l'enfant prend vraiment plaisir à «jouer les durs», à défier ses parents, non seulement par amour-propre, mais aussi parce qu'il perçoit bien qu'il stimule autant leur amour qu'il les agace: il annule ainsi le désamour contenu dans la punition et son désir de toute-puissance est naturellement comblé par un tel pouvoir. Tout comme les amoureux se disputent parfois pour goûter ensuite les délices de la réconciliation, l'enfant mime d'autant plus volontiers le détachement qu'il renforce en réalité l'attachement de ses parents.

Cet enfant-là est en excellente santé mentale : il apprend l'usage et la manipulation de tous les ressorts d'une relation, il apprend à être lui-même avec et par les autres. Mais cet apprentissage suppose un environnement qui le rende possible et l'encourage. Si, en revanche, l'enfant est confronté à des parents violents, voire simplement indifférents, il doit affronter en permanence la réalité insupportable de n'être pas aimé. La bravade, la mobilisation de l'amour-propre sont dès lors inopérantes. En effet, le recours conscient à une compensation psychique *artificielle* peut difficilement être à la hauteur d'une douleur *bien réelle* et, qui plus est, permanente et sans espoir de rémission. En pareil cas, le refoulement, le refuge dans l'illusion, est une issue plus probable. Si donc l'enfant ne se sent pas aimé, il risque davantage de s'enfermer dans un monde imaginaire où les choses cessent d'être ce qu'elles sont et redeviennent ainsi supportables.

L'identification au guerrier néolibéral

Transposons et élargissons à présent ces remarques à la situation d'adultes confrontés aux diverses injonctions et agressions que subissent au quotidien tous ceux qui sont soumis au bon vouloir d'autrui dans le nouveau capitalisme financier : ordres contradictoires, stress de l'objectif à atteindre sans disposer des moyens nécessaires, licenciement sans autre motif affiché que le profit des actionnaires, dénigrement des efforts, intensification du travail sans gratification compensatrice, angoisse permanente de la perte d'emploi et, pour certains, pis encore (mise au « placard », brimades, harcèlement). Les ressources mobilisables pour réagir et se protéger consciemment contre cette agression permanente sont maigres. Certes, comme les enfants, nous savons tous mobiliser consciemment notre amour-propre pour compenser les blessures de l'être, mais seulement dans un environnement social où la contemplation de soi trouve un écho favorable dans le regard et l'intelligence des autres. En effet, et parce que nos deux aspirations ontogénétiques sont indissociables, l'amour de soi n'est vraiment gratifiant que si les autres confirment, par leur respect, leur affection ou leur admiration, que nous avons raison de nous aimer. Aussi, dans un contexte social où l'individu se sait parfaitement superflu, méprisable et méprisé, le délabrement et la violence des relations sont tels qu'il n'est pas raisonnable de tricher avec la réalité, cela ne rapporte rien du tout : soit il faut la combattre franchement, soit il faut se soumettre pour de bon.

Celui qui vit dans une société de progrès humain pourra compenser des épisodes d'inhumanité par la bravade. Mais dans une dissociété bien avancée, où domine la guerre permanente des uns contre les autres, l'humiliation des perdants n'est pas compensable par des artifices et des postures infantiles ne suscitant l'admiration de personne. Vous ne suscitez pas l'admiration attendrie du chef de service par un acte de bravade : vous vous ridiculisez, c'est tout. Et peu de victimes des plans sociaux s'exclament : « De toute façon, j'en voulais plus, de ce boulot ! » Sauf peut-être (et en cachette) ceux qui sont sûrs d'en retrouver ailleurs, du « boulot ».

Les perdants du système ne peuvent se contenter de tricher avec la réalité trop évidente de leur servitude : tricher devant leurs maîtres, qui les savent réduits à ce seul artifice, ne fait que renforcer le sentiment de leur indignité. La réaction d'amour-propre que nous savons perçue comme telle par celui qui nous domine et nous abaisse n'est qu'une manifestation de faiblesse, un nouvel acte de soumission, une humiliation de plus. Cette parade, qui nous a si souvent sauvé la mise dans notre enfance, ne fonctionne plus ; elle n'a aucune prise sur une situation de domination absolue ou de menace vitale. Il faut trouver mieux. Or, justement, il y a beaucoup mieux.

Une façon radicale de ne pas souffrir d'un mal est en effet de le transfigurer en un bien. Et le meilleur moyen de ne pas subir l'humiliation d'une défaite est de passer dans le camp des vainqueurs. C'est là précisément ce qu'entreprennent ceux qui survivent à la dissociété en refoulant leur désir d'être avec, en s'identifiant au modèle néolibéral, qui résume l'être à l'épanouissement du moi autonome et l'idéal social à la compétition généralisée.

Ainsi peut-on voir des perdants objectifs du nouveau capitalisme reprendre à leur compte la culture néolibérale de leurs maîtres, et en premier lieu le culte absolu de la responsabilité individuelle. Il n'est pas rare d'entendre des ouvriers et des employés, au bas de l'échelle sociale, afficher leur mépris pour les « assistés » qui « s'installent » dans le chômage de longue durée et vivent « aux crochets de la société ». Tant qu'on survit dans la guerre économique, il peut être rassurant de croire que les « morts » le sont par leur faute, parce qu'ils ont commis des erreurs ou renoncé au combat. Alors le seul fait d'être un survivant est une source d'estime de soi, même si l'on survit dans l'abdication permanente de sa dignité. Survivre sur le marché impitoyable, c'est prendre part à la victoire des maîtres du jeu. De là à se croire des leurs, il n'y a qu'un pas, pathologique, que le discours néolibéral encourage en engageant chacun à devenir « entrepreneur » de sa vie. Le travailleur le plus dépourvu du capital humain et financier qui permet de créer une entreprise peut ainsi devenir le chef d'entreprise de sa vie, par sa seule volonté (par son seul délire) ; il peut s'identifier symboliquement à l'idéal type de l'homme moderne : l'entrepreneur, ce héros « risquophile » qui « crée les richesses », brave tous les dangers et surmonte toutes les épreuves en ne comptant que sur ses propres forces.

Le processus d'identification à la figure du combattant courageux de la guerre économique concerne aussi les gagnants du système néolibéral, ceux dont le capital humain et matériel est suffisant pour retirer des gratifications symboliques et matérielles dans un monde de compétition généralisée. Cela va de soi, direz-vous : les gagnants adhèrent forcément à l'idéologie du système qui leur permet de gagner ! Ce n'est pas si simple. Le soutien cynique d'un individu au système qui lui procure le plus d'avantages suppose une indifférence totale au sort des perdants. Telle serait la réaction mécanique d'un atome humain mû par son seul appétit de jouissance, et dont la jouissance serait indépendante du sort d'autrui. Or, on l'a assez démontré, l'être humain est tout sauf cette machine à jouir seule et aveuglément. Une dissociété de marché de plus en plus inégalitaire, où coexistent la prospérité insolente des uns et l'existence précaire des autres, est psychologiquement problématique pour les uns comme pour les autres.

Si les perdants ne peuvent plus se contenter de tricher avec l'évidence de leur défaite et de leur aliénation, les gagnants, eux, ne peuvent pas tricher face à l'évidente injustice, voire l'inhumanité de leur victoire. Une espèce qui a évolué durant quelques millions d'années dans un contexte d'égalité et de solidarité ne peut pas se sentir à l'aise dans un monde où le salaire d'un P-DG peut être mille fois supérieur au salaire médian. Être gagnant dans une société inhumaine, c'est être dans le camp des bourreaux ! Alors, *si les perdants sont tentés de refouler l'humiliation de leur défaite (en s'identifiant à l'idéologie des gagnants), les gagnants ont grand besoin de refouler la culpabilité de leur victoire*. Les survivants d'une bataille ou d'une catastrophe développent souvent un fort sentiment de culpabilité. Or, précisément, les gagnants de la dissociété néolibérale sont les survivants d'une catastrophe humaine planétaire.

L'identification à la conception néolibérale de l'être humain et de la société constitue alors l'antidote idéal au poison de la culpabilité. En effet, cette idéologie proclame l'innocence des gagnants : ils ne peuvent rien à la misère des perdants, qui sont victimes soit de leur refus irresponsable du combat, soit des cruelles lois de l'économie et du rouleau compresseur de l'Histoire. Et personne n'est coupable de la guerre économique, c'est un simple fait aussi inéluctable qu'un *tsunami* dévastateur. On peut se sentir coupable de renoncer au combat, mais pas de le mener et encore moins de le gagner. Car non seulement le gagnant est innocent, mais il est méritant et socialement utile : il crée les richesses qui permettent de secourir les victimes. Ah, comme elle est douce à l'oreille des nantis, cette culture néolibérale qui ne leur reconnaît que des mérites personnels et aucun privilège ! Cette culture du « zéro défaut » qui permet à la productivité des smicards de gonfler les salaires des dirigeants, les dividendes des actionnaires et les *stock-options* des « jeunes cadres dynamiques » ! Et comme il est tentant de noyer le sens de toute responsabilité dans *le sophisme néolibéral qui fonde sur une éthique de la responsabilité individuelle l'idée que l'individu n'est pas responsable des autres !* Comme, par ailleurs, l'individu n'est pour rien dans l'histoire et l'évolution de la société, qui suit une loi naturelle irrépressible, la seule responsabilité qui lui incombe est de se battre pour lui seul et sans états d'âme.

La culture du soldat méritant de la guerre économique est particulièrement nécessaire pour soutenir la santé mentale des cadres supérieurs, qui constituent la principale chaîne de transmission entre les exigences de rentabilité des vrais gagnants et les servitudes imposées à la multitude subalterne. Car ils sont, eux, au contact direct de la souffrance humaine engendrée par le culte de la performance et l'obsession de la rentabilité maximale; ils sont même chargés de l'infliger et de la justifier. Cette position n'est pas tenable sereinement sans la conviction de leur irresponsabilité totale dans la souffrance de leurs subordonnés, sans la certitude qu'ils font leur « devoir » et que le courage avec lequel ils acceptent de faire le « sale boulot » (infliger la souffrance) participe au bien commun. *Seule cette nécessité vitale d'une justification apaisante peut expliquer que la fraction la plus éduquée de la population active récite comme un seul homme le fatras de niaiseries et de contre-vérités qui constitue le discours économique néolibéral.* Ajoutons à cela que tous les autres facteurs de soumission au modèle dominant, déjà signalés, entrent probablement en jeu pour ôter à ces dirigeants l'idée et le temps d'une véritable réflexion critique.

Plus généralement, les différentes formes d'identification à l'idéologie dominante décrites ci-dessus reflètent l'impuissance à affronter l'opposition avec ce que font et pensent les autres. Comme les différents individus que nous avons rencontrés plus haut (dans les expériences de psychologie ou dans les brigades d'exécution des juifs), le citoyen d'une dissociété et le fantassin de la guerre économique se retrouvent enfermés dans un espace de plus en plus restreint de relations sociales. *L'individu, plongé dans un monde d'insécurité croissante et disposant d'un réseau de relations racorni pour étayer son être, est alors gagné par la peur de l'isolement et de l'abandon, peur qui inhibe sa volonté d'affirmation de soi et le dissuade de risquer une opposition frontale au discours et au comportement dominants.* C'est ainsi, paradoxalement, pour combattre l'effet de la dissociation, que nombre d'individus sont conduits à soutenir l'entreprise de dissociation menée par les néolibéraux. Ce paradoxe apparaît de façon encore plus flagrante si l'on considère la stratégie d'adaptation collective, et non plus seulement individuelle, à la dissociété. Je vais en effet montrer que la montée d'un communautarisme qui accentue la dissociété manifeste une réaction de défense collective contre la dissociété !

La souffrance des clones, ou l'impasse communautaire

L'existence psychique d'aucun individu n'est soutenable sans liens. On cherche donc à sauver des liens dans ce monde voué à la rivalité et à la consommation solitaire des biens. Et tel pourrait bien être une raison essentielle d'un mouvement évoqué plus haut (chapitres 3 et 4) : la sécession communautariste qui éclate le « tous ensemble » en une fédération de sous-communautés, une galaxie d'« entre nous » constitués par affinités, par classes d'âge, par ethnies, par quartiers, etc. Cette manifestation de la dissociété constitue aussi un mécanisme de défense face à la violence de la dissociété, une façon de fuir la violence inhérente à la compétition généralisée, une tentative pour reconstruire un espace où l'autre n'est plus un adversaire.

Hélas, même au sein d'une sous-communauté relativement homogène, l'individu dissocié n'échappera pas tout à fait à la peur de l'autre. Car la communauté des clones parfaits n'existe pas. Dans une banlieue réservée à la « classe moyenne » blanche, il subsiste des différences dans les modes de vie, les conceptions de l'éducation, les pratiques religieuses, les intérêts professionnels, les racines locales, etc. La dissociété réelle n'est pas la dissociété idéale ! Dans la réalité, vivre avec des semblables, c'est encore vivre avec des « autres », et cela constitue une source de tensions, atténuées certes, néanmoins irréductibles. Et si l'on vit dans une société de compétition généralisée où tout le monde est censé se conduire en prédateur et s'efforcer d'« être le meilleur », alors l'autre, même semblable, reste un rival potentiellement inquiétant par le seul fait qu'il n'est pas soi.

Par ailleurs, il est une compétition insoluble dans une communauté de « presque » semblables : la compétition pour l'existence (au sens de consistance de l'être). Celle-ci se trouve même exacerbée par la similitude. Rappelons en effet une loi élémentaire du marché : *la parfaite identité des acteurs et de leurs produits est une condition de la « concurrence pure et parfaite »*[296]. L'épicier de ma rue ne fait pas de concurrence au cordonnier ou au libraire, mais il fait la guerre à l'épicier d'« en face ». C'est le fait de se trouver « nez à nez » avec celui qui est comme soi et fait la même chose que soi qui durcit la compétition. Le riche qui construit sa maison au milieu des pauvres redoutera les cambriolages, mais certainement pas de faire pitié et de se sentir inférieur aux autres. Le riche qui vit au milieu des riches court toujours le risque de n'être pas assez riche pour mériter leur estime, le risque de n'être pas « à la hauteur », le risque de devenir, à son désavantage, dissemblable au milieu des semblables !

Cela nous conduit à souligner les paradoxes, voire l'absurdité, du repli sur une communauté de semblables. Il est censé favoriser l'« être soi » en évitant les contraintes et les conflits du « vivre ensemble » avec des

296. C'est l'hypothèse d'*homogénéité* des biens qui constitue l'une des cinq conditions de la « concurrence pure et parfaite » énoncées par Franck Knight au début du XXe siècle (cf. *supra*, chap. 7, dixième pilier).

dissemblables. *Mais nous ne sommes plus rien dans la parfaite similitude. Nous ne pouvons en effet percevoir que des différences.* Dans un monde où tout serait du même bleu, par exemple, nous ne verrions absolument plus rien; et si tout avait la même odeur, nous ne sentirions plus rien. Aussi, *une vie avec des quasi-clones nous évite, certes, d'avoir à souffrir les différences, mais elle nous interdit tout autant d'en jouir.*

La quête d'un «être soi» avec et au milieu des différents peut sembler plus compliquée que le repli dans une communauté de semblables. Mais la réalité est plus subtile. En effet, *les autres ne sont pas seulement une source de complications. Ils offrent, par leur différence même, la possibilité de mieux se reconnaître soi-même et de se sentir exister.* Être soi commence par être «autre», et je ne peux le ressentir qu'en vivant avec d'autres «autres» et non pas avec d'autres «moi», qu'en vivant dans une société plurielle hétérogène et non dans une pluralité de sociétés homogènes. Dans une condition humaine où il est déjà si peu évident de croire important que j'existe plutôt que pas, *c'est seulement l'unicité de mon être, ce qu'il a d'inaltérable différence avec tous les autres, qui m'autorise à imaginer que ma présence n'est justement pas in-différente.* Sinon, qu'il y en ait un de plus comme moi ou un de moins, quelle importance? Le premier service que nous rend une société mélangée, «impure», est ainsi de nous faciliter la tâche d'être soi, par ce seul fait qu'elle nous permet d'être différents, sans le moindre effort. Ensuite, elle nous permet de jouir pleinement des différences et des complémentarités qui optimisent le plaisir des relations.

Il est donc moins compliqué d'être soi entre «autres» que d'être soi entre sosies, entre «soi*s*». Une fois replié dans une sous-communauté homogène, être quelqu'un ne va pas de soi: pour exister, il faut se distinguer d'une masse monochrome, il faut se différencier parmi ses semblables! Et comme c'est évidemment bien plus dur qu'au milieu des dissemblables, la compétition pour l'existence, pour la consistance, n'en est que plus rude. Pour échapper à la guerre avec les autres, on doit ainsi se livrer à la guerre avec les autres soi-même: être toujours plus riche parmi les riches, plus orthodoxe chez les orthodoxes, toujours plus blanc que les Blancs! Pour échapper à la peur des autres, on s'expose à la peur obsédante de sa propre insuffisance. Et si seulement certains avaient alors la bonne idée de chercher à être non pas *plus*, mais *moins* riches ou moins orthodoxes, leur besoin d'une relative différence serait aisément satisfait. Mais *la folie paradoxale de ce genre de communautarisme veut que, pour se distinguer, tous s'efforcent d'être toujours plus la même chose!* La communauté des semblables est une impasse existentielle.

La seule issue radicale au dilemme de la différenciation (et donc de l'identité individuelle) dans une communauté des semblables, c'est la dérive sectaire qui substitue la quête d'une identité collective à celle de l'identité personnelle. L'individu fusionné dans sa communauté n'a plus à se distinguer en tant qu'individu: il jouit de la distinction de sa communauté par rapport à toutes les autres. Alors, le conformisme absolu, la chasse à toute souillure du groupe par un intrus non conforme, l'obsession de l'indifférenciation interne ne constituent plus un obstacle, mais sont au contraire l'instrument de l'identité.

Cette dérive a été admirablement décrite, dès les années 1970 aux États-Unis, par Richard Sennett dans *Les Tyrannies de l'intimité*: «Le maintien de la communauté devient une fin en soi; l'exclusion de ceux qui n'appartiennent pas vraiment à la communauté devient l'activité principale de ses membres. La poursuite des intérêts communs est remplacée par la recherche d'une identité commune[297]. » La dimension tragique de ce mouvement de repli sectaire est que, étant en partie motivé par l'espoir de restaurer un minimum de fraternité dans une société gagnée par la rivalité et la violence, il engendre en fait *une perversion de la fraternité*, perversion d'autant plus marquée que la communauté est restreinte et étroitement liée ! Richard Sennett poursuit : « Plus la communauté formée par une personnalité collective est limitée, plus l'expérience des sentiments fraternels devient destructrice. Les étrangers, les marginaux, les *outsiders* doivent être rejetés ; les traits personnels de la communauté deviennent de plus en plus exclusifs ; l'acte même de partager renvoie de plus en plus à des opérations d'exclusion ou, à l'inverse, d'inclusion. L'abandon de tout sentiment de solidarité de classe, la culture de nouvelles images collectives basées sur l'ethnicité, le quartier, la région, etc., montrent bien le rétrécissement de ce type de lien fraternel. La fraternité n'est plus que l'union d'un groupe sélectif qui rejette tous ceux qui ne font pas partie de lui[298]. »

Ce désir absolu de pureté et la hantise des différences relèvent, bien entendu, du délire pathologique. Chez l'individu en bonne santé psychique, la capacité d'apprécier et de vivre avec des êtres très différents est précisément ce qui authentifie ses affinités électives comme des choix libres. Chez un individu privé de cette capacité, l'identification fusionnelle à une communauté quelconque manifeste surtout sa peur incontrôlée des autres, son impuissance à être lui-même au milieu des autres. Alors, comme un moindre mal, une moindre amputation de soi, à défaut d'être « soi » au milieu de tous les

297. Richard Sennett, *Les Tyrannies de l'intimité*, Seuil, 1974, p. 199.
298. *Ibid.*, p. 203.

autres, il fusionne avec des semblables pour être « eux » contre tous les autres. En cessant d'être un « individu » pour devenir un « membre » de « sa » communauté, l'être renonce à toute existence personnelle, à toute identité personnelle. C'est bien là le moyen le plus absolu et le plus fou de se prémunir contre la souillure par l'Autre.

Nous retrouvons ici le fait que des êtres dissociés, par définition, ne peuvent pas constituer une société humaine : il faut soit les séparer radicalement (dissociété parfaite), soit les fusionner (hypersociété). Mais l'analyse du phénomène communautaire nous apprend que ces deux options peuvent se combiner et se renforcer mutuellement. La force centrifuge de la dissociété tend à séparer les éléments dissemblables pour les isoler les uns des autres. Mais, dans le même temps, la nécessité vitale de préserver des liens aux autres nourrit une force centripète qui tend à fusionner les éléments semblables en sous-ensembles isolés et rivaux les uns des autres. La conjonction de ces deux forces induit que, *à la limite, la dissociété parfaite tend vers une sorte de fédération dissociée d'hypersociétés* ! On ne peut éviter ici le rapprochement avec le processus totalitaire qui procède de même, en enchaînant la force centrifuge qui atomise la société en individus dissociés, puis la force centripète qui fond toute individualité dans l'État. La dissociété parfaite se distingue néanmoins par l'autogestion démocratique de la phase totalitaire. Le regroupement sectaire en sous-communautés est un mouvement libre, spontané. Et, à son terme, il interdit la fusion générale dans un « grand tout » étatique, puisqu'il établit des barrières infranchissables entre les diverses communautés. Par l'appartenance à sa communauté, l'individu est ainsi à l'abri d'une fusion imposée avec les vrais « autres », les « différents », dont le contact souillerait son être. Mais il doit cette protection à l'aliénation totale de son individualité vis-à-vis de ses semblables. *La dissociété est alors parfaite entre les communautés et le totalitarisme intégral à l'intérieur des communautés.* C'est une sorte de *totalitarisme décentralisé.*

Le paradoxe apparent de la dissociété néolibérale est ainsi que l'essor d'une culture qui privilégie à l'excès l'« être soi » contraint finalement les individus à vivre dans des communautés aseptisées, conformistes et indifférentes, où l'individualité n'a plus ni sens ni espace de liberté. Il n'y a là en réalité aucun paradoxe puisque le projet d'un « être soi » fondé sur la dissociation et l'abolition des différences est insensé. Il est impossible à l'être humain d'être soi tout seul, sans la confrontation à l'altérité véritable, sans la relation avec des autres vraiment autres. Mais cela ne signifie pas pour autant que toute vie avec des semblables soit inhumaine. Cela dépend de la nature, de l'étendue et de la diversité de nos cercles de relations.

Les cercles concentriques d'une communauté humaine

Nous avons tous besoin d'un certain degré de proximité et de similitude avec autrui. Des relations de proximité, dans le cercle de famille ou le cercle d'amis, fondent le socle premier de notre développement psychique. Elles nous apportent la sécurité intérieure et le « sentiment d'exister » (François Flahault) qui sont nécessaires à l'aventure que constitue l'élargissement progressif de notre espace social à des relations moins évidentes et plus incertaines. Par ailleurs, un certain degré de similitude avec les autres ne présente pas que l'inconvénient d'atténuer notre différence et d'estomper l'unicité de notre être; il conforte aussi la pertinence de nos choix, de notre mode de vie, il nous procure la reconnaissance de tous ceux qui sont aussi rassurés de se reconnaître en nous. C'est là le plaisir ordinaire des amis et des amants qui se découvrent des points communs.

La sécurité des liens de proximité et le plaisir de la reconnaissance par nos semblables participent donc au développement normal de l'être; mais, pour remplir cette fonction, et pour éviter la dérive vers le repli sectaire et narcissique, ils doivent absolument être tempérés par un processus de distanciation et de diversification.

Le maintien d'une distance et d'une barrière infranchissable entre l'« un » et l'« autre » est nécessaire pour éviter le délire fusionnel qui détruit toute relation. Le réglage de cette distance et de cette barrière n'est pas chose aisée si nos relations restent limitées à un cercle étroit de proximité. Car, dans les relations avec nos proches, nous subissons de plein fouet et en permanence la nature potentiellement contradictoire de nos aspirations. Nous voulons rester nous-mêmes, bien distincts et à l'abri d'un envahissement par l'autre, mais nous désirons aussi être avec l'autre, jouir de sa reconnaissance et de son affection, jaloux de l'attention qu'il porte hors de nous et souvent tentés de l'envahir. On ne peut espérer qu'une seule relation, ni même qu'un seul cercle étroit de relations, satisfasse un ensemble d'exigences contradictoires (proximité et distance, similitude et différenciation, attachement et indépendance, etc.). C'est pourquoi le développement harmonieux d'un être humain suppose l'enchaînement d'une succession de cercles de relations de plus en plus larges et variés.

La proximité et l'intimité du premier cercle nous procurent la sécurité affective nécessaire à l'exploration d'un nouveau cercle; le nouveau cercle nous permet d'échapper à l'étouffement du moi dans le premier et nous rend encore plus solides pour élargir l'espace où notre moi peut s'épanouir avec et grâce aux autres sans s'asphyxier en eux, et ainsi de suite. Le bébé se libère de la fusion avec sa mère en découvrant son père. L'enfant échappe à l'impérialisme des parents en s'alliant à ses frères et sœurs. Il s'émancipe ensuite de sa famille en se liant avec des camarades d'école ou du voisinage. L'adolescent affirme son aspiration à l'autonomie dans le monde des adultes en l'aliénant dans le monde des adolescents. Anticonformiste farouche à l'égard des codes énoncés par les adultes, il est un conformiste forcené à l'égard des modes vestimentaires, langagières, musicales des adolescents. Il n'y a là rien de pathologique, mais seulement un équilibre momentané et nécessaire entre la distance posée d'un côté et la proximité retrouvée de l'autre, entre la différence exacerbée vis-à-vis des parents et la rassurante similitude des amis.

L'adulte, enfin, ajoute de nouveaux cercles de relations dans le travail, les loisirs, les associations. Il se découvre aussi des liens avec des êtres qu'il ne rencontre pas, mais avec qui il partage des intérêts professionnels, culturels, politiques. Quand le processus d'élargissement de l'espace social du moi se poursuit jusqu'à son terme, l'individu en vient ainsi à participer à des cercles de relations impersonnelles et symboliques : la classe sociale, la nation, la république, et finalement la société humaine dans son entier. Ces derniers cercles présentent un avantage particulier pour la conciliation de nos aspirations ontogénétiques. Ils offrent en effet un espace infini à la mesure du désir d'expansion du moi, tout en intensifiant le sentiment d'intégration à une communauté humaine. Ils procurent l'assurance d'appartenir à des communautés assez puissantes et solidaires pour protéger chacun contre les incertitudes et les menaces qu'aucun individu ni aucune sous-communauté d'individus ne peuvent prévenir et affronter seuls. Ils estompent la peur des inconnus, rendus semblables par l'appartenance à une même société, et solidaires par la loi. Ils produisent tous les bienfaits d'une relative similitude sans entamer d'un pouce l'espace intime de l'être, etc.

Quand la ronde des interactions sociales tourne dans le sens du progrès humain, l'individu peut ainsi trouver un équilibre dynamique entre son aspiration à l'affirmation de soi et son désir d'attachement à autrui. Il peut à proprement parler « grandir », c'est-à-dire s'émanciper peu à peu des liens biologiques et culturels imposés par sa naissance sans les détruire, s'appuyer sur ses racines pour aller ailleurs et plus loin sans les arracher. Il est rassuré sur sa consistance et sa capacité à aimer et à être aimé sans être l'esclave ou la proie des autres; ses relations à autrui quittent alors le registre inquiet et fusionnel de l'enfance: il ne s'agit plus d'être collés aux autres pour être sûrs qu'ils nous aiment, il s'agit de partager et de faire des choses avec eux.

Quand la ronde humaine tourne à l'envers

Une société de progrès humain est précisément cette spirale qui enchaîne en continu des cercles interdépendants de relations sociales, cercles qui tournent tous dans le même sens: l'émulation réciproque et complémentaire de l'« être soi » et de l'« être avec ». Mais la ronde des interactions sociales peut se mettre à tourner à l'envers, dans un sens qui accentue toujours plus le conflit intérieur entre nos aspirations. C'est ce qui se produit dans la dissociété. La transformation politique et culturelle de la société opérée par l'exacerbation de la rivalité économique et la banalisation de la souffrance sociale détruit la sécurité et la confiance de l'individu dans sa capacité à être soi avec les autres. Il se méfie dès lors de l'inconnu, craint l'altérité et privilégie des relations sélectives et moins «insécures», accentuant ainsi la dislocation de la société. D'un côté (le travail, la nation), il est sommé d'être lui-même en se battant contre les autres; de l'autre (la famille, la «communauté»), et pour compenser la perte de liens sociaux, il en vient à tolérer une façon d'être avec qui lui interdit d'être vraiment lui-même.

On pourrait comparer ce processus à l'effondrement progressif d'un édifice entraîné par la fragilisation, puis la destruction d'une partie vitale. On peut considérer notamment que la montée du néolibéralisme et les mutations du capitalisme détruisent peu à peu les étages supérieurs: les cercles de relations symboliques qui nourrissent le sentiment d'appartenance à une communauté politique élargie et solidaire (la classe sociale, la nation). La grande société n'est plus protectrice, elle n'est plus source d'identité à peu de frais pour l'intimité. Le sommet de l'édifice est détruit par la guerre économique généralisée et les appels à l'évacuation lancés par les politiques: «La nation ne peut plus rien pour vous, débrouillez-vous, c'est désormais dans l'entreprise que se règlent les problèmes!» Alors tout le monde se replie à l'étage inférieur: les relations sociales au travail. Mais là aussi, de plus en plus, c'est la guerre. Pour survivre, il ne faut pas être gentil et convivial, il faut se battre. Pour être soi, il faut être contre et non pas avec les autres; le conflit psychique interne s'accentue, et avec lui le stress et la peur de l'autre. Pour préserver son équilibre, essayer de retrouver l'unité perdue de la société, l'individu évacue alors aussi l'étage du travail, qui n'est plus qu'un champ de bataille, et se replie dans son quartier, dans sa communauté. Là on retrouve un peu de paix et d'unité. Mais la dislocation de la grande société et de la solidarité à tous les étages supérieurs engendre tant de violences et de méfiance que, bientôt, la communauté se transforme en camp retranché (parfois même avec de vrais barbelés et de vrais miradors à la frontière!). Il faut montrer patte blanche (sans jeu de mots) pour rentrer chez soi.

La privation anxiogène de liens, engendrée par l'effondrement de la société, inverse les priorités dans les relations, qui régressent vers un stade infantile: au lieu de faire des choses ensemble, l'urgence est de se coller les uns aux autres, entre semblables, pour se protéger contre les étrangers. Alors commence la chasse aux différences, aux déviances, et le regard des voisins devient oppressant comme celui d'un gardien de prison. L'individu a désormais peur d'être vu par les autres. Du coup, il descend encore un étage de ce qu'il reste d'une société explosée et se retrouve au rez-de-chaussée, chez lui avec sa famille. Pauvre famille! Elle finit par constituer le seul et unique cercle de relations humaines, et on lui demande l'impossible, à savoir: supporter à elle seule la charge de satisfaire toutes les aspirations contradictoires de l'être, qui étaient autrefois conciliables grâce à l'imbrication solidaire des cercles de relations humaines constitués par le quartier, l'école, l'entreprise, les amis, les associations, la profession, la classe sociale, la nation… L'individu en vient ainsi à reporter sur quelques êtres chers la charge qui, dans une société humaine, incombe à une multitude d'êtres différents. Exigence démesurée et mission impossible, que l'individu est lui-même incapable d'assumer en retour pour ses proches. Même la famille peut ainsi devenir un espace de frustration qui s'effondre dans l'ennui dépressif ou l'affrontement violent.

Alors, l'individu descend encore un étage et se retrouve tout seul au sous-sol, sur les fondations, c'est-à-dire sur lui seul. Le voilà qui doit désormais être pour lui-même la société tout entière! Mais être soi sans les autres, c'est trop lourd à porter, c'est comme demander de tenir sur un doigt. C'est donc, pour finir, l'individu qui s'effondre sur lui-même. Pour échapper à cette issue, une seule solution: remonter les étages, recommencer à grandir, réapprendre à être soi avec les autres en élargissant le cercle des relations… Mais y a-t-il encore quelqu'un là-haut? Personne ne peut croire qu'il va reconstruire le monde, pas même le sien, tout seul et sur un champ de ruines.

Bien entendu, cette tragique description n'est qu'une parabole qui aide à réfléchir sur une réalité rarement aussi caricaturale et systématique que je viens de la décrire (mais parfois elle l'est!). Le recours à la parabole permet ici de souligner, en le systématisant, un trait saillant du processus de dissociété: *une réaction en chaîne collective qui, tout en visant à combattre la dégradation des liens sociaux, renforce le processus d'éclatement de la société.* L'unité et la solidarité détruites à un niveau donné des relations sociales incitent à rechercher plus d'unité et de solidarité à un autre niveau, et c'est bien cette réaction défensive généralisée qui engendre le repli communautaire ou le repli familial, qui, en réalité, accentuent le phénomène contre lequel ils sont censés constituer une défense. Nous retrouvons ainsi, à une échelle collective, le mode de réaction défensive étudié précédemment, au niveau individuel. Avec les mêmes effets. Il s'agit effectivement dans les deux cas d'une stratégie d'évitement du conflit psychique. Il y a deux façons d'affronter les effets de la dislocation de la solidarité nationale: s'engager politiquement pour la restaurer ou bien chercher un peu de solidarité ailleurs. Et, à chaque étape du processus d'effondrement que j'ai décrit, ce choix existe en théorie. Mais, à chaque fois, il semble que la réaction collective consiste à se réfugier ailleurs plutôt qu'à résister sur place.

C'est que, partout où l'ancienne logique de coopération et de solidarité est remplacée par une exigence de compétition égocentrique, les deux aspirations de l'être cessent d'être complémentaires; elles entrent dans un conflit fortement anxiogène, puisqu'il menace la stabilité et l'intégrité psychiques de l'individu. Or, on a vu que seule une minorité d'individus disposent d'un moi assez fort pour aborder ce conflit en toute lucidité; la prédisposition générale des êtres ordinaires les conduit à saisir toute la palette des instruments disponibles pour dissiper le conflit intérieur: on refoule, on triche, on fait semblant, on s'identifie à l'adversaire, on sature son temps pour ne plus penser, etc.

Par conséquent, *une fois qu'il est sérieusement enclenché, le processus de la dissociété est autoréalisateur. Non seulement les individus ne peuvent l'empêcher, mais, en outre, leurs réflexes de protection contre la souffrance psychique engendrée par leur dissociation approfondissent la dissociété.* Au bout du compte, la plupart se retrouvent dans une société qu'ils jugent détestable, en espèrent secrètement une plus humaine, mais pensent n'avoir d'autre option que persister dans la passivité ou les stratégies de repli qui confortent cette détestable dissociété.

Notre résilience rend la société malade

Il ne faut compter sur aucune dynamique sociale automatique pour nous sortir d'un processus autoréalisateur. D'abord, parce qu'une partie d'entre nous, celle qui est vraiment malade, c'est-à-dire parfaitement déconnectée du réel et identifiée à l'idéologie néolibérale, n'a aucune conscience d'être malade ni que la société est inhumaine: elle y trouve largement son compte et adhère aveuglément à l'idéologie qui vante à la fois l'inéluctabilité et la supériorité de la dissociété de marché. Un malade qui ne souffre pas ne sait pas qu'il est malade et ne cherche pas à se soigner.

Néanmoins, l'immense majorité d'entre nous n'est pas malade, mais seulement résiliente. Nous nous protégeons efficacement et laissons la maladie hors de nous, c'est-à-dire dans la société. Loin de nous dissoudre par identification inconsciente à ce régime détestable, nous le souffrons en silence, en compensant ses désagréments par les plaisirs de la vie familiale, la consommation, la camaraderie avec quelques collègues, l'invention de toutes sortes de pratiques qui redonnent du sens à notre travail, etc. En somme, on fait avec, du mieux qu'on peut.

Mais « faire avec », c'est toujours au bout du compte « faire ce qu'on exige de nous » et non ce que l'on estimerait le plus justifié. C'est effacer le conflit psychique personnel, non en combattant la réalité qui nous menace, mais en évitant au contraire le conflit social et politique ouvert qui serait nécessaire pour changer la société. Ainsi, notre résilience nous sauve la vie, mais elle fait aussi de nous les objets dociles d'une servitude volontaire. Face à un monde que nous nous estimons incapables de transformer, nous recourons largement à la sagesse de ce roi du monde rencontré par le petit prince de Saint-Exupéry : il n'ordonne que ce qu'il sait devoir se produire inéluctablement. Consciemment et inconsciemment, nous utilisons tous les instruments réels ou artificiels nous offrant au moins l'impression de rester maîtres de nos vies. Mais on ne peut éviter ce constat : la réussite de cette lutte pour notre intégrité mentale se paie au prix fort d'une soumission de fait au modèle imposé par ceux qui nous font violence et anéantissent la perspective d'un authentique progrès humain.

Ainsi, paradoxalement, c'est sur la volonté farouche de préserver notre peu d'autonomie que s'appuient les néolibéraux pour nous en déposséder. Car, au moment où celle-ci ne peut plus être préservée sans que soit engagé un vrai combat politique, les individus résilients préfèrent les satisfactions certaines accessibles dans la soumission, plutôt que les frustrations garanties d'un engagement politique. La contribution historique de tous ceux-là est donc identique à celle des victimes perturbées au point d'internaliser les valeurs de leurs bourreaux.

Le dilemme du prisonnier

Nous voici donc piégés dans une situation paradoxale. Une majorité d'individus sains d'esprit tolère de vivre dans une société de plus en plus inhumaine, alors même qu'elle est consciente de cette situation, et persuadée que tout irait mieux si tout le monde décidait de se comporter autrement et de militer pour d'autres règles du jeu. Dans la théorie des jeux, ce paradoxe est dénommé «dilemme du prisonnier»: une situation type où des individus connaissent la solution d'un problème qui serait optimale pour tous, et ont néanmoins intérêt, quand ils décident séparément de leur comportement, à adopter celui qui interdit la solution optimale.

Voici l'histoire en question. Deux voleurs sont arrêtés par la police, qui les place dans deux cellules séparées et leur propose les options suivantes: si l'un avoue son délit, tandis que son complice nie, il sera libéré et son complice écopera de dix ans de prison; ils seront condamnés à deux ans de prison s'ils nient tous les deux et à huit ans s'ils avouent tous les deux. La solution optimale consiste évidemment à nier tous les deux. Mais les deux complices sont séparés et ne peuvent s'entendre. L'attitude rationnelle consiste alors, pour chacun, à évaluer ce qui est dans son intérêt dans les deux cas de figure possibles (l'autre avoue ou nie). Il s'avère que, quoi que décide l'autre, chacun à intérêt à avouer[299]. Ce que chaque individu estime le plus rationnel pour protéger ses intérêts débouche sur l'irrationalité collective : les deux complices passeront huit ans en prison, soit quatre fois plus que s'ils avaient décidé de nier tous les deux.

La dissociété nous place dans une situation comparable à de multiples égards. En premier lieu, la plupart d'entre nous avons conscience qu'une société de progrès humain est préférable à la dissociété. En clair, l'immense majorité des individus sait avoir intérêt à l'avènement d'une société caractérisée par moins de stress, de rivalité, de précarité, de lutte pour les places, de violence et d'inégalités sociales, et davantage de coopération, de solidarité, de pacification des rapports sociaux, etc. Par conséquent, si cette majorité lucide et résiliente pouvait se consulter, délibérer et décider ensemble, la dissociété serait impossible, et si, à la suite de quelque catastrophe historique, elle s'était néanmoins installée, on en sortirait rapidement. Tout comme nos deux prisonniers qui, une fois réunis dans la même cellule pour délibérer, conviendraient instantanément de nier leur crime.

Si donc nous étions dans une démocratie directe au sens strict du terme (le peuple délibère et exerce le pouvoir de décision), la majorité lucide et résiliente pourrait *en théorie* empêcher l'essor d'une société inhumaine. En pratique, nous sommes dans une démocratie représentative qui organise un marché politique concurrentiel, où des entreprises politiques (les partis) proposent les options entre lesquelles les citoyens doivent choisir. Tout comme dans le dilemme du prisonnier, les citoyens ordinaires ne

299. Si mon complice avoue, j'ai le choix entre avouer (huit ans de prison) et nier (dix ans), donc j'avoue. Si mon complice nie, j'ai le choix entre avouer (je serai relâché) et nier (deux ans), donc j'avoue. Mon complice fait le même raisonnement et nous avouons tous les deux (huit ans).

peuvent donc pas s'entendre directement entre eux sur la solution optimale. Ils ne peuvent que choisir parmi un ensemble limité d'options définies par le politique (qui joue donc le rôle de la police). On a bien noté que ce qui interdit la solution optimale, ce n'est ni son absence (elle fait partie des options proposées), ni son ignorance (les prisonniers sont rationnels). Ce qui conduit au pire des choix tient uniquement à deux éléments: la dissociation des deux prisonniers et le fait que la police présente délibérément les options de telle sorte que le meilleur choix pour chacun soit le pire pour tous.

On vient de voir que la dissociété opère précisément la dissociation qui transforme les complices que nous étions (ou bien serions dans une société humaine solidaire) en rivaux calculant leur intérêt au mieux, dans un monde où chacun doit compter sur lui seul. Une fois piégés dans cet isolement, notre enlisement dans la dissociété ou notre capacité à en sortir dépendent uniquement des options et des règles du jeu définies par ceux qui le mènent: les politiques.

Bilan de l'enquête

Nous pouvons résumer les nouveaux résultats de notre enquête par une série de propositions qui complètent celles que nous avions formulées dans notre première analyse de la dissociété (chapitre 4).

Proposition 3. *Parce qu'elle défait l'unité de l'être et celle des groupes humains indispensables à l'intégrité et à la santé mentale de l'être, la dissociété est une source continue de souffrance psychique; elle constitue donc une pathologie sociale.*

Proposition 4. *La réaction saine et adulte à une agression consiste à identifier l'agression et à mobiliser ou inventer les moyens de se protéger ou de lutter consciemment contre elle. Toute autre réaction est donc l'indice d'un processus psychopathologique (pour partie inconscient).*

Proposition 5. *L'être humain ordinaire est prédisposé à protéger son intégrité psychique contre une situation de conflit intérieur anxiogène par un réflexe de déconnexion avec la réalité, d'absence du moi, qui efface ou atténue fortement le sens de sa responsabilité.*

Proposition 6. *La résilience (compétence générale des individus pour surmonter les situations pénibles ou traumatisantes), tout en préservant la santé psychique de l'individu, peut avoir pour effet d'aggraver une pathologie sociale en inhibant la volonté et la capacité de résistance des individus.*

Proposition 7. *Tout comme une maladie psychique enferme plus le malade dans son problème qu'elle ne l'engage à le résoudre, une maladie sociale peut donc avoir pour effet et pour fonction de pérenniser et renforcer le système qui l'engendre. Ainsi, la dissociété suscite des stratégies de défense individuelles (passivité, identification, etc.) et collectives (communautarisme) qui favorisent en réalité son extension au lieu de la combattre.*

Proposition 8. *La dissociété piège une communauté humaine dans un gigantesque « dilemme du prisonnier » : l'immense majorité de ses membres aurait intérêt à une société coopérative et solidaire, mais la réaction la plus rationnelle pour la plupart des individus consiste à adopter ou à tolérer le modèle dissociétal de la compétition solitaire.*

Nous parvenons ainsi à l'ultime énigme de notre enquête.

Il est en effet un instrument simple et accessible dans une démocratie pour surmonter le dilemme du prisonnier : la politique. La politique peut en effet imposer à tous le respect de règles du jeu coopératives et solidaires, et réenclencher le cercle vertueux de la société de progrès humain. Dans la mesure où la réaction pathologique aiguë (identification totale à la dissociété et inconscience parfaite de ses méfaits) est très minoritaire et où, en conséquence, la majorité des citoyens restent conscients que la compétition solitaire et généralisée les prive d'un mieux-être accessible par de simples choix politiques, comment se fait-il qu'ils n'imposent pas ces choix par l'instrument gratuit, anonyme et sans risque dont ils disposent : le vote?

11

Conclusion d'étape : de l'illusion démocratique à la « démocratie effective »

J'ai conscience d'avoir soulevé ici des questions qui dépassent, à la fois, mes compétences et le champ qu'il est raisonnable d'explorer dans un seul livre. Ce dernier n'est donc qu'une première pierre, dans un édifice qui en comptera nécessairement quelques autres. Parmi les nombreuses insuffisances de cette première étape, je signalerai celles qui me semblent les plus évidentes.

Ainsi, pour commencer, j'ai exploité très sommairement les résultats des diverses sciences de l'homme, dans le seul but de confronter aux faits mes hypothèses sur la nature humaine et celles du modèle néolibéral. Mais ce n'est là qu'une infime partie du travail à accomplir, pour une pleine refondation anthropologique du discours politique, économique, social… De même, j'ai à peine ébauché la dimension psychopathologique du comportement politique et du développement des idées politiques. En la matière, je ne prétends pas avoir fait autre chose qu'émettre des hypothèses et soulever des questions auxquelles des spécialistes sont certainement plus qualifiés que moi pour répondre. Par ailleurs, je n'ai pas encore abordé la question de savoir si mon approche de la nature humaine et des sociétés humaines s'applique en dehors des sociétés modernes. Est-elle d'une quelconque utilité pour l'étude des sociétés primitives et archaïques ?

Comment l'intégrer dans une théorie générale des sociétés humaines? Enfin, faute d'espace, à ce stade de mon enquête, je ne rends pas justice à l'abondance de travaux récents sur les mutations de l'individu moderne[300]. Il reste donc encore à situer ma conception de l'être humain par rapport à ces travaux.

Choisir sa route avant son moyen de transport

Le lecteur s'attend peut-être à ce que j'ajoute à cet inventaire des lacunes l'absence d'une description plus concrète d'un modèle de société alternative[301] à la dissociété néolibérale. Je n'en ferai rien, et ce pour trois raisons.

Première raison: j'entends affirmer l'intérêt des travaux qui établissent un diagnostic avisé, sans que leurs auteurs se sentent obligés de livrer en même temps une trousse à pharmacie et la formule chimique des remèdes prescrits. Assumer le primat et l'intérêt propre du diagnostic est une façon nécessaire de combattre la stratégie d'intimidation des néolibéraux, stratégie qui consiste à dénigrer tout mouvement anti-néolibéral s'il ne propose pas, clés en main, un système alternatif au capitalisme financier anglo-saxon. Cette ligne de défense est intellectuellement misérable et moralement choquante. Le violeur peut-il dire à sa victime: «Je te viole parce que tu n'as rien de mieux à me proposer»? *La légitimité d'une contestation ne réside pas dans une proposition alternative, mais dans l'inhumanité de ce qu'elle dénonce.* J'ai démontré ici que

300. Voir, notamment, Nicole Aubert (dir.), *L'Individu hypermoderne*, Érès, 2004.

301. Dans ce chapitre, j'abuse du terme «alternative» au sens incorrect de «autre solution». Cet usage condamnable a envahi le discours politique, et je préfère consacrer mon énergie à corriger ce discours sur le fond, plutôt que sur la forme.

le modèle néolibéral est faux et inhumain, excusez-nous du peu ! C'est donc aux néolibéraux qu'il incombe soit de faire la démonstration inverse, soit de nous dire ce qu'ils peuvent nous proposer de mieux.

Deuxième raison : je l'ai souvent indiqué, *les politiques et les systèmes alternatifs existent, ils ne sont pas à inventer.* Le désastreux dumping fiscal intra-européen est une alternative à la solidarité budgétaire des États américains, la politique monétaire keynésienne de la *Fed* est une alternative au monétarisme de la BCE, la faible inégalité salariale de la Suède est une alternative à l'explosion des inégalités aux États-Unis, la pratique référendaire des cantons suisse est une alternative à la démocratie représentative, la laïcité républicaine est une alternative au communautarisme religieux, les coopératives et les mutuelles sont une alternative à la firme obnubilée par le taux de rendement trimestriel du capital, etc., et ouvrir les yeux, s'informer sur la richesse infinie des politiques déjà expérimentées est une alternative à l'indigente conviction qu'« on ne sait plus quoi faire » ! En bref : quand les hommes décident de se faire la guerre, ils savent très bien comment procéder ; quand, en revanche, ils décident de coopérer en vue du bien commun, ils trouvent toujours des solutions aux questions techniques soulevées par leur coopération. Mon travail ne concerne pas ces questions techniques, il concerne le choix entre la guerre et la coopération. *L'insistance obsessionnelle sur le choix des instruments alternatifs sert justement à éluder le débat sur les fins, à masquer le fait que, pour l'heure, nous avons choisi la guerre.* Mieux vaut choisir notre route avant notre moyen de transport !

Troisième raison (la plus essentielle) : *la* société alternative n'existe pas. Le socialisme méthodologique conduit à considérer toute société comme un processus dynamique d'interaction entre les individus, d'une part, et entre les individus et le système qu'ils constituent ensemble, d'autre part. Il est donc vain de chercher un état particulier de la société qui serait le «bon». Je me suis efforcé de montrer que la seule démarche pertinente consiste à évaluer si le processus dynamique d'interaction sociale va dans le sens du progrès humain (l'harmonie des aspirations humaines) ou dans celui d'une dissociation et d'une mutilation des aspirations qui nous constituent en êtres humains. Or, tout indique que le «progrès humain», tel que je l'ai défini, n'a aucune raison d'emprunter une trajectoire unique et de se manifester par des politiques et des institutions sociales uniques. Processus dynamique, adaptatif et inventif d'interaction entre des humains vivant en un lieu et à une époque, il prend nécessairement des formes diversifiées et contingentes. Je pense donc avoir apporté ma contribution à la conception de l'«alternative» en définissant en quoi consiste le progrès humain et en montrant comment une bonne part de notre culture politique nous en détourne.

Ajoutons, pour finir, que ce livre n'est que le premier d'une série. Comme son nom l'indique (*L'Autre Société*), le deuxième opus de cette série est précisément entièrement consacré à la description d'une société de progrès humain et de ses fondements anthropologiques rigoureux.

Pour une nouvelle méthode politique

S'il est principalement constitué par une théorie critique des sociétés, mon propos reste néanmoins tourné vers l'action politique. Le fait d'avoir privilégié une longue réflexion sur le diagnostic plutôt que l'élaboration technique de politiques alternatives me permet de tirer à présent des conclusions que je prétends plus utiles et plus urgentes pour les militants que n'importe quelle innovation dans la boîte à outils du ministère des Finances.

L'enquête menée ici nous amène au point suivant. Les sociétés de marché contemporaines sont confrontées à un processus de dissociation destructeur, processus conforté par (et contribuant à) l'extension d'une culture fondée sur une conception erronée de l'être humain. Ce processus menace l'équilibre psychique des individus et déclenche donc des réflexes de défense: ceux-ci vont de l'identification pathologique intégrale au modèle néolibéral jusqu'à l'effondrement psychique dans la dépression ou le suicide, en passant par l'adaptation résiliente (passivité, repli, etc.). Il s'ensuit que la dissociété est une pathologie autoréalisatrice qui s'amplifie grâce aux réactions réflexes de défense qu'elle engendre. La société est piégée dans une spirale perverse des interactions sociales, qui éloigne toujours davantage les êtres humains de l'harmonie interne qu'ils cherchent désespérément à restaurer.

Qui peut sortir la société de cette ronde infernale qui tourne à l'envers du progrès humain? C'est bien entendu la minorité d'individus dont le moi est suffisamment solide pour limiter le recours aux réactions réflexes et favoriser l'opposition lucide et frontale à un processus social inhumain. Alors, en quoi doit consister l'action de cette minorité résistante? C'est dans la réponse à cette question que se manifeste l'importance cruciale du diagnostic. Je pense que l'impuissance durable des opposants à la dissociété néolibérale tient à une erreur de diagnostic sur la nature du processus à combattre. Ils croient souvent que leur travail consiste d'abord à imaginer des alternatives au système économique et social contre lequel ils luttent. Ce faisant, ils passent à mille lieues de la question essentielle qui a fait l'objet de ce livre: Pourquoi une majorité d'individus sensés, libres et disposant du droit de faire et défaire les gouvernements tous les quatre ou cinq ans laisserait-elle s'installer indéfiniment un système économique et social faux, inefficace et inhumain? Quand on oublie cette question, on ne peut mettre en évidence le processus pathologique que j'ai décrit, et l'on estime alors que le combat politique contre la dissociété se limite à inventer des politiques alternatives. Or, en réalité, il s'agit d'abord (et presque uniquement) de libérer les esprits des réflexes qui font tourner la ronde humaine à l'envers. En vingt ans, des centaines d'ouvrages ont parfaitement décrit les méfaits des politiques néolibérales et les politiques alternatives sans que cela affecte en quoi que ce soit le sens de la ronde! Le défi posé aux opposants lucides ne concerne donc pas d'abord le *contenu* des politiques, mais la *méthode* politique qui permettrait de surmonter le fait que, à l'évidence, une majorité d'individus collabore à, ou tolère la dissociété.

En oubliant de poser la question soulevée par cette soumission volontaire, les opposants à la dissociété sont en fait victimes de la réaction réflexe propre aux individus dont le moi est robuste et tourné vers l'action: ils partent au combat sans se poser de questions, exactement comme les rares policiers allemands qui n'hésitaient pas à refuser d'assassiner un innocent, ou comme les quelques «sujets» de Milgram qui arrêtaient d'infliger le choc électrique au «mauvais élève» dès que celui-ci manifestait une vraie douleur. Cette rébellion spontanée contre l'inacceptable est bénéfique face à une situation singulière exigeant une décision immédiate. Elle s'avère en revanche désastreuse quand il s'agit de traiter une pathologie sociale constituée par l'interaction complexe de millions d'individus. Dans ce cas, en effet, il me semble urgent d'appliquer la règle méthodologique suivante: quand on vous pose une question, ne répondez pas à la question, posez-la-vous! À défaut de consacrer un temps suffisant à «questionner la question», vous êtes à peu près sûr de gaspiller votre énergie à des débats secondaires et, en politique, de vous tromper de combat.

Avant de partir au combat contre le néolibéralisme, posons-nous donc la question de la nature précise du mal à combattre et de la méthode adaptée à ce combat. Je soutiens, au terme de mon enquête, que le premier des maux à combattre est *la prédisposition d'une majorité d'entre nous à s'adapter à une société inhumaine plutôt qu'à la combattre*. Il s'ensuit que les opposants lucides sont trop minoritaires au sein de la ronde humaine pour en inverser le sens. Leur tâche première consiste donc à infléchir les croyances et le comportement d'une masse critique d'individus. Alors, par qui commencer? On doit d'abord renoncer à influencer les plus atteints par le processus pathologique d'identification à la culture néolibérale. Ceux-là ne pourraient réviser leur vision du monde qu'après une longue psychothérapie, ou après l'expérience prolongée d'une nouvelle société de progrès humain. Par conséquent, quiconque veut enrôler de nouveaux citoyens dans sa résistance au sens pervers de la ronde humaine doit viser en priorité la majorité résiliente – celle qui se laisse entraîner, parce qu'il est moins douloureux de suivre le mouvement, en grappillant les plaisirs et les consolations qu'il recèle, que d'affronter consciemment sa responsabilité dans l'impasse où s'enfonce la ronde.

La majorité résiliente n'a pas besoin d'être convaincue par un exposé détaillé des politiques alternatives. Elle sait déjà parfaitement que la dissociété est détestable et que n'importe quelle société faisant une plus large part à la coopération et la solidarité lui serait préférable. Elle est en revanche *inconsciente de sa responsabilité* directe dans l'extension de la dissociété, et son inconscience est en grande partie fondée sur sa *certitude de n'avoir aucun pouvoir* pour changer quoi que ce soit à l'orientation des politiques publiques. Cette certitude est, notamment, l'effet le plus réussi de l'intoxication par la culture néolibérale : la politique ne peut rien ; chacun n'est responsable que de soi, et non du reste du monde, puisque le monde et son histoire sont régis par des lois naturelles irrévocables. Mais le sentiment d'impuissance du simple citoyen se fonde aussi sur une réalité politique et institutionnelle qui constitue la clé de l'ultime énigme soulevée par mon enquête.

L'illusion démocratique

Le chapitre précédent s'est achevé par une énigme strictement politique : Pourquoi la majorité résiliente qui espère en réalité un autre chemin que la dissociété ne cherche-t-elle pas à imposer ses vues par sa participation politique au processus démocratique ?

En effet, si, pour les multiples raisons qu'on a vues, la capacité de réaction individuelle à la dissociété se trouve inhibée, il reste aux individus un instrument simple, anonyme, gratuit et sans danger pour agir collectivement sur le monde : le vote. Ce que les citoyens ne peuvent atteindre ou n'osent tenter par d'autres moyens (syndicat, échanges, conventions privées, etc.), ils peuvent l'obtenir par le vote, du moins quand leur souhait est majoritaire. Si la dissociété néolibérale est vraiment contraire à la nature profonde des aspirations humaines, pourquoi n'est-elle pas empêchée par le vote des citoyens ?

Il faudrait en réalité un autre livre pour traiter pleinement cette question. J'ai déjà consacré deux ouvrages à l'incapacité de la démocratie représentative et de la gauche européenne à faire prévaloir une alternative au modèle néolibéral[302]. Mais puisque, dans cette conclusion, il s'agit seulement de définir les grandes orientations d'une autre méthode politique, l'essentiel peut être dit en peu de mots. Il tient même en une phrase: *dans les prétendues démocraties occidentales, les électeurs n'ont pas le pouvoir effectif de déterminer l'orientation des politiques publiques.*

Une telle affirmation se heurte aussitôt à une objection triviale: ce sont bien les électeurs américains et européens qui ont porté au pouvoir les néolibéraux et qui peuvent aussi bien les en chasser. Les néolibéraux n'hésitent d'ailleurs pas à se défendre contre toute critique rigoureuse en invoquant le verdict souverain des citoyens: «Notre modèle est le bon, disent-ils en substance, puisqu'il s'installe depuis un quart de siècle et n'a jamais été invalidé dans les pays où les citoyens ont le droit de choisir l'orientation des politiques à intervalles réguliers.» Mais c'est là un sophisme complet. Pour que les citoyens puissent «choisir» une autre voie, encore faudrait-il qu'elle fasse partie des options offertes sur le marché politique. Et pour considérer les élus comme des «représentants» des électeurs, encore faudrait-il que ces derniers participent aussi à la désignation des candidats.

Or, en réalité, le citoyen ne décide de rien ou presque. Il élit des «représentants» parmi des candidats désignés par les partis. Une alternative souhaitée par une majorité d'électeurs peut ainsi être parfaitement défendue à l'intérieur des partis tout en y restant minoritaire. Dans ce dernier cas, la minorité de militants qui représente l'aspiration majoritaire des citoyens accède très difficilement à la candidature aux élections, puisque les investitures

302. *Une raison d'espérer. L'horreur n'est pas économique, elle est politique* (1997), Pocket, 2000, et *Quel renouveau socialiste?*, *op. cit.*

sont pilotées par la majorité qui gouverne les partis. Les électeurs ont alors fréquemment le « choix » entre des candidats dont aucun ne représente l'alternative à laquelle ils aspirent. Quand, au bout de quelques scrutins, les électeurs constatent que le fait de voter ne change rien ou pas grand-chose au cours réel des politiques, et ne leur permet pas de faire valoir leur attente prioritaire, beaucoup finissent par s'abstenir, ou bien utilisent le vote protestataire aux extrêmes, qui a au moins le mérite de manifester leur frustration et leur rejet de la médiocrité générale de l'offre politique.

Néanmoins, dira-t-on, le citoyen peut toujours sanctionner la politique d'une majorité en ne la reconduisant pas aux élections suivantes. Bien sûr que non ! Quand un électeur de gauche sanctionne un gouvernement de gauche, parce qu'il ne fait pas suffisamment progresser un modèle alternatif au néolibéralisme, il ne sanctionne momentanément que des élus ; il n'a aucun moyen d'empêcher la politique qu'il déplore. Le résultat immédiat de son vote est d'ailleurs la victoire d'une majorité vraiment néolibérale, et dont les politiques conduiront peut-être notre électeur désespéré à voter à nouveau à gauche au prochain scrutin. Mais rien n'interdit alors à la gauche de présenter les mêmes candidats et la même ligne politique prétendument « sanctionnée » par ses électeurs quelques années plus tôt. Le « choix » ainsi proposé à l'électeur consiste à valider une ligne politique qu'il a précédemment refusée, pour éviter une politique qu'il juge encore pire ! À ce stade, que l'individu vote ou non ne change strictement rien, ni à l'Histoire, ni à son désespoir !

Il est d'une évidence triviale que, dans un tel système, *la possibilité d'une quelconque alternative dépend entièrement de l'offre politique, c'est-à-dire du débat interne aux partis, et quasiment pas de la demande politique des citoyens.* Si ces derniers ont la chance d'être en phase avec la vision de quelques responsables politiques majoritaires dans leur parti, ils auront le plaisir de les féliciter en votant pour eux. S'ils n'ont pas cette chance, ils n'ont aucun moyen d'être représentés s'ils n'adhèrent pas à un parti pour mener le combat là où il se mène vraiment. Dans ce système dit «représentatif», l'essentiel se joue sur le marché politique interne aux partis; seules les options présélectionnées par ce débat interne sont représentées sur le marché politique externe (le débat électoral), et elles le sont par des individus choisis par les partis. Le vote citoyen n'est alors qu'un épiphénomène, un simple instrument de ratification des investitures partisanes, qui peut à la limite imposer l'alternance des têtes mais certainement pas une autre politique.

Ce que nous appelons «démocratie» est donc largement une illusion. Nous désignons ainsi des régimes politiques qui sont en réalité organisés de façon à empêcher les citoyens d'avoir une prise directe sur l'orientation des politiques publiques. Le citoyen n'est pas plus souverain sur le «marché politique» que le consommateur n'est «roi» sur le marché des biens et services.

L'offre défaillante et la responsabilité historique de la gauche

Face à l'expansion de la dissociété, les seules options offertes aux citoyens pour s'en protéger par le vote ont donc été celles que leur proposaient les démocrates, les travaillistes, les socialistes, les sociaux-démocrates et autres courants présumés «progressistes» ou «de gauche». Or, comme je l'ai déjà rappelé, au cours des vingt dernières années, dans les plus grands pays industriels, les progressistes et la gauche ont au contraire adopté une stratégie électorale centriste et ont renoncé à l'idée même de «société alternative». Ce n'est évidemment pas nouveau pour les États-Unis, où le progrès plus ancien de la dissociété et de la culture néolibérale, d'une part, et les institutions, d'autre part, ont éliminé tout débat sur le modèle de société[303]. C'est en revanche une rupture plus nette en Europe, comme je l'ai montré en décrivant la dérive néolibérale de la construction de l'Union européenne (chapitre 3).

Ainsi, dans les années 1990, il est apparu clairement que la gauche européenne n'était pas *dans l'incapacité politique* d'imposer une alternative au néolibéralisme, mais *dans le refus* d'une telle alternative. Les partis de gauche et de centre gauche gouvernaient treize pays sur quinze dans l'Union européenne à la fin des années 1990. La gauche avait donc le pouvoir de réorienter les politiques de l'Union. Si elle ne l'a pas fait, c'est que la majorité des partis socialistes et sociaux-démocrates des grands pays européens s'était convertie non seulement à une stratégie électorale centriste, mais surtout à une part essentielle de la conception néolibérale du modèle social. Ce que l'on appelait alors «troisième voie» en Angleterre et «nouveau centre» en Allemagne n'était guère mieux qu'un ralliement aux politiques néolibérales soi-disant «imposées par la guerre économique»,

303. La Constitution américaine, fondée sur une stricte séparation des pouvoirs, est l'archétype de ce que Benjamin Barber appelle une «démocratie faible ». Le Congrès vote des lois, mais le président peut opposer son veto et il n'est pas responsable de l'exécution des lois devant les représentants du peuple. Le président gouverne, mais il ne peut contraindre le Congrès à lui donner les moyens légaux et financiers d'appliquer son programme. La démocratie est alors un système de marchandage permanent entre les pouvoirs engagés dans une logique «donnant, donnant » qui interdit quasiment toute réorientation fondamentale des politiques publiques ou du système économique et social. La politique ne peut guère aller au-delà d'une quête permanente du juste milieu.

ralliement déguisé en « modernisation des instruments » nécessaire pour défendre des valeurs de gauche prétendument inchangées. La résistance des socialistes français à ce tropisme néolibéral n'a pas pesé lourd, en 1997, dans l'ultime négociation du traité d'Amsterdam.

Un tel revirement ne s'est pas opéré partout, preuve qu'il n'était en rien imposé par une quelconque nécessité économique. On a vu notamment que, dans quelques petits pays européens, la culture néolibérale n'a pas encore pris le dessus sur une tradition de solidarité collective. Il se trouve qu'il s'agit aussi de pays où la soumission des responsables politiques au contrôle des citoyens est plus nette qu'ailleurs. Quand on associe une démocratie plus effective et la persistance d'une offre politique privilégiant une logique de solidarité, on obtient le résultat prévisible qu'une majorité de citoyens soutient activement cette logique et accepte d'ailleurs d'en payer le prix fiscal. Ce qui est économiquement possible pour des petits pays, plus vulnérables que les grands à la compétition internationale, l'est aussi pour les plus grands. Par conséquent, rien ne justifie la dérive néolibérale d'une partie de l'Europe, si ce n'est la conversion d'un pan de la gauche européenne à des éléments clés de la philosophie néolibérale (la conception sophistique de la responsabilité individuelle et le culte de l'individu) et de l'économie néolibérale (la supériorité du marché, le productivisme marchand, l'impératif de compétitivité, etc.).

Pour revenir à l'objet central de notre discussion, il est tout à fait clair que, dans les pays touchés par la dérive néolibérale des élites gouvernantes, l'électeur européen n'avait aucun moyen de s'opposer à la dissociété par le vote, dès lors qu'aucun des partis susceptibles de constituer un gouvernement ne le lui proposait.

Le seul moyen dont dispose un citoyen pour reprendre la main est extrêmement exigeant. Il s'agit d'adhérer aux partis politiques et d'y mener la bataille interne pour changer la ligne majoritaire. Or, l'idée même d'un tel engagement n'a aucune chance d'émerger spontanément dans la conscience de l'individu ordinaire et résilient qui cherche plutôt en permanence à minimiser sa tension psychique. Comme les voisins de Kitty Genovese, les habitants de la dissociété se disent qu'il y a sûrement « des gens » qui s'occupent déjà de secourir la Cité en péril. Il y a des « militants » pour ça ! Il y en a en effet, et heureusement, mais, faute d'être soutenus là où ils sont affaiblis – c'est-à-dire dans les partis de gouvernement –, les résistants lucides à la dissociété néolibérale se réfugient dans d'autres formes d'action politique (extrême gauche, mouvement altermondialiste, etc.). Dès lors, ils ne pèsent plus sur la ligne politique des partis qui dérivent un peu plus vers le centre et la résistance molle, dissuadant toujours plus les nouveaux militants de les rejoindre… Tous les ingrédients sont ainsi réunis pour un engrenage fatal qui mène le camp progressiste à l'impuissance : au lieu de combattre pour inverser la spirale perverse de la dissociété, il est disloqué et atomisé par ce mouvement, et finalement emporté par lui.

La résilience fatale des responsables et des militants politiques

La gauche se laisse ainsi emporter dans la ronde enclenchée par la victoire politique du néolibéralisme à la charnière des années 1970-1980. À l'exception notable (mais insuffisante et temporaire) du PS français, les partis sociaux-démocrates des grands pays européens voient dans la domination de la droite libérale la preuve d'une mutation incontournable de la société : délitement des classes sociales traditionnelles (et avec elles de la «lutte des classes»), défiance à l'égard des grands récits idéologiques, montée de l'insécurité, exacerbation de l'individualisme, règne du consumérisme, nature incontournable de la guerre économique mondiale, etc. Bref «la société a changé», et la gauche doit suivre le mouvement pour reprendre des voix et des électeurs à la droite. Au début des années 1980, quand les socialistes français croient encore «changer la vie» par la politique, nombre de leurs camarades européens estiment au contraire que «la vie a changé» et que la politique doit suivre le mouvement.

Ce faisant, une partie de la gauche européenne renonce délibérément à exercer la fonction première du politique, qui est de préserver une distance critique par rapport à la ronde des interactions sociales, en sorte de lui donner des impulsions dans un sens déterminé par un projet de progrès humain. Cette distance critique est celle qui autorise à considérer la montée de l'individualisme comme un effet de la dislocation politique de la solidarité nationale, et non comme une mutation exogène et sans cause de la nature humaine! Alors, on peut s'employer à recréer les conditions sociales nécessaires à la restauration des comportements solidaires et d'une culture du bien commun; alors, on constate que les individus ne sont pas des «mutants», mais seulement des humains qui préfèrent la coopération au «chacun pour soi», dès l'instant où la société leur offre le droit et les moyens de jouir pleinement des bienfaits de la coopération.

Au lieu de cela, la nouvelle gauche «modernisée» des années 1980 a adopté une sorte de néomarxisme considérant les mutations de la société et des comportements comme l'expression de lois historiques s'imposant au politique. La politique n'a dès lors plus vocation à faire l'Histoire, mais seulement à la suivre. Au lieu de résister à l'air du temps (l'individualisme, la dissociété, la guerre économique), la gauche autoproclamée « moderne » s'élance allègrement dans ce tourbillon régressif : elle convient qu'il s'agit désormais d'adapter ses politiques à l'état néolibéral du monde et de la culture, et non plus d'orienter la culture et le monde en fonction d'un projet socialiste.

Dans les grands partis sociaux-démocrates, les opposants résolus au néolibéralisme sont mis en minorité, privés d'investitures aux élections et souvent, aussi, des moyens démocratiques pour défendre leur ligne minoritaire[304]. Ils sont alors de plus en plus tentés par la sortie vers d'autres formations politiques « plus à gauche », ou par l'action militante hors des partis. Leur départ accentue le tropisme centriste des sociaux-démocrates, et la gauche s'en trouve plus divisée et affaiblie. L'électorat traditionnel de la gauche se détourne des partis de gouvernement et se réfugie dans l'abstention ou le vote protestataire. Les nouvelles générations de militants préfèrent l'engagement évident dans des mouvements dits « antilibéraux[305] » à l'engagement problématique dans le débat interne à la social-démocratie.

En somme, les comportements réflexes et résilients l'emportent peu à peu sur la lucidité et le courage politique : tout le monde adopte spontanément la position la plus confortable, la moins anxiogène. Face au combat engagé par les néolibéraux contre le pacte social de l'après-guerre, certains leaders refoulent la nécessité de se battre et vivent dans l'illusion que la politique est la

304. Rappelons que le PS français est l'un des rares partis à autoriser un débat interne au sein de courants constitués, se répartissant à peu près les fonctions selon leur poids respectif déterminé par le vote des militants à bulletin secret.

305. Dénomination erronée le plus souvent, puisqu'il s'agit de combattre le néolibéralisme et non de renier l'héritage commun du libéralisme politique.

quête d'un compromis pacifique entre des intérêts pourtant devenus inconciliables. Ils s'inventent une religion justificatrice, la « troisième voie », qui les absout de toute trahison à l'aide d'une casuistique sophistiquée démontrant pourquoi les politiques néolibérales (auxquelles ils se sont résignés par faiblesse) constituent désormais la voie « moderne » pour défendre les valeurs éternelles de la gauche ! Devant cette dérive pathologique de leurs partis, nombre de militants refoulent à leur tour l'évidente nécessité d'y rester pour mener la guerre interne contre la contamination néolibérale. Il est en effet particulièrement difficile de supporter l'idée qu'il s'agit désormais de se battre dans sa propre maison, contre ses amis politiques, et non seulement contre la droite. L'individu ordinaire a besoin d'un refuge, d'un espace épargné par la guerre, où il se trouve en pleine harmonie solidaire avec ses camarades, où il puise la sécurité psychique et la force pour sortir ensuite sur le champ de bataille. Dès lors que les militants aguerris prennent la fuite hors de leurs partis, comment des citoyens ordinaires forgeraient-ils le projet de réinvestir les partis de gauche pour redresser leur ligne ?

Ces réactions en chaîne ont un effet redoutable : le combat qu'il fallait mener sur le marché politique interne aux partis de gauche, pour faire triompher le refus lucide et radical du néolibéralisme, s'est transporté sur le marché politique externe. Une part essentielle de l'énergie militante se trouve désormais investie dans la compétition entre mouvements de gauche. Des leaders de la gauche traditionnelle passent leur temps à fustiger l'extrême gauche, dont ils ont eux-mêmes gonflé les rangs en refusant la guerre contre la droite néolibérale. Ce faisant, ils accréditent le sentiment que, décidément, le néolibéralisme n'est plus leur principal adversaire. Des leaders gauchistes s'enferment dans la satisfaction narcissique d'avoir raison contre tous, sans envisager la « souillure » que constituerait leur mutation en parti de gouvernement, allié à d'autres forces de gauche pour faire reculer *concrètement* le néolibéralisme. Des militants altermondialistes, consternés par tant de confusion et de vanité de l'activité partisane, se trouvent confortés dans leur conviction que le combat se mène ailleurs, dans la « société civile » et les associations. Et, pendant ce temps-là, les néolibéraux savourent leur victoire : une partie de la gauche valide leur discours ; une autre ne veut pas conquérir le pouvoir, mais rester, au contraire, dans l'éternelle opposition qui la maintient en vie ; le mouvement associatif, enfin, ne présente pas de candidats aux élections et ne cherche pas à modifier la ligne politique des partis qui présentent des candidats. Résultat : au moment des élections, on débat d'à peu près tout, sauf du choix entre dissociété et société de progrès humain.

L'ultime chance du progrès humain

La seule voie pour sortir d'une telle impasse, et redonner ses chances au projet du progrès humain, est à la fois très simple et très étroite, pour ne pas dire peu probable.

Elle est simple. Une gauche unie sur un projet résolument opposé à la dissociété néolibérale peut rencontrer l'attente refoulée par la majorité résiliente. Mais cela à deux conditions, sur lesquelles je reviendrai plus loin : 1) la promesse d'une *révolution démocratique*, qui placera la mise en œuvre des politiques sous le contrôle effectif des citoyens ; 2) une *révolution du discours politique*, qui redonnera sens au débat et à la participation politique. Mais la probabilité de cette révolution des institutions et de la parole politiques est mince, parce qu'elle suppose un renouvellement important de la classe politique, renouvellement problématique tant que cette révolution n'a pas eu lieu !

Le lecteur ne sera pas surpris de redécouvrir ici la nature circulaire des interactions sociales. Par définition, on ne peut compter sur la seule classe politique en place pour opérer une révolution qu'elle n'a pas songé à entreprendre jusqu'ici. Par ailleurs, la ligne molle et résignée de la social-démocratie européenne restera dominante si les militants qui l'ont désertée, ceux qui ont jusqu'ici préféré le seul engagement associatif et, enfin, de nouveaux citoyens encore passifs ne fondent pas de nouveaux partis politiques vraiment progressistes. Mais pourquoi des centaines de milliers d'individus, pour qui l'état actuel des partis a justifié leur désengagement ou leur non-engagement, décideraient-ils subitement de les rejoindre ? À chaque fois que je suis invité à débattre par un mouvement quelconque, je rencontre des militants qui me disent : « Je reviendrai dans les partis quand ils auront changé ! » À quoi je réponds immanquablement : « Comment changeront-ils si tous ceux qui espèrent leur changement ne les rejoignent pas ? » Chacun attend que l'autre commence… et, pendant ce temps, Kitty Genovese meurt au pied de son immeuble !

Encore une fois, la charge d'inverser le sens de la ronde infernale qui piège les individus dans la protection de leur intégrité psychique, tout en détruisant la société qu'ils formaient ensemble, cette charge immense repose sur les seuls et rares individus peu ordinaires qui n'attendent jamais que les autres commencent, qui sortent du rang, seuls s'il le faut, pour refuser la ronde, et s'efforcent, tant qu'ils peuvent et quelles que soient leurs chances de réussite, d'en inverser le sens.

La plupart de ces individus extra-ordinaires sont et resteront anonymes : ce sont les militants de gauche qui n'ont jamais abandonné le combat dans leur propre camp, pour convaincre leurs camarades, pour combattre la progression de la culture et des contrevérités néolibérales maquillée en modernisation du socialisme démocratique. Le refus de la ronde néolibérale est aussi incarné par de trop rares leaders politiques qui ont le courage d'assumer une position minoritaire sans s'enfuir, qui ont notamment eu le courage de dire « non » au traité établissant une Constitution pour l'Europe, contre leur sentiment spontané, contre la majorité des leaders européens, contre le discours vulgaire des médias qui les présentèrent comme des imbéciles, et parfois même en supportant sereinement des propos méprisants au sein de leur propre famille politique.

La question est de savoir si cette minorité d'individus déterminés à résister peuvent convaincre de les rejoindre tous ceux qui partagent leur aspiration, sans jouir de ce moi solide et serein qui autorise l'être à affronter les conflits pénibles mais nécessaires.

Le réveil des citoyens et la révolution démocratique

Ce que nous avons appris sur la nature humaine et les raisons de la soumission volontaire au processus de la dissociété nous autorise à soutenir que le réveil des citoyens endormis est non seulement possible, mais encore souvent espéré par les individus concernés. Ces individus, apparemment obnubilés par leurs frigos à moitié pleins et leurs cercles intimes à moitié vides, peuvent être ramenés à la vie de la Cité. Parce que leur repli égocentrique n'est au fond jamais conforme à l'idée qu'ils se faisaient de la vie dans une bonne société : il n'est qu'une retraite rationnelle dans un monde devenu trop sauvage.

En effet, qui peut raisonnablement préférer un monde où les chauffeurs routiers doivent culbuter les cars scolaires dans le fossé, pour tenir les cadences imposées par la compétition mondiale, à un monde où l'on doit payer des impôts pour faire respecter le Code de la route? Qui peut raisonnablement adorer la «main invisible» du marché, qui nous tend des assiettes garnies de vache folle, et vouer aux gémonies la main visible d'un régulateur qui protège la vie bonne pour tous, contre la course insensée aux profits de quelques-uns? Qui choisirait délibérément de vivre dans une cité où l'achat d'un pistolet et d'un gilet pare-balles remplace le financement de la police nationale et la pacification par l'égalité sociale, où l'injection létale remplace les soins aux handicapés mentaux?

Au fond, hormis quelques vrais névrosés et quelques cyniques profiteurs, les individus retranchés dans leurs tribus savent bien ce qu'ils gagneraient à être les citoyens d'une vraie société, où chacun trouverait plus d'avantages à contribuer au bien commun qu'à se battre contre les autres. Leur choix entre le repli solitaire et le déploiement solidaire serait vite fait, si seulement ils croyaient encore ce choix offert. Mais c'est précisément cette possibilité de choisir le monde dans lequel on vit qui est détruite par le déclin de l'action publique et la défiance à l'égard des politiques.

Une fois consommé le deuil d'un idéal collectif, on opte pour le moindre mal: s'occuper de soi du mieux qu'on peut. Je l'ai montré, c'est là davantage une protection psychique qu'une réelle indifférence au monde. Pourquoi s'émouvoir indéfiniment des souffrances qu'on ne peut soulager? Le repli solitaire n'est l'idéal de personne, c'est une défense rationnelle qui vise à limiter les interactions sociales aux champs où l'individu a le sentiment d'un juste équilibre entre ses droits et ses devoirs, et où il croit sa contribution vraiment utile. L'apathie contagieuse du citoyen vient de ce que tout un chacun estime vain d'en sortir tout seul. La citoyenneté n'est pas un état individuel, mais collectif. Et qui peut raisonnablement décider d'être le citoyen d'une cité morte et croire que cela suffira à la ressusciter ? Hormis les saints, personne ne peut être solidaire tout seul. C'est le meilleur moyen d'être la « bonne poire » qui paie pour les autres. À la guerre, celui qui tend la main à son adversaire n'arrête pas le conflit : il se prend une balle. Alors, ceux qui peuvent tuent avant d'être tués. Et comme la plupart n'ont pas l'âme de tueurs, ils s'enterrent, ils se retranchent. Les citoyens ne sont pas morts, ils hibernent. Voici l'enjeu d'une refondation du politique : les ramener à la vie de la Cité, redonner corps à leur espoir secret de vivre au grand air d'une nation plutôt qu'au fond d'une tranchée.

Mais s'il est donc théoriquement possible de réveiller les citoyens, comment s'y prendre pour les convaincre de soutenir, voire de rejoindre la minorité résistante qui n'a pas déserté les partis ?

D'abord, en ne les ménageant pas ! Les voisins de la malheureuse Kitty ne méritent aucun ménagement. Les citoyens endormis non plus. Il est temps de mettre chacun devant sa responsabilité. Pas la « responsabilité individuelle » des néolibéraux, qui n'engage qu'à s'occuper de soi. Non, la vraie responsabilité, celle que doivent assumer les millions d'individus qui, dans une société inhumaine, attendent que les autres s'en préoccupent. Le leader politique qui entreprend de lutter contre la dissociété doit commencer par déranger ses concitoyens, par les bousculer même. Il s'agit de leur dire que la maison brûle et que l'on a besoin d'eux pour la sauver, qu'ils ne peuvent plus se « défiler », sauf à assumer clairement leur choix de se ranger dans le camp des incendiaires. Je suis convaincu que la majorité des individus résilients n'attendent rien d'autre que ce discours dérangeant, que d'être bousculés par quelqu'un qui leur dit enfin qu'ils servent à quelque chose, que leur présence ici-bas n'est pas indifférente.

Mais on ne dérange pas les gens pour rien! Car, à la décharge des citoyens résilients, on l'a rappelé plus haut, ils ont aussi de bonnes raisons de rester « planqués ». Après vingt ans d'alternance politique sans solution alternative à la dissociété néolibérale, aucun leader politique héritier de cette époque ne peut compter sur un simple blanc-seing donné par les citoyens qu'il parviendra à réveiller. La défiance à l'égard de la démocratie représentative est parfaitement fondée. Se mobiliser pour une politique, sans l'assurance que les citoyens restent, *in fine*, les seuls souverains pour en contrôler la mise en œuvre, n'est plus un pari raisonnable. Par ailleurs, la pérennité du combat contre la dissociété suppose qu'il ne soit ni dépendant de la présence de tel ou tel leader, ni à la merci d'un revirement interne aux partis. Les seuls garants de ce combat sont les citoyens eux-mêmes, qui, dans leur immense majorité, savent l'intérêt qu'ils ont à préférer une société de progrès humain à une société de rivalité généralisée. Et bousculer les citoyens pour les mettre face à leur responsabilité serait insensé et sans effet si on ne liait pas la responsabilité au pouvoir qui, seul, lui donne un sens.

Voilà pourquoi ceux qui entendent remobiliser des troupes citoyennes dans le combat pour le progrès humain doivent se faire les inventeurs et les promoteurs de ce que j'ai appelé la « démocratie effective ». Son principe est très simple: *quelles que soient les institutions et les règles du jeu politique, économique et social, elles ne sont légitimes que dans la mesure où le peuple des citoyens dispose effectivement de la capacité à exercer sa souveraineté*. Il ne s'agit pas d'instaurer une démocratie « directe », ou une démocratie « participative », ou encore une démocratie vraiment « représentative ». Tous ces projets ont l'inconvénient de définir la démocratie par une technique spécifique d'exercice du pouvoir, dont aucune ne peut à elle seule garantir l'objet de la démocratie qui n'est autre que la souveraineté des membres de la communauté politique. La vie de la communauté politique a besoin de la participation directe des citoyens autant que de la médiation des partis et des élus. La démocratie «effective» n'est pas une *technique* politique, c'est une *philosophie* politique qui suppose le recours à une pluralité de techniques, selon des combinaisons variables dans le temps et l'espace, pour peu qu'elles soient décidées par le peuple souverain.

Cette philosophie repose sur trois sous-principes directeurs: 1) *la participation des citoyens* aux votes n'est pas qu'un droit, c'est *une obligation sanctionnée par la loi;* 2) quelles que soient les techniques ordinaires d'élaboration et d'exécution des lois et règlements, *un nombre déterminé de citoyens peut toujours exiger que le peuple exerce directement son pouvoir souverain* pour rejeter ou amender ces lois et règlements; 3) *la démocratie est «générale»*: le principe d'égal pouvoir souverain des membres de la communauté politique exige que, *partout où et à chaque fois que des individus se trouvent soumis au pouvoir d'autres individus ou organisations, la loi organise le contre-pouvoir* qui interdit toute servitude et tout déséquilibre manifeste de pouvoir entre les citoyens (l'entreprise, l'école, les organisations internationales, etc.); une démocratie générale suppose par ailleurs que toute organisation qui exerce un pouvoir d'influence dans la formation des choix et des opinions politiques soit soumise à des règles de fonctionnement démocratiques (partis, syndicats, médias, etc.).

Pousser plus loin l'exposé de cette révolution démocratique dépasse l'objet de ce livre. L'essentiel est ici de comprendre que le réengagement des citoyens suppose un projet à la hauteur de l'effort demandé, et la garantie que la confiance éventuellement accordée à des «représentants» ne puisse jamais être trahie sans déclencher une sanction politique immédiate. C'est précisément la perspective qu'ouvre aux citoyens le projet d'une démocratie effective. Dans ce cadre, en effet, les citoyens ont toujours le droit d'exercer directement leur pouvoir souverain. Dès lors, aucun gouvernement ne peut mettre en œuvre une réforme 1) qu'il n'a pas défendue devant les citoyens au moment des élections ou à l'issue d'un large débat, et 2) qui n'a pas le soutien majoritaire des citoyens.

Toute avancée sérieuse vers une démocratie effective remet radicalement en question le système oligarchique qui réserve aujourd'hui la vraie souveraineté politique aux équipes dirigeantes des partis. Il est donc peu probable que lesdites équipes s'engagent spontanément et largement sur la voie d'une démocratie effective. Nous retrouvons ici la nécessité circulaire d'avancer sur tous les fronts. Il faut offrir la perspective d'un renouveau démocratique pour remobiliser les citoyens et recruter de nouveaux militants. Mais cette perspective n'a aucune chance de progresser dans les partis si la minorité qui l'ouvre n'est pas d'ores et déjà soutenue par un renfort citoyen et militant.

Mais si aucun responsable politique ne peut promettre la démocratie effective avant d'avoir reçu les renforts internes aux partis et les renforts externes dans l'électorat, il ne dépend que de lui d'opérer la révolution du discours politique qui replace le choix de société et le choix d'une culture politique au cœur du débat public.

La révolution du discours politique

Je conclurai ici sur une idée aussi banale que contraire aux idées reçues: *la première des batailles politiques à mener, et la plus décisive, est une bataille d'idées.* Corollaire non moins banal: *l'acte le plus fondamental du responsable politique, c'est son discours.* J'imagine par avance les railleries auxquelles m'expose une conclusion aussi audacieuse. Tout ça pour ça ! Après des années de recherches, un universitaire inflige allègrement des centaines de pages à un lecteur patient et courageux pour lui annoncer, sans rire, que ce qui sauvera l'humanité, ce sont de beaux discours !

Eh bien, oui, j'assume (mon moi est assez solide, grâce à tous ceux qui l'ont constitué, pour supporter les railleries). Ma conclusion est la conséquence on ne peut plus logique de tout ce que je pense avoir établi dans ce livre. Ayant démontré ici que la spirale vertueuse du progrès humain est possible, qu'elle n'est pas entravée par un déficit de moyens et de politiques alternatifs, mais par une culture erronée qui nourrit le désengagement politique et la servitude volontaire, je conclus sans surprise que la priorité des militants survivants est de mener la *bataille culturelle*. L'enjeu est de rallumer les citoyens éteints et de réveiller les militants endormis, de leur réapprendre la nature, la possibilité et le désir du progrès humain. L'urgence est donc à la dépollution des esprits après deux ou trois décennies de lavage de cerveaux individualiste, consumériste, « privatiste », « compétitiviste », « marchéiste », fataliste, etc.

Les certitudes que nous avons acquises quant à la nature humaine et à la souffrance refoulée de l'homme écartelé par la dissociété impliquent que, contrairement aux craintes de tant de leaders politiques, eux-mêmes victimes de la pollution culturelle néolibérale, une large majorité de nos concitoyens est secrètement avide d'entendre à nouveau un discours favorable à la solidarité, aux biens publics, à l'impôt, à la paix sociale, à la régulation, à la coopération, au repos, à l'égalité, au temps de vivre, etc. – bref, à une vie et une société tout simplement humaines. Pour que leur désir enfoui émerge à nouveau dans leur conscience, que leur désir ranimé se mue en espérance d'une alternative et que leur espérance déclenche leur engagement, ils ne peuvent se passer d'une initiative et d'un discours politiques leur assurant qu'ils ne sont pas seuls et peuvent croire à nouveau qu'ils ont la force collective d'une communauté de citoyens.

Contrairement à ce que d'aucuns peuvent redouter, et d'autres espérer, cette réhabilitation du discours idéologique au bon sens du terme, à savoir un *système de pensée dessinant une conception du monde et un modèle de société*, ne constitue en rien une contre-révolution idéaliste et antimatérialiste. Elle n'est que le rétablissement d'une vérité biologique, à savoir que les idées et les croyances ont une existence aussi matérielle et déterminante pour l'être humain que son salaire ou son automobile; et, en réalité, l'histoire de l'humanité, comme l'expérience intime de chacun d'entre nous, donne à penser qu'elles sont souvent les plus déterminantes. Seul un matérialisme vulgaire, et scientifiquement réfuté, a inculqué à la pensée progressiste que «les conditions matérielles d'existence déterminent la conscience des hommes», et non l'inverse. La vérité est que ce que nous pensons et croyons est un élément parmi d'autres de notre réalité existentielle, de notre vie matérielle. Il s'agit donc enfin de refonder le discours et l'action politiques sur cette vérité banale et incontestable.

La politique se meurt aussi beaucoup parce que les élus et les gouvernants eux-mêmes n'y croient pas, n'en veulent pas ou ne savent même plus de quoi il s'agit. Ne répètent-ils pas tous en chœur depuis des années que les électeurs ne veulent pas de belles paroles mais des actes, ne s'intéressent pas aux idéologies mais à leurs bulletins de paie? Funeste contresens au résultat que l'on sait: la politique n'a jamais été aussi mal considérée que depuis cette résolution unanime de ne plus embêter les électeurs avec de « grandes phrases » et de « grandes idées ». Et, depuis lors, la parole politique se dissout dans la course aux « petites phrases » sans idées, formatées pour le journal de 20 heures !

Funeste contresens, car la parole est un acte, et même le plus distinctif de l'espèce humaine ; un acte qui donne son sens à tous les autres. Car les mots sont des choses qui structurent notre inconscient et notre conscience, et donnent sens à toutes les autres choses. Des choses dont l'absence nous empêche de nous tenir debout et de devenir adultes. Des choses qui, agencées en phrases, en discours et en idées, ont constitué la matière de nos relations et ont façonné notre vie. En un mot (!) : des choses sans quoi nous ne serions que des bêtes. Et les belles paroles seraient sans importance ?

La politique contemporaine est justement devenue illisible depuis qu'elle ne consiste plus qu'en actes sur lesquels on n'ose plus mettre des mots qui leur donnent du sens, ou sur lesquels on met des mots contradictoires ou à contresens. L'électeur est en réalité dans la situation d'un étranger débarqué dans un pays dont il ignore la langue : il ne sait plus ce que veulent dire « droite », « gauche », « libéral », « socialiste », « égalité », « république », « société », « nation », « bien public », tous ces mots qui, dans son ancien pays, donnaient du sens à la conversation que tenaient encore les hommes pour organiser et gérer la Cité. Alors, forcément, la politique n'a plus de sens et le discours politique n'a guère plus d'utilité qu'une lampe sans ampoule : ça prend de la place, mais ça n'éclaire pas ! Le discours politique s'autodétruit quand il parle aux gens comme s'ils ne pouvaient comprendre que « boire », « manger », « maison » – autrement dit, quand il les traite comme des bêtes, c'est-à-dire comme des animaux ordinaires et non plus comme des animaux politiques.

Seulement voilà, les quelques millions d'années de sélection naturelle, d'où a surgi l'espèce humaine, ont inscrit dans notre être (peut-être dans nos gènes) que *notre survie et notre bien-être dépendent de la conversation que nous entretenons avec les autres pour bien vivre ensemble, c'est-à-dire, au sens vrai du terme, de la conversation politique.* Cette évidence peut être momentanément oubliée, parce qu'elle n'est plus sollicitée ou qu'elle est méprisée; elle implique néanmoins que quiconque entreprend de tenir à nouveau un discours vraiment politique et remet les vrais mots politiques en service – pour peu qu'il le fasse avec compétence et sincérité – est à peu près certain de voir s'allumer le regard de ses interlocuteurs, comme si ces derniers, enfin rentrés au pays, comprenaient à nouveau de quoi il est question.

Bibliographie des ouvrages cités

Actes de la recherche en sciences sociales, « De l'État providence à l'État pénitence », n° 124, Seuil, septembre 1998.

Alternatives économiques, « La France est-elle encore dans la course ? », dossier du numéro de mars 2002.

Bruno Amable, *Les Cinq Capitalismes : diversité des systèmes économiques et sociaux dans la mondialisation*, Seuil, 2005.

Mark Rogin Anspach, *À charge de revanche. Figures élémentaires de la réciprocité*, Seuil, 2002.

Christian Ansperger et Philippe Van Parijs, *Éthique économique et sociale*, La Découverte, 2000.

Hannah Arendt, *Le Système totalitaire*, Seuil, 1972.

Nicole Aubert (dir.), *L'Individu hypermoderne*, Éres éditions, 2004.

Benjamin Barber, *Démocratie forte*, Desclée de Brouwer, 1997. Traduit de *Strong Democracy : Participatory Politics for a New Age*, 1984.

Frédéric Bastiat, *Harmonies économiques* (1850), Éditions du Trident, 2006.

Gregory Bateson et Jurgen Ruesch, *Communication. The Social Matrix of Psychiatry*, W.W. Norton & Company. Édition française : *Communication et Société*, Seuil, 1988.

Christian Baudelot et Roger Establet, *Suicide, l'envers de notre monde,* Seuil, 2006.

Ulrich Beck, *La Société du risque* (1986), Flammarion, 2001.

Miguel Benasayag, *Le Mythe de l'individu* (1998), La Découverte-Poche, 2004.

Jeremy Bentham, *Introduction aux principes de morale et de législation,* 1789.

—, *Fragments sur le gouvernement: manuel de sophismes politiques* (1776), LGDJ/Monchrestien, 1998.

Suzanne Berger, «Globalization and politics», *Annual Review of Political Science,* III, 2000. Robert Boyer et Pierre Souyri (dir.), *Mondialisation et Régulations. Europe et Japon face à la singularité américaine,* La Découverte, 2001.

—, *Notre première mondialisation,* Seuil, 2003.

Michel Bernard, Vincent Cheynet, Bruno Clémentin (dir.), *Objectif décroissance. Vers une société harmonieuse,* Parangon, 2003.

Jean-Michel Besnier, *Histoire de la philosophie moderne et contemporaine*, Grasset, 1993.

Étienne de La Boétie, *Le Discours de la servitude volontaire,* [vers 1548] transcription de Charles Teste, Payot et Rivages, «Petite bibliothèque Payot», 2002.

Luc Boltanski et Eva Chiapello, *Le Nouvel Esprit du capitalisme*, Gallimard, 2002.

Olivier Bouba-Olga, *La Nouvelle Géographie du capitalisme*, Seuil, 2006.

Robert Boyer, *Théorie de la Régulation, 1. Les fondamentaux*, La Découverte, 2004.

—, *Peut-on faire une théorie du capitalisme?*, Odile Jacob, 2004.

Lester Brown, *Éco-économie*, Seuil, 2003.

Christopher Browning, *Des hommes ordinaires. Le 101e bataillon de réserve de la police allemande et la solution finale en Pologne*, 10/18, 1996.

Alain Caillé, *Anthropologie du don. Le Tiers paradigme*, Desclée de Brouwer, 2000; La Découverte, 2007.

—, «Tout le monde gagne. Comment un état d'endettement mutuel positif est-il possible? Brefs commentaires sur l'article de Jacques Godbout», *Revue du MAUSS*, n° 4.

—, *Don, intérêt et désintéressement. Bourdieu, Mauss, Platon et quelques autres*, La Découverte-MAUSS, 1994.

Jacques Cauvin, *Naissances des divinités. Naissance de l'agriculture. La révolution des symboles au Néolithique*, Flammarion, 1998.

Anne-Sophie Cérisola et Jacques Mistral, « L'obésité aux États-Unis. Enjeux économiques et défis politiques », *Documents de travail de l'Agence financière de Washington*, mars 2004.

Club de Rome, *Halte à la croissance*, Fayard, 1972.

Christian Coméliau (dir.), « Ingérence économique. La mécanique de la soumission », *Nouveaux cahiers de l'IUED*, PUF, 1994.

Christian Coméliau, *La Croissance ou le Progrès? Croissance, décroissance et développement durable*, Seuil, 2006.

Roméo Dallaire, *J'ai serré la main du diable. La faillite de l'humanité au Rwanda*, Libre expression, 2003.

Antonio R. Damasio, *L'Erreur de Descartes. La raison des émotions*, Odile Jacob, 1995. Titre original: *Descartes's Error. Emotion, Reason, and the Human Brain*, 1994.

—, *Spinoza avait raison. Joie, tristesse, le cerveau des émotions*, Odile Jacob, 2003. Titre original: *Looking for Spinoza: Joy, Sorrow, and the Feeling Brain*, 2003.

Charles Darwin, *De l'origine des espèces au moyen de la sélection naturelle* (1859).

Christophe Dejours, *Souffrance en France. La banalisation de l'injustice sociale* (1999), « Points Essais », Seuil, 2006.

Didier Desor, *Le Comportement social des animaux*, Presses universitaires de Grenoble, 1999.

Jacques Donzelot, *Faire société. La politique de la ville aux États-Unis et en France*, Seuil, 2003.

Jean-Pierre Durand, *La Chaîne invisible. Travailler aujourd'hui : flux tendu et servitude volontaire*, Seuil, 2004.

Alain Ehrenberg, *La Fatigue d'être soi. Dépression et société*, Odile Jacob, 1998.

Norbert Elias, *La Société des individus* (1939), Fayard, 1991.

François Flahault, *Le Sentiment d'exister. Ce soi qui ne va pas de soi*, Descartes & Cie, 2002.

Michel Foucault, *Surveiller et punir. Naissance de la prison*, Gallimard, 1975.

Eugène Fournière, « L'individualisme social », *La Revue socialiste*, n°194, février 1901.

Michel Freitag (en collab. avec Yves Bonny), *L'Oubli de la société*, Presses universitaires de Rennes, 2002.

Sigmund Freud, *Psychopathologie de la vie quotidienne* (1901), Payot, « Petite bibliothèque Payot », 1992.

Francis Fukuyama. *La Fin de l'histoire et le Premier Homme*, Flammarion, 1996.

Marcel Gauchet, *Un monde désenchanté*, Gallimard, 1985.

Vincent de Gaulejac et Isabel Taboada Leonetti, *La Lutte des places*, Desclée de Brouwer, 1994.

Vincent de Gaulejac, *Le Coût de l'excellence*, Seuil, 1992.

—, *La Société malade de la gestion*, Seuil, 2006.

Jacques Généreux, « De l'autre mondialisation à l'autre politique », *Revue du MAUSS*, novembre 2002.

—, « La guerre incivile », *Les Échos*, 2 octobre 2001.

—, *Chroniques d'un autre monde*, Seuil, 2003.

—, *Les Vraies Lois de l'économie*, Seuil, vol.1, 2001, vol. 2, 2002, édition intégrale, 2005.

—, « Manifeste pour l'économie humaine », *Esprit*, 2000.

—, *Manuel critique du parfait Européen. Les bonnes raisons de dire « non » à la Constitution*. Seuil, 2005.

—, *Quel renouveau socialiste?*, Textuel, 2003.

—, *Sens et conséquences du « non » français*, Seuil, 2005.

—, *Une raison d'espérer. L'horreur n'est pas économique, elle est politique*, Plon, 1997; Pocket, « Agora », 2000.

—, « Du consensus de Washington au consensus de Monterrey », *Alternatives économiques*, mai 2002.

—, « L'après-Enron: gouvernance ou démocratie? », *Alternatives économiques*, avril 2002.

Nicholas Georscu-Roegen, *La Décroissance. Entropie – Écologie – Économie*, Sang de la Terre, 1995.

Anthony Giddens et Tony Blair, *La Troisième Voie. Le Renouveau de la social-démocratie* (1998), Seuil, 2002.

George Gilder, *Richesse et pauvreté* (1980), Albin Michel, 1981.

René Girard, *La Violence et le Sacré*, Grasset, 1972.

Pierre-Noël Giraud, *L'Inégalité du monde*, Gallimard, 1998.

—, *Le Commerce des promesses. Petit traité sur la finance globale*, Seuil, 2001.

Jacques Godbout, *Le Don, la dette et l'identité. Homo donator vs homo oeconomicus*, La Découverte-MAUSS, 2000.

Daniel J. Goldhagen, *Les Bourreaux volontaires de Hitler. Les Allemands ordinaires et l'Holocauste*, Seuil, 1997.

Bernard Guerrien, *L'Économie néoclassique*, La Découverte, 1989.

Jean-Claude Guillebaud, *Le Goût de l'avenir*, Seuil, 2005.

Liem Hoang Ngoc, *La Facture sociale*, Arléa, 1998.

Thomas Hobbes, *Le Citoyen* (1640), Flammarion, 1982.

—, *Léviathan, ou Matière, forme et puissance de l'État chrétien et civil* (1651), Gallimard, 2000.

Arthur Maurice Hocart, *Au commencement était le rite. De l'origine des sociétés humaines*, La Découverte-MAUSS, 2005. Titre original: *Social Origins*, 1954.

Bodo Hombach, *Aufbruch. Die Politik der Neuen Mitte*, Econ Verlag, 1998.

Jan Horst-Kepler, *Les Noms du père d'Adam*, document de travail, 2005.

Francis Hutcheson, *Recherches sur nos idées de la beauté et de la vertu*, Vrin, 1991.

—, *System of Moral Philosophy*, 1755.

Marie-France Irrigoyen, *Le Harcèlement moral*, Syros, 1999.

Marc Jeannerod, *Le Cerveau intime*, Odile Jacob, 2005.

Pascal Juan, *La Société inhumaine*, L'Harmattan, 2001.

Jean-Claude Kaufmann, *L'Invention de soi. Une théorie de l'identité*, Armand Colin, 2004.

John Maynard Keynes, *Théorie générale de l'emploi, de l'intérêt et de la monnaie* (1936), Payot, 1992.

William Kristol et Lawrence F. Kaplan, *Notre route commence à Badgad*, Saint-Simon, 2003.

Jean-Pierre Lebrun, *La Perversion ordinaire. Vivre ensemble sans autrui*, Denoël, 2007.

Jean-Pierre Le Goff, *La Démocratie post-totalitaire*, La Découverte-Poche, 2003.

—, *La Barbarie douce. La modernisation aveugle des entreprises et de l'école*, La Découverte, 1999.

Pierre Leroux, « De l'individualisme et du socialisme » (1834), *La Revue du MAUSS*, n° 9, premier semestre 1997.

Seymour Lipset, « L'américanisation de la gauche européenne », *Commentaire*, n° 95, Automne 2001.

John Locke, *Traité du gouvernement civil* (1690), Flammarion, 1984.

Frédéric Lordon, *Et la morale sauvera le monde*, Liber-Raisons d'agir, 2003.

Machiavel, *Discours sur la première décade de Tite Live* (1519), Flammarion, 1985.

—, *Le Prince* (1542), Flammarion, 1992.

Jean de Maillard, *Le marché fait sa loi. De l'usage du crime par la mondialisation*, Mille et une nuits, 2001.

Benoît Malon, *La Morale sociale* (1885), Le bord de l'eau, 2007.

Bernard de Mandeville, *La Fable des abeilles : vices privés et prospérité publique* (1714), Vrin, 1990.

Bernard Maris, *Antimanuel d'économie*, Bréal, 2003.

Christian Marouby, *L'Économie de la nature. Essai sur Adam Smith et l'anthropologie de la croissance*, Seuil, 2004.

Dominique Martin, Jean-Luc Metzger et Philippe Pierre, *Les Métamorphoses du monde. Sociologie de la mondialisation*, Seuil, 2003.

Karl Marx, *Critique du programme du parti ouvrier allemand* (1875), *Karl Marx, Œuvres, I, Économie*, Gallimard, « Bibliothèque de la Pléiade », 1965.

—, *L'Idéologie allemande* (1846), *Karl Marx, Œuvres, III, Philosophie*, Gallimard, « Bibliothèque de la Pléiade », 1982.

—, *Manifeste du parti communiste* (1848), *Karl Marx, Œuvres, I, Économie*, Gallimard, « Bibliothèque de la Pléiade », 1965.

Marcel Mauss, *Essai sur le don* (1923-1924), *in* M. Mauss, *Sociologie et Anthropologie*, PUF, 10e éd., 2003.

George Herbert Mead, *L'Esprit, le Soi et la Société* (1934), PUF, 1963.

Ronald Meek, *Social Science and the Ignoble Savage*, Cambridge University Press, 1976.

Stanley Milgram, *La Soumission à l'autorité*, Calmann-Lévy, 1974.

Olivier Nicolas et Thierry Gadault, *Les Fossoyeurs des services publics*, Le Cherche Midi, 2003.

Philippe Norel (*et alii*), *L'Invention du marché. Une histoire économique de la mondialisation*, Seuil, 2004.

Robert Nozick, *Anarchie, État et Utopie* (1974), PUF, 1988.

André Orléan, *Le Pouvoir de la finance,* Odile Jacob, 2000.

Jean-Yves Paraïso « Le "Nouveau Centre". Modernisation ou reniement des valeurs fondamentales de la social-démocratie allemande ? », *La Pensée*, n° 321, p. 127-134.

Vilfredo Pareto, *Manuel d'économie politique* (1906), LGDJ, 1963.

René Passet, *L'Économique et le Vivant,* Payot, 1979.

Pascal Picq et Yves Coppens (dir.), *Aux origines de l'humanité, vol. 2 : Le propre de l'homme,* Fayard, 2001.

Pascal Picq, *Nouvelle Histoire de l'homme*, Perrin, 2005.

Michael J. Piore et Charles F. Sabel, *The Second Industrial Divide : Possibilities for Prosperity*, Basic Books, 1984.

Dominique Plihon, *Le Nouveau Capitalisme*, Flammarion, « Dominos », 2001.

Karl Polanyi, *La Grande Transformation* (1944), Gallimard, 1974.

John Rawls, *Théorie de la justice* (1971), Seuil, 1987.

Revue du MAUSS, « L'autre socialisme. Entre utilitarisme et totalitarisme », n° 16, second semestre 2000, La Dévouverte-MAUSS.

Mercier de la Rivière, *L'Ordre naturel et essentiel des sociétés politiques*, 1767.

Jean-Jacques Rousseau, *Discours sur l'origine et les fondements de l'inégalité parmi les hommes* (1755), Le Livre de Poche, 1996.

—, *Du contrat social* (1761), Flammarion, 1992.

Marshall Sahlins, *Âge de pierre, Âge d'abondance. L'économie des sociétés primitives*, Gallimard, 1976. Titre original : *Stone Age Economics*, 1972.

Christian Saint-Étienne, *La Puissance ou la Mort*, Seuil, 2004.

Antoine de Saint-Exupéry, *Terre des hommes* (1939), Gallimard, « Folio », 1972.

Jacques Sapir, *La Fin de l'eurolibéralisme*, Seuil, 2006.

—, *Les Trous noirs de la science économique*, Seuil, 2005.

Carl Schmitt, *La Notion de politique* (1927, 1932), repris dans *La Notion de politique. Théorie du Partisan*, Flammarion, 1992.

Richard Sennet, *Les Tyrannies de l'intimité*, Seuil, 1974. Titre original : *The Fall of Public Man*, Alfred A. Knopf, 1974.

—, *Le Travail sans qualités. Les conséquences humaines de la flexibilité*, Albin Michel, 2000. Titre original : *The Corrosion of Character. The Personal Consequences of Work in the New Capitalism*, 1998.

Véronique Servais et Jean-Luc Renck, *L'Éthologie. Histoire naturelle du comportement*, Seuil, « Points », 2002.

Jean-Jacques Servan-Schreiber, *Le Manifeste radical*, Le Livre de poche, 1970.

François de Singly, *Libres ensemble. L'individualisme dans la vie commune*, Nathan, 2000.

Quentin Skinner, *La Liberté avant le libéralisme*, Seuil, 2000.

Adam Smith, *Recherches sur la nature et les causes de la richesse des nations* (1776), Gallimard, 1976.

—, *Théorie des sentiments moraux* (1759), PUF, « Quadrige », 2003.

Herbert Spencer, *The Man versus the State* (1884), Penguin Books, 1969.

Zeev Sternhell, *Ni droite, ni gauche*, Seuil, 1983.

John Stuart Mill, *Principes d'économie politique* (1848).

Pierre-André Taguieff, *Résister au bougisme. Démocratie forte contre mondialisation techno-marchande*, Mille et une nuits, 2001.

Charles Taylor, *Les Sources du moi. La formation de l'identité moderne*, Seuil, 1998. Traduit de *Sources of the self*, 1989.

Michel Térestchenko, *Un si fragile vernis d'humanité. Banalité du mal, banalité du bien*, La Découverte-MAUSS, 2005.

Edmond Théry, *Le Péril jaune*, Felix Juven, 1901.

François Varillon, *L'Humilité de Dieu* (1978), Bayard, 2005.

Denis Vasse, *Né de l'homme et de la femme, l'enfant. Chronique d'une structure Dolto*, Seuil, 2006.

Francisco Vergara, *Introduction aux fondements philosophiques du libéralisme*, La Découverte, 1992.

Alain Villemeur, *La Divergence économique États-Unis-Europe*, Economica, 2004.

—, *La Croissance américaine, ou la main de l'État*, Seuil, 2007.

Frans de Waal, *Le Singe en nous*, Fayard, 2006. Titre original: *Our Inner Ape,* Rivehead Books, 2005.

Léon Walras, *Éléments d'économie politique pure* (1874), *Œuvres complètes, VIII*, Economica, 1988.

Jean-Pierre Warnier, *La Mondialisation de la culture*, La Découverte, 1999.

Max Weber, *L'Éthique protestante et l'esprit du capitalisme* (1904-1905), Pocket, 1989.

Bruce Western, Katherine Beckett et David Harding, « Système pénal et marché du travail aux États-Unis », *Actes de la recherche en sciences sociales*, n° 124, Seuil, septembre 1998.

Edward O. Wilson, *Sociobiologie. La nouvelle synthèse,* Éditions du Rocher, 1987.

Trinh Xuan Thuan, *Origines. La nostalgie des commencements*, Fayard, 2003; édition de poche: Gallimard, « Folio », 2006.

Table

Du même auteur

La Grande Régression
Seuil, 2010

Le Socialisme néomoderne ou l'Avenir de la liberté
Seuil, 2009
Nouvelle édition à paraître sous le titre L'Autre Société*,*
« Points Essais », 2011

Pourquoi la droite est dangereuse
Seuil, 2007

Les Vraies Lois de l'économie
Édition intégrale
Seuil, 2005
Réédition en « Points Économie », n° 60, 2008

Sens et Conséquences du « non » français
Seuil, 2005

Manuel critique du parfait Européen
Les bonnes raisons de dire « non » à la Constitution
Seuil, 2005

Chroniques d'un autre monde
Seuil, 2003

Quel renouveau socialiste?
Entretien avec Philippe Petit
Textuel, 2003

Les Vraies Lois de l'économie II
Seuil/France Culture, 2002

Les Vraies Lois de l'économie I
Seuil/France Culture, 2001

Une raison d'espérer
L'horreur n'est pas économique, elle est politique
Plon, 1997; 2e éd., Pocket, « Agora », 2000

L'Économie politique : analyse économique
des choix publics et de la vie politique
Larousse, « Textes essentiels », 1996

Les Politiques économiques
Seuil, « Mémo », n° 6, 1996

Droite, gauche, droite…
Plon, 1995

Chiffres clés de l'économie mondiale
Seuil, « Points Économie », n° 37, 1993

Chiffres clés de l'économie française
Seuil, « Points Économie », n° 36, 1993

Introduction à la politique économique
Seuil, « Points Économie », n° 35, 1993,
3e éd. mise à jour, 1999

Introduction à l'économie
Seuil, « Points Économie », n° 31, 1992,
3e éd. mise à jour, 2001

Économie politique
1. Introduction à l'analyse économique
Hachette, « Les Fondamentaux », 1990, 5e éd., 2008

Économie politique
2. Microéconomie
Hachette, « Les Fondamentaux », 1990, 5e éd., 2008

Économie politique
3. Macroéconomie
Hachette, « Les Fondamentaux », 1990, 5e éd., 2008

Enjeux du monde
Panorama de l'économie mondiale
(dir.).
Hachette, 1988

RÉALISATION : CURSIVES À PARIS
IMPRESSION : NORMANDIE ROTO S.A.S. À LONRAI
DÉPÔT LÉGAL : FÉVRIER 2011. N° 104500-2 (120603)
Imprimé en France